KUWEI
酷威文化
图书 影视

«梨涡妹妹»

可我们明明说好的
说好等雪融 等烟花
等太阳升起 等三分春色
等我长大后 我们再相遇啊

我们明明说好的
等枯木成花 等旷野回音
等雪落南山 等荒野成林
等我归来时 顶峰相见啊

雾色妄想

（上）

一剪月 著

江苏凤凰文艺出版社
JIANGSU PHOENIX LITERATURE AND ART PUBLISHING

2025/05/16

星期五 | FRIDAY

独家报道 最新资

LATEST NEWS

星光盛典璀璨来袭 KING & QUEEN 花落谁家

问鼎巅峰路，终见明天光。十年之约，我们顶峰相见。

星光盛典独家拍摄画面

独家报道 最

2025/05/16

目录 CONTENTS

KING & QUEEN 花落

5:20
5G
返回
You are the unique light in my life,
and I will always favor you.
我的
热搜
文娱
生活
社会
体育
热搜雷达，发现你关心的热点
1 只争朝夕
2 余峥 星光KING
3 温时雾 星光QUEEN
4 余峥温时雾问鼎星光KING&QUEEN
5
6
7
8
9
10

第一章

♪

幕后相遇

颁奖典礼现场。

穹顶的银河流光散落舞台，皎如日月，星光璀璨，在这场聚齐了娱乐圈顶流的盛典之夜，织就出宇宙级别的浪漫。

舞台一隅，温时雾穿着礼服闪身躲了进来，她捂着包，左右探看。

在确认自己真的躲开了所有工作人员，背着自家经纪人成功潜入这拍摄偶像神颜取景角度最好的侧幕后，她美滋滋地拿出相机，正准备调整参数——

但就在这时，她的相机包却忽然振动了起来！

“嗡——”

刚才还压不住嘴角的温时雾，在这个瞬间顿时紧张地挺直了腰板。她连忙拿出手机，调小声音接通电话：“嘘嘘嘘……羡姐，喂？”

“温时雾！”手机那端顿时传来一道河东狮吼。

温时雾被吓得小身板一激灵，慌忙捂住听筒，却依然能听到那边持续传来经纪人发疯一般的咆哮：

“你上厕所上得掉进马桶里了？

“马上就要轮到你上台领奖了！

“我警告你，不管怎么样你也得立刻回来！你现在人在哪儿？”

面对经纪人的质问，温时雾单手抱着相机，弯起一双灿若繁星的鹿眸甜笑：“嘿嘿……”

“那告诉你，你可不准生气喔。”温时雾眨了眨眼睛，撒娇似的主动坦白，“我现在在侧台。”

林意羡气得七窍生烟，她踩着高跟鞋在场外踱步，咬牙切齿的语气里已经能听出她的怒火：“侧台？

“温时雾！你还知道自己是个女明星，今天是来领‘最受欢迎女演员’奖的吗？

“你居然真敢抱着相机穿着礼服，打着上厕所的名义背着我偷跑，追星追到那么多人都盯着的侧台？！

“要是让人发现你私下是余峥的粉丝，你就死定了温时雾！”

“羡姐你别生气嘛。”温时雾的态度软极了，她嗓音清甜，软声软语地撒着娇，“这可是他自四年前出道以来第一次愿意亲自出席颁奖典礼的现场！机会很难得的！求求你，求求你啦！”

温时雾在内心向林意羡双手合十：“我保证！保证不耽误自己上台领奖！拍到他后我肯定很快回来！”

林意羡气得差点儿将白眼翻上天。

就在这时，星河般璀璨的舞台灯光忽而流转。刚说完获奖感言的上一个明星，带着他的奖杯鞠躬下了台。

大屏骤亮！

极为贵气的黑金字体伴随主持词飞到屏幕上：“接下来要为大家揭晓的，是星光盛典年度歌神的获奖者！”

温时雾的眼睛忽然亮了起来，她雀跃得几乎要跳起来：“啊啊啊余峥！下一个果然是余峥！”

林意羡怒了：“温、时——”

温时雾手忙脚乱：“我先不跟你说了啊！余峥马上要上台领奖了！羡姐，我向你保证，我拍完就回来！不会被人发现的！拜拜！”

说完，温时雾利落地挂断了电话。

林意羡深吸一口气闭上眼睛，正准备继续怒骂，无情的忙音却灌入她的耳：“嘟嘟嘟——”气得她把手机砸到沙发上，又将花盆里的兔尾草连根拔起。

她以为她长得漂亮声音又甜又会撒娇就能哄得林意羡心平气和地原谅她了吗？

林意羡要被气死了！

但温时雾根本顾不得经纪人生气。比起这个，她更在意这一生难遇的，近距离拍摄偶像的机会。

此刻，温时雾已经雀跃得心脏都快跳出来了。

她兴冲冲地举起相机，熟练地将镜头调整成与他贵气浓颜长相最为适配的参数，然后将所有注意力都聚焦在舞台。

主持人：“我宣布！获得第24届星光盛典年度歌神称号的歌手是——余峥！”

念着他名字的声音铿锵有力地落下来。霎时间，舞台上的光芒尽数绽放，闪耀地落入温时雾的眼睛里。

她抬眸望过去。

冷调的光晕揉进穹顶的蓝丝线帘，一道矜贵颀长的黑色身影，踏着舞美设计的银河星光，站在属于他的领奖台上。

温时雾按捺着加速跳动的心脏，连忙调整焦距，准备拍摄余峥的特写，哪料他竟也恰好略微侧眸。

那张统治了整个娱乐圈审美的脸，毫无防备地，就依着镜头撞进她的视线。

温时雾被惊艳得呼吸都滞住了。那个瞬间，她甚至都忘了要摁快门。

只觉得那双被评价为极有宿命感又能轻而易举引人深陷的桃花眸，眨动着浓密长睫，在星光熠熠下与她隔着镜头对视。

偏偏在特写镜头的视觉上，好像朝她凑近，想要低眸亲她一样……

“怦怦怦！”温时雾脸颊发烫，心跳加速。

所幸余峥并没有发现她的偷拍，他很快就敛回视线，手握奖杯，略微躬身凑近话筒，眼角眉梢挑起张扬肆意的笑。

堪称内娱歌坛年轻一代里最贵的嗓音，此刻低沉性感地环绕在演播厅里：“往后余生，只争朝夕，顶峰相见。大家好，我是余峥。”

紧接着，观众席的尖叫声，以及亮起的灯牌，势若要掀翻整个演播厅。

“啊啊啊救命！”温时雾的血液都跟着被烧热了，她对着余峥一顿猛拍，“家人们谁懂啊！这腰，这腿，这颜，这性张力，他好帅！”

不亏！偷跑过来拍这一波不亏！

温时雾心潮澎湃，还想再额外拍几张余峥的特写。

奈何激动的心导致手在颤抖，温时雾正要重新调整超大特写参数时，指尖不经意间一蹭。

“咔嚓！”一道闪光灯忽然猝不及防地亮起。

温时雾的背脊瞬间僵直了，她慌忙将相机藏到身后，怔然地向舞台望去。

闪光灯实在有些亮，余峥也被吸引得再次转眸望了过来，跟躲在侧幕后的温时雾意外对视。

这次，没有镜头的阻隔，余峥的目光穿梭过深蓝冷调的舞台光柱，朦胧又模糊地交汇在浮动的星星灯串里。

再下一秒，工作人员的声音就响了起来："来人啊！侧台有人偷拍！快抓住她！"

此刻，仿佛有一股电流瞬间钻进温时雾的脊骨，她也没想到自己会激动得手抖，导致被人当场抓了包。

顾不得与余峥的那一眼对视，温时雾慌乱扭头，便见保安朝她追过来："她在那儿！快抓住她！"

此时此刻，温时雾只知道自己绝不能被保安抓住，否则以她跟余峥的流量，肯定会霸占今晚所有的娱乐头条！

于是她几乎是毫不犹豫地拎起礼服裙摆就像踩着风火轮似的朝后台狂奔："天塌啦！要命啦！羡姐我错了，我知道错了！救救我啊！"

温时雾欲哭无泪，她今天穿的是一款雾粉色的蓬松公主裙，旖旎动人的立体樱花点缀在不规则的网纱压褶裙摆上，沉重地限制了她的脚步。

"咔——"偏偏一只高跟鞋还意外卡进缝隙，温时雾只觉得脚上传来一阵痛感。

"嘶……"她倒吸了口凉气，懊恼地扶着墙弯下腰，想要去揉揉那痛得她眼泛泪光的脚踝。

可身后的脚步声追得太紧，她几乎能听见保安的说话声："应该就在前面了！这边都是大明星的私人休息室，余老师等会儿领完奖也得回来，千万别让她又趁机溜进去了，快追！"

听见越来越近的声音，温时雾连卡进去的高跟鞋都顾不得捡了，干脆赤着一只脚，像受惊的小鹿般往自己的休息室跑，但怀里始终抱着拍下了余峥盛世容颜的相机。

呜呜呜脚踝好痛……

眼见着前面就是休息室所在走廊的拐角，温时雾干脆一不做二不休，闭了闭眼睛忍着痛朝前冲刺。

但是命运之神终究还是没有眷顾她。

温时雾刚拐过弯，就猝不及防地栽进了一个坚硬炙热的怀抱里。

那个瞬间，余峥有些怔然地僵住了。

他刚才发表获奖感言时惊鸿一瞥，与温时雾目光相撞，却没想到他刚下台就捡到了这位温姓在逃公主的高跟鞋，又被她撞了个满怀，呼吸间尽是独属于她的甜橙清香。

而温时雾似乎还没发现她撞到的是谁，她正怂巴巴地埋着头。

呜……完蛋了！

这是她当下唯一的想法。

她本来以为能逃掉的，明明前面就是她的休息室了，结果没想到保安居然从两个不同的方向夹击她！

温时雾不敢抬起脸来面对，她像认命似的，还想保留自己最后一丝丝尊严："保安哥哥……"

保安？哥哥？

余峥缓缓敛下眼皮，看着她。

只见温时雾用指尖摩挲着相机，软声央求："我只求你两件事，别删照片，也别曝光我是谁，行吗？"

温时雾奢求着对方能够同意，她现在甚至都能想到今晚娱乐版块的头条——

惊！被誉为"国民女儿"的某顶流小花以公谋私后台偷拍！竟是余峥狂热粉丝！

这标题想想就很要命。

但是温时雾等得花儿都快谢了，也没能得到"保安哥哥"的回应，她正准备放弃，却听头顶上方忽然响起一道轻笑。

好性感好耳熟的声音……

她当时就敏锐地抬起了头，但还没来得及看清眼前人的那张脸，便听身后传来："快！她在那儿！"

温时雾惊慌失措地转眸，刚想有所动作，后颈忽然就被炙热的掌心贴住。余峥筋骨清晰的手指扣住她的细颈。"啧，没办法。"他看了眼她跑丢的高跟鞋，声音懒散又性感，"那么，冒犯了。"

温时雾讶然地抬起眼眸。

后台灯光昏暗，她看不清眼前形势，只察觉到那只原本贴住她后颈的手抽离后便落到了她腿弯的位置。

再下一秒，她觉得身体一瞬间腾空，余峥就这么拢着将她给抱了起来。

温时雾吓得心脏都跟着飞起来，她慌忙伸手搂住对方的脖颈维持平衡，手里的相机差点儿磕到他的脊骨。

但余峥从容极了，他像是游刃有余地掌控了全部局面，在保安拐弯抓到他们之前，带着温时雾便侧身闪进了旁边的逃生通道。

温时雾几乎就要尖叫出声。

一道噤声提醒低低地灌进她的耳朵里:“嘘……”

余峥眼眸垂落，将温时雾抵在暗道，以后背挡住保安追捕的视角。

温时雾被酥得心尖一颤，她像是在森林里迷了路的小鹿，慌乱无措地抬眸望去，对上的却是一双似深海般澄净的桃花眼，好像只要多看一秒，就会跌进漩涡里无法自拔。

这双眼睛于她而言太过熟悉，她几乎瞬间就认了出来：“老，老公……老余，余……”

余峥？！温时雾眼眸睁得溜圆，她完全没想到，将她当面抓包的居然不是那些保安，而是正主余峥！

温时雾恨不得当时就昏厥过去。

空间逼仄，她的呼吸里尽是余峥压过来的乌木佛手柑的清香。

他单手抱着她，另一只手还拿着刚捡到的高跟鞋。而余峥那张贵气的浓颜脸近在咫尺。

眉骨轮廓深邃，鼻梁高挺，肤白唇红。黑色西装里内搭敞领白衬衣时，给人一种站在雪山上等人来亵渎的禁欲感。

他长睫微掀，漂亮的桃花眼眼尾略挑，眼角眉梢都被带起了嚣张肆意的笑:“刚才不是还……老公？”

“喜欢我？”他问得直白。

“……”

“女友粉？”他又问。

温时雾从没想过还有这种尴尬瞬间，但还是硬着头皮回答：“事业粉和颜值粉。”

余峥挑眉:“那喊老公？”

“这个跟女友粉没关系，这只是一种称呼。”温时雾实话实说，“长得帅的，网上都叫老公。”

余峥:“……”

他沉默了许久，像是被气笑了。

温时雾心里有些没底:“我偷拍了你，你等会儿会把我交出去吗？”

逃生通道外是嘈杂的脚步声。

那些保安还在找人，他们不知道这里还有条逃生通道，但一旦推开这扇门，就会抓到今夜这场颁奖典礼的最大爆点！

她甚至还想再挣扎一下:“你应该……不知道我是谁吧？”

余峥向下半敛着眼皮睨她，额前几缕碎发稍稍遮住眉眼，但仍然掩藏不住那种睥睨全世界的不羁跩气。

温时雾觉得，他沉默这么久，一定是没认出来了，正想要松一口气。余峥却忽然躬颈，低眸注视着她，凑得很近：“应该？知道？”

温时雾抬眼：“啊？”

余峥的唇角挑起笑意：“毕竟，内娱国民度最高且从没传出过任何绯闻和黑料的实力派顶流年轻女演员，谁人不知？”

温时雾几乎能听到他的换气声，甚至有一种他的唇瓣贴在她耳朵上的幻觉。

“放心，我很宠粉的。

“况且，我也是你的剧迷，温老师。”

“咚——”高跟鞋落地的声音骤然响起。

听见余峥称呼她“温老师”的那个瞬间，温时雾惊慌失措地松开手，从他的怀里跌落了下来。

余峥慢悠悠地挑起眉尾。

便见温时雾抱紧怀里的相机，慌乱无措地往后退：“不，不是的！”

他低头看她，在昏暗的光源里对上她那双在慌乱之中依旧清凌的漂亮眼眸。

温时雾斩钉截铁：“你肯定认错人了！”

呜呜呜太丢人了，这真的太丢人了！她温时雾一世英名，怎么偏偏跟偶像的第一次见面是这种社死场面啊！

温时雾绝不愿意承认自己的身份。

她转眸看向逃生通道外，听到外面似乎已经没有了那些保安的声音。

“总之——”温时雾拎着裙摆往后迈着小步，“今天很谢谢余老师帮我，我先走了！”

话音落下，温时雾转身就跑。

余峥似乎也没想到她会有这么大反应，他一抬眸，就见那抹穿着华美礼服的身影拎起厚重蓬松的裙摆，往前狂奔。

他怔了两秒，低头看着手里那只还没来得及还回去的高跟鞋，像是被气笑了。

不过有些东西总得物归原主。

余峥抬眉望向那道背影，迈开长腿，本想要跟过去将鞋归还。但他刚准备走出这条逃生通道，就听见一道河东狮吼：“温时雾！”

余峥的脚步顿了下。

林意羡踩着高跟鞋朝她杀过来："你是皮卡丘它妹皮痒痒吗！不是说不会被发现吗？被保安追着跑可真有你的啊，温时雾！"

"呜呜呜羡姐！"温时雾像看到救星似的扑过去，在对方破口大骂前，她直接撒着娇埋进她怀里，"脚好痛啊呜呜呜，羡姐……"

林意羡气得整个人都快冒烟。来的路上，她已经在脑海里将骂温时雾的话模拟了无数遍。结果还没发挥，她就听见这人可怜兮兮的哭腔。

林意羡："你怎么回事！"

温时雾："高跟鞋跑丢了……"

林意羡："你知不知道你闯了多大祸！万一真被保安抓到了怎么办！"

温时雾："崴脚了，痛痛……"

林意羡看着她那双鹿眸，愣是什么火都发不出来："你真的是——"

温时雾："嘤。"

"算了。"林意羡深吸一口气，抬头看向天花板，"还能不能走？"

温时雾眨着水润的眼睛点了点头。

于是林意羡什么都说不出口了，伸手扶着温时雾往休息室去："你不知道自己豌豆公主属性吗？等会儿还能不能上台领奖？实在不行我跟工作人员打声招呼。"

"那没事的。"温时雾抬起脸蛋，眼眸里的泪花早就换成明媚笑意，"粉丝等我好久呢，没看到我上台的话肯定会担心啦，辛苦全宇宙最好的羡姐再帮我找双高跟鞋就好啦！"

林意羡："……"

她是真的顶不住这女人撒娇，即便知道她根本就是装的。

于是，闯了祸的女明星没得到劈头盖脸的骂，几句话就哄得经纪人心软软，两人手挽着手渐行渐远。

余峥没有再追上去，改了主意。

他懒着劲儿靠在昏暗的逃生通道里，躬颈点了支烟。烟雾缭绕过长睫，猩红的烟头火苗在眉眼前忽明忽灭。

很快，舞台上就隐约传来主持人的声音："获得年度最受欢迎女演员的是——

"让我们恭喜，温时雾！"

观众席掌声雷动。

余峥低头拿出手机看着直播，见舞台光芒尽数落在温时雾的身上。

她的眼睛是最干净不过的一汪泉水。眼尾略微上翘，卧蚕饱满，天生的仙子睫随便眨两下就能迷倒一片粉丝，无比灵动的眼睛又总在无形之中钓人心魂。

“大家好呀。”镜头特意给到她那两颗极具代表性的小梨涡特写，“我是演员温时雾。”

温时雾……

余峥看着她的脸走了神，烟灰忽然落在他修长白皙的手指上。

他的手被烫得一颤，手机屏也被他手抖得给摁灭，但耳边依旧隐约传来温时雾在台上发表的获奖感言。

“啧。”他终究是没还那只高跟鞋，径直转身离开。

温时雾这一觉睡得不算好。

梦里，她穿着公主裙在宫殿里逃亡，金色的旋转楼梯很长，她拎着裙摆，穿着水晶鞋，跌跌撞撞地走不到尽头。

忽然，光芒降临。

温时雾以为终于等到拯救她的骑士，结果她一抬眸，恶龙张开血盆大口，就直接朝她扑了过来：“吼——”

“啊啊啊！”温时雾从噩梦中惊醒，湿漉漉的眼眸里仍然是受到了惊吓的空洞与慌张。

她脑海里不断盘旋着恶龙那张神颜脸，还有他在梦里的质问：

“喜欢我？

“不是女友粉怎么喊我老公？

“呵，长得帅的都是老公？所以，你就这么花心？”

不喊了，她以后都不喊了还不行吗？

温时雾揉了揉惺忪的睡眼，想把恶龙的形象从脑袋里丢出去，但就在这时，一道尖锐的咆哮却从楼下传来：“温时雾！”

“你看你昨晚干的好事！你跟余峥什么时候背着我谈恋爱了？我怎么不知道！”林意羡直接冲了上来。

温时雾还没彻底清醒。

听到林意羡这发癫一般的狮吼，她以为自己还没从梦里醒过来，控诉她的人从恶龙变成了一头母狮。

“羡姐你胡说八道什么？”温时雾瑟瑟发抖地抱紧被子，“我只是事业粉和颜值粉！又不是女友粉！谁谈恋爱？我跟余峥谈什么恋爱啊？”

“没谈？”林意羡将手机扔到她面前，“没谈你跟我解释一下这热搜是怎么回事！”

“什么热——”温时雾茫然地接过手机，然而就在她刚点开热搜界面时，手机就像烫手山芋般被她给扔了出去，“啊啊啊！”

一定是她的打开方式不对。

重启，再看看。

看完后温时雾直接原地躺倒，闭上眼睛后双手合十在脑海里敲了十秒钟的木鱼。

我敲我敲我敲……

然后再睁开眼，她将手机拿回来重新看热搜词条，结果依然没变——

#温时雾余峥 恋情曝光#

爆料恋情的是个知名营销号。在营销号提供的监控视频里，两道身影在逃生通道暧昧相抵。

光影昏暗，空间狭窄，温时雾搂着余峥的脖颈，被他极有劲力地单臂抱在怀里，意欲亲吻般将她压在墙上。

但实际那会儿温时雾刚被带进逃生通道，还没缓过被保安追的劲儿。

她心脏狂跳，气息喘喘。一双漂亮的小鹿眸里泛着湿意，微张的唇瓣也润得像是诱人采撷。

偏偏那时余峥恰好在提醒她噤声。

他低着眼眸压过来，鼻尖轻抵，细密的长睫垂落，“嘘”声时唇瓣微动，在模糊的视频里看着就像是亲上了！

再后来，许是余峥想将温时雾挡住，他背了身，摄像头便只能拍到他的宽肩窄腰，体型差下，两人的身影更像是在背对着摄像头秘密拥吻！

看到这则恋情爆料，两家粉丝和评论区都炸了！

“老天！这是什么世界名画？”

“不是，这视频的暧昧氛围感也拉太满了吧？偶像剧都不敢这么拍！”

“真的吗？不会是合成的吧？这可是余峥和温时雾！从没听说过他俩有任何交集，他们什么时候背着我们谈恋爱的？”

“路人粉路过，这视频绝了，我真没见过比这更真的爆料。”

“这体型差！这男友臂！这小子他单手抱耶！不懂的人直接永别了好吧？天啊，他还偷了温时雾的高跟鞋！”

“余峥的手臂青筋好性感啊！温时雾替我实现梦想！”

救命！实现什么梦想？

温时雾扔掉手机直接装晕：“我一定是没睡醒，我一定还在做梦。”

林意羡双手环着胸敛眸睨她。

她弯腰捞过手机，看了眼舆论风向，温时雾和余峥的微博广场里已经互喷起来了。

主要是余峥那边，他的粉丝们看到这则爆料一时间受不了，就跑到温时雾这边闹：

科普热知识，余神有个幼年相识并且非常崇拜的白月光，成名作《梨涡妹妹》就是为她而写！他怎么可能会对从无交集的温时雾有意思？

而温时雾这边对她恋爱没有太多负面反应，她的粉丝看到这些莫须有的言论非常费解。

林意羡头疼：“你还不如想想是谁爆出这个视频的。”

“还有——”她似笑非笑地盯着温时雾，“你什么时候跟余峥碰的面？这视频是哪儿来的？”

温时雾仰面躺在床上，姿势颇像入棺。

她眨了眨眼睛看着天花板：“就星光盛典那天，是他把我带进逃生通道躲开保安，才让我没被那些人抓住的。”

林意羡无语：“那你不告诉我！”

“我想着逃生通道也没人知道嘛。”温时雾理直气壮，她抬起脸，“怎么办？这种舆论不会影响他的事业吧？”

“你还是先担心一下你自己吧。”林意羡没好气地睨她，“余峥的粉丝已经炸开了锅了，你还管会不会影响他的事业？”

“那恋情本来就是造谣，视频模糊，也只是角度问题导致看起来像亲上……”温时雾小声嘟囔。

她想了想，从被窝里爬了起来：“我一身正气，发条微博澄清下就好了。”

温时雾说着就准备编辑文案。

但林意羡忽然抬手：“等等。”

她神情复杂地看着自己刚刷到的直播，越看眉毛皱得越紧。

“你先看看这个。”她将手机递过去。

温时雾好奇地探过脑袋，直播镜头有些晃，但最终她还是看清了那张化了精致浓妆的甜美脸蛋儿。

直播里，跟温时雾撞型的一线小花洛萱，被众多媒体围堵在摄影棚的门口。

面对镜头，她笑容甜美："大家还想从我这里知道什么八卦呀？其实我只是意外在后台撞见他们，当时我也很惊讶，还以为温老师终于追到余峥了呢。"

温时雾心想：谁？她追谁？

温时雾直觉这件事有些不对劲，她立刻将手机从林意羡的手上抢了过来。

开直播的正是爆料恋情的营销号。号主声称找到了温时雾和余峥后台秘密亲吻的目击证人，带着团队就冲到洛萱这边来，号召吃瓜群众来围观采访。

"什么意思？温某某在追余神？所以他俩压根就不是谈恋爱！"余峥粉丝习惯叫自家偶像"余神"，看到营销号爆料，自然纷纷过来围观。

"还以为？那就是没追上呗。"

"造谣就请做好负法律责任的代价！"

"咱别理她！雾雾才不是那种人！"

直播间弹幕里说什么的都有，但站在温时雾这一边的也有不少。

温时雾和余峥这事舆论很大，这营销号又极会赚流量搞噱头，许多人都蹲在直播间里想等一个真相，而洛萱的爆料就是最大的突破口。

媒体提问："所以，根本就没有所谓的恋情，这一切都是温时雾在自导自演吗？"

洛萱轻声笑了下，她摇头："我只能实话实说，昨晚我的确看到是温老师追着余峥跑呢。"

温时雾早就看得拳头都硬了。她微笑道："我？追着他跑？难道不是保安追得我往休息室跑？"

狗仔："那单手抱是怎么回事？"

"那个呀……"洛萱歪了歪头，像是在回忆昨晚的画面，"据我所见，是温老师黏得太紧，余峥老师好像是被惹得有些恼了，想给她留点儿面子就带去旁边警告她。"

"她骗人！"温时雾快气炸了，"明明是余峥不由分说就突然把我抱起来了！"

虽然是因为她跑丢了高跟鞋。

林意羡挑眉："哇哦……我没想到你们昨晚居然这么刺激的呢。"

"至于爆出来的亲吻视频……"直播里的洛萱又笑，"其实也不是大家看到的那样，而是温老师追求不成想强吻，余神差点儿没躲过去，才导致监控拍下那样的画面，所有的暧昧都只是剪辑结果。"

"谁？"温时雾震惊了，她从床上跳了起来，"谁追求不成想强吻别人了？"

温时雾终于对洛萱的造谣忍无可忍。她抓着林意羡的手机，摁住屏幕，一条语音弹幕发进直播间："洛萱！你不要小青蛙过马路冒充迷彩小吉普！我告诉你——说谎的人喝珍珠是会没有奶茶的！"

后面紧跟着林意羡始料不及、后知后觉的爆炸声："温时雾！"

霎时间，整个直播间都变得安静了。

就连现场的洛萱都有些茫然，她虚假的笑容僵在脸上，眼神里明显流露出几分心虚神色，左右探看却没发现声音来源。

直播间的观众更蒙：

"谁？谁在说话？"

"我天！这声音好像温时雾！"

"没看见她入镜啊，但这声音真的好像！而且我还听见羡姐咆哮了，她明明就是在喊温时雾！"

神通广大的网友们一顿扒拉。终于在翻看弹幕时，他们发现一则自动播放的语音条，而发出这条语音弹幕的，正是温时雾经纪人的社交账号——温时雾今天惹我生气了吗。

这账号的确属于颂天娱乐的林意羡，所有粉丝都知道她是温时雾的经纪人。

于是，刚才在直播间沉默着不敢说话的温时雾粉丝，突然开始狂欢：

"啊啊啊实锤！刚才真的是温时雾！"

"我就知道洛萱说的不可能是真的！你看都把时雾急成什么样了，喝珍珠没有奶茶，哈哈哈！"

"时雾就连生气都好可爱！这么可爱你们怎么忍心造谣的啊！"

"林意羡快出来澄清！"

而此时林意羡正在表演"母狮参毛"。她将手机抢了回来，伸手捏着温时雾的脸蛋："温时雾！你疯了吧？谁让你直接在直播间里发语音弹幕的！"

能发语音弹幕是这款软件的直播间功能。除了文字之外，观众还可以用语音的形式发送弹幕，并会被直接播放出来。

林意羡始料不及，她根本就还没来得及拦，温时雾那语音弹幕就已经被播放了。

“我没忍住嘛！这你能忍得住？”温时雾理直气壮地看着林意羡，将自己的手机也摸了过来，“我不仅要发语音弹幕，我还要开直播拆穿她！”

林意羡睁大了眼眸看着温时雾，眼见着她登入微博大号，开启视频直播。

林意羡在内心骂了无数句，再次没来得及阻拦，温时雾那张纯欲钓系脸就闯进直播镜头！

她直接大方对线：“出来吧，你这个喝奶茶没有珍珠的长鼻子小青蛙！本当事人倒要听听，我昨晚究竟是怎么追求失败，要强吻我偶像的！”

微博系统彻底瘫痪，洛萱所在的采访现场也闹翻了天了。

#温时雾 直播#

#温时雾当场拆穿洛萱谎言#

#温时雾自暴粉籍#

#温时雾 余峥#

…………

与此同时的摄影棚内。

对外面发生的事浑然不知的余峥，正在拍摄一组杂志封面大片。

昏暗的环境里，他倚靠沙发伸着长腿坐在地毯上，黑色的缎面衬衣领口大敞，露出锁骨上的折翼蝴蝶刺青。

他唇瓣微张，仰头迎光。

在他的手指掐住自己的脖颈时，明暗交错的光影落在侧方一隅，使得凸出的喉结在半明半暗间，显出更强的性张力。

“咔嚓咔嚓——”闪光灯频频在摄影棚内亮起。

时而有妆造师凑前去，在他喉结上滴一滴水，模拟男性流汗，好展示荷尔蒙魅力。

拍摄过程十分顺利，余峥的贵气长相就像为镜头而生，浑然天成的性魅力根本无须营造，无论怎么拍都令人啧啧惊叹。

摄影师很快就喊了收工，看着成片忍不住夸赞："辛苦余老师起个大早配合我们时间，您真的太出片了！"

余峥抬起下颌，用指腹抹掉喉结上的那一滴水，起身从助理手中接过卸妆湿巾。

"余峥！"这时身后传来一声高喊。

余峥懒散地偏头，便见一位敞着机车外套的蓝毛帅哥，叮里哐啷地朝自己跑来。他不由分说就握住余峥的手腕："快把衣服脱了，然后跟我从后门走。"

余峥神情复杂地睨了蓝毛帅哥一眼，随后像躲瘟神般火速甩开他的手。

"姜燃，大清早的你有病？"余峥开始用卸妆湿巾擦拭被他碰过的手腕，"急吼吼的干什么。"

"我没时间跟你开玩笑！"姜燃急得焦头烂额，"确哥知道我今早在附近有通告，特意让我来接你。你快跟我去换衣服，让工作人员领你从后门离开。"

确哥，全名沈确，极昼音乐经纪总监。

姜燃，天才摇滚歌手，跟余峥同属极昼音乐旗下，十年前与他一同被送往国外秘密培养，算是他圈内最信得过的兄弟。

余峥开始意识到的确是出了事。他收敛起方才的吊儿郎当，抬了抬下颌："正门怎么了？"

"你还不知道？"姜燃震惊。

余峥将卸妆湿巾扔进垃圾桶，眉眼间尽是不羁："我应该知道什么？"

"我滴个乖乖哦——"姜燃像热锅上的蚂蚁，"你跟温时雾的绯闻都闹成那样了！大家都在微博讨论你俩的事，摄影棚外全是洛萱弄过来的媒体！你这个当事人居然告诉我，你一点儿也不知道？！"

余峥神色微怔。摄影棚里的打光落在他的长睫上，明显看到有一瞬的恍然与颤抖。

他轻嗤道："绯闻？我？跟温时雾？"

"算了！"姜燃恨铁不成钢地摆摆手，干脆直接将手机给他，"你还是自己看吧！"

余峥半信半疑地接过手机。一点开微博，满眼全是绯闻词条，以及好几个紫红色的"爆"字。

#温时雾余峥 恋情曝光#

#温时雾自暴粉籍#

…………

余峥不羁的眉眼终于有了情绪，他皱眉：“什么时候的事？”

“就今早。”姜燃道，“视频太锤，洛萱还直播爆料声称是温时雾追你。”

余峥双眉紧蹙：“我没想到那段监控会被人爆出来。”

如果知道会对她造成那么大负面影响，他肯定会收敛点儿。

他怎么舍得让她沾一身腥？

他只是想见她。

明明约好了顶峰相见……

没良心的，她果然早就把他给忘了。

还把他当偶像。

余峥只觉得又好气又好笑。

但姜燃的关注点不同：“所以，热搜上挂着的那段视频是真的？我还以为是有人恶意合成的呢！毕竟全网都知道你有个白月——”

姜燃的话音戛然而止，他像是意识到了什么，缓缓地抬眸看向余峥：“不会吧？你白月光是温……”

余峥似笑非笑地斜眸睨他。

莫名地，姜燃感觉背后升起一股凉意，他好像知道了什么不得了的秘密，于是立刻在嘴前做了个拉拉链的动作。

怪不得余峥昨晚非要亲自出席那场颁奖典礼，怪不得不知道因为什么，他连获奖感言都没说完就匆匆下台！

还有将他送上顶流神坛，横扫各大音乐榜单，风靡全球至今经典的那首单曲——《梨涡妹妹》。

他怎么以前没想到？温时雾就是有梨涡的！

余峥漫不经心地抄了下兜：“你刚才说，洛萱的直播是在这儿开的？”

姜燃还沉浸在震惊的状态里：“对，就在咱们摄影棚外面，不过他们应该不知道你也在这儿，否则洛萱她不敢……”

“走。”余峥抬了步。

姜燃眼睛瞪得像铜铃：“去哪儿？”

余峥挑眉：“闲着，去看个热闹。”

姜燃：？

这热闹是随便能看的？他怎么觉得要出大事儿了！

微博的直播对线还在进行中。

更准确地说，刚开播没多久的温时雾此时还在跟她的经纪人打架。

镜头晃得厉害。

两人似乎在争夺手机，偶尔能隐约看见温时雾一晃而过的脸。而直播间里一直充斥着林意羡的怒吼："温时雾！你赶紧给直播关了！"

"我不！"温时雾握紧手机，"我今天一定要用'胡萝北'教训这群脏脏的小泥巴！"

"你教训个屁，你信不信我教训教训你！"

"你算个毛线球球，你等着，我会诅咒你的，你再抢我手机我就诅咒你胖十斤！"

"温时雾！"林意羡炸了。

众人着实没想到，澄清绯闻的直播对线是这样一幕。了解温时雾骂人风格的粉丝，更是在这个直播间里面笑到裂开——

"哈哈哈又见时雾骂人名场面！"

"见过骂人的，没见过像时雾这样奶凶奶凶拿小棉花捶我胸口的。"

"真的很怕羡姐下一秒就让时雾从这个直播间里'拱'出去。"

"救命！'拱'出去不要紧，我只怕时雾跟洛萱吵架的时候，又把'滚啊'说成'呱'，那我们才是真的输掉了哈哈哈！"

林意羡被温时雾气得掐住人中，恨不得再来几颗速效救心丸。此时温时雾终于将手机抢了回来。

镜头重新聚焦，撞入众人视线的，是一张没有丝毫妆感的漂亮脸蛋。

温时雾是刚从睡梦中被薅起来的。她洗过脸，但没化妆。

莹白透粉的脸颊看不出丝毫瑕疵，唇瓣不妆而赤，一双灿若繁星的鹿系眼睛也因天生的仙子睫而钓得人心痒。

"大家好，我是温时雾。"温时雾认真地看着镜头，"今天，有一只喝奶茶没有珍珠的小青蛙过马路冒充迷彩小吉普，造谣我追求失败，强吻我偶像。我开直播就是来澄清绯闻的。"

"此刻，我的名字叫——火冒三藏。"

"好好好，火冒三藏，我这就立刻加入藏门，请问敲门砖是投喂胡萝卜吗？"

“三藏老师请开始你的表演。”

“真的看出时雾被泼脏水，很着急了，这小金句一套一套的，笑死我了。”

“从没见过时雾这么暴躁，看来真的是洛萱造谣得太离谱，我就说时雾这么好，追她的人一大把，有什么必要追求别人啊！”

舆论风向已经有所转变。

此时洛萱已经有些慌了。她实在没想到，温时雾竟然会开直播跟她对线，话筒也再次撑到她面前。

记者问：“洛萱老师，请问你有什么想说的吗？温时雾老师说你是在造谣她，你还打算坚持自己的说法吗？”

“我……”洛萱快要将自己的唇瓣给咬出血。

但她已经开了口，此时自然没有翻供的道理，总归余峥那种顶流肯定懒得搭理温时雾，不会站出来为她撑腰，随便她怎么编也没人能拆穿。

于是洛萱一咬牙，还是坚持道：“我发誓我没有撒谎，我说的全是真相。”

“是吗？真相。”温时雾大方坦然，“那我想听洛老师仔细分享一下你在现场亲眼看到的细节，也顺便解解我心中的疑惑。”

“这视频里面拍到的，分明就是余峥先将我抱起来，然后才是拍摄角度造成的接吻错觉。那我到底——

“是怎么完成先对余峥紧追不舍，再追求不成意图强吻，然后他恼怒之下将我扯到旁边，警告我别来沾他边儿的？

“并请洛老师指出，你究竟是从视频的哪一帧画面里看出我有想强吻他的动势的！”

直播间里一片哗然。

“是的！我反复看那段监控视频，怎么感觉都跟洛萱说的故事合不上。”

“我看到的也是余峥先动手，不明白为什么有那么多人跟风……”

“视频看着确实暧昧，性张力和氛围感拉满，很好嗑！但我感觉反而是余峥对温时雾‘图谋不轨’啊。”

“真的！单手抱！手里还拿着她的高跟鞋！把她压在墙上低头凑近差点儿亲上！”

“不会是余峥在追温时雾吧？他之前不是有个很欣赏的白月光吗！”

舆情陡然扭转，就连余峥粉丝都慌了，这些分析说得都没错，难道是他们家哥哥动心了？

记者："我觉得有道理。"

洛萱已经慌得后背都沁满了冷汗，有些后悔亲自出面"爆料"，早知道应该找人曝光完这段监控视频就跑的。

可她此时已经被架得下不来台："有，有道理也不代表她说的是真相，我都说了监控是被剪辑过的。

"温老师，我知道擅自曝光你的隐私是我不对，但你也不能这样诬蔑我。我说的话都是真的并没有造谣。

"倒是你刚刚那番话——

"你的意思是，你对余峥从无图谋，都是他主动、他一厢情愿，昨晚也是他先动手调戏你的吗？"

温时雾被洛萱问得一时无言："我……"

洛萱这番话说得着实有点儿狠，如果温时雾否认，便是她的确对余峥有不轨之心，若承认便是将余峥放到火上烤。

可事实的确是昨晚余峥从保安手里救下她，真有错也是她不该去偷拍他，她不可能让余峥背这口锅。

洛萱得意："怎样？温老师这就答不上来了吗？温老师不会是那种极端狂热粉丝，对余峥有钟情妄想症？所以才每天都在幻想跟余峥谈恋爱吧？"

"洛萱！"温时雾又要炸了。她生气的样子简直比刚才还认真，"没什么不好承认粉籍的，我的确是余老师的事业粉和颜值粉，我从他出道时就喜欢他了，但绝不是你口中的那种人！"

"我也不许你们拿我是他粉丝这件事，就随随便便去诋毁他！"

直播间的弹幕又吵了起来，大家又开始为温时雾说的到底是不是真的而争论不休。

温时雾急得咬唇，一时间不知道该先为自己辩白，还是先替偶像解释。

直到洛萱那边的直播间传来一阵骚动，媒体的惊呼声闯进收声筒里：

"我天！余峥来了！"

洛萱的心骤然紧缩了一下，她慌乱扭头，所有媒体也全部一窝蜂朝着余峥这个更大的爆点冲去！

镜头摇晃。

入目是冷白到灼眼的锁骨，向上是修长的颈，脖颈间不羁地搭了两条长短不一的银色项链，待到聚焦清晰后，还隐约能看见锁骨上有只被擦拭到一半的折翼蝴蝶。

余峥的出现是在意料之外的。

温时雾怔怔地看着直播屏幕。她唇瓣微张，神色怔然，偏偏余峥似乎注意到了这场声势浩大的直播。

面对媒体的围堵，他懒洋洋地单手抄了下兜，用余光朝镜头瞥过来，恰好跟分屏那端温时雾清澈却失魂的鹿眸隔空对视。

温时雾的心脏像是被电了一下。

救命！好帅！

不对，温时雾又慌忙地避开视线低下头。余峥怎么会在这里！

高清镜头太轻易就捕捉到了她的心虚，洛萱也敏锐地发现了这一点。

她意识到两人昨晚一定有猫腻，于是立即热情主动地打了招呼：“余峥！”

余峥再次扭头朝镜头看过来，直播间观众顿时掀起高潮——

“啊啊啊余神！真的是余神！”

“哥哥今天妆造好帅！”

“锁骨文身深V领！呵，男人，竟敢一大清早就来勾引我这雄鹰般的女人。”

“先让余峥趁机澄清绯闻！温时雾明显心虚了！大家注意！余峥朝洛萱和营销号记者走过去了！”

余峥粉丝的期待值达到最高。

刚才温时雾还声称昨晚非她主动，没想到下一秒当事人就出现在现场。

这不是打脸是什么？

就连洛萱心里也是这么想的：“余峥，你来得正好！你快来跟大家澄清一下吧！温时雾正在直播间造谣你呢！”

“洛萱！”温时雾当时就抬起那双被气得雾色弥漫的小鹿眸，“你再这样撒谎，你以后三天饿九顿！我才没有造谣！”

直播间里忽然响起一道性感的轻笑，所有人都扭头看过去。而发出这道声音的罪魁祸首，正敛眸极力隐忍着笑意：“笨蛋。”

他没管那么多道视线的注视，只低低地不知道跟谁说了一句：“怎么还是那么不会骂人……”

众人一阵疑惑，刚才不就温时雾在说话吗？

余峥这是在管谁喊笨蛋？还喊得那么宠溺？又是在嫌弃谁那么不会骂人？

就连温时雾都被他这句给说蒙了。她鼓着脸，眨着眼。

可也就是那一瞬，她又对上了余峥那双瞳色很深、睫毛又长的桃花眸。

他精致瘦削的下颌微抬，眼皮半敛，笑得肆意而张扬，却又像是隔着镜头，跨越距离，只遥遥看着她一个人："好巧，又见面了，温老师。"

直播间的网友更兴奋了。

"温老师！他叫她温老师！"

"家人们谁懂那个'又'啊！所以他们两个昨晚真的见过面！"

"不是说好的澄清绯闻吗？但他俩隔着镜头都有这么强的拉丝感是怎么回事？别告诉我他是来官宣恋情的吧！"

"你们说的余峥那首金曲《梨涡妹妹》，我突然想起来，温时雾就是有梨涡的啊！"

路人兴奋吃瓜，谁不喜欢看热闹？更何况这绯闻闹得轰轰烈烈！

余峥的出现，毫无疑问将绯闻热度送上新的高潮，就连洛萱都没想到，他居然不在这种风口浪尖上避嫌，还大大方方地笑着跟温时雾打招呼？

"余……余峥……"洛萱忍不住又喊了他，"你跟温老师很熟吗？她刚刚还在直播间造……"

"造我谣？"余峥笑。他看着直播间里心虚得像只小鹌鹑的温时雾，"那说说，造我什么谣了？"

温时雾什么话也不想说。她双手捧着脸，用指尖轻点脸颊，心里也打鼓，不知道接下来该怎么回应。

倒是洛萱扬起一抹自信的笑容："她说，她没主动追你，但你对她有所图谋。"

余峥意味不明地拖着长腔："哦——"

洛萱："她还说，昨晚在后台的相遇，是你一厢情愿主动制造的，与她无关。"

余峥挑眉："就这？"

洛萱："最过分的是，她居然说是你倒贴她！"

余峥终于点头："是挺过分的。"

洛萱眼见着就要让温时雾吃瘪，整个胸腔里都充斥着得意："是吧？

她睁着眼说瞎话，你是不是应该……”

余峥：“的确应该给温老师道个歉。”

温时雾唰的一下抬眸。

余峥挑唇笑得嚣张：“我没想到，我对温老师的仰慕，会给她带来这么多困扰。”

洛萱的脸色瞬间变绿：“仰慕？什……什么意思？”

“就字面上的意思。”余峥笑得漫不经心，但浑身那种桀骜不驯的劲儿，又让人觉得他的话权威无比。他偏头看向温时雾：“温老师。”

温时雾已经呆愣住，不知道说什么：“……啊？”

余峥：“都被欺负成这样儿了，你怎么也不跟人好好解释啊？”

温时雾：“……啊？”

余峥看着她的眼神很懒散，却又像是借着懒散，藏匿起深处的那一点儿灼热：

“昨晚不就是我处心积虑地设计了那场偶遇想找温老师要签名，才导致了今天的绯闻热搜？

“而且我不是很认真地说过——

“我是你的剧迷吗？”

林意羡在镜头外眼睛瞪得像铜铃。

姜燃在余峥身旁，头疼地扶了扶额，亲眼见识了他为白月光发癫的本事。

所有人在此刻被震惊住。

顶流歌神余峥是温时雾剧迷？

为了要签名，连把人抱起来摁在墙上的事都做得出来？所以视频里拍到的，他的主动都是真的！这件事与温时雾无关！

直播间气氛变得诡异。似乎没人能想到，余峥的出现不仅没有打脸温时雾，还爆出这样一个更加惊天地泣鬼神的猛料来！

就连林意羡都将温时雾扯过来，用直播间听不见的声音低语：“怎么回事？余峥发了什么疯说这种话帮你？”

他流量不要了？！对白月光念念不忘的人设也不在乎了？

温时雾颇为无辜地看着她。她也不知道呀。

不过此刻最慌的人还是洛萱。

“不可能！”她斩钉截铁，“你们撒谎！”

昨晚她目睹了全程。虽说的确并非温时雾主动倒贴，但也绝不可能是余峥蓄谋已久。余峥不是有个刻骨铭心的白月光吗？他怎么会站出来袒护别人？

温时雾凭什么！

洛萱不由得恨恨地磨了磨牙："余峥，温时雾到底给了你多少钱？值得你不顾自己的名声，甚至连白月光都不顾了，硬是撒这样的谎来包庇她？"

余峥冷嗤，神色睥睨："所以，洛女士觉得，我余峥是会被金钱收买的人？"

洛萱："我，我不是……"

"与其在这儿造谣温老师，洛女士不如当着我这个当事人的面，把你刚才造过的谣，也再给我重复一遍？"

整个直播间都瞬间哗然了。余峥这番话，毫无疑问是替温时雾辟了谣，不仅完全站在她那边，还明着说洛萱在直播里的供词全是谎言！

没有追求，没有强吻。不过只是两人互为粉丝的双向奔赴。

突然好嗑起来了是怎么回事！

"不……"洛萱还在狡辩，"不是这样的，我不相信！你们都在骗人！合起伙来想要搞垮我！"

"温时雾！"她尖叫着喊温时雾名字。

"干吗？"温时雾单手捧着脸，眨动着那对漂亮极了的仙子睫抬眼。

洛萱隔着镜头，像毒蛇般盯着她："你敢在这儿当着所有人的面发誓，你只是最单纯的事业粉颜值粉，对余峥没有任何其他方面的幻想吗？"

温时雾伸出三根手指，她懒得跟洛萱对视，闭上眼，敷衍地点头："嗯嗯，当然没有！你想让我用什么发誓？撒谎就变成秃头小宝贝，这样够了吗？"

众人：……好家伙！秃头真是对现当代年轻人最狠毒的诅咒！

但温时雾没注意到，她闭上眼睛发誓时，有道炙热的视线，一直落在她的小梨涡上。

听见她亲口说对他没有幻想。

余峥漫不经心地敛下眼，筋骨清晰的手抄进口袋里，一遍遍抠着里面那根快被他盘包浆了也要随身携带的五彩绳。

洛萱又转头看向余峥："那你也仍然认领自己的剧迷身份，粉温时雾能粉到连自己白月光都不顾了的程度是吧？"

余峥正在走神。

他心里想着温时雾真将他忘了的事，没听清洛萱的问题，就随意“嗯”了声。

“行啊。”洛萱抬起脸看向镜头，“既然这样，想必你们二位也不会不敢接受《绯闻恋人》的挑战，来测试一下，你们中究竟有没有人为了包庇对方来诬蔑我而说谎吧！”

“我天……”姜燃惊了。

他没想到洛萱能提出这么个缺德主意，连忙用手肘捣醒在旁边走神的余峥。

余峥抬眼：“那什么玩意儿？”

从没被传过绯闻的温时雾也茫然地眨眼，看向坐在旁边的经纪人大人。

林意羡咬牙切齿：“是一档专门邀请有恋情绯闻但不承认的明星嘉宾的恋综，全程亲密相处，全天候直播，三百六十度无死角测试恋情真假。”

姜燃补充道：“节目组会用亲密约会、肢体接触游戏和一些极端场景，激发双方的真实心意、本能反应，甚至直接上心跳测试。”

林意羡：“总之，这档综艺与寻常恋爱综艺不同，它是完全针对明星绯闻的，既能让被谣言所累的人洗清冤屈，也能让嘴硬的真情侣不得不承认恋情。”

温时雾恍然点头。这设定听起来是挺荒谬的。

但她好奇：“那这些明星又是哪根筋搭错了，非得上这档恋综受这种考验啊？”

“当然是被粉丝网络票选上去的啊！”洛萱说，“参加至少还能挣扎一下，但不参加，就等同于默认恋情。”

“前两季中共有三组绯闻情侣，没能逃过观察员和观众的眼睛，最后被迫承认恋情。还有一对谈过但分了的也只能承认。”

“敢吗，温时雾？”洛萱看向她，“这档综艺的设定很厉害，它能让死鸭子嘴硬的真情侣无处遁形，也能让钟情妄想症的人原形毕露。”

“哪怕是演技再好的演员老师，都逃不过观众和观察员的眼睛！哪怕是最深藏不露的暗恋，也会在这档综艺里暴露无遗！”

余峥玩五彩绳的指尖顿了下，他慢悠悠地眯起桃花眼，低声问姜燃：“这综艺玩这么大？”

姜燃用送兄弟赴死的眼神看着他，拍着他的肩膀，很认真地点了点头。

余峥迟疑了。

但温时雾充满自信，阳光开朗。

“我有什么不敢的？”她理直气壮，“我对余峥本来就清清白白！”

姜燃头疼地扶了扶额，但他对你可不清白啊，大小姐……

洛萱看向余峥：“那余峥呢？”

余峥的粉丝在直播间纷纷发表看法。

“哥哥答应她！”

“我看行！正好借此机会澄清恋情，免得某人以后还拿梨涡白月光说事。”

“这么多年也没人知道温时雾的后台，居然连余峥都驱使得动！”

但余峥还在犹豫。

洛萱挑唇：“你在想什么？是怕在这场测试里被人发现你根本就不了解温时雾，并非她的粉丝吗？”

姜燃：“……”

他是怕被人发现他太了解她，他对她的情感可不仅是粉丝对于偶像的仰慕。

洛萱给了台阶：“倒也没关系，如果你现在承认昨晚并非是你处心积虑地主动，对温时雾的维护也只是出于资本压力而非自愿，就没必要上恋综了呢。”

姜燃：“……”

可拉倒吧，昨晚不是他处心积虑还能是谁？他就是那个最大的罪魁祸首！

洛萱：“你究竟有什么顾虑？”

现在压力给到余峥这边，现场媒体和直播间观众都注视着他。

只有温时雾在心虚打鼓。她不知道余峥为什么屡次帮她，更不知道他今天为何会站出来替她说话……

她只觉得，如果不是她昨晚偷拍又被保安抓包，就不会导致这种局面，更不会把余峥牵扯进这场风波里。

温时雾深吸一口气，还是决定主动承担错误：“余老师，其实你——”

“我没什么顾虑。”余峥忽然开口打断了她的话，他抬眼深深地看着温时雾，“我参加。”

这场直播轰动了整个娱乐圈。虽然温时雾和余峥公开同意参加《绯闻恋人》，但依旧要尊重规则进行票选。

节目组的官方微博趁机来凑热闹。

《绯闻恋人》官方账号火速发文：是心动还是负累？是真相还是谎言？是绯闻还是真爱？《绯闻恋人》第三季公开招选嘉宾！诚邀广大网友为“你最想知道是不是真情侣的明星组合”投票！票选前三的明星嘉宾将收到小绯的录制邀请！心跳游戏，即将开启……

吃瓜群众火速涌向投票链接。

余峥和温时雾的名字，毫不意外以断层的数据跃居榜首。

原本温时雾还抱着些侥幸心理，想着也许没有那么多人对他们两个的绯闻感兴趣……

但如今不仅票数遥遥领先，就连她的家族群里都在兴奋地看她热闹！

起因还是她那不着调的老爹温盛意将投票链接发到了群里。

演员老爹：家人们快来投票！有空没空都给我们小朝夕点一个。

小朝夕是温时雾的小名。

来源于她十二岁那年，跟亲爹温盛意在电视剧《冬港》中扮演父女时，她演的那个角色的名字。

群里的其他家庭成员反馈积极。

编剧小姑：“已点！小朝夕这绯闻视频比我男女主拍的吻戏还像真的！”

制片舅舅：“我家狗看完之后直接跑隔壁院儿找它女朋友去了，这会儿正忙着呢。”

导演哥哥：“不像演的，建议严查。”

超模妈妈：“哎呀！这就是雾雾在家养的那个裸男吗？真人居然长这么帅的呀！”

温时雾：？

她当时就气得用力戳着手机屏：“什么裸男！我哪有在家里养裸男！”

温盛意火速发来一组照片。

温时雾闺房的床上摆满了她亲手做的，按照余峥模样打板的棉花娃娃。

只是那些娃娃没穿衣服而已。

温时雾要抓狂了：“啊啊啊啊爸！你能不能不要幸灾乐祸还捣

乱啦！”

温盛意无辜地眨了两下眼。他看着自家漏风小棉袄三下五除二就退出了家族群聊，无辜地看向老婆：“喱，她恼羞成怒，还不让我说。”

有猫腻！不就是个恋爱绯闻吗？他有得是别的办法自己弄清楚！

温时雾退群后就将手机扔到旁边，往前一趴将脸埋进抱枕里，根本不知道她那不着调的爹此时在谋划些什么。

林意羡已经在旁边嗑瓜子嗑了很久。到底是带了温时雾很多年的经纪人，她看着温时雾这副模样，基本猜了个大半：“怎么？你爸看见热搜了？”

林意羡知道一个秘密，也是整个娱乐圈都想挖，但这么多年始终没找到任何蛛丝马迹的秘密。

温时雾五岁时童星出道，十二岁时与国民演员盛意搭戏，不着调的孔雀爹和漏风小棉袄的父女人设爆火出圈，从而让她一跃成为国民女儿，此后戏路一帆风顺。

所有人都以为她走了狗屎运，乘了一波盛意的东风，或者背后有什么资本助力。

但没人知道——盛意根本就是她的亲爹！

温盛意早年故意抹去姓氏，以“盛意”两字做名，所以没人知道他们实际就是父女关系。

温时雾嗓音闷闷：“嗯，他不仅不帮我，还把链接发进群里让全家都投我！”

林意羡：“哈哈哈哈笑死。”

温时雾不服输地抬起头：“羡姐你还笑！你到底站在哪边的！”

林意羡耸肩：“本来是站在你这边，但谁让你不听劝非要去偷拍余峥。这下好了吧？被拍咯，还要上恋综咯！”

“那我根本就忍不住嘛……”温时雾小声嘟囔，“多好的机会啊，我偶像第一次亲自出席颁奖典礼耶！”

她以前都没机会跟他同台的。

“况且，”温时雾吸了下鼻子，“事情闹这么大明明是洛萱造谣我！”

林意羡看着她那双楚楚可怜的小鹿眸，叹息一声，正准备开口安慰。

却见温时雾忽然兴奋地翻了个身，很快就将烦恼抛到九霄云外：“不过我那晚拍到的余峥真的好帅，嘿嘿嘿……”

林意羡的气血瞬间上涌，想掐温时雾的魔爪也差点儿收不住。

但温时雾没注意她，她认真翻看起内存卡里的照片，欣赏着那晚在侧台拍下的照片。

照片里，余峥站在星河绚烂的舞台灯光下，蓝色灯光落在他浓密的长睫上，晕染出如鸦羽般翩跹的幻梦感。

他麦克风握得比较靠上。手指筋骨清晰，冷白得像是竹节。唇瓣贴近时喉结也跟着动，侧面角度看那凸出的部分，显得他性感爆棚。

更别提他的宽肩窄腰。

向来不喜欢花里胡哨的余峥，那晚却破天荒地戴了枚钻石胸针，将他整个人都衬得更贵气了些。

温时雾："嘶哈……"

林意羡简直恨不得一巴掌呼上她的脑袋。

"但说起来，余峥到底为什么帮你？"林意羡有些想不通，"不仅帮你躲掉保安的追捕，直播时还站出来替你说话，甚至连恋综都能愿意陪着你上。难不成真像网友说的？你就是余峥崇拜的那个白月光梨涡妹妹？"

"想什么呢羡姐？"温时雾对她的脑洞嫌弃极了，"我们资深粉都知道，余神的白月光跟他好久前就认识，我以前又没见过他。"

"真没见过？"林意羡总觉得蹊跷，"你在剧组遇见那么多人，就没有哪个长得好看，唱歌也好听的天之骄子？"

余峥这人脾气并不算好，鲜少管别人的闲事。出道即成顶流，生来耀眼。女娲将他的脸捏成了艺术品，上帝又赐了他天籁的嗓音，以及令人羡慕的创作才华。

大概也正因如此，他的桀骜反骨和随心所欲在大家眼里都是理所当然的。他生来就有足够的资本，不为任何人折腰。

其实这次也不必的。他本可以用沉默的方式明哲保身，以无辜的姿态远离这场风波。可他偏要站出来替温时雾说话。

林意羡盯着她，盯得温时雾有些发毛。

温时雾不由开始搜寻自己的童年回忆，脑海里忽然闪现出了一个人，但又很快被她否决了。

他们不像。况且他又哪里是什么天之骄子？

唉，也不知道他现在怎么样了，有没有过得好一点儿。

温时雾摇头："应该没见过。"

"算了。"林意羡摆摆手，"可能是我想太多，不过这样也好，绯闻澄清起来会更利索些，免得他家粉丝总逮着你咬。”

“总之，你跟余峥上综艺时注意点儿，别再给我惹出更多麻烦！”林意羡耳提面命。

温时雾被她吵得耳朵疼。她抬起脸蛋，拖着长腔，敷衍至极地回应着：“知道啦——”

反正她对余峥心思清白。上恋综也不过是去澄清绯闻的，哪怕节目组再荒唐，假的也真不了。

只要她余峥大粉的微博小号不被暴露，也不被人发现她是圈内超有名的那个专做余峥棉花娃娃的手作娘，就肯定不会惹出更大的乱子。

第二章

♪

节目开播

很快就到了恋综开播的那天。

嘉宾们乘坐航班，各自前往第一站的拍摄地。

拍摄地设在本国最南端的亚兰岛。

到底是抹茶 TV 的头部爆款综艺，前两季又因为挖出不少猛料，而被网友封为“吃瓜神综”，年年播出时都上热搜。

这一季也不例外。况且还有温时雾和余峥这两大顶流的加持，以及前段时间的绯闻热度。

因而，到《绯闻恋人》正式开播前一小时，预约人数已突破 3000 万人次！

网友蹲点想要吃到第一手瓜。直播通道开启时，数千万人同时涌入直播间。

镜头精准地切在场外观察席，嘉宾的身影陆续进入观众的视线。

洛萱甜美地笑着打招呼：“嗨！大家好，我是本季的观察员洛萱。”

观察席嘉宾是能看到弹幕的。因为他们不仅要看着直播，实时评价嘉宾在恋综中的行为，还要随时与观众互动。

看到粉丝在弹幕表达对自己的喜欢，洛萱不由满意地弯了弯唇，但她没有表态。

镜头又转给她身边的另一个人，特写切到他脸时，所有网友都震惊了。

姜燃正臭着张脸坐在沙发上。

他穿着一身与演播室格格不入的荧光拼色外套，头发还是之前染的蓝毛，银色项链肆意随性地挂在内衫外。

这人看起来似乎有点儿不爽。面对镜头，他坐也没个坐相，大剌剌地敞着腿，抬了抬下颌敷衍道："我是本季的观察员，姜燃。"

弹幕里瞬间被爆笑刷了满屏。

"哈哈哈居然是姜燃！"

"这哥看起来脸好臭啊，像极了被迫营业！到底是谁让他来的？"

"燃哥你要是被绑架了你就眨眨眼。"

姜燃扯着眼皮睨了眼直播间弹幕，生无可恋地眨了两下眼。

观众再次发出无情的嘲笑声，并且大胆表达了自己的猜想——

好兄弟就要有难同当，一定是余峥逼迫的！

余峥的白月光神秘至极，所有人都好奇背后故事，不由期待地摩拳擦掌起来。

这次的观察席只有三位嘉宾。另外还有一个娱乐圈小花，叫林星柚，是个追星女孩，大家都知道她是盛意的粉丝。

只是她名气不高，匆匆跟观众打过招呼就没了镜头。

节目组在屏幕上打出字幕：第四位嘉宾正在来的路上，神神秘秘中……

观众们并未在意，毕竟观察席从来都不是《绯闻恋人》的亮点，大家还是更期待正片！

所幸节目组也是有眼力见儿的，在介绍完观察席嘉宾后，镜头便陡然切给了万众瞩目的正片场。

一抹温软明媚的身影率先闯入镜头。哪怕只是背影，粉丝们也很快就精准识人，这是他们最喜欢的"女鹅"。

"啊啊啊！这蝴蝶骨！这小蛮腰！第一个入镜的绝对是我家时雾！"

"真的信守承诺来恋综啦！呜呜呜快给网络妈咪亲亲抱抱贴贴。"

"哇！时雾今天好漂亮啊！"

摄像师往上一摇，镜头拍到的果然是温时雾那张脸。

比起那天跟洛萱直播时的清透素颜，她今天化了很精致的钓系妆容。

拍她特写时，温时雾恰好抬眼看向镜头，根根分明的卷翘长睫，像小扇子似的往上掀了下，饱满漂亮的卧蚕涂了亮闪闪的粉。

似是意识到镜头在拍她，她甜软一笑，两边的小梨涡露了出来："大家好呀！我们又见面啦！"

"救命！美颜暴击！时雾这两颗小梨涡每次都能美到我的心上！"

"这谁看了不心动啊？余峥跟她朝夕相处不也得心跳加速啊！"

但温时雾是看不见弹幕的，茫然地看向摄影师："接下来是什么流程？现在我应该去哪里呀？”

摄影师指了指旁边。温时雾转眸望去，果然看见不远处就有箭头，似乎指向了某个单独的摄影棚。

“谢谢呀。”她向来很有礼貌。在跟摄影师甜甜地道了谢后，便毫不犹豫地拎起裙摆走过去。

而此时的导演史珂正紧盯着监视屏。

温时雾刚走进摄影棚，导演的机器人拟声便响了起来：“温时雾——”

温时雾在规定的位置站好。

听见指令声，她疑惑地望向四周，顺便观察了下摄影棚的环境，却发现这里空空荡荡的，什么都没有。

机器人的声音再次响起：“请问你做好准备接受绯闻挑战了吗？”

此时温时雾还不知有什么危险等着她，她点头：“准备好了。”

镜头拍到她那双清凌凌的鹿眸，大方，干净，坦然，不像有任何心虚。就连那两颗小梨涡也甜得要命。

但就在下一秒，整个直播间的镜头蓦然拉黑，一道巨响猝不及防地响了起来。

紧接着便是温时雾的尖叫声：“啊啊啊！”

上一秒还是时雾甜软的笑靥，下一秒却突然发生这种事，观众们都被吓到了。

“发生了什么？干吗突然黑屏呀！都直播了怎么还搞得神秘兮兮！我要看我要看！”

“不会出什么事了吧？那尖叫好凄厉，喊得我整颗心脏都被揪起来了！”

“我突然想起前两季的恐怖场面！是地狱级拷问环节吗？导演你别第一期就来这么猛啊！”

直播间信号断开。

温时雾的粉丝急得不行，就连姜燃都倒吸一口凉气：“这咋了？摄像机坏了？”

洛萱前两季都做过观察员，她只笑了笑：“不着急，不会涉及人身危险的，你看看就知道了。”

姜燃紧皱着眉头继续看直播。

信号果然很快恢复，但视角却并未再放在温时雾那边，而镜头拍到的，是一抹宽肩窄腰大长腿的身影。

摄影师是懂如何保留神秘感的。镜头没有带到他的脸，首先进入观众视线的，便是那苏感爆棚的宽肩窄腰。

紧接着视角变化，特写镜头就又聚焦在了他的领前，拍到来人喉结和白皙灼眼的锁骨。

直播间观众瞬间炸了！

“啊啊啊余峥！这肯定是余峥！”

“凭喉结识人谁能懂啊！除了余神，还有谁这么引人注意！”

“谢谢宝贝治好了我的斜眼病，我眼睛都看直了！”

余峥出场，综艺流量再爆。许多粉丝很早就在等待他的出现，火速点进抹茶 TV 观看直播。

这时镜头也终于切到他的正脸。尤其是那双迷人的桃花眼，眨动着长睫撞进所有人的视线。

“嘶……”林星柚在观察席都忍不住激动起来，“余峥真的好帅啊！”

姜燃没好气地朝直播翻了个白眼，心道有些人虽然看着像模像样，但心却黑得像个吸血鬼。

某人生怕自家白月光上恋综受欺负，硬是把好兄弟也拉过来垫背，特意让他在观察室里好好盯着洛萱那张乱说话的嘴。

坐牢！这简直就是拉他过来坐牢！

于是姜燃哼笑：“他这人，浑身上下也只有这张脸能算得上是个优点。”

而余峥此时正注视着镜头。他懒散地抬了抬下颌，哪怕只是半敛着眼皮，那跩劲儿也惑得人心神荡漾：“大家好，余峥。”

直播间再次被粉丝的“啊啊啊啊啊啊啊啊”刷了满屏。

而余峥也走进节目组为他安排的单间摄影棚，不过比起温时雾刚才那个四周都是白墙的房间，他这里却更黑一些。

“余峥——”同样的机器人声音响了起来，“请问你做好准备接受绯闻挑战了吗？”

余峥掀起眼皮，他看见天花板一角的音箱，漫不经心地“嗯”了一声：“准备好了。”

这次观众们都知道即将发生恐怖故事，于是都目不转睛地盯紧屏幕，对未知充满了紧张和好奇。

一声巨响蓦然响起：“咔！”

紧接着整个摄影棚被瞬间拉闸，余峥的周身全部陷入了无尽的黑暗。

刚还在心里疯狂吐槽好兄弟的姜燃，看到这场面拍案起身。

洛萱和林星柚都被他吓了一跳。

洛萱很烦他这一惊一乍，但还是虚伪地笑问："姜老师，你怎么了？"

"不是我怎么了！是这节目组！"姜燃紧皱眉头盯着直播，"别告诉我这是导演设计的环节？余峥有夜盲症！他怕黑！"

"啊？"林星柚惊讶地看向直播。

这次节目组没有将镜头切走，而是仍然停留在余峥所在的场景，不过直播开启了夜视模式。

余峥的确有夜盲症，称不上怕黑，但他一个连睡觉都要留盏灯的人，的确厌恶这种在黑暗中未知的感觉。

周遭全部陷入黑暗后，余峥定在原地。

他眉心微蹙，偏头看向来的方向，正准备走过去，将门打开重见阳光。

但这时却忽然听见隔壁好像传来了温时雾的尖叫声："啊啊啊！"

紧接着上锁声也突然响起："咔！"

余峥的脚步顿住，蓦然转身向尖叫声的方向望去，但一片漆黑的环境让他找不到路。

他明白了，这是节目组设计的环节。

此时，机器人的声音再次出现："欢迎各位来到《绯闻恋人》第三季，我是导演，史珂。"

各嘉宾的直播间信号陆续恢复。

温时雾那边黑掉的屏，也逐渐重新亮起光来，但不再是方才空荡简单的房间。

镜头俯拍，只见温时雾站在活动范围不大的悬崖立柱上，四周是不见底的万丈深渊！

"我天！这是哪儿？"

"时雾宝宝刚才不是还在录影棚吗？怎么突然被节目组送到这种地方了！"

"天啊，别这样吓时雾！她小时候吊威亚拍戏时摔过，她超级恐高的啊！"

观众们的心都被揪了起来，生怕时雾被导演设计的悬崖吓哭，更怕她拍个恋综拍出什么闪失。

此刻温时雾也的确慌极了。

她都没反应过来发生了什么，只是在回应导演做好准备后，她脚底的场景就突然变化，周围如山崩般全部塌陷了下去。

温时雾吓得尖叫，她闭上了眼睛根本不敢看，再睁眼时就发现自己站在了悬崖中央。

脚底似乎是做出来的投影特效，但身边确实是空的，全都塌下去了，她站在这窄小的空间无法离开。

温时雾的眼尾沁出小泪花："没人告诉我录个恋综还要借胆来啊！"

"你也可以现在退出。"机器人回应。

这机器人是用软件模拟的声音，说话的人，就是刚才做自我介绍的导演史珂。

温时雾想哭，她想哭的时候什么都顾不得，直接口出狂言："史珂……屎壳郎吧，你还史珂！"

"哈哈哈好可爱！"

"时雾的'小珍珠'都快掉下来了，啊啊啊导演——啊不！'屎壳郎'！你是怎么舍得这么对待我们香香软软的女鹅的啊！"

史珂："……"

虽然他知道他这名字确实不行，但他好歹是综艺圈有名的导演，还没被人真的当面喊过"屎壳郎"！

史珂的脸很黑，骂人的话就在嘴边，但他还是忍住了："你自己刚才说准备好了的。

"不过后悔也没关系，挑战过程中，只要你肯承认自己对余老师的心思，我会立马送你离开。"

温时雾："你们这是严刑逼供。"

她倔强地扭过头去，结果余光瞥见那恐怖的深渊，于是她连忙闭上眼睛："没有就是没有，休想让我屈打成招！"

史珂早就料到了这个答案。所有嘉宾刚来这档恋综时都是这样，总要先嘴硬几天，但早晚都会承认。

而余峥那边也同样接受了拷问。

史珂模拟的机器人声响起："余峥，请问你是否要选择将责任推给温时雾，承认那晚其实是她缠着你不放，从而换取立刻摆脱黑暗的机会？"

余峥低敛着浓密的睫毛。

夜视镜头下，他五官被刻画得更清晰，就连眉骨似乎都跟着深了几分。他慢悠悠地昂起下颌："用毁人姑娘清白的谎言，换我自己的自由？"

余峥嗤了一声："不换。"回应得干脆利落。

粉丝都快急死了，不明白他究竟为什么宁愿苦了自己都非要护着温时雾。

洛萱也看着直播皱了皱眉："余老师还真是好有绅士风度啊……"

林星柚持不同意见："余峥真的好有男子气概！他说不能毁温老师清白，说不定他说的那些都是真的，并且他的的确确就是温老师的剧迷呢？"

洛萱被她的天真给气笑了。她断定道："怎么可能？就算余峥真要粉谁，肯定也只会粉他那个白月光吧！我劝你最好还是别想太多了。"

而正片录制场地里，没有任何一位嘉宾选择翻供离开，除了余峥和温时雾这对，另外两对绯闻明星情侣也坚持决定参加接下来的挑战。

所有入口和出口都被全部封死。

史珂恢复原声："恭喜各位嘉宾通过第一关的考验！接下来宣布下一关挑战规则！"

温时雾蹲在地上不敢站起来。她抬起脸蛋，眼巴巴地看着导演用来传达游戏规则的音箱。

"本关，答题测试！"史珂继续介绍道，"请嘉宾听题作答，在规定时间内，回答相关问题。每答对一题，相应房间内的危险系数将下降一级，答对所有题目即可安全离开。"

温时雾紧张地抱紧自己。

她的确非常恐高，是生理恐惧，这源于小时候吊威亚拍戏时从高空坠落。虽然那次没有受伤，掉下来时很幸运地摔到了软垫上，却留下了不可磨灭的阴影。

温时雾根本不敢看她身边的深渊有多么深，她就一直仰着脸，鹿眸里雾气弥漫，可却好似并没有要服输的意思。

这时，机器人的声音再次出现："下面即将播放的内容是——余峥粉丝问答卷！"

温时雾先是怔然一瞬，下一秒眼睛就忽然亮了起来，连眸中的雾气都消散得干净。

"粉丝问答卷？这是要考验温时雾的粉丝身份吧？看看她是不是真的事业粉。"

"这导演是会玩的。"

“哈哈哈哈时雾女鹅的眼睛都瞬间亮了，好像对这件事超有把握的样子。”

温时雾当然对这件事超有把握，她喜欢了余峥四年！当然只是粉丝的那种喜欢，而且的的确确仅限于事业和颜值。

作为余峥的资深粉丝，她敢说绝对没有答不出来的题！

此刻温时雾也雀跃极了，感觉那颗被高度恐惧抛起来的心，开始在高空畅游，甚至展开翅膀自由飞翔了起来。

“这个我擅长！”她积极举手，“快问你快问！问完了放我下来啊，‘屎壳郎’！”

史珂：“……”

他真是一秒都不想再看温时雾这边的监视器，免得一遍遍听她喊自己“屎壳郎”，干脆将这边交给副导演。

提问也已经开始。机器人：“请问余峥的出道日是？”

温时雾：“2020 年 6 月 21 日！夏至！那天也是他二十岁的生日！”

第一题答对。

温时雾身边用来制造悬崖恐怖氛围的升降台，果然往上升高了一点儿。

她偷偷瞟了一眼。但对高度的恐惧心理，还是吓得她小心脏直颤。温时雾连忙将试探的小眼神收回，闭上眼睛将自己抱得更紧。

不看不看……只要不看就一定不会害怕了！

温时雾安慰着自己。

她深呼吸着，但还是忍不住发颤，掌心里也早就已经沁满了冷汗。

答题继续。

…………

余峥也面临了同样的境遇。

导演给他分发的问卷与温时雾类似，也是用来测试他的粉丝身份，每答对一题就能打开一扇门，直到离开黑暗长廊。

史珂还特意问了观察席：“三位觉得，余老师能成功通过测试吗？”

林星柚是个资深追星女孩。她心思单纯，始终感觉余峥不像是会被金钱左右的人，更愿意相信他亲口说的是真的。

“我觉得说不定！”林星柚很期待，“毕竟余峥都亲口说自己是温老师的剧迷了！”

洛萱冷笑，她毫不犹豫地反驳：“那种维护温时雾的说辞你也信？他俩以前可从无交集，如果是剧迷，怎么可能现在才见面？”

林星柚被撑得不高兴。但她咖位比不上洛萱，只能小声嘟囔：“说不定跟我一样，虽然喜欢盛意但至今都没机会见到呢……”

洛萱：“余峥是顶流，能跟你一样？他要真想见偶像，还不就是张个嘴的事？”

“还是洛老师自信。”姜燃突然开口，“总能把自己造出来的谣当成真相。”

洛萱的身体蓦然僵了一下。她转眸看向姜燃，不知道为什么，对上他硬朗的眉眼总有些发怵。

姜燃自信地挑眉：“我兄弟指定我最了解，看着吧，他一道题都不会错。”

观众：“？”

这哥好像知道很多内幕的样子！不简单！绯闻这件事绝不简单！

可余峥的粉丝总是不死心的：“我相信哥哥！他绝对不可能是温时雾的粉丝！”

而此时镜头已经给到余峥，语音提问正式开始——

导演：“温时雾的生日。”

这是再基础不过的问题。

余峥抬起眼眸：“2002 年，1 月 30 日。”

第一题答对，第一扇门被打开。

粉丝很淡定：“这么简单的题答对也正常，上网都能查到。”

导演：“温时雾六岁出道时，出演的首部作品是什么题材？”

余峥：“古装仙侠题材。”

这也是网上能查到的答案，他还额外补充道，“《桃花引》，她出演童年小妲己。”

但第二扇门没有被打开。

嘿嘿掉进陷阱了吧！史珂兴奋地搓着手。

但下一秒就见余峥散漫地抬眼，淡定地修正道：“不过，她是五岁出道。”

史珂的笑容瞬间僵在脸上。

第二扇门也被打开。就连温时雾的粉丝都蒙圈了，他们好多人都记不清她几岁出道。换成他们可能都要掉进陷阱。

史珂也没想到余峥居然是个硬茬，他决定下点儿猛料，于是抛弃原本设计好的问卷。

史珂："温时雾最怕什么？"

余峥："她怕高。"

粉丝："不稀奇不稀奇，这已经是全直播间人都知道的事了。"

史珂："你知道她最不喜欢吃甜食，杀青宴从来不吃剧组准备的蛋糕吗？"

余峥低声轻笑："不，她喜欢。"

粉丝："他还敢质疑提问者？"

余峥唇角挑着让人心荡的笑："她最喜欢吃甜食，但辛苦各位导演以后准备杀青蛋糕时记得避免麸质，她会过敏。"

史珂转头看向副导演："她过敏吗？"

副导演也不知道，他们立马上网搜索，还真看见有媒体报道过她麦麸过敏，小时候还因此在剧组里晕倒过，当时差点儿休克。

粉丝："这种连导演都不知道的事也是你能知道的？！"

史珂逐渐觉得这样也难不倒他。于是他愈发刁钻："接下来我们开始做判断题，你必须将错误的答案给更正。"

余峥挑了下眉，接受挑战。

史珂："温时雾的应援色是蓝色。"

余峥："错，是樱粉色。"

史珂："她口味重，特别喜欢吃辣。"

余峥："噢，她才不喜欢。"

史珂："她讨厌冬天。"

余峥："她生于冬，她喜欢她的生日。"

史珂："这道题你肯定答不上来！我就只说两个字——除夕！"

所有人都屏气凝神地看着他。

就连温时雾的资深粉丝，在听见史珂这个问题时，都没立刻反应过来什么意思。但余峥的眼角眉梢却像是化开，他笑了："不是除夕。"

余峥站在最后一扇门前，哪怕因为夜盲症看不清前路，却依旧昂着下颌，隐约的光亮像月牙般浸在他清泉般的墨瞳里。

"是朝夕。"

史珂想问的就是温时雾的这个昵称，或者算是她的小名，但为了提升难度，他没有将这个问题补充完整。

余峥散漫地单手揣进兜里。他指节微动，将随身携带的那根五彩绳钩进手心："只争朝夕的朝夕。"

众人全部被震惊到。

"只、争、朝、夕！"

"怎么办家人们？我要开始信了！这么刁钻的问题他全能答出来！"

"尤其是麦麸过敏那条，导演都没注意的细节余峥居然知道，而且他还提醒剧组以后给温时雾准备无麸质蛋糕！"

"只争朝夕！不会吧？我突然想起余神自我介绍时总会说的那句话……"

"往后余生，只争朝夕，顶峰相见。"

"我以前一直以为是他名字的释义，现在看来，不会是因为温时雾吧？！"

直播间观众十分好奇，就连余峥的粉丝恍惚地看完这段答题测试后，也开始思考……

难道自家偶像真是温时雾粉丝？是他们错怪人家女孩子了！

#余峥 答题满分#

#只争朝夕的释义#

#余峥他居然来真的#

#这小子是真喜欢温时雾啊#

无数相关词条迅速爬上热搜，许多没时间看直播的人茫然着点进来。

咋啦？不是说去恋综辟谣绯闻吗？怎么变成真的啦？！

大家疑惑地点进抹茶 TV 的直播，也恰好在这时，最后一扇门打开。

刺眼的光重新照在余峥的脸上。他眯着眼睛侧脸避光，高挺的鼻梁和深邃的眉骨，在打光下更显立体。

在适应好光线后，余峥将脸转回来，再次看向镜头，眉尾一挑："现在信了？"

洛萱坐在观察室里攥紧了双拳。

"说了那晚是我主动。"余峥还在解释，"发生了点儿意外，温老师跑丢了高跟鞋还崴了脚，我才会将她抱起来。亲吻确实是视觉错位，我虽然是粉丝，但还不至于这么——"

像是说不下去了，余峥顿住，转而轻"啧"了声："流氓。"

粉丝："误会了！好像真的误会温时雾了！"

“不过——”余峥又偏头看向镜头。

而洛萱也在看着直播间，那一瞬间，她隔着屏幕与余峥对视。

分明是那样勾人的一双桃花眼。但她没有被电到的心动，倒像是被一条毒蛇盯住了，遍体生寒。

“既然确认了我是她粉丝，就请尊重我的各位，同样也尊重她。”余峥低着眼眸懒散一笑，“毕竟，温老师好像也是我的粉丝？大家都知道——”

“我这人，很宠粉的。”

直播间观众：“啊啊啊啊啊！！！”

“这小子有粉他是真的宠啊！为了给粉丝辟谣特意来上这破恋综！”

“我突然感觉好对不起温时雾，错怪了她。”

“我信哥哥是温时雾的剧迷了！我偶像的偶像，以后就是我偶像！”

“说真的，温时雾长得超漂亮，性格好演技还在线，而且她在隔壁答题简直太牛了！我一个余峥铁粉都自愧不如，现在好喜欢她！”

“时雾等我！我这就给你和你的超话都点上关注！”

舆论风向忽然得到了极大的扭转。

林意羡在公司焦头烂额，每分每秒都在担心温时雾会不会惹出新的乱子。

结果公关部却忽然来找：“羡姐，事情突然有了一个奇怪的走向。”

林意羡：“怎么？”

公关部：“之前不喜欢温时雾的人，哦，也就是余峥的那些粉丝，突然都跑来给温时雾点关注了！”

林意羡连忙抓起手机打开直播。

恋综直播间里，温时雾人气飙升，她的直拍视角还飘满了“彩虹屁”弹幕。

而温时雾已经完成了大半挑战。

测试题全部回答正确，快且精准无比。基础到余峥克莱因蓝的应援色、每张专辑的发行时间、所获的各大奖项。又细节到他最近唱过哪首歌、参加了哪些公益。

甚至史珂还刻意过来刁难，让她倒着对答歌词接龙！温时雾全盘接受且全部挑战成功。

史珂咬牙切齿：“最后一题！”

温时雾轻哼：“来吧，‘屎壳郎’！”

林意羡震惊地看向公关部工作人员："她在管谁喊'屎壳郎'？"

史珂导演！那可是业内威望极高的导演！

但正录制着恋综的温时雾哪会理她，她此时已经答题答兴奋了。

因为通关顺利，恐怖系数降级，虚拟制造出来的深渊看起来不再像最初那样可怕，就连四周升降台也抬起。

温时雾逐渐摆脱恐惧站起身来。

生理上的惊惧感被一点点放下，掌心里的冷汗也一滴滴被蒸发。

"这是本场难度最高的一道题。"史珂特意给温时雾打了预防针。

余峥的粉丝们早就都蹲了过来。

大家津津有味地欣赏温时雾答关于自家偶像的题，顺便也为她捏了一把冷汗。

毕竟一旦这题错误，一切也都前功尽弃。

"听题。"机器人声响起。

温时雾抬起眼眸，漂亮的鹿系眼睛很是明亮，像是倒映了漫天的星辰。

"下列四个微博昵称中，作为余峥饭圈中知名大粉，且拥有百万粉丝量的是——"

"A. 樱桃。"

"B. 哇达西蛙。"

"C. 猪是倒过来念。"

"D. 夕拾朝花。"

直播间里的观众都不禁倒吸一口凉气。

"天哪！不愧是最后一题，真的好难。"

"作为粉了余峥三年的资深粉丝，我听到这四个名字都脑瓜嗡嗡……"

"对于你们粉丝，这种题能有什么难的？"

"你不懂！虽然我们是粉丝，但不是所有人都会在意圈里具体都有哪些大粉的。而且这四个里除了 B，其他三个都是余峥大粉！关键这道题还要回答谁的粉丝量超过百万！谁闲着没事会注意这些啊？"

经大家一解释，不了解情况的吃瓜群众也明白了。

这题的确非常难，观察室里的林星柚都紧张了："也不知道温老师能不能答对……"

此时洛萱的脸色早就绿得要命。

从看到舆论反转的那一刻，她就已经开始觉得面子挂不住了：“都说这题很难了！她怎么可能答得对！”

林星柚和姜燃对此不予置评。而温时雾的确正在思索……

不是她答不出来，而是这唯一的正确选项为什么是自己的微博小号啊！

偏偏这时网友还带来第一手资料。

“我刚挨个儿去搜了下，我感觉这题的答案应该是D！夕拾朝花！”

“对对对，肯定是她！我知道她！她在超话里非常活跃的！”

“我也是她粉丝！她产出的照片一绝！每次余峥参加活动她都能带来其他站姐拍不到的美图，而且后期特别牛！”

“我倒没注意过这些图……但我买过棉花娃娃！你们说的夕拾朝花，是圈里那个超级有名的手作娘吗？”

众人：“棉花娃娃原创手作娘？！”

许多不知道这题答案的人，在这个话题里也被忽然唤醒了记忆。

棉花娃娃，是一种带有明星属性，按照“明星脸”来设计制作的玩偶娃娃。

许多女孩在喜欢上一位偶像后，都会绞尽脑汁收一个娃在家里养，给它化妆换发型，甚至穿上漂亮的小衣服。

售价不贵，玩法多样，受到不少女孩的喜爱。

而这位“夕拾朝花”，就是专门做余峥属性棉花娃娃的原创手作娘。

没人知道马甲背后的人是谁，除了温时雾自己……

而此时，夕拾朝花本人正仰脸望着那提出这个问题的音箱，并在心里暗骂了八百遍屎壳郎。

偏偏“屎壳郎”还挑衅：“怎么？号称是余峥超级无敌铁粉的温老师答不出来了吗？”

温时雾反驳：“才没有！”

她只是不想掉马！

参加恋综前她就在心里暗暗发誓，虽然不怕被人知道粉籍，但绝不能让大家知道她微博小号就是夕拾朝花！

毕竟她之前经常在这个小号上分享给棉花娃娃洗澡视频，还给它摆弄头发，穿漂亮衣服，捏捏这里揉揉那里……

温时雾在心里不断嘀咕，但又觉得答个题应该也不至于被发现。

史珂催了：“倒计时三秒钟！”

周围的升降台又开始塌陷，深渊特效的眩晕感瞬间排山倒海般涌了过来。

恐高的惊惧感再次袭来，温时雾慌忙闭上眼："等……你等会儿！我答！我答还不行吗！"

史珂叫停特效组和装置组，决定给她个机会。

温时雾紧紧地攥住裙角，从紧绷的颈线都能看出她的惧怕："D 选项，夕拾朝花。"

她给出了最终答案。机器人立刻说道："恭喜通关！回答正确！"

温时雾被拉扯起来的心脏瞬间放下，但依然按捺不住快得难受的心跳。

她尝试着睁开一只眼，便见摄影棚内光影变幻，升降台逐渐回到原本的位置，四周的路都重新平齐，但深渊特效依旧将她包裹在中央。

温时雾是没法相信"屎壳郎"了！她一秒都不想再在这个地方多待，于是便伸出只脚试了试。

踩稳，地面的确是平的。

于是温时雾缓缓地呼出一口气，正想闭上眼克服恐惧从特效里跳离。

但就在这时，一声巨响蓦然充斥着整个摄影棚。

温时雾惊悸地抬眸，只见那深渊特效蓦然越来越深，一种视觉上的强烈下坠感，配合着她脚下平台的剧烈晃动，再次将她的恐惧拉到了顶点！

直播间观众的心脏也被吊了起来，震惊又担心地看着眼前的画面。

偏偏温时雾刚才想逃跑的心太急，她踩着高跟鞋没站稳，整个重心向后倒去。

"啊！"尖叫声再次响了起来。

温时雾的脑袋已经彻底停止运转，她闭上眼睛承受着对高度的惊恐，也不知道接下来迎接自己的会是什么。

然而，曾在她心里留下过重大心理阴影的坠感并没有袭来。

温时雾只觉得急促的呼吸里荡进一股熟悉的乌木佛手柑香，紧接着，她的后腰便被稳稳抵住，清冷性感的嗓音在她最崩溃时，低低地钻进她的耳朵里："温老师，小心。"

蝴蝶差点儿坠入深渊。

恰好神明路过，将其打捞，放归旷野。

温时雾还没从惊悸中回过神来，但乌木佛手柑的清冷香调，和余峥的炙热体温，却无孔不入地沁进她的感官里。

镜头下，是两道纠缠得暧昧至极的身影。

余峥将温时雾扣在怀里，筋骨清晰的手指，掐握住她纤若无骨的腰。

而温时雾则在惊慌之下随意一抓，攥住余峥的衣领，就将他的领口扯了下来，他的胸膛瞬间暴露小半！

直播间内外的人全部呆住了。

一时间，大家都不知该先担心温时雾，还是为这暧昧场景发出爆鸣般的尖叫！

“又是一幅世界名画！”

“啊啊啊救命！为什么这俩人一同框就总让人有种欲火焚身的感觉！”

“这是演的吗？这不是演的吧！”

“余神的手背青筋，我好爱！谁懂他俩的体型差和性张力啊！”

“温时雾，追星的最高境界！温时雾又一次替我实现梦想！”

余峥粉丝对温时雾已经释然，两人又是回答了与彼此相关的题目，考核通过后才得以在这种场景下相见，莫名拉扯出一种双向奔赴的宿命感。

温时雾也逐渐回神。

她胸腔里的心脏抑制不住地猛跳，背后沁出的冷汗也没有散开。一抬眼，她就撞进余峥那双下敛的桃花眸里。

又是同样的窘境，又是与上次如出一辙的狼狈，她再次撞进余峥怀里。

温时雾的呼吸变得更加急促，也分不清是吓到，还是离他太近了。直到思绪被清冷性感的嗓音勾回，她听见余峥近乎贴在自己耳边的声音：“温老师。”

温时雾慌张地松开手。被她扯过的衬衣领口收回去些许，但依旧松松垮垮地荡在余峥的锁骨下。

他低问：“吓到了？”

观众们再次发出爆鸣般的尖叫。

就连观察室里的林星柚都激动了：“啊啊啊好甜！这画面真的好甜！”

而姜燃只想扶额，心道这人真不知收敛。

洛萱则看不下去，她根本不知道余峥现在这种行为究竟又是闹的哪出！

史珂也很蒙，刚才发生的事纯属意外，是特效组和装置组那边操控失误导致，却没想到阴差阳错造就了这种名场面！

可当事人却怕极了。温时雾没想跌进余峥怀里，她分明是要来澄清跟他之间的绯闻的！

生怕再造成误会，她慌忙退出余峥的怀抱："谢谢余老师，是我冒犯了。抱，抱歉。"

余峥只觉得掌心温度瞬间散了。她身上的甜橙香还没来得及等他贪恋，就被无情地从他呼吸中抽离。好像所有事情都回归了正轨，却只有他的心跳，漏失了一拍。

余峥低低地轻"啧"了一声，听不出情绪。

所幸这时罪魁祸首史珂出来解围："咳！抱歉两位，刚才只是个意外……"

余峥用指腹轻捻了下掌心，收回手。他状若无意地扫了眼温时雾的脚踝，然后才慢悠悠将视线收回。

史珂的声音再次响起："首先，恭喜两位通过了初级问卷测验，这也意味着你们将正式进入综艺，迎接更大的挑战。下面发放任务卡。"

编导立刻将卡片拿过来。

余峥和温时雾同时伸手去接，指尖很意外地在卡片边缘触碰了下。

那个瞬间，温时雾只觉得心脏都像过了电，她慌忙将手缩回来，别开脸，眼神飘忽。

直播间观众都笑死了。

"哈哈哈哈哈女鹅满脸都写着好害怕，生怕绯闻越传越凶。"

"看得出来时雾很努力想澄清了，刚才答题时那么兴奋，现在偶像就站在自己的面前，她却看都不敢看一眼。"

"说来奇怪，虽然这俩人啥事没有，但我总感觉他俩之间像牵着一根隐形的红线。"

"对对对！就算保持距离，两人之间的张力也超强！我好想钻进屏幕把他俩之间的空气屏障给合上啊！"

虽然大家都知道自己是瞎说，其实温时雾和余峥之间大概率是清白的。

最终还是余峥将任务卡接了过来："缘分天注定。请两位嘉宾分别在'1-20'和'1-6'中选择两个幸运数字，写下来后，带着卡片进入下一个任务场景。”

这任务听起来倒是平平无奇，温时雾小声嘟囔：“真有这么简单？我觉得‘屎壳郎’肯定没安什么好心……”

余峥慢悠悠地将眸光朝她睨去，他意味深长：“屎壳郎？”

史珂，男的，“屎壳郎”。

余峥笑着挑了下眉：“好名字。”

史珂沉默。史珂在监视器前无能地狂怒着。

余峥将任务卡递过去，眼睫低敛地看着她：“温老师先选？”

温时雾没有犹豫：“我喜欢 15。”

时雾，十五。

既然选择范围有“1-20”那么广，她是一定会选择 15 这个数字的。不然平时的话她就会选……

余峥：“我选 5。”

他取下编导别在卡片上的钢笔，分别将这两个数字写了下来。

温时雾不禁有些讶异，心道他的幸运数字竟然跟自己一样。

编导为他们引路：“两位老师带着写好数字的卡片去到那边的摄影棚就可以了。”

余峥颔了下首。

温时雾甜软地笑望着编导，两颗漂亮的小梨涡勾人得要命：“谢谢呀。”

余峥不由被吸引得目光下敛，心里有点儿不爽。她怎么能对别人笑得那么甜，面对自己就总恨不得一躲三丈远？

新任务点的摄影棚已经准备就绪。

温时雾和余峥走进来时，看到的便是极有欧式复古电影感的棚内设计。

绮丽古典的地毯，烛火流溢的铜鎏金枝形烛台。暖黄色调将这里的氛围渲染得浪漫，让人像是置身于一幅中世纪油画。

直播间观众都感到惊叹——

“哇！好漂亮呀！”

“我还以为会是什么恐怖场景，没想到会是这么浪漫又暧昧的氛围。”

“新任务是要拍照吗？”

“反正‘屎壳郎’向来不安好心啦，既然搭建了暧昧的棚，肯定会让他俩做点儿什么暧昧的事！我们等着看好了嘻嘻嘻……”

观众们期待地搓起了手。

但温时雾却油然而生一种不祥的预感，尤其她注意到，地毯上还摆放着一张不算大的软垫，大概会派上用场。

就在这时，史珂的声音再次响起：“下面发布新一关的绯闻挑战任务——情侣写真拍摄。”

温时雾沉默了一会儿，随后又忍不住小声嘀咕：“你看我说吧？‘屎壳郎’他就是没安好心……”

余峥散漫地轻笑：“嗯，温老师聪明。”

温时雾实在没想到余峥会回应她。她伸手轻轻揉捏着耳垂，似乎不知该如何跟他互动，于是干脆别过脸去。

“情侣写真拍摄规则。”史珂继续充当他的工具人，“请两位嘉宾在限定时间内，按照由幸运数字抽取的规定动作，完成一张双人宣传海报的拍摄。

“要求不得超时，不得逃避，必须完美复刻模特样片里的姿势和神态。未完成任务的绯闻情侣将接受强制贴贴惩罚。”

强制贴贴惩罚！观众们最喜欢看这个了！

温时雾有些好奇地眨着眼睛，问：“什么是强制贴贴惩罚？”

史珂：“是一种为防止绯闻情侣们逃避挑战任务的惩罚措施。毕竟总有些小情侣生怕恋情露馅，拒绝参加这个，回避参加那个的，对于这种消极行为，我就只好……”

史珂很是得意地哼哼两声：“给他们下点儿更猛的料了。”

温时雾：“……”

总之听起来就不像什么好事。

余峥挑眉：“所以规定动作是？”

编导立刻给二人递来一本相册，余峥接过来正准备翻看。

温时雾挪着小碎步朝他凑近。

余峥的身量很高，百度上写着身高有一百八十八厘米，足足比温时雾高出二十厘米来。她踩着高跟鞋，但跟余峥之间的身高差仍然明显。

大概是太好奇了，所以温时雾凑在旁边踮了踮脚，试图去看相册上的内容。

余峥注意到她的动作，无声轻笑，随后不着痕迹地将相册放低了些，温时雾立即将脑袋探了过来。

呼吸里瞬间闯入她的甜橙香，余峥只觉得喉头发痒。他目光平视着定了好久心神，才收敛下颌，低眸去看身旁的姑娘。

哪料温时雾忽然抬头，他的下颌猝不及防被磕了一下："嘶——"

温时雾也没预料到会发生这种事，她伸手摁住额头，无辜地抬起眼眸，便撞进余峥盯着她的乌瞳里。

余峥控诉："温时雾，你搞'谋杀'？"

连平时礼貌的温老师这种称呼都没喊，可见是被磕到下巴幽怨至极。

直播间的观众都快笑死了——

"哈哈哈哈重拳出击！"

"我还正想说他俩身高看上去好般配，结果转头就给我整了这么一出。"

"刚才余神是特意把相册放低了吧？是吧是吧？我应该没看错吧！"

"我也注意到了！我以前从没见过余神对哪个女明星这么温柔！不愧是双向奔赴的绯闻情侣啊！"

网友们全以为是余峥对偶像的温柔，以及对粉丝的照顾，没往别处想。

温时雾也有些不服气地轻揉额头，她小声嘟囔道："对不起嘛，可你也没告诉我你凑得那么近呀……"

她只是被相册里那些展示画面给吓到了，最初有多好奇，方才惊诧时弹开的速度就有多快。

她实在没想到会撞到余峥的下巴。

余峥没再跟她计较："相册里是什么？"

温时雾疑惑："你没看到吗？"

余峥沉默了一瞬。他回忆着方才发生的所有事，发现记忆里只有温时雾的靠近，和她身上的甜橙香。

光顾着看她去了，谁管相册里有什么。

但温时雾明显不想回答这个问题，她后退了两步："你还是自己看吧。"

余峥挑着眉掠了温时雾一眼。

他犹疑地翻开相册，随后收回视线来认真看着里面的内容。便见这本 20 页的相册里印满了各式各样的情侣合影姿势，亲密程度看了只会让人面红耳赤。

怪不得温时雾跑那么快。

而相册扉页的提示是："一个幸运数字代表页数，另一个幸运数字代表第几张。"

根据两人刚才的选择，他们要拍摄的规定动作，是第 15 页的第 5 张图。

于是余峥将相册翻到了第 15 页，随后漫不经心地用手指点了下第 5 张照片："我们要拍的是这个。"

虽然温时雾很不想接受，但想到史珂说的强制贴贴惩罚，她还是凑过来看了眼那张样片。

摄影师还特意给了一张特写。

样片里，男生慵懒肆意地坐在地上，一手后撑，一手漫不经心地搂住女孩子的腰。而女生则软着腰跪坐在男生身上，身体前倾地朝他胸膛上趴过去，左手轻抚着他的脸，右手臂搭在他的肩膀上。

直播间观众直接看兴奋了——

"导演组是懂选图的！"

"哈哈哈怪不得旁边放了个软垫，这就是给他俩暧昧贴贴专用的吧！"

"啊啊啊温时雾替我实现梦想！"

但温时雾只看了一眼样片就不想再看。用这种姿势跟偶像拍照，想想就羞死了，但温时雾已经没有逃的机会了。

编导微笑道："请两位老师来这边，在软垫上完成情侣写真的拍摄吧。"

温时雾杵在那儿不想动。倒是余峥率性慵懒地单手抄着兜，不着痕迹地朝温时雾偏头看了眼。

"温老师。"他口吻漫不经心，看不出对拍摄期待还是排斥，只抬着下颌，用余光看她，"走？"

温时雾一紧张心虚就小动作多。

此时她正用手指卷着裙边，趁人不注意时挪了挪小碎步，像是想要溜走一样。

但编导无情地将她推回来："温老师，我可能不得不提醒你，拍摄是有时限的，一小时内完不成的话也算任务失败哦。"

温时雾心中的警铃立刻拉响。

回忆起史珂说的强制贴贴惩罚，温时雾莫名脑补出，她跟余峥被绳子绑在一起，被迫在高空玻璃桥上过夜的画面。

一股冷意瞬间蹿过温时雾的脊骨，她吓得一激灵，立即决定放弃挣扎，火速挪着小碎步站回到余峥身边去。

余峥被她的小动作给惹笑了。

怎么还是这样？长大了也没变。

于是他懒着劲儿地躬身凑近，用低得只有她能听见的声音笑问："紧张？"

怎么可能不紧张！温时雾清澈的鹿眸里漾着水光，她像做贼心虚似的左顾右盼了一圈儿。

只见灯光师摄影师都在做准备工作，没人注意到她这边，她这才揪住余峥的衣角踮脚凑近："你不紧张吗？"

余峥敛眸看了眼温时雾的手。她的手指很漂亮，纤细莹白，手腕像一截玉。没涂任何东西的指甲被修剪得整齐，透着一种很漂亮的粉色。

此时她正用指尖捏着他的衣角。像是不想被别人听见他们的悄悄话，温时雾踮脚仰脸凑近，身上的甜香也猝不及防地侵略了余峥原本平静的呼吸。

他没说话。

温时雾小声跟余峥谋划道："余老师，我们可是来澄清绯闻的。'屎壳郎'安排这种环节一看就是憋了满肚子坏水！"

"到时如果我们拍得很暧昧……"她耳朵红了，停顿了很久才继续说，"又被大家传出谣言怎么办？主要这样会影响你的事业，我作为事业粉心很痛的！"

原来她躲着他一直是因为这个。

她还替他担心事业。他余峥如果怕被她影响事业，那天晚上就不会在看见她被后台工作人员抓包后，匆匆结束获奖感言，下台找她。

但余峥并没有多说什么，他甚至都没提醒温时雾，其实她领前还别着麦克风，就算声音再小，也都被清清楚楚地收录进直播间里。

他只是挑眉："那怎么办？"

温时雾神色认真地看着他："我觉得我们应该在综艺里保持距离。"

余峥懒散地偏头，额前碎发随性不羁地略遮眉眼："这样难道不会更像欲盖弥彰？"

温时雾被问得怔住了，她眨眼："会吗？"

直播间观众已经被这俩人逗乐了。

"哈哈哈哈哈这是一场全世界都能听见的悄悄话。"

“他俩是没想起来自己领前还别着麦克风吗？谁家悄悄话说得几千万人围观啊？”

“我不觉得，余峥明显看到她领子上的麦了，但他就是不说哈哈哈哈！”

“不过说起来，温时雾简直演我。我追星时也是跟她一样的状态，主打偶像必须天天向上！”

“我现在真信她是事业粉了，她还主动说要跟余神保持距离！啥绯闻啊，那全是乌龙。”

“可我莫名觉得他俩好般配啊！”

观众们继续光明正大地听悄悄话。

温时雾依旧浑然不觉。甚至在余峥慢条斯理地直起身，想歇会儿躬久了有点儿酸的颈椎时，她还像受惊的小鹿般拽着他的领口将他拉回来。

“嘘！”温时雾还煞有其事地将手指抵在唇边，“你别离我那么远，不然我们说话就会被观众听到了！”

余峥：“……”

他神情复杂地睨着温时雾，深吸了一口气，忍了忍，还是没戳穿。

直播间观众不由笑得更大声了，肆无忌惮地嘲笑着两人的“大声密谋”。

而坐在观察室的姜燃发出冷笑。

洛萱：“姜老师，你冷笑什么？你是不是也觉得温时雾这样子很装？”

姜燃嚣张地跷起二郎腿：“那洛老师想多了，我只是在笑直播间里的其他人。”

认识余峥那么多年，他就从没见过他这么有耐心的时候！

洛萱不爽地皱了皱眉，她就不明白为什么大家看不出来温时雾拙劣的演技。

温时雾肯定早晚有露馅的时候！

不过当下是没人想搭理洛萱的。

摄影师也走了过来，打断这好笑的画面：“两位老师都准备好了吗？差不多的话我们可以开拍了。”

温时雾立刻松开余峥的领口。她很是乖巧地将双手叠在身前，歪了歪脑袋看向摄影师：“准备好了。”

不能超时，不能失败，不能强制贴贴！

余峥：“……”

他懒散地抬手拨弄两下衣领，带着点儿性感的哑调“嗯”了声，迈步走向软垫。

摄影师在旁指导着动作：“余老师在这里坐下就好，然后温老师跪坐到他身边，先自己试着模仿一下样片动作。”

余峥向来被誉为镜头里的神。

即便他是歌手，平时拍摄杂志时那种极致的镜头感也难以挑出错处。

温时雾更是演技在线。

哪怕她本性是个温软明媚小太阳，要她下一秒演出冷艳御姐杀手，她也做得到瞬间变脸，完美表现。

两人相逢，合作拍摄，照理说根本就用不着人担心。但毕竟拍照姿势暧昧，总归需要给他们时间突破那道心理防线。

因而摄影师点到为止，并没催他们。

但两人的动作却远比他想象中利落，余峥不羁地在软垫上坐下来，温时雾伸手摁住裙摆就朝他跪趴过来。

余峥也没想到她会直接靠近。软垫那侧塌陷下去时，他的动作也蓦然顿住，拂过颈部的是温时雾的碎发。

她并没有跪趴在他身上，而是在他身旁的软垫坐了下来。

温时雾凑近看着他，一眨不眨的眼睛很是纯粹，却带着一种致命的吸引力。

余峥喉结微动。落在他锁骨上的那几根头发，挠得他整根脊柱都发酥发痒，撑着软垫的手也因为用力曲着而显出几条青筋来。

但温时雾很快就伸手将头发敛回来，拨到肩后：“那你说该怎么办？”

旖旎的氛围一抽而空。像是刚才的靠近只是一场梦，很轻易就被人在空气里捏碎了。

余峥缓缓地将视线朝她瞥过去，像认命似的，抬手握住后颈，低头，轻“啧”一声。

他说：“我问你。”

温时雾很积极地小鸡啄米式点头，给出一个很正向的聆听状态。

余峥配合着她换了个姿势，低头凑近：“如果你看见有一对男女，他们一见面就回避互动，一对视就眼神躲闪，你觉着他俩能是什么关系？”

温时雾斩钉截铁：“有猫腻！”

余峥又问：“那如果他们恰好也被怀疑有绯闻，偏偏还在众目睽睽下刻意保持距离，拒绝大方回应，你又觉得如何？”

温时雾想了想："此地无银三百两！"

余峥挑眉。

温时雾当时就开悟了。她看向余峥，忽然明白了他刚才说的欲盖弥彰是什么意思。

"我明白了！"温时雾的眼睛亮晶晶。她换了个姿势侧坐在软垫上，"所以，与其遮遮掩掩，不如落落大方。"

温时雾甜笑着凑近："反正我只是把你当偶像，又没有图谋不轨的意思，对吧？"

余峥："……"

他沉默地看着温时雾，却对上了她那双坦荡、明艳澄澈的眼睛，这会儿她正直勾勾地看着他，满眼里只盛着他一个人。

天生的长睫毛像太阳花，陷下去的两颗小梨涡也甜得耀眼。

这次是余峥别开眼："嗯。"

"那就更好办了，我本来还担心粉丝属性暴露的话会更容易被大家误会。"

温时雾整个人都变得轻松起来。原本那种乌云蔽日的不自在感消散得干净，像是雨过天晴后，明媚的小太阳又从薄云后跳出，重新散发出耀眼的光芒来。

"那……"温时雾眼睛亮亮地看向余峥，"余神，你应该不介意等会儿帮我签个名吧？"

余峥又转回眸看着温时雾。

见她那双漂亮又钓人的大眼睛里，盛满了对他的崇拜："你真人真的好帅啊。"

余峥："……"

"哈哈哈哈哈哈哈哈！"

"我真的早晚要笑死在他俩这里，感觉温时雾已经忍很久了。"

"偶像就在眼前，不敢看还不敢主动说话，连个签名都不敢主动要，搁我我也能憋出毛病来！"

"不知道为什么感觉余神脸黑了。"

"哈哈哈哈他刚才跟女鹅说那些话，就像是引导着让她别躲他，结果女鹅本性暴露后就给他来了波大的！"

余峥的心情的确很复杂。他只是不想让温时雾总躲着自己，没想让她这么直白。

这时摄影师走了过来："两位老师。"

温时雾侧坐在软垫上扭头。

摄影师已经将那张样片取了出来："你们调整好了吗？要不要再看一眼样片动作？然后就要准备正式开拍了。"

正式开拍！万众期待的环节即将到来。但温时雾已经不紧张了。

除了因为要跟偶像合影而雀跃得小心脏怦怦跳之外，她现在坦荡得要命。拍摄嘛，在这方面她是专业的！

"我不用看。"温时雾眨着眼看向余峥。

余峥整个人都透着懒，他不着痕迹地避开她的目光，身姿散漫地往后一倚，单手撑住软垫："我也用不着。"

两位明星都是镜头感绝佳的神颜，意外碰撞在一起后，像燎原的烈火，拉扯出一种让人无法拒绝的吸引力。

温时雾的眼眸清凌凌的。她坐在软垫上尽显纤腰细骨，甜美公主风短款纱裙下是一双白腿。

她坦荡地看着他："余神，冒犯啦。"

余峥懒懒地抬起下颌望向温时雾，便见她调整着姿势，跪坐着蹭到他大腿旁侧，然后便软着腰倾身趴了下来。

直播间观众直接尖叫了！

"这是什么顶级暧昧场面！"

"救命！救命！他俩真没在谈吗？可这种氛围感也太绝了！"

"这谁受得住啊！我明明是来看澄清绯闻的，结果怎么突然就觉得他俩好甜？"

"我突然好想看他们谈恋爱啊！"

洛萱坐在观察室里，脸直接黑了。她突然开始怀疑这综艺到底是让温时雾来招黑的，还是让她来占便宜的。

林星柚尖叫："啊啊啊好甜！真的好甜！他俩为什么比真情侣还甜啊！"

姜燃无语，姜燃沉默。

他也终于悟了，他出现在这里就是来吃狗粮的！

偏偏这时，温时雾又抬起左手抚上余峥的脸，右手臂慵懒地前伸着搭在他肩上，几乎整个人都躺在了他怀里！

没人知道余峥的心翻涌成什么样。

胸膛上是她的体温，呼吸间是她身上的甜橙香。她的手摸在他脸颊上的触感，是那般柔软而又真实。滑落的发丝也蹭过他的喉结与锁骨，让他的心脏一点点地在发胀。

余峥喉结微动。

他抬起下颌看着温时雾，从这个视角，刚好可以看到她垂落着的卷翘长睫。

像是蝴蝶扇动翅膀。

从心跳到心动的连锁反应一经被带动，就再也无处可藏。

像是宣告投降，余峥几不可闻地低叹一口气。

“那么，温老师。”他抬手扣住她不盈一握的纤腰，“我也只好冒犯了。”

第三章

♪

海滩晚宴

整个直播间都在尖叫。就连余峥粉丝看见这种名场面，也忍不住觉得两人好甜！

摄影师连忙拿起相机调整参数。

“咔嚓——”镜头让这个画面永久定格。

负责搞直播的摄影师特意凑近，给刚拍下的这张照片来了张特写。

照片里，温时雾玉指素臂，冰肌雪骨。她慵懒放松地趴在余峥的胸膛上，唇瓣微张，眼眸垂落地看向烛光。

而余峥的高度则低于温时雾。他抬眸看着她，目光被暖黄的烛火渲染得暧昧，尤其是因为两人距离过近，他唇瓣几乎贴着她的脸，好像再近一点儿就要亲上！

只争朝夕

余峥温时雾情侣照

这恋综暧昧氛围感拉满

小情侣甜

无数相关话题像雨后春笋般，火速蹿上文娱版面，几近引爆热搜。

很多路人还有些不明所以。

既不知道“只争朝夕”是什么意思，也不知道这两个去澄清绯闻的人，怎么就又突然曝光了什么情侣照。

他们秉承着好奇的心点进去，结果就沉迷在里面，出都出不来。

有人大胆发言——

“我说真的，温时雾该不会就是余峥的那个白月光梨涡妹妹吧？”

“原本我觉得离谱，但现在来看……十分微妙。”

“我也觉得！尤其是余神答题那段，他还特意强调了只争朝夕的朝夕！你们不觉得这事有点儿太巧合了吗？”

“家人们我刚发现一个大秘密！余神是十年前签约的极昼音乐，那年他发的第一条微博就是‘往后余生，只争朝夕，顶峰相见’！而那年恰好也是温时雾出演朝夕这个角色的爆火年！”

众人好像真的发现了什么不得了的线索。

而此时两位当事人还贴在一起。

温时雾在余峥身上趴得有点儿腰酸，她稍微蹭着动了动：“拍完了吗？”

余峥滚动着喉结压下一口浊气。他强迫自己忽视掉剧烈心跳的存在感，以及温时雾轻声说话时，洒在他脸颊和颈间的轻柔呼吸。

最终予以哑声回应：“不知道。”

“喔。”温时雾又将腰软回去，继续保持着刚才的动作贴近，“那再拍会儿。”

直播间观众——

“感受到暧昧拉扯的杀伤力了，这简直比接吻什么的还好看！”

“我宣布这段氛围感封神！余峥看温时雾的眼神绝不清白啊！”

洛萱在观察室里气得心梗：“这有什么好看的？我怎么就看不出一点儿般配的地方来？温时雾明显就是趁机占余峥便宜。”

林星柚不禁觉得洛萱有点儿过分，她小声嘟囔道：“明明就很配啊！而且拍情侣写真是两个人的事，余峥也没表现出拒绝，干吗只让温老师背锅啊……”

直播间观众也纷纷表示认同。

“对啊！明明就是双向奔赴！”

“而且时雾刚才说得那么清楚了，她只是余神的事业粉，本来还想刻意保持距离，以免再被传出什么绯闻来，是余神引导着让她不用太紧张拘束的啊！”

“突然感觉洛萱太严苛了……”

“况且这次温时雾会来恋综，还不是拜洛萱所赐吗？”

洛萱看着这些弹幕，脸一阵发绿，攥紧了拳头不敢再说话。

而此时的拍摄现场，摄影师似乎也不舍得放过这种暧昧感飙升的绝美画面，又连着多摁了好几下快门。

直到胳膊都酸了才宣布道："恭喜两位老师，你们的任务完成了。"

温时雾掀着睫毛就抬起眼来，那双澄澈的小鹿眸里就像漾着星光："真的吗？辛苦摄影老师！"

她几乎是立刻将余峥松开。

方才那些令人无法忽视又难以抗拒的触感与气息，就像气球突然涨破般猝不及防地从他的世界里抽离。

余峥缓缓地坐起身来，他眼睫低敛，平静了好半晌才撑着垫子起身，颔着首，道了声："辛苦。"

旁边的编导姐姐忍不住伸出大拇指，偷偷跟温时雾说："绝了。"

本来她还担心两人互动不自然。却没想到在那场大声密谋后，重新将自己打开的小太阳温时雾，展现出了比史珂预料中暧昧了千百倍的画面。

温时雾甜软地笑弯了眼眸，漾着两颗小梨涡跟编导也说了谢谢。

编导笑道："到此为止，初测验就已经全部结束啦，恭喜两位老师完成了所有挑战。接下来会有人来为你们做妆造，两位需要暂时分开，等到沙滩晚宴时再见面吧。"

温时雾松了一口气。

今天的恋综历险记总算告一段落，就是不知绯闻澄清的效果如何，晚些能拿到手机的时候，她一定要上网看看。

而此时的直播间屏幕也跟着黑了下来，三段无情的字幕弹出——

"本场直播暂时结束。

"接下来，温柔海风，沙滩晚宴，三组绯闻明星情侣将同时接受暧昧氛围感拉满的心跳挑战，你期待吗？

"今晚七点，我们不见不散。"

观众们正对余峥和温时雾之间的甜意犹未尽，却没想到戛然而止。

但想到今晚还有直播，而且节目组预告了超暧昧心跳挑战，三组绯闻明星情侣也即将见面，观众们不由得再次摩拳擦掌地期待起来。

摄制组收工，镜头也都撤了。

节目组早就安排好了车，分别将温时雾和余峥带走，送去做晚宴妆造。

温时雾也终于拿到自己的手机。她几乎立刻打开微博，登录小号，想要看看大家对今天恋综录制的反馈，顺便检查下自己有没有掉马风险。

结果刚点开消息页面，就见余峥大粉群里炸了锅，无数条私信朝她涌了过来！

其中有一个叫“樱桃”的账号。她是余峥超话的主持人，也是余峥的知名摄影站姐，经常跟余峥的线下活动。在方才答题选项里也曾出现过。

温时雾点开私信的对话框，入目便是无数个表情包。

紧接着便是她土拨鼠般的尖叫——

“姐妹！姐妹！

“你看见热搜没？”

温时雾这会儿还在去做妆造的路上，趁工作人员不注意，偷偷摸摸地看几分钟小号。

她对樱桃的发疯不明所以，但直觉跟恋综有关系：“什么绝了？”

像是终于找到了志趣相投的倾泻口。樱桃很快就回复了消息：“就恋综啊！你不知道余神上的恋综今天开播吗？他跟温时雾的暧昧拉丝感简直绝了！”

樱桃反手就丢来几张恋综截图，还有挂在热搜上的暧昧名场面视频。

温时雾怀着好奇的心点进去。

哪料刚加载出第一张照片时，掌心就像被手机给灼烫了一样，超欲的氛围感让她的肾上腺素无止境地瞬间飙升！

那是一张被网友封神的余峥搂腰照。

刚冲破黑暗的余峥，在温时雾恐惧深渊时一个箭步朝她奔来将她扣进怀里。而温时雾则惊慌地抓住他的衣领，惊魂未定地抬起一双湿漉漉的小鹿眸看着他。

那种救赎的氛围感都快滴出水了！

温时雾看得心脏怦怦跳，着实没想到当时将她吓得够呛的时刻，竟然能捕捉出这样的画面。

完了。肯定又要被误会了！

她当下脑子里只有这个反应。

于是温时雾弱弱地回复：“这……其实也没什么吧？只是余神绅士扶了她一把。”

樱桃：“绅士？咱俩还不了解余神吗？他绅士？”

这要换成别的女明星，他简直恨不得后退三丈远，腾个宽广的地儿供她更好地摔。这种事他又不是没干过。

“你不觉得甜？你看细节！你看看余峥手背上暴出来的青筋，你看看他脖颈收紧的线条，你再看看他眼神！温时雾差点儿摔倒给他紧张死了！”

温时雾：“哪有呀？我看不出来。”

樱桃不信邪，又扔来两人拍摄的情侣写真：“你再看看这张照片，真的好有性张力！他俩这拉丝的眼神太甜了！”

温时雾：“这不是导演要求拍的写真嘛？他俩镜头感都那么好，演一演有什么难？”

樱桃沉浸在只争朝夕里，觉得她的姐妹居然不懂她。

她不死心。于是她又扔来一段视频：“你再看看这一段！温时雾拉着余神说悄悄话，密谋说要跟他在综艺里保持距离，余神明明发现了温时雾领子上别着麦克风却不告诉她，而且还不同意，他就这样耐心配合着！他就是个处心积虑的大尾巴狼！”

温时雾：什……什么领子上的麦克风！

她慌忙点进这段视频。

只见这并非恋综直播原片，而是一个视频博主的精华剪辑版。视频囊括了她跟余峥说悄悄话密谋应该如何相处的全过程，将她说的每一个字都收录得无比清晰！

救命！她当时怎么没注意到，自己的领前是戴着随身麦克风的啊！

温时雾抱着手机歪倒在车后座。

工作人员慌忙扭头：“温老师，你是身体不舒服吗？是晕车了还是……”

温时雾是过敏体质，从小就身体不好总要吃药，在剧组向来是重点关注对象，稍有风吹草动就引得工作人员紧张。

“没有没有。”她连忙摆手。

她真的挺好的……最多只不过是有一点点点点社死。

樱桃见她很久没有回复，急得一直“嘀嘀”她，像是非要拉上姐妹一起嗑才算完。

“你真没觉得吗？明明就很甜啊！咱群里都聊一整天了，所有人都觉得超级超级甜！”

她说的群便是余峥大粉群。

群里跟温时雾小号关系最好的，就是这个樱桃。温时雾之前每次有上新的棉花娃娃都会免费送给她。

她知道樱桃有社交牛人症，不得到回复死不罢休。

于是温时雾拿着手机坐起身：“我觉得他俩就是普通关系，最多是余神宠粉而已！但关键是你作为余神的粉丝，怎么可以嗑他跟女明星谈恋爱啊！”

樱桃莫名：“我也很喜欢温时雾的！双担狂喜，你懂吗？我觉得全内娱也就她跟余神最配！”

温时雾沉默着不知道该怎么回。

这时樱桃又发来消息：“我明白了。”

温时雾生无可恋：“你明白什么？”

樱桃：“你该不会不喜欢温时雾吧？”

温时雾本人：算了，这个世界还是毁灭吧。

温时雾实在没办法再跟樱桃聊下去，退出小号后切回微信，盛况类似。

许多圈内好友来问她跟余峥是不是在谈了，关系更好些的，甚至开着玩笑过来说已经给他们准备好了份子钱。

林意羡：“牛啊，能让余峥粉丝喜欢上你，你也是有点儿本事在身上。”

温时野：“啧，男人的直觉，我觉得余峥这小子对我妹没怀什么好心思。”

温盛意则又发来一段视频。

将温时雾和余峥的棉花娃娃拿过来摆在一起，让这俩玩意儿“啵”了一下。

妈妈叶桑宁跟着配图发文字——这要人命的绝美爱情。

温时雾：这都什么跟什么啊？

万众期待的沙滩晚宴很快到来！

抹茶 TV 晚上七点准时开启直播，观众们捧着晚饭坐到了电脑前，开始期待小情侣们今晚的心跳测试。

直播镜头对准沙滩上的晚宴长桌。

入目是浪漫的纱帘与桌布，以及在夜幕将垂时点缀得如同星星般的暖黄色灯火。

“节目组是会整活儿的！在这种氛围里约会，小情侣们不得直接亲起来啊！”

“每季初见晚宴都有名场面，不知道这次会是哪一对儿嘿嘿。”

“押注一个只争朝夕！我刚循环刷他俩的互动，沉迷在里面根本出不来，越看越能发现好多微妙的细节！”

“我反正是觉得余峥这小子对温时雾不清白。”

“别聊了家人们！晚宴要开始了，夏灼灼带着她的倒霉绯闻对象来了哈哈哈！”

终于要进入正题。

刚才在弹幕里欢快聊天的观众们，立即被走进镜头的两人转移了视线。

温柔的海风吹起裙角。似黑天鹅般明艳骄纵的夏灼灼，穿着一袭黑色抹胸长款晚礼服，向餐桌走来，白皙长腿在开衩处若隐若现地露着。

“怎么先来的是夏灼灼啊？”

“她天天捆绑傅总炒绯闻营销，作品也看不见两部。”

“傅总今天对她全程冷脸，就连拍情侣写真时也一副忍的样儿，像是恨不得早拍完早解放摆脱困扰。”

“可我觉得夏灼灼也没对傅总献殷勤啊。拍照的时候，不是傅总朝她招手，让她赶紧来他怀里拍照的吗？”

“不过夏灼灼真的好美啊啊啊！”

夏灼灼，娱乐圈十八线演员。刚出道时因绝美扮相和演技火过，但流量还没来得及接住，就被曝光一则黑料。

酒会上，夏灼灼拿着酒瓶狠狠地砸向一位圈内极有人脉的投资人的脑袋。

此后夏灼灼再没接过任何剧本。

她自己也不上进，连综艺都懒得去，直接开启摆烂模式，躺平任嘲。

可偏偏媒体老喜欢跟她，数次拍到她跟华融总裁傅屿霁一同出入酒店与豪宅，总被曝光绯闻，但就是不承认。

傅屿霁也曾在金融专栏接受过采访，对此只是神情淡漠地道：“不熟。”

夏灼灼也懒得跟人解释，甚至还有一次口出狂言地说：“谁愿意跟他沾边儿啊？”

这次票选中，两人以第二名的数据被节目组邀请，夏灼灼毫不犹豫答应要来，像是铁了心要趁这次机会跟他划清界限，傅屿霁也不知道为什么没拒绝。

这会儿他也西装革履地走过来了。

傅屿霁长相偏冷，薄情的单眼皮，眼型狭长，只有带笑时眼尾才能略微上挑。眉骨线条是锋利的，唇红且薄。

挺括的黑色西装穿在他身上，衬出一种矜贵散漫、养尊处优的感觉。

两人相见，周围的磁场瞬间变得有些不一样，有点儿剑拔弩张的感觉。

夏灼灼拎着裙摆，扭头看到他，傅屿霁掀起眼皮，刚跟她对上视线，对方就骄矜地轻哼着将头扭了回来。随后愈发加快脚步，离他远远的。

直播间锐评——

“他俩真是这三组里最不像真情侣的绯闻情侣了，只争朝夕那对已经实锤了，这对绝对是假情侣，互粉关系都比他俩甜。”

傅屿霁似乎并不在意。他只淡淡地掠了夏灼灼一眼，就迈着长腿，走到她身边坐了下来。

不过夏灼灼并没有跟傅屿霁互动。她自顾自地给自己斟了杯红酒，小口抿着，也不知道是在期待谁，总时不时就朝自己来的方向探看两眼。

就在这时，沙滩恰好传来骚动。

夏灼灼凭借直觉抬眸，映入眼帘的果然是一抹温软的雾粉色身影。

不远处，穿着礼服的温时雾从镜头外走来。

夏灼灼的眼睛果然就亮了。

妆造师今天给温时雾挑的是一条尽展纯粹灵动少女感的仙气氛围感礼裙。

抹胸设计恰到好处地露出她漂亮的天鹅颈、白皙的锁骨与削薄的肩膀，温柔的立体花朵渲染着裙摆层次，像是让活泼的精灵置身于少女心满满的莫奈花园。

温时雾一出现，整个直播的流量都跟着高了起来。

“啊啊啊是我的漂亮女鹅！”

“时雾今天这条裙子简直绝美，花仙子下凡怎么一点儿也没有翅膀被折断的痕迹！”

“宝贝快来给姐姐嘴一个！”

姜燃在观察室神情复杂地看着满屏的花式夸赞，他暂时还不太能理解为什么网友和余峥都为她发疯。

不过若说温时雾的颜值是内娱女星第二，倒也的确没有别人再敢认领第一。

洛萱在旁边面色不善:“谁知道她到底有没有做过微调。”

众人沉默。算了，懒得理这个眼红的洛萱。

观众们继续欣赏温时雾的钓系神颜，便见她也笑出梨涡望向镜头，卧蚕闪闪的:“大家晚上好呀。”

直播间里回应了满屏的“晚上好”。

就连夏灼灼都坐不住了，她的心脏雀跃地跳起来，但又不敢主动上前去打招呼。

倒是温时雾主动向餐桌走过去。她大方地看向夏灼灼，并不吝啬夸奖:“你好呀，我是温时雾，你好漂亮。”

夏灼灼当时就兴奋地站起身来。她按捺不住心脏怦怦跳:“你才漂亮！你最漂亮！要不是为了我的童年女神，我才不来这档恋综！温老师，我从小是看着你的戏长大的！”

温时雾:“……”

直播间观众瞬间笑作一团。

“哈哈哈哈哈看看女鹅的戏长大的，说得跟我家时雾年纪很大一样。”

“时雾今年才二十二岁哪，刚大学毕业，只不过出道了十七年罢了。”

“美女互夸我真的爱，时雾宝宝还是那么可爱有礼貌，她主动跟夏灼灼打招呼耶！”

温时雾对夏灼灼的热情受宠若惊。不过类似的话她的确经常听到，这么多年来是既无奈又习惯。

她弯着眼眸冲夏灼灼笑了下。

夏灼灼捂住心脏，顿时就觉得来这一趟值了。

这时不远处再传骚动。有负责这场晚宴的服务员，压抑不住喜悦地惊呼出声:“余神来了！”

镜头几乎立刻就被转了过去。

想起樱桃刚才发来的那些东西，温时雾的小心脏也忽然跳了下。她下意识地转眸望向余峥。

只见海天相接的那抹橙粉色余晖间，一道颀长的身影，慵懒不羁地走来。

今晚的余峥一改往日的穿搭常态。

他黑白反穿。

外搭挺括的白色燕尾服，平驳领处以钉珠设计点缀，胸口别着一枚钻石胸针，将矜贵与优雅都彰显到极致。但内里却是件领口偏深的缎面黑衬衣，银色项链慵懒随性地向下垂落，锁骨阴影深邃，于冷调里透着几分欲色。

余峥出场。直播间观众纷纷开始截屏他在礼服衬托下显得更加精致的浓颜。

而他神色慵懒，似乎对这些追捧都漫不经心，只掀起眼皮，偏头朝温时雾看过来。

温时雾的心跳忽然加快。她猝不及防就被吸进余峥那双灼烈的桃花眼里，像是掉入他早就设下的陷阱。

又想起樱桃给她分析的那些细节，温时雾有些慌乱地避开视线。

许是意识到了她的闪躲，余峥一挑眉。他不羁地单手抄着兜走过去，就直接在温时雾身边坐了下来。

这人肆意慵懒地往后一倚，然后偏头：“晚上好，温老师。”

直播间观众已经数不清笑了多少次，之前那小半天的录制，只争朝夕的粉丝们就已经在他们的互动里找到无数糖点。

如今又添名场面！

就连夏灼灼都在旁边捂住胸口：“啊啊啊好甜！”

傅屿霁淡漠地用余光睨她一眼，然后，嗤了一声。

夏灼灼顿觉扫兴地扭回头来，睁圆了眼眸极为不爽地瞪着他。

两人将对立状态表现到了极致。

只有温时雾是无措的，她将手藏在桌下悄悄卷着桌布，低垂着眼眸不敢去对上余峥的目光。

倒是余峥坦然又炽烈地看着她，还仿若漫不经心地夸了句：“温老师今天晚上，有点儿格外漂亮。”

直播间观众——

“余峥刚来就在人群中只看见她！主动坐到她身边又直勾勾地看着她夸！”

“我笃定余峥看温时雾的眼神绝算不上清白！”

“我真的很怀疑温时雾就是梨涡妹妹，不然余峥怎么会只为宠粉就上这么个恋综啊！”

“虽然我现在也喜欢温时雾，但作为余神粉丝还是心痛，大家喜欢他俩互粉关系就好了。”

虽然绯闻舆论已经彻底反转，但大家还是不太能接受恋爱关系。

温时雾被余峥夸得有点儿紧张。

她蒙蒙地抬起小鹿眸，想了想余峥之前跟她分析的事，最后觉得逃避也不算好办法，于是便舒了口气。干脆落落大方，没有吝啬对他的欣赏和夸奖，弯着漂亮的眼睛，甜笑道："那好像还是余神比较帅。"

直播间观众再次土拨鼠尖叫——

又双向奔赴了！都这样了还不算双向奔赴吗！

余峥似乎对此很是满意，他极致张扬地挑了下唇角，下颌桀骜不驯地抬了起来，浓密睫毛下的桃花眸里却是笑。

夏灼灼在旁边恨不得尖叫。

傅屿霁正襟危坐，他用余光瞥见夏灼灼东倒西歪，偏偏今晚又穿了件抹胸裙，风光时不时就撞进他的视线里。他终于忍不住了："夏灼灼。"

"干吗？"夏灼灼突然被喊名字有些不爽地瞪回去。

傅屿霁喉结微动："你能不能坐好？"

口吻里听不出是不耐烦还是什么意思，但却让不喜欢夏灼灼的粉丝兴奋，直呼自己找到了傅屿霁和夏灼灼是假情侣的蛛丝马迹。

夏灼灼本想反驳，但注意到傅屿霁落过来的眼神，她立即伸手捂住胸口："……流氓。"

温时雾没注意到这边的互动。

这会儿她正偷偷从小手提包里摸出一张明信片，让余峥在上面给自己签名。

余峥接过明信片翻看。

上面印刷着的是他出道三周年演唱会的照片，半身的正侧颜。他单手抄兜，另一只手慵懒地握住立式话筒的上缘，微弯着脖颈将唇瓣半贴于麦克风，眼睫垂落。

照片明显是被精修过的。改了色调后将他的眉眼轮廓衬得更加深邃，唇色更红，肤色也显得更加冷白。

而他身后是舞台的莹莹灯火。

氛围感很好。

连余峥都不知道自己还有一张这样的照片，他挑着眉笑："你收藏的？"

温时雾的眼神里闪出几分心虚。

这张照片其实是她当时将自己裹得严严实实去拍的，她听过他的那场演唱会，后来还把精修完的图发过微博。

用的"夕拾朝花"那个小号。

但温时雾当然不能承认，她只是边在包里找着签字笔，便随口“嗯”了一声。

却没想到余峥自己带了笔。

他拔掉笔盖后将笔漫不经心地转在指间玩着：“想让我在上面写点儿什么？”

温时雾有些讶异地看向余峥。

她似乎没想到他还有随身带签字笔的习惯，毕竟平时余峥遇到粉丝追到现场，也很少会随手给他们签名。

但这次他却随身带了一支笔。

这会儿余峥已经停止了转笔，骨节匀称的手指捏住笔：“嗯？要写什么？”

他又低眸凑近，重复着问了一遍。

清新迷人的乌木佛手柑调香水忽然闯了过来，温时雾屏了下呼吸。她有些紧张地向后退了退，想躲掉那侵略感极强的暧昧：“都，都行。”

“都行？”余峥张扬地挑了下眉。

他偏回头来又看了眼那张照片，笔尖忽然点在明信片的背面。

温时雾好奇地探过去看他要写什么。

但余峥却又抬手，他只写了个“To”，在博利里音乐学院留过学的他像是特意练过花体英文，两个字母写得非常漂亮。

他收起明信片：“回去写好再给你。”

“啊？”温时雾茫然地抬起眼眸。

余峥已经将笔盖盖了回去，像是没打算给她留任何请求他当场写完的机会。

温时雾有些莫名其妙的。她眨了眨眼，缓缓地将视线收回，不太明白签名怎么还要回去偷偷签，既然这样随身带笔又是为了什么。

不过她的注意力很快就被转移。因为最后一组绯闻明星情侣来了，是前段时间的大爆剧《惊鸿雪》的荧幕情侣——季晏川和许可柠。

网上谣传他们演这部古装剧时因戏生情。有人说他俩谈过但分了，也有人说他俩还在谈，但季晏川不愿意承认。

他们是这次票选的第三名。因为剧中扮演的角色谢惊鸿和姜宜雪，被网友起名为“惊鸿宜瞥”组合。

不过他俩的出场方式的确特别。

对比夏灼灼和傅屿霁相看生厌的出场状态，许可柠却是挽着季晏川的手来的，这模样根本不像是为了澄清恋情。

她温温柔柔地打着招呼："大家好呀，我是演员许可柠，前辈们好。"

在座的除了傅屿霁不在圈内，其他的人对于她来说的确都算前辈。

许可柠刚出道不久，还在二线升一线的边缘徘徊。

哪怕《惊鸿雪》大爆，也只是因谢惊鸿人设出彩，而意外捧红了只想来娱乐圈玩玩的北城小少爷季晏川，许可柠五官不算惊艳，演技也平，只能算是蹭到了短暂的热度。

大家纷纷向她点头示意。

倒是季晏川似乎不想被许可柠挽着，他终于趁机将胳膊抽出来，随后整个人就像终于从笼子里被放出来的哈士奇："兄弟们好！家人们好！"

季晏川敲锣打鼓似的打着招呼，潇洒不羁地抬步走到餐桌旁："我是国家一级废话大赛总冠军、熬夜秃头选拔赛环球形象大使兼整活俱乐部顶级会员——季晏川！

"大家以后想喝酒的，想组场子的，缺资源的统统可以来找我！但找美女的别来找我，我也缺，但欢迎大家给我介绍对象。"

季晏川的自我介绍模式十分热闹。

跟他网传的玩世不恭富二代形象完全相符，惹得温时雾都笑了下。

偏巧季晏川的视线落在她身上："欸？你是那个……我想想啊，小朝夕！"

余峥漫不经心地抬起下颌看过去。

季晏川不关注八卦，并不知道恋综嘉宾有谁，他似乎对温时雾颇感新奇，然后又是那句："我从小是看你的戏长大的！"

直播间网友爆笑——

"哈哈哈哈哈哈哈哈哈哈！"

"女鹅：这句话怎么感觉有点儿耳熟？好像刚才还在哪里听到过。"

"我真的会被季晏川笑死！就爱看有他的综艺，这哥有趣又有梗，跟我对富二代的刻板印象不太一样。"

季晏川现在粉丝不少，很多人都对他带了谢惊鸿的角色滤镜。

有几条弹幕捕捉了余峥在听见季晏川喊温时雾小朝夕时抬了眸的小细节，不过都被其他弹幕淹没了。

总归三组绯闻明星情侣终于聚齐。

之前在摄影棚广播里用机器人拟声恐吓各位的导演史珂也终于露

了面。

“欢迎大家来到《绯闻恋人》第三季，今天是我们的第一期直播。主题：初见。”他笑嘻嘻，“我是导演，史珂。”

他还特意重点且字字清晰地强调了自己的名字，并且在结尾处停顿得十分重，明显是要摆脱他那个恼人的外号。

虽然“屎壳郎”这三个字还是刷了满屏。

就连温时雾都在偷笑。

察觉到身旁人忍笑忍得肩膀都在颤，余峥肆意地笑了，他将头倒过去，低敛着眼睫跟她窃窃私语：“有这么好笑？”

“你不觉得好笑吗？”温时雾小声问，她笑的时候本就明亮的眼眸像是弯成了月牙的形状，夜幕降临后的漫天星光都盛于她，“我觉得我太有取外号的天赋了，史导妈妈起名时究竟是怎么想的？”

两个人就像上课时在下面偷偷讲小话的同桌，明明别着麦克风，却说悄悄话，还一个低着头一个躬着颈地凑到一起。

余峥笑：“可能是他爸的问题。”

温时雾：“嗯？”

余峥说：“因为他爸姓史。”

温时雾没忍住“扑哧”一声笑了出来，但她刚笑出声就意识到不对劲。

果然好像整个世界都安静了。

温时雾像个小鹌鹑，她抬了抬眼眸，果然见史珂板着脸拿下了喇叭。他无语地朝两人看过来：“你俩在那儿嘀咕什么呢！”

“哈哈哈哈让你俩讲小话！被抓包了吧？不过说真的，他俩窃窃私语的样子真的好可爱！”

“要不是身上穿着礼服而不是校服，我能当场给他们脑补出几十万字的校园小说！”

“余神真的也太宠粉了吧！温时雾低着头小声嘀咕，余神就也弯腰低头凑过来配合她！”

温时雾内心泪流满面。

她其实是不怎么想得罪导演的，毕竟这只“屎壳郎”之前还拿高空恐吓她，若是得罪了还不知道以后要发生什么。

但她最擅长的就是撒娇了。所以温时雾抬起脸蛋，笑弯了眼眸看向史珂：“夸你帅呢，屎壳……导演！您都这把年纪了头发还是如此茂盛。”

直播间观众再次纷纷表示被逗乐了。

主要是史珂年龄也没多大，也就三十出头，甚至还没结婚，但的确很多导演在他这般年纪都已经秃了头……总之这也不算什么夸奖。

史珂的脸更黑了："你最好小心一点儿温时雾！下次安排蹦极我吓死你！"

温时雾果然立刻就缩成小鹌鹑。

史珂这番话当然是开玩笑的，但余峥还是懒洋洋地抬眸："她怕高。"

"别吓她。"他口吻骄狂，"史导演。"

"这小子是真宠粉啊！要不然换句话说是护偶像！他永远记得她怕高呜呜……"

"我就说一句，余峥他超爱！"

许可柠有意地看了余峥一眼。

她来之前就听说过温时雾和余峥的绯闻八卦，还有跟洛萱之间的那场直播，虽然知道他们会来，却不知道互动是这样的……

还以为余峥会避之不及，就像季晏川一般，急于向所有粉丝澄清绯闻呢。

这样想着，许可柠心里便更加不平衡了。

于是她故意朝季晏川那边靠了靠，软着身段想要贴到他的身上去。

却没想到季晏川直接就闪开了。

许可柠没坐稳，身体猛然一歪，差点儿跌下去，惹得好多人都注意过来。她脸色十分尴尬，恨极了。

坐在观察室的洛萱面露不悦："季晏川这种表现也太不绅士了吧！"

林星柚小声嘟囔道："可我没觉得这两位老师之间有什么爱情火花呀，所以季老师这种行为只是避嫌而已吧？"

但洛萱跟许可柠是朋友关系。

她自然不觉得是这样，况且许可柠说过他们在谈："我相信可柠跟我说的话，他们在谈，这就是季晏川的问题。"

直播间惊讶于洛萱的大爆料！

她们是朋友！许可柠私下里跟洛萱说过他们在谈！但季晏川不公开！

姜燃皱了皱眉："我的直觉告诉我，季晏川对许可柠没那意思。"

然后弹幕又为两人是不是真的，开始争论起来。

不过许可柠差点儿歪倒只是小插曲，现场的嘉宾们都没有太过在意。

史珂清了清嗓，继续发言道：“接下来的这段时间，三组嘉宾将在直播中接受节目组安排的各种挑战任务。

“包括但不限于花式约会、贴贴游戏，以及你们白天所经历的极端场景测试。

“想要澄清绯闻的嘉宾，必须按照要求完成所有挑战，并不被观众和观察团发现任何爱情火花或心动的蛛丝马迹。

“或者，如果在任意阶段不想继续挑战，也可以选择主动公开恋情。”

直播间观众摩拳擦掌——

“嘿嘿！刺激！不知道这次是哪组能一直坚持到最后！”

“押注只争朝夕！他俩半期录制就已经澄清干净了，简直比小葱拌豆腐还清白。”

“我一点儿不觉得余神清白……”

“还不如赌‘伏夏’哈哈哈！夏灼灼和傅屿霁那状态一看就没可能。”

“我觉得季晏川和许可柠看着也不像，季晏川明显很排斥她……”

“这才第一期！谁知道呢？别忘了这在座的六个嘉宾里可有四个演员！为澄清绯闻演戏谁不会哪。”

大家觉得有道理。根据前两季的经验，的确不管什么样的开局都决定不了结果——也许后面会有大反转。看起来最不可能的那两个人，到最后却变成了最甜的那一对！

史珂介绍完了所有的基础规则，紧接着编导便将六个道具拿了上来。

夏灼灼问：“这什么玩意儿？”

“心率测试手环。”史珂蔫坏道，“用于随时随地检测你们的心跳频率，所以表面演戏是没有用的哦，各位。”

观众：好家伙！科技与狠活！高级！

前两季都是纯靠肉眼观察爱情火花，这一季居然上了硬核道具！

季晏川嬉皮笑脸地道：“我天生心跳频率就比别人快怎么办啊，导演？”

史珂横了他一眼：“别找借口！你日常心跳频率再快，心动的时候也会跳得更快！”

“哦——”季晏川撇嘴，他接过心率测试手环戴在手腕上，小声嘟囔了句，“随便吧，反正看见许可柠我搞不好就心肌梗死了，有没有心跳还说不准呢。”

直播间观众——

“哈哈哈哈哈！”

许可柠在旁边脸色极差。她还撒着娇，推着季晏川的手臂：“晏川哥哥，你别这么嘴硬嘛……”

摄影师是很懂观众想看什么的。他立刻将镜头给到季晏川的手环特写，好家伙，心跳果然慢了一拍。

许可柠的表情更是难看成了猪肝色。

她真搞不懂这个男人，明明自己长相身材都在线，她硬着头皮制造绯闻都不能逼他就范。

而此时温时雾和余峥也拿到了心率测试手环。余峥很快就将它扣在手腕上，偏头看见温时雾似乎戴得有些费力。

那手环的带子不怎么听话。

温时雾单手拨弄着，刚碰到带子那端要往里穿，结果手环就从手腕上滑下来，反复试了好几遍都没办法自己戴上。

她不禁有些懊恼，轻叹了口气，正准备再试，这时耳边却忽然传来一道近在咫尺的呼吸声。

余峥弯着腰朝她凑近。

温时雾一抬眸，便撞上他掀起眼睫看着她的那双深井般炙烈的桃花眸，他扬着眉看向她：“温老师，我帮你？”

余峥实在凑得太近。

温时雾抬头时完全没预料到，两人一仰一垂相视的姿势，像是再近些就要亲到。

她几乎瞬间屏住呼吸。按捺住与偶像超近距离接触的紧张，稍稍向后退了退：“那麻烦余神了。”

她实在没办法自己搞定。于是连着手环和手一起递过去，余峥炙热的掌心贴在她的腕骨上。

两人之间的距离实在太近。温时雾难得能从这种视角上，超近距离地欣赏偶像的颜值。

被封为浓颜系的眉骨线条十分优越。他那经常被称为睫毛精的浓密长睫，此时因低头而根根分明地垂落在眼睑上。

再往下便是他的唇。余峥的唇形不算很薄的那种，天然带点儿恰到好处的红，看着很润。

大家说得没错，这嘴看起来果然就很好亲……

“嘀嘀！”就在这时，温时雾手腕上的心率测试仪忽然发出两下警报般的响声。

所有人都疑惑地将视线投过来。

被突如其来的声音吓到抽离的温时雾，心脏也跟着跳了一下。

她慌忙闪躲着避开视线，生怕别人发现她居然在盯着余峥的唇！

但夏灼灼却惊奇地探看过去："诶？温老师的心率测试仪爆表了耶！"

温时雾倒没意识到这件事情。

听见夏灼灼这么说，温时雾慌忙将视线转回来，望着分明还没戴好的测试仪！

表盘上的模拟心脏果然"扑通扑通"跳个不停，心跳频率还在不停地上升着！

摄影师也立即将特写拉过来。

彼时温时雾的心跳正好升到一百二，测试仪的警报声响得更厉害了！

直播间观众瞬间幸灾乐祸——

"我的天！这是温时雾的心脏？这不会是'屎壳郎'装在里面的小马达吧！"

"哈哈哈哈女鹅的心跳得好快！我刚才就发现她在盯着余神看，该不会是被偶像迷晕了，心跳控制不住吧。"

"如果我离余神那么近，我心脏估计跳得比她还快！"

"毕竟面对余神哪有不疯的！况且时雾还是他的颜值粉！硬撑罢了！"

大家都美滋滋地看热闹。倒是没人往不该有的方面想，毕竟大家现在都知道温时雾是余峥的颜值粉。

倒是余峥给她戴好心率测试仪后就收了手，张扬骄狂地挑唇笑道："温老师。"

突然被点名的温时雾更紧张了，她有些局促地抬起眼眸，纤长卷翘的睫毛一颤一颤的，很是慌乱。

余峥笑得肆意："这么喜欢我啊？"

直播间观众瞬间化身为土拨鼠。

"啊啊啊啊我要发疯！我真的会喜欢只争朝夕到原地发疯！"

"我现在就像只上蹿下跳的猿猴！他问她喜不喜欢他！他问她喜不喜欢他！"

“余峥你小子是真有福气，时雾为他心率爆表，他笑得好高兴啊！”

温时雾简直欲哭无泪。她觉得这心率测试仪有问题，不是心跳加速就等同于心动，不是心动就等同于那种喜欢啊！她只是欣赏偶像而已！

“我……”温时雾不知道该怎么解释，脑袋一空白就说了实话，“我就是刚才突然觉得大家说得很对，你的嘴看起来好好亲。”

众人皆被惊住。

夏灼灼在旁边也被惊呆，兴奋得以至于她手腕上的心率测试仪也跟着“嘀嘀”。

好的。测试仪爆表的确不一定是心动，还有可能是兴奋。

温时雾低头看着沙滩，恨不得挖个坑把自己埋起来。

真的救命……温时雾！你说话不过脑子吗！

她绞着手指试图解释：“余神。”

余峥挑眉。

温时雾怂巴巴：“你别误会……”

余峥笑了：“你觉得我会误会什么？”

温时雾硬着头皮狡辩道：“我不是那个意思，我刚才只是……”

余峥笑得肆意：“嗯，知道了。”

温时雾莫名：“你知道什么？”

余峥懒洋洋地抬手抵着下颌，偏头用带笑的桃花眸看她：“知道了，你说我的嘴，看起来好好亲。”

温时雾：“……”

啊啊啊啊啊啊毁灭吧！温时雾瞬间像泄了气的皮球，狡辩的话在嘴边也说不出来，她干脆将头扭过去，伸手随意拿起一块曲奇想转移注意力。

结果她几乎刚抬手，余峥就蓦然将她的手腕握住，就连他戴着的心率测试仪，都在这个瞬间响起警报声提示他的心率有些过速。

温时雾茫然地扭过头。

她还没回神，就见余峥将曲奇从她手里夺走，然后握住她的手指轻捻，片刻都等不了地拂掉沾在她指腹上的饼干碎。

然后将果盘替换过来：“你吃这个。”

旁边的夏灼灼就像尖叫鸡。

直播间里的观众也都嗑疯了——

“如果这都不算爱！”

“他永远时时刻刻记得她麦麸过敏！我看到他紧张了啊啊啊！”

“心率都加速了能不紧张吗？他简直是怕了好吗？他好怕她会过敏！”

“我的天救命！从来没见过余神这么温柔细心，他怕不是真的暗恋温时雾吧！”

#温时雾 余峥#

#只争朝夕甜哭了#

#温时雾 麦麸过敏#

#余峥 你吃这个#

今晚的心跳测试还没开始，只争朝夕就再添名场面。

姜燃：“啧。”

林星柚：“他们真的好甜啊！连温时雾自己都忘了过敏但他记得！”

洛萱无语：“你们就没觉得她可能是故意让自己差点儿过敏吸引余神的注意力吗？”

但温时雾确实没这个意思。

她麦麸过敏很严重的，小时候有一次在剧组吃了别人的盒饭，导致自己过敏，当场晕倒，还被送进了抢救室。

从那以后她就更注意这件事，刚才属实是太紧张……

不过，余峥怎么会知道她麦麸过敏？

温时雾疑惑地看过去，她吃着水果，心率已经恢复正常水平。

但余峥的测试仪却还在“嘀嘀”。

没人察觉到他攥紧着右手，曲奇在他掌心里捏得粉碎，跟冷汗混为一体。

倒是史珂忽然探头：“嘿！这心率测试仪还真的怪好用的嘞！”

余峥的手几乎是瞬间松开的，他眉眼舒展，状若无意地将曲奇扔进垃圾桶，抽了张湿巾擦了两下。

史珂继续推进流程：“那既然大家都戴好了测试仪，我们就开始进行今晚的挑战任务吧——心动对象测试！”

直播间观众早就已经翘首以盼。下午预告时，大家就预料到今晚的绯闻挑战一定是十分精彩的重头戏。现在终于迎来了这个环节！

夏灼灼吃着蔓越莓曲奇：“这挑战的名字听着就不像憋了什么好屁。”

温时雾在旁边非常赞同地点头。她小声嘀咕道：“毕竟是‘屎壳郎’，他设计的任务能安什么好心？”

起初夏灼灼还没反应过来，后来恍然大悟了“屎壳郎”的意思，实在没忍住发出了一阵爆笑。

她甚至还给温时雾竖起大拇指：“牛。”

史珂被气得头顶都快要冒烟，他干脆公报私仇大声点名：“温时雾！”

温时雾抬起脸蛋，澄澈的鹿眸笑弯成月亮，漂亮的小梨涡也露了出来。

甜得要命，让人看了一眼就舍不得再凶。

史珂刚上来的火气，瞬间就像漏气的气球似的瘪了下去。但他依然摆出气急败坏的模样：“让你嚣张！你跟余峥先来！”

温时雾：“……”

甜甜的小梨涡几乎瞬间僵在唇角。温时雾刚才有多嚣张，现在就有多像被老师拎起来回答问题的小鸵鸟。

温时雾不情不愿地应声：“噢。”她站起身来，还犹豫着转眸看了余峥一眼，似乎歉疚于连累了偶像。

但余峥的神色却是不羁的。他懒散地站起身，率性地单手抄兜，抬了抬下颌：“什么规则？”

史珂当时就露出不怀好意的笑。他指挥着温时雾和余峥站到大家面前，借此机会宣布着挑战规则：“心动对象挑战。

“都说对视是人类的精神接吻，每一次眼神的碰撞都会擦出爱的火花。脑神经研究表明，异性对视超过六十秒就会产生令人怦然心动的苯基乙胺。

“如果原本就已经产生了爱情，长时间的对视更会让心跳说出真相，所有的喜欢，不管是暗恋还是明恋都将无处可藏。

“那么我们今晚的挑战任务——

“就是，对视六十秒心动告白！”

温时雾诧异地睁圆了眼眸，她扭头看向史珂，似乎不敢相信自己的耳朵：“对视六十秒？还要告白？”

余峥原本肆意的神色也顿了顿。

他缓缓地掀起眼皮，抄在兜里的那只手有些发僵，像是为了掩盖情绪，他还将兜里的五彩绳攥进掌心，捻了两下。随后才状若漫不经心地看过去：“怎么告白？”

史珂像变魔术似的拿出两个纸团。

他招呼道："你们过来抽签，抽中画了爱心的那张纸的人进行告白。在对视的前三十秒喊对方全名说我喜欢你就行。"

告白的部分听起来倒不难，也没有姿势规定。只是需要两个人站在那里对视，但眼神不能躲闪，必须直勾勾地对视。然后听另一方告白……

救命！这画面光是想想就令人怦然心动。

温时雾捂住小心脏："天哪，偶像直勾勾地看着我告白，这谁受得了啊？"

直播间观众笑作一团。

"好看，爱看！以后多整点儿这种游戏，这才是成年人该看的恋综！"

"女鹅还在想偶像对她告白顶不住，她怎么不想想，万一抽签决定是她对偶像告白呢，到时候场面有多羞耻。"

"我倒不觉得女鹅会羞耻，她搞不好会大大方方说喜欢，然后惹得余神直呼要命，毕竟之前她就是这样夸他帅的！"

"我倒是好期待听余神告白！谁能想象跩王栽给爱情，顶流变情种啊！"

温时雾和余峥走过去找史珂抽签。

观察室嘉宾开始讨论："你们觉得这组嘉宾的挑战结果会如何？"

这场挑战其实无关于成功失败。但嘉宾的手腕上都戴了心率测试仪，会实时汇报他们的心跳指数，让观察员和观众们来判断他们究竟有没有心动。

没有标准其实反而是更致命的。

林星柚发言："我觉得他俩真的好甜！温老师还是余神的资深颜粉，直勾勾地对视那么久，很难忍住不心动吧？"

她想了想，又补充道："我倒是挺好奇余神的，毕竟他平时看起来很跩……哈哈哈对不起，不知道心动会是什么样子。"

林星柚的发言讲到点上，观众们都很赞同。

毕竟余峥虽然也是温时雾的粉丝，但剧迷可能只是欣赏她的作品和演技，跟心动差了十万八千里。

再加之很多人都开始猜测，温时雾到底是不是梨涡妹妹，便更加好奇他对她到底有没有暗恋的心思！

姜燃哼笑："放心吧，用不着好奇，余峥不把测试仪整爆表就不错了。"

“哈哈哈哈哈哈哈哈哈！”

“燃哥好像很了解余神的样子！不过他这么笃定，更让我觉得，他一定是知道什么不得了的内情！”

倒是洛萱皱眉：“会吗？我不相信。我觉得如果等会儿抽签是抽到余神对温时雾告白的话，他说不定会直接拒绝这个挑战！”

林星柚讶异：“为什么啊？”

洛萱信誓旦旦地道：“因为余神有白月光啊，他怎么可能会愿意对温时雾告白！以后白月光介意这件事怎么办？”

林星柚：“……”

好吧，她对此不想做评价。

这时余峥和温时雾也完成了抽签，纸团被展开的那一刻，还真迎来了所有人都期待的结果——画了爱心的纸团在余峥手上。

洛萱：“你们等着看他拒绝温时雾吧！”

但余峥只是抬起下颌望了眼星空，几不可闻地低叹一口气，喃喃自语地道了一句：“果然是天注定的。”

以前，是她向他伸出手。

现在，轮到他主动走向她。

余峥收回视线后偏头看向温时雾，她旁边的一盏暖黄色灯火，在他原本就灼热的乌瞳里，更像添了一把烧起烈火的柴。

他神色懒漫：“温老师应该没有男朋友？所以，应该不介意我向你告白吧？”

第四章

♪

心动爆表

温时雾的睫毛轻颤了下。她有些讶异地抬眸看着余峥，挑战还没开始，她的目光就被勾扯进他那双有着致命吸引力的深色眼瞳里。

他的视线没有任何底色，就那样直白地看着她。

好像他们现在面临的不是什么游戏，而是给人一种，他郑重到，要脱离综艺规则，真正跟温时雾告白的错觉。

温时雾有些茫然。她摇头："没，没有，我不介意……"

"嗯。"余峥声线懒散。他应完声就别开视线，并没有如洛萱所料拒绝挑战，倒像是松了口气。

这时史珂也走了过来："来，让我先看看两位目前的心率。温时雾每分钟七十七次，余峥——"

"嚯。"他话锋一转，"每分钟九十二下。"

余峥抬起手腕看了眼测试仪。

史珂意味深长地看着他："余老师，你这有点儿快啊。"

总归洛萱的脸色是变绿了。她脸痛，很痛。毕竟余峥不仅没拒绝，还又给粉丝们送上一波名场面。

洛萱实在想不通。到底是多么强大的资本，才能让余神做出如此大的牺牲陪温时雾在这里演戏！

而现场的准备工作都已就绪。

其他嘉宾不与他们同时挑战，于是便坐在长桌前，吃着服务员端上来的前菜，暂时作为看热闹的吃瓜群众。

"六十秒钟啊。"史珂最后提醒着游戏规则，"在这六十秒钟的时间里，一旦你们俩有人视线闪躲就重新计时，告白要在前三十秒完成。"

"你们每组嘉宾只有三次机会，三次都失败的话，你们就得认输，派个人去把那杯洋酒一口气干了。”

余峥懒散地偏头朝那边看过去。只见服务员拿了个威士忌杯，里面倒了满满一杯高度数洋酒。

温时雾的心不禁有些打鼓。虽然她能喝点儿小酒，但那一大杯威士忌已经远超她的酒量，而且威士忌里是含有让她过敏的麸质的……

老天保佑，千万不要挑战失败啊。

史珂问：“两位准备好了吗？”

余峥漫不经心地抠着手里的五彩绳，被海风拂动的额发散碎着微遮眉眼。他没有看任何人：“准备好了。”

但过于了解余峥的粉丝们，却一眼就将他表面的云淡风轻看穿了。

紧张！他这绝对是在掩饰紧张！否则他怎么还没开始就已经不敢看温时雾了！

摄影师是懂观众想看什么的，将特写拉近余峥的心率测试仪，果然见他还没开始心率就已经在一百上下徘徊。

温时雾倒是没注意余峥的紧张。她深吸了一口气，说服自己就当是在演戏了：“我也准备好了。”

“OK！”史珂拿起秒表。他最后检查了遍两人的心率测试仪，没有问题，余峥和温时雾的站位也没有问题。

他掐着表：“那么，计时开始。”

挑战正式开始。

温时雾调整着呼吸抬起眼眸，而余峥也将视线收回来，浓密的长睫向下一落。

霎时间，四目相对！

相触的目光像是磁石，在耳边的海浪声中，撞击在了这氛围旖旎的空气里。

仅是第一秒，温时雾的心跳就漏了一拍。

海风吹来余峥身上清新沉静的乌木佛手柑香调，余光里是氛围极好的萤萤灯火。

对视间，暧昧逐渐开始不受控地发酵。像是被那双看什么都深情的桃花眼吸了进去，温时雾不知不觉地，如同受了蛊惑般跌进他那双乌瞳的深处。

而余峥也在看着她，是直白而不收敛地看着她。

像是跨越了时空，将无数埋藏在内心深处，波涛汹涌了许久的情愫全部倾泻出来那样，毫无保留地看着她。

看她跟曾经一样明艳的笑靥。

看她历经了十年，依然没有被娱乐圈环境污浊的、清澈干净的眉眼。

看令他迷恋的两颗小梨涡……

余峥逐渐觉得喉头发痒。

温时雾天生钓人的眸光，就像轻若无物的羽毛，从他的心尖上挠过去。

特写镜头拍到余峥的喉结。他喉结上下滑动，吞咽了一下。

紧接着，一道按捺不住的低骂声就从他的嗓子里沉沉地了溢出来。他别开脸去，对视挑战忽然终止。

眼尖的史珂立马发现："余峥！这才十秒，你往哪儿躲！重新开始！"

余峥侧开脸没看温时雾。他眉梢轻蹙，似有些烦躁地抄了下兜，靠他的小五彩绳平复着情绪。

温时雾茫然地眨了眨眼睛。不是好好的吗？怎么突然间就挑战失败了？

史珂冲到两人身旁去，盯着他们，重新掐了秒表："再来，第二次挑战开始。"

余峥迎着海风压出一口浊气。

这次他没将手从兜里伸出来，就抄在里面紧攥着五彩绳，转眸看向温时雾。

但这次还不到三秒。

他看见温时雾那双漂亮的上扬的眼尾，像蝴蝶似的扑闪的睫毛，以及看着他时清澈干净又丝毫不遮掩欣赏的目光。

他的呼吸就开始变沉……想亲。

于是，第五秒钟的时候，他就遏制住自己的念头，再次将视线别开了。

许可柠都有些疑惑地皱了皱眉："对视真的这么难吗？余神怎么回事呀？他不会是根本不想看到温时雾吧？"

夏灼灼饶有兴致地托腮看着。

"你懂什么？"她头头是道地分析，"光明正大地看是欣赏，闪躲是暗恋，回避直视是喜欢。"

"温老师看余神的眼神就很大方，说明她心里干净，但余神嘛……啧，不清白哦。"

许可柠不服："你又懂了。"

夏灼灼自信地轻哼道："我本来就很懂，余神要是对温老师没有那方面的意思，我任你随便说。"

余峥似乎也没想到这件事那么难。

可他只要对上温时雾那双眼睛，尤其她还那样直勾勾地看着他。

他就喉头发痒，心里也发痒。

想亲她……

温时雾茫然地眨着眼睛看向余峥。

六月夜里有些微凉的晚风，将他额前的发吹得有些乱。

他仍然别开脸，眯眸看着翻涌浪花的海水。他的心情就像这永远有浪的海面一样，根本平静不了。

没人知道他跟温时雾对视时心里在想什么，他自己也没料到，原来暗恋一个人，与她长时间对视时会是这样的状态。

他不敢看她的眼睛。

他一边觉得，她的眼睛在"钓"他，一边又觉得她看他的眼神太过于清白。而他龌龊的欲念亵渎了她。

过了很久，温时雾才见余峥躬着颈，像认输般低叹一口气："算了。"

洛萱终于为自己找到找补的机会。

她得意扬扬地道："你们看我说什么？余神根本就不可能愿意跟温时雾告白！他心里一定只惦记他的白月光。"

但下一秒余峥就将视线转回来。

他看着温时雾，然后弯腰朝她凑近，抬手轻轻揉了下她的脑袋，动作反倒比刚才对视时更温柔亲昵："是我的问题。"

他方才心里还有得逞之意，本以为能借机对她说喜欢。可临到头，他却又觉得，不可以。

她那么好。他怎么配在这种潦草的状态下，敷衍地对她说出那句喜欢。

但怕温时雾觉得是自己的问题，又怕网上会有人见缝插针地骂她。所以他还是收回视线，弯下腰来很认真地与她平视："抱歉，温老师。"

温时雾愣怔地回视过去。

刚才的对视没有让她剧烈地心跳加速，但这一刻，很莫名的怦然感，却丝丝缕缕地在心脏里膨胀开。

隐约地，她听见心率测试仪发出的"嘀嘀"声。

于是温时雾慌忙避开眼神，她抬起自己的手腕，却发现她的心率虽然有升高，却还没到发出警告的程度。

而那测试仪警报声很快远离。

余峥不知道什么时候抽了身。

他一边将叫得快要爆炸一样的心率测试仪从手腕上摘掉，一边转身向餐桌走去，抓起那杯威士忌便仰头猛灌。

季晏川在旁边兴奋地起哄："余老师够爷们儿啊！好酒量！"

温时雾远远地站在那边看着他。

余峥的白色燕尾服，与海边的夜幕割裂开，周边的莹莹灯火落在他身上。

他站在那里，举着酒杯。仰首喝掉那杯烈洋酒的时候，性感的喉结伴随着吞咽的动作滚动着。

一口气喝尽，余峥没有迟疑停顿半分。

直到酒水见底后，他将空了的酒杯向下反扣，然后肆意地偏眸朝温时雾看过来，弯着唇角朝她张扬地笑。

他好像还是那个意气风发的天之骄子。

但方才面对温时雾，那种紧张和认输后的臣服感，以及揉她脑袋时的亲昵与温柔，却又全都是真实发生过的。

直播间的观众都炸了——

"我说真的！余峥他超爱！"

"虽然期待中的剧情没有发生，但这样子更好看了有没有！"

"余峥刚才问温时雾能不能允许他告白的时候，分明以为自己做好准备了，但他还是没办法直视她的眼睛！"

"眼神回避但心率爆表说明什么？！说明这是爱啊！"

只争朝夕的话题又上了热搜。

有博主出来理性分析：

"第一，温时雾在《冬港》里饰演的角色被亲切地称为小朝夕，这后来也成为她众所周知的小名，余峥签约极昼音乐时，发微博说，只争朝夕。

"第二，温时雾有梨涡，大家都知道她的梨涡从小就很有代表性和辨识度，余峥给白月光写的歌叫《梨涡妹妹》。

"第三，余峥了解温时雾的一切，不仅看过她的所有作品，知道她恐高和麦麸过敏，而且在她今天差点儿吃曲奇时，他紧张得测试仪都差点儿爆表了。

“第四，他明明平时谁也懒得搭理，却会为了温时雾上了这档恋综，在直播里主动替她澄清谣言。

“第五，他不敢直视温时雾的眼睛，没能说出‘屎壳郎’要求的那句告白，但是他的心跳却更夸张地爆表了！

“总结，温时雾就是余神的白月光梨涡妹妹，这坑我入定了，不服来辩。”

评论区一水的支持——

“博主配享太庙！”

“家人！我早就这么觉得了！”

“对对对！余峥之前明明从不参加颁奖典礼，我觉得他那天就是为了去见温时雾的！”

“还有一点不知道该不该说，我觉得他那天获奖感言结束得有点儿突兀，怎么说呢……就像是故意的。后来我去看了眼网上爆料的余峥和温时雾那段后台暧昧视频的监控时间，恰好能跟余神下台时间卡上，他不会是提前结束获奖感言，就是为了那会儿下台去找温时雾的吧！”

众人：温时雾一定就是梨涡妹妹！

但大家很好奇他俩怎么认识的，毕竟温时雾看起来并不像跟余峥幼年相识。

网友们双手捧腮，决心继续寻找更多的蛛丝马迹。

而此时，其他两组嘉宾的挑战也已经结束了。

夏灼灼和傅屿霁对视时，夏灼灼总故意凑近搞怪，甚至还忽然踮起脚凑近，傅屿霁被她惹得频频避开视线。他喉结不停地滚动，脖颈上的青筋也暴了起来，不知道在隐忍些什么。

最终认输。

许可柠和季晏川就更搞笑了，连开始都还没开始，季晏川就给自己倒了两杯酒：“这双份的我先干了，你们随意。”

相当于直接拒绝了这个挑战。

游戏结束了，沙滩晚宴终于步入正题。

美味佳肴被陆陆续续地端上桌，大家开始享受起今天的晚餐来。

酒过三巡，摄像机也全都收了。喝欢了的季晏川就像打开了话匣子，疯狂跟大家吐槽：“苦啊！难啊！倒大霉啊！

“我来这儿纯纯是被赶鸭子上架，要不是我家公司股票大跌，谁想来这个破恋综！

“我来娱乐圈又没想火！结果这帮人成天捕风捉影地搬弄是非。

“家人们谁懂啊？马上就到我单身八周年纪念日了！结果在有些人嘴里我都已经谈了五百二十场恋爱了！谁能知道我从上大学起追了五十二个女孩，我是一个也没追上！”

夏灼灼实在没忍住爆笑出声。

她笑得肩膀都在发颤：“哈哈哈哈哈五十二个！追了五十二个还能全部失败？这也不是一般人能干出来的事啊！”

“可不咋的！”季晏川气得火冒三丈，“成天操心我会不会玩弄人的感情！”

夏灼灼朝他竖起一根大拇指，十分赞同：“那我没你惨，至少拿酒瓶子的那一刻我爽到了！那个坏人就该砸！他想摸我大腿我不砸他我砸谁？

“那群网络键盘侠天天逮着我这个点不放说我，且不说爆的料真不真吧，我就问，我的事关你屁事？”

季晏川难得能找到个聊得来的。他这人性子直，就喜欢夏灼灼这种暴脾气，谁也别跟谁兜圈子。于是他笑嘻嘻地凑过去：“所以，那些人爆料的是真的吗？”

夏灼灼瞬间噎了一下。

季晏川没注意她的反应：“要跟我一样也不是真的话，等综艺结束后聊聊，实在不行咱俩凑一对儿算了。”

夏灼灼的笑容更加僵在脸上，她下意识向身旁的傅屿霁看了一眼。

只见他正襟危坐，正慢条斯理地用刀叉切着牛排，流畅清晰的下颌线有些冷峭。

似乎察觉到夏灼灼的目光，他慢悠悠地转过头来，唇角挑起一抹似笑非笑的冷意。

夏灼灼瞬间觉得脊骨都凉了。她慌忙别开视线，拒绝季晏川：“可别，我才不想做你的第五十三号。”

季晏川本也是开玩笑的，倒没发现夏灼灼和傅屿霁有什么不对。他摊手：“你看我说吧，我压根找不到对象，第五十三个拒绝我的也出现了。”

夏灼灼：“……”

她不敢再接季晏川的话茬，正准备拿起刀叉吃东西转移注意力，余光就瞥见傅屿霁将切好的牛排给她推了过来。

动作娴熟，十分自然。

夏灼灼神情复杂地睨了他一眼，轻哼一声后便理所当然地享用起来。

这边吵吵闹闹。但餐桌的另一边却很是安静，像是跟那四个人的热闹氛围完全割裂。

轻柔的海风从脸颊拂过。温时雾吃着她那份单独的无麸质晚餐，隐约能闻见浓郁的酒香，混着余峥身上的乌木佛手柑味，入侵她的呼吸。

她转眸望过去，便见余峥并没有吃饭，白色燕尾服外套也脱了放在旁边。

他漫不经心地扣握着一杯酒，黑衬衣领口微敞，海边刮来的风轻微地鼓动着他的衣衫，再加之他额前被吹得凌乱的碎发，有几分令人着迷的慵懒感。

余峥似乎喝得有些微醺。

他面朝大海而坐，微凉的晚风拂过他的面，驱散着烈酒烧喉的几分燥热，也让他试图压掉对视带来的悸动无措。

温时雾只觉得今晚的他很不一样。

平时在舞台上，余峥都是被鲜花和掌声追捧着的天之骄子，在最闪耀的灯光下释放魅力，拥有流量和观众的喜爱。

他性感，蛊欲，也骄狂，张扬。

他总是笑得肆无忌惮，像是这世上没有任何事能压得住他眉眼间的桀骜。

但此时的余峥却显出几分落寞。

他拎着酒杯，对海自酌。

海风掠过他的眼尾，却也没能拂掉他被烈酒熏出的那几分稠艳的红。

许是察觉到了温时雾的目光，余峥懒洋洋地偏头朝她看了过来。他桃花眼中醉意未消，迷离里，却又让人觉得莫名多了几分深情。

余峥漫不经心地转了下酒杯，慢悠悠地回直身体，弯唇笑问："偷看我？"

温时雾摇了摇头。她没有偷看，她觉得自己看得挺光明正大的。这会儿摄像机都已经收了，节目组允许他们自由享受这个夜晚。

在镜头前她都从不避讳。如今没在直播，温时雾就更不会否认她光明正大地想要看偶像的心思。

"没。"温时雾放下餐具，"我就是觉得余神今晚好像有些不开心……"

余峥神色微怔了一下。他喉结滑动，抬起酒杯又喝了一口威士忌，强烈的泥煤味十分冲鼻。

但也因为足够冲，才能压得下去他那颗被疯狂的悸动撩拨得越来越蠢蠢欲动的心。

温时雾从小就心思敏感。毕竟自幼在娱乐圈这种名利场长大，她总能很快发现别人的情绪。

同样地，此刻她也能察觉出余峥的异样，于是她试探着问："是因为我吗？"

余峥的唇瓣刚贴到酒杯杯沿，但听见温时雾的这番话，他却忽然将酒杯放了下来。他笑得散漫："怎么这样问？"

"直觉。"她也答得诚恳。

余峥将酒杯推到一旁去不再碰了，他不羁地换了个姿势："跟你没关系。"

但温时雾不这么觉得。她分明发现余峥不太想看她，尤其在对视挑战失败后，他心情更糟。

"那就是因为梨涡妹妹？"温时雾问。

余峥桃花眼里散漫的笑意一停，挑起的唇角弧度也变得不太自然。

好半晌他才缓缓将笑容收敛起来，滑动了两下喉结，哑着嗓子应道："嗯。"

温时雾也转过脸去迎着海风。

晚风吹动着她的长发，几缕发丝从她的梨涡上拂过："能为她写一首专属歌，因她而出道，她对你来说应该很重要。"

她面朝大海，看不见余峥的表情。自然也不知道他将眸光转回来，一眨不眨地看着她的侧脸，长睫覆落下的桃花眼里深情汹涌："嗯，很重要。"

温时雾忽然又将脸转回来。

余峥睫毛一颤，他立即别开脸，状若无意地抓了罐度数不高的啤酒。

温时雾也伸手拿过一罐啤酒。

她转到配料表那面，检查着有没有她过敏的东西，但还没来得及看清，手里的那罐酒就被余峥给抽走了。

他换来一杯鲜榨果汁："你喝这个。"

"噢。"温时雾有点儿失望，她本来还想找个不过敏的酒陪余峥一起喝的，"她已经不在了吗？"

“什么？”余峥没反应过来。

“对不起啊……我没那个意思。”温时雾立即纠正措辞，“我只是觉得你这样的人应该没有追不到的女孩，能让你这么惦记的人，那应该是不在了。”

余峥：“……”

他打开手里的那罐啤酒，乌瞳沉静地看着她，忽然被她气笑了。

把他忘得一干二净也就算了，怎么还这样咒自己？

温时雾皱眉：“你笑什么？”

“笑你。”余峥的心情忽然舒畅很多。

温时雾有点儿不满：“我们聊的话题那么沉重，你这样笑，很破坏气氛。”

她是见余峥状态不好，想跟他谈谈心，哄他开心的。

但余峥没有直接回应，拎起那罐啤酒仰头喝了一口，最终还是没能忍住，别过脸去笑。

温时雾有些气恼地看着他。

见余峥笑得肩膀都有些颤抖，那口酒咽下去后，他的笑更加放肆，海风里都回荡着他悦耳又张扬的笑声。

温时雾气得放下手里的果汁，恼羞成怒地问：“到底有什么好笑的？！”

余峥笑着转回头：“她这不是还活得挺张牙舞爪的？”

温时雾一怔，但很快恍然大悟。

她忽然用指腹抵住唇瓣，用干净清澈的鹿眸看着他：“那我是不是说错话了？”

不过他说得好奇怪，活着就活着，活蹦乱跳就活蹦乱跳，什么叫活得挺张牙舞爪的？

哪有他这样形容白月光的？

“还行。”余峥依然弯着唇，“反正她如果听见这番话应该不会介意。”

温时雾：“那她心还挺大。”

余峥看着她：“嗯。”

毕竟这话是她自己说的。这不都心大到把他给忘了？

温时雾更加好奇：“那你们是走散了？分开了？还是有什么其他剧情？就像网上的那些同人文一样？”

想了想余峥可能不看自己的同人文，于是她解释道：“微博上有很多粉丝都在写你跟梨涡妹妹的同人文，粉丝都很喜欢你有白月光这个人设。”

“你也看？”余峥问她。

温时雾摇了摇头，笑弯了的眼眸很是明媚：“我还是比较喜欢看你的脸。”

余峥意味不明地低笑一声。他放下空了的啤酒罐，抬起下颌看向一望无际的海，但见深海融入夜色，早已不见边缘：“她把我忘了。”

“啊？”温时雾有点儿震惊，“你都长成这样了，还能被人忘记啊？”

余峥挑眉，似笑非笑：“我也挺想知道她怎么能把我给忘记的。”

温时雾没察觉出丝毫异样。她单手托腮，也顺着余峥的视线眺望着大海：“你没去找过她？”

“找了。”

“那你问她为什么了吗？”

余峥没回答。他将视线收了回来，转头盯着温时雾的侧脸看了很久，随后缓缓将目光收回。

“没问。”余峥垂眸，长睫低敛，沉默了好半晌，他才又低声道，“因为哪怕我站在她的面前，她都没把我给认出来。”

夜话的气氛忽然变得有些尴尬。

好好的谈心话题被聊崩了，温时雾有些窘，她连忙打着哈哈转移话题：“没关系，余神你一定会遇见更好的！”

余峥抬眼：“她就是最好的。”

温时雾：“……”

再次陷入进退两难的窘境，温时雾干脆伸手拿起那杯果汁，咬住吸管看向了别的地方。

她到底为什么要八卦梨涡妹妹的话题！

所幸余峥也没再说什么。

他起身：“回去吗？”

季晏川他们早就已经回去了。

这位小少爷自由惯了，不想留在这儿被许可柠纠缠。夏灼灼和傅屿霁更是仿佛连呼吸同一片空气都是折磨。

镜头撤掉后不用再营业。他们自然是吃完饭就果断撤退，回了节目组安排的浪漫小屋，养精蓄锐好再迎接明天的约会任务。

温时雾放下果汁，起身。

海边六月的晚风还有些凉，刚才坐在桌子前点着烛火还没觉得，这会儿远离了灯盏后就瞬间觉察到一股凉意。

她穿的是抹胸款式的晚礼服。肩膀和胳膊都露出来，被海风拂过后瞬间起了一身鸡皮疙瘩。

温时雾伸手抱住自己的手臂。

但下一秒，一股好闻的乌木佛手柑香，却由她的肩头吹过来，潜入她的呼吸。

温时雾一转眸，便撞进了余峥的那双桃花眼里。他睫毛很密，眼尾微微上翘，喝过烈酒后染出的那抹红还没压下，似醉非醉，带着一丝漫不经心的慵懒之意。

白色燕尾服外套披在她的肩头，海风的凉意瞬间被隔绝在外。

她弯眸笑："谢谢余神。"

"叫我余峥。"他嗓音很低地纠正着她的称呼，喉咙过酒后更低沉性感。

所有人都能叫他余神，唯她不行。

温时雾怔了一秒，但她的小梨涡很快就绽了开来，她笑着点头应道："好，余峥。"

余峥将不知道什么时候写好的明信片递到她手里，照片那面朝上。

温时雾接过来后就想翻到背面看字。

余峥低声说："回去再看。"

虽然温时雾觉得有点儿奇怪，但她终究还是没将明信片翻过来，只小心翼翼地将它收回包里，心想，那就回去再看。

今晚的微博热闹极了。

前有只争朝夕的对视名场面，后有博主对温时雾就是梨涡妹妹的深析。

当晚的"你认为最甜真情侣票选"里，只争朝夕遥遥领先，最后当选第一。大家都知道他们不是真的，但就是甜得忍不住想投票。

温时雾回到浪漫小屋。

这是节目组给嘉宾们安排的别墅，每组绯闻情侣同层，各自一个房间。

她没有急于看微博，而是先将余峥签好的明信片拿出来，趴到床上去翻过来看背面的字。

余峥的字很好看。

中锋立骨，风神潇洒，笔锋极好，线条流畅，签名更是漂亮万分。

明显是练过的。

明信片打头的位置，是余峥当着温时雾的面写下的那个“To”的花体英文。

后面跟着的不是温时雾的名字。

而是……小朝夕？

To 小朝夕：

冬日见你，却似枯木逢春。

我们约好的，顶峰相见。

余峥

2024.6.8

温时雾有些疑惑地反复看了好几遍。她甚至还查了下日历，今天是6月8日没有错，但为什么会是“冬日”？

温时雾茫然地眨着眼。她捞过手机来，给林意羡发了条消息：“现在应该是什么季节啊？”

林意羡收到消息时也满脸问号。她回得很快：“你被你偶像‘蛊’得找不着北？六月不是夏天还能是冬天？”

温时雾：“……”

她茫然地看着手里的明信片。

她原本也是这样觉得。可的确有人觉得现在是冬天啊，要不然余峥怎么会写“冬日见你”？

温时雾不太理解。

她也很惊讶余峥给她 to 签的名字居然是“小朝夕”，她本来还以为会是温老师。

算了，不重要。反正终于搞到偶像的 to 签了！

温时雾反复欣赏着这张签名，抱着在柔软的床上兴奋地滚了好几圈。

随后又腾身坐起，拿起手机调试参数，用各种角度给这张明信片拍了数不清多少照片。

她登录微博小号本来想将明信片上余峥签名单独截图出来晒一下，但想了想又怕被余峥本人刷到，最后还是没把照片发出来。

但她还是忍不住想分享的心，于是便戳开了“樱桃”的私信聊天框。

将日期和其他内容截掉，只留下了个孤零零的签名照片，发了过去。

樱桃这会儿恰好在微博上吃瓜，跟人讨论着只争朝夕今晚新产的名场面。

收到姐妹发来的消息，樱桃几乎瞬间从床上跳了起来。

樱桃：“哇！居然是余神的亲签！你哪儿弄来的？”

夕拾朝花：“保密。”

夕拾朝花：“总之是余神签的，还签在我给他拍的这张照片的明信片背面！”

温时雾说着又反过来拍了张，让樱桃再度欣赏了一下她摄像机镜头下拍摄到的余峥的脸。

樱桃：“嫉妒使我‘扭曲’，使我‘发狂’。我要把这张照片发出去让姐妹们一起‘讨伐’你！”

温时雾心一慌。她连忙给樱桃发消息：“别别别，我通过特殊渠道要的，不太方便晒。”

樱桃当然也只是开玩笑的。她知道规矩。

但她还是哼哼唧唧：“我不管，说好的一起当连签名照都拿不到的落魄姐妹，结果你居然背着我拿到了亲签，还让他签在了你拍的那张照片上！”

“给我也弄一张，不然我就发出来！”樱桃笑嘻嘻地开着玩笑。

哪料温时雾竟然当了真。她生怕樱桃真发出去让她暴露身份，考虑着是不是该帮她要个签名。

但她捉摸不透余峥的性子，最终只是模棱两可地说了一句：“那……我试试？”

樱桃：“？”

不过温时雾发完这条消息就下线了。

一整天的录制非常疲惫，不仅清早就坐飞机赶到亚兰岛，还经历了“屎壳郎”安排的高空恐吓，又录到很晚才收工。

温时雾没有精力再关注网上的消息。她洗完澡倒头就睡。

只是她这一觉睡得格外沉。

梦境里暧昧与旖旎游走在浴室间，水雾氤氲，两道交缠的身影被浇得湿透。

温时雾被抵在瓷砖壁上，手腕被扣握着摁在头顶。

淡漠又性感的嗓音钻进她的耳中，酥透了脊骨："能允许我向你告白吗？"

空气黏稠，氛围迷离。

男人渐沉的呼吸声贴着她的脸颊："如果我告白的话，你就会爱我吗？"

温时雾被湿腻的感觉弄得有些难受。她试图挣扎，想逃。

但下一秒脸颊便被人擒住，余峥的指尖抚过她的侧颜，又落在她左边的小梨涡，随后挑起她的下巴让她看他。

温时雾不得不抬起脸蛋。

洒落的热水打湿了她的睫毛，视线隔着水帘与水雾，撞进余峥同样湿润的睫毛下那桃花眸镶着的深邃乌瞳里。

长时间的对视，近距离的呼吸交换。

温时雾有些不受控地心跳怦然。

而余峥缓缓低眸，水滴沿着他滚动的喉结滑落下去。

紧接着是鼻尖相贴，然后他抬起下颌，呼吸越来越近。

眼见着他的唇就要贴到她的唇瓣上："梨涡妹妹，我……"

温时雾瞬间从梦中惊醒！

她吓得睁开双眼，让她感觉湿腻的不是淋浴的热水，而是做梦做出的一身汗。

亚兰岛暖融融的阳光落进卧室，将她烘烤得逐渐清醒过来。

原来是做梦了……

而且还做的是跟偶像有关的梦！

梦里是昨晚在海边对视挑战的画面，以及余峥没说出口的那句告白。

在这场幻境里，她居然还梦见余峥喊她"梨涡妹妹"！

乱了乱了！她怎么会做这种梦？还梦见自己是"梨涡妹妹"！

温时雾有些欲哭无泪。她懊恼地揉着蓬松的头发，慌忙掀开被子冲进浴室洗澡，淋浴好久后又化了个妆转移注意力，才终于彻底恢复清醒。

一定是史珂的问题！要不是他总设置那些暧昧的任务，她才不会连梦里都是这种画面。

温时雾这样自我安慰着，并努力将那些画面从脑海里驱逐，权当这场梦压根就没做过。

这时外面忽然传来夏灼灼的声音："咦？温老师不会还没起床吧？"

温时雾的心忽然跳了一下。她紧张地扭头看向房门，好不容易压下去的羞耻感又涌了出来。

忽然有种做坏事被人抓包的感觉。

但总闭门不出的确也不是办法，温时雾深呼吸着平复了下情绪，又凑近梳妆镜前检查了妆容和神情状态。

嗯……脸不算红，应当不会被看出异样。

一切都确认完毕，温时雾这才站起身来，状若无意地打开门：“咦？我刚才好像听见有人喊我？”

夏灼灼的确是上楼来找她的，但她不知道温时雾在哪间房，也不敢随意闯，溜了一圈没看见人就准备下楼，结果门忽然被打开。

夏灼灼立即惊喜地转过头来：“温老师你醒啦！快下楼跟我们一起凑热闹呀！”

不愧是做演员的，温时雾面部表情转变得丝滑，无缝衔接得十分自然：“什么热闹呀？”

夏灼灼热情地搂着她的肩往下引，一边下楼一边喋喋不休：“你起得晚你都不知道！余老师他们三个男人大清早就在那儿比拼厨艺，可好笑了！”

温时雾有些惊讶，她问：“他们三个居然都会做饭？”

夏灼灼笑声放肆：“哈哈哈哈别说！你还真别说！我一开始跟你一个反应！不过后来听了他们解释我就明白了。”

温时雾还真挺震惊的。

毕竟他们三个看着都挺娇贵，一个比一个更像等人照顾的样子。

夏灼灼转述道：“季老师说他高中就被爸妈丢到国外‘自生自灭’去了，如果不会做饭迟早在那美食荒漠的西方饿死。”

“不过最让我惊讶的还是余老师。”她特意避开傅屿霁不谈，“我本来还以为余峥那双用来弹钢琴的手应该十指不沾阳春水才对。”

“但你猜他说什么？”

温时雾好奇地眨着眼睛看她。

夏灼灼模仿着余峥的表情和口吻，说他漫不经心地处理着手上的食材，慵懒但又好似运筹帷幄，间隙里腾出片刻工夫抬抬下颌，挑眉间似笑非笑。

余峥说：“没那么娇贵。”

夏灼灼模仿得实在很有精髓。温时雾脑海里很快就浮现出了余峥的表情神态，没忍住“扑哧”笑出声。

这时她们也恰好走到一楼。

季晏川穿着粉色小围裙探过半个身子："嚯！我们的第三位评委来了！"

傅屿霁正镇定自若地颠着勺。

而余峥的山药刚蒸好，他在玻璃碗里添了少许牛奶，拌成细腻莹白的山药泥。

温时雾下楼的时候，余峥正戴着一次性食品级手套，漫不经心地用山药泥捏着花儿。

听见季晏川实时播报的消息，他慢悠悠地掀起眼皮看过去，唇角挑起了肆意不羁的笑意："早啊，温老师。"

虽然本来已经清醒，温时雾现在仍有些难以直面余峥。

一抬眼，对上他那双只要一笑就眼尾上挑得深情的桃花眼，昨晚梦里那暧昧旖旎的画面就又闯进了她的脑海。

温时雾轻抿唇瓣，眸光有些不自然地闪躲了下："早。"

早就在直播间里蹲她的粉丝兴奋起来。

"啊啊啊啊时雾早上好！"

"我一直以为美是时雾的特色，结果没想到是我'特色'！"

"这么美都敢跑出来营业，不怕被人装进麻袋吗？"

"嘿嘿感觉女鹅今天格外漂亮，眼睛也亮闪闪的，跟平时不太一样，莫名有种被爱情滋润过的感觉。"

季晏川最是兴奋。厨艺比拼就是他提出来的馊主意。见第三位评委来了，他穿着小粉围裙就冲了过去："温老师！快来品鉴下我刚煎的土豆饼，你别看它只是个土豆饼，但它绝对不只是个土豆饼！"

直播间观众笑疯了。

"哈哈哈哈听君一席话如听一席话。"

"这句话我今天已经听见四遍了，前三遍分别说给了余神、傅总和夏灼灼。"

"那它不是土豆饼还能是什么？"

"是季晏川的土豆饼！"

废话文学属实是被大家玩明白了，甚至逐渐让土豆饼成了季晏川的梗。

但温时雾对季晏川的热情应接不暇。她犹豫着正想拒绝，一只筋骨清晰的手却先她一步伸来，直接将季晏川手里的盘子端走。

“她吃不了这个。”余峥拿起筷子夹走那块土豆饼，直接塞进季晏川的嘴里，然后将盘子和刚摘下来的一次性手套都扔到一边儿。

他端过自己做的那份香煎糯米饼，递到温时雾面前：“这个用糯米煎的，添了点儿无麸质面粉，应该还行。”

季晏川不由得惊呼一声。他差点儿又忘了温时雾麦麸过敏的事，边咽土豆饼边震惊道：“不是，你什么时候去买的无麸质面粉？！”

余峥懒洋洋地睨了季晏川一眼。

他不答。神情间跩得好像就说了两个字：别管。

随后又偏头看向温时雾，骄狂的神情明显收敛了很多。

他抬抬下颌：“红豆味的，尝尝？”

直播间观众开始发弹幕。

“啊啊啊！尝！快尝！”

“我大清早就蹲在直播间，亲眼看到余神不到七点出门，回来的时候拎了一袋无麸质面粉，原来就是为了给时雾做早餐！”

“家人们谁懂啊！余神没有更早出门不是因为起不来，是因为附近那家超市七点才开门！”

“余峥这小子，不愧是他！一朝重逢，直接爆发！”

“所以温时雾到底为什么不认识他啊？她真的是梨涡妹妹吗？”

温时雾也感觉很惊喜。她双手接过盛着香煎糯米饼的盘子，诱惑味蕾的味道瞬间让她食欲大开。

“哇！”温时雾的鹿眸里亮闪闪的，她不吝夸奖地看向余峥，“这么香！你做的啊？”

余峥漫不经心地轻笑了下。他得意地挑眉：“不然？”

但刚才等待温时雾的评价时，他脸上的表情分明不算自然，像紧张。

“偶像亲手给我做的早餐，那我得好好尝尝。”温时雾欢快地捧着餐盘走向餐桌，忽然发现没拿餐具，正想起身。

余峥就又将筷子给她递过来。

温时雾一边接过，一边抬眸看他，正想说谢谢，就见这人抽手转身，深藏功与名似的回了厨台继续捏他的山药泥花儿。

直播间观众评价——

“孔雀开屏了他属于是。”

“我以前怎么没发现余峥是这种属性，深情得要命。”

“给时雾买无麸质面粉，亲手做早餐，做个蓝莓山药泥还得给捏成花，这小子他是懂暗恋的！”

余峥并不知道他已经变成这种形象。就连观察室里的姜燃都评价道：“我跟他当室友六年，虽然吃过不少他做的饭，但也没见他给我捏朵花儿啊！”

林星柚笑嘻嘻：“谁让燃哥你不是余老师的白月光呢。”

洛萱皱眉：“什么白月光？”

林星柚疑惑地扭头看过去：“洛老师不知道吗？现在大家都在说，温老师应该就是那个梨涡妹妹。”

洛萱像是听见了什么天大的笑话。她嗤笑道：“怎么可能？他俩以前压根就不认识！乱说的吧！”

林星柚有些不高兴，她蛮不喜欢洛萱这种只会给出负面情绪的人，而且还总喜欢泼冷水。

直播间很多观众都不高兴了——

“不好意思，我单纯看只争朝夕也觉得很甜呢。”

“余峥粉丝报到！我觉得温时雾就是梨涡妹妹！”

洛萱的脸色很不好看。她原本以为，自己说这些话能获得一些认同，结果怎么大家纷纷都倒戈了？

不过此刻的温时雾十分雀跃，她品尝着余峥做的香煎糯米饼，酥脆的表皮咬一口都掉渣，香甜软糯的糯米口感下，包裹着的是能流心儿的豆沙。

她心情一整个大明媚，就连昨晚做的梦都被抛诸脑后。

温时雾不停地给出夸赞：“太好吃了吧！

“美味到有种跟糯米谈恋爱的感觉。

“今天的幸福感一百分！

“这哪里是糯米饼？分明是艺术品！

“余峥，我以为你弹钢琴的时候就像是神仙下凡，结果做饭也这么绝，这个世界上到底还有什么是你不会的？”

温时雾咬着糯米饼时，也快乐得眼眸都笑弯起来，可见并不是虚假的“彩虹屁”。

“呜呜呜女鹅好会夸！”

“要是她每天都这样夸我，我也会恨不得给她做一辈子饭的！”

“温时雾性格真的好好啊，超级会给情绪价值，感觉像个小太阳。”

“只有我注意到了吗？温时雾不管那小子喊余神了，她直接喊余峥耶！”

昨晚收工撤掉镜头后，他们肯定发生了什么大家不知道的事！

余峥弯唇笑得更加肆意，他还偏头颇有几分挑衅似的看了眼季晏川。

季晏川忍不住爆出一句国粹，说：“怎么就没个人能这样夸夸我？”

夏灼灼在旁边疯狂爆笑，耿直道：“可能因为土豆饼不值得吧。”

“哪里不值得了！”季晏川不服，“这在国外很稀有的！你懂在西方吃到国内正宗土豆饼的时候有多幸福吗！”

直播间观众跟夏灼灼一起笑作一团。

而厨房战士已经捏好山药泥。

余峥浑身上下都透着种被夸得神清气爽的得意，捏花捏得也更起劲儿。

白糯的山药泥已经被做成花的形状，他用蓝莓汁点缀上去。摘掉一次性手套后，余峥认真摆了盘，然后又端到温时雾面前：“再尝尝？”

温时雾正咬着一块糯米饼。

她没松口，茫然地抬眸望去，只见雪白的山药泥被精致地捏成了玫瑰花的形状，上面还淋了漂亮的蓝莓汁，像紫白色的渐变玫瑰。

放在餐盘里看着就会心情很好。

温时雾没动。她缓缓地咬掉这口糯米饼，看着那盘蓝莓山药泥发愣。

回忆忽然被带回到小时候。

那年她七岁。

因为麦麸过敏很严重，她从小在饮食上就有很多限制。其他女孩子最喜欢的草莓小蛋糕她连尝都不能尝，各种漂亮小点心买回来也只能做个装饰品。

剧组杀青时，总有人会订蛋糕。

那些大人演员会切一小块递给她，问：“小雾雾不是最喜欢吃甜的吗？怎么不过来跟我们一起吃呀？”

但她只能眨着水汪汪的大眼睛，又馋又委屈地说：“谢谢姐姐，但爸爸不让，他说吃这个的话会进医院的。”

后来温时雾逐渐明白她对这些过敏，严重到不仅会进医院，还可能会被送进抢救室连命都丢掉。

而她也不仅仅是不能吃这些甜品。连馒头、面条这些很基础的主食，都有可能变成要她命的毒药。

她总是在吃各种无麸质粗粮：玉米、红薯、紫薯、山药……

吃得多了，就连最喜欢的蓝莓山药泥都吃腻了。

温时雾躲在树林里抹眼泪，向来都是小太阳的她极少掉小珍珠。

她问老天爷爷是不是不喜欢她。不然为什么让她那么特别，什么都不让她吃。

一个小哥哥给她端来一盘蓝莓山药泥，那是温时雾第一次在剧组发脾气。

她伸手就将那盘子拍掉，雪白的山药泥掉到地上，沾了泥巴变成脏脏包。

小哥哥很心疼地蹲下身，他将那些山药泥一点点拾起来，小心翼翼地弄掉上面的泥巴，有些失落地垂下了眼眸："我还以为你最喜欢吃这个的……"

"那也会吃腻的！"温时雾眼睛红红鼻尖也红红，"再喜欢吃它也只是山药泥，又不会变成一朵花！"

小哥哥又从兜里拿出一颗糖。他浑身脏兮兮的，漂亮的脸蛋上也都是灰，也许是剧组化妆师给他做的妆造。

但那颗糖很是漂亮。糖纸干净，玻璃纸在太阳下折射着七彩的光。

温时雾睫毛上挂着泪珠。她愣愣地看着眼前这个长得漂亮，但总是穿得破破烂烂，脸也抹得脏兮兮的，缩在角落里的美人小哥哥。

"这个糖可以吃的。"他抬眸，很认真地看着她，"我特意问过医生，这种糖里面不含有麸质的东西。"

温时雾第一次知道原来这个世界上还有她能吃的糖果。

她伸手将那颗糖接过来，剥开糖纸试探着送进嘴里，甜味儿瞬间弥漫开来。

"雾雾，你别哭了……"

漂亮小哥哥伸手，想帮她擦眼泪，但看见手上的泥，最终还是背过手藏在身后，很局促地抓着自己的后衣摆。

他看着小时雾："等我长大，我把山药泥捏成花，你吃起来是不是就会开心啦？"

第五章

♪

海上约会

回忆就到这里结束。

温时雾看着这盘被捏成花的山药泥，不禁感觉有些恍惚。就连夏灼灼都看出不对劲：“温老师，你怎么啦？余神这山药泥花给你感动哭了？”

温时雾慌忙从回忆里抽离。那口糯米饼已经咽了下去，她慌忙摇头回道：“没，只是想起一个故人。”

余峥背脊一僵，但他很快就肆意地弯起唇，偏头笑看着温时雾：“温老师，吃着我的山药泥想着其他人，我可是会很难过的啊。”

“对不起呀。”温时雾抱歉道。

她用筷子小心翼翼地挑起一点儿山药泥：“只是以前也有人跟我说过，等他长大以后会把山药泥给我捏成花……”

余峥的身体又蓦地震了下。他转头看向温时雾，手抄进兜里攥紧了那根已经很有岁月痕迹的五彩绳。

只是也就到这里了。

他没再等到温时雾的下文，最多只是在尝过那蓝莓山药泥后，她又笑出甜美的小梨涡来夸道：“超级好吃！”

余峥的喉结缓缓地滑动着。他看着温时雾，攥着五彩绳的手又缓缓松开：“……喜欢就好。”

厨艺比拼结束了。

傅屿霁和季晏川做的饭温时雾都无福品尝，许可柠毫无疑问地投票给季晏川，用夹子音夸着：“哥哥好棒！”

夏灼灼沉默地看着那土豆饼。最终还是没有违背良心，把这一票投给做了玫瑰荔枝贝果的傅屿霁。

相当于三人平票，还是没分出胜负。

也没人注意到温时雾其实没吃几口蓝莓山药泥，她尝过后就放下了筷子，抬眸盯着余峥的耳朵看了许久。

余峥盛了碗自己做的荞麦面，端着坐到旁边吃。

他肆意散漫的坐姿里透着懒劲儿，浑身上下的气息都散发着跩和狂。额前碎发微遮眉眼轮廓，右耳上还有个黑色耳钉。

很小的一枚，像痣，但他右耳上又没有痣。

温时雾粉了余峥这么多年，从来没听说过他右耳耳垂上有痣。

那就不是他……

长得也不像，性格更不像，只是他们恰好都提到了蓝莓山药花。

早餐阶段彻底结束。因为史珂也带着新的任务卡突袭了浪漫小屋："家人们朋友们！又见面了！"

夏灼灼一看见史珂就无语。

不过毕竟是导演，既然来参加了这档综艺，起码就还是要坐下听听规则。

史珂宣布着新的任务："今天呢，我们将要进行的是海上约会挑战！

"大家都知道，既然来了亚兰岛，就肯定少不了跟大海的浪漫互动。所以今天下午两点钟，会有超豪华游艇来码头接各位，我们将会出海进行一系列亲密挑战任务。

"请各位嘉宾届时带上泳衣去码头集合，需要提醒各位的是，今天的挑战任务并不简单，记得化防水妆容哦！"

直播间观众兴奋地搓起手。

"嘿嘿！亲密挑战任务！听起来今天下午又可以看到期待的画面了呢！"

"屎壳郎特意提醒要化防水妆，那肯定是要下水吧！会不会是潜水什么的？"

"总之一起期待吧！"

下午两点的亚兰岛阳光明媚。

透蓝的天空只浮了一层薄云，几乎无法蔽日，阳光洒落在海岸，海浪像卷裹着星星般拍起白花，沙滩也被晒得金黄。

海岸码头，六位嘉宾陆续准点而至。

许可柠刚到就开始大呼小叫："哇！好豪华的多层游艇啊！"

夏灼灼穿着吊带开衩红裙，长卷发被海风吹得在肩头拂动，勉强给出些许认可："确实，节目组还是有点儿经费的嘛。"

虽然她坐游艇都坐腻了。

想当初，她跟傅屿霁的婚礼还是在游艇上办的，其一是商业联姻比较敷衍，其二是怕在陆地上被媒体拍。

虽然后来还是被拍到了别的……

她用余光瞥了眼傅屿霁，他淡漠地看了眼那游艇："喜欢？喜欢给你买。"

夏灼灼："……"

她无语地白了傅屿霁一眼："神经。"

家里游艇还不够多吗！

但直播间观众却震惊地瞪大双眼。

"我不是听错了吧？傅大佬居然主动说要给夏灼灼买游艇！"

"我就说他俩关系绝对不一般！"

"具体是情侣还是普通关系不清楚，但反正肯定有关系！"

"不过傅屿霁真的好主动，他早晨还特意给夏灼灼做早餐欸！谁能想到这种商界大佬居然也会亲自下厨！"

"能别乱说话了吗？什么叫特意做早餐？分明是季晏川说要比赛，傅总才勉为其难下厨的好吧？"

弹幕里争论不休。温时雾也蛮惊讶地看着他们："这种游艇也可以说买就买吗？"

夏灼灼懒得搭理傅屿霁。

"我也买得起。"她亲昵热情地揽过温时雾的肩，"你喜欢？我给你买！"

温时雾有被吓到。

虽然她家里也很有钱，毕竟爸爸是顶流演员，妈妈是超模，哥哥最近也混得不错，拍科幻片在国外拿了很多大奖。

不过家里的艺术氛围比较浓厚，不太追求这些东西。

于是温时雾连忙摇头婉拒："不了不了，你买来我也不会开。"

"哈哈哈哈有发现女鹅的慌张！"

"不过说起来，女鹅出道这么多年都没有人扒过她的家庭背景欸。"

"感觉应该只是普通家庭吧，就算挖了也没什么新闻价值的那种。"

倒是夏灼灼的豪言壮语令许多观众都觉得她在吹牛，总之就是不相信她有钱！

这时导演史珂也拿着任务手卡出现："哟呵！各位还挺准时的嘛，居然没有为了回避任务就逃跑的小情侣。"

夏灼灼："……"

自从知道温时雾管他叫屎壳郎后，她莫名其妙胆子也大了些。

她红唇轻启："毕竟我还是挺想看看'屎壳郎'又能滚出什么样的屎球来嘛。"

观众们疯狂爆笑！

洛萱："夏灼灼也太没礼貌了。"

姜燃："关你什么事？"

洛萱："……"

为什么这个姜燃总是喜欢撑她！

姜燃："……"

不是为了撑你，你猜我坐在这里干吗？

史珂："……"

"你就嚣张吧，夏灼灼！今天不好好完成任务，晚上我就把你跟傅屿霁送去鬼屋！"史珂拿着大喇叭威胁。

夏灼灼无所谓地耸肩："我又不怕鬼，你应该问傅屿霁会不会被鬼吓哭。"

傅屿霁："……"

淡漠矜贵的表情上仿佛出现了一丝裂痕。

史珂不再跟夏灼灼拌嘴。他清了清嗓："好了，欢迎各位嘉宾来到海岸码头，你们目之所及的这一艘，就是节目组今天为你们安排的多层豪华游艇。

"请大家先跟我一起上船，上船的时候都小心脚下啊，小情侣之间互相扶一扶。"

观众最喜欢听史珂喊他们小情侣，有种对着干的刺激感。

许可柠最是听话，她刚踩上楼梯，便下意识朝季晏川伸手想让他扶。

季晏川火速闪开："这钢架结构的楼梯那么结实，你是不倒翁吗，自己还站不住？"

许可柠的脸色十分差。她忸怩道："我就是想跟你亲近一下嘛，晏川哥哥……"

"别。"季晏川戴上痛苦面具，"咱俩真不熟，您能别硬跟我拉关系吗？"

"哈哈哈哈许可柠脸都绿了！"

"我家可柠是无辜的好吗？他俩明明就在谈！只是季晏川不想承认，才故意在节目组里跟她划清界限！"

季晏川和许可柠这对永远争议最大。

而夏灼灼那边，则是傅屿霁主动朝她架起手臂，只是夏灼灼斜睥睨他一眼，就傲娇地扭过头自己上楼梯了。

傅屿霁淡定地轻挑了下眉，像是早已习惯。

他丝毫没有尴尬的感觉，冷静地将手收回来，就默默跟了上去。

不过最受关注的还是只争朝夕。

因为今天要出海，长裙不便，所以温时雾穿的是里面加了打底内衬的短裙。

但海上的风终究有些大。

裙摆被风撩起，温时雾正想伸手摁住，带有乌木佛手柑清香的温暖，就忽然绕着她的腰际，将她包裹了起来。

温时雾有些讶异地扭头，便见余峥将自己的外套解掉，正漫不经心地将它往她的腰上裹。

似是察觉到了温时雾的目光，余峥懒洋洋地直起身，将袖子递过去，挑眉问道："温老师自己来？"

他总不方便伸手帮她压裙摆。再多余的事他也不好做，还是将自主权交还给她。

余峥神情散漫。哪怕明明在做很绅士的事，那眉眼间也透着几分桀骜，以至于很难将他跟温柔联系在一起。

温时雾想到这个词时，她也吓了一跳。

不过余峥的确解决了她的难题，于是温时雾接过外套："谢谢余老师。"

不叫余神，那就叫余老师。这种场合直呼其名总归不算礼貌。

余峥抬抬下颌算是回应了她的谢，又敛下眼皮看见温时雾围好外套，两人便一前一后地登上了游艇。

节目组准备的游艇的确十分豪华。

多层，多功能。除了氛围极好的餐厅和咖啡吧之外，还有各种高级软沙发，以及可以在户外沐浴阳光的地方，甲板更是宽敞明亮。

夏灼灼一上游艇，便找了个软沙发瘫了下来："天哪！没想到上这破节目还能让我有如此享受的一刻！"

温时雾笑着递过去一杯果汁，但又无情地拆穿真相：“你舒服不了多久，等会儿‘屎壳郎’过来宣布挑战规则，你就会恨不得跳起来把他扔进海里去了。”

“温老师。”夏灼灼一脸无奈，“多美好的时刻，你能别扫我兴吗？”

温时雾咬着吸管，笑弯眼眸：“那你别喊我温老师，喊我小名就行。”

夏灼灼抬手比了一个“OK”，随后就爽快地改口道：“小朝夕。”

“那我可也跟着改口喊了啊。”季晏川主动凑过去，“小朝夕那部剧想当初在我童年时可是下饭必看剧。”

直播间观众哈哈大笑，季晏川说出了大家的心声。

那部《冬港》的确十分经典，经典到现在还有很多人吃饭时打开来看。

温时雾一脸无奈，她忽然想起余峥给她写的 to 签也是小朝夕，于是下意识地转眸看他。

偏偏余峥的目光也恰好落在她身上。

意外对上温时雾的视线，他神情定了两秒，但很快就桀骜张扬地挑了挑眉：“温老师忽然看我做什么？也想让我换称呼？”

他可太擅长反客为主了。

温时雾：“……”

“那如果温老师不介意的话，我就跟着一起换了？”他神情懒散。

温时雾还没反应过来，就听一道漫不经心的性感嗓音，跟海风一起传进她耳朵里：“朝夕妹妹？”

“谁懂啊！朝夕妹妹！”

“承认了承认了！余神亲口承认只争朝夕了！他第一次当面喊她朝夕妹妹！”

“他什么时候能把‘朝夕’这俩字换成梨涡啊，那我就彻底圆满了！”

“呜呜真的好甜……他刚才还给她围外套呢！明明是这么热的天，他哪里有必要穿外套！外套带了都是给暗恋的人用的！”

温时雾的脸颊也瞬间爆红。余峥弯腰时凑得很近，浅浅的呼吸拂过她的耳，让她脸颊上细软的小绒毛都跟着痒。她禁不住缩了缩脖子。

原本好不容易就要忘记昨晚的事，余峥的这一声朝夕妹妹，却又蓦然将她的回忆引回那场梦里！

温时雾顿时浑身发烫得像是要被太阳蒸熟了一样，心跳也不受控制。她很想躲起来。

但夏灼灼却看着她：“咦？小朝夕，你是不是在害羞啊？”

因为夏灼灼的这一番话，所有人都立即扭头看了过去。

无数目光全都聚焦在温时雾身上，就连余峥也懒洋洋地偏过头。

他看着她的耳朵，不由得扬唇笑道：“朝夕妹妹。”

温时雾低着头卷他外套，没有理会，只恨不得当场挖个地洞直接钻进去。

而余峥那双乌黑的眼瞳盯在她耳朵上，喉结缓缓滑动，忍了忍，但似乎没忍住。

最终还是伸手轻轻拨了下，余峥饶有兴致地凑近，低笑出声：“朝夕妹妹的耳朵，真的好红啊。”

温时雾只觉得全身都变得滚烫，就连心跳都不受控制，好像被什么击中了似的，变得柔软，然后开始坍塌。

尤其是被余峥拨过的耳朵更像被火燎过，那股火蔓延得她连脊骨都变得酥麻起来。

而余峥的目光仍然落在温时雾的耳朵上，明明是他撩她，却是他喉结发痒，脑子里只剩下了一个念头：真可爱。

史珂很快就来打断这旖旎氛围，他清了清嗓：“咳咳咳——”

温时雾头一回觉得“屎壳郎”是救星。

她眼神闪躲着，慌忙道：“那个……史导要过来宣布挑战规则了！”

史珂并不知道刚才发生了什么，听温时雾叫他史导，还难得如此积极地聆听规则，不由得颇感诧异：“这位女同学，今天下午十分乖巧啊？”

“哈哈哈！真害羞，假乖巧。”

“时雾刚才脸红的样子简直太可爱了，生硬转移话题的样子更可爱。”

“不过余神刚才是在撩她吧？”

“他们两个都好纯情！感觉余神想碰碰她耳朵都不敢上手，最后实在没忍住才摸的。”

“他还夸她好可爱！”

“纯爱战士应声倒地，甜死我算了。”

温时雾不愿解释乖巧的缘由。

但既然史珂说她乖巧了，她便乖巧地将双手叠在身前，歪歪脑袋看着他，甜美的小梨涡也露了出来。

余峥是想转移视线的，他很怕自己太过直白，怕太早地表示想法会将她吓跑。

但温时雾身上就跟有钩子似的，总惹得他刚别过脸去，就又忍不住用余光偷瞟她。

真可爱。怎么那么可爱？想和她谈恋爱的欲望达到了顶峰。

余峥有些烦躁地抄了下兜，将五彩绳攥进手里，好像才能获得一些安慰。

史珂开始介绍今天的安排："接下来，我们将进行海上约会挑战。

"在亚兰岛，有许多经典的水上娱乐都是游客来访时必打卡的项目。例如玻璃船、海上飞龙、浮潜、尾波冲浪……而我们今天要进行挑战的项目，是时下很热门的一项户外运动，双人桨板。"

史珂话音落下，三位教练就分别抱着桨板走了过来。

夏灼灼看着桨板惊呼道："双人桨板？就这么一块破板子，两个人一起用？！"

温时雾的脸热已经散了。她也跟着小声嘟囔道："而且看起来会很挤，还很不容易控制平衡的样子……"

"没错。"史珂点头，"桨板考验的就是平衡力，双人桨板不仅考验平衡力，还会考验小情侣之间的默契程度。"

温时雾纠正："不是小情侣。"

史珂："疑似小情侣也是小情侣。"

温时雾很认真："疑罪从无。"

史珂："……"

"好吧。"没人舍得跟甜妹吵架，于是他道，"考验疑似小情侣之间的默契程度。"

温时雾："……"算了。

余峥在旁边忍不住低笑了一声。

温时雾颇为不满，她转头睁大了眼睛看着他，余峥对上她的视线后挑了下眉，笑着举起双手投降，然后就将笑容收了回去。

史珂继续说着规则："今天，三组嘉宾的首要任务就是学会双人桨板。"

季晏川很是怀疑："就这么简单？"

史珂："在学会双人桨板后，绯闻情侣之间必须默契配合，划着双人桨板到著名拍照打卡点亚兰洞，完成规定动作的情侣合影拍摄。"

众人："……"

果然不只是学桨板那么简单，又要拍情侣合影，还是规定动作。

想起昨天刚见面时通过幸运数字抽取的拍照姿势，大家的预感不祥。

“下面请三组嘉宾来抽签吧。”史珂拿出三张卡，“一共三个规定动作，各位全凭运气，抽到哪个就拍哪个。”

许可柠蠢蠢欲动，她很想借一切机会跟季晏川亲昵，炒出点儿有用的绯闻。

但没人动她也不敢动。

倒是火暴脾气的夏灼灼直接伸手就抽出一张卡，翻过来。她将上面的样片先展示给其他嘉宾看，然后撑到镜头前：“这什么缺德动作？”

大家都好奇地看过去。

只见样片里是亚兰洞下的绝美剪影，以洞为天，背景是湛蓝的海。

一对男女亲昵地在桨板上互动着。男生坐在桨板上，抬起下颌，女生则跪在桨板上，凑近抵住他的鼻尖。

看起来好像很快就要亲上了。

直播间弹幕画风如下——

“哈哈哈哈确实缺德！”

“笑死，只有我想到海上是有浪的吗？那桨板跟着晃啊晃，摆拍这种姿势的时候岂不是很容易不小心亲到！”

“事情变得有趣了起来。”

“不过我目前感觉傅屿霁和夏灼灼是真情侣，亲上也没关系吧？”

夏灼灼十分暴躁，傅屿霁则是淡然地掠了眼那张照片，没说什么，似是欣然接受。

但温时雾却看得头皮发麻。

她更不敢抽了：“天哪……要是我们也抽到这种姿势怎么办？”

温时雾也想到海上是有浪的，这样真的很容易亲到。

不过余峥似乎很淡定。他懒洋洋地伸手抽了张卡片，偏头弯唇笑看着温时雾：“那么，这口大锅只好交给我来替朝夕妹妹背了。”

观众们望眼欲穿，翘首以盼。

余峥先是自己漫不经心地睨了一眼，然后便将卡片展示了出来。

镜头立即推近给到特写。

现场众人也好奇地凑了过去，而温时雾一定是最想知道答案的那个。

仍然是一张亚兰洞下的绝美剪影，倒是没用上桨板。

男生站在水里，以抬膝抱的姿势将女生抱起来，而女生则搂住男生的脖颈，低头去尝试触碰男生的鼻尖。

这个动作比较考验男生的臂力，对女生的曲线表现也有较高的要求。

夏灼灼评价道：“这个动作很难耶！虽然好像没有我们那个缺德哈哈哈……”

但温时雾却是松了口气。

虽然这个姿势看起来也很暧昧，同样要鼻尖相抵，但至少没有意外亲到的风险。

季晏川拍着余峥的肩膀，幸灾乐祸道：“兄弟，展示你臂力的时刻到了。”

“没事，朝夕妹妹不重。”余峥弯唇笑得肆意，他懒散地偏头看着温时雾，“这个对朝夕妹妹应该不难吧？”

温时雾的耳朵又红了红。她感觉自己好像很难对这个称呼产生抵抗力，明明只是一个昵称，被余峥那性感的嗓音喊出来时却令人耳酥。

“不难。”温时雾抬手揉捏着耳垂，试图遮掩，“我有学过舞蹈的。”

但余峥还是注意到她红了的耳垂，真可爱……

已经有两张卡片被抽走了，剩下一张便自动归属给季晏川和许可柠。

他们拿到了最简单的拍照姿势。只是个公主抱，站在水里抱起来随便拍一下就可以。

夏灼灼无语：“合着就一个缺德动作，被我抽到了呗？”

季晏川在旁边发出嘲笑。

他倒是得意：“灼姐大恩大德，我永世难忘，要让我拍你那个，我会不想活的。”

许可柠在旁边脸色不太好看，她伸手揪着季晏川的衣角：“那个对我们也不难吧？晏川哥哥，我们拍《惊鸿雪》的时候也有好多亲密戏呢……”

季晏川面露难色，直接远离。许可柠的脸更是难看。

来恋综之前，她预想过很多结果，唯独没想到季晏川会将对她的排斥表现得如此明显，一点儿配合的意愿都没有。

但当初《惊鸿雪》选角时，她特意打听了季晏川的喜好，穿着白色长裙去见他，他看见她时眼睛发亮，格外主动，最后还真如她所愿，定了她。

拍摄过程中，她经常对季晏川嘘寒问暖，着实是献了不少殷勤。

结果突然有一天就变了。

季晏川开始变得不愿意搭理她，马上就要开拍的亲密戏，全都换成了替身或借位。

实际他们从没真正亲密过，无论戏里还是戏外。

许可柠站在旁边有些委屈，泪光闪闪，很快泪珠就开始吧嗒吧嗒往下掉。

粉丝们都快心疼坏了。

洛萱在观察室里痛骂季晏川，姜燃嗤笑："到底是谁的问题还不知道呢。"

明眼人都看得出来季晏川估计是被造谣得烦了，所以在恋综里才会格外急于撇清关系。

洛萱："……"

这个姜燃怎么又在捽她！

现场三组嘉宾已经完成抽签，节目组分别给他们安排了三个教练。

史珂拿着大喇叭喊："接下来，请大家自由练习！你们随时可以向亚兰洞出发，拍完照片后即可返回游艇享用晚宴，最后一组回来的嘉宾，今晚送去鬼屋贴贴！"

夏灼灼叫苦不迭。

不仅拍照姿势那么缺德，竟然还要比拼速度，不过去鬼屋她倒是不怕。

于是夏灼灼拍了下傅屿霁："哎，要去鬼屋欸，你行吗？"

傅屿霁用修长白皙的手指解着衬衣："我行不行，你不知道？"

夏灼灼："……"

"哪方面的行不行呀？"

"哈哈哈哈哈有开车的嫌疑！"

"好期待伏夏这组！今天有风，到时海浪肯定能助攻，让这俩人亲上！"

温时雾也知道余峥有夜盲症。她踮起脚尖凑近，小声问道："余峥，要是我们落后，你去鬼屋是不是会害怕呀？"

余峥几乎被她给气笑了，他敛眸看她："谁告诉你我怕鬼的？"

温时雾的眼睛干净极了："不是，但你有夜盲症，应该怕黑的呀。"

余峥抬手，将掌心搭在她发顶："是有夜盲症，但不怕鬼也不怕黑，只是晚上有开灯睡觉的习惯而已。"

他最多只是讨厌黑暗。

但温时雾是有一点点怕鬼的，她从小就很少主动玩各种刺激项目。

余峥笑得肆意，漫不经心地揉了两下她的脑袋："放心，不会让你输。"

"啊啊啊啊啊啊啊真的好甜！"

"摸头杀甜死了！这么简单的动作余神做起来怎么这么苏！"

"他说不会让她输！"

嘉宾们陆续去游艇上的更衣室换泳衣，这也是观众们期待的环节。

许可柠穿的是分体白色泳衣。

上半身是抹胸挂脖设计，下半身是短款泳裙，将她清纯的形象展现得淋漓尽致。

她刚换完泳衣出来时，直播间弹幕里"哇"声一片，都在夸赞许可柠身材好，说季晏川好福气。

结果夏灼灼就穿着同款泳衣出来。不过她那件是黑色的，将她莹白的肌肤衬得更像羊脂玉，性感得恰到好处，又比许可柠更媚几分。

"啊啊啊夏灼灼好美！"

"颜值身材没话说。"

"黑白双煞，高下立见！"

许可柠看着夏灼灼的泳衣，清纯在性感面前永远不值一提，她眼红了。

夏灼灼甩着头发："晦气！"

她也不怎么喜欢许可柠这人，看得出来她功利心很强，并不单纯。

但就在这时，更衣室门前又出现了新的骚动。

温时雾换好了泳衣出来。

好几个摄影师都积极地扛起设备，将高清镜头调焦后对准了过去。

余峥也早就在甲板上等她了。

听见动静，他状若漫不经心地抬眸，映入眼帘的便是白皙到发光的肌肤。

比起夏灼灼和许可柠的比基尼款泳衣，温时雾选的是一套牛仔泳衣，清新漂亮的牛仔蓝恰好与亚兰岛果冻般的大海相映。

分体的设计，下半身是十分日常的热裤。

胸前的绑带互相交叉，在下端系成小蝴蝶结，垂落在不堪一握的细腰上。吊带则绕至脖后，更衬得她锁骨与直角肩格外漂亮。

直播间一水儿的惊叹——

"哇！有美女！"

“女鹅也太会选泳衣了吧！可爱又不失性感，且落落大方！”

“甜妹牛仔泳衣好适合时雾！”

偏偏温时雾刚才换泳衣时，还特意换了个便于学习桨板的发型。

她将头发扎成甜妹双麻花辫，颅顶的头发也被一同编进去，扯蓬松，简直就像从漫画里走出来的甜美少女。

所有人都被她迷得七荤八素了！就连夏灼灼也冲上去：“天哪！小朝夕，你这造型也太甜了吧！”

温时雾并不适合性感成熟的风格。

她向来都只是个甜妹。因此在泳衣造型的选择上，就没有按照观众想看的风格，而是挑了最适合自己的。效果反倒更加惊艳。

温时雾的眼睛清凌凌的，搭配这身造型更像少女：“谢谢灼姐。”

夏灼灼当场就要被她甜晕过去。

她捂着胸口：“我以为可爱在性感面前不值一提，结果最终发现，一切在温时雾面前统统不值一提。”

“哈哈哈哈哈哈哈哈！！”

“夏灼灼，我的网络嘴替。”

“真的，看见夏灼灼那黑色性感比基尼时我以为她今天赢了，结果女鹅这身甜美风泳衣怎么更胜一筹啊！”

余峥的确有点儿难绷。温时雾撞进他视线里的那一秒，就击中了他的心房。

他甚至不敢多看。

于是余峥别开视线没两秒，就又扭头看回温时雾：“……很漂亮。”

直播间弹幕里又刷了满屏尖叫。

温时雾抬了抬脸蛋，然后便将眼眸笑成弯弯的月牙，小梨涡更像是会发光：“那肯定呀！”

余峥肆意地弯唇轻笑了一声。他正欲将视线收回，却忽然觉得小腹一紧，温时雾伸手用指尖戳了上去！

余峥浑身一僵。

他蓦然转眸看向温时雾，只见她正歪头看着自己，目光干净，但似乎正盯着他的小腹认真研究着什么。

“咦？”一下没戳够，再来一下。

温时雾美滋滋地评价道：“嘿嘿，余老师的身材看起来也很好嘛。”

“想当温时雾的手！”

“很想知道余神的腹肌是什么手感，快告诉我。我好急！我是‘急急国王’！”

“温时雾替我实现梦想！”

这次温时雾的确实现梦想了。在戳到余峥腹肌的那个瞬间，她心里有点儿得逞的小雀跃。

全网都知道余峥十分自律，会锻炼，但从没见他公开展示过腹肌。

这次他当然也没有选择赤裸上身。

黑白拼色的长袖泳衣不算紧身，但防水材质终究有些贴肤。

温时雾非常仔细地看了，甚至还揪着余峥的衣角凑近问：“是不是八块？是不是八块！”

直播间观众快要被她逗笑了。

余峥实在没想到温时雾会这么直接。叫她一声朝夕妹妹，她能害羞得脸红成那样，戳他腹肌时却这么大胆。

他喉结缓缓滑动了两下，应声时嗓子都有点儿哑：“……嗯。”

不过温时雾自然没敢再戳。

戳一下是好奇，戳两下是欣赏，但再戳第三下，就真的是“耍流氓”了。

温时雾感觉心里很美。她变成了全网第一个戳到偶像腹肌的粉丝，还能近距离欣赏。

所以接下来的很长一段时间，哪怕听着教练介绍上板方法时，她唇角也压不下去。

余峥被她给气笑了：“就戳了两下腹肌，至于这么开心？”

温时雾小鸡啄米似的点头。

她雀跃地摇头晃脑：“当然啦！你不追星，你不懂。”

“我懂。”但余峥忽然出声。

温时雾有些讶异地转眸看向他，似乎还在好奇余峥追的明星是谁。

便见余峥缓缓地垂敛眼睫看她。浓密的长睫覆落在那双天生含情的桃花眼下，乌瞳似如泉眼，直勾勾地看她时，有种令人心跳怦然的吸引力。

温时雾有被余峥的眼神吓到。

她总感觉，昨晚的对视游戏里，余峥好像也是用这种直白的目光看她。

这双眼睛实在太好看，她回视时总会忍不住陷落进去。

就连耳边教练的声音都变得模糊，好像只能听见彼此的呼吸。

“朝夕妹妹忘了吗？”

余峥缓缓地躬身朝她凑近，平视时目光更不懂得收敛。

温时雾有些茫然地看着他。

只听磁性性感的嗓音，借海风荡进她的耳朵里：“我说过，我在追你。”

温时雾的心跳瞬间漏了一拍。

她惊诧地抬眸回视，在陷进他那双深情的桃花眼里时，竟有几秒钟分不清他说的是追求还是追星的恍惚感。

直到余峥懒洋洋地回直腰板。

他到最后也没澄清那句话里的歧义，只散漫不羁地偏头：“学好了吗？”

温时雾：“……啊？”

余峥抬了抬下颌朝桨板示意着。

他问：“是想再听教练讲一遍动作要领，还是我们直接上板试试？”

温时雾的耳根有些发烫。

她在心里嘀咕着：刚才光顾着想腹肌去了，哪还有心思听讲啊……

温时雾认真地看向教练：“鉴于桨板这项运动神圣而伟大，为了不亵渎这块板子，我决定听教练再讲一遍。”

“哈哈哈哈哈哈哈哈哈！！”

“头一次听见有人把‘我没听讲，老师你再讲一遍’说得如此清新脱俗。”

就连教练也沉默了一瞬。

但见温时雾乖巧地将双手叠在身前，脑袋歪着，干净清澈的鹿眸眨啊眨，唇边还有两颗甜美的梨涡深陷。

教练叹气：“……那我再讲一遍。”

温时雾笑意明媚，她还扭头颇有些得意地看了眼余峥，好像在向他邀功，清澈的小鹿眸里像有流光在转。

余峥略有几分不自然地避开她的视线，握了个空拳清嗓：“好好听讲。”

“喔。”温时雾应得很乖。

这次她没再走神，很认真地听教练讲了一遍上板技巧，以及如何保持平衡，之后便该自己上板尝试了。

此时游艇已在亚兰洞附近岛屿靠岸。

嘉宾们抱着桨板下船。

脾气火暴直率的夏灼灼向来没耐心，第一个以身试险。

她连续跌落水六次。

第七次时，穿着救生衣的夏灼灼泡在水里，已经不想再往岸上爬了，她用手臂扒住桨板，仰天哀号：“这天杀的也太难保持平衡了吧！”

岸边传来一声轻笑。

夏灼灼当即将眼眸睁得溜圆，不满地瞪了过去：“傅屿霁！”

那笑声的主人不紧不慢地看过去。

夏灼灼甚是不爽：“你笑什么？”

傅屿霁没有应声。

他敛眸，慢条斯理地摘掉腕上的手表，随后朝水里的夏灼灼走过去，伸出一只修长白皙的手：“起来。”

夏灼灼充满怀疑地斜眸睨他。

犹豫了两秒，她最终还是将手搭在傅屿霁的掌心，被他有力地握住一牵，夏灼灼便重新从水里站了起来。

傅屿霁走到桨板旁帮她摁着：“过来，我给你扶着。”

本来是挺甜的一个画面。

哪料夏灼灼下一秒就把傅屿霁的头摁进水里：“这种觉悟你怎么不早点儿有！”

温时雾在岸边笑得开怀。

阳光洒落在她蓬松的双麻花辫上，被海风吹起的发丝像是被光穿透，她整个人都显得明媚又柔软，活像下凡的小太阳。

“余峥！”她就那样带着笑意转眸看他。

正无意识注视着她的余峥一怔，但很快就恢复桀骜不羁的常态：“嗯？”

温时雾的眼睛亮晶晶的，她充满期待：“我们也试试吧？”

旁边的夏灼灼和傅屿霁还在打闹。

准确地说，是夏灼灼单方面挑衅，不停地捧起海水来朝他身上泼。

另一边是屡屡上板失败的季晏川。

余峥肆意地挑唇笑看温时雾：“怎么？我们朝夕妹妹不怕落水？”

“多有意思的挑战啊，我才不怕呢！”温时雾往海里走。

余峥看着她雀跃着往海里扑的背影，敛下眼睫，低笑一声：“也是。”

他的确从未见温时雾怕过什么。

九岁认识她时，她七岁。

像个糯米团子似的小姑娘穿着粉嫩的古装，绑上连很多大人演员都怕的威亚，眨眼间就像仙女似的上了天。

小余峥在下面都看愣了。

听身边工作人员聊起，他才知道这位仙女妹妹五岁拍《桃花引》时就勇敢地上了威亚，还拍下小妲己迎桃花雨下凡的名场面。

直至今日，哪怕温时雾因一次威亚故障从高空坠落导致心理阴影，在拍戏时如有需要，她还是会说服自己笑着将威亚绑上。

她总是乐观，不管做什么事情都很积极，身上光芒万丈。

不像他，低进尘埃里。

余峥被回忆勾得走了神，再回魂时，是温时雾用手拨着水，洋洋洒洒落下来的水珠折射着阳光，打着他的睫毛。

他视线闪了下，抬眸看她。

温时雾蓬松温软的麻花辫搭在肩膀前，她半个身子都浸在海水里，趴在桨板上看着他："怎么走神啦？"

余峥用那双桃花眼看着她。深情得晦涩。

但正当温时雾疑惑他的目光，还没来得及读懂那乌瞳里聚集着的意思时，他就敛了情绪，挑起肆意张扬的笑意："这不得回忆动作要领吗？总不能在温老师面前丢人啊。"

又不喊朝夕妹妹了。

称呼切换自如。

温时雾其实有点儿读不懂他。虽然喜欢了他四年，合该对他的一切了如指掌，但近距离接触后才知道，原来余峥像他的应援色克莱因蓝一样神秘。

向往着自由的天空，却又像大海一样深邃。

明明与夏夜最为适配，可颜色偏偏象征着明媚的冬。

而此时的余峥是意气风发的，他迎着阳光走过去，海风将他微遮眉眼的碎发吹得拂动，唯独不掩乌瞳里的张扬笑意。

他骄傲耀眼，锋芒毕露，好像刚才深沉的神秘感只是错觉。

温时雾开始试着上板，但她刚一用力就差点儿将桨板翻了过来。

但就在那块板翘得快把她拍进水里时，余峥率性慵懒地抬手将它摁住。

浆板重新被放平。

他握住边缘，用劲力潇洒一转，桨板便在海面上摆了个尾甩到便于温时雾上板的方向，他拍了两下："上。"

余峥偏头看着身旁的温时雾，口气足够嚣张："你的平衡，交给我。"

"啊啊啊啊啊交给他，交给他！"

"这段压板转板我真的能反复观看！"

"他这一系列动作性张力绝了呀！"

"只争朝夕上大分！"

直播间观众再度被甜到。

温时雾也兴奋极了，她握着拳摆出超人手势："朝夕冲呀！"

温时雾对余峥十分信任，她很快就顺利地爬上了夏灼灼征服了七次的桨板。

坐上桨板的那一刻，她雀跃得恨不得踩在上面蹦迪，还盘起腿明媚地回眸笑看夏灼灼："嘿！上桨板这不是很简单的嘛？"

夏灼灼跟傅屿霁的架还没打完。

她看见温时雾已经坐上桨板，头发还干着，于是直接朝她冲过来："好啊小朝夕！我劝你最好别嚣张！"

说着，夏灼灼便扬手一拍。

身下的桨板忽然剧烈摇晃起来，温时雾慌忙扒住边缘："啊啊啊余峥……救命！"

余峥迎着阳光笑得散漫。

他更用力压稳那块晃动的桨板，肆意地挑唇看向傅屿霁："傅屿霁，管好你的人，别吓着我们朝夕妹妹。"

"啊啊啊你的朝夕妹妹！"

"刚才还温老师，这会儿又朝夕妹妹！余峥这小子是懂说话的！"

"他俩互动越来越自然了耶！温时雾遇到危险的时候会下意识叫余峥，而且她叫的不是余神不是余老师，是余峥！"

观众们被甜得打滚。

夏灼灼气得朝傅屿霁泼水："好好好，这么玩是吧？余神，你小子不会是对我们国民女儿小朝夕图谋不轨吧你！"

温时雾坐在桨板上笑得开心。但听见夏灼灼这话，她瞬间恼得脸颊有些红："夏灼灼！你别乱说！"

"他肯定是！"夏灼灼被傅屿霁拉住，"小朝夕，你可别被他骗了！

他要是清白，我就替你们把傅屿霁暴揍一顿！”

“哈哈哈哈哈傅总实惨！”

“虽然夏灼灼是我的恋综嘴替，但是傅总到底做错了什么哈哈哈！”

温时雾被夏灼灼调侃得脸热。

亚兰岛夏日的阳光本就明媚晒人，这会儿烘在她身上就像蒸笼一样。

她用手在脸颊旁扇着风，小声嘟囔：“夏灼灼不愧是夏灼灼，夏，还灼。”

灼死她了。

余峥站在海里笑得肆意。

他推着桨板将温时雾带离危险之地。阳光晒得发烫，他的乌瞳耀眼明亮，像灼烈的火焰，性感而又极致张扬。

温时雾不满了：“你还笑。”

她弯腰拨弄着水朝他头发上泼：“你小子是一点儿也不在意自己的清白。”

余峥笑得喉结滚动，他落拓不羁地偏头看过来：“有朝夕妹妹护着，我还要什么清白？”

话音落下，两人颇为自然地对视了一眼，又不约而同地愣住。

这话说得着实有点儿暧昧了，温时雾蒙蒙地眨着眼睛看他，心跳莫名加速。

余峥的目光也定了定。

那一刻，他只觉得喉咙有些发紧，就连推着桨板的手也浮出一层薄汗。

气氛莫名尴尬。就连温时雾都状若无意地别过脸，继续用手扇着脸颊：“唔，今天好热。”

余峥颔首：“确实。”

温时雾假装很随口地接话道：“要不你上来吧，海水还挺咸的。”

也不知道海水挺咸的这事跟他泡在海里有什么关系，他又不会泡着泡着就变咸。

但余峥还是回应道：“行。”

温时雾第二遍时有认真听讲，帮余峥把握好了平衡。而余峥以前在国外念音乐学院时也玩过单人桨板，所以上得非常顺利。

温时雾至今还没落过水。

她的甜美系双麻花辫依旧蓬松，眼睛明亮：“亚兰洞！冲冲冲！”

兴奋很快就将尴尬取代。

温时雾向来最擅长调节情绪和氛围，刚才的几丝窘迫被游刃有余地捏碎在海风里。

只争朝夕最先向亚兰洞出发。

意识到这件事，夏灼灼倒也不着急，反正怕鬼的是傅屿霁又不是她。

搞不好自己今晚还能因此放假。

而季晏川和许可柠那边没什么进展。

许可柠学了很多遍都不会上板，哪怕季晏川帮她控着板，她也总有各种奇怪的角度给它压翻。

季晏川头疼："导演，我现在立刻马上当场去鬼屋，成不成？"

史珂："驳回。"

直播间观众同情并发出嘲笑，直呼这场恋综就是季晏川的历险记。

观察室的林星柚捧着脸："嘿嘿，只争朝夕今天的互动好甜。"

"已经有点儿齁了。"姜燃如是评价，"原来看兄弟谈恋爱是这种滋味。"

话音落，他顿了顿，半晌后又补充道："还没谈上，还没谈上居然就是这种滋味。"

"哈哈哈哈哈哈哈哈哈哈！！"

"燃哥：我坐在这里的唯一作用，就是吃我自己兄弟的狗粮。"

"不，还有撑洛萱哈哈哈。"

"燃哥官方认证余神要跟女鹅谈恋爱，洛萱坐在旁边都不说话了，她可能十分后悔送这俩人来了恋综。"

此时，姜燃的好兄弟余峥已经划着桨竿，最先将温时雾带到了目的地亚兰洞。

阳光暖融融地洒在两人身上，而背景是果冻般的海与蔚蓝的天。

这唯美的氛围像极了是在约会。

他们将其他人甩开很远。

温时雾很快就发现不远处的目的地，她伸手指着，然后回眸仰脸看向余峥："余峥你快看！亚兰洞耶！"

余峥抬起下颌望过去。

只见岩石峭壁下，一处经海水腐蚀而形成的喀斯特地貌洞穴神奇而壮观。经太阳反射至海面而成的蓝色，像浓郁的油画色泽般深邃神秘，又像是一场散发着蓝荧光的梦幻仙境。

温时雾："果然很漂亮。"

她看着余峥的眼睛亮晶晶的："就算不为完成任务，来赏一趟景也值了。"

"嗯。"余峥笑应。

温时雾眨眨眼睛，好似欣赏："余峥。"

余峥懒洋洋地半敛着眼皮看他。

温时雾眼眸弯弯："我发现，原来你居然很爱笑。"

余峥挑眉："有吗？"

"嗯。"温时雾点了点头，"以前在你演唱会上也看过你笑，但很少，大家都说你很跩，但我现在觉得这可能是认知误解。你最近明明笑得很多，你很爱笑。"

余峥似乎颇为不屑地轻嗤一声。

他没有应声。好半晌，他将桨板靠了岸，敛下眼皮忽然低低地道了一声："笨蛋。"

温时雾不满地皱眉："什么呀？"

余峥意味深长地看着她："你不懂。"

"你说了我就懂了。"

"现在不急，以后会让你懂。"

温时雾有些疑惑地看了他两秒，然后便回直了身体："爱笑就爱笑嘛，还不好意思承认……莫名其妙。"

余峥散漫地杵着桨竿，没反驳。他低眸看着温时雾扎了两个小麻花辫的背影，还是没忍住伸手揪了揪，笑着说："下船了，朝夕妹妹。"

这是桨板不是船，但温时雾愣是坐出了一叶扁舟的架势，而余峥就是那个为她划桨的船夫。

"喔。"温时雾应声，又睁圆了眼眸扭头看向余峥，"你别揪我辫子。"

直播间锐评——

"小情侣打情骂俏甜蜜的嘞！"

"以前哪见过余神揪人小姑娘辫子啊。"

"为什么他俩能把双人桨板这事整那么浪漫？特别像学校男生调皮趁前桌女同学乖乖听讲时偷偷揪人辫子。"

"一切都是余神暗恋的小把戏罢了。"

…………

温时雾和余峥下了桨板。

他们是第一组抵达亚兰洞的嘉宾，早有摄影师和录制组工作人员在等。

“恭喜两位老师。”编导道，“将你们抽取到的拍照姿势交给摄影师，完成亚兰洞情侣照打卡后，就可以返航享用晚宴了。”

抽到的卡片在余峥身上，由他交给摄影师。

摄影师早就知道三个规定姿势，只看一眼就明白他们要拍哪个了。

“这个不需要桨板作为道具。”摄影师指挥道，“此处水浅，不会遇到危险，请两位老师先将救生衣脱掉放到一边，然后就跟我往洞里面来吧。”

亚兰洞虽称之为洞，但这里其实是一处由熔岩构成的半岛，而洞口是常年由海水腐蚀而成。

因此洞口下的海水不深。

以余峥的身高，尚未没过膝盖，拍照时的确不用再穿救生衣。

倒是温时雾对自己的身高没自信。

她脱掉救生衣后站在岸上，伸手推了推余峥，怂恿道：“你先下去。”

余峥漫不经心地轻嗤了一声，饶有兴致地回眸看她：“怎么？朝夕妹妹对自己的小短腿没有自信？”

“我腿短不短还有待商榷。”温时雾眼眸干净，理不直气也壮，“但反正余老师腿长是既定事实，天塌了都得高个子的先顶上，下海也一样。”

直播间观众被她的这套理论笑死。

就连余峥都被她气笑了。他沉默好久。

偏偏温时雾还笑弯了眼眸看着他，似乎要将撒娇的本事用到底。

而余峥一掀眼皮就撞上她的笑。

一张温软的脸，笑容明媚，小梨涡甜软深陷，漂亮的仙子睫像蝴蝶似的扑闪，一双钓人的鹿眸像装满了星星似的，很亮。

余峥向来是顶不住她这样笑的。他很快就认了输：“……行。”

温时雾的笑容变得更加灿烂了，她还歪歪脑袋，随后将手臂向后打开，俏皮地鞠了一躬：“那就辛苦余老师啦！”

余峥状若无意地别开视线，意味不明地轻声说道：“谁让我宠粉呢。”

“哟哟哟！还打上宠粉的旗号了呢。”

“你小子就宠老婆吧！”

“楼上姐妹别拆穿呀，毕竟某人还不好意思承认自己不是喜欢笑，只是喜欢对她笑。”

“是吧是吧！他说的果然是那意思吧？我也是这么觉得欸！”

观众们越说越兴奋，越说越觉得甜。

而此时余峥已经听话地下了海，水果然不深，海浪打起来时也刚到他膝盖。

温时雾确定好了深浅，光着脚，迈开腿正要下海，一只筋骨清晰的手便朝她递了过来。

“诶？”温时雾疑惑地抬眸。

只见余峥姿态懒散地站在海里。他掌心朝上，指节匀称的修长手指微微弯曲，食指朝着她弯了弯：“过来。”

直播间观众再次开始尖叫。

果然听余峥懒着语调，状若漫不经心地说了一句：“扶你。”

“我就知道！”

“太甜了！余峥这小子还知道主动扶人！”

“我真的从来没见过他这么温柔！”

“这就是对时雾的偏爱吧！温时雾一定就是他的梨涡妹妹！！！”

温时雾也没想到余峥这么绅士。她有些蒙地眨了两下眼睛，下意识地将手搭在了他的掌心。指尖触碰到与自己体温相异的炙热。她的心尖颤了一下。

她忽然醒神意识到有些不对劲，连忙想要将手抽回，但余峥却似乎没打算给她机会，几乎立即将她的手捏住。

柔软的触感直抵神经，余峥别开脸，似若欣赏远处风景般，半眯着桃花眼抬起下颌看着太阳。

他嗓音有些哑：“小心脚下岩石打滑，看着点儿，别不小心硌伤了。”

温时雾是感觉挺莫名其妙。作为四年资深粉丝，她其实以前很难给她的偶像打上温柔、绅士之类的标签。现在看来似乎是认知错误？

他不仅人很好，温柔，还很爱笑。

不愧是她能粉上的偶像！

温时雾为自己发现了偶像的闪光点而感到雀跃，不知不觉间，就被余峥牵着手领到摄影师规定的拍摄点。

摄影师神情复杂地看着他们，迟疑道：“你们俩……还挺甜啊？”

“嗯？”温时雾不解地看着他。

摄影师犹豫了很久，还是没忍住：“我跟了三季的《绯闻恋人》，以前每组嘉宾来我这儿拍合影时，都恨不得离对方半个地球那么远。

“要么就是装不熟，要么就是针锋相对，甚至还有为了澄清绯闻吵架的，还是第一回见到你俩这样……”

摄影师看着他们的手，“牵着手来。”

温时雾顺着他的视线看过去，目光自然而然地落在了她跟余峥紧紧牵着的手上……

温时雾的心瞬然一跳。她慌忙触电了似的将余峥的手松开，偏偏这时踩着岩石的脚打了滑！

“啊！”温时雾惊叫出声。

她生无可恋地闭上眼，已经在心里做好跌进浅海里的准备。

但预料中的糟糕与狼狈都没有来袭，温时雾只觉得后腰忽然被人抵住，侵略感极强的乌木佛手柑味在她急促的呼吸间，占领了她所有感官。

余峥扣住她的腰将她揽回怀里。短促的呼吸间，低沉磁性的嗓音从收紧的声线里溢出来，飘进她的耳：“小心。”

刹那间，温时雾只觉得后腰滚烫。

她穿的是分体泳衣，细腰外露，而此时余峥的掌心就贴在她的肌肤上！

“哇啊——”

直播间观众开始兴奋地凑热闹。

“只争朝夕搂腰了！”

“世界名画又出现了！”

“这俩人还拍什么情侣照啊，这波英雄救美的场面不比抬膝抱甜？”

“那抬膝抱还是不能少的。”

“只争朝夕上大分！”

温时雾的脸颊已经彻底羞红了。

无意识地牵手，被摄影师点在台面上，想将余峥松开时脚底还打了滑，每一帧都堪称为她的社死名场面，而此时她还贴在余峥的胸膛上。

他之前下过海，还为了帮她躲避攻击，挡了好多夏灼灼泼过来的水。

余峥的上衣有些湿，湿了之后就紧贴在他胸膛上，几乎将他性张力极强的肌肉轮廓描绘得清晰。

甚至，她还能听见余峥胸膛里强有力的心跳，跳得比她还要快。

于是温时雾的心跳也跟着加快。她咬了咬唇瓣：“余老师。”

不再像刚才打闹时那样喊余峥，她觉得这种时候似乎该礼貌点儿。

而余峥的掌心仍然贴着她的腰。

温时雾身上的甜橙香，盖过海水的腥咸味儿，丝丝缕缕地闯入他的呼吸。

她的腰被他握住。柔软的身体几乎倾趴在他身上，让他整个人都僵硬得一动不敢动。

听见温时雾软着嗓音喊他，余峥的喉结轻轻滚动两下：“嗯。”

温时雾有些窘迫，因为趴在余峥的胸膛上，心跳跟他的混在了一起。

她的脸颊也发烫，但分不清是晒得热，还是被余峥的体温烫得热，或是因为太过于害羞了。

温时雾耳朵红红：“能松手了吗？”

直播间里又是尖叫声一片，好多观众都希望他们能抱一个世纪那么久。

但余峥没松手，不是不想松，是实在不敢松。

温时雾跌进怀里的感觉令人着迷，他甚至感觉自己的灵魂都被俘虏了。但他还是克制着，保持理智。他无奈地问道：“所以，温老师站稳了吗？”

温时雾的心跳颤了一下。她才意识到自己仍然倾趴在他身上，脚下不稳。如果余峥立刻松手，她可能面临再次滑倒，然后重蹈覆辙再被他搂进怀里的场面。

于是她伸手扶住余峥的肩，尝试着踩稳脚下岩石，才点了点头应声道：“站、站稳了。”

余峥眼皮下敛着睨了一眼。

只见果冻般透明的海水下，温时雾踩住岩石，紧张得脚趾蜷缩。

他不禁有些认输似的轻笑了一声，这才缓缓松开手：“朝夕妹妹。”

“你不能总是这样给我机会……”余峥低叹一口气，“考验我的自控力啊。”

“救命！他居然说自控力！他把持不住了！”

“白月光往自己怀里扑这谁顶得住！”

“顶不住就告诉她你是我的梨涡妹妹啊！余峥你这都能忍得住，你上辈子是唐僧吗？！”

观众们恨不得冲进直播间，在温时雾耳边大声跟她说出这个真相。

大家也都狠狠地体会了一把什么叫——

皇上不急太监急。

而温时雾也被余峥说得有些发蒙，她唇瓣微张，许是刚才被吓到，此时眼眸湿漉漉的，呼吸也还没有平稳。她就那样茫然地看着他。

清澈无辜的眼睛，让她看起来像是一只在森林里迷路的小鹿。哪怕面对大灰狼时她都会试探性地问：“哥哥，你知道我家在哪儿吗？”

余峥没办法直视她的目光。他意味不明地轻“啧”一声，别过脸去，抬抬下颌看向摄影师：“拍照吗？”

“好嘞！”摄影师立马拿着设备过来，他甚至还凑到两人中间，“你俩刚才那搂腰的姿势我也趁机给你们拍了一张！”

温时雾：“……”

她下意识便将余光瞥了过去，暧昧氛围感拉满的照片瞬间撞入视线。

救命！温时雾恨不得趁着暑热当场晕厥。但可惜她是个有良心的人，偶像刚救她于危难间，她总不能反手把他送进鬼屋。

“拍照吧拍照吧。”温时雾伸手将摄像机推开，权当眼不见心不烦，“我们那姿势怎么拍来着？”

摄影师：“两位老师先抱一个吧。”

温时雾：“……”

不过摄影师也不是耍嘴皮子的，他们抽到的拍照姿势的确是抬膝抱。

需要余峥抬着她的膝盖将她抱起来。

而温时雾则需要搂住他的脖颈，低头尝试着去蹭他的鼻尖。

温时雾的脸颊又开始发热。她一边小心翼翼地看着脚下岩石，踩着海水往亚兰洞下走，一边用手在脸颊边扇着风，背对着镜头小声嘟囔：“等会儿如果我突然晕倒了，一定不是羞死的，也不是社死的，是被晒中暑的。”

“哈哈哈哈哈哈哈哈！”

“时雾女鹅已经开始为自己找借口了。”

“时雾好可爱啊！”

余峥看着她的背影挑唇轻笑。他眼皮下敛，阳光从他的睫毛间落下，在眼睑处斑驳了明暗交错的光影，他低声喃喃：“真是个笨蛋。”

观众们已经被彻底甜晕了过去，天知道踕王对甜妹叫“笨蛋”是多宠溺。

而温时雾已经走到洞下了。

这里的岩石还比较平，不像她刚才站的那处，那里的岩石被海水侵蚀得打滑。

她自顾自地低头用脚尖踢着海水玩，再抬脚时就忽然踢到什么硬物。温时雾抬起眼眸，便见余峥站定在她面前，而自己的脚尖踢在他的小腿上。她慌忙将脚收了回来。

余峥姿态懒散地站在那里，似乎并没有对自己被踢了一脚的事感到介意：“怎么说，温老师？”

他偏头看向自己来的方向，抬抬下颌示意着已经举起设备的摄影师。

温时雾已经料到接下来的事了。

果然见余峥懒洋洋地收回视线，似笑非笑地挑眉看着她：“抱一个吗？”

温时雾到现在都脸颊发烫。她轻咬唇瓣，视线乱飘，十分不自在地伸手捏了捏红得像樱桃似的耳垂。

挑战任务摆在眼前。

她也没有什么拒绝的余地：“那、那就只好……抱一个吧。”

直播间里土拨鼠一样的尖叫声此起彼伏。

粉丝们翘首以盼地等着只争朝夕绯闻情侣组合的抬膝抱情侣照名场面。

录制组镜头也早已做好准备。

只见亚兰洞下光影错落，受阳光折射而反出的蓝色荧光，似幻境般神秘。

温时雾站在荧光里，而身量更高的余峥像骑士一般，面朝着温时雾，单膝跪了下来。

日光热得发烫，海水翻着浪花涌及他的劲腰。

而这位在舞台上骄傲耀眼的歌坛唱将，挑起肆意的笑，抬起下颌，以低于一切但唯独高于海面的高度仰视着她：“来吧，朝夕妹妹。”

“啊啊啊啊啊啊啊啊我要发疯！”

“这男人太会了！这段单膝跪地真的把我甜到了！”

“谁懂这个男人的魅力！这不就是明目张胆的温柔与偏爱吗！因为自己高，所以就单膝跪地给她搂！看得我嘴角根本压不下来啊！”

观众们被甜昏了头。

而温时雾的心跳也漏了一拍，紧接着又如擂鼓般随一声声的海浪震动不已。

她踏着海水走近余峥，弯腰搂住因为迁就自己的身高，而为她低下来的余峥的脖颈。

温软的手指自他颈侧轻轻蹭过，像是带起了一道电流，在穿透皮肤后，东奔西跑地蹿遍了他的四肢百骸。

余峥敛着眼睫，全身僵硬，心跳如鼓，桃花眸里的一双乌瞳晦暗翻涌。

直到温时雾软软出声："我搂好了。"余峥才低声应道："嗯。"

他伸出手，让温时雾将自己的膝盖搭上去，随后借着他的力量轻盈一跃。

"哗——"伴随着一道出水的声音，单膝跪地的余峥抱着温时雾站起身来。

而温时雾搂着余峥的脖颈，用柔软的腰肢挺出完美的曲线。

她被余峥捧得很高，肩膀都跃过他的眉眼。就像以膝盖作为脚尖，踮在余峥掌心上跳舞的芭蕾公主。

而余峥抬起下颌望向他怀里的姑娘，恰是对方又低头朝他看过来！

两人的鼻尖霎时间轻轻相碰。

温时雾也没想到余峥将头抬得那样高地去看她，以至于她稍一低头，就不经意间用自己的鼻尖碰到了他的。

小鹿眸里闪过一瞬悸动的惊慌。

而余峥也呼吸微滞。

感官里尽是温时雾扑过来的气息，有属于她的甜橙，还有风吹来的海的味道。

温时雾搂在他后颈的手指弯了弯。指尖不经意撩拨过余峥敏感的颈线，他呼吸渐沉地提醒道："别动。"

观众们甜得直接在屏幕前发疯。

而这帧抬膝抱的名场面，被截屏、录屏下来火速传遍了全网。

#只争朝夕 抬膝抱#

#余峥 别动#

#史上最强拉丝感#

#只争朝夕是真的！！！#

无数词条被观众们送上热搜，就连忙得晕头转向的林意羡都被迫吃了这口瓜。

她点开公关部同事送来的手机照片。

亚兰洞下，蓝色荧光笼罩的双人剪影。

余峥捧着温时雾的膝盖将她抱起来，而温时雾则低头碰到他的鼻尖，那暧昧氛围感拉满的画面看起来就像亲上了！

林意羡无语。

这到底是去澄清绯闻的，还是去跟余峥谈恋爱的！

最后受伤的依然是一盆兔尾草。

她将其拔了个遍，随后扶额道：“盯紧舆论，有什么负面的情况及时报给我。”

公关部同事拿回手机继续欣赏照片。她反倒心态平衡：“负面舆论倒是没有，不过很多粉丝都在微博问你，能不能允许雾雾跟余峥谈恋爱。”

林意羡：“……”

她无语，她恨不得现在就把温时雾从恋综里带回来，当面问问她到底怎么回事。

偏偏有人看热闹不嫌事大。

顶流国民演员盛意点赞了这张照片，并为此发布了一条微博。

@盛意V：“嚯，这小子不错啊。”

网友们直呼余峥获得“岳丈大人”认可，男朋友身份被盛意亲自盖了章，在未来迎娶国民女儿的道路上前途无量。

不过此话也只是调侃，毕竟大家都以为盛意跟温时雾只是剧里的父女，现实中并无血缘关系。

殊不知这位抹去姓氏，只以后两字做名进入娱乐圈的温盛意，转头就将照片发进了家族群里。

温盛意：“吃瓜。”

叶桑宁：“已用微博小号偷偷点赞。”

叶衔青：“我这小外甥女能耐啊！居然谈到了这么个大明星。”

温颂宜：“下部电影就照着我们雾雾宝宝和这位准侄女婿来拍。”

温时野：“啧，是挺帅，但也别想轻易迷到我妹妹！”

而此时的温时雾的确有被迷到。

她搂着余峥的脖颈不敢再动，呼吸急促时，他身上沉冽的乌木佛手柑香水味，被海风吹着飘到她的鼻息里。

只要海风在，她整个人就像是被余峥全方位包裹。

哪怕只是碰个鼻尖，竟也觉得暧昧程度与接吻无异。

温时雾脊柱都酥了，她完全靠搂着余峥的力量，和他掌心给予的支撑在坚持。

她眼眸垂落地看着他。

事实上，也因为离得实在太近，以至于余峥的五官在眼前模糊，只隐约能寻得桃花眼里的那双乌瞳，似有若无地撞击对视。温时雾紧张得连说话时唇瓣都不怎么敢动，尽量屏住呼吸，生怕胸膛起伏。

“应该……拍好了吧？”她轻声问着。

余峥已经将温时雾托起来数分钟。他指节清晰的手握着她的膝，长袖泳衣下的手臂，青筋微鼓。

听见温时雾这样问他。余峥朝后稍仰，错开温时雾的鼻尖与唇瓣，偏头朝摄影师的方向看去。

温时雾也好奇地转眸探看。

可哪料两人默契十足，又一同收回了视线。温时雾毫无察觉，唇瓣就这样意外地蹭到了余峥的耳朵，差点儿落在他脸颊上！

那个瞬间，两人都蓦然僵住了。

好似有道电流瞬间从温时雾的脊柱蹿了过去，她待在那里一动也不敢动。

干净的鹿眸睁得很圆，她的心很慌，漂亮的眼眸里也都是慌乱无措。

而余峥就像定在那儿。他托着膝盖的手缓缓收紧，敏感的颈线上洒尽了她短促的呼吸，耳朵上是被她唇瓣蹭过后留下的触感。

温热的，有点儿软。

让他像是一艘本就在海面上摇摇欲坠的船，忽然被凿穿了底般地陷下去。

此刻，拉近的特写镜头拍到，余峥的耳朵红得滴血！

直播间观众发现端倪——

“看余峥的耳朵！”

“好红！从来没见过余神耳朵这么红！他好纯情啊！”

“这氛围感，这顶级暧昧，比谈恋爱还甜！”

“我宣布这季《绯闻恋人》只争朝夕组合这里封神了！”

就连林星柚都在观察室里被甜到了：“好甜啊！这谁忍得住不看他俩互动甜蜜啊！”

姜燃头疼地揉着太阳穴。

因为温时雾意外亲到余峥的耳朵，洛萱脸色很差，又说了不赞同“只争朝夕”的话。

林星柚再也忍不住了，她跳起来反驳洛萱：“那是朝夕妹妹主动亲的吗？那不是缘分使然的意外吗？

“他俩氛围明明就很甜啊！承认别人甜就这么难吗？要不是你乱说话，难道他俩会出现在这里？”

洛萱实在没想到，人气比她低很多的林星柚竟敢如此怼她。

偏偏她还哑口无言，瞪大了眼睛看着林星柚，像是不可思议地听着这些话，只等她给自己道歉。

而林星柚此刻也冷静下来。她意识到自己因为激动口不择言了，于是林星柚怂怂地往旁边蹭了蹭。

她揪住裙角，不想道歉，还倔强地嘟囔了一句：“可我觉得我是对的……”

洛萱看着林星柚，蓦然拍案站起：“你——”

“洛老师是想在直播间里公然吵架？”但姜燃却在这时忽然开了口。

洛萱又瞪大了眼睛看向姜燃。

只见他嚣张地坐在沙发上，跷起二郎腿，极致骄狂地抬起下颌：“难道她刚才说的那些话不对？

“我哥们跟朝夕妹妹的绯闻是怎么曝出来的，身为始作俑者的洛老师你应该最清楚不过吧？”

“燃哥威武！”

“燃哥支持只争朝夕！说明温时雾肯定就是余峥的白月光！”

“他还跟着一起喊朝夕妹妹！”

舆论反转，洛萱的那些话再也站不住脚，也再也没人怀疑温时雾对余峥图谋不轨。

现在倒是反过来，所有人都更相信余峥对温时雾的暗恋。

“你们……你们……”洛萱被气得胸膛起伏，“好，真是好得很啊！你们所有人都替温时雾说话！”

“这综艺我不录了还不行吗！”洛萱伸手推掉茶几上的果盘，转身离开观察室。

然而无人挽留。

直播间弹幕里也没人认同洛萱，都说是她太过火了。

林星柚着实没想到这个反转，方才还紧张自己说错话了，现在则是松了口气，但她看向姜燃时，还是有些心有余悸：“……谢谢燃哥。”

姜燃跷着二郎腿嗑着瓜子，酷味十足地抬抬下颌：“小事。”

观察室的小插曲到此结束。

而亚兰洞下，那对还抱在一起的绯闻情侣，至今都不知如何结束这场尴尬。

温时雾简直懊恼极了，她非常担心偶像把她当成一个对他图谋不轨的“女流氓”：“对、对不起……”

“没事。”余峥喉结滚动。他回应得很下意识，转念又哑着嗓音补充道，“刚才是我的问题。”

直播间里又刷了满屏的——

“他对时雾是真的。”

虽然大家早就已经不在意谁对谁图谋不轨，大家更希望他俩双向奔赴！

不过抬膝抱的照片是拍完了。余峥将温时雾放下来。那种连同着心脏一起的悬空感，终于重新实实在在地落回地面。

摄影师举手道：“辛苦两位，照片非常完美！恭喜二位完成任务！现在你们可以返航，回到游轮上享用晚宴了！”

温时雾脸颊的烫意还没散。

余峥的耳朵也仍然很红。她蹭到的是他的右耳，那片红里点缀着的黑色耳钉，在这一刻显得更加性感。

温时雾低着头没吭声，她自顾自地用脚尖踢着浪花，试图转移注意力。

还是余峥先偏头看她，喉结上下滚动，嗓音低哑：“回去吗？”

“啊……”温时雾抬了抬眸，“好呀。”

余峥“嗯”了一声。他跟教练要回他们两个的桨板，照旧是由他扶着帮温时雾把握平衡，让她先顺顺利利地上板坐稳。

海风比下午时更温柔和煦了。

临近傍晚，太阳的薄光已经不再滚烫耀眼。日渐西沉时，浅黄的夕阳不知不觉间在海面之上铺满天际。

温时雾坐在桨板上欣赏着日落。

余峥在她身后看着她。

这时，一道奇景忽然出现在眼前。

温时雾眼眸亮起。

饶是刚经历过暧昧得过了线的尴尬，这会儿的她也忍不住想要分享的心情。

她回眸望向余峥，伸手握住他的脚踝轻晃两下："余峥！你快看——"

暮光四溢，浮影跃金。

西沉于橘色大海的落日，以其洒落在海面上的黄昏浮光，随起伏的海浪织成一张波光粼粼的星星网。

不远处，两只海豚突然从海里跳了出来。

高高跃起的优雅弧线，在金色晚霞下犹如灵动的舞者，登上属于它们的海上舞台，迎接金光照耀满身。

直播间观众都被镜头画面震撼！

"哇！落日海豚！"

"好幸运呀！返程时不仅能看到日落，居然还能偶遇这么震撼的一幕！"

"信女许愿，全家平安。"

"见者有份，今年发大财！"

弹幕里变成了满屏的许愿。

余峥也懒洋洋地掀起眼皮，那两只海豚相继跃出海面的场景，披着金色的黄昏，邂逅在了他的视线里。

温时雾在他面前扭身而坐。

手还握住他的脚踝，目光却不住地向那海面戏水的海豚伴侣望去。

夕阳霞光落在她的发顶。余峥垂眸看她，只觉这一帧画面里的温时雾，才该是最美的景色。

她眼睛很亮地看着那对海豚，还时不时回眸检查他到底有没有欣赏到这份美景时，眼瞳里都盛着光。

像一个永远都不会黯淡的小太阳。

余峥低笑了声。

这会儿海豚已经回海里游走了，温时雾转眸望着他："你笑什么呀？"

"笑你。"余峥漫不经心地应声。

温时雾眨眨眼睛："笑我什么？"

笑你可爱。

不过温时雾似乎也并不在意答案，她松开了握着他脚踝的手："余峥。"

"嗯？"

"你多笑一笑吧，你笑起来好看。"温时雾笑容明媚地抬脸看着他。

余峥划桨的手臂蓦然顿了下。他不由自主地放缓动作，时光似乎也被拉得很慢，将他的记忆引回九岁。

古装影视城的夜景灯会里，小时雾也曾提着一盏漂亮的锦鲤灯笼，将他满是灰的侧脸照亮。

她将粉色的襦裙裙摆绽开在白玉桥上，坐到他身边扯扯他的衣角，嗓音软糯："阿罪哥哥。"

那时的小余峥没有勇气抬头看她，甚至还默默往旁边挪了两下，生怕自己身上的灰尘弄脏了她漂亮的仙女裙。

可小时雾从来没有介意。他往旁边躲，她就跟着一起挪。

她还将手里的锦鲤灯笼送给他："你别不高兴啦，多笑一笑吧，那些说你的人都没有眼光。但我发现啦，你笑起来好漂亮。"

就像现在这样，这个明媚的小太阳依然笑得灿烂，眼睛亮亮地看着他，让他多笑笑。

余峥划桨的速度变得很慢。浓密的长睫藏住了晦暗难懂的情绪，他好半晌都没有出声。

直到温时雾想扭回身了，才忽听余峥问道："你……经常会对别人说这种话吗？"

以前的谢罪，现在的余峥。

"什么？"温时雾似乎没有听清。

落日已经快要彻底沉于昏黄的海，光线变得很暗，海风也稍大了些。

余峥轻抿唇瓣，他忽然抬起下颌别过脸，将很轻的声音送进海风里："算了。"

温时雾好像听见一声若有似无的轻嗤，像是自嘲："没什么。"

他本就没资格独占太阳。

两人赶在天黑前回了游艇。

许是因为中途欣赏到了落日海豚，耽误了些时间，温时雾和余峥竟比夏灼灼和傅屿霁回来得还要晚一些。

不过总归有季晏川和许可柠垫底，也轮不到他们两组去鬼屋。

此时游艇上气氛十分诡异。

在温时雾和余峥回来前，夏灼灼和傅屿霁已经各自坐在长桌两端沉默良久。

"此处非静止画面。"

“如果不是有弹幕在飘，我真的以为是自己的电脑卡了。”

“到底谁送他俩来这恋综？哈哈哈哈都相视无言这么久了，怎么还有人觉得他俩之间能有恋情啊？”

“可他们刚才拍照时亲上了！那一幕真的好甜啊！”

温时雾茫然地眨着眼睛。她凑到工作人员身边，小声问道：“他们两个怎么了呀？”

恰好这位是宣传部工作人员，为整理今日精彩片段，她正反复刷着夏灼灼和傅屿霁拍摄情侣合影的那幕。

亚兰洞下，桨板随海浪轻轻摇晃着。

傅屿霁姿态随意地坐上桨板，而夏灼灼跪趴在他面前，软腰下沉，手搭在他的肩膀上，努力凑近够着他的鼻尖。

偏偏这时一道浪涌了过来，桨板忽然起伏得厉害。没把握好距离的夏灼灼，唇瓣猝不及防就落在了傅屿霁的唇瓣上！

温时雾看到这个画面，当时就激动地捧起脸蛋：“亲了吗？真的亲啦！好甜啊！”

夏灼灼：“……”

她无语地抬头看向温时雾。双手环在胸前，长腿往前一伸，御姐气息的压迫感极强：“温时雾！这哪里甜了？！”

她咬牙切齿地质问着温时雾。

温时雾凑过去，眨巴着眼睛，当面八卦道：“所以真的亲上了吗？是亲上了吧！亲亲的感觉怎么样？”

弹幕也同时在线吃瓜。

“女鹅好可爱！吃瓜第一线！”

“她问出了我非常想知道的问题，同时侧面证明了女鹅还没亲亲过。”

“时雾可以试试啊！你跟余峥试！”

夏灼灼明显不想回答这个问题，但她还是轻哼一声，傲娇地给出答案：“跟吃三文鱼刺身的感觉没什么区别。”

此时，刚拿起筷子，夹了一块三文鱼刺身准备放进嘴里的温时雾停住了她的动作。

她神情复杂地转眸，看着夏灼灼，好像真的开始认真思索她说的这番话有没有道理。随后她便将筷子拿远了些。

温时雾看了那三文鱼几秒，将唇瓣凑上去亲了亲，疑惑地自语：“是这种感觉吗？”

“哈哈哈哈女鹅还真的试了，搞得我也很想去买点儿三文鱼刺身试试。”

“讲道理，搞不好还真有点儿像。”

余峥实在看不下去了。他握住温时雾的手腕将她扯走，轻“啧”一声：“一条破鱼有什么好亲的？这玩意儿你过敏，离它远点儿。”

温时雾茫然地被余峥带走了，路上她还在想着，三文鱼分明就没有麸质，香煎的做法她还经常吃呢。

而弹幕里更是满屏的——

“醋了。”

“他吃醋了。”

“这小子绝对醋了。”

“你醋了，你倒是主动点儿啊！”

不过观众自然是开玩笑的，大家也知道余峥不会乱亲人。

而此时温时雾坐在餐桌前。

她远离了那盘刺身，用银色刀叉切着香煎版三文鱼，一边咬着切下来的小块，还一直在想着自己的确不会过敏。

季晏川和许可柠登船后，这艘豪华游艇便灯火通明，重新起航。

服务员将一道道菜品端上来。每次呈到温时雾面前时，余峥都会抬手挡一下：“麸质过敏。”

“知道。”服务员笑道，“史导嘱咐过，给温老师的食物里都没有麸质的。”

但余峥似乎并不放心。每道菜上来时，他都会状若不经意地掠过目光，像扫描食物成分似的，确认没有任何麸质才会将视线敛回。

直播间观众发现华点——

“我忽然发现，余神好像不只是单纯知道女鹅过敏，他甚至是非常紧张。”

“我也感觉是这样！昨晚海滩晚宴时，时雾差点儿吃到有麸质的曲奇，他立刻就伸手握住她的手腕。”

“有故事，像是经历过什么。”

“但这是不是更加说明，余神以前一定认识温时雾？既然以前认识……那温时雾就更有可能是梨涡妹妹了呀！”

大家真的好想深挖其中故事，但又找不到蛛丝马迹。

尤其，余峥的过去就像白纸。

粉丝只知道他十年前与极昼音乐签约，此后便被秘密送去海外培养，四年前又从博利里音乐学院提前毕业回国。

紧接着，他就以一首被内娱高度夸赞的《梨涡妹妹》正式出道。

仅凭这一曲，余峥几乎是火遍了大江南北。

各大音乐榜单都被这位新人横扫，流量在一年之内爆至断层。

可即便火成这样，无数狗仔被吸引得想要深挖他的过去，想知道这位音乐天才究竟如何诞生。却发现属于余峥的前十四年一片空白，就像曾经根本没有这个人一样。

所有的一切都从他十四岁开始。

也正因如此，那首《梨涡妹妹》被赋予了更神秘的面纱，逐渐被音乐市场神化。

粉丝说那是唯一代表他过去的东西，像白月光朱砂痣一般的存在。

也似乎他们只能从这首歌的歌词里，窥见一星半点儿的，属于余峥的前十四年不为人知的曾经的人生。

摄像机陆陆续续地撤了，这期海边主题的约会挑战录制结束。

接下来不会再安排新的拍摄，只有许可柠和季晏川的鬼屋花絮。

直播结束前，史珂还不忘预告：“接下来，踏雪主题约会挑战，肾上腺素飙升的贴贴挑战即将来袭！各位绯闻小情侣们的恋情实锤究竟是否会有进展呢？下周六同一时间，我们不见不散！”

观众们遗憾退场，只能苦苦等待下周末，再继续来吃点儿为期两天的，只争朝夕的限定节目糖点。

不过接下来大家也没打算闲着。刚离开直播间，只争朝夕组合的粉丝们就开始反复刷余峥和温时雾的所有互动片段。

他们越刷就会发现越多的细节。

就连樱桃都上了头，作为余峥家的大粉，她甚至忘记自家偶像下周三在安宜市还有一场演唱会。

她拉着好多余峥家大粉一起看节目，她真的很想知道温时雾能不能变成自家偶像的女朋友。

猪是倒过来念：“咦？奇怪。为什么最近都没见到夕拾朝花了？平常这种时候她不应该最积极吗？”

樱桃：“嘘！你可千万别跟她聊这些啊！我这些天什么都不敢跟她说的，我跟你说……我怀疑她不喜欢温时雾！”

众人恍然，既然不喜欢温时雾的话，那这些还是别跟她说比较好。

他们甚至火速撤回那条疑问，生怕自己的留言晚些时候会被看见。

而此时，这位不喜欢温时雾的粉丝——温时雾本人，正跟余峥坐在同一张餐桌上享用着豪华游轮上的晚宴。

她忽然想起好姐妹要签名的请求。

于是，温时雾切香煎三文鱼的手一停，她迎着灯火悄悄用余光瞥向余峥。

余峥此时正落拓不羁地向后倚着靠背，随意叠着腿，时不时用叉子叉颗虾球，不用扭头就察觉到温时雾的目光。

余峥挑眉："偷看我？"

他将叉子扔到餐盘上，然后漫不经心地将视线投了过去。

温时雾没有躲他的目光。

余峥懒洋洋地收起肆意交叠的腿，弯唇笑着朝温时雾凑近："你家老余就坐你面前呢，用不着偷看，想看的话，我这不随时都能送过来给你看？"

温时雾听出了余峥的意思，是调侃她那晚下意识脱口而出"老公"，话锋一转又变成了"老余"的事。

"那次只是意外……"温时雾小声嘟囔着，又想起当晚做噩梦时，有条长得跟余峥一模一样的恶龙，追着她问"你背着我在外面还有几个老公"。

思及此，她变得底气不足："谁让你长成这样，我喊两声又不过分。"

余峥笑得更张扬了些："行。"他抬起下颌望着星空，像是心情很不错的样子，"想喊就喊。"

见余峥心情不错，温时雾便顺势将话递了过来："余峥。"

她叫他名字时总是软软糯糯的，或许她声线本来就软。

余峥偏头看她："怎么不叫老公？"

温时雾："……"

"我有件事想请你帮忙。"她躲开关于称呼的话题，眼眸清澈地看着他。

余峥抬抬下颌示意她说。

温时雾倒也不拐弯："就是……我有个朋友是你粉丝，她也想要你的签名，你方便也帮我的朋友写一张 to 签吗？"

"那你来听我的演唱会吗？"

"啊？"温时雾被转移话题转移得有点儿蒙。

余峥转眸看着她，桃花眸里的乌瞳深邃明亮："下周三，我的安宜演唱会。"

温时雾没明白这跟签名有什么关系。

只见余峥姿态慵懒地往后一靠："我很少给粉丝签名，除非来听我的演唱会。"

第六章

黄色海芋

温时雾定定地看着他。

余峥是浓颜系的长相，眉骨轮廓深邃，而此时在黑夜里，映着摇曳的烛火，睫毛投下的阴影让他有种致命的吸引力。

他就这样看着她，直勾勾得像是在钓人一样。

但温时雾刚要陷进去，他就又漫不经心地将眸光收敛回来，勾扯得她那颗小心脏不上不下。

“不来也行。”余峥随性散漫，“毕竟温老师忙，大不了就是我特意留的那张 VIP 座席票可能得作废，签名估计也没法给了。”

余峥演唱会的 VIP 座席票！

温时雾眼睛一亮：“不忙！”

“嗯？”余峥漫不经心地偏回头，似乎讶异，“温老师下周没有工作？”

温时雾清澈的眼眸弯成了月牙：“你两个月前公布安宜演唱会时，我就已经安排好行程，特意把那天空出来了。”

她在两颗小梨涡旁比了个耶，得意地补充道：“而且还发动全家的力量抢到了两张票。”

本来想拉她哥一起看的，刚好这次演唱会开在家门口——温时雾是安宜人。

那家伙始终不理解她的追星行为，所以她才想拉着温时野一起去，让哥哥感受一下她偶像的现场魅力。

“就是位置不太好……”温时雾小声嘟囔，比在脸颊旁边的两根手指弯下来，像是蔫掉了。

余峥弯起唇角。笑意在那双桃花眸间弥漫开来，张扬耀眼，带着几分纵容偏爱的劲儿。

“行。”他抬抬下颌，“给你留票。”

温时雾将比耶的手指收回来，顺势捧住脸颊，充满期待地问：“几张？”

“一张。”余峥慵懒地轻睨。

他状若不在意地问了句：“不然你还想带你哪个‘网络老公’来听我的演唱会？”

温时雾轻哼回应：“……小气。”

余峥居然记仇到现在。他甚至还轻“嘶”一声皱眉追问：“合着你还真打算跟别的男人一起来听我演唱会？”

是她刚才说的，买了两张票。

虽然温时雾单身二十二年，但保不准有什么暗恋对象或追求者。

温时雾诚实地点头：“对啊。”

余峥：“……”

郁闷的心情像憋在易拉罐里的气泡，听见温时雾说是之后，在拉开拉环的瞬间跟着泡沫一股脑地涌了出来。

余峥单手起开一罐啤酒，也没管那泡沫顺着他筋骨清晰的手指往腕骨上流，拎起来就喝了一口。

但还没来得及咽下去。那口酒正被他压得鼓在左腮帮里，就听温时雾补充了句：“我哥嘛。”

“嗯……”温时雾想起来也没人了解她家情况，“我哥哥，亲生的那种。”

啤酒滑入喉中，酒精的刺激被发酵的小麦香甜掩盖。

余峥转头看向温时雾，只见她仍然单手托着腮，抬起眼眸望着游艇上的星空，自言自语地考虑了一番：“不过带着他好像也不方便。”

她平常看余峥演唱会都“偷鸡摸狗”的，用口罩帽子墨镜将自己遮挡得严实，生怕被人发现她是余峥的粉丝。

虽然这次可以光明正大去看，但她总不能只让哥哥坐在她旁边全副武装，那会很奇怪的。

“算啦！”温时雾用指尖点了点脸颊，“看来这场演唱会只能让我独享了。”

温时雾目光明媚地看着余峥，眼睛很亮，一双深陷的梨涡在灯下显得温软甜美，就连眼影上的细闪也在发光。

她的眼睛很清澈，干净得像是没有任何邪念，反倒衬得余峥像是什么图谋不轨的恶龙。

他的喉结轻轻滑动了下，抬手抹掉淌到下颌上的酒，转移注意力用餐巾擦掉手上的泡沫。

“嗯。”余峥的声线多了几分被酒精润过喉的性感，“票在我那儿，回去给你。”

温时雾没深想他来录制恋综为什么还会特意带一张 VIP 座席票。

她只顾着雀跃，心情愉悦地踢了踢穿着高跟鞋的脚，又追问到底：“那签名呢？”

“给谁？”

“樱桃吧。”

余峥颔首道：“一并给你。”

温时雾用手指比成皇冠形状，搭到他的脑袋上：“给你颁个最佳偶像奖。”

余峥懒散地轻嗤了声：“行。”他声线里是压不住的笑，“那在下只好以酒谢过组委会会长温时雾老师。”

话音落下，余峥散漫地扣握着啤酒，拎起来轻碰了下温时雾面前的果汁。

他转眸看着她，桃花眼里噙着的是显而易见的笑。

余峥微抬着下颌，被海风吹散额前碎发时更显意气风发，而那双乌黑眼瞳，深邃而神秘得像是网住星星的夜。

人因那点儿光亮沦陷着迷后，就容易迷了路。

莫名地，温时雾的心跳好像开始加速。

她唇瓣轻抿，忽视掉那点儿陌生的悸动，垂下眼眸端起手边的那杯果汁，跟余峥的啤酒罐回碰了下。

温时雾弯着眸巧笑倩兮，又重新抬眸看向余峥：“你应得的啦。”

晚风温柔，游艇鸣起靠岸的笛声。寂静的海逐渐被船尾拖着的水波拉远，而重新回到他们世界里的，是城市的繁华灯火与码头边的喧嚣。

当晚回到浪漫小屋后温时雾一直在惦记演唱会门票的事。她趴在床上看着手机，却忽然想起来她竟然连余峥的微信都没加。

余峥说回来就给她门票，结果到现在也没来找她。

温时雾叹着气戳戳手机屏幕，对着她用来做壁纸的余峥照片，小声指控：“说好回来就给我票呢？都几点了还不来找我……余峥，我再给你最后十分钟啊，再不来我就要把最佳偶像奖撤回了！”

她躺在床上来回打滚。

心里惦记着票，生怕余峥忘记，又觉得是他送票，她频繁主动催促不好。结果等着等着，温时雾就睡着了。

梦里都是余峥——

他穿着深蓝色缎面睡衣，领子敞开，锁骨露出，两根手指间夹着一张演唱会门票，明晃晃地诱她：“想要？来拿。”

温时雾被蛊惑得心跳怦然。

也不知是被他敞着领的模样引诱到，还是馋他手里的那张票。总之她大着胆子就扑了上去。

结果余峥手里的门票像变魔术一样消失了，他扣着温时雾的后腰，趁她扑过来时顺势将她反压上墙。

“果然。”他的眼角眉梢都挑起笑意。

性感的嗓音贴近她耳朵时，像气音似的勾人：“我就知道你想要我。”

温时雾瞬间从梦中惊醒。

她都不知道昨晚什么时候睡着的，但更懊恼于自己竟然连续两晚都做了这样的梦。

两晚她都梦见她与自己的偶像无比亲密！

前天晚上是因为史珂搞心跳测试，昨晚是因为她惦记那张演唱会门票。

门票？她昨晚怎么能睡着啊！她错过了门票！

温时雾本来想着等到十二点，如果余峥还没来找她，她就主动去敲门要的。结果睡着了……

温时雾有些不高兴地瘪瘪嘴巴，掀开被子起床，去浴室洗了个澡。

再出来时她盘腿坐在床上敷面膜。

手机不停地振动。

温盛意将她重新拉回家族群，而群里面这会儿正一片祥和热闹。

温盛意：“端午安康！”

叶桑宁发了几个粽子的表情包。

叶衔青：“嚯！今天是端午啊？这日子过得我都没反应过来。”

温颂宜：“那倒是提醒我了，我得让人给我们组里的老师们订点儿粽子。”

温时野：“温时雾，你什么时候回来？回安宜？有没有人给你买粽子吃？”

温时雾茫然地眨着眼睛。她点开电子日历，发现今天竟还真是端午节。

这样热闹的节日，偏偏整个浪漫小屋里就只剩下了她自己一个人。

傅屿霁和夏灼灼趁着昨晚还有航班走了。

许可柠和季晏川也赶通告，拍完鬼屋花絮后，几乎是通着宵，天还没亮鸡还没起的时候就去了机场。

余峥也不知道是什么时候离开的，走之前竟也没来找过她。

温时雾心里不禁有些空落落的。她眼睫垂落，给温时野回了条消息：“中午去北城的飞机，我在那儿有个商务。”

温时野很快就回了她的消息：“晚点儿让人去给你送粽子，记得自己买根五彩绳戴上。”

温时雾从小就戴五彩绳，每年端午都戴。

端午的五彩绳又称“长命缕”。

她因为麦麸过敏，小时候肠胃脆弱，又常营养不良，总而言之身体哪哪都不好。刚出生时她那不靠谱的爹还总粗心，常常搞不清哪些食物有麦麸，给她送进医院好几次。后来家里为给她讨长命的彩头，就总会在端午节时给她戴五彩绳。

温时雾摁着语音：“知道啦！谢谢哥，那粽子我要豆沙馅和蛋黄馅的。”

她咸甜不挑。

跟哥哥撒娇时声音软软糯糯的，又不遮掩浪漫小屋里只剩她一人的失落。

温时雾发完这条语音便将手机放到了一边去。

她走进厨房想给自己弄点儿早餐，余光却意外看见岛台，惊鸿一瞥。

只见厨房的L形岛台上，五只被捏成动物模样的粽子摆在精致漂亮的餐盘上。

超萌的动物脑袋从粽叶里探出来，被捏成两个小圆团的糯米作为手，扒在粽叶上，可可爱爱地朝着她看。

“哇——”温时雾不由被萌得惊叫出声。

她立即凑近欣赏，超可爱的熊猫头、俏皮眨眼的小熊、闭上眼美美睡觉的小兔子，和猫猫狗狗并排在一起趴在粽叶上。

旁边还有张卡片。

温时雾拿起来看了眼，却发现竟是她再熟悉不过的字迹，潇洒且嚣张——

昨晚回来后被节目组叫走备采了，今早有通告要走，你睡了，没来得及道别。

粽子是无麸质的。

五彩绳记得戴上。

端午安康，温老师。

余峥留

2024.6.10

温时雾放下卡片往旁边看。余峥答应她的那张演唱会门票果然放在一旁，同时还有给樱桃写好的 to 签。

这张签名倒是简单，文字内容只有一句“谢谢支持”。

但令温时雾最诧异的，还是压在演唱会门票上的那枚丝绒首饰盒。

她打开来看，只见一根由五彩丝编织而成的精致“长命缕”被很用心地放在里面。

温时雾拿出这根五彩绳来戴上。

腕口大小刚好。闪着珠光的细线与她纤细的手腕恰是适配，色泽也衬得她皮肤更白。

温时雾抬起手来反复欣赏好几遍。她拍照发给温时野：“嘿嘿，粽子有啦，五彩绳也有啦！你的安排靠边儿站吧，我有偶像送的！不愧是最佳宠粉偶像！”

温时野：“……”

他放大温时雾拍来的那张留言卡片，皱着眉头，不爽地轻“啧”了一声。

男人的直觉不会错。

那个小子果然对他妹图谋不轨。

但温时雾没想这些。她只觉得自家偶像真的好宠粉，而她被宠得在岛台前蹦蹦跳跳，甚至小声嘟囔：“对粉丝都能这么好，以后谈恋爱的话岂不是更夸张……”

不知道是谁会那么幸福。

温时雾没再深想，她找到阳光好的地方对着手腕上的五彩绳拍了张照片，然后又各角度拍摄着超可爱的动物粽子。

登录微博大号，便跟粉丝们分享了自己的节日。

温时雾V:“宝贝们端午安康！不过还是最‘粽’意你啦！”

下面附图分别是手腕上的五彩绳，和余峥做的那些超可爱的粽子。怕惹出不必要的绯闻，她特意没拍余峥给她写的留言卡。

发完微博后温时雾就放下了手机，开始认真品尝偶像亲手给她做的无麸质粽子。

她随机挑了两个，竟然恰好是豆沙馅和蛋黄馅的。

但殊不知温时雾坐在岛台前岁月静好，经纪人林意羡却已经在公司发了疯。

因为她那条微博刚发出去没多久，热搜词条就一骑绝尘般地登顶榜单前列！

#温时雾 承认恋情#

#只争朝夕佩戴同款五彩绳#

#余峥机场照披露恋爱细节#

#只争朝夕恋情疑似官宣#

林意羡气得头顶开始冒烟。她扶着额在办公室里来回踱步，最终停在温时雾的海报前，看着她穿着公主裙坐在花海里超甜软的明媚笑靥。

对上那双撒娇似的眼睛，林意羡憋在胸腔里的怒气瞬间被哽住，她将手收回来，忍住撕海报的冲动，转头看向同事:“你给温时雾打电话！”

公关部同事立刻执行，她将手机拿出来，拨通温时雾电话，还特意打开免提放在林意羡面前。

海报上那位甜美钓系女星，软糯的撒娇声很快传出:“羡姐？喂？”

她声音含糊不清的，能隐约听出来是在吃东西。

肯定就是那上热搜的该死的粽子！

林意羡直接咆哮:“温时雾！”

温时雾的确还没吃完粽子，但她像是早就料到了这声河东狮吼，刚接通电话就用指尖将手机推得老远。

咆哮声没有波及她耳朵，但由于分贝过大，被丢远的手机还被震得孤零零地动了两下。

林意羡的咆哮通常只有一声，因为再喊就会破音。

于是这声咆哮结束之后，温时雾就又将手机拿回来，不管究竟是好事坏事，她先软软地撒娇笑：“嘿嘿。”

林意羡：“……”

“不知道我们亲爱的、美丽的、善良的、温柔的羡姐这么辛苦早早就上班，是有什么吩咐呀？”

温时雾的眼眸笑得弯弯的。她歪歪脑袋看着手机，即便并没有开摄像头，面对通话时她也情绪丰富，甜软明媚得像是随时都在发光。

就连隔着十万八千里的林意羡见不着她的面，都能想象出这个女人此刻有多甜！

林意羡冷哼出声：“温时雾，你这次别想再用撒娇这招先发制人！我跟你讲，在打电话之前，我已经对着你的海报做好免疫了！

“今天我必须严肃地通知你！你这次的行为非常恶劣！十分恶劣！恶劣至极！极致恶劣！

“我绝对不可能原谅你！”

林意羡气都不带喘，一股脑就丢出整串的话，讲到这儿才深吸一口气：“你跟余峥的恋情又是怎么回事！”

温时雾眨着清澈无辜的眼睛。她也开着免提，因为左手捏着粽子，右手在剥粽叶：“什么恋情？我们俩这波恋情澄清不是十分完美吗？”

“完美？”林意羡被她气笑了。她抬头看着天花板，掐住人中，“你见过谁澄清绯闻给自己澄清出明星情侣超话和粉丝的？”

“什么超话？”

“‘只争朝夕’情侣组合超话。”

“噢。”温时雾坦荡极了，“那余峥不是自己说的他是我剧迷嘛？小朝夕的事跟我温时雾有什么关系？”

林意羡：“……”

“别贫！”她将掐人中的手拿下来，“你是不是又没关注微博热搜？你知不知道营销号已经在说你俩恋情官宣了？！”

温时雾：“？”

她刚低头咬住熊猫脑袋，听着林意羡这番话，茫然地眨眨眼。最终她还是义无反顾地咬下去。

讲话的声音更加含糊不清：“什么‘热狗’？什么恋情‘官娟’？”

林意羡：“你自己看热搜！”

温时雾不慌不忙地吃完这口粽子，又擦擦手，才将手机界面切到微博。结果入目就是——

#温时雾 承认恋情#

当事人：？

温时雾又继续往下翻翻，果然看到很多声称他们官宣恋情的词条。

其中，高悬热搜榜一的是营销号发的一则视频。

这位营销号不仅截图了温时雾发的微博，还强行总结细节，对恋情做深入分析："今日端午佳节，某国民级女星以一条谐音梗祝福语暗示对男方的中意之情，大方秀出男方送的粽子和五彩绳，官宣脱单！"

温时雾：粽意？中意？官宣脱单？

"据知情者爆料，男方是歌坛天籁级当红唱将，近日在某恋综里与该女星甜蜜互动，贡献了无数甜到齁的名场面。"数张温时雾和余峥的恋综互动截图，被营销号修出粉色泡泡贴了出来。

"而男方似乎也没有遮掩恋情之意，今晨落地安宜后，便秀出与女友同款的五彩绳，回应女方在微博上的示爱。"

一段视频又被剪进来。余峥被粉丝围拥着从机场里出来。

视频里他姿态散漫，领口微敞着露出性感的锁骨，许是因为刚在飞机上睡醒，他眼尾懒洋洋地向下压着，长睫淡垂。

"余峥！"粉丝的尖叫声此起彼伏。

他戴着口罩往前走，被保安护在中间，似乎并没有要理的意思。

但这时忽然有人举起温时雾的应援物："余神！快看你老婆！"

余峥漫不经心地掀起眼皮。

嘈杂混乱的环境里，他视线如磁吸般，几乎瞬间就看到了温时雾的脸。

应援手幅上，温时雾眼睫灵动，梨涡浅绽，闪着珠光的眼尾像钓人似的轻轻翘起，还比着手势往粉丝的心上击了一枪。

粉丝晃着手幅朝他喊："余神！你老婆让你多笑！她说你笑起来好看！"

余峥抬手摘掉口罩。手举起来时，没有系袖扣的袖子顺势往下滑，露出他腕上跟温时雾同款的五彩绳。

他张扬肆意地挑了下唇，没说话。但那双噙着明显笑意的桃花眸却撞进镜头，像是回应了粉丝的要求。

紧接着便是粉丝们的欢呼声。

温时雾：“……”

她立刻义愤填膺地拍桌：“他们胡编乱造！断章取义！浮想联翩！荒谬至极！”

林意羡挑眉，等着她解释。

温时雾急得快要跳起来：“我只是发微博祝大家端午安康！才没有什么中意之情！还有那什么官宣恋情，那是营销号乱编的！”

林意羡：“哦。”

温时雾：“这群脏脏的小面包！”

林意羡：“哼。”

温时雾：“他们猫改不了吃小鱼干儿！羡姐你不爱吃鱼你不要信！”

林意羡：“呵。”

温时雾：“你要是也相信谣言，你就跟愚蠢的土拨鼠没什么两样。”

林意羡：“温时雾！”

温时雾火速关掉免提将手机推远。紧接着她就听见噩耗：“为了避免绯闻传得更厉害，余峥后天的演唱会你就别去了！”

温时雾：“做梦吧你这个小土拨鼠。”

“啪——”她利落地挂断了这通电话。

林意羡：“……”

林意羡就快被温时雾气晕过去，她握住公关部同事的肩：“这个土拨……温时雾她今天北城的商务是谁在跟？！”

旁边的另一位经纪人开始查：“阮恬。”

是温时雾的商务经纪。

林意羡气得额头都在抽搐：“跟她说，让她盯着点儿温时雾，别让她周三飞安宜！”

那位经纪人叹了一口气，拍拍林意羡的肩：“羡姐，我劝你还是想开点儿吧，那阮恬八成是指望不上了，她现在也是只争朝夕的粉丝。”

林意羡当时就气得将白眼翻了过去，很快微博上就出现新的热搜词条。

#羡姐气蒙#

“温时雾今天惹我生气了吗”这个账号发了许多生气的表情包。

而评论区没有同情只有嘲笑。

“哈哈哈哈哈求羡姐的心理阴影！”

“接受现实吧羡姐，让雾雾跟余神谈恋爱比跟其他人强。”

“从今日起每天给羡姐发一条只争朝夕的甜蜜剪辑视频，总有一天能把她说服成功！”

…………

但温时雾挂断电话时脸很热。她没想到余峥送的五彩绳是双份的，而他手腕上竟也戴了条同款，以至于她秀五彩绳像极了秀恩爱。

温时雾不再吃粽子。她反复看着营销号的视频，余峥从机场里走出来的那一段。

再嘈杂混乱不过的环境里，他只掀起眼皮看了一眼，便定定地落在粉丝举着的有她照片的应援手幅上。

原本懒倦的乌瞳里点了些光。

他抬手，筋骨清晰的食指钩过左耳，口罩自然耷下。恰好袖扣也没系，袖口松垮地从他手腕上滑落下来，卡在线条流畅的小臂上。

那根与温时雾同款的五彩绳，衬得他肌肤更加性感，赫然在众人面前露了出来。

而他懒洋洋地抬起下颌，朝着手幅肆意挑唇。

霎时间，多情的桃花眼尾翘起，睫毛闪动，眼角眉梢都被带起性感又张扬的笑。

“怦！”温时雾的心跳止不住地加速。她将下巴枕在岛台上，手机放在旁边，视频反复循环，只觉悸动难控。

温时雾将右手挪到眼前，又反复欣赏了几遍已经戴好的漂亮极了的五彩绳。犹豫好久之后，她用大号点开余峥的微博头像，却发现余峥不知道什么时候给她点了关注。

她顺势回关，然后指尖挪到私信的那个位置，点开，发送了一个端午安康的动态表情包。

此时安宜体育馆热火朝天。

余峥刚下飞机就直奔演唱会场地，这会儿刚结束他的第一场彩排。

在乐队试音的聒噪与吵闹里，他单腿踩着矮凳，抱一把吉他坐在灯光下，耀眼的灯光照住他半边脸，还能看见汗水沿着他流畅的下颌缓缓滑落。

灼烈，赤诚。像是在摇滚的爆炸声中，刚经历过一场翻天覆地的音乐狂欢。

直到突兀的声音响起："啧。"

余峥下颌收敛，他掀起眼帘掠过去，便见台下的淡光处有抹颀长身影。

姜燃嚣张肆意地倚着墙站那儿。

许是跟余峥对上了视线，他干脆也不再在那儿等，撩开皮衣下摆就跳上舞台："梨涡妹妹要来看的演唱会是不一样啊，某大忙人连饭都没空跟我吃，却大清早一落地就跑过来彩排。"

那口吻里尽是阴阳怪气。

余峥冷嗤着将视线收了回来，抬手将吉他扔进姜燃怀里："别乱说话。"

"哟哟哟——"姜燃饶有兴致地凑近，"还不好意思承认呢？现在全网都能猜到温时雾就是你的那位梨涡妹妹，承认又怎么了？"

余峥懒得搭理他，迈开长腿走到侧台，弯腰拎起地上的一瓶水，拧开后边灌边往后台走："我手机呢？"

水随着他喉结滑动而咽下去，下颌上的汗也被他率性地用手背抹掉。

姜燃将手机拿出来给他："怎么？担心你家梨涡妹妹收不到你送的端午礼物？"

余峥斜眸瞥他一眼，没说话，只划开手机屏解锁，径直打开微博，便见关注里弹出新动态。

正是温时雾晒的长命缕和粽子。

余峥唇角翘了翘，他顺便向旁边一划，就看到私信列表多了条消息。

温时雾点了回关，还给他发来一条私信，是个表情包，祝福端午安康的动态图。

余峥自动无视掉旁边的姜燃。

他点开这张表情包，一眼便认出这是温时雾七岁那年演《春鲤赋》时，她穿着嫩绿色襦裙，扎着像小福娃似的超萌发髻，提一盏花灯送祝福的动态精选。

因为当时的形象很像小粽子，所以粉丝给她把这张图做成表情包，每年端午节都会拿出来发。

而现在温时雾把它发给了他。

余峥懒声低笑，他点到私信回复："端午安康。粽子好吃吗？"

温时雾给余峥设了消息提醒。她发完后就将手机推到一边，继续趴在岛台上走神，却没想到手机忽然振动了下。

温时雾的心跳忽然加速，她立刻爬起来捞过手机，果然看到是余峥发来的消息。

温时雾轻咬唇瓣却压不住笑容，她连忙捧住手机，秒回了私信："好吃！还可爱！我一口一个脑袋！"

余峥又轻笑了一声。

姜燃在旁边看得莫名其妙，他好奇地将脑袋伸过来，试图窥探一下余峥跟谁聊天聊得这么开心。

但余峥的笑容几乎瞬间收敛，他抬起下颌，挑了下眉尾："能闪开点吗？"

下一秒他便又拿着手机背过身去，坐到休息室的沙发上跷起二郎腿。

余峥低眸看着跟温时雾的对话框，反复输入，删除。

指尖摁在输入法上犹豫万分，但最终还是发了出去："温老师。我在演唱会彩排现场，遇到点儿小提琴方面的问题想请教，我记得你擅长这个。如果方便的话，加个微信？"

余峥敛眸看着私信窗口。

自这条加微信的请求发出去后，他便紧握着手机没再放下。抵在手机后的指节微微弯曲，目光也像是上了锁。

好像有根琴弦被拧紧，他尝试着轻轻拨弹了一下后，也不知道会迎来断裂，还是奏出绝唱。

直到窗口里弹出来一句："好呀。"

刹那间，那根琴弦与心脏共振，长松的一口气被融进蜜罐里。

余峥的姿态瞬间松弛下来，他往沙发上一靠，唇角上扬，眼角眉梢都被牵动起生动恣意的笑。

姜燃神情复杂地看着他川剧变脸，无语地吐槽了一句："谈恋爱的人都是这鬼样子？"

但余峥根本就懒得搭理他。他加上温时雾的微信，点开她的头像，便直接将她设置成了置顶聊天。

而此时温时雾也在看着手机。

她单手托腮，指尖轻戳着点开余峥的微信，首先吸引她的便是他的头像。

以应援色克莱因蓝为底，孤独的黑色剪影站在水波间，仰首看着天上悬挂着的，一轮暖黄色的照耀着他的太阳。

算是简约又有个性的头像风格。

跟她想象中一样，不过他的朋友圈倒是令她诧异。

温时雾原以为余峥肯定会把朋友圈设置成仅三天可见，搞不好近三天还会一条动态都没有。

但没想到他的朋友圈是全开放的。

里面零星地挂着几条他的商务广告，给极昼音乐转发的公司宣传，还有很多他参与过的公益项目。

唯一只与他自己相关的，大概只有2020年6月21日他出道时发的那条——他在朋友圈分享了《梨涡妹妹》。

文案是粉丝们再熟悉不过的那句："往后余生，只争朝夕，顶峰相见。"

只争朝夕……温时雾喃喃自语。

她用指尖轻点着脸颊，忽然想起羡姐跟她说，她跟余峥的情侣名是"只争朝夕"，这会儿恰好又在这里看见这句话。

温时雾有些脸热。她小声嘟囔着："好巧呀。"

这时手机忽然振动了一下。温时雾立即切回聊天界面，便看到余峥发来一条消息，不是什么闲聊与寒暄。

正如他加微信的理由一样。

余峥发来一段小提琴纯音demo（未经处理的音频），后面跟着向她虚心请教的文字："我为新歌编了小提琴副旋律，但现场合音时跟钢琴配合的效果不好，不太清楚是哪里出了问题。"

温时雾自幼便学小提琴。她在这方面还蛮有天赋，很小的时候就考过了十级，也曾在跨年演唱会上表演过。

看到余峥发来的音乐文件，温时雾点击播放。

如天鹅绒般悠扬细腻的小提琴音，对耳朵极为友好地占领了她的听觉。

不像电子合成，像是谁拉了这段旋律录下来的。

但据温时雾所知，余峥应该是不会小提琴的，至少从没见他公开表演过，也许是他请来的人帮他拉出的这段。

温时雾很快就听出了问题："这段曲编得很好，但小提琴音的细腻度比钢琴音突出，所以做副旋律时，这样编曲就有可能导致你所说的配合不好的情况……"

聊起小提琴，温时雾便滔滔不绝。

Z.:“温老师有什么修改建议吗？”

这是余峥的微信昵称。

温时雾打字的速度实在有些慢，她轻抿唇瓣:“……有点儿复杂。”

哪料余峥又很快回了消息:“方便的话，语音？”

温时雾的心跳忽然加速了起来，实在没想到余峥会说想给她打语音。

一种莫名的牵丝感在心脏里拉扯开。

紧张又雀跃，慌乱又期待。

像是刚分别去往异地的小情侣，忽然又能通过语音通话建立联系。

这种想法从脑海里跳出来的时候，温时雾吓了一跳。她懊恼地用食指关节轻轻敲着额头:“温时雾！你在乱想什么嘛！”

温时雾慌忙用双手捧住脸颊，试图用稍凉的掌心降下脸蛋上发烫的温度。

冷静了好久，她才给余峥回消息:“我拿个耳机。”

Z.:“嗯，等你。”

他几乎总是秒回的。

而温时雾拿着手机从岛台前的高脚凳上跳了下来，慌忙上楼翻找蓝牙耳机。

她是中午的飞机，九点出发去机场就完全来得及。现在她还有半小时的时间。

温时雾将蓝牙耳机挂在耳上，她深呼吸着平复情绪，但还是很难安抚像小鹿乱撞一样毫无章法跳动的心脏。

最终她拿着手机走到窗边，垂眸看着跟余峥的对话框，先点击最右下角的加号，然后点击功能列表里的视频通话。

手机弹出视频和语音两个选项。

温时雾指尖微停，她将手指缩回来握成拳，又重新探出去悬空在语音通话上，又缩回来。

她最后紧张地屏住呼吸，还是向语音通话选项点了下去。

耳机里几乎立刻就响起“叮咚叮咚”的电话声，温时雾只觉心脏乱撞，跳的速度比微信那语音铃还要快。

这时拨电话的语音铃声忽然中断，紧接着响起一道电话被接通的声音。

温时雾的呼吸都不由得跟着屏住。

蓝牙耳机紧贴着耳，余峥性感微低的嗓音，就像附在她耳际与她说话般，带着酥痒的电流感响了起来：“温老师。”

温时雾的心跳彻底乱了拍。她呼吸变得有些短促，耳根都被余峥的声音蛊惑得发热：“我只有半小时……”

“嗯。”余峥懒声低笑。

他的声带状态听起来很放松，那种懒洋洋的松弛感像醉人的酒，开坛后随着风就入了耳，潜进人的心里去。

余峥戴上耳机离开休息室，换了个没有姜燃打扰的地方：“很荣幸，温老师接下来的半个小时，归我。”

温时雾的耳根都被哄软了。她觉得自己很奇怪，明明只是很正常的音乐交流，她却总能从余峥的话里，听出很多令她浮想联翩的歧义。

归他……是时间归他？还是她归他？

温时雾轻咬唇瓣，让自己尽量别想这些事：“在小提琴方面我可能比较严格，你最好把曲谱拿过来做个笔记，然后我就从副旋律的进场开始讲了……”

余峥很听话地去找来了那张曲谱。他笑得散漫：“洗耳恭听。”

温时雾在小提琴方面的确专业。

余峥既然问了，她便回答得认真，渐渐也忘了最初与他通话时的紧张，扑通乱跳的小心脏也被自信的光芒压住。

余峥听得也十分认真。他将曲谱放在自己腿上，将温时雾与他说的建议一一记下。

偶尔，他也会提出新的问题。与温时雾讨论他在这段副旋律编曲上的想法，与她深聊编曲的底层逻辑。

温时雾其实不懂创作。她只是会小提琴，还会一点儿小提琴编曲。

但余峥与她讨论的话题她竟都能听懂，也能流畅地给出很多有用的建议。

就连温时雾自己也有些惊讶。她都快要怀疑自己是不是音乐天才，竟能跟歌坛顶流明星大谈音乐创作。

但时间实在过得很快，温时雾坐在卧室的毛绒地毯上，边将衣服往行李箱里塞，边叹气：“时间差不多了，我该出发去机场了……”

“嗯。”余峥知道她是飞北城，今天下午还有个广告拍摄。

他低声问：“什么时候到安宜？”

温时雾回想了下自己的通告，当初为了给 6 月 12 日这天空出来，她记得好像把前后几天的行程全部排得很满。

“应该是周三下午。”她叹气。

都没意识到跟余峥的聊天口吻里多了几分撒娇和抱怨：“我周二晚上还要去见个导演，谈下一部戏的邀约。”

余峥察觉到温时雾的撒娇软意，身上的跩劲儿也跟着收敛几分：“别碰其他人给的酒水，用餐前记得提醒服务员自己麸质过敏。”

温时雾又开始心跳加速。余峥的每句话都像是水滴进池塘，分明只是很客气的关心，却在她的心尖上拨开了一圈又一圈的涟漪。

温时雾温软地应声：“好。”

这时姜燃推开休息室的门进来，属实不是他想打扰，是舞台那边催了。

余峥散漫地抬眸瞥他一眼。随后又敛回视线，用姜燃从未听过的温柔口吻，跟电话那边的人说道：“后天快到体育馆门口时给我打电话，我出来接你。”

温时雾：“……”

她一介小粉丝何德何能，还要让偶像从后台溜出来亲自接。但行动比心理活动更诚实，她像受了蛊惑般下意识地点头：“好。”

余峥性感的笑音酥麻了温时雾的耳。他肆意张扬地抬抬下颌：“去赶飞机吧，不耽误我们朝夕妹妹时间了。”

又是这个称呼……温时雾听得耳朵都有些发热。

她觉得，余峥对她的称呼变化，好像完全是取决于他的心情的。

“后天见。”他又低声道。

也许是因为这句话像极了约定，温时雾的心脏被拉扯起来，填满了对那场演唱会的期待：“后天见。”

这通语音电话终于被挂断。温时雾将掌心贴在自己的胸口，能清晰感觉到里面那颗心脏犹如鼓擂。

“救命……”她侧坐在毛绒地毯上，扭着身子往床的边缘一趴，懊恼的同时又脸红耳热。

温时雾啊温时雾，你不是事业粉和颜值粉吗？

你不是只是喜欢他的脸、他的声音、他的歌和他的才华吗？

现在通个电话就心动是怎么回事？

你对余峥的喜欢不会要变质吧！

温时雾有几分幽怨地抬起脸蛋，披散的头发都堆在颈间处蓬松开。

然而供她懊恼的时间并没有多久。

因为都耽误在打电话上，她再也没有任何悠闲散漫的工夫。

只片刻，她就又爬起来继续收拾行李，还特意将那些没吃完的可爱粽子打了包。

下午的拍摄也非常顺利。

温时雾拍的是香水广告，她代言的品牌出了款最新的甜美系香水。

摄影棚内，花香四溢。

温时雾穿着粉色仙子裙趴在由花朵编织的藤制秋千上，她手里捧着香水，穿着半透蕾丝袜的腿俏皮地跷起。

果冻唇和贴在眼睑下方的樱花花瓣，为她勾勒出几分甜美。

像是落入凡间的花仙子。

阮恬站在旁边被自家艺人迷晕。她暗自窃喜："我上辈子到底积了多大的福分，这辈子才能对着大美女工作。"

摄影师也笑了。他收了设备看向阮恬："每次就是给你家艺人拍广告的时候最省心，温老师的镜头感绝了，拍什么像什么。"

温时雾这会儿还趴在秋千椅上。她将香水放到旁边，双手捧着脸颊，梨涡浅绽："那就谢谢摄影老师夸奖啦。"

阮恬走过去扶温时雾。

她换回常服，重新戴上余峥送她的那条五彩绳，便收工回家休息。

而此时，余峥的大粉们终于觉醒了。

上头地嗑了好几天只争朝夕后，樱桃终于意识到这周三是自家偶像的演唱会。

温时雾也要做数据。她回家后卸了妆便趴在沙发上，登录了自己的微博小号。

樱桃发的消息立刻就跳了出来。

樱桃："嘀嘀！好几天没见你上线了，我的夕！忙啥去了呀？后天余神的安宜演唱会你去不去？"

群里大家正在讨论这件事。

樱桃说她早就搞到了票，小猪也说打算去，两人约好在体育馆外见面。

樱桃："你应该去吧？我记得你就是安宜人。顺便线下见面呀！"

温时雾想起余峥送她的那张票。她踌躇着咬了咬唇瓣，只能昧着良心撒谎："我这次可能去不了……"

"啊？"樱桃有些失望，"那太遗憾了，我跟小猪还商量着跟你见一面呢。”

“说起来也是奇怪，咱俩认识这么久愣是一次也没见过。好多次明明都去看同一场演唱会了，偏偏就是没碰过面。”

温时雾不禁有些心虚。她的确从不敢在线下见任何大粉，每次去听余峥的演唱会，都会将自己全副武装，拍完他的神颜就直接溜掉。

樱桃每次都是看到她发微博，才知道她们居然去了同一场演唱会。

她开玩笑地问：“你到底什么身份啊？怎么总是神神秘秘的不敢见人？”

温时雾的小心脏顿时揪了起来。她生怕樱桃再问下去会发现更多蛛丝马迹，于是连忙现编了个借口：“哈哈，我只是长得有点儿丑……”

樱桃发了个恍然大悟的表情包。

“原来是这样。”她安慰道，“不过没关系啦！你那么棒！会拍照会修图还会做棉花娃娃！千万不要因为长相就自卑，无论如何我们大家都会很爱你的！”

温时雾：“……”

面对樱桃的暖心安慰，她忽然升起一丝撒谎的歉疚感，但还是说了谢谢。

这话题不能再聊下去，温时雾从沙发上爬起来，找到余峥给樱桃写的那张签名，拍照发给她。

身为职场打工人的樱桃这会儿正在摸鱼。

她坐在工位上，无聊得都快睡着了，但看见夕拾朝花发来的这张照片，她几乎瞬间就清醒着跳了起来：“我的天！”

身边同事都朝她投来怪异的目光。

樱桃后脊僵住，她很抱歉地左顾右盼着说了抱歉，随后坐回工位，抱着手机疯狂打字。

樱桃：“哪儿来的？！余神的亲笔签名！而且还是专门写给我的！我该不是上班上得眼晕看错了吧！”

倒是温时雾茫然地眨了眨眼。她问：“不是你上次跟我要的吗？所以我就试着帮你去问了一下。”

樱桃惊愕得眼珠子都快瞪出来。

她上次只是随口说的而已，谁能想到她居然真去要了！而且还要到了！

樱桃开心得不得了：“谢谢你谢谢你，请寄给我吧！”

夕拾朝花："那你方便的话给我个地址吧，这事千万别跟别人说哦。"

樱桃捣蒜似的疯狂点头。她抱着手机，看着温时雾发来的那张签名照片，几乎要幸福得晕倒在工位上。

不过好奇怪啊……

樱桃仰头看着天花板，眨眨眼。

余峥向来连亲笔签名都很少给粉丝写，怎么这夕拾朝花要签名都要得那么轻松？

到底是什么特殊途径那么厉害？

不管了！反正她已经拥有余神的 to 签了！

很快就到了余峥演唱会的这天。

从各大交通枢纽到安宜体育馆，沿途随处可见粉丝对余峥的应援。

温时雾刚从机场通道里出来，便看见有头戴应援发箍的粉丝，举着印有余峥照片的接机牌，很有秩序地欢喜团建。

她穿着超长款防晒衣。

衣服拉链被她拉到最顶端，在已经戴了口罩的基础上，又用防晒衣多遮了一层下半张脸。鸭舌帽也戴着，再将防晒衣自带的大帽檐盖在上面，上半张脸架着墨镜。

从应援团身边路过时，还有等人的粉丝在百无聊赖时看了她一眼，这时一道声音响起："樱桃！"

捂得严实的温时雾心脏被惊得一跳。

她没想到樱桃竟然在这儿，连头也不敢扭过去，她慌忙低头，又伸手将帽檐向下压了压，加快脚步。

这里的接机的确是樱桃自发组织的。

看到喊她名字的姐妹从出口出来，她立即将目光从温时雾身上移开，兴奋地跑了过去："小猪！"

"我一眼就在人群里认出你了！"

"太好了终于见面了！"

"是啊是啊！只可惜夕夕不来！也不知道她最近究竟怎么回事，明明我记得她就是安宜本地人呀……"

"不知道呢，千万别是因为她不喜欢温时雾，所以对余峥不感兴趣了才好！"

"但愿但愿……"

姐妹俩极其兴奋地寒暄着，殊不知聊天内容都落到了当事人的耳朵里。

然而温时雾此刻没工夫管这些。她趁着两人热情寒暄时火速溜走，在远离余峥粉丝团后才松了口气。

“呼……”她嘟囔道，“还好没被发现。”

温时雾去转盘提取了行李。

她仍然乔装着往地下停车场走，这时手机忽然振动了一下。

温时雾正想停下来拿手机，不远处却忽然响起尖锐刺耳的喇叭声。

她下巴微敛，墨镜向下滑落，一双精致漂亮的鹿眸隐约露出来些许。她除去墨镜的阻隔，向喇叭响起的方向看了过去。

只见一道懒散的身影。

那人推开车门，长腿向外一跨，修长白皙的手指肆意地转着车钥匙，漫不经心地朝温时雾招了下手。

温时雾的眼睛忽然亮了起来。她紧张地左顾右盼，确认没人注意到她后，伸手推回墨镜便小跑着奔过去。

“哥！”

行李箱都在半路被她扔掉了，滑轮受着惯性就朝男人的腿撞过去。

温时雾正要扑进他的怀里。温时野立刻伸手，左手捏着她的帽檐往后推，另一只手摁住滑过来的行李箱。

他神情复杂地看着妹妹的装扮，轻“啧”着嫌弃了一声：“你这穿的什么玩意儿？”

“防晒衣啊。”温时雾拍掉温时野的手。

她摘掉墨镜，理不直气也壮地抬脸看着他：“我不打扮成这样你还能见到我吗？不早就半路被狗仔拍到了？”

温时野嗓音极低地轻嗤一声。他弯腰单手拎起行李箱，就径直往车后备厢走：“上车。”

“好嘞！哥哥。”温时雾乖巧极了。她丝毫没有要推拒的意思，直接将行李全部丢给他管，然后坐上副驾驶。

温时野放好行李后也上了车。

温时雾已经自己乖乖系上安全带，她将帽子口罩全都除掉，露出那张为了来看偶像演唱会而特意化了精致妆容的小脸。

时雾歪歪脑袋，梨涡浅绽：“今天怎么是我亲爱的哥哥你来接我呀？”

“我不来还有谁能来？”温时野斜眸睨她一眼，“没良心，余峥都比我早知道你的航班信息和落地时间是吧？”

温时雾没有半分心虚的意思。她眨眨眼睛："那你倒是提醒我了，我还没来得及看偶像给我发的消息。"

温时野："……"

他无语地将视线收回来，猛踩一脚油门。

温时雾掬着手机就因惯性一倒，她睁圆眼眸不爽地扭头看过去。她恼道："温时野！你不仅报复我，你还行车不规范！我会回家跟爸妈告状的！"

温时野漫不经心地用指尖敲了两下方向盘："告啊，我会告诉他们，我脚滑。"

温时雾才不相信他是脚滑，狡猾还差不多。

她轻哼着不予理会，理直气壮地下达行车命令："先送我去那家花店。"

"哪家花店？"温时野问。

"就那家花店啊。"

"所以我问你哪家花店。"

"那家花店的名字就叫'那家花店'！"

"……"温时野紧抿着唇，下颌紧绷，再次陷入沉默。他将车从地下停车场开上来后，干脆用车载导航搜了一下。

还真有家花店叫"那家花店"。

温时雾没再搭理。她连忙拿出手机看刚才没来得及看的消息，果然看到那个克莱因蓝的头像有新消息。

温时野用余光睨过去。

就看见他妹嘴角压不住笑，整个一副被勾了魂的模样。

Z.："落地了？"

温时雾眼眸弯弯地看着手机，丢过去一个旋转跳跃的可爱表情包。

Z.："路上注意安全，快到体育馆了打我电话，我出来接你。"

温时雾又发了一个表示"OK"的可爱表情包。

余峥散漫地挑唇轻笑了声。

这时有工作人员过来找他："余老师，舞台那边找您，说想再合一下钢琴和小提琴的音，就您前天才改的那段副旋律。"

余峥抬着下颌"嗯"了声。他将手机铃声调到最大还打开振动，放进贴身口袋后才去了舞台。

而温时野也将车开到了花店。

他看着妹妹被花店老板递过来的鲜花塞了满怀，温时雾小心翼翼地捧着，笑弯的眼眸亮亮地闪，梨涡浅浅。

黄色海芋花。

上面像是喷了什么油漆，黄通通又蓝油油的，什么奇怪的审美……

算了不重要。

这玩意儿的花语是什么来着?

这么冷门，鬼才知道。

温时野用指尖敲着方向盘，细数着这捧花束里一共有十五朵海芋。

好歹不是什么九朵、九十九朵的，没有爱情寓意。

送十五朵倒是温时雾平时的习惯。

老板问:“是你想要的效果吧？”

温时雾不吝夸赞:“是的！老板好厉害，这花比我想象中还漂亮！”

温时野:“……漂亮个屁。”

温时雾抱着这捧花上了车，温时野就幽幽地将视线收回来。

他冷哼道:“送给余峥？”

温时雾理所当然地反问:“不然送你？”

温时野就要伸手:“那谢了，虽然丑得很特别，但我勉强也能接受。”

温时雾抱着花就扭了身:“想得美，我特意让老板找了我偶像的应援色克莱因蓝来喷漆，这么漂亮的花你也配？”

温时野嗤了一声:“到底是谁发明了你这么个没良心的小玩意儿？要温暖没温暖，漏风的时候是一点儿也不客气，你搁家里摆着充其量也就只能当个漂亮的小手办。”

温时雾轻哼:“你嫉妒，你这么嫉妒你给我找个嫂子让她送你呀。”

谈及催婚话题，温时野败。

他闭上嘴不再说话。

接下来用不着再让温时雾指挥，他也知道要送这没良心的小手办去看她家那个男狐狸精偶像的演唱会。

高调的黑色宾利停在路边。

温时野颇不放心:“结束后我来接你？”

“好呀。”温时雾欣然同意，有白捡的司机她要是拒绝了才是傻呢。

倒是温时野爽了。

行，看来那位男狐狸精段位还不够，至少深夜不会把他妹给拐走。

“到时联系。”温时野抬抬下颌，“行李我就先给你拿回家了。”

温时雾小鸡啄米似的点头。她先将花暂时塞进温时野怀里，让他帮忙抱一会儿，然后开始整理仪容。重新戴上口罩帽子墨镜，将防晒衣的拉链再次拉到最顶端，然后盖上防晒连帽，压下帽檐，还直身探头对着车内镜检查了下。

一切就绪。

温时雾夺走哥哥怀里的花，就推开车门下来，给余峥打电话。

余峥接到电话时琴音刚落。

钢琴与小提琴的配合完美无瑕，余音尚在舞台上缭绕回响。

就连小提琴演奏者都笑："余老师怎么突然想到这样改副旋律？改得真好，比原来那版更令人惊艳！"

闪耀的灯光落在余峥脸上。他还没换演出服，松弛懒散的缎面衬衣钩边反光，将他眉眼衬得更加肆意不羁："朋友帮忙改的。"

从余峥口吻里能听出明显的骄傲之意。小提琴演奏者有些惊讶："什么朋友比余老师你的编曲还厉害？你朋友是这个。"

他竖起大拇指。

"有机会给我介绍下认识，我们应该很有共同语言。"他笑得爽朗。

这时余峥察觉到口袋里手机振动。

"是比我厉害。"他拿出来看了一眼来电显示，随后桀骜散漫地抬了抬下颌，护着的意味显而易见，"不过可能没这个机会，我可舍不得。"

音落，余峥拿着手机起身。

他先接通了电话，随后大步往外走到寻安静的地方："到了？"

温时雾抱着花站在外面等。

场外，人声鼎沸。

距离演唱会开始还有不到两个小时，许多粉丝已经聚集在此，遍地都是余峥的应援物料，还有相熟粉丝之间的聊天声。

温时雾只想变成小透明。

她穿着打扮本就有些诡异，手里还抱着花，总有人好奇地看过来。

所幸余峥安排了工作人员先来接。她被领到后台通道的门口，这边安静多了，倒是没有被发现的风险。

没等多久，她抬眼便看见一道颀长身影，即便戴着黑色鸭舌帽和口罩，也遮不住他那骄傲不羁的桃花眸和优越的身段。

余峥勾着笑意朝温时雾走过来。

看见她那身古怪的打扮，他桃花眼尾翘起，浓密的睫毛都笑得有些发颤。

他在她的面前站定，先伸手摘掉自己的口罩，然后才躬身凑近平视温时雾，将她防晒衣的拉链拉下来，又将里面那层口罩摘下去。

桃花眼里是显而易见的笑意。

他嗓音性感，蛊惑得像是带了钩子："真好，又能见面了，温老师。"

温时雾只觉得心口发烫，好闻的海芋花香满溢在他们之间。她抬眼看着余峥，视线不由自主地落进他的乌瞳里。像是被神秘迷人的深山泉眼吸引，稍不留神就会溺毙其中。

可这泉眼舍不得让她溺。

余峥并着两根手指，轻擦着敲打了下她的帽檐："先进去？"

温时雾抱紧怀里的花。包装纸发出窸窸窣窣的响动声，惹得余峥忍不住敛眸看了一眼。

他唇角上扬："送我的？"

温时雾抱着花跟他往后台走，进休息室后就将花递给他："是呀。"

余峥的喉结上下滚动着。他低眸看着温时雾怀里那捧花，视线像是舍不得挪开，怔了很久才伸手小心翼翼地接过来。

余峥指骨弯曲，力道收紧。包装纸被他攥得发出窸窸窣窣的声音，他心脏也剧烈地撞击着胸膛。

但他眉眼间却看起来轻松恣意。

余峥张扬地抬起下颌，翘起唇角，戏谑似的偏过头："什么图谋？"

他不太认识这花的品种。只知道这不是玫瑰、康乃馨、百合、向日葵这类能被他叫出名字的。

温时雾倒是送得没有心理负担，她抬起脸蛋，眼睛干净清澈："来看朋友的演唱会当然要带花呀！"

温时雾用指尖拨弄了一下海芋花瓣，俏皮地朝余峥眨眨眼："而且，这也是我给你的谢礼。"

谢礼……

心脏猛地撞击了余峥的胸膛。

那一刻，他浑身的肌肉都紧绷起来，瞬间抬眸看着面前的温时雾。犹如深山泉眼般的乌瞳，像是忽然被狂风席卷，讳莫如深得瞧不出情绪。余峥的喉结轻轻滑动了一下，像是迟疑了很久，才低低出声，性感的嗓音哑得像是被砂纸磨过："……谢礼？"

温时雾不太理解他的情绪，她点头："对呀。"

但余峥的眼睫却忽然颤了下，思绪蓦然被引回十五年前的冬天。

大雪纷飞的夜，穿着单薄的小余峥缩在角落里。身上的单衣还大了许多尺码，像是大人穿过后不要了才给他的。

小时雾追过来时，只见少年全身都脏兮兮的，像是刚与人争执过，透过袖子都能看见胳膊上的伤痕。

这不是温时雾第一次见他这样。

她放轻脚步，不敢惊扰。

角落里的少年像顾影自怜的小雀，他坐在雪里，好像也不怕冷，但还是敏锐地察觉到了踩着雪而来的轻轻脚步声。

“雾雾。”他唤她的名字。

整个冬日里，只有她来到他身边的时候，他才能藏起满身的刺，将最柔软的一面展示出来。

少年抬脸看着她，声音很轻：“你说，是不是我的错误？

“舅舅给我取名叫谢罪。他说，是我的降生害死了妈妈，他说这个世界上其实根本没有人愿意要我……”

“雾雾。”少年的鼻尖被冷风吹得通红，“如果我真的如他所愿死掉了，是不是所有人就都会开心了啊？”

那时候的温时雾其实还不太了解在九岁的余峥身上发生了什么。

她只知道他没有爸爸，妈妈在他还没满月时就去世了。

是警察来查案时将襁褓里的余峥带走，找到了与他唯一有血缘关系的舅舅，所以他从小由舅舅带大。

但那个男人似乎不喜欢余峥。他总是埋怨余峥，觉得是余峥害他没了姐姐这个唯一的经济来源，现在又被迫要养着余峥。

温时雾常常撞见那个男人来找余峥。

每回来时他都浑身酒气，找余峥要钱，要不到就骂骂咧咧：“钱呢？你在剧组赚的钱呢？”

温时雾知道，今天肯定又是那个男人来找他了。

她有点儿生气：“才不是的！”

迎着像鹅毛般落下来的雪，余峥抬起眼眸，极力想要在黑暗里看清她。

雪花落在他的睫毛上，遮挡了视线，却因为沾到他身上的温度，又很快化成一滴水，挂在眼尾悬落下来。

没有灯的陋巷里。其实视线并不算明晰，但他还是看到穿着雪白羽绒服的温时雾朝他凑近过来，毫不在意地跟他一起坐在雪地里。

下一秒。

他便忽然感觉肩膀一暖，钻入呼吸里的是女孩子身上软软甜甜的橙香。

温时雾将羽绒服脱了下来。她向余峥那边一挪，裹住他的肩，将两个小小的人都藏在暖暖的羽绒服里。

“才不是的。”温时雾转眸很认真地看着他，“你才不是生来就要跟谁谢罪的，你明明就是上天送给我的谢礼。”

余峥有些错愕地怔住了。他从小生得漂亮，还没长开的少年，幼年时期还有着几分随母亲的女相。

纤长浓密的睫毛很湿，雪花融化时淌落下来的水，让温时雾觉得眼前的少年似乎快要碎掉了。

他嗓音颤抖：“……谢礼？”

“是呀。”温时雾点点头，“你看喔，全剧组里只有你跟我同龄，还每天都愿意来找我玩，肯定是天上有神仙看到我拍戏太努力，特意送我一份礼物，才把你送过来跟我做朋友的。”

小余峥听得出来这是哄他的，理由编得那么蹩脚。

但温时雾却哄得可认真了：“谢礼哥哥，我以后不喊你阿罪哥哥了。你改名吧，以后就叫谢礼哥哥好吗？你要是同意的话，我就给你变个魔术。”

余峥没说话，就看着她。

温时雾就当他是默认了，扭头从羽绒服口袋里摸出一支仙女棒。

她擦亮火柴，将仙女棒点燃。

这片漆黑无光的冬日陋巷忽然亮起一抹橙黄。她将仙女棒举到余峥眼前，映亮了他那双没有期待的乌瞳。

不是谢罪，是谢礼……

“谢礼哥哥，你看。”温时雾转动着仙女棒，梨涡浅浅，“冬天的夜晚，也有太阳。”

余峥敛眸看着怀里的花束。

明黄色的花瓣像喇叭般漂亮张扬，花尖被人用克莱因蓝色的漆喷成渐变。

与童年时在黑暗里见到的唯一一抹光相比，这捧黄蓝色渐变的花，却像是破晓时升起了一轮照耀最后一缕夜色的太阳。

黄色占比更多，忧郁的克莱因蓝像是点缀。

与他头像相反。

温时雾察觉到余峥的情绪不太对劲，她凑近问道：“怎么啦？你不喜欢吗？”

她好像有点儿内疚了，踩着高跟鞋的脚尖向内扣了起来：“我就是想着你送了我门票，还有那么好的端午礼物，所以我应该回你一份谢礼。”

原来只是这个谢礼……

余峥的思绪被缓缓从回忆里拉回，他忽然敛下眼眸，轻笑了声。

温时雾立即抬眸：“你笑啦？”

刚才总感觉余峥的情绪不太好，害得她的心情也跟着沉了很多。

这会儿听见他笑，温时雾也笑盈盈地凑过去，从余峥的桃花眼里重新捕捉到他的骄傲耀眼和意气风发。

余峥单手抱着那捧花，另一只手轻敲了下她额头，意味不明地轻嗤道：“想什么呢？你送什么我会不喜欢？”

“我想也是。”温时雾高兴了，像是在森林里雀跃奔跑的小鹿，连脖颈都挺得笔直，“毕竟我也是你偶像。”

余峥扯着唇角低笑了声。他正想再说些什么，这时休息室的门忽然被人推开。温时雾心中警铃大作，她立刻背过身去戴上帽子、口罩、墨镜，鬼鬼祟祟得像个在这儿偷奶酪的小老鼠。

工作人员见此场景有些尴尬。

她神情诡异地看着那个穿着防晒衣的奇怪背影，似乎没来得及看清她的脸：“呃，抱歉余老师，我不知道有人……”

余峥唇角的笑容压了下去，他散漫地偏头：“有事？”

“化妆老师喊您过去上妆换衣服，距离演唱会开始只有一个半小时了。”

“知道了。”余峥点头。

工作人员意外撞见余神休息室里竟然有人。虽然裹得严实，但也能看出是个女生。而且余峥怀里还抱着人家送的花！

大新闻！

于是，说完正事的工作人员很识相地立刻离开休息室，还贴心地帮余峥关好门，并嘱咐保安盯住狗仔和媒体，千万别让乱七八糟的人溜进后台。

即便听见工作人员关门出去，温时雾还背着身也没敢转回来：“应该没被发现吧？”

余峥被她气笑了，他伸手扯掉温时雾戴上的帽子：“又不是偷摸谈恋爱，温老师在紧张什么？”

“嘘！”温时雾连忙回身，“什么偷摸不偷摸的，话可不能乱说！媒体已经又在传我们的绯闻了，要是再被发现我在你休息室，你跳进黄河都洗不清了。”

余峥低声道：“我又不介意……”

温时雾：“啊？”

余峥又漫不经心地抬起眼眸，依旧是那副桀骜不驯的跩样儿：“没什么。”

其实温时雾也没太听清。她催道：“那你快去化妆吧，虽然我家偶像素颜也好看。演唱会加油喔！记得润润嗓子！我们一会儿见！”

温时雾唠叨的样子像极了操碎心的粉丝，余峥被她哄沉默了。

他将海芋花放在休息室的阳台上，六点的太阳尚未落山，阳光落在黄色海芋花的瓣尖，将喷漆的克莱因蓝勾出一层金边。

然后他才转身看向温时雾。

方才在阳台上收拾花时，温时雾注意到他手腕上的五彩绳还没摘掉。

他肆意地挑唇：“一会儿见。”

余峥将温时雾交代给姜燃。由她随意在自己休息室里玩，什么时候想去观众席了，就让工作人员领去。

温时雾的确不敢太早去观众席。VIP 座席也只是常规的前排，周围总会遇见能将她认出来的粉丝。

所以直到演唱会开场前十五分钟，温时雾才让姜燃找人送自己过去，只戴了个口罩安静地坐在那里。

19：30，舞台的灯光骤然亮起。

观众席的欢呼与尖叫声如潮水般翻涌沸腾，克莱因蓝色的应援灯牌像神秘的海浪般覆盖了每一个角落。

温时雾的心跳也变得鼓噪起来。

她拿着克莱因蓝色的荧光棒，充满期待地看着镁光灯照亮的地方。

抱着吉他的余峥坐在聚光灯下。很深的领口微敞，性感微凸的锁骨上搭着他惯常会佩戴的银色项链。手腕上仍然佩戴着那根与温时雾同款的五彩绳。

他没摘，她也没摘。

而他此时在舞台上，肆意懒散地弯起一条腿支着吉他，躬着颈凑近话筒。

被誉为内娱最贵的性感嗓音，通过麦克风回响在属于他的演唱会场馆里：“往后余生，只争朝夕，顶峰相见。大家好，我是余峥。”

观众席的尖叫声更加此起彼伏，温时雾也举起荧光棒兴奋地挥舞起来。

也不知道是不是听见了她的声音。

指尖落到琴弦上的余峥，慢悠悠地掀起眼皮，隔着汇成璀璨星河的荧荧灯海，跟观众席上的温时雾遥遥相望。

他忽然弯唇一笑，闪耀的灯光落在他的眼角眉梢，照亮了他的意气风发和肆意张扬的骄傲。

余峥这一笑让现场的粉丝欢呼得更热烈了，像是要震破温时雾的耳朵。

可余峥却忽然放下吉他：“我改主意了，今天的第一首，想先唱首别的。”

粉丝们很有默契地安静下来。

温时雾也疑惑地抬眸，便见余峥忽然从聚光灯下走了出来。

他自己拖着身边的立式话筒，坚定地走向舞台的另一角，在还没被灯光照亮的黑钻钢琴前，兀自坐了下来。立式话筒被他亲手重新支好，而这时灯控师也飞速反应过来，连忙临时更改原本已经配置好的程序。

舞台中央的聚光灯收了。坐在黑钻钢琴前的余峥，被逐渐亮起的灯光，重新打得闪耀。

他躬着颈凑近话筒，偏头看向坐在观众席的温时雾：“今天忽然想先唱——

“《梨涡妹妹》。”

粉丝更激动了。

余峥很少在演唱会上唱《梨涡妹妹》，只有特定日子开演唱会时，才会将这首歌作为收尾来唱。

粉丝至今也摸索不出规律。每次买演唱会的票，也只是来碰运气，并不知道他今天会不会有这个安排。

而今天的余峥像是心血来潮。

他肆意张扬地挑起唇瓣，跨越过克莱因蓝的灯海，注视着温时雾的眼睛：“一首《梨涡妹妹》，送给她。”

第七章

♪

梨涡妹妹

温时雾的目光落在了余峥的眼瞳里。

即便灯海耀眼，尖叫刺耳，所有粉丝都在挥舞着手里的克莱因蓝为他欢呼。但温时雾还是能察觉到余峥的视线像是有磁吸力一般，跨越过万千人海和灯光，神秘迷人，又坚定不移地落在了她所在的方向。

温时雾一怔，她将手里的荧光棒收回，左顾右盼着，好像想要确认余峥是在跟谁说话。

但周围似乎没什么特别的人，身旁的粉丝根本没有将余峥那句话代入到自己身上。

而这时余峥伸手。筋骨清晰的冷白长指抵在唇瓣上，又收回来轻点了两下右耳的耳钉。

场馆里的粉丝极有默契地都安静了下来。

令温时雾再熟悉不过的音乐前奏，伴着余峥指尖的琴音缓缓流淌出来。

但不知道为什么，这次，温时雾却对《梨涡妹妹》这首歌感到茫然陌生，好像比起她曾经听过的无数遍，都多了几分她从没感受过的情绪。

她有些走神。

直到余峥低眸凑近话筒，性感低醇的歌声进入了她的耳朵：

“黑夜走过陋巷，我抬头看见太阳。

“至暗时刻的光，把空寂眼神照亮。

“少年也曾彷徨，看不见归途希望。

“她却赠予信仰，祝愿他耀眼张扬。”

…………

余峥的长指在黑白琴键上跃动。

温时雾看着舞台上的他，分明被灯光照耀满身，连发丝都被打得发亮，但嗓音却有几分落寞。

这时背景屏流动，转瞬即逝的烟花，在余峥身后一簇一簇地落下。

“如果烟火向星辰，所愿会成真。

“能不能让晚风，捎来时光倒转的齿轮。

“如果神明不负人，红绳牵了缘深。

“能否让我握住那场梦，别走散在春日时分。”

…………

粉丝的欢呼声又如海浪，一声高过一声。

好像每次余峥唱起这首歌时，都有粉丝从这歌词里共了情，边哭边跟着一起唱。

像极了煽情的环节。

而灯光下的余峥也喉结微动。

他眼睫垂落，镁光灯时光从他浓密的睫毛间落下去，在眼睑处打落小片阴影。

他又像是想到了什么。落寞一消而散，他抬起下颌，灯光打在鼻梁上。余峥忽然扬起唇瓣，但笑意不达眼底，歌声里依然尽是遗憾：

“她是我错过的烟花，小雀追不上步伐。

“待到鹰击长空时，却早已弄丢了她。

“暴雨不再落下，冰雪都消融了啊。

“光芒万丈的他，却成了她的路人甲。

…………

“童年就像童话，梦里才有花嫁。

“那场江海翻涌的心动，风也无法抵达。

“但太阳不是落霞，星星却能变成流沙。

“她的小梨涡，终究不只属于他。

…………

全场的粉丝几乎都被他唱哭了。

余峥笑着唱尽所有遗憾，星星变成了流星，太阳不属于黑夜。

有粉丝哭着扑进姐妹怀里：“余神到底经历过什么啊？他为什么会错过梨涡妹妹？又为什么只剩遗憾了呢？”

挥舞着荧光棒的温时雾忽然安静下来。她怔怔地看着舞台上的余峥，第一次觉得，平时看起来骄傲耀眼的余峥，似乎也不是永远翱翔天际的鹰。

他也会难过，也会变得柔软脆弱。

但没人知道曾在他身上发生过什么，只是很莫名地让人察觉出一些破碎感。

偏偏恰好这时，余峥弹着钢琴的间奏朝她看了过来，他们在粉丝的尖叫声中遥遥对视。

“可我们明明说好的，
“说好等雪融，等烟花，
“等太阳升起，等三分春色，
“等我长大后，我们再相遇啊。”
…………

身后的 LED 大屏，随着他唱出的歌词内容，展现出所有的遗憾变化。

“我们明明说好的，
“等枯木成花，等旷野回音，
“等雪落南山，等荒野成林，
“等我归来时，顶峰相见啊。”
…………

不知道是不是受到周围人的感染。

温时雾的眼眶变得酸涩，她忽然想起，她也曾在十五年前跟一个少年拉过钩，约好了等雪融化后一起看烟花。

但雪融后，剧组就杀青了。之后她再也没有找到过他。

余峥的声线逐渐变得颤抖沙哑。

他忽然将视线收回来，不敢再与温时雾继续对视，只垂落眼眸看着琴键。

“星星本不该期待太阳。

“可那一刻，阳光的确照耀在星星身上。

“后来星星每天都在仰望黎明。

“因为他想跟太阳说……”

钢琴的伴奏声音渐渐弱了，随着尾音收束，余峥闭上眼睛，用气音叹出了最后一句歌词：

“我好想你啊。”

琴音和歌声彻底落下。

现场粉丝的尖叫如翻滚的潮涌，舞台上散发着最耀眼的光与炽热。

但光下的余峥却垂敛着眼睫。他像是平静了好久，才重新睁开眼睛看向观众席，但这次避开了温时雾的眼睛。

听众们的后劲儿很大。有人哭有人笑，有人被他唱的遗憾感染，开始回忆初恋，回忆青春。

就连温时雾都眼眶微红。她拿着荧光棒低下头，不由得开始想，谢礼哥哥究竟去哪里了……

这时余峥才将视线从她身上掠过。

看到她眼睛里有泪打转。

他顿了一下，随后从钢琴前站起身，迈开长腿走回原来的位置，弯腰将吉他拎在怀里。

工作人员立刻将立麦送过来。

余峥略躬身凑近话筒，性感的嗓音里透着几分无奈：“别哭啊。”

粉丝们尖叫着，以为他在哄大家。

但温时雾却怔怔地抬起眼眸看向余峥，知道这是他们彼此之间心照不宣的秘密。

他好像不是在哄大家，是在哄她。

余峥贴着麦克风低叹一口气，笑得无奈又投降：“没想让你哭啊……”

观众席的尖叫声更热烈了。

只有温时雾很安静地坐在人群里，有那么一瞬间，觉得在舞台上拥有几分破碎感的余峥，跟少年的谢礼渐渐重合。但太模糊了，她都还没来得及捕捉，余峥就低眸，用指尖拨弹了琴弦：“下一首……”

演唱会还在继续。

余峥几乎没有什么间歇，只偶尔停下来喝一口水，然后一首接一首地唱。

但温时雾耳边的声音逐渐变得模糊。

她看着舞台上的余峥，很极力地想在他身上寻找谢礼哥哥的影子。

灯光照耀在他身上。他站在最受瞩目的、受鲜花和欢呼追捧的中央，眉眼间是意气风发的骄傲。他在闪耀的舞台上，用性感的歌声纵情忘我，掀起最喧嚣的音浪。

一个是顾影自怜的小雀。

一个是桀骜不驯的雄鹰。

他们实在不像。

应该是那首歌唱到她心里去了，给她带来了错觉。

他们不是一个人。

温时雾的眼睫垂落下来，但又觉得她本是来支持偶像的演唱会的。

她不能情绪太低，不该扫兴。

于是温时雾又很快弯起唇角，重新挥舞起荧光棒，看着舞台上的余峥。

余峥偏过头，看着她笑。

他不知何时又走回黑钻钢琴前落座，由温时雾改过副旋律的那首新歌，在小提琴演奏师的配合下呈现出来。

这场演唱会持续了两个半小时，粉丝们久久舍不得散场。

由荧光棒组成的克莱因蓝灯海，额外持续了一小时才渐渐打散。

粉丝们边有序离场边聊着。

“余神今天状态很不对劲。”

“我也发现了，他开场唱《梨涡妹妹》已经很反常了，那时候感觉他好像哽咽了。”

“而且他今天特意强调的是，一首《梨涡妹妹》，送给她，送给谁？”

“我觉得梨涡妹妹不会今天在现场吧？”

“啊？你说温时雾！这么大新闻狗仔都没拍到？这种事不早就该霸占热搜啦！”

温时雾戴着口罩，埋着头。她默默地藏在人群中往出口走，恰好听到粉丝们聊及自己。

但是……

什么梨涡妹妹在现场？为什么提到梨涡妹妹，粉丝就会提她？

她最近忙得都没关注网上的消息，也不知自己错过了什么新闻。

好奇心作祟，温时雾躲在口罩后清了清嗓，刻意变了个夸张但能隐藏真实声线的声音，凑近八卦：“姐妹，姐妹。”

那位粉丝还挺热情的，她立刻偏头朝温时雾看了过来。

但温时雾没抬头，她伸手捏了捏口罩往上送，低着头藏在没光的地方：“那个……我能不能问问，你们为什么提到梨涡妹妹的时候，就会聊那个温时雾啊？”

粉丝似乎对她的问题颇感惊讶：“你不知道？”

温时雾怔了下：“我该知道什么？”

粉丝立即热情地跟温时雾科普道：“当然是因为温时雾就是梨涡妹妹啊！你要是好奇的话，可以去网上搜搜大家的总结，这事基本都能实锤了！温时雾绝对就是余峥的那个梨涡妹妹！”

温时雾：“啊？”

“而且我跟你说啊……”粉丝神神秘秘地凑近过去，朝她招招手。

温时雾也好奇地将耳朵贴过来。

结果就听那位姐妹压着她的耳朵说：“温时雾今天绝对就在现场！”

“啪——”温时雾手里的荧光棒突然掉了。

恰好砸在那位姐妹的鞋上，她一脸疑惑地抬眸朝温时雾看过去。

但温时雾的心却忽然被抓紧。她将头埋得更低，不敢吭声，拨开前面的人群就紧张兮兮地往外跑。

那位粉丝弯腰捡起荧光棒：“喂！姐妹！你东西掉了！”

温时雾声音匆忙：“谢谢你！不要了！”

那位粉丝更感莫名。她扭头看向与自己同行的朋友，那位朋友倒是意味深长：“我怎么觉得……刚才那个人，身形和气质很像温时雾啊？”

粉丝：“真假？不可能吧！那娇滴滴的声音完全不像啊！”

温时雾紧张地从出口逃离。

在听见那位粉丝说她就是梨涡妹妹，又断定她今晚肯定在现场后，她的心脏就止不住地扑通乱跳起来。

但体育馆外的人也很多，她便干脆在中途岔了道，溜进员工后台通道，但又怕被工作人员偶遇上。

温时雾脚步匆匆，连头也不敢抬，结果一拐弯就撞进了个坚硬炙热的怀抱里。

余峥在这儿等她。

哪料有人就这样投怀送抱。眼见着温时雾就要撞上自己的胸膛，余峥抬手绕过她的后脑，将掌心放在她的额头与自己的胸膛间。

果然温时雾朝着他掌心就撞了过来。

她懊恼地抬眸："嗷。"

不过预料中的剧痛倒是没有来袭，她撞上了余峥的掌心，比他的胸膛可柔软许多。

余峥笑得肩膀有些发颤。他伸手揉了下温时雾的额心："怎么回事啊朝夕妹妹？后面有什么小怪兽在追你，跑得那么急？"

朝夕妹妹……温时雾的脸颊瞬间涨得通红！

想起粉丝刚才断定她就是余峥的梨涡妹妹，她现在觉得，朝夕妹妹这个称呼，简直暧昧极了！

温时雾有些心虚："没……"

她下意识伸手去揉额头，刚抬手却触碰到余峥还没收回的手。指尖与他揉着自己额头的手相触。温时雾觉得像是过了电，连同心脏都跟着剧烈跳动了起来。

她有些不自在地收回手："就怕工作人员发现而已，先回休息室。"

说着她就将余峥往休息室里推。

余峥没反抗，俨然像是被挟持的人质，乖巧地任由这位温姓"小绑匪"将他关进了屋里。

"咔嗒——"休息室的门还被落了锁。

余峥浑身懒得跟没骨头似的坐进沙发，单手举起来做投降状，意味深长："深夜，单身男女，房门上锁？"

温时雾锁门只是怕又有工作人员闯。

但余峥却握住她的手腕一拉。

温时雾顺着他的力道就陷进沙发里，还没来得及坐稳，余峥就侧身凑过来："朝夕妹妹？"

他微抬着下颌松了松领口，因为演唱会化了妆的桃花眼更蛊人："要……"

温时雾紧张得身体后仰。她手指弯曲，陷进柔软的沙发里，心脏已经跳得完全没有章法。

他要坦白了吗？

他要跟她说，她是他的梨涡妹妹了吗？

但余峥却忽然戏谑似的挑了下眉：“吃消夜吗？”

温时雾的心跳忽然漏了一拍，满溢在胸腔里的丝丝缕缕的悸动和紧张忽然散开。她怔然地看着余峥，唇瓣微张：“……啊？”

余峥笑得睫毛都有些发颤。他自然地伸手揉了下温时雾的头发：“想什么呢？回来就像丢了魂。被我在舞台上唱歌的样子迷到了？”

温时雾轻轻地咬了下唇瓣。她点头：“是有点儿……”

余峥着实没想到温时雾这么坦诚，倒是换作他怔了一瞬。

他下颌线紧绷，很快就故作轻松地低笑道：“行，那我今晚也算是没白卖艺。”

温时雾轻抿着唇瓣躲开视线，指尖轻抠着沙发，心里在不断复盘关于梨涡妹妹的事。

梨涡、只争朝夕、恋综。

一首《梨涡妹妹》，送给她。

她真是自家偶像的白月光？

但为什么啊？

他们以前明明不认识，难道也是因为，余峥是看着自己的戏长大的？

温时雾只觉得心里团成了毛线球。

也不确定这个白月光的概念，是单纯的白月光，还是……暗恋她。

想到这个词，温时雾就觉得心口一烫。紧接着就像是被融得马上就要塌陷了，心跳速度又不受控制。

再抬眼对上余峥那双含笑的桃花眼，她竟然觉得空气都变得黏稠，好像在拉丝。

但就在这时，一道不合时宜的声音忽然响起。

“咕——”肚子的叫声打破了暧昧旖旎的氛围。

温时雾瞬间面色羞赧，她连忙尴尬地低下头去，小声嘟囔道：“我下飞机取完花就直接过来了，还没吃过晚饭……”

余峥笑：“走，带你去吃消夜。”

他漫不经心地拨着手上的五彩绳，话音落地便要从沙发上站起来。

但温时雾却连忙伸手揪住他的衣角。

余峥偏头看她，见她有些迟疑地眨着眼：“真的可以吗？要不订外卖吧？会被媒体拍到的呀。”

余峥像是被气笑了，伸出两根手指敲了下她额头：“笨蛋，订外卖容易麸质过敏，他们处理不干净。”

温时雾懊恼地双手摁住额头，她不满地抬眸：“你别敲我脑袋呀，刚才撞的那一下还疼着呢……”

哪料余峥懒散的劲儿忽然收起。他眉眼间的神情变得认真几分，凑近拨开她的手：“还疼吗？我看看。”

温时雾呼吸一滞。

摁在额头上的手被余峥挑开，他忽然间凑得很近。温时雾抬眼，无法聚焦的视线范围里只能看见他模糊的五官轮廓。

再然后，余峥抬起下颌，修长白皙的脖颈撞入温时雾的视线，性感微凸的喉结几乎要贴上她的唇。

温时雾不由得屏住呼吸，但她额头却忽然发痒。余峥的指尖在她额心的位置轻轻掠过，呼吸细微温热地洒在她的肌肤上。

“这儿吗？”他低声问。

气氛忽然变得格外暧昧。

温时雾压不住心跳。她又紧张地向后仰了仰身体：“其、其实也还好……”

她就是随口乱说的。为了找个借口不让他敲她而已！

余峥观察得认真，瞳色微深，语调也跟着沉：“没见红，很疼吗？”

这口吻听起来像有几分内疚。温时雾心乱如麻，见他好像真认真了，也开始愧疚是不是不该骗他。

但下一秒，她的下巴被余峥的指尖掠过。随着轻轻的一道力，她的脸颊被余峥抬了起来。那双如深泉般的瞳仁忽然凑近：“那现在该怎么办啊？”

温时雾都有些反应不过来。她怔怔地看着他，就对上了余峥挑起的痞坏笑意：“赔给朝夕妹妹一块小蛋糕能不能好？”

温时雾：“……”

她生气了：“余峥！”

余峥笑得肩膀都有些发颤，但他还是轻轻揉着温时雾的额头。

“不生气。”他哄道，“等我换身衣服，领你出去吃甜甜的小蛋糕。”

温时雾的确有点儿恼羞成怒。

但听见小蛋糕，还是甜甜的小蛋糕，她还是忍不住问：“真的可以有蛋糕吗？”

余峥已经在宽衣解带了。

筋骨清晰的手慢条斯理地拨着纽扣，一颗又一颗地解开，就快露出胸膛。他偏头朝温时雾看过去：“不然？”

温时雾却立刻紧张地背过身，她慌忙钻进隔间：“那、那你先换衣服！我去给我哥哥打个电话！”

余峥笑着将视线敛回来，这才利落地脱下演出服。

而温时野则火冒三丈了。他接完温时雾的电话，就跟驴拉磨似的在家里的客厅来回转圈踱步。

温盛意正在给老婆削苹果。

那苹果皮本就一圈圈地转着削，温时野还在自己面前一圈圈转。他“啪”地就把水果刀拍在茶几上：“温时野！大晚上的你发什么疯？”

温时野的脚步终于停了下来。他无语地扭头：“不是，爸，你就一点儿不担心吗？雾雾被人拐跑了！她深夜不要我来接她，跟一个男人跑了！”

温盛意神情莫名，他用余光睨向沙发上余峥那个棉花娃娃。

温时雾给它洗过头发，染成他在演唱会时出现过的蓝黑色，吹成中分夹板烫。它全身装扮是酷跩的马丁靴配黑色皮夹克，胸前还挂着一条性感的银色项链。

温盛意将棉花娃娃拿过来：“哪个男人？你说这个？”

温时野睨过去，就对上棉花娃娃那嚣张至极的视线——它软萌脸蛋上架着副墨镜，还半挂着，露出一半上抬着的眼睛。

他沉默半晌：“……昂。”

温盛意将棉花娃娃丢一边儿去，墨镜彻底从它的脸上掉了下来。

“那有什么好担心的？”他问。

温时野头顶冒烟：“你是亲爹吗？你闺女深更半夜都跟人家跑了！”

“这种事她又没少干过。”温盛意表示理解地摆了摆手。

温时野一愣：“什么意思？”

温盛意将削好的苹果递给叶桑宁，叶桑宁轻笑着抬头：“你就没觉得，余峥那孩子有点儿像谢礼吗？”

温时野蹙着眉思索了很久。

好半晌后，他脑海里才出现一个模糊的形象：“你说总在剧组里给雾雾塞糖的那个？怎么可能！”

“余峥那么……”夸奖的话差点儿就要脱口而出，温时野话锋急转，“总之，那小屁孩儿跟余峥长得哪里有半点儿像？”

“什么小屁孩。”温盛意瞥他两眼，“人家那会儿是年纪太小还没长开。”

温时野：“……”

他心情更不爽了：“那更得担心了，那个谢罪当时不是还害得雾雾差点儿——”

“打住。”温盛意沉声提醒，“雾雾最不喜欢听别人喊他谢罪，更不喜欢我们再提这件事。你要是真那么在意你妹妹，就随她去吧，能让她开心不就好了？”

但温时野还是心梗，想到妹妹跟男人跑了，就产生了一种自己摆在家里二十二年的漂亮小手办，突然长腿跑到别人那儿去了的感觉。

与此同时，余峥已经换下演出服，换上了宽松的黑白休闲装。

温时雾从隔间回来时便见方才在舞台上骄傲耀眼的大明星，此刻已经褪去璀璨光环，穿着再随意不过的常服，懒散地叠着双腿在沙发上等她。

见她出来，余峥抬抬下颌：“打过电话了？”

“嗯。”温时雾点了点头，“不过总感觉我哥好像想揍你的样子……”

余峥懒声轻笑。他小时候就见过温时雾的哥哥，不过只比他大一岁。但那会儿的温时野就已经像个小大人似的护妹护得很紧。

余峥肆意散漫地站起身，抬步走到窗台边儿，抱起那捧花：“理解。”

温时雾不理解他理解了什么，她视线落到那捧黄色海芋花上：“我们真的要出去吃消夜啊？就这样出去？万一被拍到怎么办？”

余峥单手抱着那捧花。大有要带着这十五朵黄色海芋花，一起陪着他去吃消夜的架势。

他拿出手机给这捧花拍了张照片，然后散漫地偏头：“有个成语，叫先发制人。”

温时雾好奇地将脑袋探过去。余峥也没让她看得费劲，直接将手机屏幕递到她的面前，赫然便见一条新鲜出炉的微博！

余峥 V：“偶像来听我的演唱会，还送我花，那不得请偶像吃顿消夜？”

下面配的图便是这捧黄色海芋。

十五朵，与温时雾的名字同音。

花明显是被余峥抱在怀里拍的，贴着他的黑白休闲装，将黄色的花与上面喷着的克莱因蓝渐变漆衬得更加明艳。

余峥还很嚣张地将手机扔回口袋：“有料我们自己爆，不给别人留机会。”

温时雾：“……”

听起来很有道理，但总觉得哪里不对。但余峥微博毕竟已经发了，她就也拿出余峥送给她的那张演唱会门票，登录自己的微博大号。

温时雾V：“偶像请我听他的演唱会，送束花以表谢意，顺便蹭个消夜。”

配图是将门票放在海芋花上。

微博几乎瞬间就炸了，两家粉丝闻风而来。

“我就知道女鹅今天去听了余神演唱会！我就说余神怎么破天荒唱《梨涡妹妹》！而且还是送给她，不是送给大家！”

“哦天，这双向奔赴的糖。”

“有人注意到吗？女鹅给余神送的花还是十五朵，这跟把她自己送给余神有什么区别？”

…………

粉丝的确是觉得他们甜的，营销号也的确是有在崩溃的。

某知名娱记发了条微博吐槽：“这俩人是一点儿业绩都不给，我都在体育馆外蹲八百年了，结果他俩自己发……”

温时雾没忍住笑出了声。她抬起脸蛋看向余峥，干净清澈的眼眸亮晶晶：“真的呢！好像我们自己先发的话，那些乱编的谣言就少多了。”

虽然也有营销号火速转发，并猜测他俩究竟有没有在谈恋爱。但毕竟正主都先说话了，他们再怎么猜也就只能是猜，最多给人留点儿遐想空间，一点儿实质作用都没有。

余峥漫不经心地笑了下。

他抱着温时雾送的那捧花，温时雾站在他旁边，与他并着肩往外走。

也不用再担心会被工作人员撞见，哪怕偶遇粉丝都不再要紧，大方坦荡地边走边聊着天，还偶尔跟路过的人打招呼。

余峥问：“想吃什么？”

“嗯……都可以吧。”温时雾歪着脑袋思索片刻，又忽觉不对地扭过头来，“但刚刚不是才答应我吃甜甜的小蛋糕吗？”

“笨蛋，小蛋糕是餐后甜品。”余峥笑得松弛，“正餐想吃什么？”

温时雾又用指尖抵着梨涡思索起来。

已经被保安清场的体育馆外，重新恢复往日里的安静与惬意。

六月的夜，晚风温柔。路灯光下，两人并肩行走。

余峥手里抱着姑娘送他的黄色海芋花，温时雾边想着等下去吃什么，又偶尔溜到他身后，踩着他的影子蹦蹦跳跳。

沈确也刚从体育馆出来。他那会儿陪关系极好的投资人朋友听完余峥这场演唱会，又聊了些公司规划方面的事，才耽误了些时间刚准备离开。

恰巧撞见这样暧昧的画面。

作为极昼音乐的经纪总监，也是余峥的经纪人，沈确停下脚步，分明看见，但却没有要上去制止的意思。

身旁朋友见此场景疑惑：“哎？那不是你家艺人余峥和他最近传绯闻的那个国民女星吗？他俩真谈了？现在这种流量级的明星谈恋爱都这么明目张胆？确哥你也不管？”

沈确倚着路灯点了根烟。

“管？我怎么管？”他无奈地苦笑，“十年合约已到，从余峥亲自去参加颁奖典礼的那天起，他就已经几乎算不得极昼音乐的人了。”

朋友不解：“啊？什么意思？”

沈确深吸了一口烟。

他抬头看着灯，缓缓吐出烟圈，在烟雾缭绕里，第一次向他人讲出自己签下余峥的故事：“十年前……”

十年前，立夏。

北城的蝉鸣声总是来得比较早，哪怕在夜晚时分也依旧吵闹。

富丽堂皇的五星级酒店外，人声鼎沸，星光璀璨。

豪华红毯铺过长街，无数媒体举着摄像机，拍着来参加星光盛典的明星，镁光灯频繁闪烁，尖叫声胜过蝉鸣。

众人的呼喊也遥遥穿过长街：“小朝夕！”

围外，十四岁的余峥穿过人群。凭借着纤瘦和不起眼，终于挤到了力所能及的最靠前的位置。

他见缝插针地踮起脚尖，很努力地探着头，朝遥不可及的红毯方向望去。

只见红毯起始的位置，一抹温软可爱的身影，在千呼万唤中，被西装革履的男人牵着走了过来。

温时雾穿着像婚纱般的公主裙。

闪着珠光的大蓬裙摆，高腰细掐，垫肩的泡泡袖更显得她俏皮优雅。

她有模有样地拎着珍珠包走上红毯，在媒体镜头下笑弯眼眸，梨涡浅绽，明媚的阳光落在她头顶的钻石皇冠上。

镁光灯频频闪烁，四面八方的媒体都在喊着：

“盛前辈！小朝夕！看这边！”

“小朝夕好漂亮好可爱！看左边！”

“看右边小朝夕！”

早就经历惯了这种场合的温时雾游刃有余，她娇俏地笑着在镜头前表现，时而扭身跟一身西服的盛意互动。

像是红毯上最闪耀的一颗珍珠。

而最拥挤的角落，余峥穿着他最体面的，与舅舅争执过很多次，才偷偷攒下钱买的衣服，小心翼翼地抱着一盒无麸质小蛋糕，于人头攒动间很费力地翘首仰望。

盛意将温时雾抱了起来。她拿着金色樱花笔，在签名版的高处写下自己尚且稚嫩的签名。

忽然听见身后有人喊：“雾雾！”

那年《冬港》里的小朝夕太火，她常常在娱乐圈的光环里丢失本名。

温时雾转眸朝声音的方向望去。

余峥见状，连忙护着手里的蛋糕往前。哪料身旁做直播的网红忽然伸出脚，少年急于让温时雾看见自己，未曾注意足下危险，整个人抱着蛋糕就向前一倾，跌倒在人群中。

那些大人像是发现这里空了，连忙拿着自己的设备往这边挤。

温时雾已经被盛意放了下来。她扭头望着人山人海，在密密麻麻的人头里，没看见她想看见的那张脸。

但红毯上不能耽误逗留，温时雾一边被盛意牵着往前走，一边一步三回头地朝方才的方向看去。

嘈杂的声音里，媒体已经开始喊下一位登上红毯的明星的名字，但似乎还有少年的声音，不合时宜地掺在这片混乱之中：“雾雾！雾雾！”

跌倒的余峥站不起来。

余峥知道温时雾听见他的声音了。他想站起来，想上前把蛋糕送给她，恭喜她新剧大火，祝她前程似锦。

但像是所有人都与他作对。他攒钱买的唯一一件白衬衣被踩脏，护在怀里的精致蛋糕也被撞掉，纸壳被人踩开，奶油糊了他满身。

余峥只能在人群里不停地喊着："雾雾！雾雾，我在这里！"

温时雾还是没有收回视线，但她看不见他。

前面就是红毯的尽头，走过这里，她就要进内场了，温时雾忽然停住脚步。

盛意低头问："怎么了？"

温时雾拉着盛意的手，抬脸："爸爸，我好像听见谢礼哥哥的声音了。"

"是吗？"盛意回头看了一眼。

这已经不是第一次了。温时雾每次红毯，每次人群聚集时都说好像听见谢礼的声音，可盛意每次派人去找都没见过人。

他只当是女儿太想念儿时朋友，常常在这种时刻出现幻听，毕竟本就有那么多人在这些场合里喊着她的名字。

但盛意还是尊重了温时雾，他躬着身哄道："但红毯上不能停太久，等会儿我让助理出来找找，行不？"

温时雾好像有些委屈。她轻咬唇瓣，回眸望着那个方向，懂事地点点头，还是只能依依不舍地走下红毯。

余峥都不知道自己什么时候站起来的。

他经历过太多次这种无助和绝望，麻木到分不清痛感。他只知道自己站起来时，温时雾已经离开红毯了。

跟过去的很多次都一样。

她太耀眼，站在最受瞩目的地方。

而他站在黑暗里，总在茫茫人海间，最不起眼，也最不值得被关注。

偏偏又是温时雾教他永不放弃。

所以余峥又去了蛋糕店，用所剩无几的钱买了新的蛋糕，捧到颁奖典礼外场，尝试着问保安："哥哥，我是温时雾的朋友，我叫谢礼。她知道我，您能帮我把蛋糕送给她吗？"

他知道自己不配进内场，哪料蛋糕也不配。

保安看着满身狼藉的余峥只是嗤笑："就你？还温时雾的朋友？胡扯的吧？

"小子，你知不知道，人家虽然才只有十二岁，但已经是个跟盛意搭戏的大明星了！怎么会有你这么脏的朋友？"

被保安驱逐的余峥只能远远站在外场。

颁奖典礼的实况被直播在投影大屏，盛意再次获得了视帝。

他牵着温时雾一同上台领奖，向观众介绍着这位幼年成名的小家伙。

而温时雾穿得像公主般。

她头顶戴着璀璨闪耀的王冠，被盛意抱了起来，而她举着盛意获得的视帝奖杯，浅笑着露出小梨涡，看着镜头。

隔着镜头与场外的谢礼遥遥相望：“我以后也会很棒很棒的！你也是！”

温时雾将奖杯举得很高。她阳光明媚地笑着，不知道是在跟谁说话：“我们顶峰相见呀！”

也许是温时雾的口吻太坚定。

也许是场外的余峥，隔着屏幕感受到她一定是在遥望着他。

更也许是被当作小雀的雄鹰再也忍受不了圈禁。他意识到，若是继续沉寂于深渊，他将再也无法抵达太阳所在的那片白昼。

余峥忽然升起一种勇气，一种他这辈子产生过的最大的勇气。

十四岁的他只身闯入当年就声名远扬、培养了无数歌星的极昼音乐，遇到了沈确。

朋友听这故事听得入迷，他忍不住追问下文：“后来呢？”

沈确用指尖弹了弹烟灰。他笑笑：“后来啊？当然是我觉得这小子有病。虽然那时候我也很落魄，徘徊在培养不出人来就要被开除的边缘，但他凭什么觉得我会签下他这么个无名小卒？”

朋友原以为这会是个落魄少年逆袭的爽剧，却没想到发展依然如此现实。

他问：“那你就把他赶走了？”

沈确没有否认。

当时的他刚被经纪总监劈头盖脸一顿狠骂，正烦得很，却被余峥缠上，自然是喊来保安将他给撵走了。

但沈确没有想到的是，后来每天早晨上班时，他都在自己去极昼音乐的必经之路，于拐角处遇见余峥。

余峥每天都在那里等他，每天都给他一个签下自己的理由：

“我长得好看。

“我唱歌好听，大家以前夸过的。

“我可以吃苦，怎样都行。”

某日。余峥又扯住沈确的衣角：“确哥。”

沈确实在是被他缠得有些烦了：“都说了不签！你到底想怎样？！”

哪料少年余峥抬首看着他，很认真地说道：“我可以不要钱，不管赚多少都归你，我只想红，一分钱我都可以不要。”

沈确着实被他吓到了。

他见过很多人为名为利进入娱乐圈，却鲜少见谁对想红这件事如此坦诚，而大多数人红也是为了赚更多钱。

可余峥却说，他只想红。钱，不要。

那是沈确第一次正视这个少年。

余峥生得的确漂亮。

后来得知他的具体情况后，沈确也大抵猜到，他的模样和才华都随了他的母亲。

十四岁的他早就入了青春期，比九岁时长开很多，眉眼轮廓变深了，五官里逐渐生出几分锋芒与硬朗。

像将行的鹰，现在只需要有人送他一双翅膀。

朋友也被吓到了：“不要钱？那他怎么活啊？头一回听说有人连钱都不要。”

“是啊，我也没想到。”沈确掐灭了手里的烟，“他说只要给他足够吃饭的钱就可以了，吃饱就行，用不着吃太好。”

朋友问：“他打动你了？”

沈确点了下头：“我当时觉得既然他连钱都不要，签下他我似乎也亏不了什么。况且他的长相……”

不用说，所有人心知肚明。

那张如今被内娱封为神颜的脸，从未动过刀，是天花板一般的存在。

偏偏余峥还是有才华的。

他给沈确唱了一首自己原创的歌。十四岁的少年，不懂音律，没学过乐器，却像是老天爷追着喂饭般有天赋。

曲调毫无技巧可言。歌声也像白纸，却胜过天籁。

也是那一刻，沈确彻底被余峥打动，跟他签下了业内从无人知晓的，极昼音乐与余峥之间立的十年合约。

沈确的确很想赚更多钱。但那时的他，更想向经纪总监证明自己的实力，而不是昧着良心赚这小余峥的仨瓜俩枣。

朋友好奇：“那十年合约里规定了什么？现已到期，方便说吗？”

沈确心想也没什么不方便的。这事哪怕以后被曝光出去，世人似乎也只会夸赞余峥的坚韧。

他缓缓道："十年，九一分成。"

"九一分成？！"朋友惊了。

他也是做投资的。见过黑心合同，却从未见过艺人只拿一成，而公司拿走九成的黑心合同！

签下这种合同，就意味着这十年的余峥只为公司而活，几乎不为自己谋一分利。

里面默认的束缚与条框更不必说。

有一条是必然的，那便是绝不允许他谈恋爱。

沈确继续道："而他唯一的要求，便是十年之后要成立个人工作室。此后工作随他自由规划，他依然会分钱给极昼音乐，分成比例重新谈，对外也依旧声称属于极昼音乐，但公司不能再干涉他的一切艺人行为和私人生活。"

提到这里，沈确又笑了。他笑得爽朗又无奈："余峥这小子那年才十四岁，就跟我说——"

"确哥，我这不是为了钱，但我有一个很厉害很欣赏的榜样。她很好很好的，如果一辈子都这样，我永远都追不上她。"

沈确答应了。

2014 年 5 月 31 日，他正式签下余峥。

谢罪这个名字不适合出道，他的过往也不宜披露在公众面前，他问余峥有没有想法给自己改个名字。

少年谢罪便与他说出了那句话："往后余生，只争朝夕，顶峰相见。"

"确哥。"他的那双乌瞳开始发亮，"从今天起，我叫余峥。"

后来沈确送余峥去了国外。

六年的秘密培养。他自己又凭本事考去了世界顶级的博利里音乐学院，又提前顺利毕业。

2020 年 6 月 21 日，余峥正式出道。

他其实不知道自己的生日是哪天，于是便将那天当作他的生日。

因为，那天于他而言是重生之日。

他于立夏得缘，于夏至重生。

像隐忍多年的鹰被当作小雀圈禁数年，一朝觉醒，自深渊处破牢，自此翱翔天际。

沈确所料不假。

余峥果然迅速红遍大江南北，成为极昼音乐摇钱树般的存在，沈确也凭借他一路高升，代替前人，成为极昼的经纪总监。

他开演唱会，会出席所有公司要求的活动，独不去颁奖典礼。

因为他的太阳依旧耀眼，身负十年合约的他，还没资格正式与她相见。

2024 年 5 月 31 日，余峥与极昼音乐的合约正式到期。

他像是早已蛰伏计划多年，迅速成立了个人工作室，首次点头同意出席于他而言并不算荣耀的星光盛典。

没人知道连国际音乐理事会最高荣誉这样高规格的奖项都不亲自去领奖的他，为何忽然看上了这么个盛典。

只有沈确清楚。

他是为温时雾去的，因为十年前他们就约好的，顶峰相见。

而恢复自由身的余峥，在那一天，也终于有资格，与她顶峰相见。

而今，无麸质西餐厅里。

烛台摇曳的光在乌色的瞳仁里跳跃，更精致的蛋糕摆在餐桌上。

余峥穿着最随意却足够体面的休闲装，倚着靠背，眼皮半敛，唇角挑着肆意不羁的笑，看向对面正一小口一小口吃着甜甜小蛋糕的姑娘。

温时雾抬眸："你不吃点儿吗？"

余峥懒洋洋地调整了个姿势，他略略坐直身体探过来，烛火映着他侧脸。

他单手支着桌，用指骨顶着下颌，笑得散漫："我看你吃就行。"

温时雾差点儿被草莓粉给呛到。

她连忙垂眸轻咳，不经意间吹起蛋糕表面铺着的那层细密的草莓粉将她鼻尖染得像是扑了腮红。

这话也太暧昧了吧……

温时雾只觉得脸颊有些发烫。她舔了舔唇瓣，用舌尖卷掉奶油，又不自在地咬住了银色小叉子。像是试图转移话题般，她低着头用指尖将蛋糕推到余峥面前："要不然你尝尝？这个草莓蛋糕还挺好吃的。"

余峥瞥了那草莓蛋糕一眼。他拿起手边的银叉，从角上切了一小点儿尝过。他还带着演唱会的舞台妆，唇色比平日要艳。

温时雾摸过手边的果汁，小口抿着，用杯子遮挡，偷看坐在对面的余峥。

他忽然挑眉看过来。

温时雾的心脏扑通乱跳，连忙双手抱住杯子垂眸，佯装喝杧果汁喝得十分认真。

余峥放下叉子，评价道："还行。"

不够甜，比不上小时候那家。下次给她买那个。

温时雾并不知道余峥的心理活动，还以为他对甜食实在没什么兴趣。

于是她又推过去一盘小牛排："那你再尝尝这个，这个也很好吃。"

余峥拿起了叉子，结果塔可也被温时雾推了过来："还有这个。"

余峥捏起一个吃，紧接着是土豆泥。

余峥又换了勺子。

温时雾乐此不疲似的，把她面前的苹果肉桂扒猪肉、牛油果大虾、班迪克蛋、蜜汁烤鸡一样一样地朝他推过去。

"这个。

"这个。

"这个也来一口吧。"

余峥扔掉手里的餐具，像是被气笑了，难得叫她全名："温时雾。"

温时雾顶着鼻尖上的草莓粉抬眸。余峥的眸光从她鼻尖掠过，沉默片刻还是哼笑出声："你喂小猪呢？"

"可这不都是你点的嘛？"温时雾放下杯子，理直气壮地反问。

余峥敛眸看着那满桌的菜式。

他们分明只有两个人，却愣是点出四五个人聚餐的架势。

温时雾小声嘟囔："我还不是看你晚上都没吃过东西，怕你饿着。况且你点这么多，我还以为你快饿晕了还不好意思吃……"

她重新拿起叉子继续吃小蛋糕。

余峥迎着烛火看向她，温时雾今天化了很漂亮的妆，垂眸时睫毛像蝴蝶翅膀般扑闪。

她脸颊泛粉，鼻尖上也染了草莓粉，整个人都像白里透粉的娃娃，跟面前的草莓蛋糕比起来，她还要可爱上数倍。

笨蛋。她到底知不知道深夜跟血气方刚的男人这样释放善意，是会让人想亲她的？

余峥看着她的眼神深了几分，但很快他就别开脸，肆意懒散地向后一靠："吃你的就行，不用管我。"

"噢。"温时雾咬住一颗草莓。

余峥再看回她时，便见她雪白的腮一动一动的，像只认真吃饭的兔子。

怎么吃个东西都那么可爱。

余峥喉结滑动，直勾勾地看着她的眼神像是拉扯着丝线，粘在她身上，不舍得移开又想将她拉过来。

偏偏温时雾忽然抬眸，恰好撞进余峥的桃花眼里，映着烛光察觉出几分陌生的来自异性的欲望。

温时雾一怔。饶是她再怎么没有感情经验，也看过不少爱情电影，能察觉到，这似乎不是普通朋友之间正常对视的目光。

温时雾只觉得脊骨酥了下。她轻咬唇瓣，不由得攥紧手里的叉子，心跳的速度因悸动而无法控制。

“余峥。”她喊他的名字。

他看着她的视线不曾挪开，即便被她当场抓了包，但他好像不想再躲：“嗯。”

温时雾缓缓放下手里的叉子。她轻舔着唇角，掀起眼皮偷看余峥，结果发现他居然还在盯着自己。

她心跳的速度变得更快。

烛光里，暧昧的氛围悄然涌动，逐渐产生一种令人迷醉的上头感。

温时雾小声说道：“我应该吃饱了。”

余峥像是专程来投喂她的。听温时雾说吃饱了，他这才移开视线，喊服务员过来刷卡结了账。

温时雾鼻尖的草莓粉还没擦。她抬脸看着服务员，眼眸弯弯：“辛苦帮忙打包一下吧，谢谢你呀。”

服务员神情复杂地看着她的鼻尖，又看了一眼余峥。

只见余峥慵懒不羁地靠在那儿，饶有兴致地欣赏着温时雾的可爱样子。

于是服务员终究什么都没说。他很快就拿来打包盒，将打包好的菜和半块小蛋糕递到了温时雾手上。

温时雾起身：“走吧。”

余峥也懒洋洋地站起身来，盯着她的鼻尖，翘起唇角，漫不经心地笑。

温时雾莫名地用余光睨了他两眼。

离开餐厅之后，她终于停住脚步，忍不住道：“余峥。”

“嗯？”他心慵意懒地偏过头看向她，弯起的桃花眸里笑意明显。

温时雾问："你怎么总看着我笑？"

余峥忽然倾身凑近："想知道？"

乌木佛手柑调的香水忽然闯进呼吸，温时雾下意识地往后躲了躲。倒是余峥落拓不羁地站在那儿。

她躲开，他没追。

他只翘着唇角哄了一句："过来点儿。"

温时雾茫然地眨眼。

余峥抬起下颌迎着夏季的晚风，因为演出而特意打理过的头发，被风吹得在眉眼前肆意拂动，他转头看向她："过来点儿，就告诉你。"

温时雾半信半疑地看着余峥。

也许是对偶像的信任，也许是他身上本就有种对她而言无法拒绝的致命吸引力。她缓缓地朝他靠近。

晚风吹来温时雾身上的甜橙香，亦如那年冬日将他裹住的羽绒服的味道。

余峥低眸看着她。

两人凑得着实算是很近。

温时雾抬起的脸蛋上满是无辜清澈，她眨着眼睫，见余峥躬颈凑过来，指尖轻轻在她的鼻尖上拂了过去。

伴随着草莓粉从鼻尖簌簌地落下来，温时雾睫毛一颤，她抬起眼看着余峥，屏息问道："是有东西吗？"

"嗯。"余峥声线很低，略哑。

温时雾挺直了背脊不敢动，呼吸虽然被屏住，却也难免有松了劲儿的时候，细密温软的呼吸浅浅在他颈线上洒落。

余峥低着头用指尖一点点捻掉那些草莓粉，可爱的鼻尖逐渐重回莹白俏丽。

温时雾轻声问："好了吗？"

余峥身上好闻的气息洒落在她脸颊上，低音性感："还有一点儿。"

其实草莓粉早就没了。

路灯将两人笼罩着。身形颀长的余峥为温时雾躬着身，发丝都在发着光。他用指尖轻轻抚过眼前姑娘的鼻尖，手腕上缠着五彩绳，怀里还抱着她送的海芋花，氛围简直暧昧到令人上头。

就连温时雾都紧张得发慌。

她根本不知道鼻尖上沾了什么东西，也不知道余峥还要为她清理多久。

只是他气息里的侵略感太强，她能清晰地察觉到他温热的呼吸，以及指尖抚过自己时的痒意。

他们距离太近，他的温柔又过于犯规。

许是彼此间都感应到了什么，他们忽然对视，眼神撞在路灯下的光里。

余峥的动作微顿，温时雾的心跳也开始撞击胸膛。她不由得攥紧裙角，又忽然想起关于梨涡妹妹的故事，以及刚才在餐厅里，察觉到的他那并不遮掩欲望的目光。

温时雾忽然朝后退开，将手从裙摆旁边收回来，双手攥紧打包袋，纸盒发出些窸窣的响动。

“应、应该没有了吧？”温时雾低着头，碎发被风吹着从脸颊拂过，却吹不散她耳朵发红的烫意。

余峥抬眼看着温时雾的耳朵，看到红得比方才鼻尖上的草莓粉还夸张。他忍不住低笑了声：“嗯。”

温时雾仍然紧张得不敢抬头，她伸手握住余峥的手腕，掰开他手指塞进去几样东西：“这个给你。”

被触碰的手腕又温又软。余峥敛眸看过去，便见温时雾将其中几个打包袋塞给他。

她眼睫垂落地看着脚尖，咬了咬唇：“这几个是虾球、意面和那个小牛排，没记错的话应该都是你爱吃的。”

余峥呼吸一沉。

温时雾揉着耳垂抬眸看他：“我看你今晚都没吃什么东西，演唱会也很耗费体力的，你回去之后记得热了吃一点儿。”

余峥直勾勾地看着她。

“我走了。”温时雾忽然转身就跑。

余峥发怔。他攥紧打包袋，错愕地抬眸看向温时雾的背影，下颌线紧紧绷起，一种慌乱感也忽然在心里弥漫了开来。

他似乎不知道自己做错了什么，又怕自己真的做错什么。

但就在这时，慌乱逃跑的姑娘忽然放缓脚步，步伐变得雀跃，欢快。

温时雾拎着自己手里的打包袋，站在与余峥隔了一个路灯的地方，像八音盒上的娃娃般轻盈地转了一圈，随后梨涡浅绽着回眸看他：“余峥！”

余峥蓦然眼瞳发亮地朝她望去。

便见温时雾早已停下脚步，她站在灯下遥遥看着他：“周六见呀！”

路灯不曾熄灭过。

他们两个都站在夏夜的光里。

温时雾压着少女般的悸动，慌乱地跑掉后，又忍不住地雀跃于余峥好像真的喜欢自己。

她也没想过自己会喜欢上偶像。

但至少在今晚，分不清这种喜欢究竟该不该归类为爱情的悸动瞬间，她并不排斥他的靠近。

甚至觉得心里像是有甜水儿漾开。

于是她回眸，巧笑倩兮地遥望着对面灯下的人。

而余峥依旧错愕地看着她。

像春夏遇雪，暗巷逢光，靠近的窃喜与失去的惊悸在几分钟间快速变化后，又忽然峰回路转，迎来希望。

这次温时雾没有急着转身跑，她站在光下等着余峥的回应。

而他紧绷着的下颌线条缓缓松开，那颗被攥到发疼的心脏，也像是被温软的手重新安抚，呼吸都跟着顺畅。

刚才还僵硬着不知所措的他，眉眼又逐渐恢复往日的肆意张扬。他翘起唇角，笑了笑。

两人分明只隔着个路灯，余峥却拿出手机给仅在几米外的温时雾打了电话。

手机刚贴在耳边，她便看见余峥敛眸扬着唇角，听见他性感低沉的笑：“跑什么？”

“就跑。”温时雾语气骄傲。

余峥的低笑声里带着几分无可奈何，天知道他刚才快被她吓疯了。

而此时她给过来的这颗糖，比往日里更甜。

他抬起下颌遥望着温时雾，声线性感：“这么晚了，不用我送你？”

“不要。”温时雾拒绝得干脆。她轻咬着唇瓣，却也压不住唇角的笑，于是便干脆侧过身去不给余峥看。

“我家就在这附近啦，大不了喊我哥出来接一下。”温时雾悄悄歪了下脑袋。

她偷看了眼余峥：“你早点儿回去呀，记得热一点儿东西吃，说不定我会抽查。”

余峥低笑着道：“好。”

温时雾的心荡漾极了，像是有只小船，在糖水上荡过来荡过去的。

她正要挂断电话回家，却又忽听手机那边传来余峥性感又带着试探撩拨意味的声音：“雾雾。”

温时雾心尖一跳，她抬眸望向对面灯下的余峥。

余峥身姿颀长地立在路灯下，眉眼轮廓被打得很深，宽双眼皮修饰着的桃花眼，勾翘出令人沉溺的吸引力。

他看着她，低沉磁性的嗓音贴着温时雾的耳朵，像是要直抵她的心里。

“周六见。”

余峥不曾这样唤过她，却又在电话里重复着这样唤她：“晚安，雾雾。”

温时雾双颊微红，心动难抑。她觉得心里像是被灌了蜜，以至于回家的路上都脚步轻快，雀跃地踩着树影，像舞步，还情不自禁地哼着《梨涡妹妹》的旋律。

家里的灯已经熄了，家人为她在玄关处留了一盏暖黄色的小灯。

温时雾心情愉悦地用指纹开了门。她换好拖鞋后，便滑着步往客厅里走，转了个圈“啪”一下摁开主灯开关。

原以为客厅是没人的。哪料她刚转过身，就忽然听见一声阴森森的冷笑。

温时雾吓得整个人都僵住。她循声望去，便见温时野跷着二郎腿坐在沙发上，正慢悠悠地品着咖啡，抽空掀起眼皮睨了眼门口的人：“回来了？”

“哥！”温时雾瞬间松了口气，她走进客厅放下打包袋，“你鬼鬼祟祟坐在这里干吗？吓死我了！”

温时野意味不明地哼笑一声。他放下手里的咖啡：“不坐在这儿等，我怎么知道小手办还能不能自己回来？”

温时雾莫名其妙地看着他，小声嘟囔：“什么乱七八糟的……”

她将打包袋放在桌子上。

温时野的视线从餐厅的商标上掠过，他知道这家餐厅，安宜市的无麸质餐厅总共也没几家，他倒着都能背过来。

温时野心里不是滋味，不免阴阳怪气：“跟男人出去吃饭了？”

温时雾知道他说的是余峥。

本来她是想反驳的，但又想想似乎也没错。于是她理直气壮地歪头："对呀，你没有人约饭，你嫉妒啊？"

"我嫉妒什么？"温时野嗤笑，"你都被男人给骗了你还挺骄傲？"

温时雾摇头晃脑："我乐意。"

她将打包袋里的半块草莓蛋糕翻出来，捧着坐在茶几上继续吃。

温时野见她今天高兴得不正常，斜眸睨过去，开始状若无意旁敲侧击地打听着："吃个饭这么开心？"

"对呀。"温时雾含住小叉子，将草莓蛋糕捧到温时野面前，"有蛋糕吃我怎么可能会不开心？"

但温时野看着她的神情很复杂。尤其在知道余峥就是谢礼，谢礼就是余峥后。

温时野又睨她："他跟你告白了？"

"噗——"温时雾没忍住地呛咳了一下。

温时野盯着他妹，本想试探个答案，哪料下一秒，他面前蛋糕表层的草莓粉便霎时间随着妹妹的一声呛咳肆意纷飞。

他只觉得鼻尖一痒，当时就朝着草莓蛋糕打了个喷嚏！

温时雾立刻抬手挡住，别过脸去，再透过指缝漏出的光看过去时。

只见她哥的一个喷嚏掀起了蛋糕表面的所有草莓粉，那胭红似的粉，当时就粉嫩兮兮地全都扑在了温时野的脸上。

温时雾没忍住笑出了声，火速掏出手机给温时野拍了张照，连快门的声音都没关。

温时野擦着鼻子皱眉："你干吗？"

"没事。"温时雾忍着笑摇了摇头。她也忽然明白自己在餐厅时鼻尖上到底沾了什么东西，惹得余峥总笑看她。

但温时野觉得不对劲，当即就伸手握住了温时雾的手腕，将她手机转过来，自己的照片瞬间撞进视线。

看见脸上的粉色粉末，温时野当时脸就绿了："温、时、雾！"

温时雾连忙放下蛋糕跳开："不怪我啊！你自己朝着它打喷嚏的！这事儿可跟我一点儿关系也没有！"

"你给我把照片删了！"温时野冲过去。

温时雾将手机抱在怀里就往楼上跑："不可能！我已经备份云盘了！"

"删了！"温时野快步往上追。

温时雾钻进自己卧室，探出一颗头来朝他扮鬼脸。

“啪——”下一秒卧室的门就被她关上，紧接着就是“咔嗒”的上锁声。

温时野站在门外差点儿被拍到脸。那门扇过来的时候，又掀起他脸上的粉末，痒得他：“阿嚏——”

草莓粉再次纷飞。

温时野单手叉腰，另一只手抹着脸，简直被这个没良心的妹妹气笑了。

“行，你真行。”他隔着门，一怒之下，又怒了一下，“温时雾，以后你被男人欺负了别回来找我哭！”

“才不可能呢，他才不会欺负我。”温时雾轻哼着已经护了起来，“但你毁了我半块草莓蛋糕，明天记得赔我。”

温时野：“……”

他站在妹妹闺房门外，眯眸盯着那紧闭着的房门，用舌尖抵着牙骂了声。

那男人果然不是好东西，这才多久，就诱骗得他妹胳膊肘往外拐，还让他赔上她草莓蛋糕了。

“做梦吧你们俩。”温时野冷笑一声，边抹脸边转身往洗漱间的方向走。

他会赔她草莓蛋糕？

绝不可能！

他绝不可能跟那个男人买同一款蛋糕，所以他最多只会赔杧果的！

温时野边想着边走进洗漱间，却没想到刚开灯就在窗边看见一道并不怎么想看见的身影——

余峥宽肩窄腰的身形立在灯下，他手里也拎着温时雾拿回来的同款餐厅打包袋，身姿慵懒，碎发微垂。

许是不放心温时雾自己回家，他还是偷偷跟着过来，这会儿见她卧室的灯光亮起，便准备折返。

一只小猫却朝他脚边凑近过来。

有些瘦弱的小三花大概是闻到了余峥手里的香味，抬起前腿趴在他腿上，又往上扒拉着还想够他手里的餐。

但余峥却将餐袋拎开。

温时野对着窗幽幽地点了根烟，见他这个举动，意味不明地冷嗤一声。

下一秒他却见余峥蹲下来，将温时雾给他的打包袋拎到旁边去，筋骨清晰的手环过小猫的身躯，用指尖轻轻挠着它的下巴：“饿了？”

“喵——”小猫可怜巴巴地看着他，还想绕过去扒拉那些餐食。

余峥游刃有余地将它拎回来，用余光瞥了眼餐袋：“看上那个？”

小猫蹭着他腿撒娇：“喵——”

余峥眼眸微垂，路灯的光照在他身上。灯光下，身形颀长的男人蹲下身来，温柔地安抚着一只饿极了的小猫。

他低声道：“这个不能给你。”

小猫伸着小脑袋不懂为什么。

余峥低着眸，散漫地弯唇轻笑了一声：“这个是我家梨涡妹妹给我的。”

小猫才不知道梨涡妹妹是谁，它就想吃好吃的。

余峥挠了两下它的下巴，忽然起身：“等着，去给你买点儿。”

小猫以为他要走，急得跳了起来。

温时野是没想到这大明星能跟一只流浪的小野猫相处得如此融洽。

路灯将余峥的影子拉得很长。他慢悠悠地在前面走，小猫极不放心地黏在他身后跟着，跟去一家便利店，获得了两根好吃的火腿肠。

现在社会不鼓励投喂流浪猫，所以余峥还在楼下打电话联系了动物志愿协会送养。

温时野转身走回洗漱池前，鞠了一捧冷水泼脸，不高兴地道：“还怪温柔善良的。”

第八章

♪

她的骑士

时光飞逝，《绯闻恋人》很快便在翘首以盼中迎来第二期的开播，这次的录制在北滨市进行。

有了第一期的直播以及余峥演唱会的铺垫，观众们更加期待只争朝夕这周末会带来什么惊喜。

周六下午两点，观众们超级准时地守着直播间。嘉宾们率先走进镜头的，便是扮成小麋鹿的温时雾。

今天的直播似乎有角色属性，温时雾一落地便被妆造师抓走，此时的她已经被扮成林间小鹿的模样。

鲜花绽于若草色的洛丽塔裙的裙摆，晶莹剔透的蝶翼作为翅膀附着于背上。温时雾拿着仙女棒跳进镜头，灵动的纱质拖尾在太阳下盈盈发光。

她笑时，许是因为步伐轻盈从而带动了风，就连身后的蝶翼都跟着动了动，更像一只活泼的小鹿。

温时雾是最先到场的嘉宾，她将脑袋探进镜头，梨涡浅绽：“大家下午好呀！”

直播间观众疯狂夸赞。

“啊啊啊是我女鹅时雾！”

“时雾今天的造型是森林小鹿嘛？好可爱好漂亮！这个属性好适合！”

“好想把手伸进屏幕摸摸鹿角！”

“这期妆造师上大分！仙女带着翅膀下凡了！”

“今天又是被时雾迷倒的一天！”

“等会儿余神来了说不定也得发疯！这样的时雾谁见了不喜欢啊！”

温时雾有一双很典型的鹿眸。眼尾略微上翘，卧蚕饱满有肉感，再搭配她那天生纤长漂亮的睫毛，平时就算素颜也是灵动漂亮。

如今搭配上自然卷发，脸颊和鼻尖又被打上微重的腮红，头顶还立着两个可爱的鹿角，更像可爱的鹿系少女了！

偏偏她好像知道自己很漂亮。

温时雾眼眸笑弯，珠光闪闪，还对着镜头拨了拨额前碎发。

近距离的镜头让好多冲着其他明星来的观众也忍不住对她多了些关注。

这时夏灼灼也抵达录制现场。她见到温时雾的第一句话就是："老天！我该不是太困看花了眼吧？这个录制组居然有天堂的仙女！"

"夏灼灼演我。"

"灼姐别慌，相信你的眼睛，虽然这不是天堂，但这里的确有仙女。"

温时雾转眸朝夏灼灼望去。

扮成暗黑女王的夏灼灼，当时就扑扇着她的黑色大羽毛翅膀，朝清澈无辜的"林间小鹿"冲了过来。

"雾宝！"夏灼灼毫不犹豫就给温时雾送上一个超大的拥抱，她的翅膀着实有些大，随着她的动作往前一拢，便直接将温时雾包裹起来。

"太好笑了！雾雾跟夏灼灼在一块儿怎么有种单纯小鹿被捕食的危险感？"

"雾雾一下就消失在夏灼灼的大羽毛翅膀里，像被她吃掉了哈哈哈！"

温时雾痒得耸耸鼻尖，无辜又茫然地从夏灼灼的黑色羽毛翅膀里探出头来，像极了邪恶的魔女抓走天真小鹿。

而那位魔女还捏了捏温时雾的小鹿角："哟呵！还挺逼真的！"

但小鹿并不天真。

温时雾也伸手胡乱揉着黑色翅膀，直接搓掉了夏灼灼好几根羽毛，导致黑色羽毛漫天乱飞。

温时雾眨着眼："你这个质量不行。"

许可柠也很快到了。她今天的妆造是雪国公主，金发白裙，满身珍珠首饰，身后是雪白的大翅膀。

温时雾和夏灼灼也凑过去揉搓。白色羽毛跟着黑色羽毛一起乱飞，大有再闹下去就都要秃了的架势。

史珂终于忍无可忍："你们俩够了！"

“喔。”温时雾和夏灼灼瞬间乖巧，几乎立刻就收了手。不管是“蔫坏”小鹿还是暗黑女王，在这个瞬间都将双手叠在身前，翅膀也跟着乖乖耷拉下来，听从导演的指令。

而这时男嘉宾们也终于抵达了录制现场!

镜头立刻甩了过去。

首先撞进观众视线的便是一道宽肩窄腰的身形。余峥今天是骑士造型，身着制服，用腰带收束，流苏挂于肩膀。一双修长的腿被收束进黑色长裤里，足下踩着骑士长靴。他那只筋骨清晰的手腕慵懒地搭在佩剑上。

余峥一出场，直播间的观众们瞬间兴奋。

“余神今天也好帅！”

“虽然审美是主观的，但余峥的颜值和身材是客观的。”

“节目组好懂搭配！余神今天这身骑士造型跟温时雾那极易让人产生保护欲的造型碰撞在一起简直绝配！”

温时雾抬起灵动的小鹿眸望过去，她悄悄将叠在身前的手腾出一只，生怕被人发现似的，做着小动作朝余峥打着招呼：“嗨！”

大家都知道余峥跟温时雾现在很熟，尤其在那场演唱会之后，更进一步证实了温时雾就是白月光梨涡妹妹!

现在看到温时雾主动打招呼，观众们更加激动了!

偏偏余峥也掀起眼皮看过来，在对上温时雾的目光后，他挑唇，眼角眉梢瞬间都被带起生动又勾得人心痒的笑意。

“雾雾好可爱！她还偷偷用小动作跟余神打招呼！”

“关键是余神看见了还回应了！家人们懂这种双向奔赴吗？”

温时雾也对上了余峥的笑。她眼眸弯弯，化了鹿系眼妆的眼尾更加上翘，饱满的卧蚕上珠光微闪，眼瞳清澈得楚楚可怜。

夏灼灼都忍不住晃着刚到场的傅屿霁寻求赞同：“他们是在谈吧？他俩是已经在谈了吧！”

傅屿霁今天是吸血鬼妆造。深领衬衫，外搭黑色皮衣，领前和锁骨的位置有几道若隐若现的血痕，但他神情淡漠，被夏灼灼晃得身体摇动，也是生无可恋的无可奈何样儿，不说话。

穿着白色燕尾服来的季晏川像看热闹似的睨过去：“嚯！这俩人发展得够快啊！”

许可柠轻咬唇瓣，她小声道：“不像吧……我觉得余神和温老师应该只是朋友关系。”

她都还没追到季晏川呢！温时雾和余峥这才认识多久啊，他们两个人怎么可能？

洛萱脸色不好地坐在观察室里，似乎来得很不情愿，毕竟上期录制尾声时就跟姜燃和林星柚闹了不愉快。但她签了合同总不能随意违约。

嘉宾已经全部到齐。史珂清了清嗓：“欢迎各位嘉宾来到《绯闻恋人》第三季第二期的录制现场，我们本期的录制将在北滨市进行。录制主题：初恋。”

季晏川：“……”

他小声吐槽道：“好家伙，都快单身八周年纪念日了，还跟我在这儿说初恋。”

夏灼灼摆手：“打扰了，没恋过。”

她忽然探头朝余峥看了过去：“不过我对余神的梨涡妹妹很感兴趣哦。”

余峥眉峰微抬。听见梨涡妹妹这种敏感话题，温时雾耳根发烫，她连忙伸手轻轻揉捏着耳垂，俨然是心虚不敢对视的模样。

但余峥却漫不经心地将视线落过去。温时雾则挪着小碎步凑到余峥身边，小声道：“你别看我……”

余峥的桃花眼里是显而易见的笑。他姿态慵懒地搭着剑，敛眸睨着温时雾通红的耳根：“看你怎么了？”

直播间观众状态——

“在谈了吗？他们真的没在谈吗？”

“莫名感觉雾雾跟余神的关系近了不少！两期录制中间，他们一定私下发生了什么事情！”

史珂继续向嘉宾宣布着今天的规则，但温时雾已经无心听了，她只觉得心脏跳得很快，发烫的脸颊也不知道有没有红，会不会被观众们发现异常。

偏偏余峥还朝她凑了过来。

见温时雾不停地朝旁边挪小碎步，余峥伸手捏住她的翅膀：“躲什么？”

“没躲。”温时雾轻咬唇瓣。

她只是……发现自己好像就是梨涡妹妹了！心虚得怕被观众们发现而已！

这会儿史珂正在讲今天要做什么，温时雾一整个左耳朵进右耳朵出。她伸手偷偷揪着余峥的衣角：“那天给你的东西，你拿回家吃了没有？”

“抽查？”余峥眉尾轻挑。

不过这次温时雾已经学乖了，她知道领子上别着麦克风，于是在跟余峥说悄悄话的时候，特意捏着那里不让收声。

她理直气壮地抬起脸蛋：“对啊，我那天可是提醒过你的。”

余峥没忍住伸手捏了捏温时雾通红的耳垂：“吃了。”

“那你说虾球配的是什么酱？”

“上面撒的海苔粉，配了一碗酸奶酱。”

温时雾的表情很是满意，而直播间观众只能看着两人的静音画面一顿乱猜。

“看上去很像小情侣查岗。”

“虽然不知道时雾到底问了什么，但余神一脸开心。”

“啧，余峥这个显眼包。”

但这时史珂一阵咆哮响起：“温时雾！”

正跟余峥说悄悄话的温时雾马上就立正站好，她松开捏着麦克风的手，身姿板正得像是准备军训：“到！”

史珂脸很臭：“你跟余峥在那里嘀嘀咕咕什么！我说的规则你听见没有？”

温时雾无辜地眨着眼，她当即就将压力丢给了夏灼灼：“灼姐等会儿会告诉我的。”

史珂向夏灼灼投去警告的眼神，但夏灼灼就像没看见一样：“嗯，他说今天是冰雪天地情侣合影拍摄任务。要我们随机抽签摆姿势，在这里完成情侣照拍摄。不过不能被这里路人发现，每被叫出一次情侣组合名就要面临一次惩罚。”

温时雾歪头：“什么惩罚？”

夏灼灼没说话。

倒是季晏川在旁边看热闹不嫌事大：“‘屎壳郎’说每被路人叫出一次名，就要吃一根棒棒糖并且说对味道。”

温时雾正想着这也不算惩罚，她就喜欢吃甜的。

结果夏灼灼就凑近小声吐槽：“而且是要女嘉宾蒙住眼睛，男嘉宾把糖喂给女嘉宾的那种。”

“就网上最近特火的那个。”她补充。

温时雾顿即就陷入了沉默，她有些不确定地道："被认出来一次就吃一根？还、还是蒙眼嘴对嘴喂？"

史珂得意："没错！"

温时雾："……"

谁家好人想出来的这种游戏啊！

温时雾用小眼神瞥了下史珂。

算了，是"屎壳郎"的话，好像也不算稀奇。

直播间观众也捕捉到温时雾的小眼神。

"哈哈时雾无语了。"

"不过这招的确是有够损的，但不妨碍我喜欢看。"

"这吃的哪是棒棒糖啊？分明是节目组给咱们发的喜糖！"

"嘿嘿搓手期待！希望北滨市的路人们给力！千万要认出他们来呀！"

史珂又拿来三张卡片，是嘉宾们再熟悉不过的环节："六位抽签吧，抽到哪个动作就拍哪个动作，并且拍摄背景也要跟样片一致哦。"

温时雾本来还想找个没人的角落，摆好姿势拍一张照片就敷衍了事。

果然还是史珂技高一筹。

夏灼灼火速向后退了一步："这次我不当冤大头了，您四位先请。"

温时雾想到夏灼灼上次抽到的动作。

那个在桨板上鼻尖对鼻尖，海浪一涌就让两人意外亲到的画面。

她也迈着小碎步往后退，身后的翅膀都跟着她扑扇："谢邀，我并不是很想抽。"

倒是许可柠充满期待。她轻咬唇瓣，还小心翼翼地看了季晏川一眼，佯装忸怩："那……那不如就让我先来抽吧？"

季晏川无所谓地耸肩："你随意。"

许可柠上次就想先抽签了，她很想跟季晏川有亲密动作，结果没想到抽了个最简单的。

这次她终于如愿以偿，见其他几位嘉宾都不想先抽签，她立刻上前去拿了一张卡片，迫不及待地翻过面来看。

温时雾和夏灼灼的脑袋也同时看过去，异口同声道："哇——"

许可柠的心跳也扑通扑通。她充满期待地看向那张情侣照样片，但下一秒就濒临破防边缘。

摄影师也将镜头拉近，给观众展示了惊鸿宜瞥组合即将拍摄的姿势——季晏川拎着许可柠的手转圈。

夏灼灼："这次动作这么简单？"

温时雾："我觉得有诈。"

季晏川在旁边拍手叫好："好好好，这手气，我喜欢。"

许可柠简直无语极了。

大家都知道"屎壳郎"肯定不可能安排这么简单的动作。

上次她没的选，是最简单的。没想到她这次主动抽又抽了个最简单的！

尤其在夏灼灼和温时雾抽过签后，她与季晏川的动作简单更加成为事实。

镜头再次拉近，首先给到夏灼灼手里那张卡片。

教堂前，黑色羽毛乱飞。女生像堕天使般压着腰向后倒过去，而男生则倾身搂住她的腰凑近鼻尖，看上去非常有救赎感！

而温时雾那一组则是本次难度最高的情侣合影姿势。

史珂还蔫坏地说道："恭喜两位老师，你们抽到了本次拍摄任务的唯一隐藏款。"

温时雾预感有些不祥。

夏灼灼好奇地凑近："什么隐藏款？"

史珂骄傲地抬了抬下巴："你们两组都是拍照片，但时雾那组得拍视频。"

温时雾："……"

史珂说着便将手机拿出来，直播间里也同步给观众们播放着视频样片。

林间，阳光明媚。骑士手握缰绳纵马而来，奔向茫然无辜迷失在丛林里的小鹿。在将抵之时，马抬前蹄，骑士纵马停下后躬身，在小鹿的额头上落下一吻，随后便牵着她的手，将她拉到了马背上。

一整套连招，非常有救赎和暧昧的氛围感。

直播间观众乐了。

"这组视频就是为温时雾和余峥今天的服装量身定制的吧！"

"怀疑史珂早有预谋！"

"好期待！那种骑士对小鹿的保护欲和两人之间的救赎感真的好适合他们！"

"有亲额头的动作呢！"

温时雾的脸颊开始发烫。她抽到那张卡片，看见男生坐在马背上俯身吻女生额头的动作时就预感不祥。

哪料比她想象中还要难！

温时雾眼神幽幽：“史导，您该不会早就暗箱操作故意要让我们拍这个的吧？”

“那没有。”史珂如实说道，“抽到什么都是缘分，你们三组的视频样片都准备好了，哪组抽到就播放哪组而已。”

温时雾小声嘟囔：“信你才有鬼。”她悄悄掀起眼皮偷看余峥，见他自始至终没发表什么看法，看似神情散漫不羁，但下颌线条却有些紧绷着。

史珂：“没问题的话，就请三组嘉宾各自去寻找拍摄地点完成情侣照拍摄吧。”

许可柠拉着季晏川就要走。

但在这时，始终没出声的余峥却忽然开口，他不羁地抬起下颌：“我有问题。”

“你问。”史珂道。

洛萱说道：“我敢笃定余峥一定是不想拍视频！”

“她上期快结束时不是说不录了吗？怎么又坐在这里啊？”

“她能不能不要总说一些影响大家看节目心情的话呀？！”

“其实……温时雾是不是梨涡妹妹这件事情还没有实锤，其实从某种程度上说，如果余峥拒绝也意味着否认啊。”

观众们很好奇余峥的问题是什么。

余峥盯着史珂手里那一筐早就为嘉宾们准备好的惩罚棒棒糖，低声问：“这里面有麸质吗？”

史珂：“啊？”

洛萱也不可置信地瞪大了眼睛。

余峥眉尾轻抬：“大部分糖果里都含有麸质，你准备的这糖不会让温老师过敏吧？”

史珂实在没有想到，余峥弄得大家心里七上八下，最终竟是问出了这么个问题。

不过只要余峥不提出异议，史珂总归是松了口气：“放心，虽然我不知道棒棒糖还有麸质，不过只要是入口的东西，我都额外跟工作人员强调过温老师麸质过敏的。”

直播间观众震惊——

“天！完全没想到余峥关心的问题居然是棒棒糖里有没有麸质。”

“也太细心了吧……连糖里有没有麸质他都会关心，更让我觉得他们之前发生过什么事情了，他们以前肯定认识！”

“那如果是这样的话，就更能证明他们以前就相识，只是可能雾雾忘了。”

洛萱坐在观察室里攥着拳头，已经开始在思考，要不要接下来都别说话了，毕竟每回都让自己频繁丢人！

温时雾也没想到余峥问的是这个，她睫毛轻颤，抬眼看向站在身边的骑士。

即便史珂说了不会过敏，余峥似乎也并不放心，他还是从筐里拿了一根棒棒糖，拆开包装纸后仔细研究，又尝了下才确认的确是无麸质糖果。没有要再提其他问题的意思，更没有洛萱所料的会拒绝拍摄。

史珂：“好！那各位就出发吧！因为这次在任务中途就设置了惩罚，所以没有拍摄时间的限制哦。但建议大家尽早拍完回来，因为我们今晚还安排了篝火晚会！”

夏灼灼和温时雾很有默契地一起拖着长腔：“知道啦——”

许可柠挽着季晏川的手臂轻晃着：“晏川哥哥，我们去拍照吧。”

季晏川有些不耐烦地轻“啧”一声，连忙将胳膊抽了出来：“许可柠老师，咱们就是说，咱真没谈恋爱，也不算很熟，所以保持点儿距离行不？”

许可柠站在旁边红了眼眶，眼见着就要哭了。

夏灼灼和温时雾挽着胳膊路过，像是要一起去拍合影的情侣，直接抛弃了那两位男士。

夏灼灼摇了摇头：“季老师真可怜。”

温时雾非常乖巧地跟着摇头：“我不懂，我不知道，我不敢评价。”

季晏川生无可恋地叹着气。虽然他不想跟许可柠有任何接触，但还是得跟着她一起去拍合影。

不过幸好许可柠的手气令他满意。他们的拍照姿势简单，拍照场景就是城中心的教堂，找起来不费吹灰之力。

只是城中心人多，他们面临被认出来的风险也大。

夏灼灼被傅屿霁拎走了，温时雾下意识回眸找余峥，恰好翅膀被他揪住。

余峥姿态散漫地持着佩剑，捏住她半透明的小翅膀，眼皮肆意骄狂地半敛着，像个披着骑士外衣的恶龙。

“走？”

单纯的小精灵似乎还没察觉危险，温时雾巧笑倩兮地点头：“好呀！”

余峥的唇角翘起明显的弧度，他松开揪翅膀的手，也没说去哪儿，倒是乖巧听话地跟在温时雾身后。

直到温时雾疑惑地问去哪儿，余峥这才低眸看了眼她手里的卡片：“应该要找一片林海，还得找人租马。”

只争朝夕这组的拍摄任务最难。不仅拍摄地点未知，还得找人租马，而且最终又要完成整段视频的拍摄。

温时雾已经紧张起来了。她左顾右盼地道：“那我们是不是应该先想办法藏起来？不能让人发现。”

余峥睨过去，便见温时雾拨弄着自己的头发，将柔软的卷发遮挡在脸前，只露出一双小鹿似的眼睛，抬起来眨啊眨地看着他。

余峥的喉结滑动了下，对上温时雾钓而不自知的眼神，嗓音微哑地应道：“……嗯。”

“那我们就这样走吧。”

温时雾不知道从谁手里抢了一块红色的布，盖在头上，被鹿角顶着，布的边缘刚刚好耷拉在下巴的位置。她还在布的中间抠出来两个洞，将漂亮的眼睛露了出来。

“哈哈哈雾雾好可爱！”

“救命！原本在北滨市拍这种写真的人就多，其实妆造特别也未必显眼，但这大红布盖上之后是真显眼了。”

“就我角度清奇吗？我感觉这玩意儿像红盖头，下一秒就该送入洞房！”

夏灼灼也是这么想的。她还没走远，回头就看见温时雾脑袋上盖着红布：“好家伙……不知道的还以为这俩人准备去拜天地了。”

傅屿霁淡定地挑了下眉。他单手握住夏灼灼的薄肩，张力十足的手背青筋微显：“先关心你自己吧。”

下一秒旁边就有路人喊：“傅屿霁！夏灼灼！天哪，我偶遇伏夏组合了！”

夏灼灼无语地转眸看向路人，尴尬而不失礼貌地挤出一个十分勉强的微笑。

跟拍的编导立刻道："夏老师，一根棒棒糖了哦，是现在吃还是等会儿吃呢？"

夏灼灼不知道是现在吃还是等会儿吃，但总之咬牙切齿！

而此时温时雾已经将自己藏得严实，虽然看起来的确有几分呆萌，但的确是不掀开盖头就认不出她是谁的状态。

她向来性格活泼，没什么偶像包袱，但她对偶像可不一样。

温时雾在红盖头下努力地抬抬脸，通过两个小洞看余峥，好像在仔细思考应该怎么处理他。

"唔……"她忽然想到主意，眼睛微亮，"你等一下！"

余峥循着她的身影看过去，便见温时雾顶着红盖头跑到附近小摊，跟摊主买了个很帅的银色面具。

她拿回来递给余峥："你戴这个吧，这样应该也没那么容易被认出来。"

余峥接过面具戴上。被银色面具遮住半张脸的他，搭配这身骑士装扮，莫名多了几分妖孽般的性感。偏偏他还挑着唇："好。"

温时雾只悄悄抬眸看了一眼，心脏就不受控制地加速跳动起来。

偶像怎么能这么帅！

温时雾眼睫垂落，躲在红盖头下表情丰富。

偏偏就在这时，她的手腕忽然间被人握住。

温时雾视线被遮挡，又偷偷犯花痴没看路，不料再往前走就是电线杆，眼见着就要撞上去时，余峥握住她的手腕将她拉开："小心。"

手腕上是从余峥掌心里传递过来的灼烫感，她慌忙抬起眼眸，从红盖头的洞洞里偷看着身侧的男人。

余峥极自然地牵着她的手。更准确地说，是因为她刚才差点儿撞上电线杆，为了将她拉开而握住她的手腕。

余峥侧颜线条流畅，尽管面具遮住了他半张正脸，但还能看见他清晰锋利的下颌线，紧接着他就偏头看过来。

温时雾慌忙躲开视线。她轻咬唇瓣，这种大庭广众下拉手的感觉，像极了偷偷谈恋爱的秘密被搬到台面上。

"谢谢喔。"温时雾动了动手腕，"不然我肯定要撞上电线杆了。"

但余峥没有要松手的意思，偏头将目光落在温时雾的身上："笨蛋，看不见路，还不知道牵住我？"

"牵手了牵手了！虽然只是抓手腕，但四舍五入可以理解为牵手了吧！”

“余神牵着雾雾往前走的样子，更像是准备去拜堂了！”

不过温时雾的确很难看见路。

虽然红布被她抠出两个洞来，但视野范围也很有限，于是她没再挣扎，后面都被余峥牵着手腕往前走。

这附近就有一片林海，被安排好的牧民也早就牵着马在那里等待他们了。因此温时雾和余峥顺利获得了马。

接下来便是拍摄问题。

所幸林海里的游客并不算多，拍摄过程中没办法再搞这些小心思。于是温时雾只能将盖头掀开，只祈祷不要被人认出来。

余峥也抬手摘掉面具。

马很温顺，通体雪白，与余峥的黑色骑士服和温时雾的绿色裙子都很适配。

温时雾喜欢极了。她雀跃地扑棱着身后的小翅膀，跳到小马驹身边轻轻抚摸它的脑袋："哇……好可爱呀！一看就很乖！肯定会很配合我们的！"

余峥笑得漫不经心。

温时雾抬眸看他："余峥。"

"嗯？"他慵懒地偏头睨过来。

温时雾好奇道："你会骑马吗？"

温时雾从小就会骑马，倒不是因为喜欢，而是她幼年接触的古装剧较多，总避免不了有这种需求。温盛意怕她在剧组受伤，于是便送她去学了专业的马术。

不过这次拍摄要求的是余峥骑马，所以温时雾不免好奇地问了句。

五彩绳要戴到七月七，所以余峥至今没有将它摘下来，他漫不经心地用指尖盘弄："不会。"

温时雾想着也是。

毕竟喜欢了自家偶像四年呢，以前也的确没听说过他会骑马。

于是她左顾右盼地探看周围，本想叫牧民叔叔过来教余峥骑马，结果却发现牧民不知道什么时候就没影了。

温时雾不由得小声嘟囔了句："奇怪，'屎壳郎'都不安排个教练来吗……"

坐在监视器前的史珂听见温时雾的这声咕哝，不屑地冷哼一声："那能安排？那不得给你留个当教练的机会？！”

副导演在旁边抹了抹汗。

怪不得人家能当导演，他只能是个副的呢。

温时雾寻了一圈都没看见牧民：“肯定是‘屎壳郎’安排的，那好像就只有我能教了。”

余峥略略挑起眉尾，桃花眼笑意明显：“那就只好辛苦温老师了。”

温时雾向来顶不住余峥冲她笑的，尤其是那双桃花眼本就天生含情似的，一汪泉眼似的眼又格外诱人深陷。

她尽力按捺着心跳，伸手牵住那匹小白马脖子上套的缰绳：“那我们先上马吧。这匹马很乖，应该不会闹的，你就这样踩着上。”

温时雾站在白马左边，一边帮余峥牵着缰绳控制住小白马，一边教着他该怎样踩马镫上马。

余峥学得很快。他腿也长，长腿一跨就利落地在马背上坐稳，利落的模样俨然不像马术初学者，而是随时准备驭马去拯救小鹿精灵的骑士。

温时雾唇瓣微张：“好帅……”

余峥姿态松弛地坐在马背上，骑士长靴踏进两侧的马镫。他眼皮半敛着朝温时雾望去，唇角挑着的笑意，大有几分意气风发、鲜衣怒马的张扬模样。

温时雾从来没教过人骑马。她心里原本还有些忐忑，没想到随口说两句，余峥就顺利上了马。

她瘪瘪嘴：“腿长的人骑马就是好，我每次往马背上爬都像那个小土豆……”

“哈哈哈哈哈哈小土豆！”

“雾雾好可爱！不过跟余神的宽肩窄腰大长腿比起来，她的确像一个可爱的小土豆。”

“已经开始怀疑余神其实会骑马。”

“余神：甭管会不会骑马都得先说不会，不然怎么让我家梨涡妹妹教呀？”

其实温时雾心里也有这个怀疑。她抬眸看了余峥两眼，分明见他坐在马背上神气极了。再回想自己初学马时，生怕摔下马背忐忑着都不敢上，还闹着要爸爸坐到自己身后去护着。

但余峥的眼神又很清澈：“接下来呢？”

温时雾：“……接下来坐直身体，缰绳给你，不要向后拉，这个是用来控制减速和叫停的，所以前进时不要拉紧缰绳，松一些，然后用小腿挤压马匹的侧腹部。”

她将手里的缰绳交给余峥，试探着问：“你试试？”

余峥伸手将缰绳接了过来，他佯装摆弄了两下，马站在原地踏了两下步，很理所当然地道：“好像不行。”

余峥眉眼间丝毫没有学不会骑马的苦恼，更没有在温时雾面前丢脸的局促。反倒不羁地收敛下颌，低眸看向温时雾，漫不经心地用指节盘了盘缰绳：“要不然……温老师上来教？”

温时雾正在迟疑。但这时不知道是余峥盘完缰绳时不小心忽然间给拉紧了还是怎样，他身下的白马忽然激动地抬起前蹄。

温时雾：“！”

她的小心脏忽然被跟着拔高！

温时雾连忙伸手抓住缰绳，花容失色地安抚着好像受惊的白马。

霎时间，场面一度混乱，但直播间里的观众都火眼金睛——

“我看到了，某‘狐狸精’攥了缰绳。”

“余峥：心机启动。”

“就这操控缰绳的熟练度，他如果真不会骑马，我倒立洗头！”

但温时雾并没看到余峥的小动作，她只庆幸这匹马真的很乖，虽然不知道为什么受了惊，但随便安抚两下就把蹄子放了下来，接下来也没有再乱动了。

她叹气：“好吧，你别动啊。你千万别用力攥缰绳，如果马受惊了会很危险的，你等我上来教你……”

余峥不着痕迹地松开缰绳，他挑挑眉：“行。”

就连观察室里的姜燃都看不下去了，他神情复杂：“好家伙，大骗子。”

林星柚好奇地看向他：“燃哥的意思是，余老师其实会骑马？”

“他怎么不会？他可太会了！”姜燃忍不住吐槽，“想当初我年少无知还跟他比赛，结果连他的屁股都看不见！”

直播间的观众快要笑疯了。果然，镜头拍到的细节说明一切，只有温时雾这个当局者迷。

她此时还在研究着怎么上马。

照理说，大多教练都会坐在学员身后，但余峥实在比她高太多，她坐在他身后的话恐怕连路都看不见……

于是温时雾只能坐在他身前。

余峥给她让出位置，便见像只小鹿精灵的温时雾，窸窸窣窣地从他身前爬过来。

她踩着马镫，还时不时伸手敛着身后有些碍事的两个小翅膀。

余峥心跳一滞，他敛眸望着那道绿色身影，便见比自己娇小很多的温时雾，乖乖巧巧又小心翼翼地掩着裙摆坐到了自己的身前来。

马背上位置并不宽敞，温时雾怕骑到马的脖子让它受惊，刚坐上来，就习惯性地往后一挪！

余峥的身体蓦然僵住。

但温时雾并不知道自己碰到了什么危险的东西，她以为是被马鞍硌到，还疑惑地扭身回眸看了一眼，结果就察觉到余峥下颌线紧绷。

那眼瞳里的幽深和肌肉收紧的状态，令她感到十分陌生。温时雾眨眨眼："怎么了？"

余峥怕让马受惊，并未后扯，只是攥紧手里的缰绳。大脑里的弦像断了，他用尽浑身解数才没让自己面露异常，最终嗓音低哑地道了句："没事。"

温时雾甚是茫然。

余峥低叹一声后，哑声道："你先别动。"

但温时雾向来是闲不住的。她担心是不是自己坐的位置不对，挤得余峥难受，于是又扭着身多看了两眼。

哪料又不经意往后一蹭，余峥瞬间绷住颈线，冷白的肌肤上青筋都暴了出来，甚至，温时雾好像还隐约听见耳边传来一声低哑的闷哼。

终于意识到发生了什么的温时雾，脸颊瞬间爆红。

温时雾的背脊也紧绷起来，她连忙牵着缰绳往前挪："我……我不是故意的！我也不知道还会这样！"

但这话一出口更觉不对，温时雾心脏乱跳，脸颊更红，就连耳朵也像樱桃似的，好像在滴血。

温时雾跟余峥保持了些距离，但可能因为坐到了马的脖子，惹得它有些不太舒服，抬着蹄子走来走去地颠她。

颠一下，她就往后一滑。

最后温时雾干脆身体前倾，欲哭无泪地抱住马脖子："我真不是故意的……"

余峥认输似的低叹了一口气。他额前碎发垂落在眉眼间，紧绷着的颈线逐渐放松，但青筋在冷白的肌肤上仍然显眼，透出一种很诱惑的性张力。

温时雾抱着马的脖子回眸偷瞥，她弱小无助地试探道："你还好吗？"

余峥也不知道该说好还是不好，只紧抿着唇瓣缓了好半晌："还是骑马吧。"

温时雾："……啊？"

"可我还没教呢——"

"驾！"

"啊啊啊啊呜呜呜呜！余峥！你不是说你不会骑马的嘛！"

直播间的观众笑成一团。

而话音未落的温时雾，被余峥驭马的声音截断，此后就被他圈在怀里蹿了出去，因惯性向后贴在了他的胸膛上。

余峥的确会骑马。他只是没忍住逗了逗温时雾，想让这位小老师教教他。不过本也是没想瞒多久的，原就计划等她上马后与她摊牌，却没想到发生了这样的小插曲。

所幸温时雾是会骑马的，只是奔腾的那个瞬间她没反应过来，但很快就适应了余峥的马速。

她依然满怀怨念："你骗我。"

余峥没有推卸责任，他嗓音很低地在温时雾耳边应声："嗯，我错了。"

温时雾别过脸去不想搭理他，但还是忍不住回眸看他一眼，又傲娇地别过去："我不会原谅你的！"

"雾雾好可爱！怎么连生气都这么可爱！好想用麻袋把她装走！"

"他俩这样跟打情骂俏有什么区别！余峥你快点儿哄啊！"

余峥也是有些认输的模样。他未停马，很快就甩掉了追着他们的摄影师，就连领子上别着的麦克风，都因为距离太远而失去了收声功能。

林海里，骑士带着小鹿精灵纵马狂奔。

直至确认摄影师真的不曾追上，余峥才牵拉着缰绳减缓了速度。

他低眸望着坐在面前的温时雾。

她姿态极好地挺直腰板，尽量不往他的胸膛上贴，但展开的翅膀还时不时挠着他前身，鹿角也随她低头的动作耷拉着。

余峥低声轻笑："生气了？"

温时雾："哼！"其实她也没有多生气，甚至到现在还因为撞到了不该撞的位置而脸红心跳。

红着的耳朵颜色未淡，心跳也没平复。她咬着唇瓣掩饰紧张和窘迫，自然是不会多说什么话搭理余峥。

但余峥以为她是真的生气了。他轻抿唇瓣，不知道从哪里摸出来一块小饼干，绕过她侧腰将手掌摊在她面前："不是故意要骗你的，别生气了。"

温时雾只觉得颈后忽然一阵痒。像是有电流从脊骨钻过，刹那间就涌遍四肢百骸，惹得她浑身酥麻。

随后耳边就是余峥性感的嗓音。连声带都上了保险的歌坛顶流，用最乖最卑微的低迷音调，哄着她，喊着她的名字："好不好，雾雾？"

温时雾的心跳像漏了半拍，余峥的声音像是抵着她的耳钻进心里，惹得她不由得攥紧了缰绳。

她轻咬唇瓣，低眸看着那块饼干。独立包装的一小块无麸质蔓越莓饼干就那样躺在余峥的手心儿里。

饼干大多数都是含有麸质的。所以，这毫无疑问是余峥特意为她准备的，还是她喜欢的蔓越莓味。

温时雾松开一只手，快速抓起余峥手里的那块饼干，指尖不经意在他掌心上挠过。就像羽毛轻拂，掌心的痒也蜷进了余峥心里，让他略显松弛地翘起唇瓣笑了起来。

温时雾拨开包装纸，将饼干咬掉一个角："我们是不是应该回去了？"

余峥扭头便见摄制组骑着马一路追过来，这会儿就快赶上了："嗯。"

"好像私奔……"温时雾小声嘟囔。

余峥肆意挑眉："嗯？"

温时雾火速将剩下的半块饼干也塞进嘴里，含糊着摇头道："没什么。"

真好哄，一块饼干就够了。

真是笨蛋。

也不怕又被他给骗了。

而摄制组重新追上他们时，就见温时雾和余峥和谐地一同坐在马背上。

温时雾像只偷了奶酪的小老鼠。她低头偷吃着饼干，还鬼鬼祟祟地用指尖抹了抹唇角，身体向后仰着，小声问："他们是不是就要追上来啦？"

余峥懒散地偏头看着后面几匹马，然后又收敛视线看回温时雾："不用管，饼干还吃吗？来块抹茶味的？"

余峥说着就又将手抄进口袋。

温时雾："好！"

已经追上来的录制组，和看到直播镜头里这般画面的观众："……"

"余峥是属哆啦A梦的？口袋还能随时变出不同口味的小饼干？"

"好家伙，他居然还随身携带无麸质小饼干，他真的不要太爱！"

于是温时雾又偷吃一块抹茶小饼干。再回眸时，便见无数摄像机怼着她拍，但温时雾似乎也没有被抓包的惊慌。她也只是淡定地舔着唇瓣，眨了眨眼："你们终于追上来了呀！"

摄制组："……"

领头的编导无奈地催温时雾和余峥赶紧去拍视频。

温时雾瘪了瘪嘴，像是被赶鸭子上架的打工人，不得不从马背上爬了下来，将缰绳交还给余峥。

偏偏这时有路人忽然冲上来："温时雾！你是温时雾！"

温时雾的心脏猛然一跳，她惊慌失措地睁圆眼睛看过去，就见路人又看向马上的人："是余峥！我就是过来碰运气的！没想到真被我撞见了！"

听见路人的尖叫，温时雾冲过去就捂住她的嘴，但那位小姐姐还是挣扎着道："只争朝夕！只争朝夕！快吃棒棒糖哈哈哈！"

温时雾："……"

直播间观众当时就笑疯了。

"哪里来的路人姐姐这么给力！居然还特意去抓！"

"这一定是从直播间跑出去的！看到只争朝夕在这片林海录制，就特意去偶遇吧！"

"肯定啊，她都提棒棒糖了！明显是知道有惩罚规则的！"

温时雾一脸窘样。她原本还想着跟余峥骑马走得很深，这附近应当没有什么路人，却没想到居然有直播间观众特意跑来找他们！

温时雾松开手，一脸怨念地看着她。

粉丝小姐姐兴奋地眨眨眼："雾雾，你就乖乖吃棒棒糖吧！"

直播间又刷起满屏的哈哈哈。

温时雾："……"

编导立马兴奋地凑了过来："温老师，你是现在吃还是等会儿吃？"

能拖一会儿是一会儿吧。

温时雾:“等会儿再吃!”

编导十分失望地退回去了，并且将拿出来的棒棒糖也扔回了筐里。

接下来便是正式的视频拍摄。

摄影师已经准备就绪，他问道:“两位老师是先演练一遍还是直接拍?余老师骑马应该是没什么问题了吧?”

刚才跑得比谁都快。

余峥颔首:“嗯，我听温老师的。”

他偏头朝温时雾看过去。

温时雾手里还捏着抹茶饼干的包装纸，为表不想吃棒棒糖的怨念，她将包装纸捏出窸窸窣窣的声音。她抬眸看向余峥:“我可以直接拍。”

这一系列对她而言不难。

难度比较高的是余峥，要纵马而来并且控制马抬前蹄，又要俯身亲吻她的额头。

一想到亲吻额头，温时雾的脸颊又开始发烫。想到自己刚刚碰到了不该碰的地方，还有余峥贴在她耳边喊的雾雾。

她有些不自在地别开了视线，捏着手里的饼干包装纸转移注意力。

余峥懒声应道:“我也可以。”

“那就直接来吧!”摄影师非常爽快，“两位老师按照样片里的动作来就行，其他的抓拍任务，交给我们。”

余峥颔首拎起手里的缰绳。

他鹤骨松姿，背挺得笔直，穿着骑士制服坐在马背上时，马蹄踏着步时，各方面的张力都被拉满。

温时雾仰头看着他，而余峥也漫不经心地低垂眼眸看过来，姿态松弛:“我记得样片视频里，好像要我亲吻温老师的额头。”

温时雾眨着眼睛看他，就见余峥牵着缰绳忽然躬下身来，提前试着坐在马背上朝她探下去的高度。

男士坐在马背上往下探着，去够女孩子的额头，其实远比女孩子向下探要难。

因为余峥身量更高，而温时雾站在平地都要比他矮上很多。但这姿势对余峥似乎不难，他游刃有余地躬身朝她凑近过来，眼角眉梢被牵动起勾得人有些失魂落魄的笑意:“那就冒犯了。”

他偏头贴住温时雾的耳朵，用只有他们两个人能听见的声音:

“雾雾。”

温时雾心脏发软，脸颊发烫。

余峥的嗓音在她耳边萦绕，就像羽毛在心尖上轻轻拂过似的，让她根本就没有抵抗的能力。

而他凑近说过冒犯后就忽然牵着缰绳将身体挺立起来。

“驾——”低沉好听的声音荡进风里。

余峥骑着马转身跑向不远处的林海，仿佛那一声亲昵低唤只是错觉。

但温时雾仍然没办法压住心跳，她抿着唇瓣别开视线，心里的小人却忍不住地疯狂跳脚。

而此刻余峥已经准备就绪，他纵马离开，因为这场拍摄，要求身为骑士的他纵马向小鹿赶来。

几位摄影师也举起设备就位：“两位老师准备好了吗？”

余峥坐于马上微微颔首。

温时雾也快速整理着心情，努力平复呼吸与心跳：“准备好了。”

“OK！”摄影师迅速架好机位，“‘只争朝夕’情侣视频拍摄，第一次开拍！”

直播间观众也激动起来，所有人都很期待只争朝夕的这场拍摄。

只见茫然无措的小鹿精灵，似若找不到回家的路了一般，迷失在林海里。

许是因为眼眸里含着泪花，水灵灵的，纤长的睫毛似雾。

而这时，余峥身骑白马向温时雾疾驰而来，马蹄踏落时，风过发梢，尘土飞扬。

温时雾循着马蹄声回眸望去：纵马奔来的余峥，穿着显出宽肩窄腰身材的骑士制服，腰际佩剑，眼角眉梢尽是骄傲耀眼与意气风发。

他朝着等待救赎的小鹿奔来。

后蹄一踏，余峥忽然在温时雾面前，紧拉缰绳，致使白马高抬着前蹄急停下来！

而小鹿像是等到了她的救赎，她抬起眼眸望着坐在白马上的男人，水灵灵的眸子忽然变得很亮。

马蹄重新回落，骑士眼皮半敛着朝她望了一眼，忽然坐在马背上躬身凑近了过去！

直播间观众被震惊到，温时雾的心脏也猛然一跳，她不由得屏住呼吸，紧张地抬起眼眸，向即将在她额头上落吻的余峥望去。

而余峥正敛眸望着她，一双嵌在桃花眼里的深邃乌瞳，直白得像是在往她的心里下钩子。

亦如那天晚上他将目光落在她身上，肆意欣赏，毫不遮掩眼眸里对她充满兴趣的底色。

些许侵略感，些许占有欲。

但更多的却像是一种隐忍许久，而今终于倾泻而出的深情与悸动。

温时雾的心跳加速了起来。她屏不住呼吸了，变得有些短促，唇瓣微张，细细密密地轻喘起来。

而余峥看着她低笑了一声。他下颌微抬，唇瓣凑近温时雾的额头，温热的呼吸洒在她的肌肤上。

温时雾紧张地攥住裙摆。她有些不敢再抬头，偶像即将在自己额头落吻的感觉，像是在她的心里拉了一根小皮筋，紧绷着随时都要让心弦断开。

他的气息太明显，呼吸洒落的触感引得她浑身酥麻。她甚至能感觉到细软的绒毛，都因为他的呼吸而稍稍被拂动了。

而余峥伸手扣住了她的后脑，那样一双筋骨清晰的手指，从她柔软的发间穿了过去，将她稍稍往自己怀里一带。

温时雾的心也被提起，正当她以为，下一秒余峥就要吻上自己额头时，她却听见一声无奈的轻叹。

“怎么办？”

镜头给到余峥特写，滑动的喉结，精致瘦削的下颌，开合的唇瓣有一点儿红。

他躬着颈抵住温时雾的额头低低地轻笑一声，随后又抬眸，将所有人都以为会落在额头的吻，轻柔地落在温时雾的发顶。

“雾雾。”他的声音几不可闻，“我好像，还是只想以余峥的身份，合情合理时再吻你。”

温时雾的眼睫轻轻颤了一下。她心悸地想要抬起眼，但还没来得及看清眼前画面，眼睛便被温热的掌心捂住。

在悸动未平时，眼前变得漆黑，其他的感官便被无限放大。她察觉到余峥灼热的呼吸，又听见耳边传来窸窸窣窣的声音，就连心跳也变得格外明显。

再接着，她便察觉到余峥的指尖蹭着她的下巴，接着将她脸蛋抬起。

温时雾呼吸一滞，又觉余峥的指腹扣了过来，朝下微微用力一拨，使得她的唇瓣张开。

镜头仍然聚焦着两人，只见坐在马背上，凭借腰力躬身凑近温时雾的余峥，忽然拿出一根棒棒糖。

“这是什么神级名场面！”

“世界名画又添一幅！”

“余峥是要喂棒棒糖吧？他是要顺便完成喂棒棒糖的惩罚任务吧？”

“他太会了！他怎么能这么会！但他刚才为什么只亲头发不亲额头？好想听他跟温时雾说了什么啊！”

观众视角已经猜到了余峥的行为，但被捂住眼睛的温时雾浑然不知。

余峥的确是想喂棒棒糖的。

看糖的颜色，应当是水蜜桃或者草莓味道，粉而似果冻般半透的颜色，与余峥偏向于饱满的唇相得益彰。

而他就这样咬着棒棒糖的糖棍凑近，精准地将另一边的糖，送到了温时雾微张的唇瓣上。

甜滋滋的味道忽然入口。温时雾心里紧绷着的那根线，连同大脑里的理智也全都绷断了。

她下意识地将唇瓣又张开了些，棒棒糖的那颗小球，便被余峥顺势送进了她的口中，蜜桃味瞬间满溢开来！

直播间的观众没有温时雾被放大的感官感受，也不知道余峥做这些动作时心跳有多快，只能看见骑士坐在马背上躬身，咬着棒棒糖棍，将糖送进小鹿的口中，而小鹿顺势乖巧地含住那颗糖。

两人唇瓣之间的距离太近了，仅有半根棒棒糖的间隙。

温时雾没想到余峥会在这时候喂糖，被遮挡视觉之后，也不知道他的唇瓣离自己还有多近。

她能清晰地察觉到余峥的呼吸。

渐沉着，似乎也有些短促，拂动着她脸颊上的细软绒毛惹得人都快立不住。

余峥的喉结也轻轻滑动了下。

规则里，只有要将女嘉宾的眼睛蒙上，所以他看得见一切。

他看得见近在咫尺的温时雾。

直到身下的马稍微动了一下，没有支撑的余峥呼吸也跟着一喘。

咬住棒棒糖棍的齿尖顺着棍下滑，唇瓣离温时雾更近。

林星柚在观察室里直接从沙发上跳了起来：“救命！好甜！只争朝夕

好甜！”

直播间观众也很激动。

只争朝夕 棒棒糖之吻

余峥 温时雾

…………

无数相关话题迅速爬上热搜。

不明所以的路人，看到这些词条，还以为爆出什么不得了的事情。于是，他们怀着好奇的心情点进去，便见抹茶 TV 直播着的神级画面——

坐在马背上的余峥，咬着棒棒糖的糖棍，躬身挑起温时雾的下巴，将糖的另一端送进了她的口中。

偏偏温时雾的眼睛还被余峥蒙上了。

“这是在干吗？”

“拍什么偶像剧吗？剧本都不敢这么写！”

“这个画面好甜啊！都这么近了余峥居然还不亲上！”

只争朝夕的 cp 超话瞬间又吸粉无数，其实温时雾家的粉丝们意见并不算大，尤其余峥在流量、才华、颜值方面都匹配得上。

余峥家的事业粉早就好奇梨涡妹妹，对于自家正主跟温时雾这事，早就做好了心理准备并喜闻乐见。

总之，众人集体震惊。

温时雾也觉得自己快疯掉了。

她根本就平复不了呼吸，也压不住剧烈跳动的心脏，悸动的感觉愈发明显。

她好像要栽在偶像手里了。

她变质了，她喜欢上了自家偶像！

温时雾不敢动，也不能动，生怕不小心会在镜头下蹭到余峥的唇瓣。而这时覆在她眼前的手终于挪开。

余峥松手的同时，将棒棒糖完全交付于温时雾，他乌瞳极深地看着她：“准备好了吗？”

温时雾含着棒棒糖茫然地抬眸，她已经忘记自己还在拍任务视频了，更忘了接下来的动作。

然而下一秒，余峥便直接伸手将温时雾抱了起来，动作利落地放到了身前的马背上！

一系列动作行云流水。

待观众们和温时雾回过神来时，已见余峥带着温时雾在马上坐稳，牵住缰绳瞬间就没了踪影："驾——"

观众们、摄影师、编导组："？"

尤其是刚拍完这段画面的摄影师，突然发现镜头里俩人没了。

他茫然："这俩人去哪儿？"

编导急得原地跳脚："温时雾还没告诉我棒棒糖是什么口味的呢！这到底算不算他俩完成惩罚任务了啊！"

另一位编导疯狂地晃着她，俨然已经是被甜到的模样："还管什么口味啊！都这么甜了！我宁愿温时雾告诉我棒棒糖是余峥味的！"

直播间观众——

"别打扰小情侣啦！人家都背着我们说悄悄话了！快给点儿谈恋爱的空间吧！"

"好甜呜呜呜！你们两个到底什么时候才能官宣恋爱啊！或者先官宣一个梨涡妹妹让我们过瘾也行啊！！！"

林星柚已经在观察室拉着姜燃，开启拷问模式："温时雾是不是梨涡妹妹？是的吧？她一定是的吧？当年到底发生了什么啊？她为什么不记得余神了！余神是为她出道的对不对？所以他现在来顶峰见她了！"

姜燃被吵得脑仁子嗡嗡疼。

他确实知道温时雾就是梨涡妹妹，不过也只是前段时间才猜到的。而且这是余峥的私事，梨涡妹妹在他心里分量那么重，这种事情怎么能从他口里说出来！

姜燃："我不知道。

"你再怎么问我也不能说。

"你们问余峥啊！

"我知道的真不一定有你们多！我只知道他出道的确是为了梨涡妹妹，但我真不了解详情，他嘴太严了，我以前也八卦过，但真是什么都问不出来啊！"

#姜燃爆料#

#姜燃透露梨涡妹妹#

#余峥 为梨涡妹妹出道#

有粉丝发现了不一样的信息。

樱桃出来带头画重点："家人们！注意燃哥这番话！余神出道是因为梨涡妹妹！我要开始盘余神那句'往后余生，只争朝夕，顶峰相见'的意思了！我觉得一定是梨涡妹妹当年鼓励过余神，让他有勇气出道，并且付出努力，为的就是未来有朝一日能与梨涡妹妹顶峰相见！为什么十年前就能说顶峰相见？一定是因为梨涡妹妹当时就很厉害！更能跟温时雾对上了！她那时候就已经是很火的童星啊！"

众人恍然大悟。

而此时，温时雾已经被余峥拐跑了，他带着她一路纵马狂奔，跑进林海深处，好像真的跟他完成了一场私奔。

方才的悸动仍未消解。她清晰地察觉到，自己的后背贴着余峥的胸膛，随着马上下的颠簸，她也时不时就往他的怀里撞。

马蹄的声音很有节奏，但她心跳很乱。

心跳声混夹在那马蹄声里。

也正因为幸好混在了马蹄声里，才能藏匿她喜欢上了偶像的心迹。

温时雾还含着那根棒棒糖。

她低垂着脑袋，品尝着蜜桃味棒棒糖的甜，后来大概是实在想说话了，便伸手将棒棒糖取下来，有些短促地道："余峥，我们要去哪里呀？"

余峥浑身的肌肉也绷得很紧。他攥着缰绳，骨线匀称的手指像是几节白玉，冷白的腕上还戴着五彩绳，许是因为用力而将青筋显露出来。

这是他离温时雾最近的一次。

之前也有过几次暧昧合影拍摄，也曾抵过鼻尖，但这次是他第一次真正亲吻她，哪怕只是吻了她的头发。

他也有想过要不要亲吻她的额头，可最后一丝理智还是让他下颌上抬。

因为她是温时雾，因为她是梨涡妹妹，是他藏在心里一直仰望的白月光。

他甚至曾经想过，只要能拥有她，哪怕只是作为普通朋友那样的拥有。

他甚至可以隐忍一生，在她身边永远陪伴守护。

所以他不敢轻易表露心迹，他怕捅破这层窗户纸后，她转身就跑了。

可他终究还是高估了他的自制力。

最初，他觉得，见一面就好。

后来，他私心想借恋综与她有更多接触。

再后来，他发现自己恶劣极了。他想靠近她，想亲她。

于是他开始小心翼翼地试探。每往前走一步，对他而言都像短暂的解渴，可又需要源源不断地被解渴。

以至于，吻过温时雾，他变得很紧张。

哪怕是节目组的要求，哪怕他甚至还由吻额头擅自改成吻发，他却也清楚自己内心深处究竟什么想法。

吻了她的发，他都觉得是得逞。

她问他要去哪儿，他不知道，那个瞬间他只想带着她跑，跑到一个没有镜头不被人打扰的地方。

又许是太久没听见回应，温时雾转眸看他，一双水灵灵的鹿眸仍然清澈："余峥？"

余峥这才哑着嗓音"嗯"了一声。

他装作不紧张的模样，略收缰绳让马放慢速度，也不清楚自己刻意放得松弛的声带听起来有没有发紧："随便逛逛？"

但温时雾也是紧张的，她可能没比余峥好上多少。

尤其在马蹄放缓后，她更怕余峥能在相对安静的环境里，听见她的心跳。

因为她听见了他的。

她的后背贴着他的胸膛，虽然贴得不算紧，但她还是能感觉到，他的心脏跳得好用力，像木槌敲打鼓面，又快又有劲儿。

直到马的速度彻底缓了下来，不再是狂奔，而像是他带着她骑马漫步在林海里。

风都变得温柔，听不见树叶簌簌，只留下两个人的心跳声。

温时雾眼睫微垂。

她知道自己的脸颊和耳朵都红透了，但还是轻声唤着他的名字："余峥。"

"嗯？"余峥敛下眼皮看她。

仍是那般肆意随性，将所有情绪都深藏心底，只在她面前做那个让她骄傲的璀璨明星。

却没想到温时雾忽然扭身回头看着他。那双小鹿似的眼睛，眼尾上翘，分明清澈极了，却直勾勾地钓着他的魂。

"余峥。"她又喊他的名字。

像是预料到了什么，余峥攥着缰绳的手微微收紧，心脏也猛地跳了一下。

果然听她小声问道:“你是不是……暗恋我？”

第九章

♪

坦白明恋

余峥的胸膛陡然被心脏撞了下，攥着缰绳的指节逐渐发力。

微风穿过林梢，也在他的心里拂起一片涟漪。

余峥怔了好半晌，才缓缓敛下眼眸，尝试着直视温时雾那双漂亮的眼睛。

她好认真地看着他。哪怕明明羞得耳根都已经红透了，也大着胆子向他问出这样的问题。哪怕是这种问题，她的眼睛也好干净好清澈，真诚得让人舍不得骗她。

但余峥还是沉默许久，最终嗓音略哑地道："不是。"

温时雾的睫毛轻轻颤了一下，搭在裙边的手有些局促地攥紧裙摆。

她慌忙垂下眼眸："对、对不起！那应该是我想多了……"

温时雾说着就想要扭回身，她甚至恨不得立刻从马背上跳下去，毕竟是她的莽撞造成了这种尴尬场面。

余峥以后会怎么想她呢？肯定会觉得她不矜持又自恋吧！

温时雾懊恼地轻咬唇瓣，正失落于她好像猜错了余峥对她的意思。

但没想到下一秒，她的后颈便忽然被扣住。

余峥没让她回过身。

他的手探过她的肩，炙热的掌心扣在她细腻的肌肤上，躬着身便朝她压过来，幽邃的乌瞳忽然侵略进她的世界里。

"雾雾。"他唤着她的名字。嗓音像是由砂纸磨过，缱绻着太多她听不懂的情绪。

温时雾不想抬眼，她觉得自己已经足够窘迫了，即便知道余峥总是那么温柔绅士，应该不会再说出什么令她难堪的话。

但是余峥性感低哑的嗓音缓缓抵进了她的耳朵里："暗恋只是过

去式。”

温时雾忽然睁圆了眼眸。她惊诧地抬眸看向余峥，陷入懊恼和窘迫的大脑，一时间甚至都没转过弯来。

直到他的手从她的后颈绕过来，指尖拂到她脸庞，轻轻捧起她的脸：“我以为，我现在已经明恋得很明显了。”

心跳的声音好像忽然放大。

温时雾撞入余峥直勾勾地看着自己的桃花眼里，亦如那晚意外撞见时一样，是直白而不避讳任何情愫的目光。

不过这次好像比上次更加汹涌。

也许是因为余峥亲口表露了心迹，所以再不需要掩藏；也或许是他早就想这样做，只是现在才终于有了胆量。

温时雾的呼吸略略有些短促。她的手都软了，拿了一路的棒棒糖不知道什么时候掉到了草地上。

“啊……”她微微张唇。

原本明明是她自己先主动问的，却没想到余峥的回答反倒让她无措了起来。

其实余峥心里也很忐忑。他不知道表露心迹后会面临什么，不知道温时雾会不会被他吓得想逃。

但刚才那一刻，面对温时雾的眼睛，他感受到了她的真诚。也在拉扯和试探里，妄自揣测出，她似乎对自己也有那么一点点心意。

所以他没想骗她。

只是的确已经不能算作暗恋了。

从他答应陪她上恋综起，从他选择靠近她起，从他重新开始喊她“雾雾”起——

他就一直以为，他已经明恋得很明显了。

温时雾的脸颊更烫，但她扭身扭得实在有些累了，于是便回正过来背对余峥，垂着眼眸小声问道：“那……

“我，真的是梨涡妹妹吗？”

余峥似乎也看出来这姿势有些累她，于是便跨着长腿翻身从马上下来。

他落回地面，仰头望着仍然坐在马背上的温时雾，朝她伸手：“你觉得呢？”

温时雾轻轻抿了下唇瓣，她把手指搭在余峥的掌心，被他握紧，借力翻了下来："我觉得……"

"是。"低沉的嗓音响起。

而没敢给出答案的温时雾也恰在这时，刚被余峥牵着落回了地面。

许是担心她没站稳，余峥的掌心还在她腰处绅士地扶了一下，察觉到她听见这个答案时的战栗。

他垂眸看着温时雾："但没关系，雾雾，我们可以重新认识。"

心跳好像再也没办法遮掩心中所想，温时雾抬脸看着余峥，目光与他交汇的时候，只觉得脊骨都被盯酥了。

好半晌，她才红着耳根别开视线。

双手有些不自在地背到身后，手指跟手指互相绞着，然后嘴角不自觉地上扬起来，最后闪躲着视线努力压着弧度才说了一声："喔。"

温时雾有些娇俏地踮起脚尖，侧过身去看着林海里的其他风景。

余峥看到了她压不住的嘴角。

他有些好笑："被吓到了？"

"没有呀。"温时雾别过脸去不看他，脚尖点地，"你表现得那么明显，一点儿都不懂收敛，我早就看出来了。"

余峥也不知道什么时候被她看出来的。

他原本也想收敛，但靠近她的时候却总也忍不住。

或许是今天？

或许是演唱会那晚吃夜宵的时候？

但见温时雾似乎没有想逃，余峥大脑里紧绷着的那根弦松快了不少。

至少，她好像，允许他喜欢她。

倒是温时雾背对他时，又侧着身子朝他那里歪了下："但是你喜欢自己的女粉丝，这种事听着是不是有点儿恶劣？"

余峥挑唇，低笑了一声。

他忽然伸手握住温时雾的肩膀，像转动八音盒娃娃似的，将她的身子转回来面对着她："是很恶劣。

"那怎么办？你脱粉？"

总不能叫他别喜欢她。

温时雾瘪嘴："我才……"

然而她的"不"字还没说出口，余峥用指节抵着她的脸，将脸捧起，手指从她的脸颊刮到本就发烫的耳根，以炙热的温度碾磨着她已经红透了的耳朵："但是，雾雾……"

他躬身与她平视。

低沉性感又不遮掩欲望的嗓音，撞进她的耳膜里："如果你允许的话，我其实想……更恶劣。"

温时雾的脸蛋瞬间红爆了，她慌忙扒拉开余峥的手，又背过身去开始吹冷风："那之前我问你梨涡妹妹是不是不在世了的时候，你不解释，你还笑！"

可恶！她已经能想象到自己当时有多丢人了！余峥肯定在心里笑话死她啦！

不，不是在心里！他那天晚上都当着她的面笑出声了！

此刻的余峥也笑了。

他弯着唇，微抬下颌望着天空，有些紧的骑士制服被他单手解开衣领，线条流畅的脖颈露了出来，笑时能看见他的喉结在上下滑动。

温时雾转回身来嗔怒地瞪着他。

余峥懒散地偏头，微风吹过他额前的碎发，在那意气风发的眉眼间，拂过浓密似鸦羽般的睫，他桃花眼下敛着回视她："我当时也没想到，居然还有个笨蛋会这样咒自己。"

温时雾生气时脸颊有些鼓，小梨涡都藏了起来。她不肯服输地回敬道："我也没想到，你这么跩还会玩暗恋。"

"我哪里跩？"他轻敲她额头。

温时雾懊恼地伸手，用指腹摁住被他敲打的位置："粉丝们都说你跩，还不爱笑。"

"不是对你笑了吗？"余峥忽然躬身。

方才因吵闹而松弛下来的氛围，瞬间又重新溢满暧昧旖旎。

温时雾也忽然怔住。

阳光从侧面落下，打在余峥的半边脸上，深邃的眉骨轮廓和挺鼻薄唇被勾勒得更加立体，眼睫也因为阳光的透过，而更显纤长明晰。

余峥就伸手碾磨着她的耳垂，笑得骄傲张扬，亦如温时雾幼年时祝福他的那样。他说："我以后也只对你笑。"

心跳变得更加剧烈了，温时雾抬起脸蛋看着余峥，看着他那迷人含情的桃花眼，和饱满水润的唇瓣，忽然产生一种想吻他的冲动。

她咬着唇瓣，懊恼地别开脸转移注意力，弯腰捡起那根掉到地上的棒棒糖，小跑着冲到垃圾桶前丢掉，又小跑着回来直接翻身上马，语速飞快："我们还是回去吧。"

她要赶紧逃离这片充斥着暧昧氛围的地方。

余峥抬起下颌，看着坐在马背上的温时雾，散漫地扯着唇角笑了声：“行。”

他也迈开长腿跨坐上马，随后便伸手将温时雾圈在怀里，极为自然地将手臂探过去扯住缰绳：“我们梨涡妹妹说什么是什么。”

余峥灼热的呼吸拂过她的耳，温时雾第一次听见余峥喊她“梨涡妹妹”。

她眼睫垂落，阳光散落时，那长睫的阴影铺落在饱满的卧蚕处。但若是再往下看，便能瞧见她压不住的唇角，就连两边的小梨涡也都跟着浅绽开来。

梨涡妹妹……她究竟是什么时候认识过余峥呢？

温时雾的思绪飘得很远。

仔细回想她幼时认识过的每一个人，好像记忆里从不曾出现过像余峥这样肆意赤忱又活得轰轰烈烈的少年。

他们在林海里耽误了好些时间。

太阳渐渐从西边沉落，郁郁葱葱的林海被夕阳染成金红。

编导组已经在入口处烤地瓜了，在余峥骑马带着温时雾私奔后，他们有考虑过要不要追过去。

结果直播间观众争论不休，一边是觉得肯定会发生什么不得了的事；一边是让给艺人们一点儿个人空间。

最后编导组就摆烂了。

来北滨市就该吃烤地瓜！还有冻梨！

于是负责余峥和温时雾的这组录制人员从林海出来后，就找了片空地开始烤地瓜，史珂还凑过来扒拉了一块。

直到两人骑着马从林海出来，史珂还蹲在地上扒着地瓜皮，他掀起眼皮看他们：“呦？知道回来了？”

镜头其实一直没有撤。

看到余峥身骑白马，带着小鹿精灵从林海里出来，直播间观众瞬间又支棱了起来。

“呦？回来了？还知道回来呢？”

“余神的衣领敞开了！”

观众们美滋滋地吃瓜看着热闹。摄影师们则咬着烤地瓜，扛起摄像机立刻切换工作模式。

余峥先迈着长腿从马上下来，随后动作极自然地向温时雾伸手，又扶着她帮她从马背上下来。

回来的路途其实是有点儿远的，温时雾早就在路上调整好了情绪，她巧笑倩兮地向史珂打了招呼。

史珂掀起眼皮瞅她一眼。虽然这是他第一次跟温时雾合作，但也已经了解了她喜欢撒娇的秉性。

他吃完最后一块地瓜起身："听说你俩已经完成吃棒棒糖的惩罚任务了？"

"嗯嗯。"温时雾乖巧地点头。她又转眸看向余峥，水灵灵的眼睛眨啊眨的，俨然已经没有刚才的羞涩。

余峥用余光朝她睨过去。见她这副装乖的模样，散漫地笑了声："嗯，已经完成了。"

"哦。"史珂恍然地点了点头，结果下一秒他就板起了脸，"不算。"

温时雾当时就睁圆了眼眸看着他。

她原地跳脚："'屎壳郎'你耍赖！我们明明按要求做的！为什么不算？"

史珂一副意味深长的模样，伸手召唤着旁边的编导，又拿出一根棒棒糖来。

编导小姐姐小声提醒："两位老师，我实在没办法啊，我跟史导说你们完成了的，但史导非说温老师没说出棒棒糖口味，所以不能算完成惩罚任务。

"要不你们还是……再来一根吧？"

温时雾无语地用小眼神睨向史珂。

史珂则十分欠扁，他手里拿着根棒棒糖，朝温时雾和余峥挑衅地摊开手。

反正他是节目导演，他说惩罚要重来那就是得重来，嘉宾没有反驳的余地。

温时雾小声嘟囔："重来就重来！"

余峥的目光一直注视着温时雾，听她同意重来，他便伸了手，哪料史珂的棒棒糖忽然被温时雾给抢了去。

他眉尾一挑，悠悠抬眸。结果眼睛却忽然被一只温软的手捂住，视觉陷入漆黑一片。

温时雾抢过史珂手里的棒棒糖，又钩过一个编导组刚才烤地瓜时坐的小板凳，就直接踩了上来。

她学着余峥刚才在马上的猝不及防，捂住他的眼睛，剥开棒棒糖糖纸后咬住棍的那一端，然后捏住余峥的下颌，指腹稍用力向下将他唇瓣拨得微张。

然后凑近将棒棒糖送了过去。

直播间观众震惊了，就连站在旁边的史珂都反应不过来，他震惊地看着两人："哇哦——"

只见踩在板凳上的温时雾借着外力，身高才与余峥平齐。

她用手捂住他的眼睛，只露出他高挺的鼻梁和殷红润泽的唇瓣。

而温时雾咬着棒棒糖的棍，在大家都还没反应过来的时候，就把糖球精准地放在了余峥的唇瓣上。

许是察觉到温时雾在做什么，余峥自觉地张开唇瓣，稍躬身凑近直接将糖含了进去。

直播间的弹幕轮番滚动——

"救命！雾雾她变了！她回来后就变得好强势！"

"我原本还以为能再看一遍余峥喂温时雾吃棒棒糖的名场面！结果没想到画面是这样的！"

观众们惊呆了。哪怕是作为当事人的余峥，在温时雾凑上来的那个瞬间也滞住了呼吸。

他永远无法拒绝她的靠近。

也没想到，她会主动朝他靠近。

于是他不由自主地张开唇瓣，含住她递送过来的棒棒糖。

他察觉到了她的呼吸，闻到了她身上清甜的橙香味，喉结便不受控制地滑动了两下，因为不知道会不会更近地亲到，所以紧张得脖颈绷得很紧，青筋都显露了出来。

而温时雾刚做完这件事就后悔了。

冲动，她实在太冲动了。

而此时此刻，她的脸颊和耳根全都已经红透了。

温时雾心脏乱跳，她有些慌张局促地松开咬着棒棒糖棍的牙，别过脸，却还没松开手："喂、喂完了，你快告诉史导是什么味的。"

说着，温时雾还伸手揪了下余峥的衣角。

余峥抬手将棒棒糖取了下来，他嗓音哑得要命："草莓。"

直播间观众直呼太甜了，让温时雾赶紧和余峥恋爱。

温时雾跟史珂确认过关之后，才将手从余峥的眼睛前挪了开来。

史珂还道："其实这游戏规则是让男嘉宾喂的，女嘉宾是负责吃糖和猜口味，你俩这次也不能算完成惩罚，但看在你俩这么甜的分儿上，算了，不跟你们计较。"

直播间观众——

"计较吧！计较吧！我们不介意再看第三次！"

"真的太甜了！他俩真的还没开始谈吗？我都快忘了这综艺是用来辟谣绯闻的了，再这么看下去，我会以为这是一档明星情侣秀恩爱的恋综……"

"这俩人随便干点儿啥都跟看偶像剧似的，不对，偶像剧都没有他俩甜。"

温时雾和余峥拍的那条视频，也挂在热搜高位迟迟掉不下热度，尤其是余峥克制隐忍地吻温时雾头发的那一段更是被无数人转发。

史珂道："行啦行啦，你俩今天也够累的，赶紧先回酒店休息一下吧，直播也差不多要结束了，等会儿篝火晚会再见。"

录制组已经陆陆续续将摄像机收了。

温时雾也早就从小板凳上下来，悄悄撩起眼皮，偷看着余峥。

此时的他还含着那根棒棒糖。

许是被草莓味的糖果润过的缘故，那原本就殷红润泽的唇瓣，此刻更像果冻般晶莹饱满，看着很软让人很想亲……

察觉到温时雾的视线，余峥漫不经心地敛下眼睫看过来，随后抬手取出棒棒糖，挑眉笑："想吃？"

"才没有！"温时雾连忙别开脸。她就只是随便看那么两眼！

余峥笑了："棒棒糖没有，小饼干倒是还有两块，要不要？"

他将手抄进兜里摸出随身携带着的小饼干，又摊开手掌递到温时雾面前。

温时雾用余光偷偷一瞥，像做贼心虚似的左顾右盼了一圈，发现没人注意自己，才火速伸手将小饼干拿了过来，窸窸窣窣地撕开包装纸，雀跃道："不吃白不吃。"

温时雾表面是一副勉为其难的样子，实际上被甜得嘴角都压不下来，绽开的梨涡更是藏不住。

余峥心情愉悦地扬了扬唇角，感觉口中的草莓味棒棒糖也变得更甜了些。

总归白天的录制是顺利结束了。接下来的综艺直播，便是史珂所说的篝火晚会。

节目组安排的车来将温时雾和余峥接回了北滨市的浪漫小屋，彼时那两组早就已经率先回来休息了。

据悉傅屿霁有个重要会议要开。回浪漫小屋后，他便径自回了房间，因而客厅里只剩下了其余三人。

看见余峥和温时雾回来，夏灼灼和季晏川的反应难得默契，都是盯着他们发出怪叫："哇哦——"

温时雾的脸颊瞬间就红了。

毕竟今天下午做了不少令她心虚的事，虽然也不知道他们闹的是哪个点。

季晏川："互相喂棒棒糖哦？"

夏灼灼："草莓味的棒棒糖？哇哦！"

温时雾："……"

她恼羞成怒地伸手拔掉自己的鹿角，拿出手机就开始搜："这么幸灾乐祸？我倒要看看你们两组下午发生了什么！"

季晏川很坦然地瘫在沙发上。

他跟许可柠自然是什么都发生不了，毕竟动作简单，他也不愿意。

虽然他马上就要过单身八周年纪念日；虽然他真的十分想有个对象；虽然他追过那么多女孩子都惨遭拒绝……但他也不是谁都可以的！

倒是夏灼灼的脸色变得有些古怪，她扯过身边的抱枕："我们俩可没什么好看的。"

"是吗？"温时雾眨眨眼。

她点开微博就看见热搜词条，于是她指着手机屏幕问："没什么好看的呀，那'伏夏组合超甜棒棒糖'是怎么回事？"

夏灼灼的脸色黑得像刚挖完煤回来，她咬牙切齿："意外！"

"不！"但她很快就改了口，"还不是傅屿霁那个狗东西故意的！他绝对就是想趁机占我便宜！"

温时雾唇瓣微张："哇哦——"

一下子就将夏灼灼刚才对她起的哄，还了回来。

她笑嘻嘻地凑近八卦："所以，你跟傅总到底是什么关系？是……"

温时雾还竖起两根大拇指，贴了一下。

夏灼灼脸蛋瞬间通红："怎么可能！我跟那个男人怎么可能是这

种——我还好奇你是不是余神的梨涡妹妹呢！”

温时雾忽然怔住。

如果时间倒退回恋综之前，她一定会像林意羡问她时那样理直气壮地让夏灼灼不要乱说了。

但余峥刚刚才承认过……

温时雾视线闪躲，她有些下意识地抬眸向余峥望去。

哪料余峥挑着眉将棒棒糖拿下来，口吻散漫："就这么想知道？"

"余神，你心里不会没数吧？你那首《梨涡妹妹》火成那样，最近全网都在猜温时雾是不是你的那位梨涡妹妹。这种事情，我们哪怕作为朋友也得好奇好奇啊。"季晏川跟没骨头似的陷在沙发里，他跷着二郎腿，看热闹不嫌事大。

夏灼灼见话题终于被成功转移，连忙点头附和道："就是就是！"

就连许可柠也好奇地抬起眼眸。

她跟洛萱关系好，这次节目录制前，洛萱特意托她帮忙多打听关于梨涡妹妹的事。

说是如果能找出温时雾不是梨涡妹妹的证据，或者找到真正的梨涡妹妹，舆论就一定会再次出现反转！

到那时网友就会知道，洛萱说的是真的！

于是许可柠也盯着余峥。

哪料他漫不经心地挑起唇角，一双似勾未勾的桃花眼，含着笑意看向温时雾："那网友们似乎还挺聪明的。"

季晏川、夏灼灼、许可柠同时震惊。

就连温时雾也惊诧地抬起眼眸。

只见余峥拿出手机，直接将他的屏保和屏幕壁纸都展示给其他几位嘉宾看。

夏灼灼和季晏川瞪着眼凑近。

只见余峥的屏保和屏幕壁纸甚是统一，这是温时雾曾经拍过的一组写真。

余峥取其一张作为屏幕壁纸。

冬日，海边夜景。

温时雾戴着红色绒帽，穿着米白色的针织衫，左手在脸颊旁边比出半颗爱心，右手则拿着一支仙女棒。

明艳的烟火映着她甜美的脸，两边的小梨涡都绽开来。

这组照片当初发微博时就上了热搜，网友评价温时雾是超级甜妹，简直就是冬日里最明媚的那个小太阳。

而此时，已经当面向温时雾承认过，她就是他曾经暗恋，现在明恋的梨涡妹妹后，余峥毫不避讳地向众人展示着他用作壁纸的温时雾的写真照片，骄狂地挑眉："她不是我的梨涡妹妹，还有谁能是？"

许可柠震惊地瞪大了眼睛。她无意识地攥紧了手，甚至都没察觉到自己的指甲深深地嵌进了掌心里。

倒是夏灼灼和季晏川震惊后就开始"发疯"。

夏灼灼："我就说是真的！我就说雾雾肯定是梨涡妹妹！"

季晏川："天！我知道了这种爆料该不会被'封口'吧？"

然后俩人都从沙发上跳了起来，一个像土拨鼠一样尖叫，另一个像袋鼠似的在客厅的地毯上跳来跳去。

温时雾："……"

她有些窘迫地看着"发疯"的两人，内心暗忖这简直是猿猴后裔行为大赏。

但她也没想到余峥会直接承认，而且他居然还用自己的写真照做屏保。

温时雾脸颊有些发烫，她歪了下身子凑近余峥："你……什么时候开始用我的照片做你手机屏保的啊？"

余峥眉尾轻抬，那副灼烈张扬的模样，像是觉得这件事情还挺值得炫耀。

"一直。"余峥懒散地偏头看向温时雾，"你就一直住在我的屏幕里。"

无非用的照片不同，但温时雾这组写真去年拍出来后，余峥就没再换过了。

因为他觉得，这张照片里的温时雾，最像冬日里明媚的小太阳，最能促使他炽烈地生长。

温时雾耳根通红，她有些不自在地伸手捏了捏耳垂："这么明目张胆，也不怕被发现……"

余峥漫不经心地低笑。他从来不怕自己暗恋的心思被发现，只怕配不上她。

就像当初星光盛典后台的绯闻曝光时，他也只是在意，是不是惊扰了她。

毕竟她原本从无绯闻，只有光环，是全内娱最有国民度也最璀璨闪耀的女明星。

而过去的他什么都不是。

直到，有一束叫温时雾的光照进了他的生命里，他才开始觉得——

原来，他的存在也有意义。

夏灼灼和季晏川甚至还讨论起之前的蛛丝马迹，在这一刻他俩突然觉得全部都有迹可循。

而两位当事人倒是早就已经平静了。

余峥懒散地躬了躬颈："不去休息？"

晚上还有场篝火晚会，凭史珂的秉性，肯定不可能让他们舒坦，至少也得是让表演个节目。

温时雾今天穿着这身装扮的确有些累，她点点头，小声道："是要换身衣服，再洗个澡，休息肯定是没时间休息了。"

现在太阳已经落山了，距离篝火晚会没有太多时间。

"那我上楼啦！"温时雾口吻雀跃，她朝余峥眨眨眼睛，"晚上见！"

余峥收着下颌，眼皮半敛地睨着活泼的温时雾，肆意张扬地挑了下唇："晚上见。"

像是即将要有约会的小情侣，温时雾朝余峥挥挥手，在跟他说完这段悄悄话之后，就趁夏灼灼和季晏川不注意时溜上了楼。

两人回过神时只见余峥姿态骄狂地坐在沙发上，两条腿肆意敞开，一把又一把地掏出在口袋里装了一天的无麸质小饼干。

夏灼灼茫然："雾雾呢？"

季晏川也因为夏灼灼的提问，而突然左顾右盼了起来。

最终两人注意到了沙发上的余峥。

他有强迫症似的，将他口袋里的饼干跟茶几上的其他糖果饼干分开。

许是察觉到了两人的目光，余峥眉峰轻挑："看我干吗？"

"你老婆呢？"夏灼灼脱口而出。

余峥慢悠悠地掀起眼皮看向她，非常自然地接话道："洗澡去了。"

夏灼灼长"哦"了一声，好半晌都没察觉出这事有哪里不对。

半小时后季晏川才恍然，他轻"嘶"一声："我才反应过来，刚才余峥承认小朝夕是他老婆了欸！你说他俩到底在一起了没有？"

夏灼灼无语地白了他一眼，她认证道："肯定没有啊！我看雾雾那样子也最多才刚知道自己是梨涡妹妹吧？她这会儿搞不好还只把余峥当偶像，没缓过劲儿来。不过我觉得他俩在一起也就早晚的事，用不着咱俩操心。”

季晏川坐在沙发上，随手一摸，就摸到了余峥放的饼干，看到包装袋上贴着他离开时做的无麸质记号的标签。

可能是怕被别人弄混，所以余峥在客厅里翻找出标签来，亲笔写了“无麸质”三个字后贴上，以区分其他普通点心。

季晏川顿了一下，然后默默地将手移开。他最终还是选择了节目组准备的那些普通零食。

接着他就突然开始八卦：“那你跟傅屿霁怎么回事？你俩肯定是在一起了！而且搞不好是有合法关系的那种！”

刚刚还淡定的夏灼灼突然跳起来，抓过抱枕砸向他的脑袋：“季晏川你有病吧！谁跟他有关系啊！”

季晏川心里苦，他只是随便说一句，不仅要遭受两对小情侣的甜蜜暴击，还要承受来自夏灼灼的物理暴击。

关键是他到底什么时候能找着对象啊！

他不想过完单身八周年，明年这会儿再过一个单身九周年啊。

两人在这边闹得热火朝天，跟季晏川组成绯闻情侣的许可柠反倒被落下了。

她紧咬着唇瓣，看向茶几上那几块无麸质饼干，趁季晏川不注意时就抓起手机，走到旁边去给洛萱发着微信消息。

正准备录制接下来篝火晚会观察室内容的洛萱，刚在化妆间补完妆，便收到了许可柠发来的消息：“洛萱姐，您让我打听的事情，有眉目了……”

洛萱见状，立即扬起得意的笑容。

她用余光瞥了下周围，见没人注意自己后，在贴了防窥屏膜的手机上打字道：“发现温时雾不是梨涡妹妹的证据了？”

此刻洛萱嘴角扬起，笑容压不住，已经开始想要怎么拿这些证据证明温时雾不是梨涡妹妹。

但下一秒许可柠的消息很快就发了过来。

“不是……”她语气很弱，“那个，余神刚才当着我们的面，展示了他用温时雾写真做的手机屏保，承认她就是梨涡妹妹了。”

洛萱脸色瞬变。她不敢置信地盯着屏幕上的字，反复阅读了好几遍才确认自己没有看错。

什么？！余峥居然承认了温时雾就是梨涡妹妹？怎么可能！

她认识温时雾好些年，从来没听说她认识余峥，可余峥跟梨涡妹妹明明幼年相识，而且至少十年前就认识了……

洛萱的面部表情都变得有些扭曲。

明明此前她跟温时雾走的都是甜妹的路线，但凭什么温时雾总是压她一头？现在竟然还搭上了余峥的流量！

洛萱紧紧地攥住手机。她都没意识到，她对温时雾的嫉妒，已经让她整个人变得跟之前不同了。

可她就是放不下，她就是偏想要温时雾栽一跟头！

思来想去，洛萱还是打了一个电话："可柠，你能不能再帮我一个忙……"

时间很快就到了晚上九点。

下午直播实在太甜，观众们有些意犹未尽，从而早就开始期待晚上篝火晚会的开播。

"准时准点来看只争朝夕，希望今晚篝火晚会还有新的挑战！"

"顺道看看伏夏组合，我现在觉得夏灼灼真不像网上说的那样，倒是傅屿霁才像追求者。"

"刚才没直播的那段时间，我回去反复欣赏了棒棒糖接吻那段，发现是傅屿霁故意凑近的。"

"这第三季好有意思啊，前两季都是装不熟，最后还是被网友发现蛛丝马迹，这季是怎么回事？"

直播间热闹极了，因为余峥和温时雾的流量，《绯闻恋人》的直播热度反增不减。

镜头对准还未点燃篝火的竹笼。

彼时，夏灼灼和温时雾已经抵达录制现场，看到直播镜头已经开了，姐妹俩活泼地凑近过去打着招呼。

不过两人打完招呼就跑了。

因为下午的情侣照拍摄已经完成，所以所有人都换回了便装。

今晚是篝火晚会而不是上一期录制的那种晚宴，大家都没有穿得太隆重，只是比较休闲随性的穿搭。

温时雾穿着牛仔吊带上衣。

蓬松的高颅顶半扎高马尾，披发间左右各编几组很细的小麻花，点缀着亮闪闪的粉蓝色皮筋，马尾前端还有个蝴蝶结。

直接甜晕全世界。

夏灼灼就穿得比较酷了。她本就有一米七多的身高，以白色吊带打底，外披一件轻薄松弛的黑色衬衫外套，披着大波浪，搭配同色系的阔腿裤和高跟鞋。

慵懒又帅气。

温时雾站在她身旁显得格外乖巧。

夏灼灼伸手揽过温时雾白皙削薄的肩膀，两人有说有笑地往竹笼旁边走。

三位男嘉宾几乎是同时来的。

季晏川看热闹不嫌事大："嚯！这俩人凑一起还挺养眼的哈！"

余峥和傅屿霁同时朝他睨过去。

两记冷眼让季晏川背脊有些发凉，他向左转头看了看傅屿霁，对上他冷漠如冰山的眼瞳，又向右转头看了看余峥，目光触及他似笑非笑的危险笑意。

季晏川立即识时务地在嘴巴上做了一个拉拉链的动作："得，我不说话了还不行吗？"

直播间哈哈哈哈笑成一片。

许可柠来得最晚，她刚抵达现场，看到的就是这幅其乐融融的画面。

另外两组绯闻嘉宾本就和谐无比。

温时雾又跟夏灼灼玩得好，跟双胞胎似的绑定在了一起，没人在意她。

而季晏川又漠视她，甚至在镜头前明着排斥并表示拒绝。

明明她也是女嘉宾之一，但在录制综艺的过程中却像个局外人。

许可柠委屈地咬住唇瓣，她低着头往温时雾那边走，想起洛萱刚才给她打电话时，拜托她做的那件事情……

彼时所有嘉宾都已经落座。

夏灼灼是要跟温时雾坐一起的，但这并不妨碍傅屿霁和余峥分别坐在各自的女嘉宾身边。

史珂抵达现场："欢迎六位嘉宾来到我们《绯闻恋人》第三季北滨站的篝火晚会！先给大家带来一个好消息。"

众人向他投去好奇的目光。

史珂像是非常骄傲的模样："这个好消息就是，今晚没有贴贴挑战！"

季晏川当场表示激动："感谢史导！史导最棒了！"

"但是今晚放过你们一马，是因为我们明天去滑雪场的挑战会比之前的难度都更高，所以，你别感谢得太早。"

季晏川脸色当场就不太妙。

温时雾跟夏灼灼窃窃私语："我就知道这个'屎壳郎'没憋什么好屁。"

夏灼灼点头："他能不让我们贴贴？他不让我们贴贴那才有鬼呢！"

但许可柠的脑子里却是难度更高，那应该会有更亲密的行为吧？

所以她又能接近季晏川了！

史珂："今晚的篝火晚会的流程其实很简单，节目组为大家准备好了烧烤和小烟花，大家吃好喝好玩好，自由安排，想玩什么游戏或者比如说想听某位唱歌的话自己组织哈！他唱一首歌太贵，我们录制组可请不起。"

夏灼灼："……节目组好抠！"

史珂笑着召唤来工作人员，工作人员拿着火把走向竹笼。

霎时间，火光冲天。

热烈的火焰点燃了北滨市的夏夜。

季晏川最先兴奋了起来。在火焰灼烧的那个瞬间，他就直接弯腰拿起一瓶香槟，拔掉橡胶塞朝周围喷去，俨然是庆祝今夜的开场："哇——"

"明天的挑战留到明天再痛苦！今天晚上先嗨起来，兄弟们！"季晏川热情高涨。

他向来喜欢组局，现如今史珂帮他攒了局，他自然是不能让这个场子冷下来的。

于是季晏川直接在每个人面前都摆了个酒杯，连许可柠都没落下，然后就开始挨个儿斟酒："来来来，兄弟们燥起来！"

温时雾："……"

夏灼灼："……"

身为两个很外向的人，此时见到季晏川疯成这副模样，也不由得安静下来！

许可柠欣然端起季晏川倒的香槟，还娇娇地道："谢谢晏川哥哥。"

季晏川瞬间起了一身鸡皮疙瘩，他连忙道："别别别，倒酒这种事在局里我向来一视同仁，我对你可没有其他的意思。"

许可柠笑容僵住，她不由得收紧手里的力道，偏偏余光还瞥见温时雾和余峥在亲昵互动。

大抵是两人都不想搭理季晏川。余峥不动声色地将温时雾面前那杯香槟酒拿开，然后便躬下了颈。

两人的脑袋凑得很近。

余峥低声问：“想吃点儿什么？五花肉？”

温时雾抬眸看向他时笑容很甜，梨涡也浅浅地漾出来：“你怎么知道呀？”

余峥意味不明地哼笑了声。他起身拿起几串节目组准备的，已经烤好了的猪五花递给温时雾。

季晏川看到：“来来来，辣椒面儿！”

他很热情地将调料罐递过去。

温时雾正想开口。余峥却悠悠地将没撒辣椒面的五花递去：“她不吃辣。”

温时雾唇瓣微张，还没说出口的“我不吃辣”，就这样被余峥替她说了出来。

季晏川还轻“啧”一声：“吃肉不吃蒜，香味少一半，你还不吃辣……”

他俨然一副温时雾暴殄天物的模样。

温时雾伸手接过烤肉，小声问余峥：“你怎么什么都知道呀？”

他肆意地向外伸着一条腿：“我这么忠心的大粉丝。”余峥在烤盘里为温时雾挑着她喜欢的五花，并认真辨别着哪几串是没放辣的蜜汁烤翅。听到温时雾问自己，挑起唇瓣，又递过去一串烤翅：“还能不知道我偶像的喜好？”

“也是。”温时雾眼眸笑弯，也从烤盘里拿了一串辣翅，回敬给自己的偶像，“就像我知道你吃辣。”

余峥的睫毛轻轻颤了下，接过温时雾递过来的那串辣翅，浓密的睫毛藏住桃花眼里的情绪。

片刻后，他状若无意地昂首：“嗯，以前不吃，现在吃多了就习惯了。”

温时雾对这番话倒是有些不解。她喜欢了余峥四年，清楚他很多喜好，就像知道他对辣从来都不忌口，也就跟大多数人一样，默认他是喜欢吃辣的。

倒不知他以前竟不是辣口。

于是温时雾好奇道：“那为什么突然开始吃辣了呀？不喜欢吃辣就不

吃呀，为什么要习惯自己原来不喜欢的事情呢？”

余峥躬着身将手肘搭在膝上。听到温时雾的问题，他略侧头用余光瞥过去，然后似有若无地发出一声低笑。

真是个笨蛋。

不过她能问出这种问题，至少说明，这些年有人将她保护得很好。她永远不用被迫做自己不喜欢的事。

余峥漫不经心地转着手里的铁签子：“因为需要，不想再让在意的人受到伤害。”

温时雾茫然地眨眨眼。她好像还是不太能理解余峥的话，但谈及吃辣与不吃辣，她却莫名想起谢礼……

阿礼哥哥就是很不喜欢吃辣的。他不喜欢吃辣的时候，就不吃。后来她得知了他不喜欢吃辣，就不管旁边谁想让他吃辣，她都护着不让他吃。

温时雾自顾自地想着，然后小口咬着手里的烤肉，看着篝火火焰，和旁边夏灼灼手中已经燃起来的仙女棒，又不由得开始想谢礼。

她发现，她最近好像格外频繁地想起谢礼……

温时雾单手托着腮。

这时夏灼灼拿着仙女棒跳过来：“小朝夕！来玩仙女棒呀！”

她将一根新的仙女棒借自己的火引燃，然后递到温时雾面前。

温时雾刚接过那根仙女棒，季晏川就厚着脸皮凑过来：“玩啥仙女棒啊！让它当应援棒不好吗？篝火晚会不得整点节目？这么大的顶流歌星坐在那儿！高低得让他给大家来一首啊！”

直播间观众兴奋地搓手手。

“我附议。”

“要是余峥唱自己的歌，是不是节目组连版权费都不用付了？”

“想听《梨涡妹妹》欸。”

“很少听余神唱《梨涡妹妹》，演唱会都得凭偶遇，上次安宜演唱会听说是唱了，但那场我根本没抢到票。”

“今天温时雾也在！余峥怎么着都得给我们来一首《梨涡妹妹》吧？”

余峥早就料到自己会被安排了。

本就是歌手，他没什么所谓。但季晏川让他唱不能作数，余峥只偏头看向温时雾：“想听？”

从季晏川说要让余峥唱歌开始，温时雾就放下了手里的烤肉，还将夏灼灼的那根仙女棒也抢了过来，真当成应援棒。

她小鸡啄米似的点头。

下一秒，史珂就让工作人员火速送过来了一把吉他。

余峥伸手将吉他接了过来，试着音调着弦。确认音准没问题后，便率性慵懒地将吉他放在自己的腿上。

然后又用手指拨着琴弦，弹出《梨涡妹妹》的第一个音，骄傲地抬起下颌看着温时雾，眼角眉梢都是笑意："想听什么？梨涡妹妹？"

温时雾微怔了一瞬，不知是在叫她还是说歌名，但摇了摇头："不听《梨涡妹妹》。"

不管是不是在叫她，她都不好意思开口让他唱为她写的歌。况且现在还是综艺直播。

余峥已是料到，他骨节清晰的手指摁在琴弦上："那我随意？"

温时雾手里的仙女棒已经快燃尽了。夏灼灼又点了两根新的递过来，看热闹不嫌事大地起哄："唱情歌！唱情歌！"

"夏灼灼！"温时雾恼羞成怒。

仙女棒的火焰映着她腻如白雪的侧脸，也不知道是火光的色泽映了过去，还是她就是因为起哄唱情歌而泛起红晕。

虽然观众们都想听《梨涡妹妹》，但余峥似乎没有这个打算。

不过大家都还是期待起他的歌声，亦不知道他会不会给温时雾唱情歌。

余峥笑："一首 *click*。"

"click"这个单词的释义很多，但在这首歌里，大概是向阳而生、窥见大光的意思。

他偏头："送给温老师。"

"这小子虽然不唱《梨涡妹妹》，但还是特意说送给温老师！"

"真的好喜欢余峥喊温老师，有种顶峰相见的宿命感。"

"大家开始听歌啦！"

直播间观众都屏气凝神地期待起来。

就连闹腾的夏灼灼和季晏川，这会儿也安静了下来，晃着手里的仙女棒成了最乖巧的应援团。

篝火的火焰跳跃着。

抱着吉他的余峥被围坐在中间，他姿态松弛地将乐器放在膝盖上，修长的手指拨弹琴弦，极有动感的和弦前奏响了起来。

温时雾也轻轻晃着手里的仙女棒，安静地看着余峥。

"Starin at the ceiling, tossin in my bed.
（盯着天花板，翻来覆去）
It's hard to get some sleep with all these voices in my head.
（当我脑海中有声音不断回响时总是很难睡着）
They say that it's all about timing.
（他们说它只与时机有关）
So I will keep waiting.
（因此我会一直等待）
And I will be patient.
（我会很有耐心）
Cause I know that one day it's all gonna click……"
（因为我知道终有一天一切都将会窥见天光……）

篝火的光打在他的半边侧脸。流畅优越的下颌线条，在黑夜与火光的晃动与变幻间或明或暗。

余峥的姿态很是肆意松弛。他半敛着眼皮，浓密的睫毛垂落在桃花眼的眼睑处，被微风拂动着的额前碎发，意气风发地闪动在火焰的照耀里。

抱起吉他的他就像是回到统治区。

他开始发光，闪耀得像是北滨市夜晚最明亮的星星，将这里变成属于他的大舞台。

"And when I'll look back in 10 years.
（当我回首过去的十年时）
All the blood, sweat, and tears will be worth it.
（所有的血，汗，泪都是我的勋章）
I'll bet my life on it.
（我要用一生做赌注）
One day things will click."
（总有一天我会拥抱阳光）

温时雾是第一次听他唱这首歌。

这不是余峥写的歌，而是一位叫 Jake Miller 的外国歌手的励志歌曲。而眼前的这位内娱的歌坛当红歌手，充满故事的嗓音，却将它唱出一种十年暗恋的宿命感。

他用一生做赌注，用十年付出所得的勋章，换取一张能来顶峰与她相见的门票。

篝火的火光跳跃得越来越明亮。

余峥抬起下颌看向温时雾，二人目光在篝火火焰里交汇。

他的歌声伴着极有动感的和弦，荡在北滨市今夜的夏风里。

这首歌也将近尾声，但它并没有一场流畅的收尾，余峥忽然收了拨琴弦的手，转而以并起的手指压住了琴弦。

他擅改了歌词。

一双似穿梭了时光的桃花眼，直勾勾地看着温时雾，清唱的一句词撞进了她的耳朵里："Now it has already been clicked."

直播间的观众们都很兴奋。

反观观察室，林星柚激动地晃着无辜的姜燃："好甜啊！这首歌唱的就是余峥过去的十年吧！节目组什么时候能安排我们观察室嘉宾去现场看他们啊！"

姜燃对此好像已经颇感麻木。他像个木偶，任由林星柚晃着，那脑袋也看起来很脆弱似的前后摇摆。

不管是粉丝还是谁都被余峥的这首歌感动到了。

"回首过去的十年，所有的血、汗、泪都是他的勋章！他做到了！"

"虽然不知道余峥十年前是什么样子，但现在他做到了！"

"我听到这首歌真的好想哭，余峥在国外训练的六年那么辛苦，他只身一人，十四岁时就出去了。"

"姜燃此时想说你把我当空气？"

"哈哈哈哈好吧，余神确实是跟燃哥一起去的！谢谢燃哥那六年照顾余神！"

"可我还是觉得好感动！余峥这些年的付出都是为了时雾，他是为了跟她顶峰相见啊！"

温时雾感动到的也并非十年暗恋。

坦白讲，即便温时雾现在已经知道了自己就是梨涡妹妹，却也不知余峥究竟是从什么时候开始暗恋她的。

仅能凭那一句话——

“往后余生，只争朝夕，顶峰相见。”

而略略判断出，大概十年前她出演小朝夕时，余峥就通过电视剧关注过她。但若说是因为她才走上歌手这条路，因她出道，为争朝夕，才来到顶峰的话……

温时雾未免觉得有些过于重了。

但余峥的歌声充满自由感与魅力是毋庸置疑的。他比篝火还炽烈张扬，比风还自由不羁，点燃了现场。

夏灼灼和季晏川激动地起哄。许可柠也是第一次听余峥的现场，颇觉沾了光，为他送上掌声。

但余峥对这些欢呼都不在乎。他拎起怀里的吉他，径自走到温时雾面前，挑眉问:“好听吗？”

“好听！”温时雾的笑容很甜。

上次去听余峥演唱会时，她还特意为他买了花，不过今天没有花。她站起身来，将手里的仙女棒轻轻转着递到余峥面前:“这个送给你。”

余峥意味不明地抬了下眉峰。

他伸手接过来。

还在呲着璀璨花火的仙女棒，在夜空里绽放着稍纵即逝的美丽。

季晏川已经在撺掇下一个节目了，他推举夏灼灼去唱歌，结果两人开始一起撺掇傅屿霁。

夏灼灼拿走余峥的吉他，塞到傅屿霁怀里:“让他唱！他也会！”

季晏川:“豪门总裁还会弹吉他？真的假的？夏灼灼你唬我呢！”

傅屿霁眉梢轻蹙。

他眼皮偏薄，稍一皱眉，墨色瞳仁里的目光便更加显得凝聚，透出的那种漠然寒意凉得季晏川一声都不敢吭。

但夏灼灼放肆极了，她骄纵地坐到傅屿霁身边:“唱！”

特别像霸道女总裁。

但闹归闹，此情此景，季晏川不敢苟同，更不会掺和这对疑似夫妻之间的事，说起来他怀疑这俩人有合法关系，也不是单纯瞎编乱造的……

是在亚兰岛录制结束的那天晚上。

他意外撞见傅屿霁一只手钩着夏灼灼的裙子吊带，另一只手掐着她的腰，把她压在墙上亲。

但这事季晏川是绝不会说的。

他默默退到一旁，继续为自己的单身身份而凄惨落泪。

直播间观众都以为傅屿霁下一秒就要跟夏灼灼翻脸，哪料他抱起吉他："不点歌？"

众人："？"

于是夏夜里又响起傅屿霁的吉他声和他给夏灼灼唱情歌的声音。

他的声线与余峥截然不同。

若说余峥的嗓音是性感不羁的，是灼烈自由的，是充满故事感的。

那么傅屿霁的声线则偏薄一些，也更清冷，干净清澈。

温时雾拉着余峥继续吃烧烤。

刚才没吃两串，季晏川就撺掇着人家去唱歌了，今天骑马的活动量本来就很大，当然要填饱肚子才可以啦。

傅屿霁的歌很快就唱完了。夏灼灼和季晏川都不敢再撺掇第三个人表演节目，免得撺掇到自己身上。

今晚的直播也接近尾声。

每次录制晚餐时，节目组都会很贴心地提前收工，给嘉宾们留下自由活动的时间。

季晏川趁许可柠不注意时就先行一步逃了，回浪漫小屋睡觉去，以调整良好的精神状态准备明天被史珂"坑"。

许可柠不甘心地轻咬唇瓣。她见季晏川回去了，也不想继续留在这儿，只临走前多看了温时雾一眼，不知道心里在想什么。

夏灼灼则拉着傅屿霁放烟花去了。

除了仙女棒之外，节目组还给准备了各种烟花，她自己爱闹又不想点，就让傅屿霁掏打火机。

不过温时雾倒是只喜欢玩仙女棒。她拿着一根星星形状的仙女棒，等余峥拨着打火机的齿轮帮她点燃。

细碎的小烟花炸出，温时雾心情愉悦地转着手里的棒棒："我听说，一根仙女棒可以燃烧 9 秒，释放出 180 亿个火焰，比银河系的星星还多。"

余峥也拿了一根仙女棒。他用打火机将自己手里这根点燃，跟温时雾凑在一起，释放 360 亿个火焰。

温时雾歪了歪脑袋："但是我觉得，仙女棒的火焰一点儿也不像星星。"

"嗯？"余峥懒懒地挑了下眉。他侧眸看着温时雾，看着那漂亮的火焰跳跃在她干净清澈的眼睛里。

不过温时雾似乎没想揭露答案。她转着仙女棒递到余峥面前，梨涡浅绽：“你看，你觉得它像什么？”

那个瞬间，仙女棒忽然被递到自己面前，余峥的回忆忽然被拉回十五年前的冬天，同样也是夜晚，不过如今是盛夏。

温时雾将一模一样的仙女棒递到他的面前，问他，仙女棒像什么。

十五年前时她曾经给过他答案。

余峥抬起眼眸，隔着两根仙女棒的星星火焰，在光影晃动里聚焦目光，将视线直勾勾地落在她的身上：“像太阳。”

温时雾怔了一下。

她像是没想到余峥会给出答案，而且还是跟她想的一模一样的答案。

“明明是夜晚，却也有太阳。”

第十章

雪场牵手

温时雾有些恍惚地看着余峥。

眼前的仙女棒火花已经逐渐燃尽，在火焰与视线的朦胧交汇里，她眼神一飘，有道少年身影，忽然跟眼前的余峥重合。

也是黑夜，也是同样的星星形状仙女棒。

只是那年冬，而今盛夏。

她曾拿着一根星星仙女棒，告诉那个少年："冬天的夜晚，也有太阳。"

余峥并没有再抬头看温时雾。他垂敛着眼睫，盯着将要燃尽的最后一点儿烟花。

在半明半暗的火光里，他的眉眼轮廓和鼻锋更显深邃立体。微风拂过他落在眉眼的碎发，也略微鼓动起他敞着领口的黑色衬衫。

尤其是捏着仙女棒的那只手，因为指骨清晰且手背肌肤白得隐约有青筋浮现，不免让人觉得处处都透着性张力。

他的魅力实在太强，身上每处细节都散发着男性的荷尔蒙气息。

温时雾轻抿了下唇瓣，内心忽然有点儿歉疚，因为刚刚那个瞬间，她好像将余峥当成了另外一个少年。

而余峥并未察觉到她的情绪变化。

仙女棒燃尽了，他拿过旁边剩的几根："还玩吗？"

"不玩了。"温时雾摇了摇头，捏着手里烧完的仙女棒没丢，仍然侧着脸，直勾勾地看着余峥。

可是真的好奇怪……

明明是截然不同的两个人，可她为什么看见余峥时，总会想起谢礼？

其实眼睛好像是有点儿像的，他们都是桃花眼。

只是余峥的桃花眼比谢礼的显得更嚣张肆意一些，眼神也更加灼烈，就连脸颊轮廓也比谢礼生得更冷硬些。

倒是有一处确实不同，她记得谢礼右耳耳垂上有一颗红痣，很特别，很漂亮，她很喜欢。她以前还经常伸手摸他耳垂的朱砂痣。

小谢礼特别害羞，每次她用指尖轻轻碰他的痣，他的耳朵就红得特别特别厉害。

但她没看到余峥耳垂上有痣。

不过，余峥右耳耳垂上有枚黑色耳钉，没什么形状，很小的一颗。

她曾经也跟樱桃她们凑在一起，讨论说这颗耳钉好像一颗朱砂痣。

她正想将视线从余峥身上移开，哪料余峥这时慢悠悠地昂起下颌，目光忽然与她在篝火的光晕里相撞。

像是偷看被抓包似的，温时雾慌忙别开脸躲避他的视线，就连捏着燃烧殆尽的仙女棒的手，也不由自主地收紧力道。

余峥慵懒地伸了下长腿，好笑道："怎么回事？偷看我还不好意思了？"

又没说不允许她看，他明明就在这里，她可以尽管看。

"本来是光明正大看的。"被戳穿的温时雾也没再忸怩，"但你忽然转过来看我，就感觉像偷看被抓包了。"

不然要怎样？

继续直勾勾地看着他，目光相撞后更肆意地对视？那画面想想就很暧昧……

温时雾就是再坦荡，也不好意思这样盯着一个刚跟她坦白喜欢她的偶像看。

余峥笑出声来。他意气张扬地抬起下颌迎着风，随手从旁边的木桌上拿来一罐啤酒，单手起开后，便拎起来喝了一大口。

不过他没有立刻咽下去，酒水鼓着一侧腮，侧眸挑看温时雾时，竟莫名显出了几分少年的可爱。

"余峥。"她忽然喊他的名字。

他语调悠懒上扬："嗯？"

哪料温时雾忽然弯腰凑近，指尖钩住他的下颌尖，将他的脸向自己的右边一转，认真地看着他右耳耳垂上的耳钉。

余峥的背脊一僵。

他在温时雾面前向来没有任何抵抗力，她只用指尖轻轻碰了他一下，他就觉得脊骨酥透了，恨不得缴械投降。

他不知道她要做什么。

她凑得很近。浅浅的呼吸洒落在他的右脸颊上，蔓延着让他颈线都有些紧绷起来，也不知道酒是什么时候咽下去的。

而温时雾盯着他的右耳，看了好久，还忍不住用指尖轻轻碰了一下。

那个瞬间，余峥浑身的肌肉都绷紧了。耳垂是他的敏感地带，像含羞草，被温时雾碰一下，几乎就被染得通红。

他喉结轻轻滑动着，甚至都忍不住叫了她的大名："温时雾。"

"啊？"温时雾应声，但视线没挪开，指尖还在他耳钉附近拨弄着。

余峥声线低哑："你干吗？"

但温时雾回答得很是坦诚："我在观察你的耳朵。这个是耳钉吗？"

"嗯……"余峥的嗓音仍然很哑。他不敢乱动，心想温时雾到底知不知道凑这么近玩他耳垂，还把呼吸落在他脸上，真的很让他心动。

"余峥。"她又喊他。

余峥此时非常受不了她喊自己的名字，像下蛊一样："……嗯。"

指尖用力，抵着余峥的下颌尖，温时雾又将他的正脸转过来让他看着自己："你右耳上有痣吗？"

余峥蓦然震了一下。他看着温时雾，因为背对着篝火，没有多余的光，所以桃花眼里那两颗乌色的瞳仁显得格外黝黑清亮。

"就这里。"温时雾又碰了碰他右耳上的耳钉，"耳钉下面，有红痣吗？"

谢礼是有那样一颗痣的，很有标志性。

她第一次觉得余峥像谢礼时，还特意观察过他的右耳耳垂，因为没看到那颗痣，所以就没多想了。

但她最近总是频繁想起谢礼。

而余峥今晚又说了她当年跟谢礼说过的一样的话，所以她觉得还是应该问一问。

余峥目光沉静地看着温时雾。

他在想，她是不是发现了什么，同样也在想，他到底该不该让她发现什么。

少年谢礼自小生长在淤泥里，活得卑微。

母亲当年为追逐歌星梦，在酒吧驻唱时被星探瞧上，却又在签约经纪公司临出道之前，被经纪人丢进一场此生不愿再回忆的酒局。

而当年的谢知秋离大红大紫只差一步。

事后他们许诺谢知秋很多，说会给她砸钱，砸资源，给她出唱片，把她捧成最火最耀眼的歌星。

但谢知秋拒绝了。

她坚韧，干净，就算活得没那么精彩，却也骄傲进了骨子里。

她不愿用这种事来换一个前途。

所以她不断尝试曝光、报警，想要揭露这黑暗的一切，为自己讨个该得的公道。

但最终的结果并不如意。

肮脏的事情未见天光，一颗还没来得及冉冉升起的新星，就这样被拖垮着坠进了泥潭里。

余峥就是这样诞生的，他诞生于那晚的黑暗。

所以当初谢知秋生下他就选择离开这个让她失望的世界，只有谢知秋的亲弟弟谢冬凛能抚养他。

这样的一个婴孩是在不被期待的环境里诞生的。

所以谢冬凛原是给他起名为“谢罪”的，既要他替做错事的人向谢知秋谢罪，也要他为自己不被期待的降生谢罪。

是温时雾给了他一个新的名字，给了他新的希望。

但谢礼深知自己从来都配不上温时雾。

哪怕他穿着最体面的衣服，抱着最精致的蛋糕，都会被颁奖典礼外的保安驱逐，说温时雾怎么可能有他这样的朋友。

所以他没有选择主动坦白，他没敢告诉温时雾自己就是谢礼。

他原本只想用崭新的、闪耀的“余峥”这个身份站在她身边，与她重新相识。

哪怕这样的身份远远不及少年谢礼熟悉和亲近。

他不想再站在她身边的时候，让别人觉得她的世界里根本不配出现这样一个人。

可是她问了。

他不知道温时雾只是单纯好奇，还是怀疑，又或者她对自己的身份已经近乎确定了。

他也永远不可能欺骗温时雾。

就算以后又不配再站在她身边了，面对温时雾，过去的谢礼，如今的余峥也永远舍不得骗她，永远不可能对她手段卑劣。

所以他低声道："现在没有。"

温时雾的心脏被抓得有些紧，好像有什么答案呼之欲出："现在……是什么意思？"

"以前右耳耳垂上有一颗红痣，后来出道时，确哥说找大师算过，这颗痣不吉利，不利于星途，然后就点掉了。"

余峥抬手摘掉右耳的那枚耳钉。

点痣是不留痕迹的，那里如今只剩下一个很小的耳洞，平时被他常年不摘的黑色耳钉盖住。

温时雾呼吸一滞，余峥竟然真的耳上有痣……

以前，她觉得余峥耳垂上没有痣，所以一定不可能是谢礼。

那现在呢？温时雾的心情有些乱。但一颗红痣似乎又证明不了什么，余峥和谢礼还是有很多不同。

例如谢礼不喜欢吃辣，但余峥能；例如谢礼漂亮得说是像小女孩一点儿也不夸张，但余峥轮廓硬朗，性张力十足；例如谢礼性格内向，喜欢独处又不爱说话，但余峥骄狂张扬肆意不羁，骨子里就很骄傲。

哪哪都不同，却处处有谢礼的影子。

例如仙女棒像夜晚的太阳，例如将山药泥捏成花……对，还有端午节的五彩绳，她曾经送给谢礼一根自己戴过的五彩绳，虽然后来的端午节他们再未重逢。

可如果余峥真的是谢礼，他为什么不告诉她？

温时雾抿着唇瓣没有再问。

在这种不确定的情况下，贸然错认一个人是很不礼貌的事情。况且，就算余峥真的是谢礼，他没有主动说，也可能是因为不想被人发现。

那她就更没有理由戳穿。

这是余峥自己的秘密。

而余峥在给出她答案后，心脏也被攥得很紧，他捏着手里那枚黑色耳钉，顶针抵在他的指腹上，像是随时要穿透手指。

他不知道温时雾在想什么，他也不知道接下来该怎么办。

要说点儿什么吗……

结果两人同时开口："你……"

温时雾和余峥侧眸对视，火光闪烁间，他们的视线里好像都多了很多不同情绪。

篝火都已经快烧尽了，余峥才开口："回去吗？"

“嗯。”温时雾轻轻地点了下头，没有再多说什么别的话。

余峥的心悬得更高。他希望温时雾能再问点儿什么，却又同时祈求着她不要再问下去了。

那枚耳钉仍然被他攥在手心里，没有重新戴回去。

两人依然是肩并着肩往浪漫小屋走，亦如上周末录制结束后一样的画面。

但现在的余峥却觉得这条路像末路，以至于他全程没有开口，有意无意地跟温时雾保持了礼貌的距离。

直到温时雾又喊他：“余峥。”

夜渐深，风有些大了。

晚风鼓动着余峥单薄的黑色衬衣，他敞着领口，额前碎发也被吹得有些凌乱。

温时雾喊住他的时候，他停住脚步，站在路灯下偏头看她。

温时雾小跑着朝他靠近，不满的语气有些娇嗔，坦荡利落：“你干吗躲我？”

躲她？他没有。

余峥看着仰起小脸的温时雾，不知道她怎么会问出这样的问题。

但温时雾却很明显地察觉到了余峥的情绪。当她问关于痣的事情时，余峥好像很逃避，之后就开始沉默，不然回去的路上他肯定会跟以前一样说点儿什么逗她。

温时雾不想让余峥误会。

如果余峥是谢礼，会误以为她嫌弃谢礼；如果余峥不是谢礼，误会她把他当成了另一个右耳耳垂上有痣的男人的替身。

温时雾都想解释清楚。

她作为粉丝，喜欢上的是这个人。

就算喜欢了，也喜欢的是他这个人。

无关他是谁，无关他的过去。

于是温时雾佯装娇嗔，绕过那个余峥或许不想提及的话题，小声嘟囔道：“星星果然是需要被仰望的……”

“什么？”余峥没反应过来。

温时雾指指自己，又指指他：“我是小太阳，你是最闪耀的那颗明星。

“现在是晚上，太阳落山后呢，星星就会升起来。所以想要观星的时候，哪怕是太阳也需要抬起头来仰望他。

“我仰望你那么久，好不容易跟你成为朋友，结果你又莫名其妙地疏远我……”

刚才还心情低落的余峥这会儿被温时雾惹得哭笑不得。

他抬手轻弹她的额头：“笨蛋，你在想什么乱七八糟的，我哪里疏远你了？”

“那你走那么快。”温时雾用手指比画，“仗着你腿长，刚才我们两个之间的距离就像隔着一条银河一样。”

余峥终于明白了温时雾的脑回路。

她看出他情绪不对了，所以这是哄他呢。

那她到底有没有发现他是谢礼呢？

这时温时雾忽然踮脚凑近：“所以，我才说，星星果然是需要被仰望的嘛。”

无论你只是余峥，还是曾经卑微到尘埃里的谢礼。

“我的意思是——”

你不必卑微，不必彷徨。

“余峥。”温时雾眨着眼睛，直勾勾地看着他，眼神干净真诚，“你是我仰望的星。”

余峥垂眸望着温时雾。

路灯将他笼罩在暖色调的光里，连同眼角下落的桃花眼，都被染上闪耀的润泽。

太阳落山后，想夜幕观星也需要仰望。

可他的太阳又哪里会落山呢？

分明是太阳将他当作了星星，所以才甘愿落下来，让他闪耀，然后抬头去仰望他。

是她让他成了星星。

只有她，无论在他落魄还是闪耀时，都将他当作一颗闪闪发光的星星。

温时雾伸手：“耳钉可以送给我吗？”

余峥的眼睫又向下敛了敛，他缓缓摊开手掌，那颗被他在手心里攥了很久的耳钉，已经在他的皮肤上戳出一个窝窝。

他将耳钉放在掌心里递给温时雾。

温时雾将那枚小耳钉捏起，有些骄傲地朝余峥晃了晃，然后摘掉自己的耳环，将那枚耳钉戴到自己的右耳上，又俏皮地朝余峥那侧一歪，凑到他眼前展示着："以后是我的了。"

"好看吗？"她用指尖轻轻点着。

实话说，没有她原来的耳环好看。

余峥声线略紧："……好看。"

温时雾转回眸来看他，发现他根本没有在看耳钉，而是在盯着她的脸看。

于是她还拿出手机当镜子照了照。她侧着脸，很认真地评价道："不过好像还是你戴着它比较好看，我怎么就戴不出你那种好看的样子？"

余峥："……"

"温时雾。"他很认真地叫她。

她骄傲地抬起脸蛋："干吗？"

余峥抬手便用力点了下她的眉心："姑娘家的，戴这种的确不太合适。"

"喔。"温时雾很乖地应声。

余峥又沉默了很久，最后还是忍不住地问了一句："所以，你在外面到底还有几个喜欢的偶像？"

刚才还欢快地哄着余峥的温时雾忽然呆住，她唇瓣微张，怔怔地看着余峥。

想起他们第一次见面时，她把余峥当成保安，让他别删自己偶像的照片。

当晚她就做了噩梦。

那只像极了余峥的恶龙追了她一路，最后也是问了这个问题："所以，你在外面背着我还有几个偶像？"

被当面质问的温时雾原地抓狂："你别管！"

话音落下，温时雾拔腿就走，但她腿实在不算长。余峥懒洋洋地双手抄着兜，以正常步速跟在温时雾身后，就能轻轻松松踩到她的影子："你还喜欢谁？

"他们长得比我帅还是唱歌比我好？

"什么类型的歌手？

"不会是演员吧？去年跟你一起拍《扶光》演你追求者的那个？廖寂？

"还是前年拍《巴黎玫瑰》那个，暗恋你一整部剧，结果准备告白前被车撞了的那个……叫什么来着？柏浅？"

“是柏深。”

“他有点儿太大了吧？”

温时雾：“……”

“余峥。”温时雾终于停住脚步，轻皱着眉头扭头看他，严肃评价道，“你好没礼貌。”

余峥扯着唇角哼笑了一声：“我跟要和我抢媳妇儿的人讲什么素质？”

余峥的口吻直白而又嚣张，把温时雾说得一愣一愣的。

什、什么媳妇儿老公的？！

她脸都红了：“你……你不要脸！”

余峥肆意地弯起唇瓣，他偏头，温柔的目光落在她身上：“嗯，对。”

“我不理你了。”温时雾别过脸。

她又加快步速小跑着往前赶，左耳耳垂上挂着的耳环跟着她一块摇摆，右耳换成了余峥的黑色耳钉，跑起来的风带起落肩的长发时，使得那处又格外显眼。

通过观察节目录制环境，猜出录制点的狗仔们在路边灌木丛里蹲了好久，终于等到了出现的只争朝夕。

一张没有快门声也没有闪光灯的照片，被他们手疾眼快地拍下来！

照片里温时雾小跑着，余峥悠懒地迈着长腿在后面跟。晚风拂动了两人的发，而温时雾右耳上那枚跟左边不对称的黑色耳钉，在灯光的照耀下像黑曜石一般明亮。

#温时雾 耳钉#相关话题很快就上了热搜。

温时雾的知名度本就很高，这微博里还带着余峥的话题词，同时进入了两人的微博广场。

粉丝们都火速涌来。他们发现余峥经常戴在右耳上的那枚耳钉，竟然跑到了温时雾的耳朵上！

“啧啧啧……小情侣下播后背着我们偷偷赠送耳钉，而且还戴上了！你们说这应该是发展到哪一步了？”

“定情信物咯。”

粉丝们直呼只争朝夕甜得不能再甜。就是不能实时紧跟进度，不知道他们到底谈了没有。

而温时雾回到浪漫小屋，刚趴到床上拿出手机，就看见林意羡发来的微信。

她直接将热搜截图甩了出来。

温时雾很窘。她实在是没有想到，自己只是讨来耳钉哄了下余峥，居然就被媒体拍到了。

一般很窘的时候，温时雾就想吃点儿甜甜的东西，但她外出大多都是为了工作，所以没有随身携带糖或者小饼干这类甜食的习惯。

而且还必须限制无麸质的。

温时雾不高兴地瘪嘴。

但这时手机忽然振动了一下。

她百无聊赖地捞起手机，结果看见是“Z.”的微信，她眼睛忽亮，很是双标地立即点进去。

就看到余峥发来一张照片，是客厅点心盘里单独包装的饼干：“楼下客厅有无麸质小饼干，想吃的话自己去拿。”

温时雾瞬间就从床上翻了起来。

她立刻冲出房间，雀跃着就要去拿余峥给她准备的无麸质小饼干，结果恰好撞见在客厅鬼鬼祟祟的许可柠。

许可柠这会儿正紧张得要命。洛萱在电话里说，要她找机会弄点儿带麸质的东西，让温时雾吃下去，看看她过敏到底有没有那么夸张。

过敏要是能让她脸上也长点儿过敏的疹子什么的，退出节目录制，那最是皆大欢喜。

许可柠原本是不想做的，但她跟洛萱一家公司，洛萱又正是公司捧着的红人。洛萱许诺给自己影视资源，让自己替她办这件事情……

许可柠咬了咬牙，还是同意了。

她今天一整天都在找时机，但之前在镜头下面总归不好动手。

不过她下午注意到了余峥给温时雾准备的无麸质小饼干，这会儿趁着客厅没人，就想去把那些饼干给换掉。

但许可柠没有想到。她刚到客厅没多久，刚将口袋里贴了无麸质标签的普通带麸质饼干拿出来，警惕观察身后时就看到了温时雾。

许可柠背脊忽然僵住。她紧张心虚地转头看向温时雾，不由得将手里的饼干攥得更紧，生怕会被对方看到：“温、温老师……”

温时雾看着有些奇怪。

都是做演员的，她很敏锐地就从她的眼神和状态里察觉到了心虚的意思。

“可柠？”温时雾眨着眼睛，“这么晚，你来客厅做什么呀？”

许可柠紧张得额头冒汗：“我……”

大概是从没做过这种事情，这会儿面对温时雾，她心虚得连眼睛都不敢抬。

而温时雾视线下落，她注意到了许可柠手里的东西。

许可柠抓了好大一把饼干出来，这会儿包装袋从她的指缝里溢了出来，就算许可柠将手背到身后，也因为掌心出了太多汗，抓不牢。

“啪嗒——”

一枚饼干掉到了地上。

随着这一声，许可柠蓦然惊悸，她连忙弯腰想将饼干捡起来，却没想到温时雾先她一步蹲下身捡起地上那块掉落的饼干。

原本是帮许可柠捡的，温时雾却意外看到饼干包装上贴着的“无麸质”标签。

想起余峥说过他在客厅给她准备了无麸质饼干，还特意贴了谨防过敏的标签。温时雾不由得转眸看向茶几，果然看到那里摆着一个精致的小盘子，上面放了好几块饼干，跟今天在林海时余峥递给她的饼干包装一模一样。

许可柠慌死了，她趁温时雾不注意，连忙将手里剩下的饼干藏回口袋：“温……”

但她话音刚出，就见温时雾转过身，弯腰从茶几上拿起一枚无麸质的饼干，看上面贴着的标签。

标签上的字迹潇洒张扬，笔锋锐利。

身为余峥的四年老粉，又刚收过他亲笔签名，她对余峥的字迹很熟。

而另一块从许可柠手里掉落下来的饼干，上面的字迹却比较普通，而且一看就像是女孩子写的。

这个瞬间温时雾几乎立刻就明白发生了什么事——许可柠是想将无麸质饼干换成有麸质的，许可柠想让自己过敏。

温时雾不记得自己哪里得罪过许可柠，她抬眸看着许可柠。

许可柠也不傻，见状，她便明白温时雾一定是猜到了，她脸色瞬间煞白：“温、温老师！对、对不起！我其实——”

“可柠。”温时雾打断了她的话。

许可柠虚得腿脚都发软，她在这几秒钟的时间里脑补了很多。

她在想温时雾会怎么质问她，会不会将这件事曝光出去，自己的星途会不会因此被毁？

她开始后悔答应洛萱……

许可柠闭上了眼睛，已经开始默默等待温时雾的质问，而她什么都狡辩不出来。

可温时雾只是浅浅地笑了下。她垂敛着眼睫，将从地上捡起来的饼干上的虚假无麸质标签撕掉后，递回到许可柠的面前："这个还给你。"

许可柠不由得蒙了，怔怔地看着温时雾，鬼使神差地伸手接过那块饼干。

然后，又见温时雾弯起眼眸，梨涡浅绽着将手里的另一枚饼干也递给许可柠："这个也送给你。"

她笑得很甜，像明媚的小太阳般抚慰着人心："虽然我从来都不知道普通饼干究竟是什么味道，会不会比无麸质饼干好吃些，但我觉得这款曲奇还挺好吃的，你尝尝看，跟你口袋里那些是不是一样的味道。"

许可柠很震惊地看着温时雾。

她实在没想到，等待她的不是她脑海中的所有结果。明明是她想害温时雾，但温时雾却以最温和的方式，告诉她——

我发现了。

我还拆穿了你口袋里那些贴了无麸质标签的饼干其实都是有麸质的。

但我不追究。

她甚至还把自己的饼干送出了一块。

原来，网上对她的评价都是真的。一个人能够讨得大多数人喜欢，在娱乐圈这么多年都没被爆出任何黑料，的确是有原因的。

许可柠看向温时雾，见她早就已经转过身去，穿着睡裙蹲在茶几前面，可可爱爱地将余峥给她准备的那些无麸质饼干，一块一块地揣进自己怀里。

许可柠轻咬唇瓣，歉疚地低下了头："温时雾，对不起，我原本不想这么做的……"

温时雾转眸看她。她笑容很浅，眼眸弯成月亮："其实麸质过敏是很容易闹出人命的。

"我不知道以前哪里得罪过你，不过，这种事以后还是不要再做了呀。"

温时雾的温柔让许可柠的愧疚之心更甚。

她更后悔自己鬼迷了心窍，在洛萱以利益诱惑下没能守住底线，答应帮她做这种恶事了！

她原本跟温时雾也没有冲突。她只是有些嫉妒温时雾跟余峥关系那么好，嫉妒她讨人喜欢……

而温时雾将饼干都捡进怀里揣着后，便绕过许可柠的肩膀径直离开。

“嗡——”

这时，许可柠的手机振动了起来。

洛萱迫不及待地问：“怎么样？做好没？这么点儿小事你到底要办多久？”

许可柠不会再帮洛萱了。其一是她已经被发现了，之后温时雾对她肯定会有更高警惕；其二是她不觉得温时雾如果第二次发现后还会给她保持体面的机会；其三是她对温时雾有了歉疚之心。

许可柠拿着手机，低头回复：“洛萱姐，你拜托我的事，我应该做不了了。”

洛萱立即就给她打回电话，她压低的声音里带着一点儿怒气：“怎么回事？你不是答应好的吗？”

许可柠咬了下唇。她如实将刚才发生的所有事情，全部跟洛萱讲了一遍：“洛萱姐，我实在觉得这种害人的事情我们还是不要……”

“窝囊！”洛萱直接破口大骂。

她像是恨铁不成钢，实则是更恼许可柠没替她办好事，自己的目的没达成。

“温时雾只不过给了你点儿小恩小惠，你就要向她倒戈了是吧？你的优柔寡断最后只能害了你自己！

“她那都是装的！她表面跟你笑得那么甜还送你饼干，说不定回去就准备曝光你！

“如果温时雾过敏了！她就会退出这档节目录制，你就会比原来多很多镜头！说不定以后她的角色都会变成你的！”

许可柠不予认同。

她觉得，她可以设计绯闻，可以炒作，但害人不可以。

况且许可柠觉得温时雾撕掉标签后才换饼干的行为，就已经是在告诉自己，她发现了，她只是不想当面让自己难堪。

她并不是想装什么。

许可柠：“对不起，洛萱姐……”

洛萱无语地翻着白眼：“算了！这种事还得我亲自来！幸好林星柚今天跟节目组说要来现场，给史导整得怪激动的，还真安排我们明天来北滨市做空降嘉宾。”

等她来了，她自己再找机会！

但温时雾其实很不开心。

她回到卧室后就直接趴到了床上，将捡回来的那些小饼干撒在面前，单手杵着腮，另一只手挨个儿拨弄着。

她馋，但是不敢吃。

温时雾深知自己麸质过敏很严重，稍微吃多了些就很有可能休克。

外出用餐时，也习惯了跟别人用不一样的餐，不知道是否含有麸质的餐品，她就一律当作有过敏风险的处理。

明明余峥是特意给她准备了无麸质小饼干的，别人准备的食物她都会警惕，可余峥给她准备的她不会。

开开心心下楼寻觅小饼干，却没想到意外撞见许可柠偷换。

哪怕许可柠道了歉，温时雾也不十分敢确定，手里这些贴了余峥亲笔字迹标签的饼干是原装的还是被替换过的。

有没有可能是将余峥的标签撕下来，贴到有麸质的饼干包装上的？

所以温时雾现在只能看着这些小饼干发呆，再怎么拨弄也分不清那些包装，更没法现场检测饼干里的成分。

“唉……”

温时雾懊恼地趴进了被窝里。

她用下巴枕着床垫，陷下去个小窝窝，生着气用手将那些小饼干推开。

这时手机振动。

她瘪着嘴伸手将手机捞了过来，抬抬眼睫就看到余峥发来的消息。

Z.：“饼干拿到了？”

温时雾：“嗯……”

这时余峥也已经洗过澡换了睡衣，但他睡不着。

习惯性地抬手摸耳垂时，又察觉到耳垂空了，自己平时戴的那枚耳钉被温时雾讨了去，不知道这会儿她摘没摘。

于是他便姿态慵懒地倚着阳台，一边吹着温柔的晚风，一边垂眸给温时雾发着消息：“不好吃？”

他感觉到温时雾不怎么开心。

不然这会儿她拿到饼干应该会雀跃得转圈圈，给他丢来很多可爱表情包，然后开始分享哪个口味最好吃。

但她这次只发了一个“嗯”字，还跟着一串省略号。

温时雾不知道该怎么说，但她向来都不是喜欢掩饰情绪的人。

高兴也好不高兴也罢，她从来都会很直接地表现出来，大不了就是生一顿气或者哭一顿，扭头就重新阳光明媚起来。她在情绪上是不会骗人的。

温时雾：“没吃到。”

温时雾：“小饼干明明就摆在我面前，但是能看不能吃。”

余峥眉峰微抬。他姿态懒散地斜倚着阳台栏杆，头发因为刚洗过还有些湿，垂在眉眼前更显出几分锋利与性感：“不是给你贴了无麸质标签？挑着我的字迹找，别拿错了。”

他最怕她过敏。

温时雾收回一只手臂，垫在下巴下：“找啦，但还是不敢吃。那些饼干可能跟其他有麸质的弄混了，我分不清。”

余峥的眉毛不由得皱了皱。

弄混了？怎么会？

他敛着眼睫思索片刻，随后便转身走回卧室，片刻后温时雾就听见敲门声。

温时雾慢吞吞地从床上爬起来，走过去将房门打开，没想到映入眼帘的是一件男款的蓝黑色缎面睡衣。余峥领口微敞，姿态慵懒地倚着门框，许是因为刚洗过澡又换了睡衣，额发上的水滴还向下滴落，恰好滴在了他的锁骨上。

白得格外灼眼。

温时雾没想到来敲门的是余峥。她讶异地抬起眼，便见余峥肆意地笑看着她，朝她伸手，掌心里躺着几块从行李箱里新翻出来的无麸质饼干：“怎么回事啊？谁惹我们梨涡妹妹不高兴了？”

温时雾怔怔地看着眼前的饼干。

她没有想到，刚刚还以为吃不到了的小饼干，现在就像失而复得一般，重新出现在了自己面前。

余峥抬抬手：“不拿走？”

温时雾抬起眼眸回视他，在撞进那双含着笑意的桃花眼里后，方才的阴霾几乎一扫而尽，她重新明媚了起来。

她立刻伸手拿起饼干。

比起刚才对待那些从客厅拿回来的，她毫不犹豫就撕开包装袋，没有任何防备地咬了一口："好甜。"

"不高兴？"余峥问得直白。

他就是从微信聊天里察觉到她的情绪，才特意深更半夜带着饼干来找她。

温时雾雀跃地吃着饼干，眼角眉梢都被牵起笑意："现在高兴了。"

余峥挑眉："刚才怎么不高兴？"

她眨了眨右眼："现在的高兴，可以完全取代刚才所有的不高兴。"

毕竟她也只是因为想吃小饼干吃不到而心情不爽，现在吃到啦，当然心情明媚！

余峥无可奈何地扯着唇角笑了声，用手指点了下她的额头："笨蛋，怎么总是这么好哄？"

温时雾心道好哄还不好呀？她从小就是个没心没肺的性格，长大后随着互联网的发展，粉丝们还精准地给她扣了一个动物塑的标签——快乐小狗。

乐天派的世界里没什么是悲伤的。如果真的悲伤就吃点儿甜的，一点儿不够就两点儿。

于是温时雾心情愉悦地炫完了饼干，将刚才的烦恼全都抛诸脑后。

她娇俏地抬起脸："谢谢你呀，余峥。"

余峥有些怔然，只是来送她几块小饼干，就能让她云开雾散，重新露出太阳般的光芒。

他没想到温时雾会跟他说谢谢。

温时雾很真诚地看着他："如果没有这几块小饼干，我肯定会一整晚都很不开心。所以，谢谢你呀，余峥。"

余峥看着温时雾充满了真挚与感谢的那双眼睛，忽然觉得他还是有点儿用的。

但她不知道的是，她曾经给过他的，远比这几块饼干要多。

于是余峥又低声道了句："笨蛋。"

真好哄，真可爱。

温时雾的确重新心情明媚起来。

她没舍得将所有饼干炫完，还留了几块准备明天随身携带着当小点心。

从客厅里拿回来的那些则被她收好，单独放在一个小盒子里，以防弄混误食。

温时雾站在浴室的镜子前。她偏着头摘掉右耳耳垂上那枚跟余峥讨来的黑色耳钉，用酒精湿巾认真给耳钉消过毒后，存放进自己的首饰盒里。

就连洗澡时都心情雀跃。

温时雾快乐地揉着泡泡，不知不觉就哼起余峥写的那首《梨涡妹妹》，旋律和歌词被她顺下去，头发上和身上的泡泡也被她冲净。

温时雾忽然脑海里灵光一闪，想起今天晚上，她拿着仙女棒跟余峥在夜色下并肩而坐。

这画面跟小时候她拿着仙女棒去找谢礼时的画面瞬间重合。

而她刚才哼着的歌词也瞬间跑进脑海。

“黑夜走过陋巷，我抬头看见太阳。

“说好等雪融，等烟花，等太阳升起，等三分春色，等……”

温时雾的目光忽然呆住，唇瓣微张，花洒的水沿着她的发丝滑落下来，沾染在晶莹剔透的唇瓣上。

短短几秒钟的时间里，大脑中仿佛电光石火。余峥写给她的《梨涡妹妹》的歌词跟她和谢礼的童年高度重合，还有之前被发现的所有的蛛丝马迹……

温时雾忽然抬手关掉水，她光着脚就跑出浴室，很慌乱地随意扯了条浴巾裹在身上，没有完全将水擦干，就跑回房间去拿起手机。

打开音乐软件上的余峥专属歌单，点开那首《梨涡妹妹》。

再熟悉不过的前奏响了起来，渐而是余峥性感低哑又充满故事感的嗓音。

“黑夜走过陋巷，我转身看见太阳。”

十五年前冬的陋巷，她曾拿着一根仙女棒跟谢礼说，冬天的夜晚，也有“太阳”。

“能否让我握住那场梦，别走散在春日时分。”

十四年前春，《春鲤赋》杀青。当时因为恰好赶上一场大典，剧组里很多演员都受邀参加，包括导演。所以当时连杀青宴都没正式举办，很快就散了。温时雾也被匆匆揪去参加活动，没来得及跟谢礼告别。

哪料他们自此再未见过。

“可我们明明说好的，说好等雪融，等烟花，等太阳升起，等三分春色……”

这都是他们曾经的约定。

因为那年冬天太冷，温时雾不止一次地看见过，余峥穿着单薄的衣衫坐在廊下，修长漂亮的手指生了冻疮。

温时雾总会拿哥哥的羽绒外套来找他，跟他说，春天马上就到啦。

还有歌词里那句“顶峰相见”，她和余峥每每介绍自己名字时都会说的顶峰相见……

十年前，她在《暖冬》里出演小朝夕大爆。

随亲生父亲温盛意，也就是在剧里饰演她父亲的演员盛意一起参加颁奖典礼。

她记得，她到现在都记得。

那年红毯上，她分明听见有人在喊她的名字，声音像极了谢礼。即便回头寻找时不曾得见，温盛意派去的人也没有找到谢礼，但温时雾仍然觉得，谢礼一定在的，他一定会遵守承诺来找她的。

所以那年领奖台上，她求着获奖的父亲带自己一起上台，高高举起他的奖杯，对着镜头，对着她觉得的一定在屏幕那端的谢礼说：“我们顶峰相见啊！”

温时雾的眼眶忽然间变得通红，也瞬间明白了，余峥给她写的那张to签，分明是夏日，但为何是“冬日见你”。

余峥是谢礼，原来一切都有迹可循……

原来他早就露出了更多的破绽。

只是她现在才能够确定——

余峥一定就是谢礼！

温时雾的心情复杂极了。她懊恼于自己居然现在才联想起这些蛛丝马迹，发现原来余峥就是谢礼，同时也觉得谢礼的变化真的好大好大。

正如他的歌词：“她是我错过的烟花，小雀追不上步伐，待到鹰击长空时……”

当年的小雀的确蜕变成了鹰。

少年褪去了青涩稚嫩，小时候那么漂亮的五官，长开后居然变得这么硬朗！

而他也正如她祝愿的那样，变得耀眼张扬。

温时雾不知道谢礼这些年究竟付出了多少，才让自己变成了当红歌手余峥，兑现了那句顶峰相见的承诺。

她只知道她现在想要抱抱他。

温时雾向来是想做什么就直接去的，也从不会考虑做了之后会怎样。

所以她随便换了睡裙后就跑出房间，敲开隔壁那扇门。

余峥的头发已经干了，他这会儿正准备睡，却忽然听见好像传来敲门声。

他姿态懒散地从床上起来，慢悠悠地拖着步子，打开卧室的门，哪料，一团温软就忽然撞进他怀里。

余峥张着手臂，被撞了个猝不及防。

他甚至还没反应过来发生了什么，腰就忽然被一双手臂紧紧环住。

温时雾一头栽进余峥的怀里。圈住他劲瘦的腰后，她侧了下脸，将脸颊贴在他的胸膛上，听见他的心跳好生剧烈。

被抱住的余峥都没敢动，他敛下眼皮看着怀里的姑娘，喉结轻轻滑动了下："温时雾。"

余峥都不知道应不应该伸手抱住她，问道："抱我什么意思？"

温时雾没说话。她的眼睛红得像兔子。

尤其因为做了余峥四年的粉丝，知道他在国外的那六年有多辛苦；又因为知道他是谢礼，更加明白他究竟要付出多大代价才能抹掉过往，拥有那虽然辛苦，但对原本的他而言是可望而不可即的六年。

所以他不想与她相认吧？

所以他不敢说，他就是谢礼。

因为谢礼跟余峥太不一样了，属于谢礼的那段经历，于明星而言是不太好的过去。

一旦被人揭穿，他就不再是骄傲耀眼的天之骄子，不再是光芒万丈的歌手。

温时雾越来越想哭，眼泪吧嗒吧嗒地从眼眶里落下来，沾湿余峥的睡衣。

余峥大脑里的弦还断着。他跟温时雾都穿得很薄，贴身的睡衣，以至于体温都显得格外明晰。

怀里柔软的触感那么真实，他的腰也被她的手搂住，又软又温，是他朝思暮想了十五年的拥抱。

但他又觉得胸口忽然濡湿了。敛眸看下去，便见温时雾侧着脸，闭着眼，被眼泪打湿成一簇一簇的睫毛向下垂落出了一小片阴影。

余峥心一慌，立刻伸手捧起温时雾的脸，躬身用指腹揩着她眼角的泪，低着声音问："怎么还哭了？"

温时雾红着鼻尖摇了摇头，她将脸又重新埋下来，不准余峥看，然后带着哭腔说：“再抱一会儿。”

余峥的喉结上下滚动着，觉得那团温软像小猫似的不断蹭着他的衣衫。

他又低又沉地叹了一口气，像个抱枕似的杵在那儿，任由温时雾抱。

因为没弄懂她是什么意思，余峥最多也只敢伸手，轻轻揉着她刚洗了还没吹的头发。

温时雾也不知道自己抱了多久，她不想让余峥看见自己哭，所以将眼泪憋回去后，她就缓缓地松开了手：“……我回去了。”

余峥沉默，耷拉着眼皮看她。

温时雾动作慢吞吞的，大概也是觉得强行抱了偶像，清醒后有些不太自在。

她只是想抱抱谢礼，但抱完之后又感觉有些不太对劲。

余峥胸膛很硬。

少年已经成熟，跟小时候瘦弱的小谢礼根本不一样。

她抱的已经不是谢礼了。

是全内娱被公认为性张力最强的歌坛当红唱将！一个成熟男人！

当意识到这件事的时候，温时雾明白，自己有些冲动了。

她将双手背在身后，挪着小碎步慢吞吞地往后退，然后趁着余峥没有任何防备时，忽然转身就跑：“拜拜！”

余峥都没反应过来，就见那抹刚才还腻在自己怀里搂搂蹭蹭的身影，踩着拖鞋就跑没了影。

看着她的背影，余峥几乎是被她给气笑了。

抱完人不给个说法就跑是吧？不愧是她。

余峥整夜都在想，温时雾大半夜穿着睡裙跑过来抱他到底是什么意思？

以至于一闭上眼睛，他脑海里就是温时雾撞进他怀里，哭得鼻尖红红的画面。她柔软的身体触感也彻夜清晰。

余峥甚至半夜进了趟浴室，再回到床上后更是怎么都睡不着了。

第二天早晨，季晏川还神情复杂地盯着他观察了好半晌：“余神。”

余峥懒洋洋地斜睨过去。

季晏川：“你昨晚没睡好吧？”

余峥姿态肆意地单手抄着兜，仿若不屑地轻嗤了一声，就绕开了他，不予理会。

季晏川：“？”

这人今早什么臭毛病？

今天的节目录制照旧在下午进行。

史珂早就预告了今天的拍摄难度大，还提醒嘉宾们最好不要穿裙子。

夏灼灼穿着炫酷的工装裤，踩着黑色马丁靴下楼，猜道：“应该是要滑雪吧？都到北滨了，肯定少不了滑雪吧。”

“我觉着也是。”季晏川附和。

但就是不知道在滑雪这件事上，“屎壳郎”能整出什么坑人的花样来？

温时雾倒不太关心今天要怎么录制。她现在满心都是谢礼。只想疼疼他，再多疼疼他。

所以她早晨起床后还特意出去逛了圈，采了把花回来送给余峥：“看，送给你的，满天星。”

余峥敛下眼睫睨着温时雾，她正抬着脸蛋，眼睛亮晶晶地看着他。

不知道为什么，自昨晚后，他突然觉得温时雾看他的眼神变了，多了一种……

充满了母爱的遛狗般的宠溺感。

宠溺感是他想要的，但母爱可以收一收。主人看着自己养大的宠物般的那种慈爱欣慰的感觉更可以收一收。

不是？昨晚抱完就跑，不给个解释，结果今天又送满天星来撩他。这小姑娘到底什么意思？

倒是温时雾没想揭穿他是谢礼。

她猜想，余峥既然不愿意跟她相认，大概是因为觉得谢礼的过往不好，也许从选择改名起，他就决定忘掉之前的一切。

温时雾当然会尊重他的决定，她是不会随意揭开别人伤疤的！

所以她开始加倍“疼爱”余峥，看向他时眼睛更亮，比起之前的崇拜，现在又多了几分心疼，心疼到都快把恋爱的感觉忘记了。

毕竟，心疼努力成长的竹马哥哥，跟看偶像的心情到底还是截然不同。

但余峥却被她盯得浑身都不自在。他感觉背脊开始发冷发毛。

每次对上温时雾亮晶晶地看着他的眼神时，都有种奇怪的预感。

可又说不清究竟是为什么。

夏灼灼在旁边嗑着瓜子："这俩人昨晚发生什么了啊？怎么突然变得这么黏？"

"不知道。"季晏川跷着二郎腿摇头。

他的确不知道温时雾和余峥昨晚发生了什么，但又意外撞见夏灼灼和傅屿霁在外面小树林里——夏灼灼把傅屿霁腰带给扒了，然后朝他屁股抽了一下！

当时季晏川就跟着激灵了一下，赶忙扭头就走，有种要长针眼的晦气感。

他一边心想这夫妻俩玩挺大，一边想你俩到底能不能收敛点儿，怎么回回都能让他撞见！

不过季晏川今日心情还算愉悦。不知道为什么，他总感觉许可柠今天格外乖巧，都不主动黏他缠他了，那张漂亮脸蛋也跟着变得顺眼了很多。

绯闻嘉宾团的六人各怀心思。

车很快便抵达了今天的录制场地，位于北滨市郊区的一处滑雪场。

机位早就已经架好了，史珂也已经等候嘉宾团多时。

见车来了，嘉宾们陆续下车集合，他就拿起自己的专属大喇叭，热情四溢地道："欢迎各位绯闻嘉宾来到北滨市最著名的滑雪场！我们今天下午的录制，以及我预告过的高难度贴贴挑战，都会在这里进行！"

夏灼灼带头敷衍式鼓掌。

"哈哈哈哈！灼姐一脸生无可恋！"

"主要是已经习惯了史珂憋不出什么好屁啦！他跟我最近看的一本叫《暗恋回响》的小说里那个蒋老六简直可以拜把子！"

"确实，那本我也看过！哈哈哈哈'屎壳郎'坑起人来简直有过之而无不及！"

"不知道史珂今天又有什么鬼点子，让我看看哪组明星'倒大霉'呢……"

"不过雾雾今天没有戴那枚黑色耳钉呢，好想看只争朝夕撒糖。"

观众们对今天的直播翘首以盼。

与此同时也发现了些跟平时不一样的地方，那便是今天好像没有观察团的镜头。

史珂："不过呢，在挑战任务宣布之前，还要跟六位嘉宾说一件事情。那么就是我们今天的录制改变了一种模式！"

季晏川:“什么模式?”

史珂也根本不卖关子:“之前录制时呢，都是你们在现场，观察团的三位嘉宾坐在观察室里，不过今天比较特别！由于我们的观察团极力争取，说想要来现场，所以我们今天将观察团请到了现场！”

“当当——”史珂亲自配乐。

直播镜头一甩，温时雾等人也好奇地将视线朝史珂所指的方向投去，便见三道身影从不远处而来。

其中最显眼的便是在雪地里穿着红色长裙的洛萱，她甜美地笑着打招呼:“大家好，观众们好呀！我是洛萱！”

洛萱最近掉粉十分严重。不过相信她的粉丝仍然很多，她的粉丝超级惊喜地发着弹幕夸赞她今天貌美，笑容好甜，跟雪场适配度好高。

此时的她心情很是明媚，甜笑着逐个儿跟其他嘉宾打招呼。

许可柠回应得最热情。

傅屿霁一如既往地冷淡，但姑且还算得上礼貌。

夏灼灼忍着想对洛萱翻白眼的冲动，皮笑肉不笑地扯了扯唇角。

季晏川直接贴脸开大:“哇哦！你就是传说中的那个乱说话的洛萱姐吧?”

洛萱的脸瞬间变成菜色，她委屈地咬了咬唇瓣:“季老师，您说什么呢?什么乱说话?我听不懂……”

季晏川的性子向来耿直。况且他深受谣言困扰，这辈子最烦这些乱说话的人，因此看到洛萱属实没什么好脸色。

温时雾自动将她无视。

余峥则压根就没有在意过她，只抬抬下颌朝着旁边吊儿郎当走过来的姜燃打了个招呼。

姜燃穿着黑色冲锋衣，很酷地将拉链拉到最顶端，下巴藏进衣服里，抬手并拢两根手指抵在太阳穴往外一挥，算是回敬。

很小只的林星柚站在他旁边，激动得脸都红了:“温老师！余老师！终于见到你们了！我好早之前就想来现场看你们只争朝夕了！”

温时雾不禁有点儿窘，她实在没想到自己跟余峥还能被同行嗑起来。

史珂再次拿起他的大喇叭:“好了！现在所有的嘉宾才算集合完毕！下面，我来宣布今天的绯闻恋人贴贴挑战规则——

“今天，双人滑雪竞速赛！

“既然来到了北滨，那么滑雪运动就自然是必须体验的项目之一！所以节目组特意为大家准备了私教，大家有一下午的时间来学习滑雪，可以自选单板或者双板。傍晚时分，我们将会进行双人滑雪竞速赛。

“比赛要求是，男嘉宾将女嘉宾抱在怀里完成比赛，先抵达终点者获胜！”

史珂的“贴贴挑战”规则宣布完毕，所有嘉宾都愣住，就连直播间也炸开了。

“这么刺激！双人滑雪！”

“史珂是懂坑人的哈哈哈！滑雪已经很难了！他还要男嘉宾抱着女嘉宾滑！万一摔倒岂不是直接一个地咚？更刺激点儿还有可能抱着在雪地里滚？”

“不过余峥好像是会单板的欸，我记得他刚出道时，有人发了以前在滑雪场偶遇他玩单板的视频，录他只是因为觉得他好帅，没想到后来会成为歌星。”

“季晏川也会单板！”

“那这样说好像‘屎壳郎’也不算坑人，这完全是给观众谋福利哈哈哈！”

“就是不知道傅屿霁会不会咯？”

傅屿霁也是会单板的。

因为夏灼灼喜欢折腾这种项目，为了不让自己无聊，当初抓了好多人陪她一起，傅屿霁就是其中一个。

结果他现在玩得比她都好。

夏灼灼还用手肘捣了他一下：“喂，你的拿手项目来了欸。”

傅屿霁慢条斯理地敛下眼皮看她，眉峰微挑：“还不是拜你所赐？”

直播间观众们直呼被他们甜到了，并且觉得他们两个之间肯定有故事，至少关系看起来实在熟稔，像认识了很久。

总之肯定不是之前网上谣传的那种，夏灼灼缠着傅屿霁不放。

史珂手一挥：“好了！各位嘉宾去换滑雪服吧，私教一会儿会过来找你们的。”

众人散开。

去换滑雪服的路上，温时雾就蹦蹦跳跳的，脚步欢快，似乎心情也很好。

余峥姿态散漫地抄着兜，眼皮半敛，悠懒地看着她：“这么高兴？”

“对呀！”温时雾的情绪正向积极，“我很早之前就想学单板啦！感觉很酷！”

她之前也刷到过余峥玩单板的视频。那时候余峥刚出道没多久，温时雾也是刚喜欢上他的才华和歌声。但那条单板视频才是温时雾真正成为余峥粉丝的关键！雪花溅起，余峥的长腿和窄腰在白雪茫茫里显得格外带劲！

所以单板滑雪在温时雾心里的地位还挺重的，她一直觉得男孩子玩这个好酷，但女孩子玩这个一定更酷！

只是她行程太满一直没有时间，羡姐也不太同意。

她总觉得玩双板滑雪还行，但单板实在危险，据悉一受伤就容易半周上不了戏。

温时雾是劝不动林意羡的。

这俩人凑一起，一个皮一个倔，谁也拧不过谁，连撒娇这招都不好使了。

如今在节目里难得有玩单板的机会，温时雾雀跃得恨不得飞上天，以至于在换滑雪装备时也拿出了满满的热情。

再出现在镜头里时温时雾已是全副武装的浅蓝色滑雪服，原本披着的头发被扎成两个鱼骨辫，搭在肩膀前面的位置。

她头戴毛茸茸的白色小狗头帽，膝盖前面绑着白色的狗狗护膝，身后还有一只粉色大乌龟，滑雪镜被她挂在脖子上还没戴，脸颊粉粉鼻尖红红，也不知道是穿太厚了热的，还是这滑雪场里面有点儿冷。

“哈哈哈哈哈哈好可爱的时雾！”

“雾雾换上这种全副武装的滑雪服也能把我甜晕。”

“她屁股上那只乌龟也太真实了。”

“请教练到时候一定记得，让雾雾练换刃的时候把小乌龟摘掉呀！不然反而是更危险的！”

“狗头帽帽好可爱！”

更糟糕的是，温时雾好像知道自己很可爱，还甜甜地朝着镜头比了个耶。

直播间的粉丝们更开心了。

而余峥刚从更衣室走出来，便见绑着一只粉色乌龟屁屁的蓝色身影，娇俏地在镜头前又扭又蹦，还比着可爱的剪刀手。

屁股上绑着的乌龟让温时雾行动不便，比起认真地迈着步子转过去，远不如蹦起来利索，温时雾注意到余峥出来了，踩着滑雪鞋蹦着转身挥手:“余峥！”

余峥穿的是纯黑色滑雪服。他擅长单板，不需要太多余的护具，只有个滑雪镜松垮地挂在头上。

听见温时雾喊他，余峥抬起下颌，他单手抱着滑雪板朝她走了过去，敛眸睨了眼她的乌龟护垫，挑唇淡笑:“这么全副武装？”

“那是！”温时雾骄傲地抬起脸蛋，她还将手绕到身后去拍了拍屁屁，“这可都是菜鸟必备，我换装备的时候把能薅的都薅来了，这下肯定不可能摔伤。”

她要让林意羡知道她之前的担心都是多余的！

“行。”余峥慢悠悠地拖着长腔，躬颈凑近，“那我等会儿看温老师表现。”

话音落下，他便伸手扣到温时雾的头顶，捏着指尖就把她那顶可爱的狗狗毛绒帽摘掉，反手给她扣上一顶白色的头盔。

温时雾半颗头都瞬间埋进去。

她懊恼地伸手将头盔往上推了推，露出一双眼睛，充满怨念地看着余峥。

那人抬手用指节敲了敲她的头盔:“这个才结实。”

“用这个。”余峥拎起来手里的狗头毛绒帽，“我怕你等会儿摔到失忆。我好不容易才走到温老师身边，到时候温老师记不起来我，我岂不是很亏？”

温时雾:“……”

直播间弹幕无情地“哈哈哈”了满屏。

林星柚头一回感受到现场看录制的滋味，她感觉自己幸福得就快要晕过去了:“好甜！现场看到的糖果然更甜！”

姜燃:“……”

他在观察室吃狗粮还吃不够吗？究竟为什么还要来现场被余峥谋害！

嘉宾们都全副武装地换好滑雪服。教练也来领走自己的学员。

夏灼灼和傅屿霁那组是完全不用教的，刚拿到滑雪板的夏灼灼，踩上去就直接从起点顺着高坡往下:“哇——”

滑雪场里的雪腾空飞溅。

夏灼灼像一道风，穿着白色滑雪服从温时雾身边，以高速擦身而过。

她故意将卷起来的雪落了温时雾满身。

尚对滑雪一窍不通的温时雾，被落在脸颊上凉凉的雪气得跺脚：“夏灼灼！”

她像是个被点燃的小炮仗，从余峥怀里抢过滑板后，像是随时准备跟夏灼灼下战书似的，瞬间充满了斗志：“学成她那样儿要多久？！”

但教练很无情地回道：“怎么都得……坚持一个月，每天都来认真学吧？”

温时雾当时就垮起了小脸。

余峥在旁边忍笑，忍得肩膀都在颤，他别过脸，脸颊肌肉被他忍得发僵，但唇角的弧度却是怎么都压不下去。

温时雾将滑板扔到雪地上：“你还笑！我跟你讲，我早晚也会练到很厉害的，谁还没有个新手期呢？我现在就学！”

“哈哈哈哈雾雾的斗志来了！”

“认真学习的时雾好可爱！但不会此刻越坚强，等会儿哭的时候眼睛越红吧？”

“我就喜欢这种反差。”

果然接下来，就见温时雾按照教练所说，坐在雪地上像只可爱的小白熊一样，探过软软绒绒又厚实的狗头护膝，将鞋穿进单板的固定器。

余峥蹲下身来亲手帮她固定好。

他筋骨清晰的手握着她的脚腕，帮她调整鞋在固定器里的置位。

温时雾充满期待：“好了吗？”

余峥做了一遍最后的检查：“嗯。”

非常想要迅速变成雪场大侠，像夏灼灼一样在这里秀滑雪技巧，溅别人一身雪的温时雾，立刻撑着地面就想站起身来。

余峥见状立刻伸手想扶。结果就见温时雾一只手撑着身侧，屁股刚抬起，脚下的板就顺着往下一滑。

还没等余峥碰到她，她就一屁股跌坐回了雪地里，身后的乌龟屁垫由于太软，还将她往上一弹。

余峥想扶她的手僵在了半空。

“我知道雾雾会摔，但没想到那么快。”

“余神直接愣住了！注意！这不是雕像，这不是静止画面！”

“雾雾起身那个姿势就不对，他一看就知道她要摔了，结果还没抓住，她就先摔了！”

“这是喜剧节目吗？”

然而摔了屁股墩的温时雾很是茫然，她坐在地上扭头看向余峥，眨眨眼睛，无助央求：“余峥……”

可能是因为刚摔了一个屁股墩，温时雾都没意识到自己的声音有多娇，娇得余峥的脊骨都有些发酥。

他眼睫下敛，便见温时雾委屈巴巴地瘪着嘴，朝他伸手：“我好像站不起来了。”

而余峥无奈地低叹一声，弯腰朝温时雾伸出手，将她从地上拉了起来。

之后教练就发现自己没用了。

人家余峥自己就会单板，完全可以亲自教温时雾！那要他干吗？

他硬挤到人家小情侣中间去，那当的是教练吗？那当的是电灯泡！

于是教练非常识相地走开了。

史珂还看他：“你过来干吗？节目组可给你付足了一整天的教练费的。”

教练硬着头皮站在他身边，实话实说道：“史导，小情侣的世界我实在插足不了，要不我给您教练费退了吧。”

直播间里又是一片“哈哈哈”。

退倒是不会退的，毕竟史珂虽然嘴上这么问，但心里是很满意只争朝夕亲密互动的。

还说清白？还说不打算谈恋爱？

瞧！教练都被他俩给驱逐了！

但众所期待的“贴贴”场景并未出现，观众们接下来欣赏到的，是温时雾的一百零八种摔倒姿势。

刚起身就滑了一下摔个屁股墩。

下坡时溜太快了没刹住，直接朝前一个扑倒，两只绑在滑雪板上的脚脚翘起。

后来以免受伤，余峥只能先教她摔倒姿势。

于是就变成了，温时雾将双手抱在身前像只小白熊似的往后一倒，坐在乌龟屁垫上像不倒翁似的前后晃晃；或者双手放在胸前，双腿弯曲，顺势往下一扑，直接将脸栽进雪地里；要么便是像入棺一般，直接仰面向后躺下，双腿弯曲着翘起来。

最后温时雾直接跪在雪地里。

虽然余峥教过她不能跪着摔，不然容易伤到膝盖。

但温时雾实在是摔到没有思考摔倒姿势的力气，直接放任摆烂着让自己跪进去，不肯再站起来。

并主打一个，丢人丢到适可而止，该放弃时就放弃："我不学了！"

她实在没有任何运动天赋。

直播间弹幕——

"时雾摔倒比余神滑雪好看。"

"等晚点儿我就去给她的一百零八种摔倒姿势剪成合辑，现在只有表情包，给大家分享一下。"

于是微博评论区开始疯狂刷表情包。

全都是截图的温时雾摔倒瞬间，在她额头上画上个大汗珠，配文：宝宝很无语。

诸如此类。

温时雾也是料到粉丝们会这么干了，她不能再提供更多搞笑素材了！

于是她摆烂不干了，还给了自己一个很好的理由："愚者逞强，智者示弱。瞧我，我真是聪明极了。"

余峥眼睫垂敛，低笑了一声。

温时雾抬起脸蛋看着他，便见余峥唇角扬着弧度，一双本就显得格外荡漾的桃花眼此时看起来更是勾人。

他穿着纯黑色的滑雪服，但宽肩窄腰的身材仍被勾勒得很好。

乌色的额发随风微动，使得他别开脸忍笑时，神情显得更加迷人。

温时雾小声嘟囔着："你还笑我。"

"那怎么办？"余峥肆意地翘起唇角，"你那么可爱，让我怎么忍？"

林星柚掐着人中就快要晕厥过去："救命！余神夸她可爱！余神对温老师越来越直球了！"

姜燃心里暗道他也这么觉得。

这家伙最开始还知道要收敛，现在也不知道怎么着了，越来越直白。

果然十年合约结束了就是不一样！

自由人真好！

姜燃开始羡慕了。

而温时雾也没想到余峥说话那么直接，夸她可爱这谁能顶得住啊！

阿礼哥哥还真是变化很大……

小时候他就不会说这种话，还总冷着张小脸，最多给她递几块糖。

真怨不得她之前认不出来。

余峥不知道她的心理活动，见温时雾左瞥右瞟，眼珠子来回转，但小嘴还瘪着，以为她受挫不高兴了。于是他躬身凑近，单手撑膝，另一只手朝她伸去："要不要再试一次？我带你。"

温时雾这颗心是很容易动摇的，她用手指尖揪着膝盖上的小狗头，勉为其难道："那就，再试试吧。"

就见跪在雪地里的温时雾伸手，将指尖搭在了余峥掌心，而余峥捏住她的手指稍稍用力，便将她从地上带了起来。

"等我一会儿。"他低声嘱咐。

温时雾实在不想再摔了，她乖巧地点了下头，穿着滑板固定器一点不敢乱动。

余峥又去拿了个滑雪板。

他穿好后，将滑板后刃卡在雪里，十分利落地单手撑着雪地便站起身来。

夏灼灼恰好滑着她的板路过，直接就是一个起哄："呜呼！余神好帅！"

温时雾也眨着眼睛有些看呆。

分明是再简单不过的一个动作，余峥却做得丝滑利落，像雪地的征服者。

好帅……

腰部看起来好有力量啊……

温时雾不由得心跳加速，心里尖叫着简直不知道余峥到底还有什么缺点！

温时雾又重新斗志昂扬了起来，她也想做雪场女王！

于是温时雾踩着滑板挺直了腰，骄傲地抬抬脸蛋："我可以的！来！"

坡顶是新手教学区。

而高级赛道里的夏灼灼已经玩疯了。

季晏川也嗨得可以，不过是自娱自乐地嗨；而傅屿霁则淡然地踩着单板，推坡，换刃，跟着玩心大发的夏灼灼。

夏灼灼高速滑了一趟一趟又一趟。再转而想上坡时，却见新手教学区那位穿着粉色乌龟屁屁的蓝色身影，跟身量比她高上许多的人面对面而立。

温时雾紧张极了，不停地嘟囔着嘱咐："你慢点儿啊，余峥……你等会儿慢点儿动！速度太快了我会适应不了的！"

夏灼灼激动地一拍大腿："要不是亲眼看到，我还以为他们怎么了呢！"

而季晏川默默竖起大拇指。

他属实没想到，夏灼灼能说话比他还直接，不愧是昨夜跟傅屿霁卿卿我我的人。

但其实夏灼灼压根没有，她跟傅屿霁只是被迫联姻的关系而已，只不过昨晚她真没跟傅屿霁卿卿我我，而是被他惹毛了，气得要离"浪漫小屋"出走。

傅屿霁追过去哄，追到小树林，那里半夜没什么人，气得夏灼灼抽掉他腰带就给他来了一下，顺气后就又跟着他回去了。

谁承想还能被季晏川给撞见。

不过夏灼灼也不知道他俩被季晏川撞见了，更没注意到他古怪的神情，这会儿只顾着看只争朝夕。

而温时雾已经快紧张死了。她本来就恐高，扭头看向大坡度，只觉得还没开始腿就已经有些发软。

但就在这时余峥筋骨清晰的手掌扣住她的后脑，将她的视线转回来："看着我，别回头。"

"雾雾。"他低声唤着她。

直播间观众都惊呆了，余峥喊温时雾喊"雾雾"！

余峥桃花眼里的眸光很是聚焦，他敛下眼睫看着她："你相信我吗？"

温时雾抬起眼眸，回视着他，怔怔地点了点头。

余峥便向她伸出了双手："我会保护你的安全，接下来，牵住我。"

夏灼灼看见后，踩着滑雪板都要跳起来："我去！余神会玩！这是要手拉手推坡啊！"

林星柚也好兴奋好兴奋。

她双手捧脸，星星眼地看着那画面。

摄影师也是个懂事的，立刻便将镜头特写给到了余峥朝温时雾伸出的手！

筋骨清晰，修长白皙。

他掌心朝上向温时雾摊开，静待着对面的姑娘将自己的手搭上来。

温时雾的心跳已经开始加速了。

这时候的她根本顾不得什么男女授受不亲，大坡度和无法驾驭滑雪板的恐惧感，和想要再试试的些许兴奋与期待，已经完全取代了别人对他们牵手的看法的担心。

观众们也都屏气凝神。

终于看见温时雾朝余峥伸出手，双手都轻轻地搭在了他的掌心上！

“他们牵手了！”

“只争朝夕上大分！我宣布！‘屎壳郎’安排的这波滑雪直接封神！”

“等会儿还会有公主抱呢，家人们！”

掌心传来柔软的触感。跟他比起来，温时雾的手很小，柔若无骨般，又软又白，还有她惯用的甜橙香。他又忽然想起昨晚那个莫名的拥抱，也是这样温暖柔软，并荡漾着她刚从浴室里带出来的洗发水和沐浴露的味道。

余峥喉结上下滑动。

而此时的温时雾根本没管这些，她像抓住安全绳索般，紧紧抓住余峥的手：“我不会出事的对吧？

“我怕高呜呜。

“你等会儿千万慢点儿……

“要不然算了吧？

“我好菜。但我好想玩。”

温时雾紧张的时候废话极多，惹得直播间观众都忍不住一顿狂笑。

就是又菜又爱玩。

一边怕死了但又一边想试试。

余峥无奈地挑唇，低声笑道：“放心，就算摔了，我也给你当肉垫，行不？”

温时雾小鸡啄米似的点头，然后又火速摇头：“那不用，我还绑着小乌龟呢，我当肉垫的话我不疼你也不会疼。”

虽然害怕，但她还是在替余峥着想。

夏灼灼轻声啧道：“滑雪界的小萌新，跟教练的互动就是甜啊！我当时怎么没遇到这么温柔的教练……”

“能用温柔这个词形容余峥，你也多半是疯了。”季晏川滑着雪刚好经过。

夏灼灼挑眉：“我是站在雾雾的视角上好吧，余神对雾雾还不够温柔？”

粉丝们哭晕在厕所。余神对温时雾是够温柔了，对别人可踐得上天。

双标！

倒是傅屿霁忽然出声冷笑：“你还想要个教练，陪你手牵手推坡？”

夏灼灼：“……”

她莫名觉得背脊传来冷意，连带着腰和腿都有些发软……

为了避免晚上惨遭“欺负”，夏灼灼认怂速度也很快：“打扰了，不必。”

“哈哈哈哈！”观众们又是一阵爆笑。虽然不知道夏灼灼为什么突然怂了，但他俩这暧昧的磁场就是觉得好甜。

这仨人继续玩去了。

余峥和温时雾已经开始推着坡往下。

起初温时雾是慌张无措的，但余峥体温炙热，连手腕都很有力量。

他的确还挺擅长单板滑雪，游刃有余地带着温时雾从坡上往下滑，随着她的适应程度，逐渐加快速度。

温时雾也渐渐享受到了滑雪的乐趣。

许是余峥给了她太多安全感，她内心的恐惧也慢慢地消失了。

从紧张到表情都舒展开。

速度渐渐变快，滑雪板的刃带起的雪，都在她脚边绽开。

温时雾高兴了起来：“好好玩欸！好棒！我也可以滑雪了！”

温时雾像太阳般外放的情绪总是很容易感染到身边的人，余峥的心情也被带得很好。

看到她笑，余峥的唇角也忍不住上扬，他敛下眼睫看着温时雾的笑容，恰好她抬起眼眸也对上了他的视线。

余峥神色一滞，猝不及防就撞进她盛满了光的眼睛里。

温时雾的笑容很是明媚，两颗小梨涡都绽了出来：“谢谢你呀，余峥。”

余峥的喉头有些发紧，他有些不自在地别开脸去，但侧脸时，明显耳朵红得厉害，颈线也绷着。

温时雾晃了晃他的手：“余峥，我还想再快点儿，我们还能试试再快点儿嘛？”

余峥很受不了温时雾撒娇，但他大脑里还是紧绷着一根弦，知道自己还有身为教练护她周全的责任。于是他很快便若无其事地将目光移了回来，点头应声："嗯。"

但明显能听出来他嗓音变哑了。

余峥牵紧温时雾的手，逐渐加快速度带着她继续往下推坡。

温时雾的紧张已经几乎消散干净。

她开始享受被刃带起的雪，享受向下滑行时撩起的风，享受掌控雪世界的感觉。

她甚至大着胆子松开一只手："哇！"

在冰雪的世界里，方才还胆怯的温时雾，被给足了她安全感的余峥带着肆意驰骋了起来。

雪花纷纷扬扬地被带起，又舞落下来。

那白茫茫的一片里，牵着手由滑雪道飞驰而下的两人，在阳光明媚的冰天雪地里，因为刺激和牵手而加快心跳。

温时雾算是玩嗨了。虽然她几乎什么都没学会，但也算是体验了一把滑雪人的快乐。

眼见着马上就要抵达坡底，也明显感觉到带着她的余峥放缓了动作。她大胆地回头看了一眼。

却没想到就在这时，视线中一道黄色的身影忽然从坡上冲下来。

同样想被教练带着手拉手推坡，但没被教练抓住的许可柠，猝不及防就失了平衡，从坡上滚了下来。

"啊啊啊啊——"

许可柠的尖叫引起所有人的注意。

夏灼灼疑惑地转眸望去，眼瞳忽然紧紧一缩："雾雾！小心！"

温时雾还不知道发生了什么。

她循着声望去，却见没办法控制脚下滑雪板的许可柠恰好朝着她跟余峥所在的方向撞了过来！

"啊啊啊温老师！快闪开！我控制不了我的板啊！"许可柠都快吓疯了，她眼前一片模糊。

高速俯冲的感觉既恐惧又慌张，但最令人害怕的还是那种无法掌控的感觉，尤其在看到前面有人时。

好吧，她这一路都是这么尖叫着下来的，完全靠别人的避让来保证她撞不到人。

但温时雾不会滑雪，她也控制不了自己脚下的板，没办法避让朝自己冲过来的许可柠。

不过所幸她身边还有个余峥。

在见到许可柠朝自己冲过来的瞬间，余峥就毫不犹豫地揽住温时雾的腰，换着刃将她往自己的身侧一带。

“啊啊啊！”温时雾也惊慌地尖叫起来。

她只觉得整个人都失重了，无措地抓住余峥，然后只听“砰砰”两声。

许可柠撞在滑雪场紧急给她拉起来的柔软的保护措施上，可算是刹住了车。

而温时雾搭住余峥的肩膀，直接就将他摁倒在了雪地里。两人女上男下的姿势，余峥护着温时雾的侧腰仰面躺在雪地里。

控制不了冲力的温时雾完全趴在了余峥身上，朝他的鼻尖一撞！

霎时间——

两人鼻尖相抵，四目相对。

温时雾的呼吸瞬然滞住。她没想到竟然会发生这种意外，再回过神来时，垂眸便掉进他的桃花眼里。

她清晰地察觉到了他渐沉的呼吸，还有两人胸膛紧贴时，他身上紧绷着的肌肉的坚硬感，和藏在里面的心跳声。

视线只要稍稍下瞥，便是余峥浓颜系的漂亮唇形，没有妆容却自带朱色，饱满又泛着些许水光。

温时雾脸红心跳，也知道自己凑他凑得有多近。

若是那意外再发生得稍微偏离一些，他们现在可能就在镜头前亲上了。

而余峥则像是投降。他认输般地仰面躺在雪地里，原本架在头顶的滑雪镜也掉落到一旁。

后脑已经枕着雪，他再无处可逃。睁眼便是温时雾近在咫尺的那双眼，鹿眸泛着雾色，长睫颤颤，短促而娇弱的呼吸洒落在他唇上。

这一幕惹得余峥浑身肌肉紧绷，就连护在她侧腰的手，指节都用力地弯曲着，但指尖也只是钩着她的滑雪服，仍克制着没有用力去掐她的细腰。

史珂见此场景都快兴奋得跳起来了。

他连忙安排航拍机一阵俯冲，就飞到两人头顶的空中视角去，拍着温时雾和余峥仿若躺在雪里亲吻的画面。

那航拍机还挺会整活。

飞到两人身边，拍摄各种细节特写，只见余峥脖颈上的青筋极为清晰，他的喉结不停地滑动，将隐忍克制的性张力发挥到极致。

直到他哑着嗓音问："不起来？"

其实温时雾在他身上也撑得很累了，但她根本就改变不了自己的姿势，于是弱弱地回应："我……起不来……"

两人对话时唇瓣翕动。在已经距离很近的情况下，每多说一个字都像索吻，钓得任何一方都心跳剧烈。

林星柚惊呆了。

直播间的网友们更是惊到了！

"有没有人能冲进屏幕里再推他们一把啊！"

"这暧昧氛围感也拉得太满！不懂雪地'地咚'的人有难了！"

"余神的喉结已经将他暴露了！"

"嘻嘻，我看雾雾好像也很想亲他的样子嘛。"

"我每次看他们俩的互动，都是暧昧之上恋人未满的感觉。我就要看你们俩到底什么时候能捅破那层窗户纸！"

而余峥则呼吸渐沉地吐了口浊气，哑着嗓音教道："趴在我身上，抱紧我。"

雪场新人温时雾乖乖照做。

真的不是她不想从余峥身上起来，属实她穿的装备太过繁复，动起来很困难，而且脚上还绑着不受她控制的滑雪板。

于是温时雾便松开原本撑着雪地的手，将身体的重量全部压在余峥身上，侧过脸贴着他的胸膛，手臂则向他脖颈够去，搂住。

只是耳朵刚贴过去，她就听见余峥强大有力的心跳。

好快好有力量，像是要鼓破他的胸，势不可挡地撞进她的耳朵里。

于是温时雾的脸不由又红了红。她眼睫垂落，懊恼地咬住唇瓣，又听那仍然低哑的性感嗓音萦绕在她耳畔："抱紧了吗？"

"……嗯。"

得到她的回答，余峥将手探到温时雾的腰前，十分利落地扯掉她的护具绑带，将她身后那乌龟屁屁扔到旁边。

极有劲力的手臂搂住她的后腰。

他卡刃撑地，单手的力量朝上一送。

而温时雾只觉得重心忽然改变，身体腾空时，心脏都跟着被抛起。

她不知道余峥准备做什么，只是对他有着无条件的信任。从而便紧紧地抱着他的脖颈，闭上眼睛感受着雪场里的风从自己脸颊旁边吹过。

没有什么惊险刺激。

也不再有什么意外。

余峥利落地带着温时雾便站起身来，两人的滑雪板又重新平稳地落回到雪地里。

但温时雾似乎一无所知。

她还紧紧地抱着余峥的脖颈不肯撒手。

倒是余峥已经松开她的腰——只是没那么用力地圈紧，但似乎仍怕她又滑倒，所以用绅士手在她腰侧虚扶着。

他敛下眼睫望着趴在怀里的姑娘，漫不经心地笑了声："雾雾。"

直播间观众又听到这声"雾雾"，真的坐不住了！

这俩人到底什么时候背着他们改了个这么暧昧的称呼！

余峥懒洋洋地半敛眼皮，视线掠过她搂住自己脖颈的手，还有埋在自己怀里的小脑袋："还不打算松手？"

温时雾蒙蒙然地抬起头来。她眼眸里还带着水雾，明显是没反应过来发生的事，再左顾右盼时，她才发现她已经跟余峥从雪地里站起来了。

察觉到自己仍然紧搂着他的脖颈，她慌忙松手，双手无措地背到身后去，却被镜头拍到她十分紧张地绞着手指，连指尖都能瞧出几分隐隐的红。

"对、对不起！"

余峥低头看她："没受伤吧？"

应该没有，她没觉得哪里疼。该说不说这护具还挺有用。温时雾心想，并摇头。

余峥"嗯"了声，又道："没受伤就好。"

这时教练也慌忙从坡顶追了下来，帮温时雾将脚上的滑雪板拆掉，免得再发生什么不可控的意外。

节目组配的医务人员围过来检查了一圈。

温时雾和余峥没受伤，因为余峥保护得及时，温时雾身上又有护具。

但许可柠毕竟从高处滚落，无论如何身上都有些轻微擦伤，还好头没事。

她歉疚地看着温时雾："对、对不起啊温老师，我不是故意的……"

温时雾没说话，只抬眸看了许可柠一眼，没说有事没事，也没说责怪原谅，只晃了晃余峥的衣袖道："余峥，我们回去吧？"

两人之间的气氛实在有些微妙，就连余峥都察觉到了。

他掀了掀眼皮看向许可柠，而许可柠在对上他的视线后，脊骨瞬间凉透。

余峥从她的神情里察觉到惧怕感。

像是做了什么伤天害理的事，既有歉疚和无措，也有怕被戳穿的紧张和恐惧。

她不知道温时雾有没有告诉余峥。

她换了他给的饼干。

就在昨晚，害得温时雾差点儿就要过敏。

余峥半敛眼眸，视线微收。

他对危险的感知力很强，本想再探究一下许可柠做了什么，又或许刚才她朝温时雾撞过来根本就是故意的。

直到温时雾又扯住他的衣角：“余峥？”

余峥这才将视线敛回。

他抽走落在许可柠身上的探究视线，低眸看着温时雾：“嗯。”

然后随温时雾转身走了。

许可柠仍然像冰雕似的杵在那儿不敢动。

这次撞下来，她不是故意的，但她明显感觉到好像有哪里不太对劲，像是她或者教练的滑雪板被人改坏了一样。

否则凭借教练的水平，他也不至于忽然控制不了滑雪板，让她从高处滚落。

而教练这时也追过来：“许小姐，你没事吧？抱歉啊！是我没检查好装备，刚刚才发现固定器少了一根螺丝，导致加速时固定器松动了，我这才没拉住你……”

许可柠并不相信什么意外。她抬眸看向坡顶，果然见洛萱在遥遥看着她，眼神鄙夷，像是在看废物，然后甩了下手就负气般扭头离开了。

是她……居然是洛萱？

为了让温时雾在雪场出糗，就改了她跟教练的固定器，让他们滑倒去撞温时雾？

许可柠不由得感觉背脊发寒，一种被毒蛇盯上的感觉油然而生。

而这时季晏川也赶过来：“我天，刚看你从那么高的地方摔下来！你没事吧？”

许可柠的神情连忙变化。她没想到季晏川居然会关心她，方才的情绪全都转变为柔弱，眼睛里很快便沁满了泪花：“晏川哥哥，我没事……”

季晏川：“……”

他发誓他只是过来看一下情况，而且许可柠毕竟是他的搭档，另外两组都是一起行动，但他把许可柠单独抛给了教练。换句话说，她摔下来也有他的责任。

所以季晏川才来关心一下。

但许可柠好像误会了。

而直播间的观众们也发现异常。

“感觉温时雾和许可柠之间好奇怪。”

“是雾雾怪许可柠撞到她了吗？可感觉又不是生气，而且雾雾脾气超级好的欸，很少见她责怪别人……”

“刚才许可柠明显也不是故意的，我注意到好像是哪里故障了，所以教练带她时没控稳，教练也摔了呢。”

“可就是挺奇怪的，感觉她俩之间肯定还发生了什么别的事情。”

“附议，而且许可柠很害怕的样子。”

但观众终归讨论不出结果。

获得了季晏川关心的许可柠，也将那些事都抛到脑后，重新回归恋爱脑，一脸娇羞地黏着他，更看不出什么异常了。

倒是这场意外改变了录制行程。

史珂原本的计划，是让嘉宾们学会滑雪后，由男嘉宾抱着女嘉宾完成竞速比赛。

当然，也是他提前了解过三位男嘉宾都很擅长单板滑雪，才会提出这个想法。

不过既然发生了意外，这个竞速赛肯定是不能再进行了。

万一谁再摔了的话，可能就未必会像这次这么幸运，节目组也担不起这个责任。

史珂欲哭无泪，一脸遗憾：“这次就放过你们！今晚我还会发明新游戏的！”

幸好观众们也表示理解。

尤其是余峥和温时雾的粉丝，又哪里舍得再让他们两个摔一次。

不过刚才的“地咚事件”还是上了热搜。

林意羡坐在办公室里，津津有味地看着史珂用航拍机拍的那些各种角度的氛围视频，竟也莫名觉得有几分甜。

她跟温时雾的商务经纪阮恬八卦道：“小恬啊，你说，他俩到底什么关系？”

作为喜欢这组绯闻情侣的粉丝，阮恬早就在《绯闻恋人》刚开播时就坚定了自己的想法：“这还用想吗？多明显！当然是马上就要谈恋爱的关系！”

林意羡：“……”

她无语地瞥了阮恬一眼，随后收回视线继续看那些甜蜜物料：“我怎么越看越觉得，余峥对咱家雾雾是有点儿不一般。”

“肯定啊。”阮恬积极科普，“毕竟雾雾是他的白月光梨涡妹妹嘛！十年隐忍，顶峰相见，怎么可能对她一般。”

林意羡：“哦——”她下意识地拖着长腔应声，但没过多久就反应过来，蓦然扭头，“什么玩意儿？！”

滑雪场的节目录制就这样草草结束。

史珂让大家先回浪漫小屋休息，用晚宴的时候再来集合，到时他会准备新游戏，来弥补白天没完成的“贴贴挑战”。

然后余峥就被抓去备采了。

毕竟今天的重头戏，肯定是余峥和温时雾那场差点儿要吻上的“地咚”。

夏灼灼很关心地朝温时雾追过来：“雾雾，你没事吧？”

温时雾还没换下滑雪服。

余峥只拆掉了她身后绑着的小乌龟，但膝盖上的两个毛绒小狗头还在。

为了给夏灼灼展示自己没事，她跳起来转了一圈儿：“我很好呀！”

夏灼灼埋怨道：“那个许可柠也真是的，那么不小心，还差点儿连累你！我看她就是羡慕余神带你手拉手推坡，才找了个教练东施效颦，没想到出了这样的事情！她该不会是嫉妒你，故意的吧？”

“意外吧。”温时雾眨了眨眼睛。

她从小看人都挺准的，许可柠不像是胆子那么大的人，会伤敌零自损一千。

毕竟她从高处滚落，还有擦伤。

如果只是为了撞倒她就付出这种代价，那也太可怕了……

她还是女演员呢，万一擦伤了脸多得不偿失？

况且，许可柠昨晚换饼干时还被她抓到过，她是觉得许可柠不该是那种人，所以才好脾气地提醒而没有拆穿。

而许可柠给出的歉疚反应，也像是真的感到抱歉，那就应该不会再做这种事。

夏灼灼撇嘴：“也就是你脾气好，是我的话早就冲上去找她理论了！”

夏灼灼还是不放心，她拉着温时雾的手：“雾雾，你可千万小心点儿洛萱。我总觉得她来这一趟很不简单，今天盯着你的时候，她那眼神都像毒蛇似的凉飕飕的。你就当我有被迫害妄想症吧，反正你千万小心点儿！保不准她又想干吗！”

温时雾笑弯了眼眸看着她，故意撒着娇道：“好嘛，谢谢灼灼姐姐，我知道啦！”

第十一章

♪

他是谢礼

节目组安排嘉宾们入住温泉酒店。

下午的录制因为意外摔倒而结束得比较早，时间充足，温时雾便干脆利用这段时间享受了下房间里的温泉。

橙花精油浸在温暖的天然泉水里。

温时雾舒舒服服地泡进去。

柔顺的乌色长发紧贴着纤薄的白背浸入水中，水面漂浮着的几朵花瓣，时不时便随着水波荡漾拂过她漂亮的锁骨。

她心情愉悦，享受着难得的放松时刻。

手指弯曲着，掬起一捧水与几片花瓣，悠闲地从自己肩头撒落下去。

“嗡——”这时，手机振动声忽然响起。

温时雾悠懒地往水面浮了浮，歪头看向放在温泉池旁边的手机。

她擦干净手上的水，将手机摸过来。

接起电话，调成免提放回旁边没水的地方后，便瓮声瓮气地出声道：“羡姐——”

“温时雾！”一如既往的河东狮吼。

从她将余峥“地咚”的那一刻起，她就知道要上热搜了，从拿到手机发现上热搜后，她就知道羡姐又要来找她算账了。

温时雾百无聊赖地轻撇唇瓣。她已经对林意羡发火见怪不怪了，只是很担心美女发火容易老得快。

温时雾：“嗯嗯嗯，我在。”

林意羡也对温时雾敷衍又似撒娇的模样习以为常，但依旧怒火中烧。

林意羡：“热搜是怎么回事？！”

温时雾也说：“热搜是怎么回事？！”

林意羡："你怎么知道我要问什么？！"

温时雾又同时来一句："你怎么知道我要问什么？！"

林意羡："你学我说话？"

温时雾跟着来一句："你学我说话？"

林意羡："温时雾！"

温时雾："温时雾！"

林意羡无语地沉默了半晌。

而早就预判到林意羡的发言，并故意跟她异口同声地说出温时雾这几个字的温时雾，则狡黠乖张地笑弯了眼眸，漂亮的睫毛也跟着弯弯翘翘。

林意羡忍着怒火深吸了一口气，咬牙切齿："温时雾，你别逼我揍你。"

"那你又不舍得嘛。"温时雾娇俏地转身往温泉池岸趴了趴。她将两只手臂搭在池岸上，下巴枕过去，眨眨眼睛，"你知道的，你家宝贝是豌豆公主体质，随便碰两下就要红了。"

林意羡意味不明地冷哼一声。

表面不予理会，内心倒是不得不认同温时雾的说法。

她带的这位艺人的确很娇，简直娇气极了，从小体弱多病、总在吃药就不说了，关键还脆弱得像个瓷娃娃似的。

磕不得碰不得。

皮肤本就白皙细嫩，而且还是易留疤痕体质，叫她搬个行李箱，事后都能发现她腿上莫名其妙多了几处青紫。

问她怎么弄的她还不知道。

问她疼不疼都说不疼，还反驳她说："那如果我疼的话，我不就知道是什么时候弄的了嘛！"

所以林意羡对她打不得骂不得，现在还被她拆穿了自己的开场习惯，简直没有半点儿身为经纪人的威严。

"行了，别贫。"林意羡单手抱在胸前，"说说吧，你现在跟余峥是什么关系了？"

温时雾的身体往温泉水里沉了沉，她小声嘟囔："就……正常的关系呀。不然还能是什么关系？"

"是吗？"林意羡阴阳怪气，"正常关系？正常关系手拉手推坡？正常关系在滑雪场'地咚'，还被人家喊雾雾？"

温泉水雾氤氲在瓷砖壁之间。

温时雾的脸颊红了红，但她就当是被这水雾给熏热的："那你不是看见了吗？我又不是故意的……是许可柠不小心摔下来，差点儿撞到我，所以才会那样的。"

林意羡哼哼了两声。

这她当然看见了，但事后她也反复刷了好几遍温时雾压倒余峥的那段直播！

当她没谈过恋爱吗？这俩人对视时，那目光之间拉的丝，都快能织出一整个盘丝洞了！

事后她又去了解了下梨涡妹妹的事。

之前没有在意，是因为她当面问过温时雾，她亲口说的以前不认识余峥，根本不可能是他幼年相识的梨涡妹妹。但那天经阮恬一点，林意羡还是去了解了一下目前的发展。

网友可谓是拿着放大镜看直播。捕捉各种蛛丝马迹，一帧一帧地分析，还真让人觉得有些头头是道。连林意羡都被这些分析蛊惑了。

她仔细想来，余峥的确是在圈里出了名的高冷，敬业但绝不趋炎附势，更懒得理会那些乱七八糟的事情。

但那天颁奖典礼的后台，他竟主动护住了偷拍他而被保安追捕的温时雾，事后还在直播里替她澄清。甚至为了澄清得更彻底，连陪她上恋综这种事情都干得出来。

最开始林意羡就觉得很蹊跷，但问过温时雾说不认识余峥，她就没再深想，现在看来全是破绽！

于是她问："那梨涡妹妹……"

温时雾感觉自己逃不过了。

网上那么多分析她就是梨涡妹妹的证据，羡姐肯定早晚都会看到。

她先是对着电话甜甜一笑，然后用着讨好般的语气，安抚道："……是我。"

林意羡当时就倒吸了一口凉气："那你之前跟我说从来没认识过余峥？"

这件事说来话长。

温时雾长话短说："反正就是，我刚认出来嘛，他跟小时候太不一样了……多的我不能告诉你！我要替他保守秘密的！"

林意羡也不知道还能说些什么。反正温时雾向来护着余峥，现在又多了些不为人知的幼年羁绊，更是很难再让她倒戈了。于是林意羡最后只问："没受伤吧？"

"没有啦，羡姐放心。"温时雾的声音甜得像是灌了蜜糖。

林意羡点点头："那就行。你们今天下午录制结束得早，回去后记得泡个热水澡，你那小体格娇弱得要命，在滑雪场里冻了一下午，别录个节目回来感冒了。"

温时雾十分乖巧。她在脸颊旁边比了个OK，将脸蛋上白嫩的软肉扣进由食指和大拇指圈起的那个"O"里："正在泡温泉呢。"

林意羡向来嘴硬心软："行行行，你倒是会享受，合着我的担心是多余的。"

看似打电话来找温时雾算账，实则不过是想问问她有没有受伤，再嘱咐她别感冒了。心放下后，林意羡便挂了电话。

温时雾也没在温泉里泡太久，全身都暖过来之后，她便起身，裹上浴袍。

但这时敲门声却忽然响起。

刚裹上浴袍，还没来得及吹头发的温时雾一怔，疑惑地眨眼望去："谁呀？"

余峥刚备采完回来。他换掉滑雪服，换了身宽松的黑色休闲装，垂着头低声回应："我。"

温时雾很快就辨识出余峥的声线。

她低头看了眼自己的浴袍领口，随后慌忙伸手捂住那浴袍深领根本遮掩不住的风光："你、你等一下！"

音落，温时雾连忙转身冲向衣柜，以她这辈子挑衣服挑得最快的速度，随意拿了条裙子穿上，又搭了件防晒外套，然后便披着湿发冲过去开门。

门突然打开。

余峥原本身姿悠懒地倚着门边墙，察觉到身旁门开了，才将背挺直，偏过头去。

便见温时雾散着一头湿发，脸颊上还带着被水汽熏出的红。她穿着吊带短裙，披着的薄透外衫还被头发上滴下来的水浸透。

余峥挑眉："在洗澡？"

温时雾似也觉得湿发有些麻烦，她伸手将头发抓了起来，用手当皮筋，使得头发松松散散地团在脑后，然后点头："刚泡了个温泉……"

余峥敛眸看了眼她这狼狈模样，便也猜到她刚才是让他等什么。

他抬抬下颌："去把头发吹了。"

"嗯？"温时雾不解地眨了眨眼睛。

余峥快被她气笑了："见我用这么着急？我又不会跑，先去把头发吹了，别感冒。"

他来得不是时候，让温时雾湿答答的就跑出来。

要不是姑娘家房间不能随便进，他早就直接把温时雾推进去，翻出吹风机就把她摁在里面，先把头发吹干了。

温时雾梨涡浅绽，唇角翘起的弧度有点儿压不住，她踮了踮脚尖，乖巧地应声："喔。"

"那你等我一下。"她口吻欢快。

见余峥点了头，温时雾抓着头发就准备转身，但她又想起什么似的停住脚步，扭头看向余峥："要不然你进来等？"

余峥神色一顿。

见温时雾对他没有任何防备意识，而他目光下掠，还能看见被水浸湿的薄衫，紧贴着她削薄纤柔的肩骨。

而她此时脸颊红润。

许是因为刚在温泉池里泡过，出浴后，漂亮的眉眼被雾气熏撩得更加勾人。

湿漉漉，雾蒙蒙。

女孩眼尾上翘，眼睫微卷。她欢快地发出邀请，身上还萦绕着些许甜橙香。

余峥又想到昨晚那个莫名的拥抱，还有拥抱后带来的反应。

以及刚才，她将他摁在雪地里，柔软的身体紧紧贴着他的胸膛……

余峥的喉结上下滚动了两下。

他别过头来，单手抄进兜里，抠着里面装着的一枚打火机："不用。"

余峥的声音变得有些哑。他这不堪一击的自制力，哪儿敢进温时雾的房间："我去抽根烟。"

温时雾说："好吧。"然后便转身回房间吹头发去了。

余峥的确下楼去了，温时雾再跑来花园见到他时，便见他懒散地单手抄兜，倚着树干，夕阳将树叶染成红里透金的颜色，窸窣着落在余峥的发上。

他骨节清晰的手指微微弯曲，松散地将那根烟夹在食指与中指间。

侧颜轮廓精致，就连喉结凸出的那道弧度，也因为是从侧面看过去而显得格外明显。

温时雾忍不住拿出手机偷拍了一张照片，快门声响了起来：“咔嚓——”

余峥循声偏头看过来。

被抓包的温时雾没有半分心虚，她甚至都没放下手指，又摁了下屏幕的拍摄键，直接透过手机镜头看他。

余峥眉尾轻扬，他将手里的烟掐灭，烟灰窸窣落下：“来了怎么不出声？”

“欣赏帅哥嘛！”温时雾不吝夸奖。

余峥是会抽烟的，他也从来没隐瞒过，不过也的确不会让狗仔拍到他在公共场合抽烟。

这还是温时雾第一次见他抽烟，竟然还觉得有点儿帅。

余峥漫不经心地低笑了一声，他抬步走向垃圾桶，将烟头扔在上面的烟灰缸里。

温时雾已经吹干了头发。她依然穿着那条粉色吊带短裙，但外面被弄湿的薄衫已经脱掉。

春日系短裙搭配她扎起来的丸子头，将漂亮的锁骨与薄薄的肩背露出，更显出几分清新纯欲。

她眨眨眼：“你找我有事？”

“嗯，刚备采完。”余峥懒散地挑唇，“‘屎壳郎’安排的滑雪活动让你摔了那一跤，他觉得很对不起你，让我来问问你今晚想吃什么。”

温时雾有些诧异：“随便我点餐？”

“嗯，他说他今晚安排了厨子，让你随便点。”余峥将打火机也扔回口袋。

温时雾弯着眼眸笑：“我倒是没想到‘屎壳郎’这么有良心，还知道弥补我——”

“那比萨可以吗？”温时雾充满期待，眼睛里像是盛满了星星，“用无麸质面粉揉个比萨饼底，然后边边上卷着芝心的那种！”

余峥早就猜到温时雾会点比萨。

她从小就好这口，尤其喜欢芝心卷边。

但因为大多数的比萨饼里有麸质，她就只能看别人吃时，闻着香味馋。

现在既然有大厨能给她定制无麸质款，她自然是不用白不用的。

余峥将温时雾点的餐转达给了史珂。

而与此同时的另一边，许可柠将洛萱约了出来，在温泉酒店后的山上见面。

许可柠防护措施做得够足才没受重伤，但回宾馆再仔细检查后，还是能看见皮肤上多了几处青紫。

她不敢置信地看着洛萱："洛萱姐，教练滑雪板固定器上的螺丝钉是你拆的对吗？你究竟为什么要这样对我？"

洛萱趾高气扬地双手环胸，她似乎对这件事毫无歉疚之心："是我拆的又怎样？你不是没事吗？"

"我没事那是因为运气好！要不是节目组及时做好防护，我摔骨折都是有可能的！洛萱姐，温时雾到底做了什么让你恨成这样？甚至不惜利用我去对付她？"

"许可柠！你懂什么！"洛萱转头怒看着她，"我做这一切还不都是因为你！换个饼干那么简单的事情，你自己做不好才要我来擦屁股！不然你以为我会胆大到在镜头下面行事？"

许可柠被这番言论惊到。

她没换成饼干，是因为被温时雾发现，再加上她自己也的确觉得这件事不对。

不对的事，她不做了，怎么反而就成了她的错了？

洛萱别过脸："总之，我的计划你别管。许可柠，我希望你能趁早认清现实！

"温时雾已经跟我争了那么多年，她拿了多少本该属于我的角色和代言！年年活动和红毯，网友都要拿我们两个出来比较，年年都是她穿更好看的礼服，她拿奖我陪跑！这样的日子我受够了！"

许可柠不承想，洛萱对温时雾的积怨居然这么深。她也痛恨自己人气不够，却不是怨别人比自己厉害。

温时雾能年年拿奖，是因为她的演技的确比洛萱高出不止一个档次！

她能穿更漂亮的高定，是因为她的流量和口碑在洛萱之上太多！

温时雾的性格又的确讨喜，她甚至能饶恕许可柠换她饼干差点儿害她过敏的过错，那么温柔，那么甜，又怎么会不招路人喜欢？

许可柠摇了摇头："洛萱姐，你有点儿魔怔了，你最好还是冷静一下。”

“我冷静不了！”洛萱今天的确有些不正常，“我今天那么做就是为了让她出丑，没想到反倒让余峥护住了温时雾！”

她现在看到只争朝夕的相关微博就烦！为什么这种好事轮不到她？

温时雾到底是什么时候认识的余峥！

许可柠还想说些什么，但她明显察觉到了洛萱周身的戾气，而她似乎已经钻牛角尖钻到陷入了自己的执拗里。

劝是劝不动了，许可柠也觉得自己没必要管那么多。

洛萱也懒得再跟许可柠废话，扔下她的最后一句警告：“我劝你最好不要因为温时雾给你的一点儿小恩小惠就倒戈。你要清楚，我跟你才是同一家公司的。”

许可柠攥紧裙角，有些犹豫，但对上洛萱如蛇蝎般紧盯她的视线，她硬着头皮回复道：“我知道了……”

洛萱扔下一声冷哼，甩手便转身离开，拿出手机打了一通电话：“帮我准备一袋有麸质的普通面粉，换进无麸质的包装袋里，送到《绯闻恋人》节目录制这边的厨子手上……”

许可柠看着洛萱离开的背影，几乎已经猜到她会对温时雾做什么了。

麸质过敏……

如果她不提醒温时雾，今天的晚餐里有麸质，会不会要了温时雾的命呢？

可如果提醒了，她就会得罪洛萱，她又能得到什么好处？

晚间的直播如约而至。

北滨市太阳落山得比较晚，这场直播拟定于晚上八点正式开始。

观众们准点便在直播间里候着了。

镜头里出现画面时，便见温时雾穿着见余峥时的那条春日系粉色短裙，外面披着件带着大蝴蝶结的米白针织挡风外套，正在跟夏灼灼凑在餐桌前垂涎欲滴。

温时雾：“哇！好香！”

夏灼灼趁机捡起一只凤尾虾，蘸着香草酱汁丢进嘴里：“味道不错嘛！‘屎壳郎’今晚这么良心？”

镜头是懂观众们想看什么的，立刻带着滤镜，将今天的晚宴餐品，逐个儿给直播间的观众们展示了一下。

铁盘上是烤得滋滋作响的嫩牛排。

还有金黄的炸物，配以各种酱料。

有芝士的比萨，让人隔着镜头便从那黄糯糯的顺滑拉丝感里闻到浓郁的香。

“错误时间，错误地点，带着饥肠辘辘，准时观看。”

“我为什么要在没吃晚饭的时候还看这个？”

“刚吃完晚饭的我也饿了，谁能懂这种痛啊？”

直播间观众怨声载道，一边想看恋综，一边又没想到在晚上八点居然被节目组馋到。

而温时雾俏皮地眨着眼睛，她化过妆，眼皮上的珠光都跟着闪：“‘屎壳郎’说为了弥补我下午摔倒，所以特意请了大厨来给我们做好吃的。”

夏灼灼竖起大拇指：“行，那这么说摔一跤也算值了，所以余神的胸肌怎么样？”

夏灼灼挤眉弄眼地凑近八卦。

温时雾耳朵瞬间红了，她连忙心虚似的垂眸拨弄手指：“什、什么怎么样……”

“你不是都摔到他身上了吗？还趴了那么久！感受到了吗？胸肌硬不硬？那可是余峥欸！唔！”

温时雾慌忙捂住夏灼灼的嘴，她急得快要跳起来。

“时雾她慌了，她紧张了，她脸红了！”

“哈哈哈哈雾雾那么纯情！你们别逗她！所以手感到底怎么样？”

余峥和傅屿霁过来时，便见温时雾绑架似的紧紧捂住夏灼灼的嘴。

夏灼灼立刻向傅屿霁投去求救的眼神。傅屿霁挑眉，将余峥曾经跟他说过的那句话还回去：“你的人，你不管？”

直播间弹幕里一片尖叫。

余峥单手抄兜，漫不经心地抬起下颌，懒散地低笑：“我能管得了她？”

他将手从口袋里抽出来，用指尖摩挲过手腕上那根跟温时雾同款的五彩绳。

烛火照耀着他浓颜系的侧脸，将桃花眼里的乌瞳映得更深，却尽是骄狂之后的无奈与臣服：“我还等着被她管。”

网友直呼，这跟直接表白有什么区别！

余峥承认了她是他的人，而且他还想被她管啊！

温时雾听见了这段对话。

她耳朵更红，以至于捂着夏灼灼的手都松了些，夏灼灼趁机将温时雾的手腕抓住，将下巴枕在她肩上凑近她的耳朵。

“这么红？看来是很满意吧？”

“夏灼灼！”温时雾要羞得蹦到天上去了。

她眼睫似如织雾，神情有些躲闪，尤其想到余峥就是小时候的谢礼，她一直保护在自己羽翼下，当作竹马哥哥的少年……

她的耳朵就更红了！

当年的少年还脆弱得像是随时要碎掉。

这么对比之下，如今的余峥更显得性张力爆棚，男人成熟的性特征也都彰显得淋漓尽致。

尤其昨晚冲动着抱过他后，温时雾现在想到余峥，都感觉周身萦绕着他的气息。

温时雾伸手在脸颊旁扇着风，她别过脸去不再理夏灼灼，直到晚风真的吹来余峥身上好闻的乌木佛手柑香，那种被气味包裹的感觉又忽然袭来。

余峥饶有兴致地躬身凑近，没忍住伸手捏了捏她红得像樱桃似的耳垂：“这么红？”

温时雾没好气地拍掉他的手。

而洛萱和许可柠来的时候，就看见他们两个凑得很近，像在打情骂俏。

许可柠不敢吭声，洛萱却难得表现得十分热情：“哇！今晚居然有这么多美食呀！听说好像是沾了温老师的光。”

温时雾转眸看向洛萱。只见洛萱笑盈盈地朝自己走来，眼神里没有任何敌意，也不似之前那般明显要站到她的对立面。

事出反常必有妖，季晏川挑挑眉：“这种光还是不沾也罢吧？也得亏是人家姑娘没受伤，但凡出了点儿事，史珂都无处谢罪。”

温时雾的心跳了下。

她已经很久没听见过“谢罪”这个词，或者说这个名字。

再次听见时，亦如当年。她条件反射般想要反驳对方：不是谢罪！是谢礼！

但温时雾心惊后便清醒过来。

季晏川不是在喊谁，这只是个再普通不过的动词，是说史珂该为他们今天在雪场摔倒的事情而谢罪。

温时雾还特意转眸看了眼余峥。

余峥眉眼间神情平静，漫不经心地抚过腕骨上的那根五彩绳，在听见这两个字的时候，没有产生任何反应。

温时雾轻抿着唇瓣敛下眼眸，也没说什么。只是莫名有点儿心疼余峥，不知道他这些年究竟经历了什么，才能将自己从谢礼变成余峥。

剜掉过往十四年的一切蜕变成如今的模样。

史珂哼哼唧唧道："好了好了！知道错了！这不是来谢罪了吗？怎么样温老师？这赔礼还算满意？"

温时雾娇俏地笑弯了眼眸，她向来容易满足："一百分！"

温时雾甚至还古灵精怪地朝史珂鞠了个躬："谢史导赏赐！"

史珂都有些受宠若惊了，不过心里很暖。他这一整个傍晚都提心吊胆，生怕温时雾和她的经纪团队责怪。

而今温时雾没表现出任何不满，甚至还大大方方向史珂道谢。

那么就代表颂天娱乐和林意羡不会说什么，粉丝也不会多加苛责。

史珂登时就笑得合不拢嘴："要不然大家都夸温老师是甜妹呢，嘴巴也甜，这能不讨人喜欢？"

现场气氛瞬间就活跃了起来，史珂连忙道："好了好了，大家都入席开饭吧！你们边吃我边讲今晚的游戏规则。"

温时雾："好耶！"

夏灼灼："'屎壳郎'万岁！"

史珂无语地看了夏灼灼一眼，但明显已经接受了"屎壳郎"这个称呼。

他表面嗔怪，实则什么都没说："今晚我们就整简单一点儿，玩个大家都耳熟能详的小游戏——东问西答。"

夏灼灼已经开始炫饭了。

温时雾欣然坐在她的芝士卷边比萨前，伸手便准备挑一块她喜欢的口味。

洛萱喝着饮料。

她状若无意地看过去，便见余峥十分警惕地看着温时雾面前的比萨。

恰逢主厨亲自过来上菜。

余峥每每见到这种由面粉制作的食物，就总心有余悸地不太放心。

他反复问主厨道："是无麸质的？"

主厨笑道：“余老师放心，我们都知道温老师麸质过敏的。史导特意叫人来送了无麸质面粉，用之前我们特意查过配料表，肯定不会有什么问题的。”

余峥总觉得今晚心有些鼓噪。

他凝眸看着那几盘比萨，不安的感觉怎么都压不下去，尤其在看见温时雾挑了一块比萨后，甚至产生了种抓她手的冲动。

主厨上完菜就转身走了。

史珂挑眉：“怎么着啊余老师，担心成这样？怕我谋害温老师啊？”

洛萱时刻观察着余峥的反应。见他唇瓣紧抿，视线从比萨上收回，抬眸看见温时雾疑惑地朝他回视过来。

她还没咬比萨，眨着眼：“怎么啦？比萨有问题吗？”

余峥说不上来比萨有问题。但不知为何，他今晚就是格外心悸，像是预感到比萨会有问题似的。

可照理不会，这是史珂亲自安排的，厨师也说知道温时雾麸质过敏，用面粉前亲自检查过。

他拿过一块比萨咬了一口。

有无麸质从味道上是查不出来的，外观上更不能，只能在使用前就注意原材料。

余峥将比萨咽了下去，低声道：“应该不会有，可能只是我敏感了。”

他看到这种面粉制品总是会敏感的。

温时雾梨涡浅绽：“我就说嘛，‘屎壳郎’肯定不会在这种事情上大意的。”

“是吧‘屎壳郎’？”她抬脸，愉快地晃晃比萨。

史珂无语应了声。

明知道人家过敏，备餐时还故意往人家过敏的方向撞什么的……这不缺德吗？

况且温时雾小时候就过敏昏迷过，当时还是在剧组，而且听说她每餐饭都有家人照顾，这都没能避开，还休克了。

谁敢拿这种事开玩笑啊？

可偏偏敢拿这种事开玩笑的洛萱，正饶有兴致地看向温时雾所在的方向。

她看着温时雾心情愉悦地拿着那块海鲜比萨，毫无防备地咬了一口，还在夏灼灼旁边摇头晃脑地夸：“比萨好吃耶！”

“你少吃点儿啊。”夏灼灼提醒道，“我瞅着这种面粉做的玩意儿总怕得很。”

温时雾笑眼弯弯：“没事啦，不是有厨师特意来定制的无麸质款吗？”

洛萱在心里冷笑一声。她颇为得逞地挑起唇，收回视线。

而坐在她身旁的许可柠掌心里早就捏满了冷汗，她一声都不敢吭，也不敢往温时雾那边看，不知道什么时候会出事……

嘉宾们都开始享受这顿晚餐了。

史珂在旁边嘚嘚，继续介绍着今晚的游戏规则：“咱们来玩儿东问西答哈！

“桌上的所有嘉宾，无论是绯闻嘉宾还是观察员，都可以来参与这个游戏。通过转酒瓶来确定首个提问者。提问者可以随意选择一位嘉宾，向他（她）提出任何问题，而被提问的嘉宾不能给出跟该问题有关的任何答案，必须答非所问才算过关。输者要接受‘贴贴大冒险’，赢了则可以变成下一个提问者，照旧随意选择一位嘉宾提问。如此循环。”

温时雾咬着比萨小鸡啄米式地点头。她很主动地拿过来一个酒瓶子：“那就开始转吧，让我看看第一个幸运儿——”

镜头聚焦在那转动的酒瓶。

直播间的观众都屏息凝神，盯着还不确定会朝向谁的瓶口。

现场的嘉宾们也都凑了上去。

只见那个空酒瓶飞速地转动着，最终瓶口对准了在吃饭的夏灼灼。

还没将口中牛排咽下去的夏灼灼愣住，她鼓着腮帮，指着自己：“我啊？”

游戏由此正式开始。

夏灼灼将牛排咽下去后一拍桌子，直接选定提问对象：“温时雾！”

忽然被点名的温时雾愣了一下，她咬着芝心眨巴眼睛。

夏灼灼直接问：“比萨好不好吃？”

温时雾向来古灵精怪的，她的反应速度很快：“今天天气很好！”

“季晏川！”温时雾立刻指定下一个对象，“你的单身八周年纪念日是哪天？”

季晏川差点儿被温时雾给噎到，他咳了两声：“吃空气吧你。”

“啊啊啊灼姐！他居然让我吃空气！”温时雾歪倒进夏灼灼怀里。

季晏川点名：“傅屿霁！”

趁着温时雾和夏灼灼黏在一起闹时，他问道：“你老婆漂不漂亮？”

傅屿霁挑眉："漂——"然而话音刚出还没落下，他就意识到好像掉进了季晏川的圈套里。

全场所有嘉宾都扭过头看向他。

温时雾震惊地睁圆眼眸，她很清楚地听到季晏川问的是老婆，而傅屿霁回答问题时没有否认，而是下意识直接回答。

她视线在夏灼灼和傅屿霁之间游移："你们俩……"

夏灼灼也明显有些慌乱。她连忙撕了一块比萨塞进温时雾嘴里，意欲堵住她还没说出来的话："说错了！你也想错了！他肯定是刚才没听清季晏川问什么！不算不算！再来！"

夏灼灼试图耍赖。但季晏川却夺过酒瓶子："不行啊！你老公可没答非所问！算他输了！贴贴！"

直播间的观众也傻眼了。

"等一下，我刚才听见了什么？"

"我还以为这个游戏会很无聊，没想到居然这么有趣啊！"

"季晏川问的是老婆吧？问的是傅屿霁的老婆吧？他没有否认欸！"

"夏灼灼和傅屿霁该不会真是隐婚关系吧！藏得也太深了！"

夏灼灼简直恨铁不成钢，她没好气地瞥了傅屿霁一眼："你没听见他问的是老婆吗！你答什么答！"

但傅屿霁只静默了半晌，然后掀起眼帘看她："听见了。"

听见了，所以他才答。

晚宴现场响起爆鸣式的尖叫。

林星柚近距离观察明星嘉宾，大呼："救命！这跟直接承认灼姐是你老婆有什么区别啊！伏夏组合是真的！"

现场气氛瞬间热络起来。

无论如何傅屿霁都算是输了，他从史坷手里抽了一张贴贴挑战卡。

夏灼灼面如死灰地念："男嘉宾用嘴咬住一颗樱桃，闭上眼睛原地转十圈后，用嘴巴将樱桃送进女嘉宾的嘴里。"

温时雾兴奋到尖叫，她快乐到都放下了手里的比萨，积极地起哄："亲亲！我要看亲亲！"

温时雾感觉手臂有点儿痒，她无意识地轻轻挠了两下，还沉浸在围观傅屿霁喂夏灼灼樱桃的兴奋里。

而不得不接受惩罚的傅屿霁已经被节目组积极的工作人员送上了一盘樱桃："傅总，您挑吧。"

夏灼灼极不情愿地双手环在身前。她用余光偷瞥了两眼，见那果盘里的樱桃一个赛一个的小，节目组简直不怀好意。

傅屿霁随意拿了一颗，用嘴含住，原地转了十圈。

夏灼灼在旁边不情愿地等他。

果然下一瞬，转完圈的傅屿霁便伸手扣住夏灼灼的细腰，将她捞进怀里，低首吻了过去！

无数个镜头对准他们。

只见傅屿霁毫不避讳地贴住了夏灼灼的唇瓣，而那颗被衔住的樱桃，已经不知何时滑入夏灼灼的口中。

夏灼灼的脸颊都烧透了。她慌忙伸手将傅屿霁推开，而小樱桃连带着核都已经滑落进了嗓子里。

季晏川终于还是忍不住说了："就这你俩还敢说你俩清白？你俩清白不了一点儿！我昨晚都看见灼姐抽傅总屁股了！"

夏灼灼几乎当场就跳起来："季晏川！你瞎说什么胡话！谁抽他屁股啊！"

史珂都嗑起瓜子了，所有人看热闹不嫌事大。

#伏夏组合接吻#

#腰带#

#伏夏组合官宣#

各种相关词条飞速爬上热搜。

许多粉丝闻风而来，还不明白发生了什么事情，结果点进来就看到傅屿霁含着樱桃吻住夏灼灼的画面。

什么玩意儿？！傅总这么主动是什么意思？

而此时的夏灼灼谁也不想搭理，她坐回自己的位置上，温时雾还用手指戳戳她腰，快乐地八卦："腰带欸……好刺激。"

夏灼灼没好气地斜睥睨她，她捏住温时雾的脸："雾雾你学坏了！"

温时雾佯装无辜地眨巴着眼睛，她又轻轻挠了两下手背："那人总是会长大的嘛。"

夏灼灼简直懒得理她："吃比萨都堵不上你的嘴，你看你等会儿跟余峥贴贴的时候怎么办！你一定会被我针对的！"

于是这次夏灼灼主动拿过那个酒瓶："再战！"

话音落下，她转动酒瓶，瓶口果然在众所期待中对准了温时雾。

温时雾茫然无辜地抬眸看向她。

夏灼灼：“哼哼……温时雾！”

温时雾拒绝理会，她低头继续小口咬着比萨，已经开始在脑海里面想万能答法。

结果夏灼灼上来就是劲爆的：“说！你是什么时候喜欢上余峥的！”

温时雾慌张地抬起眼眸。她下意识侧身看了余峥一眼，结果恰好落进他直勾勾地盯着自己看的桃花眼里。

温时雾心虚，脸蛋瞬间爆红。连刚刚想好的万能回答都忘了，连忙现编道：“今晚月亮真圆！”

“夏——不不不！姜燃！”温时雾差点儿就要点夏灼灼的名字了，但怕她又将火力转移到自己身上。

而姜燃是余峥的朋友，不至于坑她吧？

姜燃都没想到自己会被点名，他吊儿郎当地跷着二郎腿，抬抬下颌。

温时雾感觉北滨市晚上户外好像有蚊子，叮了她好几口，身上越来越痒。她一边忍不住挠着，一边想着问题：“你……下张专辑什么时候发？”

“噢。”姜燃笑得嚣张，他早就想好万能回答了，“梨涡妹妹真可爱。”

直播间观众——

“燃哥是在调侃温时雾吧！他主动提梨涡妹妹欸！他都夸可爱了！这梨涡妹妹还能不在现场吗？！”

温时雾都没想到姜燃会这样回答，她只觉得脸颊发热到都有些头晕了。

可能因为太慌，心跳都跟着变得有些乱，呼吸也短促了很多，她转眸看向余峥。

余峥笑得肆意，眉眼张扬。他似是完全没有要阻止姜燃提梨涡妹妹的意思，只低眸看着温时雾，伸手揉她的耳朵：“怎么这么红？”

温时雾连忙垂眸，摇了摇头。她感觉好像有点儿不太对劲，以前也有过很多次紧张和心动的时刻，但都不似现在。

她感觉空气黏腻发闷得让她喘不过气，头也晕得很厉害。

全身发烫，哪哪都很痒。

温时雾伸手轻轻摸了两下脖颈，小声唤他：“余峥，我不舒服。”

余峥唇角翘起的弧度忽然僵住。下一秒，他笑容瞬收。

这时夏灼灼也发现了不对劲:“天哪！雾雾！你身上怎么这么红？”

其他嘉宾也都循声看过来。只见温时雾肤色潮红，面色又苍白得不太正常，额头很迅速地布满冷汗。

她唇瓣微张，细短地吐着气，手紧紧摁住胸口，微微低头，难受得闭上了眼睛。

余峥的脸色瞬间就变了，这样的情景他最是熟悉不过。

他连忙抓着温时雾的手，便见她的手心也很湿冷，指腹摁在她手腕脉搏的位置，都能感觉到她的脉速越来越弱。

季晏川立刻起身。

虽然他以前也总是忘，但余峥每回都会提醒，他现在也记得温时雾过敏的事，于是下意识地问道:“她吃什么了？”

夏灼灼看了一圈餐桌上的残羹。她嗫嚅道:“比萨，比萨……”

“不会是过敏了吧？”林星柚被吓到了，刚餐前还在讨论这个话题。

许可柠脸色白得根本不敢插话。

史珂立刻冲过来:“怎么会？不可能过敏啊！我特意跟厨师吩咐了要无麸质的！刚才主厨也过来说检查过成分的！”

但温时雾现在就是过敏症状。她身体已经软得没力气，歪倒在余峥的怀里。

余峥的心脏被扼住。

萦绕了他整个童年的心理阴影，忽然排山倒海地向他倾覆了过来。

他单手捧着温时雾的脸颊:“雾雾……雾雾！你哪里不舒服？是不是过敏？药呢？带药了吗？雾雾别睡……告诉我药在哪儿！”

温时雾出门都会带药的。就算她平时很注意过敏的事情，也有带药的习惯，以防万一。

但她现在已经气喘到完全说不出话来。

她紧紧抓住余峥的手，像脆弱的瓷娃娃似的贴在他的胸膛上。

余峥只隐约听到很轻很轻的一声低喃:“谢、谢礼哥哥……”

他的身体蓦然震住。

而有些失去意识的温时雾浑浑噩噩，她感觉好像回到了七岁那年，也是这样倒在他怀里，而那时候他叫谢礼。

余峥喉头发紧:“雾雾——”

但下一秒温时雾就昏迷了过去。

余峥大脑里的弦都断了:“救护车……”

他几乎是吼出声的："叫救护车！"

录制现场顿时就乱成了一团。

节目组配备的医疗团队连忙冲过来："快快快，先放平，别是过敏性休克。"

夏灼灼也慌忙拿出手机："喂？120吗？我们需要救护车！有人过敏晕倒了！"

史珂急得直抹冷汗，他看着温时雾那张惨白的小脸："怎么会这样？怎么会？不可能啊……"

就连主厨都被当场拎了过来，他反复回忆："不会啊！不可能过敏！我们特意用的无麸质面粉，用之前还检查过包装袋，上面的确写的无麸质的！配料表我们也都仔仔细细检查了一遍。"

"现在说这些没有用。"姜燃快步走过来，当机立断地戴上一次性手套，将所有餐盘里的菜，都各取一点儿放进打包盒，"等会儿拿去医院查一下成分就知道具体是怎么回事了。"

他凝着眉转头看了余峥一眼，唇瓣轻抿："别担心，会没事的。"

余峥没说话。他垂敛着眼睫看向仍在昏迷的温时雾，双拳紧攥，下颌线隐隐发颤。

"感觉余峥特别难受……"

"我的天！怎么会发生这种事？节目组不是说很注意饮食的吗！"

"雾雾不会出事吧？"

"雾雾脸色好差，救护车怎么还不来啊……"

直播间的观众也都跟着担心，但直播屏幕很快就黑了。

史珂冷静下来后，便让摄制团队关掉了直播，并立刻让官博那边发出消息，说有情况更新一定会及时通知粉丝。

所幸救护车很快就到了，医护人员从救护车上跳下来，边拉担架边问："什么情况？"

节目组配备的医疗团队交接了急救并转达温时雾的情况："过敏性休克，不知道吃什么出了问题。"

过敏性休克是挺严重的问题，医生脸色瞬间变了，又见竟是明星，像是在录制节目的时候出了事。

夏灼灼急死了："医生，她不会有事吧？她肯定不会有事对吧？"

医生没给出明确答复，他道："先送医院再说，谁跟车？"

温时雾被火速送上了救护车，等在救护车里面的急救医生立刻为她做起检查。

无数声音同时响起："我！"

其中除了余峥，还包括夏灼灼和史珂。

史珂简直内疚死了。

况且他是节目导演，理应负责。

但救护车容不下那么多人，余峥甚至都没搭理他们，大步走向救护车就跟了上去。

姜燃拿着打包盒："我陪余峥去吧，你们再整辆车，我们医院会合。"

史珂点头："也行也行……你们应该到得比我们快，有什么情况及时联系。"

姜燃抬手比了个 OK，没多余废话，就跟上了救护车。

救护车后门合上，警灯骤亮，警报声响起后，便一路驰骋向最近的医院赶去。

温盛意也在剧组接到消息。他还上着夜戏，温时野就匆匆给他打来电话："爸，雾雾过敏了，在北滨市中心医院。"

"啥？！"温盛意愣住，"过敏？"

他一边接着电话一边匆匆跟导演打着招呼，说了声有事就火速离开剧组。

导演还想拦："不是，盛老师——"

这时助理弯腰附耳说了温时雾过敏的事情，毕竟是直播出的事，她流量又高，#温时雾过敏休克#的词条，已经在微博热搜总榜的榜一高居不下了。

导演恍然，但又莫名："他俩不是荧幕父女吗？温时雾过个敏至于他飞北滨去？"

又总归是人命关天的事，导演没再拦。

而《绯闻恋人》的录制现场，走的走，散的散。史珂单独安排了一辆车，带着想去医院看温时雾的嘉宾和主厨。

夏灼灼和林星柚她们都上车了。

连洛萱都佯装担心，但借口自己晚上还要赶飞机，追明天一大早的通告，就说不去了，祝温时雾早日康复。

只有许可柠还脸色很白地站在那里。

季晏川临上车前，注意到许可柠的状态不对，他顿住脚步，厉色看过去。

许可柠抬眸便撞上他审视的目光。她吓得身体一个激灵：“晏、晏川……”

季晏川蓦然扼住了许可柠的手腕：“许可柠，你是不是知道什么？”

正准备离开的洛萱看了过来。

许可柠明显被吓到了，她感觉到身侧有道目光很凉，她下意识地看过去，便对上洛萱挑眉警告的目光。

她慌忙摇头：“不不，我不知道……我什么都不知道……我只是没见过这种场面，我太担心了！温老师不会有事吧？”

季晏川颇为怀疑地盯着她。但见许可柠慌得都快要哭了，眼睛里的担心不像有假，没多问，可也没放过：“你跟我们一起去医院。”

许可柠怕露出破绽，吓得腰杆都挺直了。

但季晏川根本不容她拒绝，直接扯着她便将她带上了那辆车。

洛萱是没想到还有这个变数的。她特意给自己安排了明早的通告，早就订好了今晚的机票，便于自己找借口不去医院，却没想到许可柠被拉了去。

不过她的行动计划里没有许可柠，就算许可柠乱说什么，也没证据。

洛萱没再多想，转身便走了。

而与此同时的救护车上，温时雾还在昏迷，医生在做急救，毕竟过敏性休克这种事如果错过最佳急救时间，很容易闹出人命，根本等不到去医院。

余峥坐在旁边。

他躬着腰颈，双手合十抵在额头，垂眸看着昏迷不醒的温时雾时，眼尾都在发红。

姜燃最不擅长安慰人。偏他又知道温时雾对他多重要，这会儿只能替他问医生：“医生，她不会有事吧？”

“基本可以确定是过敏性休克，幸好你们录制现场配备了医疗团队，急救还算到位，暂时不会有生命危险。”

医生皱眉看向他们：“你们也是，明知道病人有非常严重的麸质过敏史，吃东西的时候还不知道注意点儿。以前有过休克情况吗？”

姜燃转眸看向余峥。只见余峥敛着下颌，眼睫垂落，他眼尾泛红地看着还没醒来的温时雾。

思及她昏迷前喊的那声谢礼哥哥，他声线发紧着回复道：“有。”

还是十五年前的那个冬天，也是余峥还叫谢礼时，与温时雾真正的初识。

那时他刚被舅舅带去影视公司，公司将他丢进剧组跑龙套，什么角色赚得多，就让他去演什么角色。

幸而影视公司和剧组也看他长相优越，于是《春鲤赋》便将他叫了去，让他饰演一个跟温时雾有互动戏份的漂亮小乞丐。

中午下戏，剧组里面放了饭。

穿着像小锦鲤似的粉色襦裙的温时雾，刚收工就被温时野给接走，带她去单独用餐。

这位在剧组里被众人捧着的小公主，每天中午都是被人接走单独用餐的。

小余峥也总会多看她两眼。

她长得真漂亮呀。活泼可爱，笑起来时梨涡很甜，不管面对谁都像蜜糖似的甜，吊着威亚上天时，更像小仙女一样。

剧组里每个大人都很喜欢她。

不像他……

小余峥又低头看了看脏兮兮的戏服。

有场务将盒饭塞到他手里：“你吃这个，吃快点儿，下午第一场还有你的戏呢。”

小余峥怔怔地接过盒饭。

他孤自坐到旁边的角落里，打开盒饭就看到上面撒着满满的辣椒。

剧组盒饭分辣和不辣的两种。

小余峥不吃辣。他从小就经常饿肚子，也许是常年空腹，导致胃不太好，吃辣会胃痛。

但剧组每个人都很忙。他也没名气，不值得被在意，场务姐姐没有恶意，却也并不至于关注到他这样一个不起眼的小角色是不能吃辣的。

小余峥没说话。他眼巴巴地抬眸望向放饭的地方，发现盒饭都已经被取空了。如果没有场务姐姐塞给他这盒饭，他中午可能还要饿肚子。

于是小余峥沉默着拿起筷子。

他坐在那里，将辣椒一颗一颗挑出来，避开那些红油夹了一块辣子鸡。

刚入口就被呛到，呛得他猛咳了两声，眼睛都红了。

这时，身边忽然飘来一股清新好闻的甜橙香。温时雾觉得自己吃饭好无聊，抱着哥哥送来的盒饭就跑回片场。

刚好看见上午跟她搭戏的小乞丐。

她觉得那个小乞丐长得好漂亮呀，眼睛像桃花，就是脸被化妆师姐姐抹得脏兮兮，衣服也破破烂烂。

她想，如果他也穿上漂亮衣服，保不准会长得比她还好看呢。

温时雾回来的时候，刚好看到他在挑辣椒，刚吃一口就被呛得眼睛红，唇瓣也红。

温时雾没忍住笑出声：“扑哧——”

小余峥闻声抬眸。

他没想到竟是那位被导演戏称为剧组掌上明珠的小仙女，也不知道她为什么跑到他这里来，看他被呛到还笑话他。

他轻抿唇瓣没说话，低头又想继续吃饭。

哪料温时雾慌忙握住了他的手腕：“哎哎哎！你不能吃辣，怎么还硬吃呀？”

小余峥怔了一下。他微微抬头，便见温时雾敛着像樱花似的漂亮裙摆坐到了自己身边：“剧组不是有不辣的盒饭吗？你怎么偏吃这份？”

“就只剩下这一份了。”小余峥口吻平静，面对这种事像是稀松平常，他从来都觉得自己没有挑剔的权利。

于是他又低头扒了口辣子鸡。

辣椒入嗓时还是很呛，但这次他忍了两秒，实在忍不住时才咳了出来。

温时雾皱起漂亮的小脸。她看到漂亮哥哥被辣得脸都红了，尤其那双好看的眼睛，红得跟哭过似的。她心疼极了：“你别吃了呀……”

怎么会有人明明不吃辣还偏要勉强自己？

温时雾看着自己怀里抱着的午餐，很精致的粉色包装盒，像小山似的摞了好几层，每一样都很美味精致……

而余峥的盒饭朴素极了。

很脆弱的一个白色小盒子，一荤两素随随便便地被盛在里面，还撒着满满的辣椒。

温时雾于心不忍，于是她便抱起粉色的饭盒，递到余峥面前：“漂亮哥哥。”

小余峥手里的筷子都差点儿掉了。他手一抖，震惊地抬眸看她。

漂亮哥哥？还是第一次有人这样喊他。

又见温时雾笑眼弯弯地歪着脑袋：“要不然，我们交换盒饭吧！”

小余峥持续震惊。

他看了看温时雾那精致极了的，被家人单独准备的午餐饭盒，又看了看自己那简单便宜铺满了辣椒的快餐。

他还以为自己听错了："交换……盒饭？"

"对呀！"温时雾不由分说就将自己的饭盒塞到了余峥怀里，然后将他手里那份抢了过来，"就这样交换，你吃我的！"

小余峥都还没反应过来，他的盒饭就跑到了温时雾的怀里。

她拿出温时野给她带过来的餐具盒，取出带有粉色手柄的小勺子："放心吧，我那份不辣的！你快点儿尝尝呀！"

九岁的小余峥还是第一次接收到这样的善意。

有个漂亮的小仙女，带着家人为她准备的精美盒饭，来拯救不爱吃辣的他。

见他不肯动，温时雾甚至还主动帮他打开饭盒，将那些精致菜肴一个个摆出来："吃呀！快尝尝我家阿姨的手艺，可好吃啦！

"不过每天来来回回就这几样，我也想吃馒头，他们就是不肯让我吃……所以，你今天中午的盒饭就被我霸占啦！"

她找了很好的借口。

她说，她不是为了施舍他，也不是觉得他可怜，只是看中了他的馒头。

小余峥扯了扯唇角，小声道："馒头有什么稀奇的……"

温时雾也震惊极了。

她觉得馒头可稀奇了，她长这么大还从来没吃过。而那时的温时雾也不知道，为什么大人总不肯让她碰大白馒头，并没有意识到换盒饭这件事的危险。

其实温时雾也不能吃辣。麦麸过敏本就会造就消化系统常年不适的体质，她的肠胃实则比余峥还要脆弱。

温时雾抱着那份满是辣椒的盒饭，举起带有粉色手柄的小勺子，一时之间有些不知道从哪里下口……

小余峥没有动她的盒饭。他转眸看着粉雕玉琢的小姑娘，见她愁眉苦脸地歪歪脑袋，鼻子轻皱，像是面对这样的盒饭也很为难。

她是被捧在手心里长大的，没吃过他这样的苦，可能也很少见到这样简便的盒饭。

于是小余峥伸手想将饭换回来："你吃不惯的，还给我吧，我不挑食。”

“谁说我吃不惯！”温时雾娇声反驳。

她慌忙护住怀里那份盒饭，不准余峥去抢，然后拿起一个馒头，蘸了豉汁就张大口送进嘴巴里。

温时雾从小就在鱼龙混杂的娱乐圈里长大，她太擅长察言观色，太会捕捉别人的情绪，所以很敏锐地察觉到了余峥的低落。

他像只踽踽独行的小雀，没有人护着，形单影只。他很难向别人敞开心扉，习惯接受恶意，又对外界的一切十分敏感。

温时雾怕他觉得她嫌弃这份盒饭，从而不愿意接受她的善意，所以非常积极地大口嚼着，腮帮子被塞得鼓鼓囊囊。

余峥转眸看着她，便见原本唇瓣粉嫩得像桃花一样的小姑娘，这会儿因为吃了辣椒，沾了红油，小嘴像肿了似的又红又滑稽。

腮帮子一动一动，又像小兔子。

她还抬起脸蛋弯着眼眸炫耀：“好吃呢！可好吃了！我那份盒饭里的菜我都吃腻了！你快点儿替我解决掉呀！”

余峥知道这盒饭根本不好吃。她那都是哄他呢。

但见温时雾很努力的样子，他还是低下眼眸，扯着唇角笑了一声。

然后拿起筷子挑了口温时雾饭盒里的菜肴，的确美味，的确精致，他长这么大还从来都不知道饭能这么好吃。

温时雾还娇俏地笑着凑近，扯扯他的衣角：“漂亮哥哥。”

余峥偏头，对上她亮晶晶的眼眸。

便见她笑得梨涡都绽了出来，好像发现什么新奇大陆似的：“你笑了欸！我就跟他们说你笑起来肯定会超级超级好看的！比我还好看！你——”

但温时雾的笑容很快僵在脸上。

她怀里的盒饭忽然落地，汤汁洒溅，而刚才还巧笑倩兮地逗哄着他的小姑娘，下一秒就面色惨白地摁住胸口。

余峥怔住：“温时雾？”

温时雾的呼吸变得很急促，额头上也迅速布满了冷汗。

小余峥几乎瞬间就慌了。

他连忙将饭盒放到旁边，正欲问温时雾哪里不舒服，哪料她下一秒就摇摇欲坠，直接晕倒在了他的怀里。

小余峥紧张得手心都出了汗：“温时雾！醒醒，你怎么了？温时雾！”

“来人啊——”

接下来的场面，混乱得亦如今晚。

温时野听到余峥求救的声音后冲过来，便看见妹妹晕倒在他怀里。

哥哥太熟悉这是发生了什么事。他连忙叫来剧组医生，给爸爸妈妈打了电话，然后就冲上去揪住余峥的衣领质问：“你给她吃了什么！

“你知不知道她麸质过敏！她根本就不能乱吃东西！你们这些普通饭菜里的调味品都是能要了她的命的！”

那年的余峥还什么都不懂。他不知道温时雾麸质过敏，也不知道原来普通的酱油、醋、味精里都含有麸质，也不知道她根本不能吃馒头……

余峥看着刚才还粉雕玉琢地朝他笑的小姑娘，此时脸色惨白地躺在担架上。

身边围着许多医护人员，大家都在抢救她。

很多人口中都在喊着“危险”“会危及生命”“得赶紧送医院抢救”……

后来温时雾就被推上救护车。余峥想追过去，温时野却将他拦下：“要是她出了事我会跟你拼命！”

之后的每一天，余峥都很害怕。

他怕温时雾因他出事。

以至于过去了十五年，那天温时雾晕倒在他怀里的画面，依然像阴霾将他笼罩，让他条件反射般时时惦记她的饮食。

当年余峥在《春鲤赋》中出演的漂亮小乞丐，只跟温时雾有对手戏。

但温时雾出事进了医院。

接下来的很多天他都没有通告，根本不需要来剧组。

即便如此，余峥还是每天都来。他每天都翘首以盼温时雾会平安回来，想尽各种办法打听她还好不好。最终也只从娱乐媒体的只言片语里，了解到她因为吃了那份普通盒饭，导致了过敏性休克，还被送进急诊抢救室。

所幸发现及时，她被抢救了过来。

小时雾已经醒了，但还住在医院里。小余峥经常偷偷去探望她，但从来都不敢进病房的门。

她的哥哥日夜守着她的病床。

他怕温时野怪他，更怕温时雾怪他。

也是那时候，小余峥知道，原来小时雾的爸爸是超级厉害的演员前辈。

他每次都会用他仅剩不多的钱买一点儿水果。买水果之前还会到处查问，这样水果里有没有麸质，对麸质过敏、肠胃不舒服的人有没有害处。

小余峥常常将水果放在门口就离开。

一日。

他意外地在病房门口，听见温时野责备的话："等你回去，我就让剧组把那个小乞丐给换掉！他让你过敏！他居心不良！"

余峥垂敛下眼睫。

谈不上失不失落，他只是好像已经习惯了这样的生活。

他放下水果后正准备离开，结果却听见病房里传来吵架的声音。

"才没有！"温时雾气极了，"哥哥你坏死了！你生气你就要赶走人家！你就是嫉妒人家长得帅！你这只乌克兰小乳猪！"

温时野被妹妹气得直翻白眼，他火冒三丈："他哪有我一半帅？他都害你过敏了！"

"才不是漂亮哥哥害我过敏呢！是我自己贪吃把他盒饭抢走的！"温时雾大声狡辩。

温时野当场就反驳了她："你贪吃个大头鬼！连你哥哥都骗是吧？你根本就不喜欢吃辣，能贪吃他那份盒饭？"

温时雾无言以对地瘪瘪嘴。她仰面躺回病床，扯了扯小被子盖住半张脸："反正这件事跟他没关系，你走吧，我今晚不要你陪床了！因为我生你气了！蚊子会替我跟你说晚安！"

温时野："……"

那一刻，余峥才知道。

原来——

温时雾跟他一样不喜欢吃辣，但还是会将她的盒饭换给他。

原来——

这个世界上，也有人愿意护他。

救护车很快就开到了医院。

医生推着温时雾就进了急诊抢救室，余峥健步跟了一路，直到抢救室的门合上时，他紧绷的肌肉都没能放松下来。

他的桃花眼尾泛着明显的红，连眼白处都布上了红色的血丝，紧盯着那扇门。

姜燃自认，他认识余峥这么多年，从未见过余峥这般濒临发疯的模样。

作为朋友，姜燃只能沉默地陪伴，根本不敢说话。

夏灼灼他们很快就赶到了：“医院外面全是媒体，好多人想进来探听雾雾的消息，史导让节目组的安保在外面拦着了。”

此刻温时雾的平安才最重要。

外面那些人只想挖到最新的爆料，抢着成为第一个发八卦的人，根本不在意这种行为会不会影响医生的工作。

季晏川抱怨道：“真缺德，我估计那些人也根本不关心小朝夕到底平不平安，只是想挖第一手的料而已。”

史珂像热锅上的蚂蚁团团转。他站在急诊室外面不停地踱步转圈，担心得浑身冒汗，还时不时双手合十祈祷：“老天保佑，别出事啊别出事……”

林星柚偷看了余峥一眼。

见他像是周身有阴霾笼罩般，很颓靡地倚着墙，弯身躬颈而立，屏蔽掉了外界所有多余的声音，只在探查到某些信号时，蓦然抬眸看向抢救室的方向，见门没开后又紧抿着唇瓣将眼帘垂下来。

他周身的冷气和戾气太重，没人敢跟他说话。

于是林星柚便轻轻揪了下姜燃的衣角：“怎么样了呀？温老师没事吧？”

姜燃侧头看了余峥一眼，他压低声音回道：“在救护车上时，医生说抢救及时，应该没有生命危险。”

但过敏性休克很严重，就算没有生命危险，也不知道会不会引发别的问题。对于这些，大家都心知肚明，所以才焦虑地在抢救室外面等。

在医生明确说“人已经没事了”之前，谁都不敢将弦松下来。

夏灼灼双眉紧蹙：“但到底怎么回事？厨师不是说检查过配料表了吗？怎么还会出现过敏这种问题？”

主厨也紧张得满头大汗。他道：“我确信检查过了，真的是无麸质面粉啊……除非是有人故意拿无麸质的包装袋骗我，实则里面的面粉换掉了！我过来前特意又去后厨拿了点儿面粉。”

一直沉默着的余峥忽然出声，嗓音沙哑得厉害：“送去检测。”

众人都将视线投到他身上，这才发现余峥的眼睛红得骇人。

他很缓地抵着墙壁挺直腰杆：“她平时吃的东西我都会看着，她吃的饼干也都是我亲手烤的，不可能会有问题。只有节目组负责的一日三餐我管不到，她起过敏反应的速度很快，也不会是之前接触的过敏原，只可能是今天的晚餐有问题。

“全都查一遍，除了面粉，调味料也可能有问题，普通的调味料里大多也含有麸质，今晚用的东西全都给我查一遍。”

史珂忙小鸡啄米似的点头。他安抚道：“查！必须查！我倒要看看究竟是谁拿这种人命关天的事来害我们朝夕妹妹！”

说罢，史珂讨好似的笑看余峥。

毕竟温时雾是在自己手上出了事，这晚餐又的确是节目组特意安排的。

但余峥并未理会史珂。他没心情管旁人的歉疚和讨好，只想听见医生出来说，温时雾没事。

直到抢救室的门终于被打开，所有人都齐刷刷地抬眸。余峥几乎是箭步冲了上去，下颌线隐隐发颤地看着医生，好半晌才哑着嗓音问：“……医生，她怎么样？”

医生已经见惯了这种一群人围在抢救室门口的架势，倒还是头次见到好几个明星都堵在门口盯着他看。

面对几双盯着自己的眼睛，医生也不打算卖关子了：“人没事，目前看来应该没什么大问题。不过还需要再监测至少 24 小时的生命体征才能确定，她这过敏反应的临床症状还挺严重的。”

毕竟休克不是闹着玩的。

就连许可柠都松了口气，掌心里的汗都快要将裙角浸湿。

温时雾没事……那就应该，跟她没关系了吧？

医生又扫了眼这一圈的人：“另外就是，病人还没醒，病房里不适合留太多人，也不适合被外界乱七八糟的事情打扰。”

“明白明白。”史珂连忙点头，“我会看着的，保证不会影响医院正常秩序，也不会让别人打扰到病人！”

医生走了，温时雾也很快被从抢救室推出来，送去病房。

医生强调过病房里不能逗留太多人，夏灼灼和林星柚担心温时雾，看她真的没事后就依依不舍地走了。

季晏川识趣，不想留在这儿当灯泡。

但他又一直在看着许可柠，扯着她便离开病房，但仍然不许她离开自己身边。

姜燃更知道余峥心里在想什么。

在温时雾家人赶到之前，肯定没人能抢了他在温时雾病床旁守夜的位置，便没在病房里面蹲着，他拍拍余峥的肩："有事喊我，我在外面守着。"

然后就去走廊的椅子上坐着，四仰八叉地将腿向外一敞，就开启陪伴模式。

最后病房里只剩下余峥陪着温时雾。

已是深夜，灯光微弱。

黑暗笼罩着余峥守在病床旁的身躯，他背脊微躬，颈向下弯垂，额前碎发半遮着眉眼，而眼里的红血丝仍未消散。

温时雾还在昏迷。

平时像轮太阳似的活蹦乱跳的小姑娘，此时难得恬静地躺在床上，还没恢复血色的小脸皎如月光。

余峥不肯离开半步。他甚至在懊悔，如果他凭借直觉阻止了温时雾吃比萨，是不是就不会发生这种事情。

夜太静了，静得余峥心里都有些发慌。

直到走廊传来仓促混乱的脚步声，守在外面的姜燃昂首，本来只是闲闲一看，但下一秒就蓦然僵着背脊起身，惊诧道："盛、盛前辈？"

姜燃有些没反应过来，盛意这种顶流怎么会突然跑到医院来？

而他身边还跟着著名科幻导演温时野，和知名度极高的国际超模叶桑宁！

温时野不由分说就箭步冲进病房。

叶桑宁倒是看见守在外面的姜燃，轻声问了一句："雾雾是在这儿吧？"

姜燃有些木讷地点了点头。

然后叶桑宁和温盛意才走进病房。

温时野早就跪在病床旁了，慌得像是魂都丢了似的。他用手指敛过温时雾脸旁的碎发，声线收紧发颤："雾雾……雾雾？"

余峥缓缓地站起身来。他额发垂落，掩住几分眉眼间的疲倦与骇人的红，看向赶来的温盛意和叶桑宁，颔首哑着声音道："伯父伯母。"

温盛意和叶桑宁对他在场并不奇怪，对于他的称呼也不奇怪。

他们很早以前就见过，还是在余峥小的时候。

因为温时雾喜欢这个漂亮哥哥，温盛意和叶桑宁爱屋及乌，对这个少年也有几分怜爱，在剧组里对他照顾有加。

所以余峥早就知道他们身份，知道鼎鼎大名的演员前辈和超模，是温时雾的父母。

但这时，身侧一道疾风蓦然刮过。

温时野不知何时从病床旁站起来，箭步冲过去就揪住余峥的衣领，毫不犹豫地一拳砸在他脸上："砰——"

"又是你！"温时野厉声低吼。

余峥学过散打。

当年极昼音乐将他送去国外培养，除了声乐、舞蹈之类，他学的第一样便是散打。

从做出要与温时雾顶峰相见的决定时，他便清楚，以后是要换他来保护她。所以他开始健身，学散打，将自己原本瘦削的身体练成如今这样。

余峥对危机的感知力很强。他察觉到了脸旁刮过的那道劲风，知道温时野要揍他，但他没躲，只任由温时野将那一拳打在他脸上出气。

姜燃刚进来看到的就是这画面。他箭步冲过去："余峥！"

叶桑宁见状连忙将温时野拉开："温时野你做什么！这是医院！你妹妹还昏迷着呢！"

"我知道这是医院。"温时野攥着余峥的衣领没松手，"我打的就是他！"

姜燃向来意气又冲动。他正欲冲过去将那一拳还给温时野，余峥却扼住他的手腕将他拉回来。

姜燃扭头，不解地瞪眼看他。

但余峥只是躬着颈，抬手用指腹抹了下唇角的血："他打得对。"

"让他打。"余峥拦住姜燃，也没有要还手的意思，反倒抬起下颌回视温时野。

姜燃只觉得这两个人都疯了。

叶桑宁无语凝噎，倒是她站出来扯住温时野的后领："松手。"

温时野不肯。

叶桑宁恨不得给他一耳刮子，她拿妹妹出来震慑他："温时野，就算你妹妹现在醒着，她也会让你松手！"

温时野的手和眉眼这才松动了些，叶桑宁趁机扯着他的后领将他拉走。

“妈！”温时野尚在抗议，“是他害雾雾过敏的！又是他！我揍他怎么了！”

叶桑宁训道：“你揍人一拳只是皮外伤，你妹妹醒了发现后心疼你拿什么治？”

温时野：“……”

总之叶桑宁将温时野带走了，生怕他再给人来第二拳。

叶桑宁和温盛意来之前就打听过发生了什么事，这大概率跟余峥无关，最多是节目组出了什么纰漏。

况且之前的直播他们也在看。有看到余峥时时关注女儿会不会过敏，还亲手做无麸质的食物给她吃，连随身携带的小饼干都是亲手烤的。

这般谨小慎微，怎可能是害温时雾过敏之人？

是温时野冲动了。

姜燃还想说些什么，甚至没弄清到底什么状况，不过大抵能猜到，温时野这名字怕是温时雾亲哥不假。

而盛意和叶桑宁能跟着来，那大概率只能是温时雾的亲人了。

温时野已经被叶桑宁带走。

此刻病房里除了他和温时雾之外，就只剩下了盛意和余峥。

姜燃看了看余峥，又看了看盛意。

察觉到气氛似乎有些诡异，姜燃很识趣地道：“我去外面，你们聊。”

他抄着兜就去了医院走廊。

温时野不知道被叶桑宁拎哪儿去了，总之这会儿已经不见了踪影。

姜燃帮里面的人带上病房的门。

余峥唇瓣紧抿，下颌线紧绷，他又用指腹抹了抹被温时野打破的唇角，没多说什么别的：“那您……陪陪雾雾吧。”

他知道他现在大概没资格留在这里。

余峥偏头看了眼病床上的温时雾，桃花眼里的瞳色很深，明明不想走，但他还是僵硬地别过头，正要抬步。

温盛意却忽然出声：“谢礼。”

余峥的身体蓦然僵住。

他停住脚步，讶然地回头，不知道温盛意是什么时候认出自己的。

再回想温时野方才那句“又是你”。

所以，他也是因为知道了他是谢礼，才会将那一拳砸在他的脸上。

的确，又是他。

时隔十五年，又是他让温时雾昏迷在他怀里，亲眼看着她被抬上救护车送进医院。

余峥的喉结上下滑动着。洒落进病房里的月光照亮他半张脸，使得本就线条流畅的脸颊轮廓更加分明。

他低敛着眼眸，甚至没注意到病床上的温时雾，眼睫轻轻颤了下。其实她上一秒差点儿就从病床上弹起来了，因为她听见……

有人喊谢礼。

但刚掀起眼皮就发现，亲爹和余峥在她的病房里，而那声谢礼是爸爸对余峥喊的。

温时雾瘪了瘪小嘴。

她很识趣地闭上眼睛继续装睡，便听余峥并未否认，然后哑然地说了句："……对不起。"

对不起。

因为余峥就是谢礼，但即便谢礼变成了余峥，也还是没有保护好温时雾，还是造成了跟十五年前一样的局面。

余峥与温盛意沉思而立。

温盛意曾经也颇为心疼谢礼的遭遇，又因为女儿实在喜欢他喜欢得紧，所以对他有过很多关注。

如今看到他已经不再是当年受尽欺负的小子，而是成长为当红歌手，竟也莫名生出几分少年长成的欣慰。

他轻叹一口气："这事不怪你，我知道没有人比你更怕雾雾过敏。当年你放在病房门口的水果，我也都看见了。"

余峥紧抿着唇瓣没有说话。

温盛意转头看了眼病床上的温时雾，又收回视线看她："雾雾知道你是谁了？"

余峥嗓音依旧沙哑："不知道。"

至少她没说。她从未问过他是不是，更没有表现出半分对他就是谢礼的察觉。

温盛意看着他："为什么不告诉她？"

余峥低头，整个身躯都没入深夜的阴影里，甚至连窗外透进来的月光想怜惜他，都洒落不过来半分。

他唇瓣嗫嚅，声音很低："因为雾雾身边不该有那样的朋友。

"谢罪不配，但余峥或许可以。"

温盛意对他的回答表示震惊。他没想到，成长为当红歌手的谢礼，在揭掉余峥这层外皮后，依然如此谨小慎微。

又或许，他也只是在他女儿面前才会如此卑微。

而装睡的温时雾更加攥紧床单，竖起耳朵听着两人的谈话。

她也很想知道为什么他们当年明明约定了见面，谢礼却一直没来找她，想知道为什么都已经与她顶峰相见，却不肯与她相认。

在这之前温时雾只是觉得，或许是因为余峥觉得谢礼这个身份是他身为明星不好的存在。

他可能只是想重新活一次，想更光鲜，不想有任何不堪的过往。

即便温时雾从未觉得那有多么不堪。

但她没想到余峥不肯与她相认竟是因为自卑！

他竟觉得自己不配？

温时雾的眼睫轻轻颤抖着，甚至感觉整颗心脏都变得柔软下来。

温盛意摇头："但雾雾从未这样觉得，其实这些年她一直都很惦记你。每次我带她出席活动时，只要人一多，她就总会跟我说好像听见了你的声音，让我帮她找你。

"你来过，对吗？"

他在黑暗里盯着余峥乌黑的眼睛。

听他声线发紧地应了声："嗯。"

听见余峥的肯定，温时雾蓦然感觉眼睛发酸，忍得她唇瓣都开始发颤。

余峥漫不经心地偏开头。再回想这些童年往事，其实他已经没有什么执念，只云淡风轻地低笑道："但都被保安赶走了，我没能见到她。"

"怪不得……"温盛意道。

怪不得他每次派人出去找余峥，都没见到他的身影，问保安保安也说没见过。

又怪不得他会觉得谢礼不配，所以不肯跟温时雾相认，只想以余峥的身份站在她的身边，觉得只有这样才或许相配。

温盛意评价道："造化弄人。"

但偏偏余峥又做到了逆天改命。

余峥敛着眼眸，他将手抄进口袋里，攥起温时雾小时候送他的那根五彩绳。

即便他手腕上现在戴了根新的。

每每在这种时候，还是只有温时雾送他的那根能给他些心理安慰。

余峥偏头看向温时雾："是她救了我。"

灯光太昏暗，他还没有发现温时雾已经醒了，也没发现她眼眶湿润，眼泪已经快忍不住了。

"不，是你救了你自己。"温盛意拍了拍余峥的肩膀，"其实谢礼也很好，所以才值得雾雾用真心相待，是你自己觉得他不够好。"

他曾经就很欣赏那个小谢礼。就算他看起来狼狈，但温盛意总能从他身上看到一股坚韧劲儿。

他早就觉得，若有朝一日，谢礼想要涅槃，一定会活得比谁都骄傲精彩。

事实证明他不曾看错人。

"你不用走。"温盛意笑笑，"我们就是太担心雾雾，所以特意飞过来看看她，到医院之前就已经托人问过她的情况。既然她已经没事，我们便也不担心了。

"只是这丫头向来没心没肺的，她够呛稀罕我们跑来看她，但稀罕你。雾雾醒来如果看到是你的话，她会更高兴。"温盛意又拍拍余峥的肩膀，像是男人之间交接责任般郑重，"这儿就交给你了，有事随时联系。"

"还有——"温盛意指了指自己的嘴角，"温时野那小子从小野惯了，他没别的，就是疼妹妹，我替他跟你说抱歉。"

余峥自然不会怪温时野。

他能理解，他也能感受到温盛意这番话的分量，像是认可了，也允许他站在温时雾身边。

温盛意交代完就离开了。

房门被带上，余峥隐约听到走廊里传来姜燃的声音："盛前辈，我送您。"

"我姓温。"温盛意笑着看向姜燃，觉得没必要瞒着温时雾的朋友，"我是雾雾的爸爸。"

姜燃惊愕，但也几乎猜到了。

两人的脚步声渐行渐远，余峥重新在温时雾的病床旁坐了下来，却忽觉她的情况似乎有些不对。

余峥的心脏蓦然一跳。

他连忙扭头看向旁边的监护仪，见数据没有异常，才又转眸看向温时雾，紧皱着眉头：“雾雾，雾雾？”

哪料下一秒温时雾就从床上弹坐起来，直接扑进余峥怀里。

方才忍不住的眼泪尽数沾湿了余峥的前襟：“我就知道是你，阿礼哥哥……”

独家报道 最

2025/10/03

目录 CONTENTS

以雪山之名定山盟

5:20
5G
返回
You are the unique light in my life,
and I will always favor you.
我的
热搜
文娱
生活
社会
体育
热搜雷达，发现你关心的热点
1 只争朝夕求婚
2 雪山求婚
3 我的CP成真了
4
5
6
7
8
9
10

第十二章

♪

十年之约

余峥的身体蓦然僵住。

一声“阿礼哥哥”似若一股电流迅速贯穿心肺，让他整条背脊都酥软下来，甚至愣得不知该如何动作。

她是什么时候醒的？刚才的谈话，她都听见了吗？

而此时的余峥亦不知该先情动于温时雾抱着他喊阿礼哥哥，还是该欣喜于她从昏迷中苏醒了过来。

但怀里温软的触感又太过于真实。

还有温时雾浸湿了他前襟的眼泪，湿热得灼烧他的皮肤，那细弱的抽噎声，又哭得他心里那根弦几近断了。

温时雾却是早就忍不住了。

方才偷听余峥和爸爸的对话时，她就忍得眼泪倒流回去，害自己差点儿哽住。

现在病房里只剩下他们两个人之后，她便肆无忌惮地将泪水全都哭了出来。

她好心疼。

她还以为余峥觉得谢礼是他不好的过去，才不愿与她相认，却不承想，他只不过是觉得谢礼会影响她。

怎么会……余峥从未见过温时雾哭成这样，哭得他整颗心脏都跟着揪了起来。

僵了好半晌，他终是伸手小心翼翼地试着将温时雾搂在怀里，筋骨清晰的手指穿过她的发，轻揉着她的后脑哑声低哄：“别哭了。”

“谢礼。”她带着哭腔喊他曾经的名字，她亲自给他起的那个名字。

终于听见她等待了十五年的、迟来却仍旧如约的应答：“是我。”

余峥低首捧起温时雾泪流满面的脸，指腹轻轻揩过坠落在她眼睑处的泪珠："我在。"

温时雾那双鹿系的眼睛本就极容易显得楚楚可怜。此刻，她眼眶里氤氲着泪花，饱满的卧蚕上还缀着几颗小水滴，眼圈哭红，睫毛也湿成一簇一簇的，更惹人怜爱。

她委屈极了："你不告诉我……"

还要她自己去猜。

她哪怕猜到之后也不敢问。

以前她还在想，余峥幼年相识的梨涡妹妹究竟跟她有什么关系。

却不知那千丝万缕里亦是她自己的朝思暮想。

余峥躬着颈，额发垂落在眉眼处。平日里在舞台上骄傲耀眼的大明星，此刻如同认输般臣服在她面前："我错了。"

"我不要原谅你。"温时雾还带着哭腔，没缓过气儿的时候一哽一哽的。

余峥央求道："那就还只当我是余峥，别讨厌我，我只能准你恨谢礼。"

温时雾惊诧地珠抬眸看他，脸上还挂着泪，对他这番理论甚是无语。

随后哭得一口气没上来，十分丢人地打着嗝，哽了一下。

她难为情地别过脸，手攥紧被单："那你为什么现在又肯承认了？"

余峥如实道："你听见了。"

她听见了，他便不可能骗她。

其实只要她问，他都会承认。

但她没问过。

偏温时雾迟迟不问，又是以为他并不希望她问，所以又藏秘密藏得好辛苦。

温时雾咬咬唇瓣："那你、那十五年了，你现在才知道来找我……"

"现在才敢找，但一直都在追。"余峥低头看着她，乌瞳深邃，"雾雾，我从未忘记过，我们约好的，顶峰相见。"

"这十年，我赌赢了。

"这是你教我的。你说过，发光不是太阳的权利，我也可以。所以，从那一刻起，我便告诉自己——

"我也要，生长得炽烈。"

温时雾再次泪如雨下。

她于星光闪耀时遥遥相祝，以顶峰相见作为邀约；而那年荧屏里的梨涡笑靥，拉回了人生至暗时摇摇欲坠的少年。

仅凭温时雾那一句话。

少年谢礼初成的野心被浇灌助长，也使他拥有了孤身勇闯极昼音乐的最大底气。

幼年相识，顶峰再见。

星光大道，鲜花簇拥。

这都是温时雾曾经给过余峥的祝愿。

而今星光闪耀的余峥，丰满了羽翼后涅槃而归，爱她爱得热烈而又赤诚。

温时雾不敢想这十五年他经历过什么。

最初的五年，他只是如小雀般虔诚卑微的信徒，身处泥泞，跌跌撞撞。

但野心初成，坚韧生长。

而后的十年，万山无阻，笼鸟脱樊。

他轰轰烈烈地站在山峰之巅，沐浴着属于自己的鲜花和掌声，成了自己的光。

旁人只见过他的骄傲与闪耀。

只有认识过谢礼的温时雾知道，他是逆风翻盘，是个义无反顾的赌徒。

而今天，他告诉她："温时雾，我赌赢了。"

温时雾根本止不住自己的眼泪，哭得余峥都变得手足无措了起来。

他认输般低叹："雾雾，别哭了。"

他心疼。

温时雾抽噎着问："你是不是很辛苦？"

余峥无奈："其实还行。"

他是幸运的那一个，在沈确那里博得一线生机，在国外秘密培养的六年很累，但每天都过得充实而又热烈。

温时雾又问："那在国外的时候，还会有人欺负你吗？"

"不会。"余峥实话实说，但语气明显温柔了很多，"他们打不过我。"

那会儿他已经不像小时候那么瘦弱了。

他开始健身，开始练散打，身高蹿得比同龄人都要快一些，不到十八岁时，姜燃就开始羡慕起了他的腹肌。

温时雾持续委屈："你早该有这种觉悟，以前那些人欺负你，你就该骂回去！"

余峥被她给惹笑了，他扯着唇角："怎么骂？骂人家是乌克兰小乳猪？"

温时雾："……"

小时候她的确总是这样干的。

每次见到有人欺负余峥，她就会冲上去奶声奶气一顿骂。

每次都骂得余峥很无奈。

他几次三番地想，他是不是该学学怎么骂人，以后最好还是别让温时雾骂人了。

哪料她长大后还是这样。爱护人，却不会骂人。

温时雾不满地别过脸去轻哼一声，一点儿都不想为这件事做出反思。

余峥揉揉她的头："还有没有哪里不舒服？要不要我去叫医生？"

温时雾摇头："就是有点儿痒……"

她身上起了好多红点。

这会儿哭够了，温时雾揉揉眼睛，婆娑的泪眼清明后，她才注意到余峥的嘴角。

于是她从他怀里探出脑袋，指腹轻轻摁到伤口旁边："你这里怎么了？"

余峥趁着月色垂眸看她，难得骗人："被你过敏休克吓的，赶路太着急，不小心磕到了。"

"是吗？"温时雾半信半疑。

她移开视线，又忽然转眸望回来，又映着月光发现他唇角有些发青，根本不像是磕的，倒像是被谁打了一拳。

但又有谁敢打他？

温时雾眨眨眼："你可不准骗我，要是有人欺负你，你得告诉我，我会把他抓去动物园跟大猩猩相扑。"

被叶桑宁拎到楼下吹风的温时野莫名打了个喷嚏："阿嚏——"

叶桑宁抬头望着月亮，莫名其妙："你这是冻感冒了？"

"可拉倒。"温时野不爽地揉揉鼻子，"我这体格能是说感冒就感冒的？如果是雾雾醒了，绝对是她看到谢礼的伤在咒我；如果不是，那就是谢礼在咒我！"

叶桑宁："……"

你心里这么有数，刚才倒是别打人家啊。

不过余峥并没有出卖温时野，只无奈地扯着唇角笑道：“好。”

温时雾乖巧地仰面躺回病床。

她有些热，将双手从被窝里拿出来，交叠着放在自己身前。

余峥帮她敛被子：“睡会儿？”

温时雾眨着眼睛看天花板：“睡不着。”

“医生说你还要留院观察至少 24 小时，生命体征不稳定，要多休息。”

“那我睡不着嘛。”温时雾翻了个身，将手肘撑起，握空拳抵着脑袋，眼睛亮亮的，“阿礼哥哥。”

余峥敛眸睨她一眼。

果然见温时雾狡黠地弯弯眼，小梨涡也漾了出来：“要不然你唱歌给我听吧。就像小时候，你唱歌哄我吃药那样。”

她小时候最不喜欢吃药了，经常因此闹小脾气。

偏偏她麸质过敏大多糖都不能吃，惹得哥哥都不知道该怎么哄她吃药，在苦着她后给不了什么甜头。

余峥就会过来给她唱歌。

他唱歌，她吃药，吃过药后，他给她一颗自己问了好多医生才找到的无麸质糖。

这下温时雾倒是欣然接受。

她每次都会眼睛亮亮地盯着余峥，夸他唱歌好听，说他不应该来演戏，应该去发唱片，说不定会成为大歌星，还戏说：“如果真有那天的话，我就可以跟所有人吹牛啦！想当年，我可是歌坛大明星谢礼的第一个听众！”

没承想如今还真如愿以偿，只不过他从谢礼变成了余峥。

而在知道这一切之前，温时雾就早已是余峥的忠实粉丝。

家里还摆满了以他为形体制作的娃娃。

余峥挑眉：“想听什么？”

温时雾感觉自己过敏过得值了，还能听到余峥为她办的个人演唱会，还是清唱的那种。

她望着月亮沉吟片刻，随后歪歪脑袋，笑出梨涡来：“《梨涡妹妹》？”

她现在就想听这首歌。

不是余峥以演唱会之名，借粉丝唱给她听，而是听谢礼为她而唱。

余峥挑眉散笑：“行。”

于是温时雾又雀跃地坐了起来，还拿出手机打开手电筒，在灯光昏暗得如熄了场灯的演唱会现场做成简易荧光棒。

只不过条件简陋，她没办法做成克莱因蓝的应援色。

而是月光与床头灯相衬下，手机自带的一抹暖白色的光。

病房区很静，监护仪平稳的“嘀嘀”声，像是天然的节拍器，揉进余峥极有质感的嗓音里。

“黑夜走过陋巷，我抬头看见太阳。至暗时刻的光，把空寂眼神照亮。

“少年也曾彷徨，看不见归途希望，她却赠予信仰，祝愿他耀眼张扬……”

温时雾轻轻晃着她的“应援棒”。

她安静地看着余峥。

他肆意而自由地坐在陪床的椅子上，偏头将目光落于她身上。月光照耀着他的侧脸轮廓，而她手里的光就像舞台的闪光灯，在他微敞的领口前轻轻晃过。

没有吉他，没有伴奏。

没有演唱会现场的尖叫与欢呼。

余峥性感悦耳的清唱嗓音，像流淌在山间的泉水，慵懒诱人，惹她心荡神驰。

此时的余峥肆意挑唇。即便唇角有伤，却也遮不住他半分骄傲张扬。

那首本该唱尽遗憾的《梨涡妹妹》。却在他的改动下唱尽了意气风发：

“烟火向星辰，所愿成了真，也不必再让晚风，捎来时光倒转的齿轮。

“神明不负人，红线牵了缘深，我赌赢了那场梦，与她相逢在盛夏时分……”

曾经的遗憾已得圆满。

他的祈祷与所愿，都所求成真。

温时雾没想到余峥会改歌词，她有些怔然地看着眼前的男人。

病房简陋，远不如舞台华丽。

灯光也分明是暗的。

但窗外的月光却仿佛格外偏袒，使得他整个人都看起来闪耀发亮。

如今的余峥，身上已经没了半分谢礼的影子，他骄傲肆意地抬着眉眼，唇角的伤最多不过是他桀骜的勋章。

他挑唇笑看着温时雾。率性慵懒，眼角眉梢是张扬的性感，瞳色灼热而又炽烈。

分明温时雾才是听众，余峥似乎比她还要恣意享受。

他漫不经心地用指骨抵着下颌，一边为她唱歌，一边不停地擅自改着歌词。

不过眼神始终直白。他的视线停留在温时雾身上，哪怕再肆意，也依旧将她，奉为《梨涡妹妹》这首歌的创作信仰。

温时雾只觉得心如擂鼓。

她手指收紧，攥着手机，仰头看着热烈耀眼的，她的明星，被吸引得都渐渐忘记晃动手里的“荧光棒”。

于是那缕光便落在余峥的下半张脸上。

照耀得他下颌线条清晰，带了伤挑笑时显得有几分桀骜的唇，也随着他的歌声在灯光里开合。

无端的暧昧旖旎而开。

月亮尽职尽责地挂在窗外梢头，不阻太阳与星星在今夜见面。

余峥的歌声停了。

万籁俱寂。

此前的朦胧爱意，在这一刻，像是着了火，随着心跳共振热烈地彻底撞进灵魂里。

何为心动？

月上柳梢，风起树摇。

夏夜昭昭，顶峰见你。

温时雾手里的灯还亮着。

亦如十五年前的冬天，她执着一根仙女棒，将夜晚的阳光照耀在余峥身上。

她忽然明白余峥的应援色为何是克莱因蓝。

克莱因蓝。

神秘的冷调，与夏夜最为适配，却象征着明媚的冬。

因为于谢礼而言，十五年前的冬天，如沉溺深海般令人绝望的严寒时节，曾有一束叫温时雾的光照进他的生命里。

她是那年冬天的明媚，是他十五年来朝夕妄想的雾色。

思及此，冲动使得温时雾忽然掀开被子。

她凑近余峥，倾身一趴，便搂住他的脖颈，向前跌进他的怀里。

余峥一怔，下意识双手贴着她后腰将她搂住。

哪料唇瓣一软，还未反应过来时，温时雾便朝他方才还在为她唱歌的唇瓣吻了下来。

电流迅速蹿过余峥的脊骨。

那一刻，周围的一切好似都变得虚无，所有的感官里只剩下了唇上的温软，和落在他皮肤上的滚烫的呼吸。

余峥心里的那根弦几乎是断了。他缓缓地敛下眼睫，看到的便是温时雾的绒毛碎发，以及她含住自己唇珠时，向下闭起的睫毛和贴近他的鼻尖。

温时雾没有接吻的经验。

她也是第一次想要亲一个人。

她将生涩的吻落于他的唇上，哪怕分明是自己主动，那个瞬间也像脊背过了电，连同着心脏都被拂得酥痒。

温时雾自己的呼吸也滞了滞。

她脸颊滚烫，只在余峥的唇上贴了几秒钟的时间，就有些慌乱地松开。

原想躺回病床上用被子遮住脸，但后腰蓦然被人扣住。

力量向前一带，她原本就向下倾趴的身体，更加彻底地整个伏在余峥的胸膛上。

“温时雾。”他垂眼看过来。

唇瓣上余留的触感依旧清晰，鼓噪得他整颗心脏都难以安静下来。

余峥垂首，额发落于眉眼，被吻到沙哑的声线性感非常：“我不允许你耍流氓。”

温时雾耳朵也很烫，她小声嘟囔：“我没想耍流氓……”

余峥躬着颈，用鼻尖去够她的鼻尖：“我也不允许你是因为出于感动，或是同情我。”

他贴得太近，惹得温时雾呼吸短促：“你现在人气比我都高，连我都被吸引成了你的粉丝……你有什么好值得被我同情的？”

余峥一眨不眨地看着她，探究着她眼眸里的底色，思量着她究竟给了几分允许他回吻过去的权利。

空气都变得黏稠，刺入灵魂的暧昧，如同拉丝般，在两人交汇着的视线里不断拉扯。

下一秒，余峥便将趴在自己怀里的温时雾捞起，扣着她的腰倾身将她摁回病床上。

温时雾尚未反应过来，背便着床。手腕被余峥握着扣到她的头侧，灼热的指尖顺着她的腕骨向上滑，探着她的经脉，向她的指缝滑入。

温时雾预料到了他要做什么，她呼吸有些急：“你的伤……”

“不重要。”余峥声线低沉。

骨节清晰的手指彻底滑入她的指缝。

在十指相扣的那一刹那，余峥回给她的吻，便随着他灼烫的呼吸，朝温时雾倾覆了下来。

“唔……”温时雾被带着将脸颊抬起。

亲吻似风雨欲来般，初时不过只是风在水面吹开涟漪，带着珍惜与试探的浅尝辄止。

而后她的齿关被他撬开，酥透了她四肢百骸的深吻便似暴雨般铺天盖地而来。

温时雾整个人都软了。

她颈线紧绷，清晰地察觉到余峥扣在她指缝里的手微微用力。

而他另一只手早就由腰际移至她侧脸，由脸颊刮到耳际，又探至她后颈，使得她前后都被桎梏得无法逃离。

不过温时雾也没想逃。

只是这一吻的冲击力过于强了。她被他亲得心如擂鼓，怦怦乱跳，完全失了主导权。

而同样是初吻的余峥，也不过是极为磨人地探索着。

时而含弄她的唇珠，时而撬她齿关，又时而缓缓将她的唇瓣松开，又渐沉地呼吸着换个角度重新落下来。

温时雾全身战栗。她都没想到这个吻能这么深这么久，她连心跳都无法控制。

于是她只是闭着眼，抬着脸。

配合着余峥偶尔温柔但侵略性渐强的攻势，听见两人的心跳乱频震动，根本就摸索不出任何节奏来。

夜很深了，月亮依旧高悬在窗外。

寂静的北滨市夏夜里，医院的病床上，两人交颈而吻，耳边只有监护器由平稳，继而变得逐渐加快的“嘀嘀”声。

温时雾呼吸渐快，只觉得被余峥亲到心脏撞击胸膛。

直到病房里尖锐的警报声响起。

“嘀——”

余峥的身体蓦然僵住。

他心脏猛然向上一提，睁开眼，扣在温时雾后颈的手用力，第一反应是看刚经历过抢救的雾雾是不是被他亲到出了什么事情。

哪料视线下落，他对上的同样是一双惊慌的眼。

听见警报声的那一刻，温时雾也慌忙睁开眼眸。她被余峥亲得眼睛湿漉漉的，眼尾的潮红甚至都还没有消。

余峥低问："不舒服？"

温时雾茫然地眨眼："……没有啊。"

于是两人齐齐转眸看向监护仪，只见实时监测心跳的那根曲线波频高耸，记录心跳频次的数据也冲到了130。

伴随而来的便是尖锐的警报声。

守在走廊的姜燃第一个冲进病房，几乎是将门撞开："怎么了怎么了？"

然后他便僵住，看见的是余峥单膝跪在病床上，俯身抬着温时雾的脖颈的画面。

三道目光尴尬对视。

姜燃："？"

余峥当即松开温时雾直起身来。

果然紧接着就见一群医护人员冲了进来。

医生戴上听诊器："怎么回事？"

温时雾："……"

她唇瓣微张着看向余峥，又扭头看看监护仪，眼眸仍然湿漉漉的，睫毛成簇，唇瓣和脸颊也透着不正常的红。

而余峥双手抄进口袋里。他仰眸望着天花板，也没说话。

另一位医生连忙检查着监护器指标，如实汇报："心率过速。"

护士直接就开始找降心率的药了。

她举起针管，向外排气，液体滋出来的瞬间，温时雾慌忙抱紧了被子躲开："不不不……不用打针！"

护士和医生面面相觑，只见温时雾红着脸："我、我没事，没有身体不舒服，我就是、就是……"

她解释不出个所以然。

总不能跟医生说，她刚才跟余峥接了个吻，心跳太快导致触发警报吧。

温时雾脸颊红得异常。

医生打量着她，检查好半晌，的确也只发现是心率过速，没有别的问题。

“真没有哪里不舒服？”他问。

温时雾摇头。

看透了一切的姜燃偏头看余峥，只见罪魁祸首闲散淡定，只有摩挲着手腕五彩绳的动作，暴露了他内心并不安宁。

“行吧。”医生还是给她做了检查，确认无事后才肯松口，“倒是挺奇怪，怎么心跳突然这么快……你要是有哪里不舒服，可千万不能隐瞒啊。”

温时雾拨浪鼓似的摇着头说自己没事，百般承诺没有哪里不舒服的，医护人员这才准备离开。

但忽然，温时雾又想起什么：“医生。”

医生停住脚步，转头看她。

温时雾用手绞着被单：“那个……你们方便帮他处理一下伤口吗？”

她用眼神瞟向余峥的方向。

余峥一怔，他懒散地偏头朝医生看了过来，医生抬眼便见他唇角有些瘀青，还隐约能看见透了血的破口。

护士恍然，露出看透一切的姨母笑：“原来是这样心率过速的啊……你咬的？”

温时雾的耳朵都红透了。她梗着脖颈否认道：“真不是我！”

护士也不过是逗她的。

这一看就不像是亲嘴的时候咬的，倒像是被别人给了一拳。

这点儿小事用不着医生来。

护士给余峥的唇角涂了点儿药，然后便收拾东西准备走：“你们真是……你女朋友生命体征还没稳定下来呢。年轻人，节制点儿。”

余峥：“……”

他眉尾一挑，似笑非笑地用余光斜睨温时雾，没反驳护士的话：“知道了。”

护士摇头，推着车离开病房。

姜燃举起双手投降：“……服了。你们两个，我算是服了。”

接吻接到叫响了监护器的警报，吓得他魂飞魄散，闯进来却被对方秀了恩爱。

温时雾红着脸往被窝里一滑。

她扯着被子向上盖，挡住红透的小脸，只觉得丢死人了。

余峥却是饶有兴致地弯着唇。刚接过吻的唇瓣还潋滟着几分水渍，红润饱满。

温时雾十分心虚地偏头看了眼监护仪，生怕等会儿又心跳加速到叫响警报。

姜燃离开后，余峥坐回病床旁的椅子上。

他漫不经心地跷着二郎腿，虽看似面无异常，实则唇角根本就压不下去："还睡觉吗？"

温时雾小鸡啄米似的点头。

说实话她真的有点儿困了，毕竟过敏就是会导致哪儿哪儿都不舒服。

之前的昏迷对她而言也实在不算休息。

发生刚才那一遭后，她的困倦之意也跟着袭来，此时感觉好像只有闭上眼睛做场梦，才能驱散脸颊的热意。

"睡吧。"余峥就在她身边，"我陪你。"

温时雾难得乖巧。

她还藏在被子下面轻轻舔了舔唇角，回味着刚才的两个吻。

温时雾越想越脸热，但困意又让她缓缓闭上眼睛，很快就熟睡了过去。

余峥一直在她病床旁边陪着，直到察觉她呼吸平缓，他才轻手轻脚地起身，去走廊时，便见姜燃吊儿郎当地倚坐着，两条长腿向外伸开。

他将冲锋衣脱下来搭在前面，用连帽盖住脸。许是察觉到身旁有别的动静，本就睡得很浅的姜燃忽然醒来："谁？怎么情况？又出什么事了？"

姜燃睡眼蒙眬地惊醒，抬眼便看到从病房走出来的余峥。

他反应了两秒，见余峥神色平静，便知温时雾那里肯定是没出事。

于是他打了个哈欠，抓起衣服，懒洋洋地站起身："梨涡妹妹睡了？"

"嗯。"余峥嗓音低低地应声。

姜燃问："之后怎么打算？"

两人肩并着肩在走廊椅上坐了下来。

回国之后，余峥和姜燃各自出道，一个做流行，一个唱摇滚，已经很少再有这种坐下来安静谈心的时刻。

余峥躬着颈："继续写歌，发唱片，做个人工作室，赚钱娶她。如果她想，就官宣。"

"我还欠她一个正式的告白。"他懒洋洋地昂首看向姜燃。

他不打算就用这两个吻糊弄过去。

虽说接过吻，在成年人的世界里，就相当于彼此心知肚明确认了关系。

但余峥不想这样。他的雾雾值得一个更正式的告白。

姜燃点点头：“行，你没打算退圈我就放心了，不过你这些年攒的积蓄够多了吧？我说你怎么死活不肯买房，还老爱租房，合着你攒老婆本呢？攒多少了？”

余峥意味不明地低嗤了一声。他别开眼：“没多少，差得远。”

姜燃差点儿一口呸在他脸上。

但姜燃根本不知道余峥跟极昼音乐签了什么协议，的确，正常人都会觉得余峥这种大明星赚得够多了。

只有余峥自己心里清楚，他之前赚的钱有九成都归了极昼音乐。

重新谈的合同上才写明他以后赚的钱才算真正归他。

虽然过去那些年他也在很努力地攒钱，但他觉得还远远不够。

老婆本又怎会设上限？他的梨涡妹妹永远值得更好的。

余峥让姜燃先回了。他自己留在医院陪温时雾的床，几乎彻夜没有合眼，只偶尔倚在她床边小憩片刻。

温时雾平安的消息次日清晨便传到微博。

她亲自发的消息，抱着夏灼灼早晨来看她时送的向日葵拍了张自拍，照片里的她俏皮地眨着一只眼。

温时雾 V：“让大家担心啦！”

#温时雾平安#的词条很快爬上热搜，粉丝们也彻底放下心来。

“啊！雾雾没事就好！”

“时雾过敏的时候脸色那么差，还当场昏迷。真的吓死我了！”

“幸好没事！没想到雾雾麸质过敏那么严重，昨晚看着像是都休克了……”

“天哪！真的休克吗？听说过敏性休克超危险！抢救不及时很容易没命的！幸好节目组配备了医疗团队！”

粉丝们感到庆幸，但也有不少人在说节目组有问题。

昨晚事出之后史珂便发微博道歉，《绯闻恋人》节目组的官方微博也配合道歉。

节目组不仅承诺包揽温时雾全部的医疗费用，还承诺一定会严查昨晚的饮食，揪出恶意更换原材料的凶手！

其实这番话已经暗含了够多。

说明并非节目组的问题，而是有人偷偷更换了用来做比萨的面粉。

食品成分检查的结果也很快出来，的确是面粉的问题。主厨用的那袋所谓无麸质面粉，只有包装上写着无麸质，实则里面的面粉早就被替换了，所以才导致温时雾过敏。

不只比萨，其他使用了面粉的炸物也有问题。

林意羡昨晚看到热搜时，就吓得差点儿晕厥过去，早晨听说温时雾醒了之后，她立马就打来了微信视频。

开口难得不是“河东狮吼”，而是非常温柔：“我的天啊小祖宗！你没事吧？”

温时雾现在精神状态还算不错。除了身上总是很痒，肠胃有些不舒服，呼吸道方面的症状倒是已经消失了。

床上的桌子上摆着几盘清淡至极的菜，和一小碗温乎的小米粥，她正极不情愿地小口小口喝着：“没事呀。”

“你吓坏我了！”林意羡扶额，“怎么回事啊？史珂不是知道你麸质过敏的吗？怎么饮食方面还出这种问题？”

温时雾乖巧地摇头：“不知道，听阿礼……余峥说，好像是原材料的面粉被人替换了。”

“被人替换？”林意羡紧紧皱眉，思量了片刻后，脑海里忽然出现了一个人的名字，“洛萱？！”

温时雾有些怔然地眨了下眼睛。

她从小就是人性本善主义者，最不喜欢用恶意揣测别人，事出后虽也觉得有蹊跷，但在没有证据时不想诬蔑任何人。

可如今被林意羡点出，温时雾心里也有些不太确定。

她思及那晚许可柠替换她饼干的事，道歉时说并非自己本意。

且许可柠和洛萱又是同一家公司，难道……

林意羡咬牙切齿地恨恨道：“之前那些事也就算了，她现在居然还敢拿这种人命关天的事来害你！我一定彻查这件事！”

这可是非常严重的麸质过敏，那个洛萱到底怎么敢？

林意羡知道温时雾的性格。这孩子爱护犊子，若是别人出了这种事，她立刻就冲上去奶声奶气一顿骂了，但换成是自己，她就会开始笑嘻嘻。

果然，林意羡就看到视频通话里的温时雾笑弯眼眸：“那就辛苦羡姐出马啦！”

林意羡无语地翻着白眼。

她道："行了你，少跟我贫嘴，这种事情本身也不适合你亲自出面。你好好休息吧，我找人去查，如果这事真是她干的，我请她吃牢饭！"

温时雾娇俏地在脸颊旁比了个 OK。

视频通话挂断。

刚才还在嬉皮笑脸的温时雾瞬间就垮了下来，她单手杵腮抵在小桌板上，百无聊赖地用勺子搅着面前那碗小米粥，小声嘟囔："索然无味啊……"

余峥刚从医生办公室回来，便看见温时雾噘着个嘴，大有想要造反的架势。

他压着声线低笑一声。

听见熟悉的笑声，温时雾当即抬起眼眸，眼睛都跟着亮了："余峥！"

"不想喝粥？"余峥眉尾轻抬。

温时雾当即就将勺子丢进碗里："这么清淡谁喜欢嘛？连盐都没有……"

"哟！现在嫌生病后被迫清淡了，当初狂炫比萨时怎么没有这种觉悟？"一道欠扁又吊儿郎当的声音在门外响起。

温时雾十分憋屈地抬起眼眸。

就见温时野双手抄着兜，大摇大摆地走进病房。他先是懒懒地睨了眼身旁的余峥，瞥着扫过他唇角的伤，然后将手里拎着的保温盒放在了温时雾的小桌板上。

温时雾眼睛瞬间亮了："什么好吃的？"

她说着便雀跃着打开保温盒盖，原以为能看见美味佳肴，结果刺鼻的姜味就扑面而来，红红黄黄的更没有食欲。

温时野扯着唇角轻嗤一声："姜水。"

温时雾："……"

她沉默着将保温盒推开，又重新捧起那碗小米粥，用勺子送服了两小口。

这姜水她可太熟悉了。

干姜和附子研磨成末，用粳米煮粥，再加入药末、葱白和红糖。

那味道诡异得简直堪比人间炼狱。

温时雾瘪着小嘴排斥极了："我突然觉得小米粥也挺好喝的……"

温时野轻嗤了一声。他坐到旁边就嚣张地跷起二郎腿："我劝你最好还是乖一点儿喝。”

温时雾不满地朝他做鬼脸，将那保温桶推得更远了些，抬眸便见叶桑宁和温盛意进了病房，她眼睛亮亮，直接告状：“爸妈！哥他欺负我！”

板凳还没坐热乎的温时野，前一秒还嚣张地命令妹妹喝姜水，下一秒听见她告状，就腿软得差点儿当场表演掉凳：“冤枉啊！她诬蔑我！谁敢欺负到她头上啊？”

“啪——”温盛意一巴掌就朝他后脑拍过去：“你妹妹都在病床上躺着了，你还欺负人家，你有没有个做哥哥的样子？”

温时野捂着被拍的后脑勺。他转头看向温时雾，就见她一副得了逞的古灵精怪样，摇头晃脑的。

温时野仰头望天：“这怎么还有人仗着自己讨人喜欢就‘妖言惑众’啊？真是世道不公！人心不古！”

叶桑宁笑骂他就知道贫嘴。

温时野的眉眼间也尽是桀骜骄狂，虽然嘴上说着温时雾的不是，却无半分被妹妹冤枉的埋怨，反倒变相将她给夸了一遭。

一家四口嬉笑言欢，俨然平时就是这般相处的。

和谐又温馨。

温盛意扭头看向余峥，指了指嘴角的位置：“还疼吗？”

余峥正想开口说不疼。

温时雾忽然就抬起了眼眸：“疼啊！肯定疼！他还骗我说是跑太急了磕的，谁家好人摔跤能磕到那儿啊？一看就是被人打了。”

她十分不满地用勺子捣着稀饭，小声诅咒：“那么好看一张脸，破相了多可惜啊……要是让我知道哪个缺德的打他！我保证把他抓去跟大猩猩相扑！”

温时野：“阿嚏——”

亦如昨晚被温时雾念叨着要丢去动物园跟大猩猩相扑时一样。

倒是余峥这小子还惯会讨大舅子欢心，居然不跟雾雾告他的状……

温时野难得对余峥高看了几分。但他没什么不好承认的，大丈夫敢作敢当：“你就成天胳膊肘往外拐吧。我打的，怎样？”

兄妹俩当时就拌起嘴来。

温时雾心说早就猜到了是他，换别人都没他这么过分。

转念又觉温时野打他这事不对，很快恍然：“所以你早就知道他是谢礼！我就说，你从小就嫉妒他长得帅！”

“我嫉妒个屁啊！”温时野快被她气得背过气去，“我长得绝对比他帅好吧？”

兄妹俩一闹起来就像小学生吵架。

温盛意掏掏耳朵，见怪不怪。

叶桑宁颇为无奈地耸了下肩膀：“余峥，你别介意。”

妈妈喊的不是谢礼，是余峥。

虽然大家都心知肚明他是谁了，但也合该尊重人家努力了十年换来的新身份。

余峥唇角轻扬：“不会。”

只不过忽然想起十五年前，温时雾过敏时也是这样在病房里护他。

现在却是当着他的面儿护。

倒是温时雾这般张牙舞爪的模样，精神着实好，被温时野这样气，血压心率也没什么太大的波动，以至于很快就被医生告知随时都可以办出院手续回家。

温时雾出院那天，阳光明媚。

精气神十足的她没有半分病人模样，戴着墨镜就招摇地从住院楼走出来，怀里抱着花，身后护花使者无数。

媒体早就在医院门口蹲好了。

温时雾出院的事很快就上了热搜，连带着她跟护花使者们的合影。

照片里，她巧笑嫣然地摘掉墨镜，露出化着淡妆的小脸，怀里抱着一捧新鲜的向日葵。

而她身后站着的是顶流演员盛意、国际超模叶桑宁和新锐科幻导演温时野。其中温时野摆着一张臭脸，怀里抱着粉色的花，与他眼高于顶的气质完全不符。

站在她身边的则是余峥和姜燃。

“好家伙，国民女儿出院是不一样啊，这么大排场……”

“我还挺能理解盛前辈为什么在的，毕竟看着温时雾长大的嘛，圈里都戏说两人关系好得跟亲生父女一样。不过叶桑宁和温时野怎么会在这里？”

“好多年以前圈里传过叶桑宁和盛意的绯闻，这恋情至今没澄清。说不定是真的？所以叶桑宁有可能是陪着盛前辈来的。”

“以前倒是没注意，现在这几人同框，我忽然在想……温时雾和温时野，这俩人该不会是兄妹关系吧？”

“真有可能欸！名字那么像！”

“温时雾背景这么硬？不是说她家里很普通吗？”

“普通的话怎么能养出一个顶流女演员，一个新锐科幻导演？温时野欸！他这两年拍的科幻片水平都能拿奖的！”

“嘿嘿但该说不说，只争朝夕站在一起真的天仙配啊！！！”

网友们很快就被转移了注意力。

史珂也像个狗腿子似的闻风赶来。

在温时雾康复之前，他压根就没敢离开北滨市。听说她今天出院，他立马带着鲜花和果篮跑来接她：“祖宗，小祖宗，你可算出院了！医生怎么说？应该不会有后遗症吧？”

温时雾笑得梨涡都绽放开来，她歪歪头：“后遗症嘛……好像确实有一点儿。”

史珂的背脊当时就开始冒冷汗。

哪料温时雾俏皮地眨眨眼睛：“那就是最近格外想吃点儿甜的。”

住院时的饮食简直是太憋屈了！

史珂松了口气：“我当什么后遗症呢，可差点儿给我吓死了……行行行，下次来录制时给你安排点儿甜的！”

说这话时，史珂小心翼翼地打量着温时雾的神情，又用余光瞟了瞟余峥，像是试探口风，生怕他们因为这件事，下期就不来了。

温时雾弯弯眼眸：“好呀！”

但余峥却道：“不用。”

史珂的心当时就跟着一惊，他看过去，便见余峥挑了挑眉：“她以后在节目组里的零食我来负责，三餐也会由我来做。”

这种事他再也不放心交给任何旁人。

史珂顺着他点头：“好好好，行行行，都行都行，只要你们还肯来就行。”

他又看向温时雾身后，看到好几道熟悉的身影，于是笑着套近乎道：“好巧，盛前辈也在呢？”

“不巧。”温盛意悠悠地瞥过去，“我是她亲爸。”

史珂继续点头：“我知道我知道，大家都知道嘛！你是她……什么玩意儿？！”

亲爸？！

史珂愣怔得有些回不过神来。他视线在温盛意和温时雾之间游移，细瞧还真发现两人的眉眼有些相像。

其实圈里之前也有聊过这个话题。

但大家都是开着玩笑说，不愧是被盛前辈带大的小姑娘，不仅带起了她的演技，人家小姑娘还跟他越长越像。

还真没人往亲生父女的方向想。

毕竟一个姓温，一个姓盛。

两位当事人也不曾提过，圈内更没人切实挖到盛意的私生活，总不能冒昧着问盛意该不会隐婚生了个温时雾吧？

现在想想还真不是没有可能！

他迟疑着又看向叶桑宁："那您……"

温盛意从未想过刻意隐瞒自己的婚姻状况，但同样也觉得没必要将自己的私生活过于敞开来给外面的人看。如今被问起，他大方地伸手揽住叶桑宁的腰："叶桑宁，我太太。"

"咔——"一道雷仿佛从天上劈了下来，劈在史坷的脑门上，直叫人清醒。

史珂笑得脸颊僵硬："哈哈！怪不得您说要来《绯闻恋人》的观察室做嘉宾，还神神秘秘不肯让我提前预告，原来……"

"什么？"温时雾睁圆眼眸，她旋即扭身看向温盛意，"老爸！"

温盛意"理不直但气很壮"地睨着她："那我不是也想看看你跟余峥吗？谁让我一问你就退群，什么都不肯说的。"

叶桑宁在旁边笑。

温时雾跑到她身边，扒拉开温盛意，自己抱住她手臂："妈妈！你看爸爸！"

叶桑宁："简直太过分了！"

温时雾："就是。"

叶桑宁："居然还想跑去恋综观察室看自己女儿和人家小帅哥谈恋爱。还不带我！"

温时雾："？"

她当时就松开叶桑宁的手，又跑回到余峥身边，小声嘟囔："我再也不跟你们天下第一好了！我以后只跟阿……峥天下第一好！"

余峥脊背一酥，滑动着喉结转眸看向温时雾，便见她有些心虚地摸了摸鼻尖。

史珂又蒙了。

阿峥？这俩人关系突然就好成这样了？！

但其实温时雾是差点儿喊出“阿礼哥哥”，但转念想到史珂还在，她不能让圈内人知道这件事，便连忙转了话锋。

出口便是“阿峥”。

而意料之外将称呼喊得亲昵的温时雾此刻耳朵滚烫，她难为情地别开了脸，脚尖相对，恨不得挖个地洞钻进去。

余峥敛眸看向温时雾，唇角轻扬：“这可是你说的，天下第一好。”

温时雾的脸颊更红了。她咬咬唇瓣，小声嘟囔着移开眼：“那你不得先跟我告个白啊？”

就连史珂都瞧出不对劲，甚至感觉这第三季《绯闻恋人》就快要做不下去了。

毕竟是个试探恋情的综艺。一旦嘉宾主动承认恋情，就可以自由选择离开综艺录制。

他瞧着温时雾和余峥虽然本来没什么，但好像就快要有什么了，万一哪天官宣，他的《绯闻恋人》就要夭折了！

史珂心里苦，但又不可否认被他们甜到了。

不过既然知道了温盛意和叶桑宁是温时雾的父母，史珂作为节目组导演，对她过敏的事情总该有一些交代。

“我已经让人在查录像了，后厨那边没架摄像机位，不过附近有，综合所有录像带应该总能找到点儿什么。从食品成分的检验报告上来说，是后厨用的面粉出了问题，被人替换，你们有怀疑的对象吗？”

姜燃吊儿郎当地在旁边把玩着手机。他嗤笑一声：“这还用怀疑？我直接就是一个火眼金睛，除了洛萱还能有谁？”

史珂：“……你说是谁？”

姜燃桀骜地抬抬下颌：“这人在观察室里的时候就成天针对时雾，余峥能跟梨涡妹妹上你这档恋综，还不是托她的福？”

史珂点点头：“好像也有道理……等会儿，你说谁？”

他瞪大眼睛：“梨涡妹妹？”

温时雾扭头与余峥面面相觑，颇为无奈地耸了下肩：得，又让他知道另一件事了。

史珂感觉自己的大脑已经处于一个停止运转的状态，好半晌后才缓缓道：“行，我会顺着你们的想法去查。不过从现在的录像内容来看，洛萱是没有去过后厨那边的，所有观众都能作证她一直都跟我们在一起。

如果是这样，也不排除她安排了别人去做的可能。”

其实史珂很难想通，洛萱怎么能做这种事情。

史珂试探道：“那……温老师好好休息，我们就下周末录制时再见？”

温时雾俏皮地抬手比了个 OK。

史珂将祝贺温时雾出院的花交给她，又将送她的果篮交给余峥，然后便转身离开继续去查温时雾过敏的真相。

温盛意捏了捏温时雾的小脸：“那我也走了，我可是炸了组赶到北滨市的，回去还得跟导演‘磕头认罪’呢。”

温时雾弯着眼眸笑嘻嘻道：“才不会呢，谁敢让我们盛大前辈‘认罪’呀？不过还是辛苦爸爸跑来一趟，让大家担心啦。”

她眼睛亮亮，梨涡浅浅。

温时野说得没错，这小妮子果然讨人喜欢得厉害，哪怕在长辈面前都这样乖。

温盛意拍了拍余峥的肩膀：“阿峥，我这漏风小棉袄可就交给你了。”

“伯父放心。”余峥微微颔了下首。

温时野也是从剧组赶回来的，他最近有部科幻新作正在筹备，接到温时雾过敏的消息时，他原本在北疆勘察实景。

临走前，他还斜睨了余峥两下。

温时雾当时就扮了个鬼脸撑回去。

余峥饶有兴致地翘起唇角，只滚动着喉结敛眸低笑。

温时雾和余峥一道回了北城。

姜燃还有别的通告，不跟他们同行，在去机场之前就分道扬镳了。

但温时雾虽然跟余峥在同一个城市，两人却各自有工作，没时间见面，只能睹照片思人，并期待周末录制时再公费相见。

回来后温时雾便趴到云朵般柔软的床上，想着那晚在医院里的吻，她抱过枕头捂在脸上，弯着腿滚了好几圈。

初吻来得也太突然了。

那她现在跟余峥之间算什么？是确认关系了吗？

温时雾咬着唇瓣趴在枕头上发呆，用手指在被单上画圈圈：“也不告白，也不喊我女朋友，也不知道在想什么……”

温时雾内心疯狂尖叫，抱着枕头翻了个身不停蹬腿。

之后仰面歇了片刻，她便干脆从床上翻身坐起，跑去找来她之前亲自弄的几个余峥的超萌手作娃娃。

除了安宜的家里，温时雾在北城的这个房子里，也有不少余峥的棉花娃娃，房间里还贴着他的海报。

这款是她这几天新做的。

她给娃娃穿上了娃衣，娃衣是那天在北滨市拍照时的骑士造型，腰间佩剑，表情颇为傲娇，手里还拿着一枚鹿角。

值得一提的是，温时雾这次没有给棉花娃娃做耳钉——她过去的手作娃娃都有那枚耳钉，因为那是余峥不管走到哪儿都惯常戴的。

而这次这个娃娃不仅没有右耳的那枚黑色耳钉，还被她多点了一颗漂亮的小红痣。

这也是手作的最后一步了。

温时雾欣赏着自己的新作品，爬起来去找相机，三百六十度拍了无数张照片。

她还将娃娃拿到窗边去，对着窗外的云朵和暮色拍了张照，并久违地爬上小号，用这张照片发了一条微博。

夕拾朝花V:“晓看天色暮看云。”

她微博小号也有很多粉丝。好长一段时间没有新动态，大家看到她难得出现，立刻来抢首评。

“呦呦呦！某人得相思病咯。”

“这句话的后半句是不是‘行也思君，坐也思君’呀？”

“好可爱的棉花娃娃呀！是新作品吗？什么时候开售？我好想要！”

“是余神第二期恋综跟温时雾拍情侣合影时的那套骑士造型，而且他手里居然还拿着一枚小鹿角！”

“救命！真的好可爱！”

大家纷纷夸赞娃娃可爱，还有不少人发私信来问什么时候开售。

不过叫得最欢的还是“樱桃”，她疯狂地甩着表情包就冲过来。

樱桃:“夕宝！你终于出现了！你再不来我都以为你要脱粉了！”

温时雾茫然地眨眨眼睛。她将那只新棉花娃娃抱在怀里：“我为什么会脱粉？”

樱桃：“你……不是不喜欢温时雾吗，毕竟余神现在跟她走那么近，我们都在猜你是不是因为这个脱粉了。”

温时雾颇为震惊地指着自己:“啊？我不喜欢我自己？”

温时雾不知道樱桃哪里来的想法，有些无奈地道：“我什么时候说我不喜欢温时雾了！她那么沉鱼落雁、闭月羞花、天生丽质、活泼可爱、蕙质兰心、甜美善良！”

“鬼信。”樱桃撇了撇嘴，“我看到你新设计的手作娃娃还是余神跟温时雾拍情侣合影时的造型！他手里还拿着鹿角！你肯定觉得他俩很甜！”

温时雾：“……”

算啦，她说什么就是什么吧。

她点着头敷衍：“嗯嗯。”

“我就说没人能拒绝只争朝夕，他们真的好甜啊！”

樱桃丢过来一张新修的余峥美图：“你看余神这张图！”

樱桃发的照片是《绯闻恋人》节目组发的官方宣传照。照片的画面便是余峥穿着骑士制服坐在马背上，蒙住温时雾的眼睛，弯下腰凑近喂她棒棒糖的画面。

照片的拍摄角度极好，恰好从侧后方拍到了余峥的劲腰。

他以腰部为支撑点，向下朝她够过去，腰部的衣服被他抻得扯平，腰臀比例和背部透出的力量感都拉得极满。

樱桃评价道：“这腰也太好了！背也很宽的样子！

“温时雾真是好福气！我觉得他们应该已经在谈了！”

温时雾脸蛋蓦然爆红。

她也不承想过，自己有朝一日会跟余峥谈起恋爱，而且还亲到了他的唇……

她又想起那晚缠绵至极的初吻，缱绻在唇齿之间的气息，以及落在她唇瓣上柔软的触感，心脏怦怦乱跳。

偏偏这时手机忽然振动起来。

“嗡——”

她的心脏都跟着手机一起震颤。

垂眸便见来电显示：余峥。

温时雾吓得差点儿连手机都扔掉，此刻只觉得它比任何东西都烫手。

但她还是忍不住想听余峥的声音，于是便抱着棉花娃娃，反身趴回床上，接通电话后将手机放在耳边：“喂？”

温时雾抱紧怀里的棉花娃娃。

她将下巴陷进去，整个人软进云朵般柔软的床里，压不下去的唇角翘着笑意，既紧张又期待地听着电话。

耳朵刚贴上手机，对面就传来余峥性感散漫的笑音，他低声问：“收工了？”

“嗯嗯。”温时雾小鸡啄米似的点头，但又忽然想起余峥不在身边，根本看不见她的动作，于是懊恼地抓了抓枕头角，“今天就一个商务拍摄，早就收工啦！”

余峥也刚录完音。

间歇片刻，他敛眸刷着微博，看到颂天娱乐几小时前发的温时雾上班打卡照，便忍不住想要给她打个电话。

他姿态散漫地倚着高脚凳而坐。

一条长腿漫不经心地落下，另一只脚肆意踩在凳下横杠。面前的收音设备关了，录音室里只有他一个人，工作人员都在外面的操作间，听着刚才的录制效果。

他眼睫低敛：“雾雾。”

余峥的声线一贯偏冷，但今天却缱绻了几分冰雪被水汽滋润后融化升温了的，分外撩人的腔调：“我想你了。”

温时雾向来是为余峥的声音着迷的。

她耳根被他哄得滚烫，手指揪住棉花娃娃的小手，心里像是灌了蜜，心跳也变得更加杂乱无章。

她咬咬唇瓣，但不自觉翘起的唇角，却仍无论如何都没办法压下去。

纤长卷翘的睫毛像蝴蝶般翩跹，温时雾垂落着眼睫，晃晃棉花娃娃的小手，小声道：“我也是。”

像是没想到能得到此般回应，余峥先是怔了两秒，随后便张扬地抬起下颌，肆意的笑音灌进她的耳朵里。

“那……要见面吗？”

“嗯？”

“我很快收工，陪我吃个消夜？”

“真的吗？你有空？”温时雾立马就从床上弹了起来，有些雀跃地亮了亮眼睛，“那当然好呀！”

她也好想好想立刻就见到余峥。

原以为周末录制之前都没机会见面了，而且明天还是他的生日和出道纪念日，她连见面会的票都没抢到……

如今余峥说要见面，温时雾的小心脏立刻便雀跃了起来。

她问：“现在吗？”

这时恰好有工作人员朝余峥招手，站在操作间里用手势问他能不能进来。

余峥抬手让他稍等片刻，随后敛声低问电话对面的人：“稍等我一会儿？我这边可能还要再录一遍，收工后我开车去接你？”

温时雾已经开始期待见面了。她趴在床上的状态，逐渐从掩饰紧张和心动，变得舒缓又放松了起来。她嗓音清甜：“那我等你呀。”

余峥散漫地低笑着说了声“嗯”，挂断电话后便抬手让工作人员进来。

来的是负责他这首歌的音乐制作人：“余老师，刚才有几句歌词收音收得不是很好，可能还要辛苦您帮忙再录一遍。”

“嗯。”

比起刚才跟温时雾通话时刻意放柔，又带着笑意的声音，回到工作时，他声线又恢复了冷调，眉眼间尽是骄傲张扬。

但音乐制作人眼观鼻鼻观心。

分明看到这位当红歌手，刚才独自一人坐在这里通电话时，眼睛都带着笑意。

他又低头看了看这首歌——《上上签》。

比起余峥以前的创作，这首歌的旋律阳光很多，就连歌词里都带着甜调。

嘶……余峥不会真跟网上传的那样，恋爱了吧？

但他自然不会逾矩去问。

而余峥录完最后两遍之后，操作间那边便宣布收工，他跟制作人打了声招呼便先走了，给温时雾发了消息说现在过去接她，然后便向她住的公寓附近开去。

晚风温柔，月上柳梢。

温时雾这幢公寓住宅区有不少明星，附近常年都有狗仔在小区外蹲守。

她让余峥从地下车库那边过来。

从床上爬起来，精心打扮过的温时雾，又鬼鬼祟祟地戴着墨镜口罩帽子，从电梯直下车库，便见她家停车位那里，倚着一道颀长而又漫不经心的身影。

余峥没戴口罩。

一顶帽檐下压的鸭舌帽，以阴影遮住他的上半张脸，露出的下颌线条流畅，饱满的唇瓣随意抿着时透着几分冷。

他倚着车，正低眸玩手机。

一股清甜的橙香忽然萦绕在鼻息间，温时雾蹦跳着就朝他怀里扑过来，伴着雀跃的声音：“余峥！”

余峥几乎下意识便伸手揽住她的腰，稍用力向上一提，将她扣进怀里。

温时雾抬手摘掉墨镜。口罩上露出的那双小鹿眸清澈明亮，抹了珠光眼影的眼皮，在地下车库昏暗的灯光里亮得像是星星。

余峥躬着身敛眸看她。

他身量比温时雾高出许多，她穿着浅色裙子扑进自己怀里时，在他黑色休闲装的对比下，体型差瞬间拉开。

“上车？”

“我们去哪里呀？附近没有人拍吗？”温时雾紧张兮兮地左右探看。

余峥肆意笑道：“抱都抱了，现在才想有人偷拍？那这会儿不得已经上热搜了？”

温时雾吓得睁圆眼眸。

余峥随即将掌心摁在她的发顶：“放心，等你的时候检查过了，没有人偷拍。”

“那就好。”温时雾拍拍胸膛。

她从余峥的怀里钻出来，余峥帮她打开副驾驶的门：“去哪里——”

最后一个“呀”字还没说出来。

她话音便戛然而止。

副驾驶的门打开的那一刹那，她看见车座上放着一捧樱粉色的渐变玫瑰花，像是等待主人已久般。

余峥注视着温时雾，单手抄兜，甚至将口袋里那根温时雾很多年前送给他的五彩绳拿了出来。

观察她的反应的时候，他似是有些紧张。

温时雾明显没想到车座上有花。她有些愣怔地眨了两下眼睛，随后惊喜地弯腰将花捧起：“你准备的？”

余峥的颈线仍旧紧绷着。他状若轻松地抬了抬下颌：“不然？”

“好漂亮呀。”温时雾眼睫垂落，用手指轻轻拨弄着渐变色的花瓣，凑近时还能闻到清淡好闻的花香。

她抬起眼眸，直勾勾地看着余峥，眼里带笑：“谢谢你呀，余峥。”

温时雾的眼睛惯会勾人。她便是就这样干净利落地盯着余峥看，就像朝他心里下钩子似的。

惹得余峥滚动着喉结别开脸，看似随性地晃晃车钥匙：“上车。”

温时雾抱着花便坐到副驾驶上。

她对那捧花爱不释手，坐进车里后还一直忍不住地拨弄着，又凑近闻闻，揉得花束包装发出窸窸窣窣的响声。

余峥坐到驾驶座，偏头佯装无意地向温时雾那边看了一眼，见她很喜欢自己挑的花，便也弯着唇收回视线轻笑了声。

“我们去哪儿？”温时雾转眸看他，忽然发现他手里不知道什么时候多了一样东西。

余峥右手握方向盘时，温时雾隐约能看见他有四根手指上挂着一根很有年代感的五彩绳，套握在自己的掌心里。

余峥打着方向盘：“吃过饭了吗？”

“吃过了。”温时雾点头应声，视线仍然落在他手里那根五彩绳上。

好像跟自己手腕上这根不一样。

况且还没到七月七，五彩绳都是要戴到七月七才摘的，所以余峥手腕上跟她同款那条还戴着，没摘下来。

但这会儿手里却多了一条。

温时雾一边盯着，一边觉得眼熟，她问道：“你不是要吃消夜吗？”

余峥眉尾微抬：“不然怎么找借口哄你出来？饿不饿？饿就先去吃点儿东西，不饿就跟我走。”

温时雾小声嘟囔：“我不饿，我吃过了。你手上这根五彩绳哪里来的呀？”

好眼熟。

跟她小时候戴的款式很像。

那时候她的五彩绳都是外婆亲手捻的，或者偶尔有几年，温时野路过小摊时见到有好看的，就会给她买。

余峥手里这根远不如腕上的精致，像是保存了很久。

他偏头看她：“不记得了？”

温时雾转眸望向窗外回忆片刻，思绪忽然又被引回到十五年前。

依旧是那个大雪纷飞的冬季。

难得不是温时雾吵着不愿意吃药，而是穿着单薄的小余峥被冻感冒。

原本余峥自己也没当回事的，但温时雾发现他说话时带了鼻音，脸颊也泛着不正常的红，于是便说什么都要把他拉到自己的保姆车上。

她翻着车里的医药箱给他找药，却发现退烧药和感冒药都用完了，温时雾很是苦恼地皱起小脸。

余峥扯着她衣角安慰："没事的，雾雾。我是男生，身子骨硬，抗一下就好了。"

"才不是呢！"温时雾大声反驳，"这跟是男生还是女生有什么关系？就算是神仙生病了也要吃仙丹的呀！"

雾雾表示很不高兴。

她经常不明白这个漂亮哥哥为什么总是那么不在意自己的身体。

明明他都知道她麸质过敏，忌口很多，会给她找无麸质的糖来吃，会防着剧组里有不知情的好心姐姐给她送蛋糕。

换到自己身上却总不上心。

温时雾不甘心，她又将医药箱抱到自己腿上，偏要给余峥找点儿合适的药来吃吃。

翻找好一顿，她忽然在箱底发现了一根不知道哪年丢进去的五彩绳。

这原本该出现在夏季的东西，于这年冬天，意外现于箱底。

"谢礼哥哥。"温时雾忽然扭头看向他。

小余峥的烧还没有退，脸蛋很红，他有些茫然地抬起眼眸看她，便见温时雾像变魔法似的，从医药箱里掏出一根五彩绳："要不然这个送给你吧！"

那时候的小余峥还没变声，但也许是因为感冒，嗓音哑哑的，还莫名格外好听："这是什么？"

温时雾伸手便抓住他的手腕，将他的手扯过来，放在自己的漂亮裙裙上，垂眸很认真地给他戴上五彩绳。

"五彩绳呀！端午节都要戴哒！端午节那天戴上，然后等到七月七再摘下来。虽然现在送你这个不是时候……"

温时雾将五彩绳系好。

余峥皮肤白，从小就很白，颜色鲜艳的五彩绳系在他腕上显得格外好看。

温时雾歪歪脑袋："不过哪！爸爸妈妈和哥哥都跟我说，五彩绳是用来祈福纳吉的，我从小就身体不好嘛，他们总是怕我忽然哪天就一不小心死掉啦……"

小余峥吓了一跳，他连忙伸手捂住温时雾的嘴，难得严肃了起来："不许胡说！"

温时雾扒开他的手："没事啦！你看我现在，不是健健康康的嘛？全靠它保佑。"

"所以呀，谢礼哥哥——"她弯着眼眸看他，"现在，我就把这根五彩绳送给你啦！它肯定会让你快快好起来！就算以后我不在你身边的时候，它也一定会替我保佑你，岁岁平安。"

温时雾从回忆里抽离，再看着余峥手里那根五彩绳，没想到他居然将它留到了现在……

余峥挑眉问："想起来了？"

温时雾微怔了两秒，心里又甜蜜，又酸涩于怎么时隔十五年才又跟他重逢。

她点点头。

余峥漫不经心地笑着收了视线，随后动作自然地将五彩绳抄回兜里。

目的地很快就到了。

这会儿已经是深夜，街上没什么人，车水马龙里是虚晃的车灯影。

在温时雾答应今晚与他见面前，余峥便提前包了这片地方，他将车停好后绕到副驾驶座，为温时雾打开门。

她小心翼翼地将花在座位上放好，下车后抬眸望着："星空馆？"

温时雾好奇地扭过头去看他。恰好余峥微躬着身凑近，将手臂探到她的身侧，正欲帮她将车门关上。

温时雾转过来面朝他的瞬间，几乎是撞上了他的胸膛，唇瓣轻轻在他领前蹭过，不经意间就留下一抹唇蜜印记。

她唇瓣微张，胸膛小鹿乱撞着向后退开，紧倚车身："怎么带我来这里呀？"

余峥喉结滚动，状若无意地将车门关上，温时雾落在他领上的唇印清晰可见，她灼烫了他脖颈的细软呼吸格外清晰。

温时雾也很紧张地咬着唇瓣。她悄悄抬眸看了眼意外落上的唇印，双手背在身后，不知所措地绞着。

余峥躬身看着她，乌色的瞳仁，像一汪清而深的泉，给她答案："约会。"

温时雾怔了两秒。

余峥的桃花眼里逐渐张扬起几分笑意："被我拐了，还要跟我走吗？"

温时雾用左手轻揪着右手指尖。她踮了踮脚，唇角翘起的弧度无论如何都压不下去。刚才落下唇印的心动感还在蔓延，她虚张声势地抬了抬脸蛋:“那你还被我偷亲了呢……今晚被你拐一下下,好像也不算亏。”

余峥低敛着眼睫,唇角挑笑。

紧接着,温时雾垂眸便看到余峥向自己摊开手,掌心朝上,指节清晰的手指,又细又长。他问:“走?”

温时雾的心跳又加速了起来。

她垂落着眼眸,像蝴蝶翅膀般翩跹的眼睫阴影,扑在漂亮饱满的卧蚕上。

偶像邀请她牵手耶……

温时雾心里有些小雀跃。她很努力地压着唇角,别开脸去,掩饰着春心萌动,抬手搭在了他的掌心上。

而余峥也根本不给她逃的机会。

两只牵起的手互相传递着彼此的体温。

余峥只觉得温时雾的手很软,温度分明比他凉一些,却沿着他的四肢百骸与神经末梢,直接烫进了她的心脏里。

牵到了。

余峥心下微动。他看着被自己握在手心里的那只手,甚至恍惚有种不真实的感觉。

因为,他牵起了自己少年时的信仰。

而温时雾还朝他身边贴了贴,将两人牵着的手,藏进自己的裙摆后面。

她左顾右盼着:“没有狗仔吧?”

“清过场了。”余峥低声回应她。

温时雾抿了抿唇瓣,随后抬起眼眸看着他:“余峥。”

“嗯。”

“你手心里好多汗啊。”

“……嗯。”

“你很紧张吗?”

“还好。”

“骗子。”温时雾小声嘟囔。

她甚至还贴到余峥的胸膛上去听:“你的心跳明明就很快。”

余峥都快被温时雾给气笑了。

这小鬼精,看透了还偏要戳穿。

温时雾还在东张西望着,不放心地四处探看附近有没有人偷拍。

但这时重心却忽然偏了一下，余峥牵着她的手蓦然用力往怀里一拉，温时雾便猝不及防栽进他怀里。

手被松开，后背传来炙热的温度。余峥指尖顺着她手背上沿，扣在她后肩的位置，几乎是将她半揽在怀里似的往前推着道："走了，温时雾。"

"慢点儿啦！"温时雾都还没反应过来，"这星空馆外观也好漂亮，我都还没拍照哪！"

她被余峥推着匆忙拍了两张外观照。

推开星空馆的门，就忽然像是落进了星辰大海，闯进了一场虚幻的梦境里。

温时雾抬眼。映入眼帘的便是立体环绕的星空，棚顶的银河闪耀着璀璨的星光，而她足下踩着的屏幕，则是一弯皎洁的月亮。

"哇……"温时雾不由得发出惊叹。她晃了晃余峥的手，"余峥，这里好漂亮！"

余峥当然知道这里好漂亮。

他直身立于这片烂漫的银河星空里，专注地看着身边的温时雾。

她向来对所有的事情都积极，也对所有新鲜事物感到新奇。

她是乐观的浪漫主义者，而余峥挑选的星空馆，刚好正中温时雾的下怀。

温时雾站在星月之间。

璀璨的星光在她眉眼间潋滟而过，万千光芒似乎都落在她的肩头上。

灯光觥筹，梦幻浪漫。

温时雾弯着眼眸扭过头，正想将余峥拉过来看，棚顶有颗星星很亮。哪料她一回眸却发现余峥早已不在她身后。

温时雾怔了两秒，她有些疑惑，左顾右盼地寻着："余峥？"

然而回应她的不是余峥的声音，而是变幻的光影。

温时雾茫然地循着望过去，便见由星星灯串构成的幕帘忽然拉开。灯光下，一架黑钻钢琴赫然被映亮。

"这是……"温时雾呆住。她几乎一眼便认出，那是他惯用的那架施坦威黑钻钢琴。

温时雾开始意识到今晚这场星空馆的参观似乎并不简单，一定是余峥特意安排过的。

而方才消失不见的那道身影，也从黑钻钢琴旁走了出来。

温时雾怔怔地抬眸望向余峥。

原本还穿着休闲装的男人，趁这一会儿的工夫便披上了舞台演出服。

深海蓝色的垫肩西装，像勋章般的银色流苏从肩头垂落。

内搭一件敞领的白色衬衣，戴着他平常惯戴的银色项链和黑色耳钉。

温时雾的回忆被扯回到四年前。

她认出来，这是余峥出道后第一场演唱会时，穿的那套衣服。那场演唱会，也是她听过的他的第一场演唱会。他穿着这套演出服的照片，是她相机里的第一张他的照片。

而此时的余峥又换上那套衣服。

他站定在温时雾面前，肆意张扬地抬抬眼尾，笑望着她："温时雾小姐，来听我为你开的个人演唱会吗？"

温时雾都没想到今晚还有这种惊喜。她大方地抬起脸蛋："你拐骗我出来，该不会就是为了唱歌给我听吧？"

"嗯。"余峥笑着没有否认。

灯光落在他们两个人的身上，周围是璀璨绚烂的变幻着的星河。

当年缩在角落里的谢礼已然不在。此刻站在面前的，是光芒万丈的当红歌手余峥。他骄傲耀眼地迎着落在身上的光，看向面前的姑娘："听吗？"

温时雾也浅绽着梨涡抬眸看他。

她娇俏地歪着脑袋，眼眸里像是落了星星一样："当然听呀！"

"好。"余峥转身走到钢琴前。

他指节清晰的手指很是修长漂亮，黑钻钢琴衬着他冷白的肌肤，性感万分。哪怕掀钢琴盖这样简单的动作都让人赏心悦目。

温时雾对余峥的心动也从不源于他是谢礼，而是因为看上他的脸，迷恋他的声音，欣赏他的才华，喜欢他这个人。

余峥坐在他的黑钻钢琴前，懒散地偏着头笑望过来，低迷的嗓音在星空馆里响起："一首《心之所向》，送给我心之所向的温时雾老师。"

温时雾的心跳漏了一拍。

灯光流转在余峥的身上，修长白皙的手指跃动在黑白琴键间，悠扬婉转的前奏，缓缓响了起来。

余峥最擅长钢琴和吉他。

坐在钢琴前的他，腰杆挺立，银河的光影在他低垂的眼睫的缝隙里落下，半打着原本就立体的鼻梁轮廓。

在星空馆里搭建的临时舞台上以星星作为背景，此刻骄傲耀眼的他像是得到了神明的眷顾一般，就连发丝都亮着一缕光。

温时雾看着他，听到他开嗓。

余峥的歌声很是性感好听，内娱歌坛评价他的嗓子被神明亲吻过，像是给人往心里下钩子的蛊王，又带着浓浓的故事感。

他翻唱的是范倪那首《心之所向》。

“看流星拖着尾芒，
“弧线天际拉长，
“当月亮对望深海的蓝，
“我对望你目光。
“我穿过夏末秋凉，
“无畏乘风破浪，
“只愿你予我一声回响，
“给我一抹暖阳……”

棚顶的流星从银河系中划过。

温时雾对望着穿了深海蓝色演出服的余峥，对望着他的目光，回忆又逐渐被拉回到十五年前的冬天。

年幼童稚时，她曾脱掉白白软软的羽绒服，在陋巷将两个小小的人裹住，抬头望着漆黑一片的天空，也曾忽见流星在夜幕里闪过。

她对着流星许愿，说：“谢礼，你以后一定会光芒万丈。”

而今，曾经的少年穿过夏末秋凉。

因为温时雾那年冬夜给过的一抹暖阳，乘风破浪至今。

他如她所愿，成了璀璨明星。

他为她一个人开了这场演唱会，在钢琴前沐浴着穹顶银河的灯光。

“你在心之所向，
“手捧璀璨星芒，
“是我翻越山海，
“不断追寻的那一束光……”

曾经手捧璀璨星芒，与他隔着屏幕遥遥相望的画面尚且历历在目。

童年时那般随口的一声祝愿，不承想成了少年翻越山海的最大底气，而她则成了他那时唯一的一束光。

一切都实现了……

她说，他以后会成为顶流歌星，而她便是第一个听过他唱歌的人。

现在他为她成了歌星，为她一个人开办这场特别的演唱会。

时雾心下动容，她眼睫轻颤地看着余峥，看到他此刻骄傲耀眼地在灯光下弹唱，忽然产生一种想要抱抱他的冲动。

余峥眉眼间的神情是肆意的。他徜徉在他的音乐里，游刃有余地掌控着钢琴。

他偏头朝温时雾看过来，见她眼眶发红，唇角与眉眼间挑起的笑意都顿了顿，琴音忽然停住。

他笑得无奈："怎么又要哭了？"

温时雾忽然就朝余峥飞扑过来，不管三七二十一地栽进他怀里。

余峥伸手便将她的腰揽住。

温时雾低头将脸埋在他的颈间："才没有想哭，我只是想抱抱你……"

"那我歌还没唱完怎么办？"他问。

"你唱呀。"她嗓音糯糯，撒娇似的蹭着他的领子，藏起哭腔。

余峥将她扣在怀里时很无奈。他稍转了下身，两条长腿向外微敞，而温时雾就着他的腿趴在他的怀里。

下一秒，余峥敛着眼睫垂首凑近，将唇瓣贴上她的耳朵，低沉性感的清唱音，像带着酥麻电流般入了她的耳："因你温暖余光让繁花都盛放，我站在咫尺等着你彼岸的回望。"

等她彼岸的回望……

温时雾抬起眼睫看着余峥，近距离的目光交汇，错综在星空馆的银河灯效里。

"温时雾。"余峥垂首看着她，漂亮的桃花眼微微挑起，里面嵌着的那两颗乌瞳格外明亮，"有些话我很早就想说了。"

"我喜欢你。

"始于十五年前的初见，陷于十年前的遥遥相祝，忠于四年前我的出道演唱会上，你拿着荧光棒坐在台下看过我的一眼。"

温时雾有些愣怔。

四年前？安宜市的余峥出道演唱会？

那场演唱会她的确去了。所以她才会清楚地记得，那天余峥穿的也是这件衣服，而他穿这件衣服的造型，成了在她相机里的第一张照片。

但她分明全副武装，原以为根本不可能有人将她认出来。

温时雾抬眸看着他："你……那个时候就认出我来了？"

余峥回望着她，没有否认。

他关注了她整整十五年，幼时他只能通过跑龙套的剧组里聊的零碎八卦和温时雾后援团里发的消息，清楚她的行程，但凡有空就会追过去。

虽然每次都不曾得见，却也算是见证了她这十五年的成长。

从稚嫩到青涩，见少女初长成。

后来微博兴起之后，他更会在网上关注她一个又一个新的动态。

哪怕她再怎么全副武装。

哪怕她只是露出了一双眼睛。

哪怕只对视那么一眼。

他也将她给认了出来。

他特意将首场演唱会开在她家所在的城市安宜，没想到她会来听，亦不知她是不是将他认了出来。

他在舞台上给她唱《梨涡妹妹》，忍不住看了她很多眼。

温时雾的眼眶又瞬间变得湿润："你那么早就认出我，等了四年才来找我……"

"我没办法。"余峥伸手捧起她的脸蛋，"雾雾，我没办法那时候就来找你。"

他也忍得好难。

他常常想放纵自己疯一次，心说，就只是见她一面又能破什么戒？

可他又太了解自己。

他深知什么叫枯木逢春，久旱逢霖，北境晴阳，南山落雪。

以十五年相思换一场见面，也不过是饮鸩止渴而已。

他是赌徒，却不是一个什么都敢赌的赌徒。

他的赌注永远只能是自己，是未来，是前程，而不是温时雾。

而他现在赌赢了。

银河穹顶之下，他注视着那双十五年前就已经让他心动陷落了的眼睛。

"温时雾。"余峥呼吸渐沉地低首，用鼻尖与她相抵，"我等到你的回望了。"

温时雾的心脏跳动得飞快。

她察觉到余峥落在自己脸上的呼吸，也听见了他强劲有力的心跳声。

她冲动地抬起脸蛋，如蜻蜓点水般将一吻落在他唇上。

目光交错对视。

本就缠绵旖旎的两道视线，在不断变幻的银河光效里逐渐拉丝。

温时雾稍微朝后仰了仰，原想拉开些距离，更清晰地好好看看面前已经变得成熟的男人。

但她的后颈却忽然被人扣住。

余峥低首，扣着她的后颈将她捞回来，随后便将一吻覆于她的唇上。

相思无解，哪怕一吻也难填欲壑。

像海鸥甘愿沉溺于深海，飞鸟自撞于山林。太阳终有一天选择在夜晚升起，星星自知是白昼却也不肯降落。

明知一触难收，再吻成瘾。

但温时雾却做了那个初尝者，而余峥因她给的这颗糖而自愿堕落。

这场吻更深。

比上次在医院时要更加激烈。

大抵是有了告过白的底气，在仪式完成之后，剩下的，便是将暗藏了十五年的爱意彻底倾泻翻涌。

温时雾很快就被亲得身体发软。她几乎是没有着力地趴在余峥怀里，仅靠他提着自己腰的力量作为支撑。

“咚——”下一瞬就听见琴音作乱声。

余峥提着她的腰忽然反身，将她抱坐到没有合盖的钢琴上，撞出毫无规则的声响。

温时雾的心都被跟着提起。她呼吸有些急促，伸手抓着余峥领前的衣襟：“你、你的钢琴……”

这是余峥最宝贝的钢琴。

演唱会开到哪里，就搬到哪里。旁人轻易碰不得一下。

余峥的呼吸也很沉：“它不重要，雾雾，只有你重要。”

再一吻又重新落到她的唇上。

温时雾被强劲的攻势惹得向后压腰，但余峥的指尖却钩到她的后脑，漫不经心地穿过她的发，将她扣住。

呜……他真的太会了！

温时雾感觉自己像一条窒息在深海里的鱼，她细密地轻喘着，想要呼吸，却仅能在余峥含住松开含住又松开的吻里，偶尔找到间隙，浅浅呼吸一下。

后来她终于受不住了，颤抖着湿漉漉的眼睫，轻喘着喊他：“余、余峥……”

余峥缓缓松开她的唇，抵着她鼻尖，慢条斯理地磨着，换个角度又想落下来：“嗯。”

温时雾：“我不行了……”

余峥低笑着揉她头发：“什么不行？我只是亲你，又没对你做别的什么。”

秒懂的温时雾脸颊爆红。她心尖和眼睫颤得厉害，眼睛和唇都很湿：“反、反正就是不行了……”

“能不能，再亲一下？”

“不行……”

“就一下。”然后他就又微张着唇瓣，将她没出口的声音含住。

温时雾欲哭无泪。她坐在余峥的钢琴上，身体前倾着抱住他的脖颈，几乎是趴于他的肩膀上。

余峥笑：“看出来了。”

温时雾红着眼睛：“看出什么来了？”

余峥将她的脸颊揽回来，用指腹刮了刮她眼尾的红：“看出来，你不行了。”

温时雾不想理他。

“怎么办啊，雾雾？”他低首蹭着她，“亲你一下都不行，以后要怎么办？”

温时雾想骂他，她的耳朵都被他喊得滚烫了起来，小声道：“余峥。”

“嗯。”他句句回应。

“那我现在，是不是最厉害的追星女孩了呀？我是不是……在跟我的偶像谈恋爱啦？”

“不是。”余峥否认道。

温时雾慌慌忙忙地眨着眼看他。

余峥弯着指节抬起她的脸：“是我比较厉害，我追到温老师了。”

蜜糖一瞬间灌进心里，甚至蔓延着甜到了手指尖。

温时雾从余峥的钢琴上下来，非常小心翼翼地转身将钢琴盖合好。

“那……那明天，我能邀请男朋友约会吗？”她抬起脸蛋望着他。

余峥挑眉：“明天？”

温时雾知道余峥是什么意思："你工作室刚官宣6月21日的生日会时我就知道了，但是我没抢到票……"

明天是6月21日，是余峥的生日和出道纪念日。

温时雾知道这天很重要，所以她才想邀请余峥约会，等他晚上活动结束后就可以，只是可惜她没抢到票。

余峥被她气笑了："我女朋友想去我的见面会，还要什么门票？"

"过来找我，我想你在。"他昂首看她，"我就是你的门票。"

温时雾甜笑着朝他趴过来。她抬起脸蛋："这么明目张胆？就不怕明天就曝光恋情吗？"

"我不怕。"余峥直白地看着她，"雾雾，我在等你做好准备，同意我官宣恋情。"

他已经用那十年合约换了余生自由，任何人都干预不了他恋爱。

他也会让大家知道，如果没有温时雾曾经给的一束光，就不会有余峥的生。

余峥早就跟大众暗示过了——

往后余峥，只争朝夕，最初的最初，他其实只为温时雾而存在。

第十三章

♪

生日快乐

夜色美好。

余峥将温时雾送回公寓，路上车速放得很慢，盼望着这条路能再长一些。

温时雾抱着余峥送的那捧花，时而发出窸窸窣窣的响动。

那种刚确认恋爱关系，还舍不得分开的感觉，还没到家时就已经在心里拉扯。

直到车停在了地库里，温时雾还坐在副驾驶上不想动。她垂眸拨弄着花瓣，有些不满地小声嘟囔："时间过得也太快了……"

余峥无奈地笑了声，他偏头看着温时雾："雾雾，你这样会让我误以为你暗恋我比我暗恋你更久。"

明明是他好不容易得到她，不舍得放她回家。

偏偏是温时雾赖在他车上不肯走了。

不过也是，以温时雾的性格，她向来藏不住任何小心思，大方又坦诚。

就像之前在路灯光下，看出余峥好像暗恋她，她就直问。那晚在医院里，感觉气氛到了，她扑过去就亲。

她根本不在意谁要更主动一点儿。只要她喜欢，她就会赤诚地将整颗心全都掏出来捧到他面前给他看。

"那既然你没有舍不得我，我就回去了。"温时雾抬了抬脸蛋。

她说着便抱起花准备推开车门。但手却忽地被抓住，余峥掌心里炙热的温度包裹过来，然后肆意地将她往自己的方向轻轻一带，将她的手揣进兜里。

"舍不得。"余峥将手指滑进她的指缝里，在口袋中扣住，"再坐一会儿。”

温时雾忍不住翘起了唇角。

余峥也肆意地向后仰倚着靠背，时不时就轻轻挠两下她的手心。

哪怕就只是这样安静地坐着，余峥都感觉格外知足。

温时雾悄悄扭头看向他，便见男人向来骄狂的眉眼间染尽了笑意。

抬头时，他的下颌线更为清晰，脖颈线条也显得修长。车内灯光昏暗，从侧面看过去，凸出的喉结格外明显，处处都散发着让人无法拒绝的魅力。

直到余峥散漫地歪头，目光忽然与温时雾交汇，他挑眉：“又偷看我？”

“才没有。”温时雾小声反驳。

余峥又收着力将她的手往兜里揣了揣：“再看，我会忍不住想亲你。”

温时雾的耳朵又变得很红。

余峥饶有兴致地欣赏着她耳朵颜色的变化，只觉得她好可爱好可爱好可爱。

她怎么能这么可爱？

温时雾有些脸热地别开头，临时松开抱在怀里的花，腾出手来从口袋里摸出手机。

恰好看见屏幕时间：2024 年 6 月 20 日 23：59。

温时雾眼睛一亮。

她忽然就十分积极地将手机拿上来，对着表盘开始嘟囔着倒计时：“15、14、13……9、8……”

听见温时雾莫名其妙的声音，余峥懒洋洋地偏头看过去，正想挺挺腰杆，凑近去听这人在嘟囔些什么。

哪料温时雾忽然抬眸：“余峥。”

霎时间，呼吸交错，四目相对。

余峥还没看到温时雾的手机屏幕，就猝不及防地落进了她的眼睛里。

不经意间靠近的两张脸，在彼此的视线里模糊着放大，又使得周围一切都失去了颜色。

他听见她喊了他的名字，看见她笑眼弯弯，梨涡浅浅：“生日快乐，岁岁年年。”

余峥微微愣怔了两秒。他这才反应过来温时雾刚才的嘟囔，原是在为他的生日做倒计时。

余峥捏捏她的手，笑:“谢谢温老师。”

“那我是不是今天第一个祝你生日快乐的人啦？”温时雾的眼睛很是明亮。

“嗯。”余峥挠她手心，“礼物呢？”

温时雾卖了个关子:“生日会再给你！”

“行。”余峥抬了抬下颌，不管她说什么他都说好，“那我就期待温老师的礼物了。”

温时雾眨眨眼睛:“明天见。”

余峥一眨不眨地转眸盯着她。

他忽然直身朝她压近，伸出另一只手挑起她的脸，将唇落在她的唇瓣上，留下一吻，哑声回应:“明天见。”

温时雾的心脏像小鹿乱撞。她轻轻翘起唇角，依依不舍地试着将手收回来，只因捏着她的那人更不舍，所以扯了好几下才终于恢复自由。

车里又响起窸窸窣窣的声音。

温时雾双手抱紧了余峥送她的那捧渐变色的樱粉色玫瑰，她的应援色。

这捧花看着像是有99朵，包装纸里藏着托花的钢架，很沉。

温时雾正想腾出一只手来开车门，余峥就推开驾驶座的门:“我来。”

他迈开长腿下了车，主动绕到副驾驶那边帮温时雾把车门打开，抬手抵着门沿的位置谨防磕头，让她顺顺利利地抱着花出来。

“以后别送那么多了，好重。”

“好。”

“我喜欢十五朵。”

“好。”

“我说什么你都说好？”

“嗯。”余峥反手关上副驾驶的门，颀长的身躯漫不经心地倚着，挑唇笑时俨然是副不值钱的样子，“你说好就好。”

“那我回去啦？”温时雾一步三回头。

余峥眼神直白地看着她的背影，这次没有说“好”。

温时雾迈着小碎步往前走得很慢。她又回头看了余峥好几眼，还张开抱着花的手，藏在包装纸下面又朝他挥挥，才扭回身去脚步轻快地进了电梯间。

余峥看着她的背影，倚着车身，双手抄兜，敛眸低低地笑了一声。

“咔嚓——”这时，闪光灯忽然响起。

余峥旋即扭头看过去，方才还含笑的桃花眼半眯起来：“谁在那儿？”

躲在角落里的狗仔瑟瑟发抖。

他抱着相机，在思忖要不要现在立刻就跑，说不定还有将新闻发出去的可能。

因为大多数人都在等明天，余峥生日会的时候，觉得温时雾一定会去。

他就赌了一把，在这里等了等，却没想到刚蹲没多久，就看见一辆很眼熟的车开进地库，惊鸿一瞥感觉副驾上坐着的人好像是温时雾。

然后温时雾抱着花从车上下来，还是余峥亲自给她开的车门！

他万分小心，结果没想到还是被余峥抓到了。

他有些不甘心地抱着相机站起来，尬笑着打招呼：“余、余神。”

余峥依旧身姿懒散地倚着车。他偏头朝狗仔看过来，漆黑的眼瞳压迫感极强，将手抽出来朝他招了招。

如果被正主抓到拍照，这照片是不被允许擅自曝光的。

于是他只能抱着相机走过来。

余峥这才慢条斯理地直起身，用目光掠了眼他手里的相机：“拍到什么了？”

“也、也没什么……”狗仔讪讪道，“你跟温老师在车里干了什么我可全没看见啊！”

“不然说不定还能拍到接吻照……”后面那句他是很小声说的，遗憾极了。

但余峥还是检查了他相机里的照片，的确没拍到什么。

不过录到了余峥下车帮温时雾开门，还很绅士地用手挡住门沿，见温时雾抱着好大一捧玫瑰花从车里下来。

影像里只能看见他们两个人在说话，温时雾抱着玫瑰一步三回头。

后来没录像了，改为拍照。他就拍到了温时雾抱着花离开的背影，以及余峥躬着颈宠溺低笑的同框画面。

这也就是那闪光灯的来源。

偷拍的人笑得很憨：“嘿嘿，余神，你跟温老师是在谈了吧？这照片我能发吗？”

“不能。”余峥拒绝得干脆利落。

“我这是帮你啊余神！照片发了，你俩恋情实锤，那恋综不就自然而然不用参加了吗？”

“哦。”余峥抬了抬下颌，半敛着眼皮睨向狗仔，似笑非笑道，“那你跟我说没用，你得去问温老师，我这才刚转正，地位低，官宣的事她还没同意。”

“行吧。”狗仔委屈又遗憾，“可惜了这么好的照片，还怪有氛围感嘞……”

“发我一份。”余峥拿出手机，“我不逼你删照片，如果我以后跟温老师官宣恋情，你相机里的素材可以成为独家新闻。但在她愿意之前，如果让我在网上看到这组素材，不管是谁发的，我都会追究你的责任。”

温时雾将花抱回家后手都酸了。

她很珍惜地将玫瑰放在阳台上，还拿喷水壶来给花瓣上喷了点儿水，又时不时弯腰凑近闻着花香。

明显是很开心的模样。

温时雾的大号肯定不适合发这捧玫瑰，但她看着月色下漂亮的花，还是忍不住分享的心情。她拿出手机拍了张照，然后登录“夕拾朝花”的账号，发了条微博。

夕拾朝花V：“好看，香香。”

好多夜猫子粉丝都还没睡觉，大半夜莫名其妙被塞了一嘴狗粮。

“咦！夕夕这是谈恋爱了？”

“好大一捧樱粉色渐变玫瑰啊，男朋友送的？”

“如果不是男朋友，就一定是追求者！怪不得最近这么少出现，原来是在忙这件事呀！”

“恋爱后不会不喜欢余峥了吧？”

温时雾发完微博就放下手机。她整理了下那捧玫瑰花，然后便准备去浴室冲个澡。

但这时手机却振动了起来。樱桃闻讯而来，嘀嘀她的微博私信：“夕夕！你谈恋爱啦？怪不得最近都没怎么见你帮余神做数据！恭喜呀！什么时候带妹夫出来见见？”

樱桃的年龄比温时雾大。

她已经工作很多年了。她跟温时雾当粉丝认识的时候就已经在工作，意外得知温时雾那时还是个大学生。

温时雾拿起手机，窝进懒人沙发里，戳着屏幕：“不是很方便呢。”

樱桃心说倒也不重要。她压根就不在意朋友的男朋友是谁，主要是想来问明天生日会的事。

樱桃："那明天余神的生日会你还来吗？我看你定位在北城！是要来吧？我跟小猪约好一起，今天下午刚落地！你男朋友应该不至于那么小气不让你追星了吧？"

温时雾没忍住笑出声。她歪歪头，想起来自己跟余峥聊门票问题，心道他的确是没那么小气，倒是生怕她以后不再追他这个星了。

夕拾朝花："那倒是不会，不过我来北城是有一些其他工作要忙，不是为生日会，我没抢到票呢。"

樱桃："啊……这样……那好遗憾呀，我们又不能见面了。"

夕拾朝花："以后有机会呀。"

樱桃："嗯嗯。"

温时雾放下手机便去浴室。她将自己洗得香香，又转悠去书房，检查了下早就给余峥准备好的生日礼物。

随后窝进她软软的被窝里，拿出手机，果然看到余峥半小时前就给她发来了微信消息——

Z.："我到家了。"

十分钟没得到回复，又来一条。

Z.："睡了？"

温时雾的脚丫在被窝里蹬了好几下，她抱着手机翻了个身，将半张脸都埋进枕头，回道："刚才洗澡去啦。"

余峥也刚洗完澡出来。他给温时雾发微信，等了很久，没得到回复，于是便进了浴室。

收到她消息时，他正懒洋洋地擦着头发，上半身不着寸缕，浴巾裹在腰际。

思量了好半晌，他家女朋友这话只是在跟他解释刚才为什么没回消息，还是在给什么其他暗示。

余峥低敛眼睫，看着手机上的消息，虽然还没想清楚温时雾有没有暗示的意思，但总得先回一下女朋友的消息。

Z.："嗯，我也是。"

温时雾只觉得脸颊有些发烫。她忍不住脑补了一下余峥洗澡的样子。

水雾氤氲，热气湿重。

花洒下蒸腾起来的白雾缭绕过余峥的宽肩窄腰，轻拂着他性感的腰线，分明的人鱼线，以及带劲悍利的腹肌线条……

而他此刻刚从浴室里出来。

可能上半身寸缕未着，只有一条浴巾在腰际系着，下面是两条修长的腿。

又或者他穿了件敞领浴袍，白皙性感的锁骨上还落着从发梢滴下来的水珠。

温时雾看着手机屏产生诸多脑补。但她又很快将脑袋埋进被窝，有些懊恼地蹬了两下被子：温时雾！人家就是汇报一下洗了澡，你在想什么东西？！

温时雾瘪了瘪嘴，点开余峥的微信资料表，点开修改备注的功能，戳着屏幕输入：蛊王。

然后她又戳屏幕给余峥发消息："我要睡了！"

余峥姿态懒散地单手擦着还湿的头发，左手拿着手机，看到温时雾跟他报告准备睡觉，还发了个小猫躺倒的表情包。

他低垂眼睫笑了声。

因为在擦头发不方便换手打字，便干脆用左手摁着语音条跟她对话。

温时雾看到弹出来的绿色语音条。她毫无防备地点进去，然后将手机贴到耳边，一道性感散漫的嗓音便似羽毛般，拂着电流传进她的耳朵里，带着笑意："好，晚安，雾雾。"

温时雾四肢百骸都被余峥给酥透了。她轻咬着下唇，上扬的唇角不管怎么都压不下去，甚至忍不住将这条语音加入收藏。

他的声音也太好听了吧。

哪怕不是唱歌，只是跟她道一句晚安。

很快，第二条语音又发了过来。这次温时雾做足了心理准备，才按捺着小鹿乱撞的心，点开语音条将手机贴在耳边。

听余峥低声与她道："晚上见。"

像是与她做了一场约定。

今晚，生日会上见。

一丝丝谈恋爱的甜蜜感在心间弥漫开来，温时雾梨涡浅绽地看着屏幕，又丢了个表示"晚上见"的俏皮可爱的表情包过去。

然后她便火速关掉手机屏幕，将手机放到旁边，翻了个身仰面望着天花板眨眼睛。

呜……

再聊下去，她恐怕就更睡不着了！

但放下手机的温时雾没有丝毫困意。黑夜里，她眨巴着一双清澈的眼睛，看着天花板，大有月亮不睡她不睡的架势。

主要是因为……

她一闭上眼睛，就会想起今天余峥为她弹钢琴开一场个人演唱会，将她压在他最宝贝的钢琴上亲吻，他说他喜欢她了好久，还有刚才语音条里那声晚安。

处处都令人心动。

温时雾在被窝里翻来覆去，辗转难眠，时不时就踹两下被子，藏不住少女心事。

“讨厌死了！”她忽然抱着被子翻身坐起。对于自己无论如何都无法入眠的事，感到颇为懊恼，于是干脆又将手机拿了过来。

余峥正准备闭上眼睡觉。放在枕边的屏幕却又忽然亮了起来，他偏头，将手机摸过。

雾雾:“余峥，你睡了吗？”

蛊王:“还没。”

温时雾双手捧着手机，看着屏幕，眼珠滴溜溜地转。

余峥盯着屏幕等她消息，见好几行文字断断续续地，半截半截地跳出来。

雾雾:“其实……

“我也有一句话。

“好久之前就想说了。

“我……”

心脏像是忽然被拴了一根细绳，很猝不及防地就被对面的人拎了起来。

卧室里的灯已经熄了，手机屏幕的灯光照亮了余峥的半张脸，将他眉眼轮廓映得格外深邃。

他看着手机屏，等着温时雾的消息。

然而十分钟都没有后文。

余峥眉尾轻抬，他干脆也翻身坐起，支起一条腿，将手臂搭在膝盖上。他点开聊天输入框，正准备追问，却忽然看到给温时雾的备注名，变成了“对方正在输入中”。

于是余峥退出聊天输入框准备等她说，结果“对方正在输入中”又变成了“雾雾”。

就这样反复来回。

余峥仰头看着漆黑一片的天花板，在想温时雾到底要跟他说什么，彻夜未眠。

但温时雾却睡得香极了。

她给余峥发完消息后，就将手机放到了旁边，原本只是想钓他十分钟，让他也感受一下被勾得睡不着是什么滋味。然后便开始数星星，顺便想想等会儿编点儿什么后续给余峥发。

结果没想到，编着编着她就睡着了。

第二天早晨被闹钟叫醒时，温时雾几乎整个人被吓醒似的一个激灵。

她一睁开眼，下意识伸手往床头柜上摸手机，却发现手机被自己压在脸蛋下面。

打开屏幕后，还是昨晚跟余峥聊天的那个对话框。

可能是睡着后脸滚键盘，给余峥那边发过去了无数乱码，还有好一串留在输入框里，后面屏幕熄了才没被她发过去。

温时雾有些懊恼地将那些乱码删掉，在想该怎么解释昨晚的事。

哪料余峥就像钻进她心里了似的，没多久就给她发来一条消息：“起了？”

温时雾的小心脏“咯噔”了一下。

她抱着手机不知道该怎么回，干脆点开表情包，认真地划着屏幕挑选，发什么样的可爱表情包才能暂时糊弄过去。

结果手一滑，一张表情包被她意外点出，然后发了过去！

然而表情包的配图文字是：“我可以申请加入你的被窝吗？”

温时雾的脸颊瞬间爆红，她没想到自己竟会手滑到如此地步，更没想到会发出去这张表情包。

她祈祷着余峥还没来得及看，赶紧火速撤回。

然而本就等了温时雾消息一夜的余峥，自是盯着她的消息框未曾移眼。

余峥也刚醒没多久，他本就还处在男人常规的“一日之计在于晨”的状态中，不承想收到了温时雾发来的这样一张表情包。

余峥躬着颈沉默了好半晌，才将那股劲儿缓解，然后偏头被她气得笑出声，干脆直接一通电话打了过去。

温时雾只觉得手机像个烫手山芋。在看到余峥打来的电话时，差点儿一个激灵就将手机给扔了出去。

但她最终还是接起电话。

照旧用她最擅长的那招。

刚将电话接通，她就露出甜甜的笑意，撒着娇道：“嘿嘿……”

“温时雾。”余峥直接喊她大名。

嗓音不似昨晚跟她说晚安般温柔，倒是透着一种刚起床还没开嗓的哑，但反而更加性感。

温时雾像鸵鸟似的将自己抱成一团，祈祷余峥没看见那表情包。

结果就听他被气笑了似的问道：“你昨晚钓我一整夜，就是想跟我说这个？”

温时雾欲哭无泪。

她懊恼地将脸往臂弯里面埋了埋，可恨他终究还是看到了！

“你就是仗着我爱你爱得死去活来，诚心想害我失眠是吧？”

温时雾颇为幽怨地瘪了瘪小嘴。她有些讨好地弯起眼眸笑着，开始狡辩：“才没有啦，昨晚是个意外！刚才那个表情包也是手滑的意外！”

余峥挑眉：“意外？那你存这种表情包，还有其他的想法？”

当年造的口业果然还是会报应在自己身上，她跳进黄河也洗不清。

余峥笑：“这次信你。”

温时雾就知道她家男朋友超级好哄，但与此同时，内疚也涌上心头：“那、那你昨晚该不会真的没睡着吧？

“我本来只是想过十分钟就回你的，谁让你不好好打字偏给我发语音条，声音还那么好听……

“害得我一闭上眼睛就想到你……

“结果没想到我等着等着就睡着了……”

如果她是只小猫，长了耳朵的话，现在肯定耷拉下来了。

余峥哪里舍得听她说对不起，于是弯了下唇，扯谎道：“没有，等你消息等了半小时没下文就睡了。”

他能告诉她自己等到了凌晨五点？

隔几分钟就忍不住拿起手机看一眼有没有她的消息，甚至把接通消息的状态改成“铃声＋振动”模式，并且把音量开到最大。

结果等到凌晨五点都没下文。

也不是全无下文。

他经常能看到对话框上面显示“对方正在输入中”，却半天没消息。

时不时弹出来一些乱码。

这种乱码收得多了，余峥就知道她大概是睡了，脸压到键盘发出来这些，所谓的“对方正在输入中”也不过是这些东西而已。

但他依然睡不着。他想知道温时雾到底想说什么，会不会是后悔了跟他谈恋爱。

于是他开始不停地复盘昨夜有没有什么做得不好的地方，或者哪里惹得她不喜欢了。

结果合着，只是怪他声音太好听。

“那就好……”温时雾声音很弱。她知道余峥心思敏感，昨晚没得到她的下文，肯定又会多想好多事情。甚至可能会对恋爱的事都不确定了。

都怪她，早知道昨晚不逗他了。

于是温时雾抱着被子朝前趴了趴，甜甜地喊着他的名字：“余峥。”

“嗯？”他永远对她句句有回应。

温时雾咬了咬唇瓣，很小声，又甜软地试探道：“我好喜欢你呀。”

余峥怔了下，俨然没料到会突然听见温时雾的告白情话。他肌肉僵硬地消化着她的告白，并缓缓抬手扯了下被子，嗓音很哑，呼吸有些沉地应声：“嗯。”

他敛下眼睫：“……我也是。”

温时雾的心立刻便雀跃地跳起来，她抓了抓被子：“我昨晚就是想跟你说，我好喜欢好喜欢你呀。”

余峥：“……”

他有些认输地垂着颈，抬手撑起额头，更是觉得那股劲儿缓不下去了。

余峥干脆掀开被子下床。

温时雾很明显听到了那边的动静，她怔了下：“你是要去工作了吗？”

她想着自己过生日那天也很忙。又要陪家人，又要陪粉丝，生日会之前还有好多繁复的准备工作。

温时雾眨眼：“你今天是不是很忙呀？”

“嗯。”余峥拿着手机往浴室走，“要彩排，等会儿就过去了。”

但现在不是因为要忙工作。

温时雾点点头：“嗯嗯，那你忙吧，记得要按点吃饭，不喜欢吃辣的就跟工作人员讲不要再给你放辣椒啦！明明以前就不喜欢，现在还偏要逞强……”

她十分不高兴地向他提出批评。

余峥无奈低笑："知道了，温老师。"

之后温时雾就听见对面传来花洒水声，她只以为余峥单纯要起床洗澡，没多想，便挂了电话自己去洗漱。

余峥将手机扔到一边……

花洒的水淅淅沥沥地落下来。

余峥背倚着冰冷的瓷砖壁，微抬下颌，桃花眼半眯。紧绷的颈线和肌肉线条纹理分明，任由冷水浇遍全身。

过了好半晌，他才堪堪将头垂下来，浇湿了的头发有些狼狈地遮盖着湿成几簇的眼睫。

唇瓣上还缀着水珠，像清晨凝在花瓣上的晨露。

余峥洗了手，随后反手关掉花洒，又抹了一把脸上的水，才终于算是恢复了理智。

他抬步离开浴室。

发丝上的水珠往下淋漓着，落到他喉结上时，随喉结滚动没入锁骨上，反倒更加显出几分性张力。

这时手机又响，他擦干水后接起电话，来电显示是沈确。他昂起头，清了下嗓，出声："确哥。"

没缓过来的嗓子透着明显的沙哑感。

沈确本想直接祝他生日快乐的，却被余峥的嗓子状态转移注意力："你嗓子怎么了？大夏天的，你感冒了？"

"没有。"余峥清过嗓后，声音状态恢复很多，随意扯着谎，"刚起。"

"那你今天起得是够晚的。"沈确打趣着笑道，"生日快乐。"

"谢谢确哥。"余峥扔了浴巾走出去。

沈确笑："你今天生日会我就不过去了，这也是你离开极昼音乐后的第一场生日会，想你也不太愿意见到我。不过生日礼物少不了你的，我晚些叫人给你捎过去。最近都在北城？"

"没。后天去录节目。"

"也是，你还跟你家梨涡妹妹录节目呢，她今天会去你的生日会吧？那好像就更不适合我过去参加当电灯泡咯。"

余峥漫不经心地笑了声："她来，确哥有空来的话，我带她给你认识。"

沈确对他有知遇之恩，当年如果不是有他相助，一定不会有今天的余峥。

余峥感激他。

同时，沈确也是最了解他的人。他知道他过往的一切，知道梨涡妹妹，也按照十年前与他约定的那样还他自由，没再干涉他的一切。

所以，余峥仍当沈确是贵人。

“行了。”沈确不耽误他时间，“我可没空去，我忙着培养新人呢！我就是打电话来跟你说句生日快乐。你今天肯定忙，祝福带到，我就先挂了。等以后有机会吧，有机会你俩再请我吃饭。”

“一定。”余峥向他允诺。

沈确挂了电话。

余峥放下手机收拾着狼藉的自己，没过多久又接到工作室那边的电话，催问他什么时候能到生日会现场。

温时雾挂断电话后就去弄早餐。

她特意将今天空了出来。于是她窝在玻璃花房里翻着林意羡给她发来的剧本，看到下午三点。

她就开始繁复地准备约会工作。

她先是美美地洗了个澡。然后坐在梳妆台前，对着镜子认真地化了个妆，又在衣柜前犹豫好久，试了四五件才决定好今天要穿的衣服。

虽然是余峥的生日会，但也是她跟余峥的约会。

看着时间差不多了。温时雾抱起给余峥准备的生日礼物，乘电梯下到车库，将生日礼物小心翼翼地放在副驾驶，还给它系上了安全带，然后便开车向他生日会地点赶去。

余峥的生日会在北城体育馆举办，见面会的票比演唱会还难抢。

路上，温时雾就感受到了前所未有的人流量。堵车堵得她仰头望天，时不时还能听见隔壁车摇下车窗，将车载音响调到最大，放着余峥最火的那首《梨涡妹妹》。

温时雾还是默默地戴上了墨镜，生怕路人堵车时过于无聊东张西望时将她认出。

所幸大家还没无聊到这种程度。

过了好久，温时雾终于开车抵达北城体育馆，只可惜她来的时候已经没有车位了。

她倚着驾驶座，拿出手机，抱怨的口吻里带着几分撒娇的意味："我到啦！没有车位怎么办呀？"

平时她赶通告有人接送。

但今天是她的私人行程，她并不是很想让工作人员干预，哪料又堵车又没车位。

不知道余峥是不是在忙。他秒回了消息，但只有一句："稍等。"

温时雾很乖巧地坐在车上等，余峥很快又给她发来一串带字母带数字的消息。

"地下四层 C109，停这儿。"

她回了消息后便往地下四层开。

但正准备从三层往下下时，保安却将她的车拦住："什么人？下面是工作人员的专用停车层，普通观众往上面找停车位去。"

温时雾摇下车窗。她摘掉墨镜，探出半颗脑袋，有些茫然地眨眼："那个……我……"

"温老师？"保安愣了下。

温时雾唇瓣微张，正想解释，但保安却态度一百八十度转弯："抱歉啊温老师。我不知道是您！我还以为又有人走错了，往地下四层开呢，停车场入口明明写了只能停上边，还老有人找错地方。"

"没关系呀。"温时雾笑得很甜，没有责怪的意思，"你们工作比较辛苦。"

"那我……"她指指入口。

保安立马为她让路："您下吧，余老师才给我打过电话，嘱咐过让您停去地下四层 C109，他没想到您会开车，刚让人临时挪出来这么一个位置。"

"谢谢。"温时雾梨涡浅绽。她重新将墨镜戴好，摇上车窗，然后便向地下四层停车场开了过去。

车停进库里，温时雾推开车门下车，正想绕去副驾驶拿礼物，抬眼惊鸿一瞥，却看见电梯口前懒洋洋地立着一道颀长身影。

温时雾清澈的眼眸微微发亮。她几乎忘了还要拿礼物的事，当时就朝着那道身影飞奔而去："余峥！"

余峥没换常服。他穿着等会儿要登台的衣服，深海蓝色系的缎面衬衣，像长丝巾似的领前装饰，松垮懒散地向下吊荡着，露出锁骨，和脖颈上挂着的银色项链。

见温时雾雀跃着朝自己扑过来。

余峥懒洋洋地笑着张开双臂，稳稳地将她扣进自己的怀里。

她抬起脸："生日快乐。"

余峥躬颈去够她的鼻尖："你说过了。"

温时雾笑眼弯弯："再多说几遍也没关系嘛，毕竟我欠了你十五句生日快乐。"

余峥低首啄吻了下她的唇。他没留恋太久，就将手指穿进她的发里，低声问："先上去再说？"

"等一下！"温时雾松开余峥的腰，"我给你准备的生日礼物还没拿呢！"

她说着便反身跑回自己的车边，拉开副驾驶座的门，先弯腰解开了安全带，然后才将沉甸甸的礼物抱进怀里。

余峥挑眉。他走过去想帮她拿，却叫温时雾躲了过去："你不能碰，等会儿上去才能拆。"

"行。"余峥收回手。

但他还是忍不住看了好几眼，答案似乎已经呼之欲出："吉他？"

温时雾有些嗔怪地睁圆眼眸看他。她小声嘟囔道："这么明显吗？那岂不是一点儿惊喜都没有啦……"

余峥低眸轻笑："笨蛋。"

他还要奢望什么更多的惊喜？她的回望，已经是他余生最大的惊喜。

温时雾很宝贝地抱着吉他。

这是她提前好久就准备好的礼物，本来只是想托人帮忙送给他，结果没想到因为一场颁奖典礼跟余峥意外相识——

又或许是，在他的蓄谋下相识。所以她有了当面给余峥送礼物的机会。

电梯直达体育馆后台。

由于今天生日会，安保部门提前封了这部电梯，仅允许它在地下四层的工作人员停车层和一楼停留。

但以防万一，温时雾还是戴上了墨镜。

她抱着再显眼不过的大吉他，站在再耀眼不过的余峥身边，鬼鬼祟祟地在墨镜下东张西望，简直就是掩耳盗铃。

余峥双手抄着兜，跟在她身后走。见她那副偷偷摸摸的样子，他肆意地弯着唇，笑得特别开心。

路遇的工作人员跟他打招呼——

“余老师。”

“余神！生日快乐！”

“余老师出道四周年快乐啊！”

余峥颔首道谢，但余光始终停留在温时雾身上，而她就像个小鹌鹑似的老往他身后躲。尤其是看到有人跟余峥打招呼时，她就格外心虚，好像生怕被人给认出来。

但她的躲藏实在拙劣。好多工作人员一眼就认出那是温时雾，但见她这副模样似是不想被戳穿，这才没有当着面跟她打招呼，只走过好一段距离后才小声聊——

“刚才那是温老师吧？”

“她大概不知道自己多有辨识度，随便露出一点儿五官来就能被认出来。”

“温老师特意来参加余神生日会呢，而且好像还是余神领上来的，他们两个该不会已经在谈了吧？”

“嘘！八卦可以！但嘴巴封上！这圈里最忌讳窥探和曝光明星隐私。”

这是做工作人员的基本素养，所以大家聊聊就罢。

以为全程没被认出来的温时雾，抵达余峥休息室后就松了口气：“呼……还好我伪装得好！不然我们就得上热搜了！”

余峥早就看穿一切。

当那些工作人员视线在温时雾身上停留时，他就知道她被认出来了。

但温时雾不想。

他便漫不经心地翘着唇角：“嗯，我家梨涡妹妹真棒。”

温时雾抬手摘掉眼镜。她娇俏地抬起脸蛋看向余峥，双手捧上生日礼物：“这个送给你！”

“现在能拆了？”余峥抽出手。

温时雾小鸡啄米似的点头，将礼物交到余峥手上后，便在脸颊旁比了个小手势：“我就卖一点儿关子而已，这礼物不是早晚都要送给我们的大寿星？”

她歪着脑袋，珠光眼影很闪。

余峥喉结滚动着低笑。他也小心翼翼地抱着那件礼物，坐到沙发上，将吉他放在大腿上开始拆。

虽然是吉他，但温时雾还是精致地给礼物做了包装。

克莱因蓝的包装纸，搭配橙黄色的缎面丝带，丝带上还挂着一只小娃娃。

是一只很迷你的棉花娃娃，形象正是余峥出道那天的演唱会造型。

很小的一只，适合做手机挂件的那种。

余峥饶有兴致地将那只娃娃拆下来，挑眉看向温时雾："哪儿买的？"

"我做的！"温时雾骄傲极了，"这可是我一针一线亲手缝出来的呢！就连身上的衣服都是我裁的！可爱吧？"

余峥倒不知道温时雾还有这手艺。就算他偷偷关注了她这么久，也的确没见她在微博上晒过这些东西，自然也不知道她还有个棉花娃娃手作娘的微博小号。

"可爱。"余峥扬唇。

他将那只迷你棉花娃娃挂在了自己的领前做装饰，然后继续拆礼物盒。

包装纸很精致。哪怕他更期待包装纸里的东西，撕的时候却也有些舍不得。

拆礼物的期待感膨满心脏。

包装纸里还有包装盒，也是克莱因蓝，但看起来简约大气很多。

掀开盒盖，里面放着一张异形贺卡。正面是用余峥的 Q 版形象设计的异形明信片，反过来是温时雾写的字。

To 余峥：

生日快乐，岁岁年年。

祝我的少年——

永远骄傲，永远耀眼，永远炽烈。

余峥眼睫一颤。

他缓缓地将视线下移，便见落款的位置上赫然写着：梨涡妹妹。

余峥的喉结轻轻滑动了下。

他敛下眼睫看着落款处的"梨涡妹妹"，原本就被期待感填满的心脏，这会儿更似澎湃般，翻涌起惊涛骇浪来。

像是一种回应。

像是在为他十五年的追逐做出回应。

余峥感觉喉头有些发涩。

指腹轻轻摩挲过上面的字迹，在“梨涡妹妹”那四个字上，爱不释手地反复描摹。

温时雾眼睛很亮地看着他。她歪歪头：“继续拆呀，你还没看我给你定制的吉他长什么样子呢。”

“定制的？”余峥出声时才意识到，他因为喉头发涩，声音哑得不像话。

温时雾巧笑倩兮：“不然怎么配得上送给我们耀眼的大明星呀！”

余峥缓缓地将眼睫敛回来。他有些依依不舍地将那张贺卡很珍惜地放到一旁，然后才将礼物盒里的琴包拿出来，从侧面拉开拉链。

露出的是一把金贵极了的黑色吉他。

流畅的琴身线条，似如黑夜般的亮面漆色。高级感十足的深咖色琴桥与琴颈，在原该单调的黑色里撞出几分特别。

面板最下端的位置，还用不知什么白色漆笔写了个单词——

Lyspunkt。

看起来不像是普通的英文单词。余峥没学过小语种，不知道是什么意思。

单词旁边还画了个笑脸。

虽然不知单词是不是温时雾亲手写上去的，但这表情明显出自她的手笔。

“怎么样？好看吧？”温时雾眼睛很亮地看着余峥。

她似乎对自己挑的礼物十分满意，甚至充满了期待：“要试试吗？”

余峥将礼物盒收起来放到旁边，然后将吉他架在大腿上：“好。”

温时雾的眼睛里瞬间像是有了光。一双清澈漂亮的鹿眸笑弯成了月牙，她直勾勾地盯着抱起吉他的男人看。

余峥穿着晚上要登台的演出服。

他身姿散漫地跷腿执琴，额前碎发散散地微遮眉眼。新琴的弦还略微有些涩，他稍试了几个音，略作调整。

左手指腹压弦，右手拨弹。极有韵律和节奏感的旋律，便从余峥指尖流淌了出来。

这是一段有些陌生的旋律。

比起余峥以前的作品，这首歌的旋律似乎要明媚很多。如果将《梨涡妹妹》比作一颗酸梅，今天这段倒像是一颗糖。

余峥只弹没唱。

温时雾坐在旁边安安静静地欣赏。

直到他忽然抬手停奏，并拢四根手指压在还有余颤的琴弦上："好琴。"

温时雾心花怒放。对于她而言，没有什么比把礼物送到男朋友的心尖尖上更令她开心了。

她好奇地问道："是新歌吗？"

"嗯，还没发。"余峥抬起下颌，弯着唇看她，"想提前听一听吗？"

温时雾思索两秒，正想点头。

但休息室却忽然传来敲门声，是工作人员在外面："余神，方便进来吗？"

温时雾当即一激灵地挺直腰板。

她正准备戴上口罩墨镜。

余峥看了她一眼，侧眸看向门，声音略抬："不方便，什么事？"

"哦，也没什么事，就是舞台那边让我来提醒一下您，还有十分钟左右就要开场了。"工作人员很识时务地没有进来，毕竟外面都在讨论说温时雾好像在里面。

余峥："谢谢，知道了。"

工作人员提醒过他注意时间后，就转身离开。余峥转头看她："下次。"

今天来不及提前唱给她听了。

他微低头："或者，今晚。"

余峥的声线本就性感好听，压低之后的嗓子略带几分磨砂感，就像是在温时雾本就柔软的心尖上轻轻蹭过一样。

温时雾耳朵发烫。

今、今晚……

虽然是第一次谈恋爱，但到底也是成年人了，她都分不清，余峥这番话里有没有那方面暗示的意思。

说没有吧，他的语气又暧昧极了。

说有吧，她觉得余峥好像又不是那种人。

余峥看到她红透的耳朵，放下吉他忍不住伸手捏了下，没打算解释自己的话。

温时雾像兔子似的跳起来："那个……那我就先去观众席等你啦！"

余峥笑："好。"

音落，温时雾戴上口罩墨镜就跑。

余峥慢条斯理地站起身，他身姿懒散地立着，偏头看向温时雾离开的方向，见她有几分害羞的狼狈，他敛眸轻笑。

余峥又不由得拿起那把吉他。

他低首看着琴身上的那串字母，正想拿出手机搜一下是什么意思。

余光却瞥见被他放在旁边的生日贺卡，正面好像也写着这样一串字母。于是他弯腰将那张贺卡重新拿了起来。

便见他的 Q 版人物形象下方写着四行小字。

Lyspunkt.

挪威语。闪耀的星。

你是独一无二的光芒，偏爱永远至上。

原来温时雾早就告诉他答案了。

她说，他也可以做最闪耀的星星。

而她给他的偏爱，永远至上。

观众席已经涌起克莱因蓝的灯海。

在场馆内戴墨镜实在更容易惹人侧目，所以温时雾摘了墨镜，只戴着口罩，便去了余峥给她预留的嘉宾座席。

然而还没等她坐到位置上，她就吓得忽然弹起来，只因听见身旁传来一声尖叫：“樱桃！”

温时雾眼眸瞬间睁圆，她连忙伸手捏了捏鼻梁处的口罩，转眸望了过去。

只见一个很可爱的女生，朝坐在她身边的女生跑过来。而那位被喊作樱桃的人迎过去：“小猪！这儿！怎么样？领到了吗？”

“领到了，领到了！”

小猪将手上的东西递给她：“我天！人太多了！差点儿赶不上开场，还是前面恰好有个粉丝认识我，跟我换了位置让我先领，我才拿到余神的生日伴手礼的。”

小猪：“我特意要了三份，还帮夕夕要了份！到时候寄给她，她绝对爱死我了！”

温时雾：“……”

她有些欲哭无泪地埋下头。

救命！不会这么巧吧……

都是嘉宾座席了，这么大的场馆，她该不会恰好就挨着樱桃和小猪坐吧？

此刻温时雾恨不得变成鹌鹑。

偏偏那两人还一直在说她的名字。

樱桃竖起大拇指：“你太牛了！话说那粉丝是怎么能愿意跟你换位置的呀？”

“嘿嘿……那得多亏夕夕！”小猪说。

樱桃追问：“怎么说？夕夕来了吗？你不会在场馆外面遇到夕夕了吧！”

温时雾想哭。场馆外倒是不可能遇到夕夕，但现在，你们确实遇到了。

温时雾将头垂得很低，恨不得这口罩能直接遮住她整张脸。

她手里的荧光棒还没开，彼此轻轻相碰时，暴露了她心里的忐忑。

救命救命！千万别认出她来啊！

不管是温时雾还是夕拾朝花。

小猪爽朗地笑道：“那倒没遇见！不过那位粉丝是夕夕的超级忠实粉丝，我拿夕夕做的绝版棉花娃娃跟她换的！”

“牛。”樱桃再次竖起大拇指，“那你帮夕夕额外带一份礼物倒的确应该。不过蛮可惜的，她居然连余神的生日会都不来……”

两人唉声叹气，一边讨论着这份遗憾，一边又兴奋于临开场前抢到了余峥的生日伴手礼。

场馆里灯光比较暗，她们倒是没注意到旁边坐着的人。

温时雾松了口气。

就在这时，舞台灯光忽然照亮。无数光束从四面八方旋转而来，聚焦在舞台中央，观众席响起震耳般的尖叫，以及交互在里面的“生日快乐”和“出道四周年快乐”声音。

樱桃也激动地晃着身旁的女生：“小猪小猪！生日会要开始了！”

也许是舞台上的灯光太过耀眼。

也许是余峥即将登场的期待感，填满了温时雾的心房。

她暂时忘却了担心被身旁人发现的紧张感，也抬起眼眸向舞台遥遥望去。

耳边充斥着观众对余峥出道四周年以及生日的祝福声。

温时雾本就是活泼性格。在这样躁动的氛围里保持安静，根本不是她的作风。她很快就被此起彼伏的尖叫声带得热血沸腾起来，点亮手里的荧光棒，大声喊:“余峥——生日快乐！”

《生日快乐》歌在场馆里响起。

余峥拿着麦克风，走向被聚光灯照亮的舞台中央，视线穿越人海下落过去，便在克莱因蓝灯海里与温时雾遥遥相视。

无数克莱因蓝的荧光棒在北城体育馆里翻涌成他的应援海，但唯有一处是橙黄的。

温时雾没有像以前那样，拿着余峥的应援色荧光棒，而是在神秘又深邃的蓝海里，点亮了唯一一缕温暖的阳光。

余峥站在舞台上听见温时雾朝他喊“生日快乐”。

看见她手里的橙黄色。

他忽又想起十五年前的冬夜，大雪纷飞的天寒地冻里，巷子里的灯都被砸碎了，但有一根仙女棒却照亮了他的黑夜。

就像现在，温时雾拿着唯一的橙黄色应援棒坐在克莱因蓝灯海里，照旧做着那轮照亮他的太阳。

因为她明白了克莱因蓝的真正含义。

它不是望不到尽头的深蓝，而是象征着明媚的冬。

余峥挑着唇瓣笑了声。他做过妆造后，五官更加精致漂亮，尤其此刻一挑唇，眼角眉梢都被带动起几分勾人的生动笑意。

他拿起话筒，筋骨清晰的手指半握在上缘，微躬颈将唇瓣贴过去，性感蛊惑的嗓音回荡在北城体育馆里——

“往后余生，只争朝夕，顶峰相见。

“大家好，我是余峥。”

温时雾举起两根橙黄色应援棒疯狂晃，她知道，余峥一定是看见她了。

她继续大声喊:“生日快乐！”

“听见了。”余峥笑得更加生动了，他的视线在温时雾身上停留，“Lyspunkt。”

闻言，温时雾微怔。她没想到余峥竟会这样光明正大地回应她，但幸而其他粉丝不会察觉端倪，因为这只是他们两个之间默契的秘密。

樱桃和小猪还在讨论。

“啊啊啊啊啊啊余神今天好帅！”

“跟孔雀开屏一样！你说他是不是已经跟梨涡妹妹在谈了？他今天笑得好多啊！梨涡妹妹肯定就在现场吧？”

“我也觉得！”

温时雾：“……”

她扭头看向旁边的两个女孩，刚才尖叫应援的劲儿瞬间蔫下来，连忙恢复理智，低调安静地拿着荧光棒乖巧而坐。

余峥又拿起话筒：“今天，我想将切蛋糕这项仪式留到最后。”

这位的人气的确高。不论他说什么，台下粉丝都在欢呼，隐约听见那此起彼伏的声音里，有人在问他为什么。

“因为，我刚才收到了一份很喜欢的生日礼物。”余峥肆意地挑眉，“心情好，想先多唱几首歌给我的粉丝听。”

他视线仍然落在温时雾身上。

樱桃和小猪好奇地顺着他的视线追了过去：“好奇怪，余神在看哪里呀？他的视线好像就没有移开过欸……”

然后，她俩就双双盯住了温时雾。

温时雾十分心虚地别开脸，她伸手推了推口罩，躲过去不给他们看。

幸好场馆里的灯光很是昏暗，荧光棒也照不出什么。

但樱桃却忽然惊叹：“我去！”

温时雾的心忽然“咯噔”一下。

她们该不会认出来了吧？

她忍不住将视线瞟过去，果然撞进樱桃的眼睛里，吓得她连忙又别脸躲开。

哪料樱桃一拍大腿：“我懂了哈哈哈！怎么有人来听余神演唱会拿橙黄色的应援棒啊！全场唯一的橙黄色欸！那么显眼！怪不得余神一直盯着看，原来在看他的假粉丝！”

温时雾：“……”

她怀疑人生地低头看了眼荧光棒，万万没想到樱桃脑回路这么清奇。

但总归是没认出来，温时雾松了口气。

而余峥下台去将他的那份生日礼物拿了上来，赫然就是她送给他的那把吉他。

现场摄影师将镜头拉近。吉他的细节打在多功能荧幕上，赫然便是他刚才莫名其妙说的那个单词。

但其实没被大家在意。

余峥坐在高脚凳上，懒散地抬起一条腿踩住横杆，将温时雾送的吉他抱在怀里，躬着颈凑近立在旁边的麦克风："一首 *You light up my life*，送给大家。"

这是余峥出道一周年演唱会上官宣的一首新歌，人气也非常高，是演唱会必唱曲目。

You light up my life 意为"你照亮我的生命"。

曾经温时雾并不理解这首歌歌名的深层含义，但今天却开始与余峥共鸣。

余峥的歌声响起。

性感，低沉，像红酒般质感醇厚。

温时雾轻轻晃着手里的荧光棒，巧笑倩兮地望着骄傲耀眼的谢礼。

樱桃忽然惊呼："我去！"

小猪问："咋了？"

樱桃差点儿跳起来："夕夕欸！小猪你快看那里！是夕夕欸！"

正欣赏余峥歌声的温时雾心脏一跳，她连忙放下手里的荧光棒，紧张地转眸向那饭圈姐妹俩望去……

哪料樱桃并未注意自己所在的方向。她激动得脸蛋通红，指向投影了余峥领口的多媒体大屏："那个棉花娃娃——"

温时雾循着她指的方向望去，便见在舞台中央抱着吉他弹唱的余峥，微躬颈，额前碎发稍垂，他时而低眸看着琴弦，时而意气风发地昂起下颌。

而镜头拉近的特写领口别着一只与他跩王气质截然相反的可爱娃娃，就是温时雾送的那只！

樱桃和小猪一眼就认出那只棉花娃娃是夕拾朝花的风格。

两人疯狂叹息："夕夕没来，她一定会后悔死的！余神的生日会居然领口别着她做的娃娃！"

小猪连忙拿起手机拍照，然后就低头发到微博粉丝群里，艾特了夕拾朝花跟她分享着现场情况。

温时雾感觉手机一振。她下意识伸手捂住，没敢当着樱桃和小猪的面，公然将那手机拿出来。

"不对啊……"但这时樱桃疑惑地眨眨眼，"棉花娃娃是夕夕的风格不假，但她什么时候做过这种迷你娃娃？而且就算是她亲手做的，为什么会出现在余神的领子上啊？”

两人面面相觑，有些茫然，不知答案。

的确，夕拾朝花从未做过迷你款棉花娃娃，出自她手的都是正常型号。而且余神向来不喜欢这种可爱的东西。今天居然会将它别在领上？

樱桃和小猪压根没怀疑有人抄袭，毕竟以前试图抄袭她的人不少，但从来都是一眼被识破，根本没人能仿出她的精髓。

况且每次夕拾朝花做了新的棉花娃娃，就都会给樱桃和小猪寄送，见得多了，她俩一眼就判定那绝对出自她手无疑！

温时雾心里更加忐忑。她忽然觉得给余峥送娃娃这事有些草率，原本只是单纯想在礼物盒上加点儿装饰。

哪能想到他会将娃娃别在领口，也没想到会被饭圈姐妹认出。

那……余峥会不会也很容易发现她的小马甲？

现在注销这个小号还来得及吗？

生日会现场的灯海仍旧在翻涌，粉丝的尖叫声一浪高过一浪。似星空般璀璨绚烂的舞台上，余峥抱着吉他连唱好几首，大有要将生日会开成演唱会的样子。

“余神！”台下有粉丝尖叫着，“今天能听到《梨涡妹妹》吗？！”

这声尖叫穿越人海直抵舞台。

余峥抱着吉他，微抬眉眼，灯光落在他的鼻梁上，将浓颜系的五官映得更加深邃。他桃花眼里的笑意瞬间肆意漾开，微微抬起下颌：“能。”

“毕竟，”他又将视线落在温时雾身上，用指尖点了点那挪威单词旁的表情句小脸，“这份生日礼物，就是梨涡妹妹送的。”

灯海里的尖叫声更加震耳欲聋。

这是粉丝们第一次在现场听见余峥主动提及梨涡妹妹。有人兴奋尖叫，有事业粉送出祝福，还有一直坚信梨涡妹妹只是虚拟存在的粉丝不肯接受地哭喊。

温时雾抬起眼眸看着他。

萤萤灯火像闪烁在夜空里的繁星，在她的余光里晃动着。对视的瞬间，好像周围的一切都变得模糊了起来。

余峥弯腰将吉他放到了旁边。

他拆掉立麦上的话筒，起身走向舞台的边缘，低声唤她：“温老师。”

温时雾的小心脏忽然跳了一下。

藏在口罩下的唇瓣微张，她有些慌乱地短促呼吸着，没想到余峥会这样明目张胆地当着所有粉丝的面唤她名字。

场馆里尖叫声更甚。

樱桃和小猪顺着余峥的视线望过来，恰好再次落在身边的温时雾身上。

许是因为余峥将高潮带到了这里。

耳光室的灯光师，操纵着追光灯，将一束光源照亮在了温时雾的身上。摄影师的镜头也在观众席里捕捉着，循着灯光，将温时雾的半张脸投影在多媒体大屏。

樱桃直接震惊地睁圆了眼眸。她视线又缓缓下落，看见温时雾手里的橙黄色荧光棒。

身旁的小猪也傻眼了："原来温时雾一直坐在我们身边！刚刚怎么就没有发现啊！"

温时雾知道自己躲不了了。她怀着怨念看了余峥一眼，抬手摘掉口罩，露出那张国民度极高的脸蛋来。

镜头拍摄到她的五官特写。

一双鹿系的钓人眼眸，眨眼时闪着漂亮的珠光，再次将现场的尖叫掀到新的高度。

"《梨涡妹妹》。"

余峥性感的嗓音再次响了起来，叫人一时间不知道是在唤她，官宣她是梨涡妹妹，还是在说将要唱的那首歌名。

工作人员走上台递给余峥一把小提琴。

余峥拎握着小提琴的琴颈，递向温时雾的方向："这首，会吗？"

"这算官宣吗？这算官宣温时雾就是他的梨涡妹妹吗！"

"那吉他岂不是温时雾送的！"

"我就知道啊呜呜呜！这男人好会！他邀请温时雾用小提琴为他伴奏啊！"

"我真的要昏过去了！谁能想到今天还会看到只争朝夕啊！"

现场的粉丝们很震惊，而忽然被点名的温时雾，其实还处在茫然的状态里，她轻轻地点了下头。

她转念就意识到余峥是在邀请她用小提琴为他伴奏。

伴奏的这首歌是《梨涡妹妹》。

工作人员穿越人海走向观众席。他将那把早就按照余峥要求准备好的小提琴，递到温时雾手里。

余峥站在上台的楼梯边缘，伸出手等待拎着小提琴的温时雾，在耳光室的追光灯下一步步朝他走过来。

他为她弯下腰，让她将自己的手搭在他的掌心，随后盈盈一握，将她牵上他的舞台。

温时雾轻轻揪住余峥的衣角，小声嘟囔道："你有这种安排怎么不提前跟我说呀？"

余峥笑着敛眸看她。

他没拿话筒，低声哄，却似理直气壮的："错了，不过寿星最大。"

所幸温时雾不欲与他计较这种事。她从不介意官宣恋情，只是担心贸然公开会影响余峥的事业。

所以她只是骄矜地抬起脸蛋："好吧，寿星最大，我第一次拉小提琴给别人伴奏，赏给我们的寿星大人啦。"

粉丝们听不到他们的对话，但能看见余峥配合着温时雾的身高，微微弯腰低首朝她凑近耳语。而温时雾的表情骄矜可爱，那种天生的钓系撒娇表情，让人分不清究竟是不是在谈恋爱。

余峥重新拿起麦克风，走向钢琴。

在唱《梨涡妹妹》时，他向来都只用钢琴。

以前粉丝很疑惑他唱这首歌时，为什么从来不用吉他。而今看见温时雾拿着小提琴站在他身旁，恍然明白——

如果有朝一日二重奏，不会有两把弦乐。

如果她注定了要用小提琴，那么只有钢琴的主旋律，才能与她最为般配。

"下一首，"余峥将麦克风放到钢琴旁的立架上，将唇瓣贴过去，"《梨涡妹妹》。"

欢呼与尖叫之势几乎要掀翻棚顶。

舞台的两道聚光灯下，穿着黑色缎面衬衣的余峥，坐在他的黑钻钢琴前，温时雾执着小提琴站在他旁边。

前奏起，场馆里渐渐安静了下来。

首先进入主旋律的是悠扬的钢琴音，依旧是令粉丝们再熟悉不过的《梨涡妹妹》的前奏。如果说这首歌曾经唱尽遗憾，现在在余峥的指尖下，却仿佛是遗憾得以圆满后再回望曾经酸涩的岁岁年年。

温时雾以前从未与余峥合过奏。也没想到会在这样的场景里，与他合奏这首对他来说意义非凡的《梨涡妹妹》。

她偏头看着光下的男人，缓缓举起小提琴，架在肩颈，闭上眸，与钢琴极为适配的副旋律弦乐琴音，在她的弓弦下震颤着流动进钢琴的主旋律里。

#温时雾 梨涡妹妹#

#余峥生日会#

#余峥 生日快乐#

#余峥温时雾合奏梨涡妹妹#

#温时雾小提琴伴奏#

…………

微博娱乐版面很快就占领榜单。

温时雾用小提琴为余峥伴奏，而余峥在生日会上点了温时雾的名字，特意唱了一首《梨涡妹妹》的事很快就上了热搜。

点开现场观众录的视频，便见璀璨星光下，温时雾执着一把小提琴，站在弹奏钢琴的余峥身边。

余峥偏头看向为他伴奏的姑娘，神色直白地看着她的眼睛，唱着他出道那年为她写的情歌，也是他唯一的一首情歌。

俊男靓女在舞台上光明正大地视线相对。

没能去现场的粉丝也激动不已。

“救命！合奏！这是什么名场面？”

“温时雾拉小提琴真的好美。”

“呜呜呜太适配了吧！钢琴和小提琴就是绝配！温时雾跟余峥也是绝配！”

“有没有现场的姐妹来解说一下，温时雾怎么跑上台给余峥伴奏了啊？！”

“现场观众现身说法！是余峥主动邀请她上去的！邀请前还主动喊了声梨涡妹妹，虽然欲盖弥彰仿佛是在说歌名，但余峥暗戳戳的小心思我全都已经看透了！”

“我宣布，这就当他俩官宣恋情了，只争朝夕是真的！”

一曲唱完。余峥的生日蛋糕被工作人员推了上来，温时雾本来想要下台，将这万众瞩目的重要时刻独留给余峥一人。

但余峥却喊住了她："雾雾。"

余峥拿着切刀，视线凝在跟他对视的眼睛上："陪我一起切蛋糕吗？"

温时雾的背脊都有些发僵。

她紧张地拎着裙摆，转眸看向克莱因蓝色的灯海，只觉得余峥今晚明目张胆的行为，跟官宣恋情简直没有什么区别。

但余峥的眼神很是清澈。他眼睫浓密纤长，由于身高的缘故，看她时，必须垂眸，视线下落。

头顶的灯在他乌发上晕染起小片光晕。

他这副模样愈发显得像可怜小狗，让温时雾实在有些不忍心拒绝。

"你答应过我的。"他低声道，"你说过，以后，每年都会陪我过生日。"

但过去的十五年，她食言了。

温时雾的眼睫轻轻颤了下，忽然想起十五年前，她过生日的那天。

爸爸妈妈特意给她定制了无麸质蛋糕，将蛋糕带到剧组来跟大家分享，大人们簇拥着她吹灭蜡烛，许下生日愿望。

温时雾特意留了一小块蛋糕，单独拿去给余峥。

两个小家伙对着那块蛋糕蹲在墙角，温时雾好奇地问："漂亮哥哥，你生日是哪一天呀？"

余峥怔了下，轻轻摇头。他说："我不知道，我好像没有生日，舅舅从来没提过我的生日。"

因为他的舅舅从来就不希望他出生，恨不得将那天从日历里剜掉。

温时雾也怔住了。她没想到这个世界上竟然还会有人没生日的，哪怕是孤儿，院长妈妈都会找一天有纪念意义的日子作为他们的生日。

于是温时雾歪了歪脑袋，很快就古灵精怪地转出了一个主意："有啦！这样吧！以后，我的生日就是你的生日！从明年开始，只要我过生日，我就让爸爸给我们订两个生日蛋糕，都插上漂亮的许愿蜡烛。往后，我的生日，我们一起过呀，漂亮哥哥就也是有生日的人啦！"

温时雾不曾食言。

后来的每年生日，她的确都让爸爸订了两个蛋糕，她的那个是无麸质的，余峥的那个是正常的蛋糕。

只是那个生日蛋糕的主人不在。

而今，他有他自己的生日了。

是他的出道日，他的重生日。

他邀请她留下来，陪他切蛋糕。

温时雾笑盈盈地抬眸看向余峥，松开裙摆，答应他："好。"

漫天彩带从舞台穹顶飘下来。

余峥被簇拥在中间，温时雾巧笑倩兮地站在他身边，小声唱着生日快乐歌，陪他吹灭蜡烛，许下愿望，切了蛋糕。

"许的什么愿？"温时雾抬脸看着他。

烛光在两人目光交汇间晃动，仿若除了他们彼此，周围的一切都变成了虚影。

余峥敛下眼睫看着她。橙黄色的烛火跳跃进他乌色的瞳仁里，让那双漆黑的目映出几分亮色，以及温时雾的身影。

他笑得漫不经心："保密。"

温时雾有些扫兴地轻撇了下唇瓣。

余峥躬了躬颈凑近看她："不是说，愿望说出来就不灵了吗？"

他许的愿望永远都与她有关。但凡是与温时雾有关的事，他都宁愿迷信一些，也不敢冒丝毫的风险。

余峥将切好的第一块蛋糕递给温时雾，眉尾轻抬："吃吗？"

"欸？"温时雾眼眸轻眨，"我可以吗？"

余峥知道她问的是什么："无麸质的。"

温时雾绽开笑靥，毫不客气地将那块蛋糕接过来："那就沾大寿星的光啦。"

切蛋糕是最后一项仪式。

生日会逐渐散场。工作人员都被分到了蛋糕，现场还随机抽选了几个粉丝，邀请到台上来一起给余峥庆生。

温时雾吃着蛋糕转眸望去。

哪料就见樱桃的身影，像踩着风火轮似的就直接朝着她冲了过来。

她心里瞬间就打起了感叹号，下意识往余峥身后一缩。

樱桃很兴奋地朝余峥鞠了一躬："余神！我是你的超话主持人！樱桃！你眼熟我这个名字吗？"

余峥察觉到温时雾躲的动作。他偏头望了眼身后的姑娘，忽然想起一件事："我好像给你写过一张签名？"

温时雾听到后，当时就整个人都躲到了余峥身后，甚至还背了过去，心虚地低头吃蛋糕。

樱桃当场就差点儿尖叫出来。她在原地蹦跶转圈："对对对！是我！那个签名上的'樱桃'就是我！原来余神还记得！呜呜呜我好幸运。"

小猪没有抽到幸运观众名额，她坐在观众席上等樱桃，跷着二郎腿，抬手抵额，一副不认识这个女人的丢人模样。

温时雾躲在自己身后窸窸窣窣的，明显心虚。

余峥想起当时就是她说，要让他帮她朋友写张 to 签，给了这个樱桃。

现在怎么倒是心虚得躲起来了？

余峥眉尾轻抬，余光浅浅地向后扫了一眼，又将视线落回樱桃身上："你们认识？"

樱桃疑惑地将目光绕到余峥身后。

虽然温时雾背过了身，但她还是一眼就认了出来，毕竟刚在舞台上拉过小提琴，又没换衣服，只露裙角她都认识！

"当然认识啊！"樱桃点头，憨笑，"那不温老师嘛？但温老师可能不认识我。欸，温老师，你躲什么呀？"

温时雾挤出尴尬而不失礼貌的微笑。她扭身，在余峥身后探出个头，抬手弯着眼眸朝她打招呼道："嗨。"

话音落下，她又像装了弹簧似的瞬间缩回去。

樱桃被她整得一头雾水，干脆转移了话题："对啦，我还有件事很好奇，不知道能不能八卦一下？"

余峥略抬眉眼，示意她问。

樱桃指了指他领前的那只棉花娃娃："这个棉花娃娃，你是哪里来的呀？"

余峥又回头看她："温——"

"我送的！"温时雾连忙又探出头，"对，我从二手平台上收来送给他的！"

樱桃的眼神明显有些迷茫。她眨眨眼，思考着，二手平台上还能收到这种好东西？是连她都从没见过的棉花娃娃款式呢，而且还是这种罕见的迷你款！

"那个……"温时雾扯住余峥的衣角，不准他多说话，"就，我毕竟也是余神的粉丝嘛，圈里夕拾朝花做的棉花娃娃那么有名，我看这款刚好是余神出道演唱会限定款，还蛮适合做礼物的，就跟着吉他一起送给他了！"

余峥眼神疑惑。

不是她亲手做的吗？为什么要撒谎？

夕拾朝花？

“哦……”樱桃似有些恍然，但总觉得哪里不对，“我看着这娃娃也像夕夕手作的风格，就是没见市面上开过这款的车啊。”

不过毕竟是温时雾亲口说的。大明星总不至于忽悠她吧？

总归樱桃没再追问下去了。

温时雾松了口气，不知不觉间手里捧着的蛋糕都吃完了，奶油沾在唇角而不自知。

粉丝庆生活动结束，樱桃下了台。

保安将体育馆里彻底清了场。

温时雾正想拉着余峥溜回休息室，哪料被他反扣住手腕扯过来，卷进自己怀里又顺势压在钢琴上。

他低首，盯着她慌乱无措的鹿眸，抬手，指尖正要落在她唇瓣上时，温时雾颇为心虚地偏头躲了一下。

余峥笑得散漫，还是落手，用指腹轻轻揩掉她唇角的奶油：“夕拾朝花？”

温时雾紧张得心脏都在打鼓。

她欲哭无泪。刚才那种场景注定了她会掉马。要么在余峥面前暴露，要么在樱桃面前暴露。

最终温时雾还是选择了前面那种。

余峥饶有兴致地抬抬下颌，拿出手机开始搜：“我倒要看看，这位著名粉丝，夕拾朝花老师，微博里都发过些什么东西。”

“别——”温时雾连忙抬手阻止。

然而她没抢到余峥的手机，反倒因为身体的起伏，压响了后背的钢琴键。

重而凌乱的钢琴音响起。

像警钟似的酥透了温时雾的脊骨，让她慌乱得头皮都发麻了起来。

果然保安的声音响起：“谁在那里？！”

温时雾心脏一跳，好、好熟悉的场面……

体育馆里的灯几乎都熄灭了，只有通往后台的廊道留了一盏昏黄的灯。

灯源由另一端侧台口洒落到舞台上，仅有半边，临近舞台中央的位置，便渐入漆黑，而钢琴那边是完全黑暗的。

温时雾被余峥压在钢琴上。她抬着腰，生怕再弄出些声响，便不可避免地紧紧贴住了余峥的腰腹。

保安的脚步声越来越近。

温时雾眼神慌慌地抬眸看向余峥，他躬着颈抵住她鼻尖，唇瓣翕动："嘘。"

他噤声提醒着，呼吸浅浅地洒落在温时雾的脸颊绒毛上。

而温时雾也不由得屏住呼吸，想到星光盛典颁奖典礼那夜，也是类似这样的场景。

她意外被保安发现，然后被余峥压住噤声提醒。

只是上一次，余峥压着她不敢亲，但这一次，他却轻声笑着趁机啄吻了下。

温时雾的眼眸瞬间睁得溜圆。她想控诉余峥乘人之危，却又碍于保安还在巡逻，不敢发出多余的动静来，于是便只伸手掐了下他的腰——

呜呜呜没掐动，肌肉好硬。

余峥没忍住，低低地笑出声来。保安的脚步随即加快："是谁在哪里？"

温时雾更慌乱了，她伸手揪余峥衣角，埋怨他出声，让他想想办法。

其实余峥都不知道这有什么好心虚的。

只是配合温时雾演了这出戏，顺便乘人之危，啄吻了下，占她便宜。

他捏着温时雾的脸偏头看向保安，目光穿越过漆黑的观众席："是我。"

保安的脚步立刻停了。他恍然："哦，余老师吗？是您我就放心了，我还以为有粉丝折返回来动您钢琴呢。"

余峥笑得漫不经心。他又收回视线朝温时雾凑了凑，灼热的呼吸洒在她唇上："是有个粉丝。"

保安："啊？"

"没事。"余峥低声道，"我自己在这儿，没有别人，你去别的地方忙吧。"

保安应着好，便转身离开。

温时雾屏气凝神了好几分钟，听保安的脚步声彻底消失，才恼羞成怒地捶了下余峥的胸膛，结果又倒吸一口凉气。

呜呜呜胸肌也好硬……

温时雾泪花瞬间从眼眶里沁出来。

余峥握住她的手，轻轻摩挲着方才用来捶她的地方，笑她："捶疼了？"

温时雾充满怨念地瞪他，不理人。她别过脸，眼眶红得跟小白兔似的，像是被余峥狠狠欺负过了。

实则她不过是身娇体软而已。

林意羡之前生动地将她比作“豌豆公主”。

平日里轻轻磕碰一下都容易瘀青，皮肤娇嫩得要命，捶那么下胸肌，难免给她捶疼了。

“它错了。”余峥低眸轻吻她的手，“我让它给你道个歉。”

温时雾将眸光转回来，小声嘟囔：“它又不会讲话，怎么道歉？”

余峥没有回答。他只将右手食指与中指的指尖，抵在自己的胸膛上，像模仿小人走路似的往前走了两步，然后忽然在锁骨前跪下，恰好跪在了他别在领口旁的娃娃前，像是叩首：“对不起呀对不起呀。”

温时雾被他逗得忍不住笑出声：“分明就是个幼稚鬼……”

余峥收了手，捧起她的脸蛋，轻轻摩挲：“在你面前，我怎么跩得起来？”

然后他的吻便缠绵地落了下来。

温时雾的腰抬得很酸，很快就软得塌了下去坐在钢琴上，再次发出不规则的响动。

这个吻很甜，沁着丝丝蛋糕的香甜味。

吻后，温时雾轻轻掀起湿成一簇一簇的眼睫，有些没回过劲儿地细细轻喘，再回味起余峥唇瓣冰凉柔软的触感，还以为是在品尝一颗蛋糕味的果冻。

两人都忘了夕拾朝花的事。

又或许是温时雾忘了。

而余峥准备回家之后再悄悄搜出来看。

她咬咬唇瓣：“回、回去吗？”她还记得余峥跟她说，今晚要给她唱新歌的事情，直到现在都不知有没有那方面的暗示。

余峥嗓音有些哑：“嗯。”

他指尖顺着温时雾的腰线滑落下来，探到身后，扣住软腰将她提起。

余峥回休息室换回了常服，拿上她送的吉他，让工作人员先回，而他则是开着温时雾的车送她回家。

这回吉他只能被放在后排了。

温时雾坐在副驾驶上，很紧张地双手握着安全带，忐忑于不知道余峥是不是打算今晚就在她那里留宿了……

不然怎么不开自己的车，而是让工作人员将他的车开走，反而开着她的车送她回家？

温时雾心跳得很快，她开始疯狂脑补，这种事第一次应该怎么做……

她甚至还耸起肩膀，低头够着闻了闻，确认了下自己身上还是香香的。

这时忽响起一道声音："到了。"

温时雾当时就一个激灵地挺直腰板，她唇瓣微张，怔怔地看向余峥，好半晌才回过神来："哦……"

她慢吞吞地扭头低眸去解安全带，晕晕乎乎地就准备下车。

哪料手腕却忽然被人摁住，余峥挑眉看着她："你去哪儿？"

温时雾茫然地抬眸："不是到了吗？我下车……"

余峥被她给气笑了："车位在哪儿？"

"啊？"温时雾扭头看向窗外，这才发现所谓的到了并不是到家，只是开到了地下车库，但还没将车停好。

温时雾有些窘迫地咬了下唇。

救命！他不会觉得她迫不及待吧？

温时雾低着头，恨不得将自己埋起来，指了指前面，给他报了个停车位的号。

余峥这才又将车子发动。

将车停稳后熄了火，他拔掉车钥匙，下车，拎着钥匙放在温时雾的手心上。

温时雾接过钥匙，小声道："那、那我们走吧……"

她说着便伸手扯住了余峥的衣角，准备将他拉进电梯间。

原本只是计划将女朋友人和车都送回家就走的余峥愣了下。

温时雾也有些茫然地怔了下。她扭头跟余峥对视，见他姿态散漫地单手抄着兜，似没有要跟上她脚步的意思。

地下车库的光线很暗。余峥的额发略微遮住眉眼，将他的浓颜系五官衬得更加深邃。他略挑眼尾看着她，乌色的瞳仁注视在她的身上。

盯得温时雾都有些不自在，她忽听一声低笑。

余峥敛了敛眼睫，笑过后又重新昂起首来，叫她大名："温时雾。"

温时雾产生一种不祥的预感。

果然见余峥朝她走近两步，略躬颈，更近地凝视她："你是在，邀请我？"

温时雾几乎瞬间就明白了，余峥根本就没有要跟她回家的意思！

全凭她自己脑补了一路！

温时雾耳根开始发烫，她低头，转移注意力玩着手指，一声都不想吭了。

余峥被她这副模样惹笑了。他没好气地伸手点了下她的眉心："想什么呢？以为我今晚要跟你回去留宿？"

温时雾咬着唇瓣，还不吭声。

余峥只笑着低敛眼睫道了声："笨蛋。"

到底是努力了十五年才追到手的，那种强烈的珍惜感，让他哪里舍得？如果刚有了一点儿进展，就因为他的莽撞冒失，激得他们彼此遗憾退回原点，把人吓跑了怎么办？

他想，他们才谈没几天，温时雾肯定没做好准备。

只是他没想到她竟做了一路心理建设，大着胆子，硬着头皮，以为就是今晚。

"那不、那不你说的……今晚……"温时雾有些小声地狡辩着。

她明明就听见了，她两只耳朵都听见了！余峥说要唱新歌给她听的时候，意思就是，如果那会儿来不及就今晚。

"逗你的。"余峥笑得肆意。

就算是今晚也不是要去她家的意思，他哪里是这么没分寸的人？

温时雾气得脸颊都微微鼓了起来，更不想理他了。

余峥伸手抬起她的脸："期待？"

"才没有！"温时雾超大声地反驳，她握紧车钥匙，"我回去了！"

"等下。"余峥忽然喊住她。

温时雾耳根的余热还没消，她循声扭头，目光便撞进了余峥像古泉水般深情的桃花眼里。

他的双眼皮本就很深，眉骨轮廓明显。浓颜系的桃花眼，内勾外翘显得多情，只要里面那双乌色的瞳仁稍一凝神，聚焦在一处，就会有种磁石般的吸引力。

余峥神色直白地看着她，唇瓣微张："雾雾。"

温时雾唇瓣轻抿，心尖跟着颤动。

又见余峥笑得张扬，使得桃花眼里的情愫都被牵动着肆意徜徉开。他看着她说："晚安。"

方才的恼羞成怒和难为情，被这声"晚安"消解了大半。

温时雾弯了弯唇角，纤长卷翘的睫毛似蝶翼般扑闪，她有些骄矜地扭回身背对他片刻，又犹豫着扭回来看他，回应他的话："生日快乐，晚安。"

音落，温时雾蹦跶似的就将自己的身形隐匿在隔了墙的电梯间里。

她溜走了，但脚步明显轻快。

余峥看着那抹一闪而过的身影，无奈地摇着头低笑，拎着吉他便跟上她的脚步，只是进电梯后摁的是地上一层。

虽然不跟着回家，但电梯确实有必要跟着一起上。

毕竟总不能让来接他的司机将车开到地库里来。

温时雾回到家后，就开始懊恼今天在余峥面前出了糗。

她拿着手机窝进懒人沙发，折着一条腿半躺半卧，粉色小棉拖都快从脚上滑下来，露出白皙的脚背和纤细的脚踝。

温时雾望着天花板，伸手揪着怀里抱着的余峥版棉花娃娃。甚至还在想夕拾朝花这个小马甲肯定被余峥发现了。虽然刚才他没再当着她的面搜，但回到家后免不了把她这小号给扒出来！

想到这儿，温时雾连忙拿起手机，火速给微博设置成仅粉丝可见，可见范围：半年。

然后开始挨个儿审查自己的微博内容，将那些喊着余峥"老公"之类的相关言论全都"毁尸灭迹"。

甚至还有……她录视频展示棉花娃娃的手作过程！

这些东西要是被余峥看见，她干脆挖个洞将自己埋了算了，别活了！

但余峥已经看见了，跟温时雾分别后，他就打开微博搜到了那个名为"夕拾朝花"的账号。

余峥超话粉丝大咖，还是百万粉丝账号。

置顶微博是上个月的棉花娃娃的售卖信息，以及提醒粉丝注意隐私安全，警惕高价交易绝版娃娃骗局的公告。

夕拾朝花的所有微博里，都不曾透露过任何个人信息，也没有露脸照。

最多只是展示棉花娃娃时录过手，连解说的声音都是做过处理的。

最新的一条还是刚发的"行也思君，坐也思君"，配图是他送她的樱粉色玫瑰，评论区里都是对她谈恋爱了的祝福。

余峥敛眸低笑，忍不住又在心里说了句"笨蛋"。

这么明目张胆?

只要他稍微关注一下，她的小马甲岂不是就会轻轻松松被她发现?

不过是温时雾仗着对他的了解，知道他成天就专注事业，根本不在意这些东西，所以才大着胆子发到这里。

再往下翻看微博，便是温时雾发的物料和追星日常。

夕拾朝花V:“今天在公益活动现场遇到余峥老公了!宽肩窄腰好帅啊!”

底下是她的配图——

人影匆忙的廊道里，余峥西装革履地迈着长腿，单手抄着兜显得格外闲散。不知道是不是对身后的镜头有感知，他稍扭身回望过来，将宽肩窄腰的线条衬得更加性感。

夕拾朝花V:“呜呜!又是被余峥帅到腿软的一天!今天睡前放着他的新专辑，已经梦想他在我耳边唱情歌了!”

第十四章

♪

官宣恋情

每一场演唱会，每一次活动。

就算温时雾有自己的工作安排没办法去跟，她也会转发其他粉丝发出来的物料。

其实大多数时候她都是忙的，偶尔几次跟他的活动和演唱会，拍下的照片里，都有他的回望。

而现在，余峥一边看夕拾朝花的微博，一边发现她的总微博数在不断减少。

他在这边看，微博另一边在删。然后，再一刷新，界面忽然变成灰白，弹出来一行无情的字。

“由于对方设置，你无法查看其主页内容。”

余峥：他被自家女朋友兼大粉拉黑了？

温时雾也是刚想到这个主意。与其删微博删得她手都酸了，还不如直接把正主拉黑一劳永逸。

她粉她的，关余峥什么事？

记录追星日常的这些碎碎念多么值得珍惜，这都是她四年走过来的影子，凭什么要因为余峥就删掉啊？

温时雾放下手机就去美美地洗澡了，心情明显舒畅了很多。她再也不怕被余峥窥探微博内容了。

哪料微博炸了。

余峥大粉取关

余峥演唱会疑官宣恋情，大粉夕拾朝花果断取关以表抗议

温时雾昨晚睡得很早。

她用小号将余峥拉黑后，就没再看手机上的消息，洗完澡躺在床上敷了个面膜，就美美进入梦乡，根本不知微博已经炸了。

清早，还是夏灼灼的电话将她喊醒。

温时雾迷糊着接起电话，就听见夏灼灼一通震惊分析：“天啊！余峥昨晚也太爷们儿，也太敢了吧？直接在演唱会上邀请你上台为他伴奏，还陪他切蛋糕？这跟官宣恋情有什么区别？你都不知道现在微博有多热闹！小朝夕，你们是不是已经在谈了？”

温时雾还处在晨起的迷蒙里。

她有点儿起床气。被强行弄醒的时候虽然不会发火骂人，但大脑会不转，根本没听明白夏灼灼在说什么。

“喂？”夏灼灼也见温时雾没反应，“小朝夕，你在听我讲话吗？你不会刚起吧？”

温时雾软声软语：“嗯……”

她揉揉眼睛，翻身面朝天花板，睁开眼睛，逐渐让自己清醒过来：“刚起。”

“好吧，那微博热搜你肯定也没看。夕拾朝花你知道吗？你肯定知道！当时恋综录制的第一天还让你答过这个问题呢！她取关余峥，脱粉了！”

“哦，脱粉就脱……什么？！”温时雾忽然彻底清醒着坐起身来。

她抓着手机贴在耳边，以为自己出现了幻听：“谁脱粉？夕拾朝花怎么了？”

夏灼灼：“你自己看微博吧。”

温时雾连忙将手机从耳边拿下来，改成免提模式，打开微博登录小号。

这种事虽然不至于热搜高位，就挂在娱乐热搜版面十几名的位置，但余峥的广场里却全都是相关的讨论话题。

“夕拾朝花脱粉？真的假的！”

“我刚才特意去她主页里看了，关注列表里真的没有余神了……”

“别啊！我最喜欢她做的棉花娃娃了！”

“但我记得她不是事业粉和颜值粉吗？她会因为余峥疑似官宣恋情就脱粉取关？她是觉得他不务正业了？”

“我觉得也不一定，万一是夕夕男朋友干的呢？看她微博追星喊老公吃醋了，直接帮她拉黑了！”

“我昨天去生日会，还看到余神领子上别着一只明显是夕拾朝花风格的迷你款棉花娃娃，我还以为是夕夕送给他的，如果是这样的话，那也不像脱粉呀。”

“我也不希望余峥谈恋爱，可只争朝夕真的很好嗑啊……他追的是梨涡妹妹欸！”

温时雾：“……”

不是，她就是怕男朋友窥探自己的小马甲，就把他给拉黑了，哪能想到会扯出这么多故事啊？

樱桃也从昨晚就开始给她发微博私信。

樱桃：“夕夕！夕夕！你怎么取关余峥了？你真的不喜欢余峥了吗？

“你不是说你能接受余神谈恋爱的吗！

“怎么回事啊？是你男朋友吃醋？

“他家住太平洋吗？也管太多了吧！这种男人还是分了算了！

“夕夕！你理理我啊呜呜呜……你可不能离开啊！余神昨晚还戴着你亲手做的棉花娃娃！而且温时雾人很好的！她真的很好！那个棉花娃娃还是她买来送给余神的呢！”

温时雾被樱桃的私信砸得眼花缭乱。她感觉头有点儿疼。

这都是什么跟什么呀……

夕拾朝花：“1。”

樱桃立即从工位上仰卧起坐：“夕夕！你终于肯回我消息了！怎么回事呀？”

夕拾朝花：“……很难解释，但总之我没有脱粉！大家也想太多啦！”

温时雾趴在被窝里翻了个身。她点开余峥的主页，将他从黑名单里放出来，又重新加回自己的关注列表。

很快就有人在微博上传达新消息，说夕拾朝花又把余峥给关注回来了！

樱桃：“真是你男朋友干的？”

樱桃：“我开始讨厌这个男人了。”

樱桃：“分！”

不过樱桃这话自然是开玩笑的，她很有分寸感，哪里会干涉网友的私人生活。

温时雾被樱桃给逗笑了，她用手机戳着字：“分不了，而且你讨厌不了一点儿，你会喜欢他的。”

“夕拾朝花你别逗我了，我可没有喜欢别人男朋友的癖好。”樱桃义正词严地声明。

温时雾轻轻叹了一口气。

她爬上微博发了一条新的动态，赶紧将这乌龙事件给澄清明白。

夕拾朝花V：“哎呀，取关纯属意外，也不是男朋友吃醋干的！很爱余峥，永不脱粉，以后也是！在评论区随机揪三个宝贝送余神昨晚生日会领口同款棉花娃娃一只呀。”

公寓里，姜燃吊儿郎当地跷着二郎腿，窝躺在余峥刚收拾平整的床上。他拿着手机，矫揉造作地念着微博：“很爱余峥，永不脱粉，以后也是。”

“呦呦呦。”姜燃挑眉看向余峥，“你家梨涡妹妹看到你粉丝这么明目张胆的宣言，该不会吃醋吧？”

余峥懒洋洋地斜睨着姜燃，他将手机夺回来：“滚蛋。”

“啧。”姜燃扫兴地从床上起来，摸着下巴深思，“你说你这粉丝到底什么来头？能这么莫名其妙把你拉黑了，看见风波闹这么大，又二话不说火速上线澄清。”

他想了想：“找存在感啊？”

余峥二话不说就抬脚踹他。

姜燃连忙一躲：“余峥！你踹我干吗？”

余峥的维护意味明显：“不知道真相就妄自揣测人家姑娘是不是在找存在感，你欠抽？”

“我去……”姜燃惊了，“平时没见你这么维护粉丝啊？你有女朋友了还管别人！我得跟梨涡妹妹告状！”

他说着就拿出手机作势。

余峥懒得理他，反正姜燃连温时雾的微信都没有，况且那夕拾朝花就是温时雾，余峥不能透露她的小马甲，可不得维护她？

“莫名其妙……”姜然小声吐槽道，“不知道的还以为你在维护自家女朋友呢。”

余峥没说话。他弯腰拿起温时雾送他的吉他，正准备弹一会儿，手机铃声却忽然响了起来。

余峥放下吉他，接起电话。

是史珂打来的："余神，温老师过敏那件事有调查结果了，您应该还在北城吧？方便来一趟市警局吗？"

余峥和姜燃很快就赶到了市警局，彼时史珂正在跟警察交接资料。

他还通知了温时雾，但温时雾上午有个小的拍摄，要稍晚些才能来这边。

警察将调查结果交给几人："根据史珂导演提供的录像素材，基本就锁定在这个人身上，他在录制期间进过后厨，主厨也确认过了就是他来送的面粉。"

"对。"史珂点头，"这根本不是咱节目组的人，扒录像带的时候发现的。"

"后来我让摄制组将这段时间的录像全都找出来，仔细比对，终于找到这个片段，清晰地拍到他扛着这袋面粉进了后厨。"史珂指着警察的电脑。

镜头果然清晰地拍到这个陌生男人，鬼鬼祟祟，东张西望，扛着一袋面粉就往后厨的方向去，将画面放大仔细看，隐约能看到面粉上写的是"无麸质"。

余峥瞳色很深："提审过了吗？"

警察点头："还没等我们问什么，他就已经全盘托出供认不讳了，已经被暂时看押，接下来会走刑事流程。"

"全盘托出？供认不讳？"姜燃总觉得有哪里不对劲，"他很爽快就认下是自己做的了？没人指使？"

余峥也抬起下颌看过去。

史珂皱眉："问过了，他就说是自己做的。"

姜燃扭头看向余峥。

余峥周身的气息明显低沉，他紧盯着那份调查结果，总觉得哪里蹊跷。

这么快就认了？

哪怕警察连证据都还没拿出来。

他到警察局后就认了所有过错，连狡辩和挣扎都没有？

"通讯记录也都查过了吗？"余峥问。

警察点头："查过，银行里也没有来源不明的收入，排除收贿赂顶罪的可能性，况且镜头拍到的确是他送的面粉。他的个人社交账号显示，这个人从两年前就开始诋毁温时雾，屡次收到系统的被举报提醒，跟他说不喜欢温时雾，能对得上。”

三人离开了警局。

温时雾恰好拍完商务过来，见余峥周身死气沉沉，她眨着眼睛看向姜燃：“这是怎么了呀？警察怎么说？”

姜燃将情况与她一一说明。

温时雾歪头：“那是我们误会洛萱了？”

“鬼知道有没有误会呢。”姜燃吐槽道，“我反正是觉得这件事有点儿不对劲，警察连证据都没摆呢，他就这么快认罪？”

余峥声线很低：“但现在所有证据都在，逻辑链也能形成闭环，调查出来的东西跟他的口供全部对得上。就算我们怀疑，没有新的证据，也只能暂时这样。”

但他也觉得不对劲。

上次觉得不对劲的时候，就是看到温时雾拿起那块比萨时。

那次他相信了节目组没有阻拦，结果就导致温时雾过敏性休克被送进医院。

这次不对劲的苗头再生，余峥不想放过。

但谁都不能在没有证据的情况下，随便怀疑一个人，而且还是公众人物。

“那、那接下来咋整？”史珂完全配合，“还要再让摄制组那边找有没有新的证据吗？洛萱那边我找个理由，让她明天录制不要来了？”

“摄制组那边应该不会再有证据了，毕竟已经辛苦各位摄影老师们翻来覆去看那么多遍了。洛萱她自己经常录节目，肯定也知道避开镜头做这些事。可能证据链的闭环，以及让那个人被摄像头拍到，也都是一早计划好的。”温时雾认真分析着这件事。

她也不想随便怀疑洛萱，但毕竟有许可柠的前车之鉴，她总觉得，这两件事可能有联系。

史珂：“那……”

温时雾转眸看向史珂：“还是辛苦史导把洛萱邀请来吧，她来，才有可能让我们找到新的证据。也许还能从许可柠身上下手。”

余峥眼眸微眯：“许可柠怎么了？”

温时雾原本不想再提的。

毕竟当时没有明着拆穿许可柠，就自没有不计较了还要在背后跟旁人提的道理。但到底又涉及了一次过敏事件，所以这两件事大概有关联。

于是温时雾便不得不将许可柠换她饼干的事情，一五一十地讲出来。

余峥乌色的瞳仁很深，冷得像是寒冬里结了冰的深井：“怪不得。”

怪不得她那天晚上会不高兴。还跟他说，饼干明明就摆在面前，但是能看不能吃，因为怕跟普通饼干弄混了。

当时余峥还在想怎么会弄混？他明明将无麸质饼干单独放在了干果盘里，还特意给她贴了标签。

原来……

姜燃都感受到余峥周身的低沉气压了。他单手叉腰：“她们是不懂法还是怎样？不知道这种事是不对的吗？名声和演艺生涯都不打算要了？”

余峥只是低敛眼睫，声线压得很低也很紧，从喉中哼出一声冷笑：“见怪不怪。”

温时雾抬眸看着余峥，心尖很莫名地跟着他颤了一下。

见怪不怪？

他过去十年，也常常经历这样的事情吗？

温时雾对余峥的出身只了解个大概，不完全清楚他母亲的事。

史珂只觉得头疼：“我的天啊！怎么还有这种事？温老师，你应该早说的！”

早说他就一定会防患于未然的。

温时雾轻抿唇瓣：“不过许可柠当时好像的确挺歉疚的，她还说这件事不是她本意，她应该也是被人指使才这样做。

“我觉得她既然当时有悔过之心，可能本性也不是那么坏，看看能不能从她那里打听到什么吧，她也许知道内情。”

这两件事完全能串联起来。

许可柠受人指使，更换温时雾的饼干无果，才会有后来面粉被更换，导致温时雾晚宴时吃比萨过敏的事。

也许当初指使许可柠换饼干的人，就是安排认罪之人去后厨更换面粉的人。

“行。”史珂点头，“那明天的录制，我还是安排观察团到现场来吧。不过这次后厨我会盯更仔细点儿，绝不会再有这种事发生！”

时间很快就来到周六，《绯闻恋人》第二季第三期开启录制。

这周发生了不少大事，温时雾平安康复出院，余峥举办了他的二十四岁生日会，并庆祝了出道四周年。

不过最令人关注的还是余峥生日会上的事情。他拿着梨涡妹妹送他的吉他，破天荒地多唱了很多首歌，甚至还将温时雾邀请上台，用小提琴与他合奏《梨涡妹妹》。

因着余峥在生日会上的举动，更多人默认了温时雾就是梨涡妹妹，但并不理解为什么没有任何一方出来明着承认或否认。

所以大家便将目光移到了《绯闻恋人》的身上，格外期待今天的开播！

“雾雾应该完全康复了吧？我现在还满脑子都是上次节目突然下播时，看到雾雾脸色苍白的画面……”

“幕后凶手到底抓到没有啊？”

“据说好像已经有人主动认罪了。”

“我的天这也太恐怖了……史珂你能不能保护好时雾啊！”

“好咯！就算不相信节目组，我们也要相信余神会保护好雾雾的！大家别聊这些啦，观察席嘉宾来啦！”

弹幕纷飞，千呼万唤。

唯美的空镜给到古典的川阳镇水乡，烟雨朦胧，泗水回澜。乌篷船自桥下而过，好一幅烂漫的江南美景图。

这第三期录制的是古城主题。

镜头拉近，便见乌篷船头站着三个人。

穿了新中式裙子的林星柚，斜插着两根简约的木簪，很雀跃地朝镜头打着招呼：“大家周末愉快呀！嗨！”

“是星柚！”

“看这档节目粉上的她！星柚真的好可爱！三观好正！”

林星柚在三人中最是活泼。

她穿的是比较甜酷的新中式裙子，黑色马面半身裙，上面画着白鹤，上身则是相配的白色立领盘扣短袖。腰间还挂着一枚流苏玉佩，颇有几分江湖儿女风范。

乌篷船停靠在岸边，船体有些摇。林星柚刚抬步就跟着歪倒：“哎哟！”

直播间弹幕都跟着笑。

“哈哈哈还没帅两秒就瞬间垮了！”

“笑死，女侠在船上站不稳，直接跌进身旁的大侠怀里。”

姜燃的确下意识伸手扶了一下，在林星柚歪倒的瞬间，他便将手从兜里抽了出来，紧紧握住她纤细的手腕。

林星柚讪讪一笑："谢谢啊。"

"没事。"姜燃很跩地抬了抬下颌，把她牵到岸上之后就利落地松开手。

他今天也是新中式造型，跟平时在台上唱摇滚的穿搭风格截然不同。

一件宽松白衬衣，偏侧面的位置嚣张地写着毛笔字，搭配宽松的黑色长裤，上面同样用白色毛笔刷写着草书的"姜燃"。

节目组为了能帮他多添几分书生气，给了他把扇子。

但这人毫不领情，用手指转扇子时颇有几分纨绔少年上课时转笔的张扬。

书生气半点儿没有，倒像是武侠片里要用扇子杀人的刺客。

姜燃大摇大摆地踩着船上岸，登陆的瞬间重心一偏，船体也跟着摇，原本想伸手扶着姜燃上岸的洛萱往旁边一跌，差点儿摔倒。

然而没人理她，她有些愤愤地轻咬唇瓣，请工作人员帮了忙，这才平稳地下船上岸。

史珂出现："欢迎各位观察席的嘉宾又一次来到了我们的录制现场！近距离观察三对绯闻嘉宾的表现！"

三人配合着鼓掌。

"不过今天呢，跟往期录制有那么一些些的不同。"史珂骄傲地挺直腰板，"今天，我们迎来了一位新的观察团嘉宾。"

林星柚露出了十分惊喜的表情。她惊诧地看向史珂："哇，新嘉宾，是之前就透露过的那位神秘嘉宾吗？"

"没错。"史珂打了个响指，"这位嘉宾神神秘秘了两周之后，终于调出档期加入我们的观察团，让我们有请——"

史珂的话音戛然而止。

极高的悬念因为他调动的情绪，在现场和直播间里都拉了起来。

镜头再次甩到小桥流水，只见又有一艘乌篷船缓缓驶过，随着特写拉近，乘乌篷船而来的神秘嘉宾，从船篷内躬着腰走了出来。

镜头忽然间往下一摇，观众们本以为能见到神秘嘉宾真容了，却没想到最终只拍到了他的腿。

新中式西装裤，皮鞋锃亮。

这位嘉宾似乎身材很是不错，镜头自下往上摇时，能看出他的宽肩窄腰。

上半身是绣了白竹的新中式西装样式，显出几分儒雅的成熟感，看气质，倒不像是什么鲜肉顶流。

倒像……

林星柚震惊地睁圆了眼睛：“我去，我该不会是出现幻觉了吧……”

直播间观众扣了满屏的问号。

“神秘嘉宾到底是谁？”

“让我看看！让我先看看！”

“终归是我来得早了，竟连嘉宾的模样都不肯给我看，不过是些刻意钓人的小把戏罢了，偏我还就是上钩了。”

洛萱也震惊地看向那艘乌篷船。

无论如何都没想到，这期观察团的新嘉宾，竟然是这么有分量的角色！

史珂是怎么能请到他的？

翘首以盼，千呼万唤。

镜头终于缓缓上移，拍到了那位神秘嘉宾的脸。俊朗不减当年的容貌，在黑白色新中式西装的衬托间显出几分儒雅。

盛意站在乌篷船头。折扇展开，贴于身前，他漫不经心地小摇两下白色折扇，转头看向镜头：“大家好，盛意。”

“居然是盛前辈！他老人家怎么会来参加恋综这种节目！”

“为了雾雾吧？一定是这样吧！我听说盛前辈得知温时雾过敏晕倒后，当场就从剧组飞到北滨，父女组合上大分！”

“我天！除了温时雾，我想不出盛意还有什么别的理由会来《绯闻恋人》了。”

“原观察团的嘉宾都看起来很震惊，好像真的没有提前知道新嘉宾是谁，那雾雾等会儿来了会不会吓死啊？！”

“哈哈哈虽然不是亲爹，但好歹演过父女。这位爹跑来现场看她谈恋爱，我倒要看看余峥要怎么办哈哈哈！”

不少观众表示幸灾乐祸。

但看见盛意，最激动的还是林星柚，她的粉丝都知道她喜欢盛意很多年，说是他的铁杆粉丝也不为过。

她几乎都快要原地跳起来，但毕竟初见偶像，还是克制了不少：“盛前辈！我好喜欢你！我从小看你戏长大的！”

“哈哈哈哈哈又是这句话。”

“不愧是父女组合啊，夏灼灼和季晏川见到温时雾是这句，林星柚见到盛意也是这句。”

“我真的笑死。不过盛意应该见惯了。”

盛意从乌篷船头下来。他扇着折扇，笑着看向林星柚：“我知道你，林星柚，只争朝夕的粉丝吧？”

林星柚捂住嘴才没有尖叫出声。她小声嘟囔着：“救命救命！我居然跟偶像同框了！我现在算是理解雾雾的感受了！”

洛萱也礼貌地点头打着招呼：“盛老师您好，我也是您的粉丝，十分喜欢您的戏。”

盛意目光悠悠地朝她看过去。

洛萱原以为，他也会像跟林星柚打招呼那样，跟自己笑着说几句话。哪料盛意的笑容都忽然消失，视线在她身上停留几秒后，只道：“哦。”

半晌后，许是意识到不合适，他又十分勉为其难地补充了一句：“那谢谢你。”

洛萱的表情僵在脸上。她感觉有些窘迫，也不太明白盛意的态度到她这里为什么就出现了问题。

姜燃也颔了下首：“盛老师。”

盛意十分熟稔地抬手拍了下他的肩膀，两人像是以前就见过面似的。

观众疑惑，洛萱也疑惑，就连林星柚都目光迟疑地看过去。

不过这细节很快就被揭过了，镜头又重新摇向岸边，便见又有两艘乌篷船，分别从不同的方向悠荡了过来。

烟雨朦胧，乌篷船轻摇。

今天的开播时间是临近傍晚，日暮已经半斜着落在红瓦白墙上，华灯初上。

卷帘被掀起，一张明媚可爱的小脸探了出来。

温时雾今天是古风妆造的扮相，超有少女感的甜妹唐风发型，簪着叮当作响的双发钗，行动时摇晃着卷在披发里的流苏。

她掀开卷帘走出来，穿着像古风小锦鲤似的橙红色齐胸襦裙，外面搭配织着立体绣花的轻薄大袖衫，在初上的华灯里像是闪着太阳般的光。

温时雾执着还没点亮的锦鲤灯，甜美地笑望镜头：“大家周末愉快呀！嗨！”

“啊啊啊啊啊时雾好甜！”

“救命救命！又是被甜晕的一天！甜妹风格这块简直是雾雾的统治区！”

“这难道不是锦鲤下凡吗！梦回《春鲤赋》了欸！在那里面雾雾宝宝也喜欢拿锦鲤灯！还把灯送给了漂亮的小乞丐！”

“真的有种时空穿越的宿命感！像是看着当年的锦鲤公主长大了。”

“我去！余神今天也是古风妆造！大家快看那边那艘乌篷船！”

观众们的注意力被瞬间转移。

温时雾转着手里的锦鲤灯，也好奇地歪了下脑袋，向对岸的乌篷船望去。

只见余峥一袭玄色蟒袍坐于船头。

这是他第一次尝试古风妆造，小方几旁，他展着大袖肆意而坐，筋骨清晰的手指把玩着一枚未盛茶的墨绿色茶碗。

侧面望去，只见他棱角分明的侧脸与下颌线，鼻梁高挺，唇瓣饱满，向下垂敛着的睫毛似鸦羽般浓密纤长。

许是意识到即将靠岸，余峥把玩着茶盏的手略略一顿，挑着眉偏头朝温时雾望了过来。

刹那间，两道目光隔江水对视。

温时雾微怔一瞬，这是她第一次见余峥的古风妆造。更准确地说，这是她第一次见谢礼长大之后的古风妆造。

曾经稚气未脱、眉眼近妖的瘦弱小乞丐已然不在。少年长成后，骨骼更加坚挺，眉眼间显出几分成熟又不乏肆意的锋芒。

余峥略抬下颌朝她看过来。

看见举着锦鲤灯的温时雾，只觉她比十五年前灯会时，更加明媚漂亮。

“这简直就是名门嫡女娇美人和鲜衣怒马世家公子的古言设定！”

“余峥古装扮相真的太帅了！本来就是浓颜，这要是放在古代，为自家姑娘上门求亲的人早就踏破门槛了吧？”

“谁说不是呢！我家雾雾也好甜！怕是求娶都不一定轮得到余某人。”

“不知道为什么，他们坐乌篷船而来的对视，宿命感好强啊！”

直播间的观众们已经被这一幕惊叹到了。

此时乌篷船也已靠岸，温时雾俏皮地歪着脑袋，轻轻转着手里的花灯：“余老师的古风装扮很帅嘛。”

余峥眉尾略挑。他放下茶盏，展袖起身：“温老师的锦鲤小仙子，不也是更胜当年？”

“谁懂啊！更胜当年！”

“他知道！他知道！他看过温时雾的《春鲤赋》啊！”

温时雾甜笑着漾出两颗小梨涡来。

余峥稍抻袖口，探出筋骨清晰的手，让温时雾搭着将她牵下了乌篷船。

林星柚朝温时雾眨眼睛：“好漂亮好漂亮！仙女下凡。”

温时雾弯起眼眸，正欲笑着道谢，结果一转眼却看见旁边还立着一人。

镜头很清晰地拍到她僵住了。那个瞬间，目光甚至都有些呆滞，数不清具体愣了几秒，温时雾才极为僵硬地扭过头去，脱口而出的“爸”刚发出一个声母，就被她紧急止住。

转回她平时在公众面前，唤他的礼貌称呼：“盛老师，您怎么在这儿？！”

但惊诧之意依旧不减。

温盛意笑着把弄手里的折扇，半煞有其事半开玩笑着道：“我怎么不能在这儿？我来看我闺女谈恋爱啊。”

“哈哈哈我就知道！盛前辈肯定是来吃瓜的！吃的还是自家闺女的恋情瓜！”

“雾雾此刻一定在想：有你这么个爹真是我的福气。”

“盛前辈：反正不是亲生的。”

“但是他俩真的越长越像啊。好好笑，演过父女之后就会长得这么像吗？”

“余峥：到底有没有人考虑我的感受？最有压力的难道不该是我吗？”

不过余峥并未表现出丝毫压力。他十分有礼貌地看向盛意，微微颔首打招呼道：“盛老师。”

温盛意拍他的肩膀：“又见面了。”

两人互动之间表现得十分熟稔，简直好像温时雾才是那个局外人。

温时雾十分不满地小声嘟囔：“没憋好屁。”

上次听史珂说，老爸要来恋综当观察员时，她还以为不过只是开开玩笑的，没想到他竟然还真有这个闲情逸致！

妈妈也不管管他！

温时雾抱着橙红色的大袖衫生闷气。

彼时其他四位嘉宾也陆续抵达。

夏灼灼今天是侠女妆造，黑色国风上衣搭配水墨色不规则长款裙子，盘发，足蹬黑色马丁靴，怀里抱着一柄剑。

身旁站着的同样是第一次尝试古风妆造的傅屿霁，是类似的水墨国风情侣款。

季晏川来时则一袭青衣，吊儿郎当的模样，俨然是纨绔风流的世家公子。

紧随而来的许可柠则穿着秀丽端庄的粉色，不知是纨绔公子身边的佳人，还是爱慕这位玉面公子的姑娘。

直播间观众疯狂为这期妆造举大旗，夸赞“屎壳郎”难得有了良心。

史珂清了清嗓：“今天，我们的活动就比较简单啦。既然大家现在已经来到了著名的古城川阳镇，那么我们就也玩点儿古人玩的东西。”

听到“简单”二字，夏灼灼都感觉有些不可置信：“真的简单吗？史珂对简单的定义跟我一样吗？他不会又憋了什么坏招吧？”

史珂在嘉宾间已经完全没有信任度。

哪料他现在根本不是好心，而是怂。怂在上一期害得温时雾过敏，这一期不怎么敢坑她；也怂在盛意今天来到了现场，他哪敢在这位前辈面前折腾他闺女！

史珂有些欲哭无泪。当初请盛意来做观察席嘉宾时，他只想着这个点一定很爆，又能带动话题和流量。想着反正他跟温时雾只是荧幕父女，到时候整个“爸爸”来看“闺女”谈恋爱的噱头，肯定能吸引不少观众。

谁能想到荧幕父女变成了亲生的！

史珂含泪忍下：“是真的简单，我们今天玩双人投壶竞技小游戏。”

夏灼灼不敢置信地扭头看向温时雾，并迈着小碎步朝她挪近：“‘屎壳郎’改性了？”

“肯定没有。”温时雾偏头应答，“他都说双人了，所以这投壶小游戏肯定暗藏玄机！”

夏灼灼点头：“有道理！”

史珂：“……”

史珂听见了这两人的大声密谋，顿时被无语住了，又不能反驳。

玄……玄机肯定还是有玄机的。虽然不太敢疯狂折腾，但他还是要做节目的，小小折腾一下总不过分吧？

史珂解释规则道：“我们的双人投壶小游戏，分为三轮，每轮投十支，投中数量最多的绯闻情侣将会在等会儿的情侣合影拍摄任务抽选中，获得一张技能卡。

“技能卡一共有三种。分别是偷天换日，即可以指定自己与另一组嘉宾，交换抽到的拍摄动作；涅槃重生，可以将三张卡片收回并打乱重新抽取，但最终结果按照重新抽取的结果而定，不能退回；九九归一，规定其他两组嘉宾跟自己拍摄一样的姿势。”

史珂介绍完了所有的技能卡。

温时雾眨着眼睛：“所以，这次就算不幸在抽签过程中成为倒霉蛋子，也可以凭借在投壶中获胜，力挽狂澜。”

“喜欢！多搞！爱玩！”夏灼灼快乐了。

投壶她简直太擅长了。

史珂露出颇有深意的笑容：“那么，下面我就来为大家介绍投壶规则了。”

所有嘉宾都竖起了耳朵。然而史珂并没有选择多费口舌，他拿出一个大喇叭，开始播放机器人的声音。

机器人：“双人投壶小游戏竞技规则。竞技总共分为三轮，每轮十支，以三轮结束后命中的总数记为最终成绩。

“第一轮，红线牵了缘深。

“同组的两位嘉宾，手腕上牵有红绳，各持一箭，互相牵制，互相帮扶，同时投壶。任意一方命中皆可记作一分。”

机器人的声音短暂停顿了一下。

温时雾小声嘟囔道：“好家伙，连名都不自己取了，还盗用人家歌词……”

“红线牵了缘深”是《梨涡妹妹》那首歌的歌词。

余峥散漫地轻笑了声，他抬手摸着手腕上的五彩绳：“还挺适配。”

“第二轮，执手相看泪眼。由女嘉宾持箭，男嘉宾握住女嘉宾的手腕进行投壶，投中则记一分。”

夏灼灼忍不住吐槽：“执手相看泪眼？我把箭投你眼睛里我看你泪不泪眼。”

“第三轮，礼成送入洞房。男嘉宾以公主抱的姿势将女嘉宾抱起，女嘉宾投壶，投中则记一分。”

众人：“……”

好一个礼成送入洞房。

季晏川都笑了："史导真是起名鬼才。"

"牛。"夏灼灼为他竖起嘲讽的大拇指。

史珂将播放规则的喇叭收起："规则应该都听明白了吧？那么接下来，我们就正式开始三组绯闻嘉宾的投壶比赛了！"

工作人员拿着红绳走了过来。

温时雾自觉伸手，正准备要他们系，哪料工作人员连停都没有停一下，反倒径直走到了观察席嘉宾的面前。

史珂笑得不怀好意："那么，就请观察席派出三位嘉宾来给我们的绯闻组合系绳吧。"

温时雾："……"

她预感不祥地向温盛意看去。果然见其他三人都疯狂礼貌谦让，无论如何都要请盛意去系绳。

而温盛意拿起一根绳，佯装勉为其难地道："既然如此，我就只好给我闺女和女婿牵牵红线了。"

"哈哈哈哈哈！"

"喜闻乐见。"

"雾雾已经快哭了。"

"怎么感觉雾宝比余神还紧张哈哈哈！难道不应该是见岳丈更谨小慎微吗，反倒是雾宝在往后挪小碎步？"

"余神跟盛前辈看起来很和谐。"

"之前盛前辈说的是，又见面了，也就是说他们之前就见过呢。"

"该不会是这俩人连婚事都已经定了，见过盛前辈这位家长了吧！"

直播间观众又发现了新的亮点，他们倒是要看看，这俩人到底有没有在谈恋爱，到底能不能亲得上！

盛意拿着红绳走到两人面前。他没说话，只抬了下手，那种血脉压制感就让温时雾抬起眼眸看他，不情愿又很乖地将手伸了过去。

盛意先给温时雾系上了红绳，随后又牵到余峥面前，绑在他手腕上。

洛萱负责许可柠和季晏川那组，林星柚则负责夏灼灼和傅屿霁那组，姜燃负责看热闹。

三组绯闻嘉宾的红绳都已经系好，工作人员也将十支箭送了上来，并将壶摆在规定区域。

其实古代的投壶有很多规则。入壶的方式不同，记以不同分数，连中也有额外得分。但他们六个都没学过投壶，史珂就权当让他们扔着玩了，直接简易算法，投中几支算几分。

温时雾的服装还十分复杂。她的大袖衫很宽，而且轻盈得风一吹就飘飘扬扬，实在很影响投壶的发挥。她便只好用另一只手敛着袖子。

她转眸眨着眼睛看余峥："我有一种要给你拖后腿了的感觉。"

她不会投壶，她连篮球都扔不明白。

想当初在电影学院读书时，体育课选修篮球，考投篮，也不过是堪堪及格。

余峥今天的造型跟往日截然不同。他身材高挺，腰身紧实，紫金冠束发，少年的不羁尽数张扬在眉眼间。

余峥肆意地偏头笑看温时雾："无妨。"

他展袖弯腰取了一支箭，递到她面前，还真颇有几分倚仗着家族背景和尊贵身份要护着人似的："赢了也未必是好签。"

况且前两期他们就总抽到高难度拍摄，实际拍下来后也没觉得有多难。

当初不觉得难，现在就更不会觉得。

况且万一赢的是涅槃重生签，重新抽取还说不定会抽到难度更大的。

"有道理。"温时雾忽然心情明媚起来，"正所谓塞翁失马焉知非福。"

夏灼灼当即将箭插到地上："那不如我现在就摆烂吧。"

傅屿霁："……"

温时雾惊诧地扭头看向夏灼灼，唇瓣微张，实没想到她放弃得那么快。

不过夏灼灼也就是说说而已，她这人好胜心强。

温时雾也向来是乐天派，输赢倒没什么所谓，重在参与，新鲜事物总要试试。

"那么——"史珂拿起喇叭，"如果各位嘉宾都准备好了的话，就自由开始投壶吧。我宣布，第一轮投壶比赛开始！"

哨声响起，还挺煞有其事的。

"咚——"

第一声箭入壶中的声音响起，恰好紧紧尾随在史珂的哨声之后。

刚才还将箭插到地里的夏灼灼抬手扯起傅屿霁的手腕，就随手一扔："我运气这么好的吗？居然直接就中了。"

傅屿霁："……"

他的箭都还没来得及出手，被夏灼灼突然的这一下扯得手疼。

“好厉害！”温时雾想鼓掌。

结果刚准备抬手，就扯到了绑在她跟余峥之间的红绳。于是她转眸望过去，眼睛亮晶晶的：“余峥。”

余峥扭头对上她钓人的视线。只见她化了橙色系眼影的那双鹿眸，闪着细细的光。温时雾轻轻晃着手，牵动红绳唤他：“我们也试试呀。”

余峥转眸，对上温时雾盛满了星光似的眸子。他看见睫毛旁边的珠光，在落日余晖的照射下勾人似的潋滟着璀璨的光，忽然就感觉喉头有些发干发紧。

要命。

余峥嗓音很低地“嗯”了声，随后状若无意地将头偏回来，用指腹轻轻摩挲着手里的那支箭。他忽然感觉到手腕上绑着的红绳，传来些许牵引力，是温时雾试着往上抬了下手。

余峥低头看了过来，十分配合地跟她一起抬了手腕。

这根红线很短，分别系在温时雾的右手和余峥的左手。

两人手腕之间不过只有十公分的距离，余峥甚至还要迁就她的身高。

“啪。”

“啪。”

两道箭落地的声音前后脚响起。

温时雾和余峥手里的箭被一同扔出，随后七零八落地掉到了地上。

夏灼灼幸灾乐祸道：“雾雾也就算了，余神，你这准头儿不大行啊。”

余峥纯是受了温时雾的蛊惑。他方才根本就没全神贯注地瞄准，净被温时雾勾着走，她说扔就扔。

而直播间观众也早就看透了一切。

“哈哈哈余神明显就是被雾雾勾走神了！”

“这小子在雾雾面前压根就不懂自制力这三个字怎么写。”

“心中有女人，准头自不稳。”

倒是温时雾没有半分气馁的意思。她闭着一只眼，用手指在眼前各种比量着分析：“好像应该再扔低一点点。”

“没关系啦！”她巧笑倩兮地转眸看向余峥，笑弯了眼睛地安慰着，“再来！”

再次对上温时雾的视线，余峥逐渐抚平了被她撩拨起壮阔波澜的心，他抿着唇弯腰再拿起两支箭，将其中一支递给她。

这会儿眉眼间明显又重新染上几分肆意与不羁，斗志也被激了起来。他抬抬下颌："再来。"

夏灼灼扯着傅屿霁很快就胡乱地扔完了他们手里那十支。还真别说，这女人运气挺好，五支里面投中了三支。而傅屿霁除了第一支被夏灼灼扰得没丢出去外，其他四支都投中了。

于是他们开始看另外两组的热闹。

季晏川和许可柠可谓是配合极不默契，简直就是鸡飞狗跳，中箭寥寥。

温时雾和余峥那边则十分火热。

重燃斗志，认真瞄准后的余峥，箭无虚发，每支都被精准地投进壶里。

温时雾在旁边雀跃："哇！好棒！

"又中了！

"啊啊啊三支了！

"余峥你也太帅了吧！"

后来余峥的四支全都投入壶中，不知道什么时候变成了啦啦队的温时雾反倒不在意自己的成绩了，只扔中了一支。

"我去……"季晏川被温时雾的声音惹得频频向这边看过来，"不是，余峥怎么投个壶还有啦啦队的啊？这搁谁谁能没斗志？"

他难受了，大家都是来参加恋综辟谣绯闻的，结果只有他在认真辟谣。剩下两对辟着辟着就开始撒狗粮了。

不是，还有人记得这恋综是用来辟谣的吗？

算了，没有，只剩下他自己在意。

季晏川觉得后期此刻应该给他配个图——他萧瑟地站在这江水边，树叶零落，风也将他的古风假发吹得凌乱。

偏偏这时，还有道娇滴滴的声音响起。许可柠十分忸怩地道："晏川哥哥，你也好棒好帅哦！"

算了，这啦啦队他不要也罢。

双人投壶第一轮比试结束，伏夏组以 7 分的成绩位列第一，只争朝夕组得了 5 分，季晏川和许可柠只拿到了 3 分。

他俩最近还有个新的组合名——有机（季）可乘。

专门用来嘲讽许可柠的行为。

夏灼灼骄傲地叉腰："没想到，想摆烂反而能拿第一名啊！多谢余神让我一轮。”

她还真有几分女侠的模样，朝余峥作了个揖。

余峥挑眉：“下面不会再让了。”

投壶比赛即将进入第二轮，嘉宾们手上的红绳被工作人员拆掉。

第二轮的比试是女嘉宾持箭，男嘉宾握住女嘉宾的手腕控制出箭的高度、力度和方向，考验默契，但准头在男嘉宾手里。

温时雾变得轻松不少，她眨眼看着余峥：“靠你啦！”

余峥有些恣意地抬了抬下颌，绕到温时雾身后，清淡好闻的乌木佛手柑香调，随即以包围般的阵势将她裹住。

温时雾偏头，唇瓣便不经意间蹭过他落下来的鬓发。

余峥躬身将温时雾拢入怀中，筋骨清晰的手指握住她纤细的手腕，偏头耳语：“那么，就冒犯温老师了。”

林星柚：“好甜啊！”

作为只争朝夕的粉丝，没有什么能比现场看两人合作更愉快的事情了。

洛萱现在倒是学聪明了。她发现她之前在观察室说的那些言论，早就不受人待见了，只会拉低她的人气。反倒跟观众一起喜欢只争朝夕的林星柚，人气逐渐都要高过她了。

于是洛萱弯唇：“是呢，好甜。”

而姜燃的视线落在洛萱身上。他神态张扬，眼眸半眯，倒没在她身上看出半分紧张或心虚的情绪。

脸皮是挺厚的，上周末刚害得温时雾过敏抢救，这周末就能若无其事地继续来上节目。

他倒是要看看她这人设还能坦然维持多久！

与此同时，第二轮投壶比赛已经开始。

季晏川和许可柠那边的画风就像提线招财猫。季晏川是真一点儿也不想跟她有多余的肢体接触，所以只是拎着她的袖子，随意作个势，就让她自己看着扔。

夏灼灼还挺不习惯跟傅屿霁在镜头前有什么亲密表现的。毕竟他们只是联姻的夫妻，像这种恩爱小情侣的亲昵行为，他们平时很少有过。

夏灼灼被惹得有些不自在。她扭头用余光瞥了傅屿霁两眼，活动着手腕：“你能不能别贴我那么近？”

“嗯？”傅屿霁敛眸看她。

出声时，不经意间将气息呼洒在她的颈上，惹得她瞬间汗毛都立了起来，背脊像是有一股电流迅速蹿过。

这狗男人该不会是妲己转世吧？

夏灼灼不由在心里暗骂。

她神情有些异样地扭回头，怕是自己都没察觉到，脸被他弄红了。

林星柚歪着头跟姜燃小声分享：“灼灼姐的脸好红哦。”

姜燃压根都没注意，听林星柚说，他才抬头看了一眼，但注意力很快就被那将天真的锦鲤小仙子拢进自己的玄色大袖中的身影吸引过去。

林星柚道：“没想到灼灼姐这么火辣的性格，居然也会脸红……”

“嘿嘿小情侣羞羞。”

“确实很少见夏灼灼脸红欸！说明我们傅总这次是真把她撩到了。”

“他俩到底什么关系啊？朋友？恋爱？总不会已婚吧？好奇得我抓心挠肝，节目组你能不能来点儿狠的游戏，我就说六个字，真心话大冒险。”

“支持！想听他们爆真心话！”

“这游戏一听就很刺激！”

直播间观众们建议得积极，而史珂现在是没办法看弹幕的。

不过他的确准备了真心话大冒险这个项目，只不过放在了明天晚上进行。

今天就是由投壶活动决出胜负，然后去完成夜景的情侣照拍摄任务。

彼时夏灼灼全靠傅屿霁带着，已经五投五进。

她难得安静如鸡地没做出任何反抗，他将她的手抬多高，她就抬多高，让她什么时候扔，她就什么时候松手。

并不是因为她变得乖巧了，而是这个疑似妲己转世的男人，像是给她下了蛊似的。唇瓣轻贴着她的耳朵，气息在她的侧脸和颈间流转。

每次说“扔”，夏灼灼就像是听见了什么咒语，呆若木鸡地顺着他扔了进去。

所以百发百中。

不然换作平时，她那个闹腾劲儿，又主意大，倒未必真能有这么好的成绩。

温时雾和余峥也配合默契。

不过他们两个之间的氛围，要比夏灼灼和傅屿霁和谐多了。

比起伏夏组合那边的“下蛊”，只争朝夕组合这里更像是惊才绝艳的少年将军耐心地教着高门贵女投壶。

他声线性感低沉："沉肩。

"尽量坚持，肩肘保持别动。

"手腕稳定中立，手指放松。

"想象一下，我们只动大臂和小臂之间的夹角，就在这个角度扔出去。"

"嗖——"温时雾试着将箭往壶里一投。

"咚——"箭稳准地落入壶中。

温时雾的眼睛瞬间亮了起来，她雀跃地跳起来转眸看向余峥："真的中了！"

余峥肆意地挑唇笑着。

"嗯。"他夸，"温老师真厉害。"

直播间弹幕刷了满屏。

"小情侣甜的嘞。"

"还温老师真棒，余峥你就宠她吧。"

"楼上，她爸还在她旁边呢。"

"剧里的爸也是爸。"

接下来，温时雾和余峥的配合一直都很默契。

像是在教学中找到了技巧，温时雾也逐渐开始觉得投壶这项竞技变得游刃有余，最后十发八中。

提线木偶组，也就是季晏川和许可柠那边，很凄惨地只中了两支。

而夏灼灼居然中了九支，她回过神来得知这一消息后颇为震惊："我居然这么厉害的吗？"

"那大概，跟你没太大关系。"史珂微笑着戳穿，"都是傅总带着你扔的。"

夏灼灼："……"

总之她现在分数最高，懒得跟这个戳人脊梁骨的史珂计较！

想起刚才暧昧横生的场景，夏灼灼到现在都感觉有些脸热，不愿再回忆。

偏偏第三关还要公主抱。

夏灼灼的宗旨向来是，与其被牵着鼻子走，不如主动先发制人。

于是她便高傲地抬起下巴，朝傅屿霁张开手臂："你，抱我。"

不喜欢夏灼灼的人依旧很多。其中大部分都不相信她真能跟傅屿霁有什么亲密关系，如今见夏灼灼"作妖"，竟这般命令傅屿霁抱她，那些人开始等待夏灼灼被傅屿霁拒绝。

可哪料，他们想等的画面没有等来。

只见傅屿霁很利落地弯腰，手臂揽过她的后腰和腿弯，男友力极强地将她打横抱了起来，还道了一声："遵命。"

以及垂首紧贴着夏灼灼的耳，没有被直播间收录进去的那声："夫人。"

夏灼灼的脸蛋又瞬间爆红！

这家伙怎么突然这么会撩？

他是不是觉得得表现好点儿，所以从白天就开始讨好她？

夏灼灼的心理活动丰富极了。

而另外一边，温时雾也乖巧地敛着繁复的衣袖，等着余峥抱她。

这已经不是两人第一次在直播里抱了。

之前在亚兰岛拍摄情侣合影时，他们抽到的还是更高难度的抬膝抱动作，就连上周他都有将她抱上马。

所以比起之前，这次的温时雾倒没有什么忸怩，只是因为爸爸在旁边，有稍许不自在。

她低着头小声嘟囔："当着爸爸的面，总觉得奇奇怪怪的……"

哪有长辈专门跑来现场看自家闺女谈恋爱！

她都没跟余峥官宣呢！

余峥散漫地轻笑："确实，我都不敢对温老师太过放肆了。"

"你还想怎么放肆？"温时雾睁圆眼眸，"这还有镜——啊！"

然而她话音未落，身体就忽然失去了重心。

温时雾只觉得后腰抵过来一道劲力，紧接着整个人就跟被抛到空中似的，让她慌慌张张地赶紧搂住余峥的脖颈。

再回神时，她已经落入了余峥的怀抱。

温时雾心慌慌地扭过头。

睫毛就不经意间在余峥的衣衫上蹭过，她唇瓣微张，抬眸望去，对上他鬓发下那双深邃迷人的桃花眼。

余峥展袖将温时雾抱进怀里。

宽大的袖袍下，紧实的肌肉劲力，隔着布料散发着几许灼烫的体温。

他似是抱温时雾抱得十分轻松。

余峥敛下眼睫看她时，眉眼间还带着几分世家贵公子的不羁与张扬。

那玄色衣袍中裹着的娇俏身影，与他的宽肩更是拉开了巨大的体型差，还让人莫名觉出几分强取豪夺的风流韵味。

“我只能说，只争朝夕家的粉丝真是太幸福了！名场面又加一。”

“万人上书求余神进影视圈，好想看他跟雾宝拍古装剧！就少年将军和名门贵女那种！”

“他们真的好甜！”

直播间的观众们直呼史珂这个关卡设置得漂亮。

温时雾趴在余峥的胸膛上，被他刚才突如其来的动作惹得心慌。

到现在心跳的速度都很快，也分不清是腾空感造成的余悸，还是难控的心动。

这两组的公主抱都已完成，只剩下季晏川和许可柠。

众所周知，季晏川是绝不愿跟许可柠有任何没必要的肢体接触的。但他既然选择来参加这档恋综，也没有次次都违背规则的道理。于是他并拢三根手指对天发誓：“致我未来的女朋友，如果你某天不幸看到这条录像带，请不要吃醋不要生气不要打我，鄙人身心清白绝无非分之想，纯属屎壳郎胁迫，出于不违背节目游戏规则的原则，才不得不做出此举，敬上。”

“哈哈哈哈哈哈！”

“我真的要笑死了！季晏川是什么‘沙雕’？看得出来他跟许可柠不想有半分牵扯了。”

“好好好知道了，你们俩的绯闻是假的。”

“季晏川在公主抱之前还得致一下未来女朋友。”

夏灼灼：“……”

她揽着傅屿霁的脖颈，扭过头去：“好家伙，不知道的还以为他心有所属，实则单身即将满八周年。”

直播间观众感到惊奇。

“季晏川单身都快八周年了？”

“那这么算起来，他这么长时间都没谈过恋爱？”

“看季晏川刚才跟未来女朋友发誓的样子，我还以为他是个万花丛中过片叶不沾身的那种多情公子呢。”

“片叶不沾身倒是不假，因为，马上就要单身八周年了哈哈哈！”

弹幕里飘着无情的嘲笑。

但粉丝们甚是不解，像季晏川这种长得帅、学历高、家里还有钱的优质男，究竟为什么连个姑娘都追不到？

季晏川自己也十分好奇。他要是知道答案，倒也不至于追那么多女孩全都失败了。

难不成是他眼光太高？

史珂捕捉到这个细节，想必会成为一个热点话题。

他连忙拉住副导："记下来，把这件事记下来，等明晚真心话大冒险的时候，加到季晏川要抽的卡里去！"

而季晏川发完誓，便抖了抖袖子，将自己的手和胳膊都包裹得严实，然后才隔着布料将许可柠给抱了起来。

许可柠一脸娇羞。

洛萱无语，她看着许可柠跟季晏川这种相处模式，恨铁不成钢的感觉深深涌上心头。

人家避嫌之意都明显成这样了，她还表现出一脸娇羞的幸福模样，洛萱只觉得这画面简直没眼看。她抬手扶额，甚至还要浅笑着说："柠柠和季老师也好甜呢。"

姜燃冷嗤："甜吗？我看这是强扭的瓜，多看一眼都酸得掉牙吧。"

林星柚很努力地忍着不笑。

洛萱的脸变成菜色，还要嘴硬："有吗？可能每个人看法不一样吧，我觉得挺甜的。"

弹幕上刷了满屏的——

"只有你。"

只有她一个人觉得甜而已。

就连许可柠的粉丝都看不下去了，苦口婆心地让许可柠好好搞事业。

因为和季晏川这些事，她最近三周的口碑急速下滑，连《惊鸿雪》里的白月光滤镜都碎得彻底，以至于这部剧的数据都跟着下滑。

但是总归，三位男嘉宾都将自己的女嘉宾以公主抱的姿势抱了起来。

还有另外一个考验，便是如何让女嘉宾拿到箭。

在这方面，史珂没有额外的规定，可以让男嘉宾抱着女嘉宾蹲下身，去拿箭篓里的箭，也可以男嘉宾单手抱着女嘉宾，另外一只手为她拿着箭篓。

这两种对于男嘉宾来说都很累。

但抱着女嘉宾下蹲，会让女嘉宾搂男嘉宾脖子的手更费一些力气。

所以余峥没犹豫，他直接单手抱住温时雾，便接过工作人员递过来的箭篓："箭都在这儿，想怎么扔就怎么扔。"

观众们直呼余神帅呆了。

傅屿霁也选择了单手抱拿箭篓，季晏川实在懒得费事，就干脆也这么办了。

直播间弹幕锐评——

“其他俩是为了不让自家媳妇儿累着。季晏川：真好，单手抱好，少一点儿麻烦事。”

“哈哈哈哈哈哈！”

双人投壶竞技比赛第三轮准备就绪。

随着史珂的哨声响起，比赛开始！

“咚——”

夏灼灼又是第一个跃跃欲试的人，抬手就将手里的箭丢了出去：“我又中了！”

许可柠也不甘示弱，但她手上力量太浅，扔出去的箭距离太近，连壶的边边都没有够着。

温时雾则是人菜瘾还大的类型。她小声嘟囔着余峥刚才教她的：“沉肩，肩肘不动，手腕稳定中立，手持放松，只活动大臂和小臂之间的夹角。”

“从这个角度扔出去……咦？哪个角度来着？”温时雾歪头看了眼手里的箭，思量片刻后自言自语给出结论，“不知道。”

管它呢，先扔了再说。

“咻——”然后那支箭就歪到了大西洋，差点儿丢进旁边夏灼灼的壶里。

夏灼灼：“？”

她扭头朝温时雾看过来：“你干吗？你这么爱我？你要给我加两分？”

温时雾颇不服气地扭过头来，大声狡辩道：“才没有，一定是你那里有什么神秘力量把我的箭给勾跑了。”

“行行行。”夏灼灼一脸纵容样，她顺着温时雾的意思频频点头，“那你再扔一个我看看，这回我不说话了。”

“扔就扔。”温时雾斗志重燃。她从箭篓里又取了一支箭，再次默念咒语似的嘀咕着余峥教她的那些东西，“沉肩，肩肘不动，手腕稳定中立，手持放松，只活动大臂和小臂之间的夹角……”

扔出去的那个瞬间，她还给自己配了个音效：“咻！”

“啪。”箭又偏了。

虽然这次不至于歪到夏灼灼那边那么离谱，但也离自己的壶有不少距离。

余峥被她惹得直笑，笑得肩膀都忍不住发颤：“笨蛋。”

“谁笨啦？”温时雾不满地皱起小脸，“那不都是你教我的吗？为什么你不在的时候就没有用了……”

她开始回忆自己刚才的姿势，反思究竟是哪里出现的问题。

明明之前十发八中呀。

“咚——”偏偏这时夏灼灼又进了一支。

温时雾更加不服气了，她立马又从箭篓里抽了一支箭：“我就不信了……”

“再来！”她说着就又要开始默念咒语。

但就在这时，她手腕下端忽然传来一道力量，余峥仍然单手抱着温时雾，但拿着箭篓的那只手稍微倒了下，借插在里面的箭，抵在温时雾的手腕处。

“再抬高一点儿。”他低声教着，“角度再往上倾斜一点点，嗯，再来一点点。”

“扔。”

温时雾稍使力道便扔了出去。

“咚——”

她当时就双手搂住余峥的脖颈，高兴得一双眼睛都发亮：“哇！中了！”

余峥漫不经心地弯唇笑了下。

温时雾疑惑地歪头：“为什么啊？那为什么刚才我按你说的做就投不中，还歪那么多？”

“刚才那些是站立投壶的姿势要领，你在我怀里，怎么能一样？”

“有道理。”温时雾点头。她又取箭想要再试，这次没让余峥教，试着找刚才的高度和角度扔出去。

“咻——”

没中，但是几乎擦了壶边。

于是她又在刚才的基础上稍做调整，再扔，箭终于稳稳地投进壶里。

温时雾满意地点头：“看来，我还是挺聪明的嘛。”

“对，聪明，很聪明。”

“我简直要被雾雾的碎碎念笑死，她恨不得把余神教的那些当成她的教科书。”

“这女人太可爱了！”

“讲道理，余神看雾雾的时候，眼神里的宠溺都快要溢出来了，这眼神要是清白的话，我直播倒立投壶！”

“他俩真的好甜啊！尤其是教投壶的时候，还有种世家竹马教娇软青梅的那种，非常有两小无猜的感觉！”

“超话里有没有作者老师给我写个文来看，想看他们俩的同人文……”

“不过余神投壶有两把刷子啊。”

“好歹是会打篮球的人，这点儿准头没有还能行吗？”

接下来温时雾投壶越来越顺。

几乎是三支里面能有两支中壶，另外一支也就是差一点点。

她投得非常认真，简直跟做数学作业别无二致，就差在余峥的怀里直接算起抛物线和角度了，每次都比量得十分严谨。

而夏灼灼则是根本不想在傅屿霁怀里窝太久，她“唰唰唰”没几下就把箭扔完，然后利落地从他怀里跳下来。

走到壶前，她弯腰将那些箭抽出来。

“六支。”夏灼灼握着那一把箭，在自己的手掌心里拍了两下。

她又扭头去看温时雾的壶。

这会儿她也投完了，正被余峥弯腰往地上放。

夏灼灼提前替她数完了中数：“不错嘛，居然也是六支，有人教就是不一样。”

“那肯定。”温时雾笑靥明媚。

她歪头看了余峥一眼：“名师出高徒，是吧，余老师？”

余峥挑眉：“那也得是徒弟聪明才行，没错吧，朝夕妹妹？”

弹幕里又开始发“阴阳怪气”的弹幕。

“是吧，余老师？”

“是呢，朝夕妹妹。”

“你把朝夕那俩字儿改成梨涡得了呗，整这么欲盖弥彰跟谁不知道似的。”

“瞧余峥那副不值钱的样子。”

“不是甜豆腐脑，是余峥的恋爱脑。”

第三轮投壶比赛结束。

许可柠磨磨叽叽扔了好久，才从季晏川怀里下来，不过好在是比上一轮的提线木偶式扔箭有了进步。

这次得了 3 分。

最后只争朝夕组得 19 分，伏夏组得了 22 分，有机可乘组只得了 8 分。

夏灼灼将扇子抱在怀里，握拳向两边谦让道：“侥幸，侥幸。”

史珂也宣布了比赛结果：“伏夏组胜！获得一次技能卡抽签权！”

“接下来三组嘉宾分别来抽即将要拍摄的情侣合影姿势，这次都是照片，没有视频拍摄。

“抽完后，伏夏组可以根据抽到的结果选择是否使用技能卡抽签权。但抽签权一经使用，抽到的技能卡就必须使用。”

夏灼灼将扇子抵在下巴处：“也就是说，我可以根据抽到的姿势来决定要不要使用机会卡，如果我对第一轮抽到的结果很满意，那就可以直接不用了。但如果一般满意，用了技能卡后，还有可能导致更不满意的结果是吧？”

史珂打了个响指：“正解！”

他立刻将三张样片朝下，递到六位嘉宾面前：“那么现在，抽卡吧。”

“那我先来呗。”夏灼灼难得积极。

毕竟她是投壶的获胜者，她的抽卡结果会最终决定其他两组嘉宾的气运。

于是夏灼灼没有犹豫，她直接伸手抽了最右边的那张，分秒未等就翻过面来向大家展示。

镜头立刻拉近。

其他五颗脑袋也好奇地探了过来。

只见——

花雨烂漫的栀子花下，英俊的少年郎仰面躺在草坪上。而娇俏的姑娘，由他头顶的位置俯身朝他凑近，互相用自己的鼻尖碰着对方的下巴。

而唇瓣之间——

最多只有两毫米的距离！

夏灼灼当时就跳了起来：“这什么玩意儿！我不拍这个！”

但直播间观众却兴奋极了。

“哈哈哈这个姿势我爱了！”

“好带劲好暧昧啊！我已经预感又要添上一幅‘世界名画’了，就是不知道花落谁家。”

“这跟亲上了有什么区别！”

“好想看只争朝夕拍！这画面一看就心动难控！我就不信余峥还能忍住不亲！”

“灼姐加油抽签啊！就抽那个‘偷天换日’！然后跟只争朝夕换了！”

温时雾眨眼看着那张样片。她清澈的眼睛里，逐渐透露出几分呆滞感：“我有一种不祥的预感……”

季晏川笑得很干：“谁说不是呢。”

现在夏灼灼是摆明了要使用技能卡了，就是不知道她会抽到什么。

如果是“偷天换日”也就算了，她肯定会跟温时雾和余峥那组换。

但如果是“涅槃重生”，重新抽签后还不知道是什么结果。“九九归一”就更完蛋了，他得陪着夏灼灼一起倒这个大霉！

季晏川已经开始双手合十仰天祈祷：“阿弥陀佛，季某一生没做过什么坏事，只是有点儿小钱，想要个对象，虽说前后已经被五十二个姑娘拒绝，但我也没做过坏事，最多是她们瞧不上我……所以，这么倒霉的事应该轮不到我吧……”

“好家伙！五十二个！”

“你说他花心吧，他又一个没追上。你说他不花吧，他又追了五十二个！”

“季晏川还是有点儿眼光在的，就是不知道是不是眼光过高了哈哈哈！”

季晏川不停地祈祷。

许可柠倒是挺想跟季晏川拍这组照片。

不过在夏灼灼抽技能卡之前，其他两组嘉宾要先完成情侣合影拍照姿势的抽签。

季晏川一边默默祷告，一边施法似的抽了一张，然后握拳：“Yes！”

摄影师给了他手里的样片一个近景。

他是真有点儿狗屎运在身上，回回都抽到最简单的。这次也是，不过只是两人站在乌篷船头，由他为许可柠撑个伞。

温时雾和余峥这组默认是最后那张。

比起夏灼灼那个鼻尖碰下巴，这张看起来倒也不算什么高难度了。

不过只是男嘉宾将女嘉宾抵在青瓦桥头，意欲强取豪夺地吻上去，而女嘉宾侧脸避开他。这张照片比较考验拉扯氛围感，两个人的眼神比亲昵动作更重要。

尤其是男嘉宾眼神里那种求而不得的欲念。

夏灼灼已经开始摩拳擦掌了。

她跟傅屿霁……

虽然有夫妻关系，但他们还从来没有像情侣那样单独接过吻。当然，之前被“屎壳郎”坑害的除外。

倒也说不上排斥，就是感觉挺奇怪的，毕竟她跟傅屿霁是联姻关系。所以她并不愿意在公众面前多提他们之间的关系，反正也很短暂。

更不想在镜头前做这些恩爱行为。

只有在夜晚，她才能在傅屿霁的眼睛里看到些陌生的欲望。

夏灼灼像是“念咒语”般抽出了一张技能卡。

四颗脑袋齐刷刷凑过去。

镜头都还没来得及给，就听见夏灼灼仰天大笑：“哈哈哈哈哈偷天换日！”

温时雾的小心脏跟着一紧。她下意识转眸看向余峥，对上他那双眼皮半敛的桃花眼，加速的心跳没有缓解，反而更加往上飙升了不少。

夏灼灼笑得蔫坏：“让我看看……”

她用任务卡轻轻拍着手心，在季晏川和温时雾面前来回踱步好几圈，似在考量要跟谁交换任务比较合适。

夏灼灼停在季晏川面前：“啧，你这个动作还蛮简单的嘛。”

季晏川慌忙将卡片贴在胸膛上。

他眼神里都透着慌乱：“你别啊！灼姐你冷静！你知道我的！我绝对不行！你跟余神换去，他肯定乐意死了！他们那组的动作也不算是太亲密吧！”

“哦……是吗？”夏灼灼眨眨眼。

于是她又绕到了温时雾面前，像风流公子般用扇子抬起她的脸蛋：“这张明艳漂亮的小脸，拍我那张情侣照是蛮合适的呢。”

温时雾乖巧地眨着眼睛，但目光流转间尽是狡黠。她伸手指着旁边的季晏川：“灼宝，还是他们那组比较简单，而且季老师也是演员呢，他得敬业。”

“哈哈哈哈疯狂踢皮球。”

“夏灼灼那张卡片就像烫手山芋，谁都没现在这么慌。”

“原本只想看只争朝夕拍这组的，但我现在忽然觉得坑一下季晏川也不错？”

“我也确实有点儿想看夏灼灼拿出这张卡后，季晏川该如何应对了。”

“他已经又开始四处祈祷了哈哈哈！”

镜头给到季晏川，只见他再次双手合十仰天祷告，甚至嘟囔着什么善恶报应，暗示夏灼灼好人才有好报，万不可坑他。

夏灼灼都无语了，她将任务卡塞进温时雾手里，还白了一眼季晏川：“行了吧你，显眼包。我像那么缺德的人吗？”

找乐子也是要在尊重人的基础上找的，夏灼灼怎么会坑季晏川呢？

季晏川的乐子没法找，温时雾和余峥的就不一定了。

夏灼灼笑靥明媚地看着温时雾，她将扇子塞到傅屿霁怀里，一手拍着她的肩膀，另一手将她手里捏紧的卡片用力抽走，然后道：“那就辛苦你们了啊，朝夕妹妹？”

温时雾颇窘，她低头看了看手里的新卡，又抬眸看了看余峥：“完啦！造孽咯！”

她用卡片在脸颊旁边扇了扇风，小声嘟囔着：“要是刚才投壶的时候准头再好一点儿就好了……”

直播间弹幕里尽是嘲笑。

“你准不了一点儿。”

“雾雾女鹅你怕是忘了你大学体育考试的投篮才刚刚勉强及格吧？”

“如果没有余神帮忙，说不定时雾还会悲惨地沦为倒数第一。”

“不是，你们这些妈妈粉是一点儿不护着自家女鹅啊，这样拆穿是吧？”

果然下一秒温时雾正要抬步，头皮就被扯痛着让她向侧面弯着腰往余峥怀里钻：“啊呀！”

她抬手捂住头。

余峥敛眸，便见嫁接在她真发上的古风长假发，钩住了他腰间玉佩，惹得这位天性活泼俏皮的姑娘主动贴进他怀里。

她唤他：“余峥。”

“嗯。”余峥伸手钩住她的发。

温时雾看不见，也不知道他有没有什么动作，只软声道：“帮帮我呀。”

余峥笑得有几分肆意：“好。”

于是温时雾就这般向他怀里弯着，而一袭玄色锦袍的男人，眼睫低敛，筋骨清晰的手指慢条斯理地钩着她的发，慢悠悠地将发丝从腰间玉佩里拆出来。

他低声道："好了。"

温时雾这才直起身，拿回她的锦鲤灯道具，松了口气："那我们走吧。"

那拍照姿势看着就累，尤其要趴着保证彼此鼻尖碰下巴尖，保持不动拍出完美的照片。

等会儿可还有的折腾呢。

太阳已经落山了。川阳镇的灯尽数亮了起来。这临水而居的古镇里，华灯初上。

廊桥间灯火通明，扮成古代装束的小商贩们，在自家小铺前，吆喝声此起彼伏。

灯火在江面映出粼粼波光。从高处望去，拱桥的灯光落在江面上，像极了一轮降临川阳镇的月亮。

桥廊里，温时雾举着一盏点亮了的锦鲤灯，扯着余峥的宽大衣袖向前跑着。

"快点儿快点儿，'屎壳郎'说必须九点前到拍摄点，我还想吃前面那个'糯叽叽'。"

余峥颇无奈地跟在她身后，长腿迈着，袖子也任由她扯着："温时雾，上次过敏晕倒的教训还不够是吧？"

"糯米是没有麸质的！"温时雾超大声狡辩，她伸手指着前面不远处的小摊，"我就想吃那个嘛，节目组都没管我们晚饭呢。"

余峥头疼地抬手揉着鼻梁骨。

"哈哈哈，余峥像极了被小青梅烦到不行的世子爷，偏偏又拿她一点儿办法都没有。"

"让她吃吧，快让她吃吧。时雾都饿了。"

"就快给我们雾雾馋死了，粉丝都知道她就喜欢这些玩意儿哈哈哈！"

余峥的确拿她没办法。

另一个层面，史珂也的确没有单独给嘉宾们准备今天的晚餐。

不过古镇里的摊贩是节目组的安排。

其实就是想让嘉宾们在这里逛，真实体验古代逛灯会夜市的感觉。

史珂发誓，这次所有的食物，他都派最信得过的人全程盯着，食材使用前都做过成分检测，绝不会再出现过敏的可能性。

余峥给温时雾备了很多小零食。

“老板！来两个这个，还有那个，也要两个！这些，还有这些我全都要！”温时雾十分雀跃地包揽着小摊，每样都点两个，其中一个分给余峥尝。

在这场景里，还真有几分两小无猜的感觉。

余峥拦不住她，只能在食物入口前，先检查一下分到他手里的那份。

这些“糯叽叽”倒的确都是糯米做的，糯米倒也的确安全，不含麸质。

温时雾抱着她的锦鲤灯，她寻了一处桥面在楼梯上坐了下来，裙摆像花瓣绽放似的铺落在身边。她伸手拍着身边的位置：“你也过来坐呀。”

余峥眉眼微动。

思绪忽然被引回十五年前，七岁的温时雾穿着粉色襦裙，在影视城中的灯会里，邀他一同坐在桥上的画面。

这场景像是穿越了许多年，与记忆逐渐重合。

只是当年稚嫩可爱的小姑娘，如今已经出落成明艳漂亮的模样，但仍是那双卧蚕饱满的清澈研究。

她浓密的睫毛扑闪着，唇边绽出两颗甜美的小酒窝来。

温时雾坐在台阶上吃她的糯叽叽，满足地歪了歪脑袋：“好吃欸！”

“很甜的。”她转眸看向余峥。

余峥扯着唇角轻嗤一声：“没良心的，白给你准备那么多零食。”

“那你给我。”温时雾摊开手，“我还没吃饱呢，我留着它们等会儿拍摄的时候吃，晚上回去了还能当消夜吃。”

余峥睨她一眼，没动，只道：“馋了喊我。”

就她那像仙女儿似的轻飘飘的衣服，能藏下多少零食？怕不是边往前跑边往下漏，还不如他继续替她保管。

温时雾吃一口糯米小汤圆：“噢。”

她收回视线，继续盘放在腿上的那堆用纸包装起来的糯叽叽甜品。

直到跟拍PD的对讲机里，传来史珂的一声怒吼：“温时雾！”

温时雾吓得瞬间挺直了腰板。她眼睛清凌凌的，忽然抬眸时还漾着水光，像极了一只受惊的小鹿。

偏偏跟拍PD还将对讲机递到她面前，让她近距离听着史珂输出：“让你去灯会吃点儿东西没让你搁那儿休息！说好的九点之前去拍照！你自己看看现在几点了！”

温时雾茫然地扭头。

便见一位编导姐姐又递来手机，上面明确地显示出了时间。

温时雾不紧不慢地抱着没吃完的点心起身：“九点零五就九点零五嘛……急什么？看我们等下五分钟就给你拍完！”

“你最好是！”史珂吼道。

温时雾有些怂地缩了下脖子：“老驴拉磨之前还要填饱肚子呢，这‘黑心屎壳郎’连饭都不给吃……走啦走啦！去哪儿拍呀？”

“就在前面。”编导提醒，“我带你们过去吧，不然屎壳……史导也要吼我了。”

温时雾心满意足地品尝了江南糯叽叽。

工作人员领着她，穿过九曲回廊，便看见了一片点缀了灯串的火树银花。

六月正是栀子花开好时节。

刚踏上这处青石板，温时雾便嗅到了清淡好闻的栀子花香。绿坪上花瓣零落，像是落了初雪，偏这时节却又绿意盎然。

“哇……”温时雾抬起脸蛋，灯盏的光落进她澄澈的眼睛里，像是盛了繁星，“好漂亮！”

余峥负手立在温时雾的身后。他敛眸望着面前的姑娘。她手里还举着那盏锦鲤灯，橙黄色的光影落在她的侧脸，将纤长的睫毛衬得根根分明。

温时雾跑到栀子花树旁，俯身凑近，鼻尖轻碰，嗅了两下：“好闻！”

“我们就在这里拍嘛？”她转身看编导。

编导点头，随即让场务送来一个床垫，铺在他们早就规划好的合适位置。

温时雾好奇地眨眼：“这是什么？”

“床垫。”编导解释道，“因为两位老师要拍女上男下鼻尖碰下巴的姿势，考虑到高度差问题，史导特意为您准备了床垫。等会儿余老师躺在草坪上，您趴在床垫上，用鼻尖去够他的下巴就可以了。”

温时雾：“……”

“哦，原来只是解决高度问题啊。”

“我还以为是要让余神直接把雾宝送入洞房呢。”

“上周雾宝不是过敏了吗？这周录制肯定要更小心一点儿。”

直播间里满屏的幸灾乐祸。

温时雾感觉有点儿窘，她本来觉得趴过去随便够一下余峥就可以完成拍摄了，却没想到史珂直接给她送来一张床垫。

事情忽然变得有一丝暧昧。

她抬眸看了余峥一眼，跟他视线相触的时候，莫名有种地下恋情的刺激感。

虽然她已经在跟余峥谈恋爱了，但如果等会儿拍摄时，在镜头面前不小心亲上，他们要怎么跟大家解释啊！

“一定要用这个床垫吗？”温时雾挣扎。

编导点头：“温老师相信我，如果没有这个床垫，你会更容易亲到余老师的。”

温时雾：“……”

她又扭头望了那床垫一眼，细想觉得好像的确有些道理。

毕竟照片要求她的鼻尖碰到余峥下巴，下巴碰到余峥的鼻尖，本就是两张脸贴得近乎平行，如果没有床垫作为高度支撑，全靠手臂将她的身体抬起来的话，更容易力量不稳，稍微撑不住就会容易亲到了。

温时雾弯腰摁了下床垫。

挺软的，但是是正常的软度，不像水床那种会来回晃荡，也不像夏灼灼和傅总之前拍的那种在海面上起伏的桨板。

还算安全，节目组好像的确不是意图坑她，只是单纯想为她提供一个高度支撑。

温时雾心里稍稍放下心：“那行吧。”

她想了想，又特意额外补充了一句：“万一真的亲到了，可不能怪我……”

“不怪不怪！就爱看这个！”

“你要是没亲到我才会遗憾呢。”

“我真的觉得他们两个已经在谈了！雾宝心态都变得不一样了，换作之前肯定紧张死了，现在只是有点儿慌。”

“我早就‘看破一切’，时雾现在这样仿佛是怕被人发现恋情。”

余峥敛眸低笑了一声。

向来一直很跩的余峥根本没有要警告温时雾小心些，别亲到他之类的意思，这简直跟默认恋情无异。

摄影师准备就绪。

编导退到了一旁，拒当电灯泡。

摄影师开始指挥起拍照姿势："余老师来这边躺下吧，头离床垫尽可能近一些，不然等会儿温老师够不到你。"

温时雾莫名就开始紧张了。

她垂敛眼眸，看到余峥潇洒恣意地单手撑地，在草坪上坐了下来。他肆意地抬起下颌看了温时雾一眼："那么，就辛苦温老师了。"

话音落下，余峥大袖一展，随后便率性慵懒地躺在了草坪上，只不过发以紫金冠束，致使他的头没办法贴床垫过近，还是留了一些距离。

摄影师："这样就行。温老师，样片的动作你应该还记得？就趴在床垫上跟余神脸贴脸平行相对。只要你们的鼻尖都碰到对方的下巴，眼神到位，就算拍摄成功！"

温时雾慢吞吞地靠近床垫，她小声嘟囔道："你们巴不得看这个热闹呢……"

余峥漫不经心地弯唇轻笑，他微抬眉眼，躺在草坪上以别样的角度看着磨磨蹭蹭刚在床垫上跪趴下来，还没完全准备好的温时雾，启唇道："没关系，温老师。如果不小心被你'非礼'了，大不了，负个责就好了。"

听到"负责"二字，林星柚激动地在电视机前疯狂转圈。

因为三组嘉宾分别在三个地方拍摄，观察席嘉宾没办法像傍晚那样，在现场同时看到六位嘉宾的表现。所以史珂将他们安排去了民宿。

就在这川阳古镇的临水房中，安排了三个超大荧幕，同时播放着三组的情况。

林星柚脸蛋红红："我觉得余神这话跟表白没什么区别吧？"

姜燃轻嗤："我反正平时是没见过他这个样子，换我坐一下他的床他都得把我扔出去。"

盛意笑得有些开怀："这样？没想到小余同学竟然如此双标。"

"对喜欢的人才双标嘛。"林星柚看向自家偶像，"盛老师觉得这位女婿怎么样？"

这是粉丝们都好奇的话题。

盛意意味深长地轻轻摸着下巴，看着屏幕里的自家闺女，跪在床垫上整理着自己的裙摆，在摄影师的催促声中，才慢吞吞地朝余峥躺的方向靠近过去。

唉，毕竟是自家亲闺女。就算余峥的确不错，身为亲爹，要嫁女儿，心里还是有点儿不舍和酸涩的。

于是盛意叹了口气："唉，小棉袄再漏风也早晚要嫁人的。年轻人的恋爱我可不敢轻易评价，万一我说一句满意，我闺女就又挨说，我岂不是成罪魁祸首了？”

他说着，睨了洛萱一眼。

洛萱察觉到盛意落到自己身上的视线。她心里有些惶恐，总觉得他这番话明里暗里是在点她之前的造谣行为，由此感到如芒在背，坐立不安。

洛萱的手指攥了攥裙摆，笑得礼貌而不失尴尬：“确实呢，当初看到温老师追着余神跑，我就险些误会了这件事，现在通过观察他们在恋综的表现，才知道我当时草率了，到现在都觉得很对不起温老师。”

姜燃颇为不屑地嗤道：“你对不起温老师的，只是这一点儿吗？”

闻言，洛萱蓦然愣住。她抬眼看向姜燃，总觉得他这道视线，似乎比盛意刚才的还要凌厉。

像是看穿了什么似的……

但洛萱很快就冷静了下来。

那些人答应过帮她把这件事压下来，还说早就联系过了那个送面粉的人，做好了一系列的证据逻辑链闭环。

而且她打听过那人的确已经认罪了，而警局已经将他送去走刑事流程。

姜燃问这话能是什么意思？

他们必然找不到与她有关的证据，最多只是想试探她的反应。

除非是许可柠……

于是洛萱自信地抬起下巴：“姜老师问这句话是什么意思？不然我还能有哪方面对不起她？”

姜燃扯了下唇角，冷笑，没说话。

林星柚有些茫然地眨着眼睛，看了看左边，又看了看右边。只莫名觉得姜燃和盛意周身的气息都有些冷沉，而且似乎是冲着洛萱去的，但她不敢说话。

洛萱心里也不爽极了。

姜燃总在观察室明着撑她也就算了，不过是替余峥帮温时雾出气。

但盛意又是怎么回事？只是演过个荧幕父女而已，还真把温时雾当自己亲生女儿来管了？

可面对盛意，洛萱就算心里有些想法也只能忍气吞声，表面上装出端庄笑意，继续看电视。

而此时温时雾已经跪趴在床垫边缘了。

之前吃糯叽叽时信誓旦旦，说绝对五分钟就火速拍完，但直到她凑近余峥时，才终于感受到几分紧张。

温时雾将手臂撑在床垫上。

她还没将脸压到余峥仰着的面上，只趴在他头顶的位置，磨蹭着没往前动。

编导不由得提醒了句："温老师，您这样是不行的哦，必须完全趴下来，用你的鼻尖碰到余神的下巴，并用下巴碰他的鼻尖，才可以算作是任务完成。"

"我知道，我知道。"温时雾嘟囔着，"总得给人点儿时间做心理准备嘛。"

虽然她私下里也有主动亲过余峥，这毕竟这么多镜头，而且又要她趴在床垫上，用这样的姿势暧昧地去碰他，并尽量别在大庭广众下碰到他的嘴唇。温时雾不由得心跳加速。

每朝他挪近一分，心就跟着慌一分，就连呼吸都变得急促了起来。

这事对余峥来说倒是不难。他只是仰面躺在草坪上，等着他家梨涡妹妹朝他靠近。

清甜好闻的橙香，逐渐混着飘落下来的栀子花瓣，潜入他的呼吸里。

余峥微抬眉眼便看见温时雾撑着床垫，一张精致漂亮的脸蛋出现在他的视线里。他挑眉："温老师紧张了？"

温时雾不服气地别开眼："谁……谁紧张了？我只是不想'玷污'你的清白。"

"噢。"余峥笑得肆意。

眼角眉梢都被他牵得生动了起来："那我还挺期待的。"

"我的天！余神这话……"

"我觉得余神暗恋温时雾这事已经不用再说了，我都说腻了！"

"余神现在脸上就写了三个字：谈恋爱！我都看见了！"

"这不就是明晃晃在求名分吗？而且还是要求温时雾对他负责的那种！"

温时雾的心都忽然跳了一下。她没想到，余峥会在直播里讲这么明目张胆又令人浮想联翩的话。

"温老师。"编导又出声提醒了，虽然没有强势催促的意思，但莫名让人生出几分紧迫感，"您加油哦！我们相信您的！"

温时雾："……"

她相信不了一点儿，但她的确不能再磨蹭下去了。

毕竟所有人都在等着她拍完下班，过于忸怩反倒显得她心里有鬼。于是温时雾深吸一口气：“来！”

“余老师。”她忽然低头朝余峥凑过去，鼻尖还没触碰到他的皮肤，只在咫尺距离间与他对视，“冒犯啦。”

余峥的呼吸屏了一瞬。

随后便感觉到温热的气息在他的唇瓣上洒落了下来，温时雾话音一落，便尽然趴在床垫上低头朝他凑近。

不曾让人来得及反应，余峥的下巴就触及了一抹温软。

他眼前那张脸忽然凑近，近到让他视线散开，模糊得聚焦不上光点。只能察觉到温时雾的呼吸近在咫尺，而她的鼻尖朝他的下巴贴了过来。

林星柚几乎激动得原地跳起来：“好近啊！这应该是他们凑得最近的一次了吧！”

温盛意有些心梗。

如今亲眼看到闺女跟别的男人亲密，他心里终究还是有些不是滋味。

而温时雾也屏住了呼吸。

太近了……

刚低下来的那个瞬间，她只觉得她跟余峥的呼吸很短促地交错在狭窄的空气里，交换时与亲吻无异。

而她只能保证让自己的鼻尖碰到余峥的下巴，却没办法控制同时让自己的下巴碰到余峥的鼻尖。

尽量别亲上他……

温时雾心脏毫无章法地乱跳着。她低眸对视着余峥的眼睛，不由得抿了抿唇，生怕自然放松的状态会将他碰到。

偏偏这时摄影师说话了：“余老师帮一下忙，用你的鼻尖去碰温老师的下巴。”

因为温时雾不好控制，于是摄影师便让余峥去帮她。

温时雾隐约听见了一声带着几分气音的笑，模糊的视线里，只觉余峥好像牵动起了他的眼角眉梢。

他缓缓地朝她靠近。

将温时雾本就难以坚持屏住，而放松了一瞬的呼吸打得很乱。

余峥察觉到了她短促的呼吸。他稍稍低首，保持下巴仍然贴在温时雾鼻尖的状态，又用鼻尖去碰她的下巴。

镜头给到两人特写。

只见暧昧氛围无限延展，忽然有一瞬，两人的鼻尖都碰到了对方的下巴，但几乎是一触即离的，并没有保持太久。

这样温时雾手指微收，她有些欲哭无泪，眼睫下敛时还不经意间扫到了余峥的脸颊。

摄影师扛起设备："再来啊，就像刚才那样，辛苦两位老师保持一下，十秒钟。"

十秒钟……

三秒钟都已经很难了！

温时雾又抿了抿唇瓣，在心里轻叹了一口气，重新用鼻尖去够余峥的下巴。

余峥也微微敛首。

终于碰上了……

但距离实在太近，温时雾都不知道具体有多近，也不知道嘴唇究竟什么时候会碰上。

这氛围实在太旖旎了。

连周围的编导，看到这拍摄的一幕，都不由得跟着脸红心跳起来。

更别说直播间里的观众！

尤其是镜头一瞬拉近时，趴在床垫上难以始终保持不动的温时雾，呼吸跟着手臂一起忽然松了一下。

颤抖间，她忽然觉得唇瓣上过了电，虽然一触即离，但温软的侵略感，还是让她的脊骨都像羽毛拂过般几乎酥透！

就连余峥也毫无预兆地一怔。

"亲上了！"

"他们真的亲上了！"

"救命！这是什么暧昧名场面！"

"我宣布我见证了只争朝夕的初吻！亲上就等于结婚了！"

"说不定都不是初吻呢，搞不好他们私下里已经亲过无数回了！"

#只争朝夕暧昧名场面#

#绯闻恋人上大分#

#周例糖#

#只争朝夕 亲上了#

这个话题实在是太过于劲爆，以至于比过往的任何一次，都要快地蹿上了微博总榜热搜第一。

林意羡也很快就得知了消息。她点开词条，推送的便是《绯闻恋人》正在抹茶TV开启的直播。

此时温时雾和余峥已经完成拍摄，前者慌张地从床垫上爬起来，避开周围人包括余峥的视线，兀自用手在脸颊旁扇着风。

但刚才的事已经被记录。互动热度最高的营销号视频里，穿着玄色锦袍的余峥仰面躺在草地上，而温时雾则像跌落凡间的锦鲤仙子般趴在他上面，缓缓靠近，以鼻尖与他下巴相触。

周围的灯盏橙明暧昧，栀子花树上偶尔被风吹落的花雨，轻飘飘地拂过两人散落下来的青丝。

夜景里，花雨烂漫，灯光氛围极好。

有那么一瞬间，哪怕仅仅只是一触即离的半秒，镜头也清晰地拍到，温时雾的唇瓣与余峥轻轻相触了下。

两人都有些微怔。

温时雾的耳根迅速染上霞红。而余峥放在旁边的手，指节微微弯动了一下，翻过来的手背上隐隐有青筋暴起。

甚至，他的喉结还滑动了一下！

“就这反应，我看谁还敢说余神对温时雾没感觉！”

“我也不想嗑，可他咽口水了欸！”

“我感觉余神就是在忍着，他现在估计恨不得狠狠亲温时雾。”

“天啊，我有画面了。”

“跩王谈恋爱都是这种画风吗？他们之间好拉扯！好隐忍！好纯情！”

“余峥家的粉丝都不介意的？”

其实反对声也有。

哪家顶流谈恋爱能不被反对，而是清一色地收获全网祝福呢？

根本不可能。

但是粉丝的态度已从反对温时雾，逐渐变成了对余峥的失望和恨铁不成钢。他们看了这么多期节目后，也看得出来分明是余峥主动更多，他爱惨了温时雾。

林意羡有些头疼。她将手机扔到一边，抬手抵着额头，用指腹揉摁两下：“通知公关部那边，随时做好他们两个恋情被曝光，或者官宣恋情的准备吧，尽量减少负面舆论。”

“明白。”公关部同事点头。

而这边的拍摄还在继续，温时雾一边给脸颊扇风一边转圈：“我就知道史珂没憋好屁。

“他肯定早就想好了要看我的笑话呢！

“我就知道会这样！

“我说过万一亲到了不怪我的……

“呜呜呜说不定是幻觉呢？对，可能是我做梦，应该根本没亲到对吧？”

温时雾眨着眼睛看向工作人员。

编导还没来得及说话，倒是摄影师乐呵呵地笑：“亲到了亲到了！我还拍了呢！温老师要欣赏一下吗？”

温时雾：“……”

不可以，也没必要。

丢人。

她恨不得原地挖个坑把自己埋了。

余峥饶有兴致地笑着看向温时雾：“这种事，合该算我冒犯温老师，是我刚才没把握好角度。”

他永远不可能让温时雾独自承担。

余峥散漫偏头，满含笑意的桃花眼里似有几分求助：“怎么办？温老师连拍戏时都没拍过吻戏，结果在这儿被我非礼了，我是不是应该对她负个责？”

“天啊！负责！”

“对对对！负责！就是得负责！所以你现在赶紧让雾雾也还回来！”

“结婚！原地结婚！民政局我都给你们搬来了！”

温时雾脸颊仍然通红。她自小就没考虑过偶像剧戏路，自然没有拍吻戏的经验。此时羞怯并非因为亲到余峥，而是因为在镜头前。

而且还有几分将地下情搬到台面上来，生怕被人看出什么端倪的慌乱。

她怎样都没关系的，她的事业允许这些事发生。

但余峥做好准备了吗？

温时雾抬眸看他，想起余峥为了走到顶峰，付出了常人难以想象的那些，便不忍心让他因为恋情而失去这一切。

“不是的。”于是她摇头，“余老师躺在下面，是被动的那一方，是、是我没坚持住，才不小心亲上的……”

温时雾差点儿咬到舌头：“我、我的意思是，胳膊没坚持住。”

不是她没把持住！

温时雾又小声嘟囔：“要是刚才投壶的准头再准一点儿就好了……”

任谁都看得出他俩的小心思。

一个不想让对方承受非议，一个不想让对方为自己背锅而影响事业。

实则观众都看得很透。

的确是意外，都已经是直播了，意外还是故意又怎么会看不出来？

但他们明目张胆为彼此打着掩护，这旖旎心思反倒比亲上了还甜。

火树银花下，余峥转头回望了温时雾一眼，颇为无奈地敛眸低笑：“笨蛋。”

怎么还有人主动背锅的？

于是小情侣开始幼稚地拌嘴。

温时雾：“才不笨呢。”

余峥：“你不笨谁笨？”

温时雾：“你笨你笨。”

拍摄任务结束。

镜头收了。

余峥忽然喊住她：“雾雾。”

温时雾停下脚步，在灯火阑珊里回眸望去。只见余峥的桃花眼格外深邃：“我们官宣恋情吧。”

第十五章

♪

温泉共浴

烂漫的火树银花里，余峥乌色的瞳仁被映得很亮。他眼睫垂敛，格外认真地注视着温时雾的眼睛。

她明显有些发怔，浓密纤长的睫毛，在手里举着的锦鲤灯下，似无措般一颤一颤的，微张的唇瓣上潋滟着水光。

反应了好半晌，温时雾才回味过来余峥的意思：“我们？官宣恋情吗？”

余峥几乎被她给气笑了。他别开脸，冷静两秒后移回视线，没好气地伸手捏她耳垂：“不然呢？不然你还想跟谁有恋情？”

温时雾：“……”

她小声嘟囔道：“才没有。”

温时雾拿着锦鲤灯抱住余峥的手臂，抬起脸蛋，眼睛亮晶晶地看着他：“我明明从始至终就只喜欢你一个。”

余峥的心里漾起波澜。他垂首对上温时雾直勾勾的视线，只觉得她像是在给他下钩子似的，扯得他心脏发痒，喉头也跟着发涩。

余峥没忍住，伸手捏住她的下巴，将脸抬起，弯腰凑过去轻咬了下她的唇瓣。

温时雾吃痛得倒吸一口凉气。

余峥的指腹在她的唇瓣上抚过去，饶有兴致地低笑一声：“好软。”

“耍流氓！”温时雾气得耳朵都红了。

她还慌张地左顾右盼着，生怕还有工作人员没走完，会看见这一幕。

但温时雾仍然抱着余峥的手臂没撒手，眼眸滴溜溜转了一圈后，又收回来望着余峥的眼睛：“说回官宣恋情的事。我觉得太突然了。而且……”

“你不想？”余峥挑眉。

温时雾连忙很认真地摇头：“才不是我不想呢！我只是担心大家会不接受，毕竟你好不容易才走到这个位置，绝对不可以因为恋情就前功尽弃的。”

温时雾的眼神十分认真。她苦口婆心地跟余峥讲着道理，像是一个在教训自家偶像的粉丝。

“笨蛋。”余峥又没忍住，两根手指轻擦着敲了下她额头，“没有温时雾，哪里来的现在的余峥？”

“话不是这么讲的！”温时雾急了，“余峥就是余峥，他独立、骄傲、耀眼，他才不是为任何一个人而存在的。”

她永远坚持这一点。

余峥永远都是最棒的余峥。

而她只是偶然遇见过童年的他，幸运地鼓励过这个人。

可那也是因为他值得呀。

他本来就生得那么好看，对她好，给她买无麸质的糖，还陪她在剧组里玩，是她拍《春鲤赋》时唯一的玩伴。

余峥明明就很好。从他是谢礼起，他就是很好很好的人了。

余峥定定地看着温时雾。

他曾经读到过一句话，“爱上一个人，就好像创造了一种信仰，侍奉着一个随时会陨落的神。”

他从来都将温时雾当作信仰，将她当作一缕值得追逐的光。

她是他的精神支柱，是他坚韧向前走的动力。她曾经对他说过的话，与他的约定，都是他成长中最利的武器。

余峥也曾跟姜燃透露过。

如果没有梨涡妹妹十五年前给过他的那一束光，就没有余峥的生。他甚至从来都觉得他是为她而活的。

为了重新认识她一遍；为了顶峰相见；为了她曾经在至暗时刻里拉过他的那一把；为了在最耀眼的时刻重新站在她面前。

她好像是他的全部了。

又或者说，他拥有她就能拥有全部了。

可她却说——

这件事根本就不是这样的。

她还说他是很棒的人，有着独立的人格，以及独特的魅力。他从来都不该是为谁而存在的。

余峥喉咙发紧，他唇瓣微张，缓缓吐出一口在胸腔中压抑了好久的浊气。躬着颈抵住她的额头："温时雾，你真是……"

温时雾有些茫然地抬眸。还未等她反应过来余峥这番话的意思，炙热的吻便铺天盖地落了下来。

"唔……"温时雾的软腰向后一倒。

她不禁抬手扯住余峥的袖子，葱根般白皙纤细的手指，将那玄色大袖攥紧在掌心。

拿着那盏锦鲤灯的手都松了，灯差点儿从手心里滑落时，她慌忙抓紧，心脏也跟着一跳，呼吸短促着松开余峥的唇，嗓音听起来有几分甜腻："等、等下会有人……"

温时雾像在丛林里迷了路的小鹿，慌张地抬起眼眸，湿漉漉地看着余峥，便对上他那双漆黑深邃又毫不遮掩欲望的乌瞳。

呼吸又跟着急促了几分。

余峥哑着嗓音"嗯"了声，他眼睫微敛，掩了掩眸色，随后便用手掌扣住温时雾的软腰，将她卷进自己的锦袍里，便带着她压进旁边的小树林："那就换个地方。"

温时雾本就被亲得晕乎。她唇瓣微张："啊？"

余峥身上清新好闻的乌木佛手柑香，混着周围的栀子味钻进她的鼻息。

温时雾眸光一闪，便被余峥带着后背抵上什么硬物。

余峥寻了处昏暗无灯的地方，将温时雾压在梧桐树下，伴着窸窣落下的梧桐花雨，就又将唇瓣覆了过来。

偏偏温时雾还没做好准备。她张着的唇瓣被余峥含住，唇珠顿觉一片温暖濡湿。又听一声低迷性感的笑音，余峥的指腹在温时雾耳根刮过。

"雾雾。"他哑声提醒，"闭眼。"

温时雾的心尖都跟着一颤。

像是受了什么蛊惑，她不自觉地闭上了眼睛，在视觉被她主动关闭后，落下来的唇瓣触感便被无止境地放大。

她与他交换着呼吸，感受到余峥胸膛的滚烫与炙热。

他每次都亲得很温柔，但在温柔里，又时不时添几分令她无法拒绝的侵略感。

筋骨清晰的手指，也挑着她的头发，扣在她的后脑上，无论从前还是从后，都有一种将她锁住却又叫人无法自拔的深陷感。

川阳镇水边，晚风在江面吹起一片涟漪，静谧的夜，潺潺水声淌进人的心里。

头顶是盛放的梧桐花，偶尔飘下来的几片小花瓣，落在温时雾的睫毛上、发上，又被余峥轻轻拂去。

“咔嚓——”但这时忽然响起树枝被踩断的声音。

温时雾的心脏猛然一跳。她慌忙伸手推开余峥，正想说话，唇瓣却亲上了他炙热的掌心。

余峥伸手捂住温时雾的嘴巴。他胸膛压得很近，几乎是将她罩在自己怀里。

他略偏头，看向刚才异响来源的方向，随后又收回视线垂首看着温时雾，摇头示意噤声。

温时雾露出的那双眼睛睁得很圆。

清澈，又满是水花。

她不解地看向余峥，但又对他无条件信任。只见余峥用眼神向身后示意。

温时雾循着他的目光看过去，竟见洛萱将许可柠拽到了小树林来，紧接着便是许可柠的怒吼：“洛萱！疼！你放开我！”

洛萱粗暴地松开许可柠，在暗无天光的小树林里，气急败坏的洛萱哪还有几分女明星的样子。

温时雾的眼眸睁得更加溜圆，她有些惊诧地看向余峥，只见余峥立刻拿出手机，关闭了所有的消息提醒后，点开录音功能。

温时雾也将锦鲤灯熄灭，然后拿出手机将头埋在余峥怀里，借他身体挡光。她关掉了声音提醒，将屏幕调到最暗，又关了闪光灯，火速拍了几张照片留证。

照片不用留太多，且录像有光亮容易被她们发现。

温时雾收起手机。

便见洛萱面向许可柠，怒目而视：“是不是你跟姜燃他们说了什么？”

即便洛萱松了手，许可柠到现在都没缓过劲儿来，她忙伸手捋着乱糟糟的头发，有几分不耐：“我跟姜燃又不熟，我能跟他说些什么？”

“不熟？”洛萱看起来很是气急败坏，“你跟姜燃的确是不熟，但你跟季晏川熟啊。他跟温时雾和姜燃他们总熟吧？谁知道你会不会跟他说了些什么不该说的事情？”

许可柠一时都没反应过来，她脱口而出："什么——"

但话音又很快戛然而止，她忽然明白洛萱大晚上将她喊来这鸟不拉屎的地方是图什么。

"洛萱姐，你说温时雾？"许可柠连忙摆手，"我发誓，我真的什么都没说过！这对我没有好处的。洛萱姐你知道，温时雾虽然没怪我将余神给她准备的无麸质饼干换成有麸质的，但他们向来也不怎么待见我，我跟他们说这些干吗？"

"真没有？"洛萱眼神狐疑。她十分警惕地看着许可柠，显然没有这么轻易就相信她的话。

毕竟姜燃今天明里暗里点她了，明显就是怀疑到了她身上。

而替她认罪的面粉师傅证据确凿，明明已经认罪，本不该有问题，偏偏姜燃就怀疑了……

而许可柠知道洛萱有这种计划。

这让洛萱不免多想。

洛萱皱眉，反复确认："你真没说？"

"真的没有啊。"许可柠无辜地摇头，"我说这些对我能有什么好处？"

"也是。"洛萱冷嘲道，"毕竟你满脑子也就只有那个季晏川。如果没跟季晏川恋爱，又害了我，你更加什么也不是！"

一家公司的艺人向来一荣俱荣，一损俱损。

她洛萱人气高了，资源多，公司发展得好，旗下艺人也能跟着沾光。

许可柠能出演《惊鸿雪》，还是当初洛萱把她介绍给导演认识，又跟她说季晏川喜欢的风格，叫她去讨季晏川欢心的。

许可柠自然应该对她感恩戴德，而不是如此不识时务地害她！

洛萱很是满意。

但许可柠却有些慌了："洛、洛萱姐，他们该不会是发现什么了吧？"

这段时间，许可柠一直提心吊胆，毕竟换含麸质食物是人命关天的事。

那晚季晏川就拉着她，不肯放她走。话里话外的意思都是觉得她有蹊跷。

许可柠不知道是不是因为她神色慌张，被季晏川瞧出了几分端倪。

她又听说，有人将害温时雾过敏的罪名认下来了。

虽然过敏的事情其实与她无关，但当初她也做过换饼干的事，虽然没能得逞，但若被曝光，也免不了要被惩罚，说不定她的事业就全毁了！

这也是她不愿意暴露洛萱的原因。

洛萱这人她了解，如果撕破脸，她一定会将饼干的事也抖出来。

许可柠有些慌张地抓住洛萱："洛萱姐，我从未背叛过你，我、我之前帮你去换饼干的事，你可也别跟别人说呀！"

"放心吧。"洛萱没好气地睨她，似乎是瞧不上她这般不稳重的样子，"只要你这张嘴严，就没有第三个人会知道，害温时雾过敏的那面粉其实是我找人去换的！"

许可柠连连点头，她承诺道："洛萱姐你放心，我一定不跟别人说，不会有别人知道的。"

"那就行。"洛萱最后警告道，"如果你敢说，我一定把你的事也全都抖出来！包括你是怎么进《惊鸿雪》剧组的。"

许可柠明显慌了神色。

但两人没再继续交谈下去了，洛萱拽着许可柠就一同离开了树林。

温时雾屏了许久的呼吸这才松开。她听得沁出了满背冷汗，睫毛轻颤："居然真的是洛萱……"

余峥的眼眸很黑很沉。他攥紧手机，手背上青筋暴起，似乎再用几分力，骨节都能跟着咔咔作响。

他方才隐忍了很久，才忍住没有直接冲过去给洛萱一拳。

直到温时雾扯他衣袖，嗓音又甜又软，哄似的："余峥，你别生气啦。总归也算是找到真正的罪魁祸首了，我们把证据交给警察就好了，她会有她应得的报应的。"

最后半句话她说得义正词严，甚至还牵着他衣袖捏起了小拳头，不像生气，只是正义。

余峥被她气得闭了闭眼。冷静了好久后，他才掀开眼皮，盯着她看："温时雾。"

"你对谁都这么善良？"他问。

温时雾笑得很甜，撒娇似的："嘿嘿才不是呢！这不是有警察叔叔会帮我主持公道吗，但我家阿峥可不能被气坏了。"

她说着还伸手抚了抚他的胸膛，不停地朝他眨眼，不知道的还以为她在哄小孩儿。

"是吧是吧？阿峥不气我不气，气坏身体没人替——"

"唔！"然而温时雾话音还未彻底落下，喋喋不休的小嘴就忽然被人堵上。

夜幕里，灯火荧荧。

余峥又压着温时雾亲了许久，才缓缓将她的唇瓣松开，指腹轻抚，蹭过留在上面的水光，眼神依旧拉丝连绵。

“以后不准这么善良。”他嗓音很哑。

身处至暗时刻的少年，需要她的善良拉一把，但自甘堕入地狱的恶人，只应当被利落地戴上镣铐，扔进囚笼。

而此刻的余峥像极了恶龙，低声威胁着他的小公主：“只准对我善良。”

温时雾大脑一片混沌，又忽然闪现余峥这条恶龙，在梦里朝她张开血盆大口嘶吼的场面。

她的小身板不由激灵了一下，瘪瘪小嘴：“知道啦。”

温时雾重新点亮了那盏锦鲤灯，跟余峥肩并着肩往浪漫小屋的方向走。

洛萱和许可柠应该早就回去了。

蹦跳着走过拱桥，沿着青石板路拐进巷口，温时雾便看见灯下有道颀长身影，正偷偷摸摸地端着一碗小甜汤。

“爸！”温时雾举着锦鲤灯就小跑过去。

忽然听见这清脆一声的温盛意，登时就挺直腰板，连忙将手背到身后。

温时雾将锦鲤灯举近，神色狐疑地打量着他：“你在偷吃什么东西？”

“我能偷吃什么？”温盛意板着张脸，“别诬蔑我，我可什么都没偷吃。”

但温时雾方才明明就看见了。

深更半夜，录制组的工作人员都回去休息了，路灯下只站着温盛意一人，在她来之前她明明看见他手里端着什么东西。

温时雾对他再了解不过，她眼睫弯弯：“小甜水？”

温盛意仍旧板着一张脸：“没有。”

温时雾凑近闻：“那就是小甜汤！”

温盛意状若斥责：“别胡说！”

温时雾笑得狡黠：“小甜饼也一样！我要跟妈妈告状，你背着她吃甜食！”

温盛意吹胡子瞪眼地看着她。

他在家被禁令吃甜，毕竟年纪上去了，血糖有点儿高，男人年纪大了又容易发福。虽然温盛意现在身材还算不错，但叶桑宁看多了身边姐妹的老公这些年变得越来越圆，就像是看到了温盛意的未来。

从此温盛意在家被禁止吃甜。

像奶茶这种小甜水，或者江南这种甜汤甜饼，都在他馋但不能吃的范围。

难得出门在外，温盛意大半夜下来买了碗醪糟，刚尝两口，就被自家闺女逮住了。

温盛意藏着碗，连忙躲闪，一来二去父女俩就打闹了起来。

温时雾伸手戳弄温盛意的腰："快点儿交出来！交出来给我尝一口我就不跟妈咪告状。"

"有麸质的！"温盛意不肯给，被戳得直躲，"余峥，你管管她！"

余峥站在旁边敛眸低笑着。他扬了扬唇，张扬肆意地笑道："管不动啊伯父，她在我这儿地位太高。"

温时雾笑得更欢了。她步步逼近："快点儿！交出来！爸爸你再这样，血糖又得高了！"

"哎呀我就吃一点儿，就一点儿，就这么一点儿高不了。"温盛意百般挣扎，最后干脆将温时雾扣在怀里。

温时雾颇为不满地从他臂弯里探出一颗小脑袋，发钗都被他给弄乱了。

这会儿洛萱心情正烦躁着。

她回到住处，仍觉得心里不安，脑海里不断盘旋着姜燃和盛意跟她说的那些话，不祥的预感频频涌上心头。

偏这时她听见窗外隐约响起欢快的笑声。

像温时雾的声音，似在与人打闹似的，笑得那样开怀。

洛萱心里烦，却听温时雾那么高兴。

她不由暴躁地拉开窗帘，原本想直接吼她，但在看见眼前场景时却忽然顿住，然后连忙将窗帘拉回来掩住她的脸。

洛萱心下诧异，眼神都有几瞬聚焦不出光。

她连忙关掉屋里的灯，好让温时雾和盛意注意不到这里有人在看。

而她刚才竟然看见，温时雾趴在盛意怀里，发钗凌乱，唇瓣水润殷红。两人那般亲昵又惹人遐想的模样，哪里像是普通的同行长辈与晚辈的关系？

她又将窗帘拉开少许，见温时雾正被盛意环着，而她用指尖戳着盛意的腹，嘴里嘟囔着些什么，但她听不清。

视线盲区挡住了站在不远处的余峥。

洛萱没看见他。

她只连忙拿出手机拍下这一幕，盯着楼下亲昵的两人：“我就说这两人关系不简单！”

洛萱彻底拉上窗帘后，转身回去重新开了灯，看着手机上刚拍下的照片，思忖着该如何好好利用。

温时雾百般指控盛意，她苦口婆心：“爸，你再吃就会变胖，肚子会很圆，腹肌都没有了！而且你血糖还会变很高，妈妈就会生气，妈妈生气血压就会变高。”

温盛意听得耳朵都长茧子了。他就想喝一碗醪糟，他有什么错！

不过最终那碗小甜汤还是被没收了，温盛意把漏风小棉袄扔还给余峥。

“服了。”温盛意抬手抓了把头发，随后转身看向旁边的余峥，“你下回能不能带她在外面多腻歪一会儿再回来！”

温时雾脸蛋爆红：“爸！”

她急得跺脚：“你不能因为我发现了你偷喝小甜汤，就胳膊肘往外拐！”

什、什么就在外面多腻歪一会儿再回来啊，哪有亲爹干这种事的！

温时雾羞愤极了，羞愤的她还是在家族群里跟叶桑宁告了状，说爸爸在外面偷喝小甜汤！

众人皆来看热闹。

温盛意的电话很快就响了，想也不用想是叶桑宁打来的，温时雾趁着这个机会，扯着余峥的衣袖就溜回屋里，全然不知被洛萱偷拍了的事。

余峥垂首看向温时雾：“早点儿睡，我去找一趟史导。”

温时雾点了点头，她知道余峥要去做什么。

事情毕竟是在史珂的节目组里发生的，洛萱的事被曝光，也或许会影响摄制组的声誉，史珂对此有知情权。

“那你快去快回。”温时雾踮起脚尖，轻啄了下余峥的唇，眨眨眼睛，“晚安。”

刚开门出来的季晏川看见这场景，又连忙仓促地折返了回去。

他到底是造了什么孽，怎么这种事回回让他撞上？既然有这么好的运气，老天爷给他个女朋友不行吗？！

翌日清晨，阳光尚不算好。

晨起时窗外雾蒙蒙一片，江面上摇过的乌篷船，都像是穿梭在仙境般的幻梦里。

今天的录制时间很早。

史珂有提前预告。

因此七点钟的时候，摄制组就杀进各位嘉宾的房间。温时雾抱着被子坐起来时，眉眼间还是倦意。

她揉着惺忪睡眼，未施粉黛的清透小脸，素着闯进镜头，有些呆地跟大家打着招呼："早！"

"时雾好可爱！"

"雾雾素颜也好美哇！皮肤好好，五官好漂亮！我见犹怜！"

"真的！像白团子似的好想捏！"

"也就是摄制组今天运气好，居然没遇到女鹅的起床气。"

"震惊！甜妹居然也有起床气？"

"凶起来吓死你！拿小拳拳捶你胸口，捶得你胸口痒痒呢。"

温时雾早就知道今早会有摄制组突袭。

她不太在意素颜这些事，倒是隔壁的洛萱和许可柠，凌晨就起来化伪素颜妆，化好后才躺回被窝里装睡。

不过现在的观众也不傻，一看便知是真素颜还是伪素颜。

温时雾特意穿的睡裤，她掀开被子下床："几点呀？这就已经要开始录制了吗？"

"七点了，史导说为大家准备了丰盛的早餐，是江南很有特色的茶百戏，请各位老师早起上船享用呢。"

温时雾点点头："那我洗个脸。"

她说着便披上外套溜进洗漱间，摄制组人员暂时撤了出去。

约莫也就半小时，温时雾便洗好脸，化了个简单清透的妆容，穿着新中式吊带裙便重新出现在镜头里。

余峥像是已经在外面候了很久。他懒散肆意地倚着墙，朝温时雾扬了扬唇角："温老师，早。"

"早。"温时雾弯起了笑眼。

季晏川恰好从两人身边经过，看着他们故作礼貌的模样，只觉得没眼看，脑海里就显现出了四个字——

相敬如宾。

他意味不明地轻“啧”了一声，然后从侧边绕过余峥的肩膀走了过去。

温时雾有些莫名地眨了眨眼：“季老师又咋啦？好像心情很不好的样子。”

“谁知道。”余峥满不在乎地挑眉。

大雾弥漫的清晨还有些凉，温时雾披了件薄纱外套，出门便见停靠在岸边的画舫。

白纱帘偶尔随风轻扬。透过它看去，隐约可见里面已经摆满了精致的早茶与甜品蛋糕。

漂亮的釉色陶瓷盘子，随几缕水烟飘荡在流水台上，俨然是江南甚是出名的茶百戏与曲水流觞。

夏灼灼抱着手臂走出来：“看起来很不错嘛，给今天的‘屎壳郎’点一百个赞，就是不知道这么多甜点里有没有麸质哦。”

她说这番话时，特意朝洛萱瞟了一眼。

洛萱只觉莫名：“夏老师看我做什么？有没有麸质难道不该节目组负责检查？要么就是温老师自己吃东西时小心点儿，这跟我有什么关系？”

许可柠的眼神小心翼翼。她都不太敢跟夏灼灼对视，只觉得那眼神有些锐利。这几期相处下来，她发现夏灼灼这人比余峥还刺头，不知道是仗着什么底气，说话耿直，向来不怕得罪任何人。

“哦，是吗？”夏灼灼不以为意地耸肩，“就算是当事人再小心，也架不住有心之人刻意找人将普通面粉放进无麸质面粉的袋子里，诱导主厨使用，成心害人吧？”

夏灼灼并不知温时雾和余峥已经拿到了证据，她只是看见这些甜品，就想起了那天晚上的比萨，又见洛萱站在自己旁边碍眼，忍不住冷嘲热讽了两句。

可直播间观众却炸了。

“夏灼灼这话什么意思？”

“怎么感觉她在内涵洛萱？难道雾宝过敏那晚是被洛萱换了面粉？”

“楼上谁啊？别在这儿乱说！这跟洛萱有什么关系？害温时雾的人不是已经被抓住了？”

“就是！知道自己过敏严重就别吃啊！这还能这样倒打一耙的？”

直播间的弹幕争论起来。

起因便是夏灼灼的那一番话，像是把洛萱的炮仗给点了似的。

洛萱委屈地轻咬唇瓣："夏老师，我知道你跟温老师关系好，她有过敏史你担心是应该的。之前我误会了温老师，也是我的错，但你不能这样泼我脏水呀……"

"你知道的，害温老师过敏的人，都已经认罪了，这种事很严重，是要判刑的，可不能随便往我身上扣帽子呀。"洛萱说着还垂下了眼眸，眼睛里甚至沁出泪花，像是马上就要哭了。

姜燃瞅她这副模样就颇为不爽："真是白莲花成精，从山海经里跑出来了吧。"

洛萱的眼泪立马落下来。

倒是余峥忽然冷笑："确实。"

"我之前说过，雾雾以后在节目组里的餐饮都由我负责。但史导一定想要大家试试这茶百戏，试是可以试，可温老师没必要再承担一次被洛女士擅自更换面粉的危险。上船之前，就请史导再安排人来查一查，看这次做甜品的面粉有没有被洛女士更换过吧。"

方才夏灼灼和姜燃还算隐晦，最多只是明嘲暗讽。

但余峥这番话却是直接给洛萱定了罪。

这可是直播，洛萱能由他这般诬蔑？

她直接炸了："余峥！你什么意思？！说话是要讲证据的！你这是造谣！"

整个直播间都躁动了起来。

粉丝深知余峥是个什么性子，他向来不管闲事，眼高于顶，不屑于这些争端。即便是要为温时雾出头，没有证据，也断不会在无数镜头前说出这种话来。

幸而史珂早就知道今晨的计划。他看着直播间里的反响，抬手堪堪揩了一把冷汗，只觉都在意料之中，还好他早就已经有了心理准备。

"造谣？"余峥扯着唇角轻嗤冷笑。他掀起眼皮看向洛萱，一双乌瞳漆黑冷沉得骇人，"究竟是造谣还是真相，洛女士不清楚，许女士也不清楚吗？"

余峥又将一记冷眼扫向许可柠。

原本就在旁边胆战心惊的她，被点到名后，忽然惊慌失措地抬了下眼眸，视线飘忽时明显是心虚模样。

不过还是直播间的观众最蒙。

"怎么回事啊？不是说害温时雾的人已经认罪了吗？看起来好像有

内情……”

“余峥的意思，后厨做晚宴用的那袋有麸质面粉是洛萱找人换过去的！”

“有证据吗？如果没有证据，哪怕只是怀疑，这样也算造谣吧……”

“余峥影响力那么大，他这话说出来，必然会对洛萱声誉产生影响，当然算是造谣了啊！”

“不是吧哥？你恋爱脑成这样？为温时雾上恋综也就算了，我姑且当她是那个梨涡妹妹，对你很重要。但为了护着她，造谣洛萱，不太合适吧？”

“余神什么性格我们知道！他能说出这番话，就一定是有证据！”

直播间里争论不休。

虽说洛萱跟温时雾不和尽人皆知。这些年来虽面上看着不计较，但在资源争夺方面却从未手软过。再加之洛萱前段时间误会了温时雾和余峥的关系，两家之间积怨已深。

而且余峥也卷进了这场风波里。

洛萱几乎可以想象得出，直播间、微博超话、微博广场的风浪有多大。

她都快将唇瓣给咬破了，泪眼婆娑地看着余峥：“余神，我不知道你为什么要说出这番话来诬蔑我。温老师过敏的时候我也很紧张，但我当时要赶通告就没跟去医院，并不是我没良心……余神，你该不会是因为我那天晚上走了，就怀疑是我做了亏心事临阵脱逃吧？”

她对待自己当初造谣温时雾和余峥时犯下的错，一笔带过，现如今面对自己真正做过的事，却反倒颠倒黑白说别人诬蔑。

倒是温时雾难得出声，她抬起清凌凌的眼睛看着洛萱：“难道不是临阵脱逃吗？”

洛萱在镜头前哭得更凶了，呜嘤嘤的，吵得人心里都烦。

“我就知道温老师还怪我……柠柠，你是知道我的，我没有……”

洛萱抬起泪眼看向许可柠。

许可柠都尚未从余峥的质问中回过神，她眼神慌张，透着再明显不过的心虚，一点儿都不懂得像洛萱那样，用委屈和眼泪来掩饰自己曾经犯下的错误。

“我……”她唇瓣微张，有些迟疑。

温时雾便也将视线落到她身上：“是吗？你知道吗？”

她声音柔和，觉察不出半分咄咄逼人之意，却反倒让许可柠脊骨都跟着发冷。

杀人最怕温柔刀。

若是温时雾上次就将她戳穿，甚至对外揭露她的行径，她现在也许还不会有什么心理负担，偏偏温时雾没有。

上次没有，这次也没有。

而这问句又像是在给她机会。

许可柠有些犹豫，她迟疑地扭头看向洛萱，但思及洛萱昨晚威胁她的那些话，最终还是选择站在了洛萱那边。

许可柠硬着头皮点头："我清楚萱萱的为人，她一定不会做出那种事的。而且那天除了直播之外，其他时间我都一直跟萱萱待在一起，并没有发现什么不当举动。"

有了许可柠的撑腰，洛萱明显变得有底气了许多。

她表现得更加委屈，哭得眼睛通红，有些哽咽，妆面几乎都要被她哭花了。

"既然如此，"温时雾不想再心软，"许可柠，我已经给过你机会了。"

许可柠的心蓦然向下一沉。就连洛萱婆娑的泪眼里，也蓦然闪过一道预感不祥的暗芒。

哪料下一秒，许可柠的尖叫声以及洛萱的愤怒质问声就从余峥的手机里响了起来。

"洛萱！疼！放开我！"

"是不是你跟姜燃他们说了什么？"

洛萱和许可柠的脸色瞬间惨白。

不需多想，她们一听便知，这段对话正是昨晚结束录制后发生过的！

洛萱找许可柠对峙，问她有没有将自己找人替换了后厨所用面粉的事抖出去，并警告她最好谨言慎行……

原以为这场对峙后便能高枕无忧，却没想到竟然被余峥给撞见，而且还用手机录下来了？

洛萱几乎花容失色。她连忙伸手去抢余峥的手机："余峥！你这是窃听！是违法的！还给我！"

"我的手机，还给你？"余峥身量高，只稍抬手臂便轻轻松松地避开。

"我去……"季晏川震惊了，"牛啊，居然被余神给找到证据了。"

夏灼灼也看热闹不嫌事大："怪不得余神今天这么刚。"

温盛意更不知此事竟还有这些隐情，叶桑宁还曾为此怪过他，说他不该将宝贝女儿送进娱乐圈受这份苦。

却没想到竟然……

那段录音很流畅地被放出来，洛萱和许可柠的对话，字字清晰。

包括洛萱向许可柠自认，就是她找人换了后厨用的面粉，甚至此前还让许可柠擅自去更换过余峥送给温时雾的饼干，并警告她绝不能将这些事情透露出去，否则要拉着她一起下地狱！

《绯闻恋人》直播间观众都傻了。

他们只是来看个综艺，没想到竟然发现了这样恶劣的事件！

“我去！余峥还真的有证据！”

“刚才谁在那儿说他为爱造谣的？出来再说一遍给我看看？”

“太恶毒了吧！之前造谣也就算了，现在居然还惹出这么一桩事来，太过分了！”

“我天……洛萱没有法律常识吗？”

“这证据真是捶死了！这可是洛萱亲口承认的！就是她找人去换的面粉！”

“许可柠知情却包庇？她之前还被洛萱怂恿去替换了饼干？合着这是第二次作案了！”

许可柠如遭晴天霹雳，她不敢置信地盯着余峥的手机：“不，不可能！昨晚明明没人在的！”

她们特意找了没人的地方谈事。

那会儿录制组都已经收工了，所有人都回去休息了，怎么会被余峥撞见？

“什么叫没人在！”洛萱抓住她，“我们根本就没说过这种话！这是假的！是技术合成伪造的声音！”

温时雾拿出手机，打开相册，调出她拍摄的照片：“那这些呢？照片也是伪造的吗？”

史珂早就知道今天这件事。

他答应会配合余峥，曝光洛萱的恶行。

虽说没太大范围跟节目组打招呼，不过几个核心的编导和摄影师还是知道的。

摄影师将镜头拉近，拍到温时雾手机上的照片。

洛萱和许可柠在小树林里谈话争执的场面，清晰无比。

“不是的……不是的……”许可柠彻底慌了，她扑到温时雾面前，哭着央求，“雾雾你原谅我，这件事跟我没关系，都是洛萱做的，你也听到了，是洛萱逼我不让我说的！你那么善良，那么温柔，一定还会原谅我一次的，对吗？”

此刻，温时雾看着许可柠，只觉得心凉。

她没有动容，只垂敛着眼睫，看许可柠那般狼狈求饶：“我给过你机会的。

“许可柠，上次你想更换我的饼干害我过敏，我已经选择了不计较，但你不仅没有悔过之心，还成了洛萱的帮凶。

“刚才，我也给过你第二次机会了。”

许可柠的心彻底凉了。

温盛意万万没想到，自己百般护着的宝贝闺女，在节目组里竟受了这诸多委屈。

他难得面露怒色，冷眼看着洛萱：“年纪轻轻，好恶毒的心思！雾雾有哪点对不起你？值得你如此害她性命！”

“哈哈哈哈哈——”洛萱有些癫狂地仰天大笑。

证据摆在这里，她知道，她已经彻底洗不清了。

洛萱的目光陡然变得阴狠：“我恶毒？我恶心？盛意，你又能好到哪里去！”

在场的嘉宾和直播间观众都惊了。像是完全没有想到，洛萱发起疯来，居然还能将矛头指向盛意这种大前辈。

林星柚急了：“洛萱！你又想胡说八道些什么？这关盛老师什么事？”

“是不关他事。”洛萱拿出手机，“但他这样护着温时雾，难道他敢说，他这些年对温时雾的心思就清白吗？”

话音落下，她将手机相册伸到镜头前。

昨晚她在窗边拍下的，温时雾与盛意亲昵的画面，赫然被直播了出来。

史珂惊慌地瞪大了眼睛，完全没想到今天的事还能进化到这儿！

直播间全部惊到了，所有观众看到这照片全都震惊了。

“温时雾和盛意？这不可能吧？！”

“这这这……可看这照片也是证据确凿啊，这么亲密的互动，搂搂抱抱，还戳腹肌什么的，肯定不是对待前辈的态度啊……”

“我就说他们关系不一般！不然温时雾过个敏，盛意只是作为合作过的前辈，何至于剧都不拍了飞去北滨看她？”

洛萱面露几分得逞之意。她讥讽道：“温时雾，既然你不仁，就别怪我不义！

“我就说你这些年凭什么资源那么多，我不管做什么都争不过你！原来你还做了这种事情！

“盛意的年纪几乎都能当你爸了！你怎么能和盛意在一起？”

“啪！”一道响亮的巴掌声蓦然响起。

温时雾向来性格温和，极少动怒，人前人后都明媚活泼，遇到再大的事，都会笑嘻嘻地安慰着自己说没关系。

就连盛意都难得见她发火。

见她扬起手，一巴掌打在洛萱脸上。

洛萱似也被打得猝不及防。她愣了两秒，便讥讽地笑出声来：“怎么？我讲的话戳到你痛处了吗？”

温时雾看着她：“心脏的人，看什么都脏。”

洛萱仰天大笑：“温时雾，证据都已经在这里了。你不会也想告诉大家，这几张照片全都是合成的吧？”

夏灼灼已经被铺天盖地的消息砸晕了。

虽然看似证据确凿，但她觉得温时雾一定不是这种人，私下相处是能瞧出一个人品性的，那样温柔善良明媚的人，怎么会做出这种事情？

“小朝夕……”夏灼灼有些担心。

她甚至都不知道这件事还能怎么反转。

就算她相信，余峥相信，粉丝都相信，照片在这儿，八卦永远都在这里，以后但凡有人谈起温时雾都会提及这件事。

但这时，余峥的声音却忽然响起：“这照片倒的确不是合成的。”

夏灼灼蓦然扭头看向余峥。她有些震惊地睁圆了眼眸，还以为余峥会不相信温时雾的为人。

却听他低声道：“因为，昨晚，我也在场。这一切，我都知情。”

“没错。”盛意也终于出了声，他停顿了两秒之后，抬头看向镜头，“诚如大家在照片里看到的那样，我跟雾雾的关系的确不算一般。”

“因为，我是她亲爸。”

猝不及防的信息震得所有人都一时之间回不过神来。

那一刹那，洛萱只觉得大脑嗡嗡作响。她瞪大了眼睛，震惊地看着盛意，消化着他刚才说的那番话——

“因为，我是她亲爸。”

然后再回过头来看那亲昵照片，若是亲生父女，似乎也没有什么不妥。

连林星柚都怔在了一旁。她蒙蒙地转眸看向自家偶像，又看向温时雾，磕巴地说道：“亲、亲爸？”

只见温时雾的表情很是无奈坦然，那双漂亮的鹿眸也仍然干净澄澈。她歪了下脑袋：“对呀，我不是经常喊他爸爸吗，难道我们两个长得不像？”

夏灼灼都是头一回知道这件事。

她反复打量着温时雾和盛意，难怪她一打眼就觉得这两人五官很像，神似父女。

之前也有很多人提这件事，不过多为调侃。毕竟盛意从未官宣过已婚，也没有狗仔拍到过他的私生活，都不知道他有妻子，更何谈温时雾是他的亲生女儿。

“这真是惊天大瓜！”

“盛意居然真是温时雾的亲爸？我就说这俩人怎么越来越像了！”

“之前没听说过盛意已婚啊！”

“说实话，还是有传闻的，一直有传闻说盛意跟国际超模叶桑宁恋爱了，只是没被拍到过……”

“所以是真的？盛意是温时雾的亲爸，国际超模叶桑宁是她妈？”

“别说，温时雾眼睛还真像叶桑宁。”

“就是身高不像哈哈哈！”

“我天！没想到这么快就有惊天反转！”

“亲生父女之间拥抱没什么的呀！不过就是一个充满父爱的抱抱嘛。”

“洛萱自己做错了事就想拖别人下水，居然还想毁别人清誉！”

“吓死我了呜呜呜……我相信雾宝，也相信余神不会看错人！我还担心雾宝以后会受舆论所困，这下真相大白了！”

“我就说温时雾背景不简单！原来盛意是她亲爹啊！”

#盛意官宣已婚#

#温时雾 盛意#

#荧幕父女成亲生#

#洛萱塌房#

#洛萱 没有法律常识#
#绯闻恋人 爆料神综#
#盛意 因为我是她亲爸#

微博热搜也跟着炸了。

各种各样的词条火速登上文娱区，又以迅雷不及掩耳之势登顶总榜。

盛意纵横娱乐圈多年，流量从来都属于顶尖级别，知名度和国民度比温时雾都高，说是家喻户晓也绝不为过。

如今自暴隐婚，还直接将亲生女儿公开出来。许多不知道《绯闻恋人》这档综艺，甚至不太认识温时雾的人，都因为这热搜词条点进来看了个八卦。

观众震惊之势远远高于恋综直播间。连带着温时雾的微博，都跟着盛意猛猛涨粉，并被扒出许多当年温时雾跟盛意一同出演《冬港》的经典名场面。

以及温时雾十二岁那年，被盛意带着去参加颁奖典礼，她抱着奖杯，盛意抱着她。

温时雾将奖杯举得很高很高，巧笑倩兮地绽出酒窝："我们顶峰相见呀！"

"我还以为盛意至今单身呢，没想到背着大家连闺女都这么大了。"

"按照温时雾的年龄算算，这也属于'英年早婚'吧。不过他老婆是谁啊？"

"我看了眼广场大家都在猜叶桑宁。"

"噢，那是有可能……不，按照以前的传闻是有可能，看温时雾的身高感觉不像。"

"哈哈哈哈哈哈！温时雾：有被侮辱到。"

"怎么了吗！雾宝也没有特别矮吧！只是没有一米七而已嘿嘿。"

"我真的笑死，大家的关注点好清奇，本来温时雾一米六八的身高已经不算矮了，结果因为叶桑宁是她妈就惨遭重创。"

"论国际超模的'基因突变'。"

"不知道叶桑宁看到自己女儿是个小短腿是什么心情，哈哈哈温时雾还会长个子吗？感觉应该不会了吧哈哈哈哈……"

温时雾并不知道微博上的讨论。原以为不过就是官宣个亲爹，却没想到自己的身高惨遭讨论。

毕竟叶桑宁是国际超模，腿长腰细的，是毫无疑问的浓颜系美人。

但温时雾长得很乖，腿长跟她是不至于沾边了，腰细倒的确是细。

盛意的脸色仍旧未好看多少，他眯眸看着洛萱："现在你还认为我跟我亲生女儿之间会有些什么事吗？"

洛萱向后踉跄了一步。

许可柠更是脸色惨白地跌坐在地上。她在想，如果当初没有答应洛萱去换温时雾的饼干事情会不会不一样？如果她大胆一点儿，在温时雾吃比萨之前就提醒她，说洛萱可能在她的食物里动了手脚，会不会有转机？

又或者在刚才温时雾给她最后一次机会时，她说出了一切真相呢？

温时雾那么温柔善良，大概不会再迁怒到她身上吧？

网友甚至还有可能觉得她勇敢正直，顶着洛萱的威胁说出一切真相。

她原本是怕被洛萱打压，怕洛萱将她换饼干的事情说出来。

可如今又有什么不一样？

许可柠哭得泪流满面，她还想挣扎，伸手扯住季晏川的裤脚："晏川哥哥，你救救我，这件事真的与我无关，都是洛萱威胁我的……

"《惊鸿雪》是我们两个的心血，也是你首部大爆的作品。如果真的让我背上污点，《惊鸿雪》说不定会下架的！你的心血和成绩也都跟着没了！"

季晏川只觉得可笑。他抬手扶额，抓了两把头发，冷静片刻后，才扯开许可柠抓住自己裤脚的手。

"许可柠，我的心血和成绩没了不是我的错，最多算我倒霉，是你该反思你的行为是否连累了整个制片团队！"

季晏川向来分得清是非黑白，他也不想再给许可柠留面子了："别以为我不知道你当初怎么进的《惊鸿雪》。

"你特意找人打听了我那段时间喜欢什么样类型的女生，于是穿了身白裙子来我和制片的饭局上找我。

"我承认，你那时候演得很好，我的确觉得你的清纯小白花儿形象很适合出演姜宜雪，便向选角导演推介了你。

"但我很快就发现你是装的，其实装也不要紧，但你利用这些攀高枝，打着你与我关系好的名义，结识我身边的制片、导演、演员……还频繁炒绯闻。

"在我跟你划清界限后，你不甘心，甚至到后来变本加厉。

“不然你以为我来《绯闻恋人》干吗？因为我必须通过这档节目来摆脱你。”

季晏川难得畅快。

这些话他已经憋了很久了。

他想谈恋爱不假，但也不是什么人送上门来他都乐意要。

所有的公众人物，一旦被曝光在大众视野里，所有的举动就都会被旁人用显微镜放大，并加以恶意揣测。

太多人觉得《绯闻恋人》这档综艺的存在降智且可笑，也有无数人指责——

你季晏川有北城豪门背景撑腰，《惊鸿雪》大爆后也人气不低。

可事实上，他连综艺都上了，哪怕无数次否认，也坚决跟许可柠保持距离，也还是有人不停地在说他——

“好没有绅士风度啊。怎么可以这样对待一个女孩子。”

“明明就谈了还不肯承认。是不是觉得谈恋爱影响事业？”

也有太多人说温时雾明明是顶流女明星，大家眼中的“国民女儿”，怎么遇到这点儿小事，还能被一个洛萱牵着鼻子走。

她让温时雾上节目澄清绯闻就真的上了？

可事实上，在同意参加节目之前，温时雾也曾试着在直播间里澄清过、反驳过，甚至连余峥这个当事人，都站出来为她撑过腰。

可有人想知道真相吗？

一些人更愿意相信洛萱的话，认为温时雾并非在大众面前表现的那样。

非得通过踩低别人，找那么一丝痛快。

难道该反思的不是那些听风就是雨，没有证据就喜欢恶意揣测别人的“键盘侠”吗？

如今季晏川终于将这些都说出来了。

他再也不想憋屈了。

远方传来了警笛的声音，警察从警车上跳下来，走到洛萱和许可柠面前：“两位，跟我们走一趟，配合调查吧。”

洛萱想不明白，事情怎么就发展到了如今这个地步。被警察戴上手铐的时候，她还恨恨地盯着温时雾：“温时雾，你给我等着。

“你以为你这样就赢了吗？

“你跟余峥的秘密，我现在全都已经知道了，光鲜亮丽、惊才绝艳的天之骄子大明星是吗？

“你猜，如果粉丝知道他的过往，还会不会像现在这样喜欢他？

“他的名字，真的是余峥吗？”

洛萱将眼睛睁得很大，看着两人，笑着说出这番话，神情十分恐怖，俨然是已经被刺激疯了。

温时雾睫毛轻颤，她惊诧地抬眼看向洛萱，攥紧了手：“你什么意思？”

“我什么意思你最清楚。”洛萱已经被押上警车，“你们两个，给我等着。”

话音落下，都容不得温时雾再详细问清楚，警察便关上车门将两人给押走了。

夏灼灼只觉得莫名其妙：“她在说什么乱七八糟的东西啊？”

没人明白，但温时雾知道洛萱的意思。

她眸光还落在渐行渐远的警车上，心里还隐隐有些担忧，在想是不是冲动了。

倒是余峥握住温时雾的手腕，用指腹轻轻摩挲了下她的肌肤：“没事。”

温时雾转眸跟余峥对视。她了解余峥的过往，但也了解得不全，只隐约猜到一定不是什么好事。

并且谢礼跟余峥的确不同。

虽然余峥出道后从未刻意打造人设，但粉丝都觉得他是天之骄子，生来耀眼。

他展现给大家的一切都太完美，而并非年幼时，在剧组里摸爬滚打、满身灰尘、受尽屈辱的孤儿谢礼。

如果粉丝知道过往这一切，真的会对他没有任何影响吗？

洛萱又是怎么知道谢礼的事情的？跟有人帮她安排面粉师傅顶罪的事情有关吗？

温时雾胡思乱想了很多。

直到史珂清了清嗓：“咳……咱们就是说，事情都解决了，要不然登个船？咱们先去画舫上享用一个早餐？”

“走走走！”夏灼灼十分积极，“我早就快饿死了，真相终于大白了，这下我能舒舒坦坦地吃个饭了。”

季晏川也连忙抬步上画舫：“谁说不是呢！”

“导演，”他向后压腰探头，“可不准赶我走。虽然我搭档没了，至少现在先让我吃你一顿早饭！”

音落，没等史珂说行还是不行，他就火速抬步跑上了画舫。

画舫内仿若一片仙境之地。

曲水流觞，烟雾缭绕，船外江面已是烟波浩渺，船上流动在水雾里的精致江南糕点更是在这雨雾天里添了几分浪漫。

季晏川明显轻松了很多。他大步跨上船，寻了处位置就坐下来，毫不客气地吃着史珂准备的早餐。

姜燃调侃：“看得出来你这是终于摆脱麻烦精了，胃口大开啊，兄弟。”

“可不是。”季晏川嘴巴里塞着糕点。

他左腮帮里藏一口糯米糕，右腮帮里又是一口桃花酥，两边一起嚼，说话都变得含糊不清。

他道：“我忍辱负重这么久，现在终于沉冤昭雪，我还不赶紧干饭？”

夏灼灼笑死，她正想跟季晏川说点儿什么，但刚张嘴，一块梨花酥就被塞进嘴里。

傅屿霁眉眼间尽是淡漠，他慢条斯理地解开袖扣，挽起衬衣袖口，小臂上极有劲力的肌肉被隐隐卡住。

修长白皙的手指捏住夏灼灼的下巴，将她的脸转过来看着自己，转而便将掂起的梨花酥送进她嘴里：“吃你的早餐。”

“醋了醋了。”林星柚捂嘴偷笑。

她俏皮地歪了下身子贴近姜燃，跟他分享自己的观察：“傅总肯定是不愿意灼姐跟季老师说话，他吃醋了！”

姜燃挑眉，不予置评。

他漫不经心地敛下眼睫一瞥，视线便不经意间跟林星柚含笑的眼睛相撞。

莫名靠近的距离惹得两个人都不知所措地愣了下。

林星柚耳根发红，她慌忙别开视线，咬了下唇：“我、我也吃早饭去了！”

话音落下，她落荒而逃。

姜燃不明所以地抬起下颌，眯眸看向那慌乱的背影，没懂，然后又将视线收回来。

盛意到现在都还气着呢。想起宝贝闺女受的那些委屈，他早饭都吃不下。饶是看着面前诸多美食，他眉眼间的冷意也并未消散。堂堂国民级顶流演员，倒是极为难得地在镜头前直接挂脸。

温时雾和余峥也落了座。

余峥在挨个儿检查这些吃食是否合规，会不会再出现麸质过敏的问题。

但温时雾明显不甚在意。她单手杵腮，另一只手捏着筷子，却在夹空气，心思早已不知飘去了哪里。

洛萱……

她究竟都知道些什么？

知道得有多详细？

比她对余峥的过往的了解还多吗？

她那番威胁，是要曝光他的意思？

这会对余峥有多大影响？

现如今还有挽救的余地吗？

温时雾脑海里浮现出无数个问题，以至于她咬住筷子发呆，眼神都跟着茫然。

余峥将这些吃的挨个儿检查完，挑了些原材料本身就不含有麸质的糕点放在温时雾面前的釉色盘子里。

见她在发呆，他指节轻蹭着弹了下她的眉心："笨蛋，回神了。"

额头传来一阵不痛不痒的感觉，温时雾眼睫轻颤，眨了下眼睛，转眸看向余峥。他眉眼间依旧恣意张扬，长腿很是随性地向外伸着，用筷子往她盘子里夹了一块糯米糕，好似对什么都不甚在意。

"噢。"温时雾脸颊轻鼓。

她捏起那块糯米糕，小口咬着，对于余峥送到面前的食物根本没有会过敏的担忧。

"怎么感觉雾雾一直在走神呀？"

"按理说，制裁了洛萱和许可柠她应该高兴才对，但她看起来快碎了。"

"这状态很不对劲……"

"跟洛萱刚才临走前说的那番话有关？她好像说了什么，意思是余神咋样的，余神咋了呀？"

"不知道，但余神看着没事啊。"

余峥确实不怎么在意。甚至从签约极昼音乐的那一刻起，他都没想过要抹杀过去，重塑余峥。

是沈确说他的过往不利于他的星途，谢罪那个名字更不吉利，才要他重新为自己取一个艺名，权当重新开局。

但他心里清楚余峥自始至终都只是谢罪的壳子。

他甚至早就料到，未来有一天，他的过去会被曝光。

到时他便不再是光鲜亮丽的大明星，说不定也会被人说，被人看不起他的出身。

不过余峥对这些都不在意。他要活得坦荡，要生长得炽烈，要向阳。

这些都是温时雾教他的。

这十年的成长早就磨尽了他骨子里的那点儿自卑，他对旁人，对过去都不屑一顾，唯一担心的只有温时雾。

但此刻明显是温时雾更忧心忡忡。

余峥懒洋洋地扭头看向她，似笑非笑地凑近："担心了？"

"那肯定呀。"温时雾理所当然地点头。

她平时最爱吃甜食了，尤其是这种江南风的精致小甜品，恨不得一口炫八百个，现如今面对这些却味同嚼蜡。

而且现在有镜头盯着，她又没办法跟余峥聊太多。她甚至还有些担心，余峥会不会因为洛萱心情不好，会不会没办法像之前那样，骄傲耀眼，肆意张扬。

于是温时雾偷偷瞟了余峥一眼。

她心想，既然在镜头前没办法用言语安慰，就用行动温暖一下他吧。

于是温时雾将小甜品推到余峥面前，眨着眼睛看他："余峥，你尝尝这个。"

余峥挑着眉眼偏头看她，只觉温时雾盯着他看时眼睛很亮，瞳仁清澈干净，像是单纯得要命。

但余峥最是受不住她这样的眼神。

他喉结轻轻滑动了一下，捏起那块甜品咬下去的时候，只觉得腻得发慌。

她又在撩他。

余峥状若无意地别开视线，不去跟温时雾对视，免得会忍不住做出在镜头前就压着她，肆无忌惮地吻她这种冲动行为。

偏偏接下来，温时雾投喂得更欢了。

她心想，她心情不好时就喜欢吃甜的，吃完了准会重新变得阳光明媚。那就也给男朋友多喂点儿甜食吧！

于是镜头便拍到温时雾频繁给余峥投食。

“余峥，你尝尝这个呀。

“这个也好甜。

“还有这个，这个这个。

“要不这个也……”

但这次，温时雾的话都没说完，就忽然被余峥捏住了脸蛋。

余峥终于对她忍无可忍。他指节微弯，筋骨清晰的手指捏在她脸颊两边，指腹稍稍用力，将她的嘴巴捏得嘟了起来，像只小河豚。

镜头还拍着，直播也还开着。

可余峥却躬颈朝她压过来，直白且不避讳情愫的目光射进她的瞳仁里。

他几乎抵着她的额头，嗓音很哑：“温时雾。”

温时雾被迫噘着嘴，眼睛眨眨，就听余峥根本不避讳还在直播，直截了当地提醒：“我这人，自制力不太行，你再撩下去，我会忍不住的。”

温时雾的脸蛋几乎瞬间爆红。

她睁圆了眼眸看着余峥，没想到他会在镜头前说出这么直白的话。于是她慌忙伸手将他推开：“余峥！”

他松手后，温时雾有些气恼：“你在胡说八道些什么？”

但余峥似乎并不在意：“字面意思。”

他又捏起一块温时雾给他的糕点，一边细嚼慢咽，一边偏头看她：“提醒你，别撩我。”

“我的天啊……这跟官宣了有什么区别？”

“忍不住后要干什么？余峥你倒是说清楚啊！”

“亲啊！余峥你忍不住你就给我亲啊！昨天又不是没亲过！”

直播间观众都快急死了，恨不得俩人现在立刻马上就官宣恋情。

温时雾气得不想理他。

亏她还担心极了洛萱会不会对余峥造成威胁，担心余峥会不会心情不好。结果他居然……

温时雾气得连炫了好几块小糕点，还将茶百戏上画的山水画给搅浑了。

之后她啜了一口茶，然后眼睛发亮：“欸？这茶还蛮好喝耶！”

“哈哈哈，雾雾真的好可爱！”

“我是余峥，我也会忍不住的好吧！”

“讲真！刚才余峥看时雾的眼神，侵略感几乎都快要拉满了！他就是想亲！”

“关键是雾宝还懂他！她知道他想！”

“小情侣光明正大隐瞒恋情的小把戏罢了……”

这顿早餐享用得还算畅快。尤其是季晏川，他简直从来没觉得这档综艺能录制得这么愉快过。

不过这也是季晏川录制的最后一期了。

搭档退出节目了，他的绯闻也算是澄清了个彻底。

下一期自然没有再来的必要。

史珂也难得做人：“本来呢……我今天还安排了贴贴小游戏。但既然咱们现在少了一个嘉宾，那贴贴小游戏季老师也玩不了。所以，为了公平起见，我们今天就干脆自由活动吧！

“川阳镇风景很好，享受温泉，寺庙祈福，游船赏花……大家随意安排约会吧。”

夏灼灼正在享用美食，听见史珂这番话，她登时停止咀嚼，震惊地睁圆了眼眸朝他看过去。

“真假？”夏灼灼有些不敢置信，“史珂今天有这么好心？”

史珂嗔怒地斜眸瞥了她一眼。他吵吵道：“还不是因为洛萱闹这出！害温老师在节目里过敏，今天还差点儿毁了她跟盛前辈的清誉！得了便宜还卖乖，你可享受着吧你！

“今天白天自由活动，五点收镜头，晚上八点我们回到古镇来围炉煮酒，玩点儿大家都能参与的小游戏！”

这期录制的安排就是这么简单了。

夏灼灼笑得欢。

难得闲暇，喝茶之余，她趁机跟盛意八卦：“所以，前辈，您媳妇儿究竟是谁啊？”

盛意今早的确没吃下什么东西。他慢悠悠地品着茶，用茶盖拂过茶沫。提及这个话题，他似笑非笑地抬了下眉看过去：“大家不是都猜到了？”

这些年也一直有人在猜，不过猜来猜去也基本就是那个答案。

林星柚震惊地捂嘴：“所以，真是网友猜的那样，是叶桑宁前辈吗？”

温时雾歪歪脑袋：“很难想象吗？我跟我妈妈长得不像？”

“太不像了。”夏灼灼毫不客气，“叶前辈能料到自己生出一个小短腿吗？”

温时雾：“？”

“我哪里腿短了！”她不服，甚至站起来跟夏灼灼比了比身高。

夏灼灼的身高倒像是叶桑宁的闺女，比温时雾高出不少，她抬抬下巴，用手从温时雾的头顶，朝自己的鼻子比过来，然后反问：“这不短吗？”

温时雾很努力地踮起脚尖：“那也是你太高了！我本来就已经不算矮了！肯定是我哥出生的时候偷走了身高基因！”

“你还有个哥哥呀？”夏灼灼问。

总归现在已经被彻底揭了家底，再聊起这些没什么可避讳的。温时雾点头：“嗯，温时野，就那个拍电影的，大家应该也都听过。”

“好家伙！拍电影的。”

“那可是国际知名导演！咱们国内的科幻片扛把子欸！”

“真的！我去年过年时还拉着全家去电影院支持了他的票房！温时野的科幻电影真的很牛！世界观宏大精彩！直接打破外国人对咱们国内科幻电影的刻板印象！”

“一家子全是牛人。”

茶余饭后的聊天结束，接下来便是史珂承诺的自由活动时间。

画舫靠岸，嘉宾们陆续下船。

夏灼灼想在这边随便逛逛，吃个午饭，下午想去寺庙里祈个愿。

别看她性格火暴，大大咧咧的，她一听说这边有个寺庙很灵，就想去拜一拜。

季晏川自己一个人就自由放飞了。

盛意笑：“我答应媳妇儿给她捎点儿礼物回家，我在古镇上逛逛吧。”

林星柚看向姜燃：“那我也逛逛，我也想买点儿这里特有的小玩意儿。”

“行，我跟你一块吧。”姜燃双手抄兜，一副懒得想还能去哪儿的模样。

余峥也懒散地偏头看向温时雾：“想去哪儿？”

他是没什么所谓。

他全听媳妇儿的。

哪料温时雾眼睛亮亮地看着他：“泡温泉吗？”

温泉池，水雾氤氲。

川阳镇实非泡温泉的圣地，但这处私汤坐落在深林小院，以一面全透玻璃墙相隔。

套房内是古典雅致如茶室般的装潢，窗外则是映照隐居般心境的竹林美景，可谓印证了那句诗——

“明月松间照，清泉石上流。”

是这川阳古镇里一片难得颇有禅意，又适宜放松的好去处。

史珂给出了很多约会选项，余峥在听过后，下意识便直接将泡温泉这种过于暧昧的选项给排除了，却不承想反倒被温时雾扯到了这里。

私汤中央立以圆桌，早就备好的茶点和水果摆在桌面上，还有一壶应当是刚煮好的热茶。

史珂特意给他们两个安排了一间单独的套房私汤，里面没留摄影师，但是为了拍摄节目，摄像镜头已经安装好了。

余峥去换了身衣服，等再次出现在镜头前时，是一身随性慵懒的休闲装。他没有如观众期待的那般，换上泳裤，展示自己的腹肌，只穿了条方便下水的短裤。

他上半身搭着件宽松的黑色T恤，领口处的白边是叠穿的假两件设计。

直播间一阵唏嘘——

“好可惜，没看到腹肌。”

“这小子还怪保守的嘞。”

“我看他早就蠢蠢欲动了，这么好的时机居然不懂把握！所以一直不能官宣！”

“我们雾雾都主动了！”

“哈哈哈哈哈说真的，我万万没想到泡温泉这主意居然是雾宝提出来的！”

“这不是小白兔自己主动走进虎口吗。”

其实综艺节目常有泡温泉的环节，有很多恋爱综艺，就经常在泡温泉时诞生高甜名场面。

所以观众们早就期待不已。

他们原先以为史珂会强行安排个什么温泉约会，却没想到温时雾和余峥这对反倒主动选了。

岸边也有圆桌与坐垫。

余峥弯腰随便拿了个橘子，在手指间把玩了两下，他似乎没准备下水，一边剥着橘子吃，一边环顾着私汤环境。

余峥往嘴里丢了瓣橘子，汁水刚在唇齿间迸射开，就忽然听见身后的动静，于是懒散地扭头。

原本他只是听见声音后随意地转身，但目光却不受控制般定住。

果然看见换好泳衣的温时雾过来。

她其实没有想太多，原本就喜欢泡温泉，早就听说川阳古镇有一处私汤极有名，是超级难约的网红点。再加上她平时工作很忙，现在难得有机会公费放松，所以她毫不犹豫就选择了泡温泉这一项，根本不像网友想的那样多。

温时雾带了件适宜泡温泉的泳衣。

蜜桃般的颜色，像芭蕾舞服般的裙摆，吊带设计勾显出她漂亮的直角肩，以及白皙好看的锁骨线条。

有内垫的胸口设计，托着藏在里面的白腻雪峰。

中间交叉绑带的镂空处，还能隐约看见那道深陷下去的沟。

更别提两条白皙修长的腿有多漂亮。

直播间直接飘满了粉丝夸赞的弹幕。

“时雾身材真好！”

“比起叶桑宁，雾宝的确是小短腿，但小泳衣一穿，看起来腿还是很长很好看的嘛。”

“啊啊啊雾雾好漂亮！怎么穿个泳衣也像小公主一样啊！突然想起她去年跨年晚会时跳的芭蕾了……”

“这搁谁谁能不动心？这谁能忍得住？时雾身材真的好好。”

余峥不自觉地被温时雾吸引后，目光无意识在她身上掠过。

只一眼，他就火速偏头移开，把玩了两下手里没吃完的橘子，然后又剥了一瓣下来，丢进嘴里，耳朵明显变得有些红。

“来了？”他问得随意。

温时雾有些茫然地眨了下眼睛。

她像是没想到进来后会看见余峥，原本轻松愉快的脚步忽然顿住，做了极光粉美甲的脚趾也蜷缩了起来。

温时雾愣怔地看着余峥的侧影，还不确定地回头看了一眼，怕是自己走错地方，但她感觉自己似乎并没有走错。

编导姐姐跟她说的是这里呀。

于是她又看向余峥："你怎么也在这里？我们不是分开的吗？"

余峥耳根的红还没有消。他下意识想要抬手揉耳朵，捏后颈，但手指上还有橘子汁水，于是他忍住了。

余峥略略抬起下颌，向池中央示意："两套茶杯，两份茶点，导演就没想着让我们分开。"

"噢。"温时雾很乖地应了声，她轻轻撇了下唇瓣，"我就知道'屎壳郎'没那么好心。"

温时雾赤着脚，踩着有些冰的地板，生怕滑倒似的，小心翼翼向汤池旁边走。

她长发绾起，盘了个很高的丸子头，头发上别着跟泳裙一个色系的大蝴蝶结，露出她修长漂亮的天鹅颈。

看起来的确跟要跳芭蕾的小公主一样。

余峥还在剥橘子，察觉到身边的动静，闻到温时雾身上那股令他熟悉的香。

他没抬头，只稍偏视线朝侧面落过去，就见温时雾站在他旁边，弯着左腿，伸出右腿，用脚尖轻轻点了下水面，随后抬眸看他："温度刚刚好嘞！"

她似乎并不介意跟他一起泡汤，倒是注意到了他手里的橘子。

余峥猝不及防跟她撞上视线，看见她目光下落在自己手里的橘子上，他撕了一瓣递到温时雾嘴边。

温时雾先是怔了一秒钟，随后便很乖地凑过去咬住那瓣橘子，唇瓣还不经意间从他指尖上蹭过。

"好甜。"她评价道。

余峥状若漫不经心地捻了下指腹，将剩下的橘子都投喂给了温时雾。

直播间观众看得一脸姨母笑。

"哪里是橘子甜！明明是你俩甜！"

"男朋友喂的橘子当然格外甜！"

"家人们，这个互动真的好自然啊！就跟在谈了一样！余神投喂得都熟练了！"

"时雾看起来好乖哦。"

不过橘子也已经喂完了，余峥弯腰抽了张湿巾擦着手指，他的手筋骨分明，手指修长好看。慢条斯理地一根根擦过去时莫名有几分性感。

温时雾没穿鞋，脚丫踩在地板上只觉有些凉，于是她便干脆蹲下身来，坐在汤池旁边，将腿放进温暖的水里。

好舒服，好暖和！

温时雾往下滑坐了一下，然后便将整个身体都泡进了温泉水里。

“呼……”她十分享受地闭上了眼睛，还有些愉悦地用手拍了拍水面，“节目组公费泡温泉好爽！”

“哗啦——”水花声忽然响了起来。

温时雾转了个身趴在温泉池岸。她将双手探上来搭着，将下巴枕在手臂上，抬眸用亮晶晶的眼睛看着余峥：“泡一泡真的好舒服，余峥，你要下来吗？”

余峥怔了一下。

他眼睫缓缓地向下一敛。

温泉池水没过了温时雾的胸口，挡住那两处惹他心火燃烧的风光。

这一眼看过去，他耳朵倒是没红。

但余峥依旧别开视线。他状若散漫地走到岸上的桌前，肆意地坐了下来，支起一条腿，就开始往茶杯里斟茶：“你泡吧，我喝两口茶。”

这人口吻听起来还挺跩，像是在这私汤的诸多娱乐项目里，唯独相中了这壶茶，翻了它的牌子，而泡温泉这件事还得往后靠一靠。

直播间观众倒都是明眼人。

“嘁！我看这小子是不敢吧？”

“刚才看雾雾的时候就耳朵红，这会儿连水都不敢下了。”

“还是温时雾温大勇比较勇。”

“其实我感觉余神也不是不敢吧，之前他就明显那么想跟雾宝贴贴。他可能只是觉得不合适，毕竟在直播，那么多人看，余神跟雾宝终究还是男女有别……一起泡温泉听起来的确蛮敏感的。”

“那余神真的好绅士欸！”

温时雾跟网友想的差不多。她原本以为她是跟余峥分开泡的，没想到史珂真给他们两个安排到同一个私汤池，虽然想想也的确是他的风格。

余峥向来是这样。

他虽然看起来又跩又桀骜，但一直很有分寸。

即便是之前史珂安排的那些亲密环节，他都没有半分逾矩。

现在虽然已经是恋人关系了，可毕竟有镜头，而且全国观众都在看着。

他们两个都在内娱有一定知名度，如果让人看着他们没有官宣恋情，却在同一个汤池里泡温泉，难免会有人说闲话，也容易影响温时雾的声誉，所以余峥才不下水。

好绅士，也好细节……

温时雾往温泉水里没了没，微微荡漾的水波被卷进她的锁骨里。她悄悄看着坐在岸上喝茶的余峥，只觉得心跳怦然，好像更心动了。

温时雾转回身来，背靠着汤池里的瓷砖壁，嘴角翘起来的弧度有些压不下去。

大家期待的一起泡温泉画面并未出现，却也依旧是好嗑的唯美画面。

美人长发绾起，泡在水雾氤氲的汤泉池里，几滴水珠顺着漂亮的颈线滑下来。

不过温时雾虽然扎了丸子头，却是没办法将小碎发也全部都束上去的，因而还有几缕绒发湿了水贴在颈上，难得为她添了几分性感。

她在温泉池里戏着水，享受着温泉，偶尔游到中央去尝两口小茶点。

而余峥则侧坐在岸边。

他支起一条腿，手臂搭在膝上，筋骨清晰的手指捏着一个茶盏，偶尔摇着里面的茶水，把玩茶杯，目光时不时落在温时雾的身上。

似是岁月静好，她在笑，他在看她笑。

“救命……分明没有一起泡温泉，但是好甜啊！”

“真的好甜！余峥看温时雾一眼，就能把我给甜晕。”

“他的眼神简直都可以拉丝了！”

“而且雾宝还总回头偷看余神，好几次看到他俩视线撞上又躲开了！他俩是不是在我眼皮子底下偷偷谈恋爱？”

“余峥笑起来真的太帅了！他的笑容真的好宠啊！”

温时雾不敢在温泉池里泡太久，算着差不多到了该吃午饭的时间，便起身上岸。

刚离开温泉水时，许是一时间没适应温度变化，她被凉得正要打战，暖意便从身后裹在了她的肩膀上。

余峥见温时雾上了岸便起身。他拿过干净的浴袍，披在温时雾肩上，用手指捻着浴巾揉了揉她湿着的脖颈，敛眸看她：“凉着了？”

“还好。”温时雾笑眼弯弯地看向他，“余老师浴袍披得及时，谢谢余老师。”

小戏精。

还跟他装客气。

余峥扯着唇角嗤了声。

温时雾去洗了个澡，收拾清爽后换了身衣服，便跟余峥一同离开温泉民宿。

哪料这么巧，他们刚回到古镇的主街上，便遇到了正在挂许愿牌的林星柚和姜燃。

林星柚正坐在姜燃的肩膀上，努力要将手里的许愿牌挂到最高。许是站得高望得远吧，她视线开阔，一眼就看见了两人。

“余神！雾雾！”她坐在姜燃的肩上疯狂招手，将许愿牌挂上之后就回到地面上。

林星柚跳起来：“好巧！”

第十六章

♪

八字箴言

温时雾眨着眼睛转眸望过去。

只见烟雨古镇里，林星柚兴奋地在许愿树下朝她挥手。树上飘着无数红色绸带，还有叮当作响的许愿牌随风与树叶共舞。

“柚柚！”温时雾挥手应声，她小跑着过去，抬脸看着那棵树，“这是什么呀？”

她注意到枝丫低处挂着的一块牌子，捧起来看：“许愿吗？”

“对呀。”林星柚点点头，“我们刚才逛古镇时，听到有人说这棵许愿树还蛮灵的，不过求姻缘最灵！虽然我求的不是姻缘，不过管他呢，反正闲着没事做，心血来潮我就过来挂一挂，就是希望神明看到我的许愿牌之后不要已读乱回。”

温时雾也好奇地连看了好几块许愿牌。

这里大概真的是姻缘圣地，许愿牌看起来都是情侣路过此地，写了些海誓山盟，承诺往后是你余生皆是你之类的。

温时雾向来对任何事情都抱有美好的看法，更别提许愿这种浪漫的事情。

“许愿牌在哪里请呀？”她来了兴致，“我也想去挂一个牌牌。”

林星柚指道：“就在那边。”

温时雾毫不犹豫就跑过去，跟婆婆请了一块许愿牌，付款前还转眸看向余峥。

“余峥！”温时雾笑眼盈盈，歪了下脑袋，“你要不要也过来许个愿呀？”

其实她觉得余峥应该不太信这些，余峥的粉丝也是这样觉得的。

不过温时雾还是问了，而余峥竟挑了下眉，破天荒地点头，迈着长腿走过来："行啊。"

温时雾立刻扭回身去："婆婆，那我再请一块，谢谢你呀。"

婆婆笑眯眯地给她递了两块许愿牌。

温时雾正要拿出手机付款，耳边却忽然响起"嘀"的一声。余峥先她一步扫了付款码将两块许愿牌请了过来。

请许愿牌倒也不算贵。

余峥付了就付了，温时雾没有矫情地跟他推三阻四，只将其中一块许愿牌递给他："给！"

余峥伸手将许愿牌接了过来。

温时雾转身便拿起旁边桌上的马克笔，抵在脸颊旁边轻轻敲了两下，状若思索："许个什么愿望才好呢？"

余峥也弯腰捡起一支笔，便将许愿牌放在桌上，不假思索地执笔在上面写了起来。

温时雾瞧见他动作那么快，不由好奇地探头："你要许什么愿啊？"

余峥抬手遮住，略直身，挑眉："愿望不是不能说出来的吗？不告诉你。"

他说着还特意侧了下身，将自己手里那块许愿牌遮挡得严实。

温时雾颇有些不满地嘟了下嘴，干脆也扭过身去背对着余峥，同样不肯给他看，随后弯下腰来也开始在上面落字。

余峥写字十分潇洒，不像温时雾在那里一笔一画的，看起来感觉像是还在上面画了画儿。

他写的字似乎不多，没两下就写完了许愿牌，但直身后并没有直接去挂。

温时雾画画时还偷偷瞄了他两眼，见他也试着将目光探过来偷窥她的许愿牌，温时雾还又背了背身。

余峥扯着唇角轻嗤了一声。

他很快就收回视线，像是不屑偷窥温时雾的小秘密，实则总忍不住探过去的视线却骗不了人——他实在太过抓心挠肝。

她到底写的什么玩意儿？这树可是求姻缘用的。她不会写些什么乱七八糟的，是他不愿意看到的东西吧？

余峥又忍不住用余光往她那边瞟了下。

哪料温时雾忽然直身，当场逮住他的偷看行为："你不是都不让我看吗？公平起见，那我也不给你看了。"

像两个小学生互相抄作业，小脾气上来了谁也不肯给谁抄，还拌嘴。

“好好好，你俩都别给对方看，给我看。”

“余神那表情就是已经快急死了，生怕女朋友的许愿牌上写的是别的男人。”

“他那点儿小心思我还看不穿吗？”

“你俩不给对方看没关系，但能不能给镜头看一眼啊，毕竟我想看！”

余峥急，观众也急。

温时雾将红绳穿过许愿牌上端，还小声嘟囔了句：“除非你的给我看。”

反正她也没有什么见不得人的。

余峥眉眼微抬，红绳绕在他手上，他盯着温时雾手里那块牌子，忽然指节一弯，钩住手里的绳，状若坦荡地道：“行啊，那交换。”

余峥将红绳穿进许愿牌里，拎着递给温时雾：“你帮我挂，我帮你挂。”

温时雾随即绽开甜美笑靥，她眼睫弯弯：“那你帮我挂高一点儿，最好能挂到——最高的位置！”

如果不高，都配不上她在许愿牌上写的字。

余峥挑眉：“行。”

温时雾伸手拿过他的那枚许愿牌，然后将自己的许愿牌也递给他。

镜头终于逮到机会拉近过来，温时雾将许愿牌翻转。

潇洒帅气如行云般的字迹，落在红色许愿牌上，尾端落着余峥的签名。

字的确不多，只不过是简单却令人熟悉的四个字。

“只争朝夕。”

温时雾的眼睫轻轻颤了一下。

镜头又转给余峥手里的许愿牌，而他也翻转过来，垂敛着眼眸去看。

便见温时雾在许愿牌上画了一个超可爱的治愈系笑脸，除了落款签名之外，留下的那四个字既在意料之外又在情理之中。

“顶峰相见。”

一人四字，总计八言。

看似无关乎风月情爱，却堪称是他们人生里分量最重的箴言。

温时雾有些诧异地抬起眼眸，她明白暗藏在“只争朝夕”这四个字下的情意与秘密，却不料在向神明许愿时，余峥的第一选择仍然是“只争朝夕”。

余峥也敛眸看着温时雾写的那四个字，指腹轻轻从她的字迹上描摹而过，未彻底干透的字，在他指腹上留下些许墨迹。

“顶峰相见”这四个字自十年前陪伴他至今，现在又出现在这里。

余峥挑唇，眉眼间都张扬起骄傲耀眼的笑意，被牵动的眼睫里，是获得了偏爱般有恃无恐的张扬的光。

他转身，取了根挂牌用的长杆，将温时雾那块写着“顶峰相见”的许愿牌挑起来，挂到了许愿树最高的那根枝丫上。

温时雾抬着脸，脖子都酸了，不由得感慨道：“好高啊……”

她可没办法挂到那么高。

余峥收了杆，将它杵在地上，懒散地用手肘搭着，偏头看过去：“我帮你？”

“好呀。”温时雾没有拒绝。

虽然刚才明明说好了互相帮忙挂，但余峥帮她把许愿牌挂得高高的，她没办法挂那么高，自然也不会拒绝余峥要帮忙。于是她将许愿牌递还给余峥，看着他将那块“只争朝夕”挂在了“顶峰相见”边儿上。

直播间观众看得特别开心。

“是‘只争朝夕，顶峰相见’欸！”

“这不是余神每次自我介绍时都会说的话吗？他们两个好有默契！”

“这个‘只争朝夕’，哪里是字面意思的‘只争朝夕’，分明就是小朝夕的朝夕！”

“只争朝夕等同于只想追到温时雾。我宣布我就是最强翻译官！”

“不仅如此！只争朝夕还是他俩的情侣组合名呢！我不信余峥他不知道！”

“总感觉他俩背着我们有了什么秘密，这默契值简直也太高了吧！”

“而且你们注意到了吗？温时雾在许愿牌上画的那个笑脸，跟余神生日那天收到的那把吉他上画着的笑脸简直一模一样！所以那把吉他也根本就是温时雾送的吧！”

林星柚有些悻悻地摸了下鼻尖，她看着温时雾和余峥的互动，无奈地耸肩：“又被喂了一嘴狗粮。”

“习惯咯。”姜燃双手抄兜。他偏头凑近林星柚，仿佛说着悄悄话，实则难得爆料，“以前在国外练习时，我问他干吗拼得跟不要命似的，他就跟我说，他跟一姑娘约好了，要顶峰相见。”

直播间纷纷震惊到。

#只争朝夕 顶峰相见#
#跟一姑娘约好了#
#温时雾 余峥#

温时雾听到了姜燃的这番话。

她抬眼看向余峥，不经意间跟他懒散着瞥过来的视线，交汇在空气里。

所以他是真的听见了呀，他知道她在那晚的颁奖典礼上，举起了奖杯，遥遥祝愿，顶峰相见。

这两位顶流上热搜已经不是稀罕事了。

不过这次，加之早晨曝光了盛意是温时雾的亲爹，那年颁奖典礼的视频又被翻出。的确曾出现过一个画面，这位姑娘抱着奖杯在盛意怀里，不知道在与谁约定顶峰相见。

"好强的宿命感。"

"已经无数次确认温时雾就是梨涡妹妹。"

"怪不得说是幼年相识，毕竟联系起这个视频的话，的确是十年前就认识了欸！"

"但余神不是十年前才刚签约极昼音乐成为练习生吗？颁奖典礼那会儿，他还没签约，他是怎么认识温时雾的？"

"可能不认识，童年偶像也不一定？"

"肯定不只是童年偶像！他们肯定认识呀！不然雾雾怎么会跟他约好顶峰相见呀？"

"呜呜莫名感觉有点儿好哭，他们两个之间一定还有故事！好想知道呀！"

不过温时雾和余峥都没有多说，他们彼此心有灵犀。

温时雾仰头望着挂在最顶峰的两块许愿牌，拿出手机来拍了一张照片。

照片里，那两块牌子恰好随风飘摇相撞。

温时雾晃了晃手机，展示着照片给余峥看："这次是真的顶峰相见啦。"

余峥唇角轻挑，眉眼懒散，但压不住的笑意却牵动着五官，他偏头看了温时雾一眼："嗯。"

他们真的顶峰相见了。

四人转身离开这棵许愿树，回古镇的主路觅食，准备找个地方吃午餐。

夏灼灼在只有他们五个嘉宾，加上姜燃和林星柚的"绯闻大冤种"群里发来消息，说她刚逛完寺庙，正准备往北峰的财神庙爬。

夏灼灼："家人们谁懂啊，这大雾天索道停运！要去山顶还只能步行！我寻思要是掉头就走，财神肯定心想这人不行，什么玩意儿啊今年让她破产！

"来都来了，我准备爬上去看看，等我上去了我会替各位都拜一拜的！

"姻缘殿里我一言不发，财神庙前我长跪不起！就一个字冲！"

季晏川："你一言不发我发。

"你那儿还有姻缘殿吗？我要求姻缘！我想谈恋爱！"

林星柚："@季晏川，我们这儿有棵许愿树，说求姻缘可灵了，你来这边呀。"

季晏川连忙追问林星柚在哪儿，林星柚给他发了个定位后，季晏川踩上风火轮就朝这边赶。

温时雾他们则找了一家小铺，坐下来吃了午餐。之后又在古镇里随意逛了几圈，看了染坊里神奇的扎染工艺，听了戏，又坐了一圈乌篷船，还买了不少漂亮的小玩意儿。

下午还下了雨。

六月的江南的确容易阴雨连绵。

温时雾便去伞铺买了把应景的油纸伞，跟余峥共撑一把，踩着青石板路走过长街。

终于到了五点收工的时间，嘉宾们原地解散。

史珂的声音"阴魂不散"地从身边的编导和跟拍PD的对讲机里传出来："现在收工，各位可以回民宿休息了。今晚七点，围炉煮酒。地点在各位所住民宿那条街西边儿的绿蚁小酒馆。不准迟到！不见不散！"

身边的工作人员们火速收工，一看就是打工人分秒不想加班的状态，连直播都关得猝不及防。

以至于观众们都觉得有些意犹未尽。

雨还在下。

江南连绵的雨落在油纸伞上，沿着屋檐淋淋漓漓地沾湿了青石板。

伞是余峥撑着的。

温时雾抬起脸来看他，可还没等她出声，便觉伞向旁边歪了几寸，余峥捞着她反身压在屋檐下。

吻便伴着灼热的呼吸落下来。

温时雾只觉得唇瓣一软，紧接着便如同有电流过身一般，通过触唇酥麻了她的整条脊骨。

她还踩着高跟鞋，几乎不太能够站稳，腿软着差点儿在青石板路上打了滑。

但后腰却被炙热的掌心，极有安全感地扣住。余峥将温时雾抵在旁边关门的商铺，手抬起来护住她的后脑。

他压着她的唇瓣轻笑了一声，灼热的呼吸伴着他笑时散出的气音，惹得温时雾眼睫轻轻颤抖。

她掀起眼帘，蒙眬地望着余峥，有些紧张："会、会有人看见……"

"哦。"余峥神色张扬。

他将手里的伞随意往后一扔，眉眼间尽是肆意："那怎么办？我已经忍了很久，并且，早就想这么做了。"

话音落下，炽烈的吻又铺天盖地般落下来。

温时雾被迫抬起脸蛋。余峥的唇很软，落下来时就像棉花，偏偏他又吻得深，几乎如同侵略般酥过她的每一寸神经。

她在这方面向来占领不了主动权。被余峥引导着的时候，就像跌进了云彩里，双腿发软，呼吸略急，毛孔张开。

察觉到他加重力道，她的声音便不受控制："唔……"

听到这动静，余峥背脊一僵，稍稍将她松开，只安抚似的轻吮了两下她的唇珠。

随后低首将额头抵在温时雾的额头上，哑着声音叹息了下："雾雾。"

温时雾脸红心跳，她攥着余峥的衣摆，也觉得自己方才发出的声音羞耻万分。

却又听他深呼吸着用鼻尖蹭过她脸颊，将唇瓣压在她耳朵上："你再叫，我真忍不住了。"

温时雾的脸几乎瞬间爆红。她慌忙伸手将余峥推开。他躬着身猝不及防向后一踉跄，离开屋檐的遮挡，雨很快就淋湿了他的肩背。

但他却肆意地抬脸挑唇看她，没有要重新走回屋檐下躲雨的意思。

毕竟得冷静冷静，淋会儿挺好。

温时雾眼神躲闪，她脑海里不断盘旋着余峥的话，根本就不敢去看他。

他、他怎么……

他平时也不是这样的呀！

温时雾默默地想。

好半晌，她才用余光偷瞟过去："你不过来嘛？外面还在下雨欸。"

"淋会儿。"余峥早就直了身。他抬手拨弄了下早晨化妆师给他做过造型的头发，现在因为淋过雨，已经湿透。

头发捋上去后露出额头，乌色的湿发背头和眼睫上沾的雨水，让他看起来莫名更加性感。

"那你淋着吧。"温时雾的视线都不敢乱瞟，生怕看见不该看见的东西。

她弯腰探手捡起那把雨伞，塞进余峥手里，然后便沿着路肩，蹭着遮雨的屋檐往民宿的方向走："我回去了！"

余峥看着温时雾的背影低笑。

他也没想不开地继续在原地站着，只握着温时雾塞进他手里的那把伞，紧跟在她的身后。

"笨蛋，前面那家铺子没有屋檐。

"过来，给你撑伞。

"看点儿脚下，这马路牙子这么窄，啧，别摔了啊。"

温时雾的脚步越走越快，余峥的目光则定在她身上不曾挪开。

口吻虽然吊儿郎当，但每个字都藏不住对她的在意。

后来他干脆伸手将温时雾扯过来，扣在自己怀里，将伞往她头顶一撑，轻嗤着评价："真不让人省心。"

温时雾大声抗议道："余峥，你以前不是这样的！"

"我哪样？"他挑眉看她。

温时雾脸颊上的红仍然没消，她咬了咬唇："反、反正没这么爱耍流氓。"

"哦。"余峥满不在意，"我就这样。"

温时雾立刻推开余峥落荒而逃，那背影简直要多狼狈就有多狼狈。

余峥看着她的背影笑得肩膀都在颤。

回到民宿后，温时雾就拿出手机跟林意羡吐槽："男人谈恋爱后果然都会变坏！”

林意羡：“嗯？

“你俩真在一起了啊？

“已经谈上了？

“怎么变坏的？展开讲讲？

“其实我一直觉得余峥这人看着就挺坏，是你以前对他滤镜太厚了！”

温时雾：“……”

她丢下手机后便进了浴室洗澡。

一来是下雨天，身上多少有些潮气，二来是，她也需要洗个澡冷静冷静。

很快就到了晚上七点。

江南的雨一旦下起来就很是连绵，直到现在都没停，雨势也并未减弱。

所幸绿蚁小酒馆离民宿很近，嘉宾们撑着伞走进小巷，没两步路，就看见一盏红色灯笼悬在屋檐之下，用遒劲潇洒的毛笔字写以“绿蚁”，旁侧还挂着一面酒旗，一同在风雨里飘摇着。

刚走到酒馆门口，温时雾便察觉到里面的暖意。她收着伞：“围炉煮酒欸，如果现在是冬天就好了，坐在窗边还能看雪。”

夏灼灼笑道：“下雨也不错，总归不是艳阳天围炉，至少显得我们没那么呆。”

她说话向来直，围炉煮酒这种事的确更适合冬天做。也就是天公作美，下了场雨，不然大热天的围炉，夏灼灼免不了吐槽史珂。

“嚯。”季晏川也站在门口抖过了伞上的水后进来，“这破天，明明是个好日子，却下了一整个下午的雨。我都怕我挂的求姻缘牌子上墨被雨冲散了。”

众人笑作一团。

夏灼灼都听无语了，没想到这个显眼包还真跑去许愿树挂牌求姻缘。她还以为他在群里说着玩的。

嘉宾们陆续到齐，只不过盛意没再来了。

他走得不算匆忙，毕竟这次来参加节目录制，本就是为了闺女过敏那档子事。现如今得到解决，他就回剧组接着拍戏。

临走前他给林星柚写了张签名，顺便满足了一下她跟偶像合影的愿望，还拍着她的肩膀笑道："有空跟雾雾来家里玩，常来做客。"

夏灼灼也松了口气瘫在椅子上。她仰天长舒："终于没有那种被长辈盯着相亲一样的脚趾抠地的羞耻感了。"

直播间里一阵爆笑。

"哈哈哈哈哈哈形容贴切！"

"被长辈盯着相亲可还行，看不出来盛前辈在时，灼姐压力这么大的啊。"

"不过，最该害羞的应该是时雾吧？"

"感觉余神都跟着收敛了，生怕在未来岳父面前留下不好的印象。"

"雾宝高兴得几乎要放鞭炮庆祝了！"

的确，温时雾现在就在左顾右盼，不敢置信还眼睛发亮："真的啊？真的吗？我爸终于走了？不会是骗我的吧？"

"看得出来都给这孩子吓傻了。"夏灼灼幸灾乐祸，"被爸爸盯着谈恋爱的感觉怎么样？"

温时雾下意识就回答："也就……什么被爸爸盯着谈恋爱啊？我们又没在谈！夏灼灼你又乱说话！"

这姐妹俩说着便打闹了起来。

还是后来晚餐被送了过来，温时雾才乖乖坐回位置上，眼睛亮晶晶地看了看今天晚上都有些什么好吃的。

"看起来还不错。"她评价道。

夏灼灼也没想到温时雾这个女人，平时看起来很乖，跟她闹的时候竟然这么疯："是还行吧，'屎壳郎'上大分。"

直播间观众笑得肚子疼，直呼这俩人就是《绯闻恋人》的活宝，但同时也不由八卦——

"上大分的应该是夏灼灼吧？她差点儿就把温时雾诈出来了。"

"我听着也是嘿嘿。"

"雾雾还狡辩呢，梨涡妹妹就承认得了呗。"

"你瞅温时雾那两颗小梨涡，就快明晃晃把恋情写在脸上了！"

温时雾闷头干饭，就当刚才的事情没发生过，也自动忽略了差点儿被夏灼灼诈出来的事实。

她还时不时掀起眼皮偷瞄余峥。

余峥吃饭吃得慢条斯理，目光大部分时间都落在她的身上，简直明目张胆。

大家都差不多吃完饭了，史珂才终于出现：“大家现在应该都差不多吃饱了吧？吃饱了应该可以开始营业了吧？我说过的哈我们今晚要玩游戏。”

观众们摩拳擦掌，他们早就开始期待今晚的小游戏了。

史珂也没多卖关子，直接开始讲解今晚的规则：“咱们今晚的游戏非常简单，想必大家也都玩过，就是真心话大冒险。”

“我还以为多刺激呢。就这？”季晏川无所谓地摆了摆手。总归许可柠都不在了，他既不怕输了惩罚大冒险，也没什么不能抖搂出来的秘密。

林星柚单手托腮：“季老师这就是仗着解放了肆无忌惮，不过我还是挺好奇，季老师究竟是怎么做到单身快八周年的。”

季晏川：“……”

心上莫名其妙中了一箭，他有被伤害到。

温时雾其实有猜到，来恋综就早晚会有真心话大冒险这种游戏环节。

她颇为心虚地抬眸看了余峥一眼，像是在想，万一问到恋情的事情，她究竟是该承认，还是帮余峥打打掩护。

即便余峥似乎并不需要她帮忙打掩护，她还是一直很担心恋爱的事一旦被公开，会对余峥的事业有影响。

他明明付出了那么多才得到如今的成就。

偏偏余峥张扬地挑眉：“看我做什么？看我我就会帮你守秘密？”

“什么秘密呀？”林星柚立马八卦。

余峥的神情看起来十分悠闲，他给自己斟了一杯茶：“那看你们问不问得出来了。”

“嘁——”姜燃公然挑衅，“你有什么秘密啊，你秘密全写在脸上！你几岁尿床我都一清二楚。”

直播间观众：“！”

“好家伙！这爆料刺激！”

“几岁啊？我也想知道？”

“他俩在国外练习时这么亲密吗，怎么连这种事都能知道的啊？！”

“我简直太爱姜燃这张嘴了！知道你就多说点儿好吧！”

但姜燃的嘴被堵上了。

史珂让人将桌上的残羹剩菜撤走，小火炉被送了过来。川阳镇特有的梅子酒被温在炉火上，还搭配了不少可以下酒的干果。

余峥捡起一颗夏威夷果就塞进姜燃嘴里，连壳都没给撬开：“知道得太多容易短命。”

姜燃满不在乎地摊手，他将夏威夷果拿下来，将果壳撬开，嚼着果肉嘎嘣作响。

史珂又拿来了新娘用的塑料制品的手捧花。因为他担心温时雾这么脆弱的小身板，到时候别对花粉也会过敏。

“击鼓传花，音乐停下时，花在谁手里谁就掷骰子来决定接受什么样的惩罚。点数 1 和 2 则抽真心话卡，点数 3 和 4 抽大冒险的卡池，点数 5 和 6 就要喝酒。”史珂拿起一只小杯子，“就喝这样的一杯酒，虽然杯子不大，但是友情提示，这梅子酒的度数还挺高的。”

史珂又说：“如果不想喝酒的话，有两个办法。要么就是抽真心话和大冒险的混合卡池来逃过喝酒，要么就找场上的人替你喝，但对方必须自愿替酒，而且必须跟你交杯，你的杯子里是空的或者是换茶水果汁都可以。”

“好家伙！刺激！”

“都交杯酒了欸！干脆送入洞房得了！”

“这规则听起来好像谁也逃不掉。哈哈哈哈我记得余神酒量不太行。”

“余神酒量不行，雾雾酒量更不行啊，虽然不至于一杯倒吧……但史珂都预告梅子酒度数高了，我估计她最多两杯。”

“那余神最多三杯。”

余峥酒量的确一般。寻常的应酬灌不倒他，但走到他如今的咖位，实在也没多少人敢灌他酒。

他自己向来很少沾酒。

粉丝们知道余峥酒量不行，还是在他刚出道不久的时候。虽然凭一首《梨涡妹妹》火遍了大江南北吸粉无数，但毕竟还只是初出茅庐的新人，应酬时难以推拒。

那场应酬姜燃也在，后来是他费劲把余峥扛了回去，还发了条微博吐槽余峥酒量拉胯，而且酒品不太行，喜欢说胡话。

很久之后，余峥主动约他喝酒，结果他又喝醉了。

姜燃那时才听清，他不是说胡话，而是在喊一个姑娘，虽然模糊着没听明白他喊的名字是谁。

当时，余峥迷糊着拍姜燃的脸叫他笑，还非得要他笑，说最喜欢看他笑起来有梨涡了。

姜燃心有余悸地瞥了余峥一眼，随后将头倒过去，抬抬下巴："你酒量不行吧？实在不行到时候找我喝交杯酒。"

总比耍酒疯强。

余峥斜睐一睨，伸手便将姜燃推开，状若嫌弃，对他这番话不予理会，也是变相的拒绝。

他垂首看向温时雾，低语道："等会儿不能喝就找我，你喝果汁。"说着他便直接将温时雾的酒杯拿走，换了个装果汁用的玻璃杯过来。

温时雾抬眸看他："可你酒量也不好呀，姜燃之前发微博吐槽你耍酒疯的……"

余峥没否认，他本就很少沾这种东西，并不觉得酒量不好有什么可丢人的，于是挑唇："那也不能让你过敏。"

麸质过敏者的确不太能喝酒。因为大多数酒在制作过程中，都有可能发酵出麸质。

虽然史珂说这是梅子酒，但难保里面掺了些容易过敏的东西。

余峥不敢让温时雾冒风险，也不可能让她跟别人喝交杯酒。

史珂忙点头："对，对对，温老师的酒找人替哈，咱不干这种冒险的事。"

温时雾："……"

史珂都这样子说了，她肯定不敢再碰那梅子酒，但她心里有些惴惴不安，于是抬眸偷瞟了余峥一眼。

他酒量也没多好耶……那他耍酒疯会是什么样子？

温时雾莫名想起他方才收工回民宿路上说的那几句耍流氓的话，脸颊不禁烧红，耳根也被染上霞色。

史珂已经指定姜燃先开始游戏，花束被递到他手里。

然而音乐刚开始就停下了。姜燃还没来得及将花递出去，第一轮游戏就这样草率地结束。

但温时雾都没注意到游戏开始。她满脑子想的都是，如果余峥喝醉酒耍流氓该怎么办？

然而姜然已经开始掷骰子了。

"5！喝酒！"季晏川起哄的声音在耳边嗡嗡作响，惹得温时雾被迫回神。

姜燃不屑地轻嗤："喝。我酒量可不跟那谁似的，这一壶梅子酒都灌不倒我。"

他十分爽快，倒了一满杯酒就一口闷掉。

现场响起极为热烈的欢呼声。

季晏川竖起大拇指："好酒量啊！满杯还一口闷！够男人！"

不过姜燃表情怪异。

林星柚凑过去："咋啦？"

姜燃神情复杂地品着梅子酒的后劲儿："这酒味道实在很难评。"

"是吗？"林星柚有些好奇。她端起酒杯小抿一口，也就那么几滴的量，便难喝得让她五官都皱了起来。

"哈哈哈哈哈哈哈哈哈哈哈哈！"

"姜燃：喝猛了，草率了。"

"林星柚还好奇地尝一口，我真的要被这俩人的表情笑死。"

"你别说，皱起眉来还挺有夫妻相。"

"对于这个梅子酒，我真的太有发言权了！我之前冬天逛某古镇的时候，也去尝试了下围炉煮酒，那个酒真的真的真的很难喝！"

姜燃倒了杯果汁给自己漱口。他缓了好半晌，才缓下来那股难喝的劲儿，随后拍了拍余峥的肩膀："兄弟，祝你好运，这酒我是死都不替你喝了。"

不是酒量的问题，是实在难喝到令人难以下咽！

"再来！"姜燃拍了拍手里的花，"我倒要看看下一个倒霉蛋子是谁！"

季晏川十分配合："音乐！"

音乐响了起来，放的是余峥那首跟《梨涡妹妹》齐名的 *You light up my life*。

这次姜燃立马就将花扔了出去。林星柚被迫接过，如同烫手山芋似的没留几秒，就慌忙扔给温时雾。

温时雾彻底回神，她下意识就将花往余峥那边塞，但下一秒想起不对，于是立刻换了方向，将捧花丢到了季晏川的手里。

季晏川还在那儿看戏呢，完全没想到温时雾来了个"假动作"。

他猝不及防地接到了花，没反应过来，音乐就戛然而止。

"行吧。"季晏川耸肩。

他很干脆利落地掷了个骰子，点数为 1，真心话。

史珂立刻将季晏川的那份真心话卡池递过来，让他随机抽出一张。

"抽到啥了？"夏灼灼嗑着瓜子。

季晏川念出问题卡："你觉得你为什么追了五十二个女生都惨遭拒绝……"

大家已经开始笑了，夏灼灼和温时雾更是笑作一团。

季晏川忍不住吐槽："你这问题也太损了吧！我要是知道为什么，我至于到现在都谈不上吗？"

"所以嘛，分享一下你追姑娘的故事，让大家帮你分析分析原因。"夏灼灼继续嗑她的瓜子，俨然已经成为吃瓜群众。

"哈哈哈哈哈哈哈哈就是！"

"终于到了值得我竖起耳朵的环节。"

"真的！好奇这件事很久了！我感觉季晏川还挺像讨女孩子喜欢的类型啊。"

季晏川唉声叹气。他倒也不太避讳跟大家讲故事："我跟你们讲啊，我是真不知道为啥。我身边朋友给我介绍过不少对象，一开始相处的时候真挺正常的。

"我就正儿八经追姑娘嘛，买礼物送花什么的，偶尔约出去看电影看展看花，这些时候她们都还挺热情的。

"但我每次想更进一步的时候——我的意思是表白啊，可不是别的事！然后我就会发现她们不爱搭理我了。"

这听起来好像没什么不对劲。温时雾眨眨眼："为什么啊？为什么就突然不爱搭理你了？"

"我不知道啊！"季晏川拍桌，"我有一回想给一个姑娘送花表白，结果那送花的还给我打电话，说人家拒收，打电话问我该怎么办，我说你就送她，她不要就扔了。

"嘿，你猜怎么着？

"她还真把花给扔垃圾桶里了！"

直播间观众已经快被他笑死，不由得同情他的悲惨经历。

夏灼灼听出一丝不对劲："之前送礼物约会的时候都挺好？一到表白就这样儿，还直接把花给扔进垃圾桶里了？"

"对啊。"季晏川点头，问，"你说她为什么能把花给扔了？她可以把我扔了，但不能把花扔了，花犯什么错了她得把花扔了？"

姜燃神情复杂："我觉得，这应该是你的问题吧。"

季晏川："我什么问题？"

夏灼灼："你追姑娘的眼光有问题。"

众人爆笑。

季晏川:“？”

得，他的问题是得不到解决了。

成为本季恋综的未解之谜。

新一轮的击鼓传花又重新开始。

这次轮到了夏灼灼。

音乐戛然而止，捧花还在她手里没扔出去的时候，她愣了一下，随后佯装无所谓地撇了下嘴，摸过那枚骰子:“行呗，到我就到我。”

她说着便抛掷骰子，骰子在桌面上转了几圈后，最终点数2朝上，是真心话。

不过抽到的真心话问题却让夏灼灼脸色不怎么好看。温时雾将卡片从夏灼灼手里抽过来:“哇哦——”

温时雾的眼睛瞬间就亮了:“嘿嘿，真心话的问题是——上次接吻是什么时候？！”

向来爽快的夏灼灼眼神躲闪。她下意识朝身旁的傅屿霁瞟了眼，但很快就怯怯地将眼神收回来。手指还不自然地拨弄着面前的瓜子。

“什么接吻？我不是单身吗？单身的人怎么会接吻？”她抬头看天花板。

史珂提醒道:“咱们这环节可必须得说真话，夏老师别玩不起啊。”

“谁玩不起了！”夏灼灼瞬间炸了，“说实话就说实话！不就昨天吗！”

现场登时满是起哄的声音。

“天啊！是昨天！”

“昨天？昨天大家都是住在古镇民宿的！那还能是跟谁！”

“看来伏夏组合是真的！”

“啊啊啊我天！这跟官宣有什么区别？灼姐亲的肯定是傅总吧？”

“那不然呢？总不会是余神、盛前辈和季显眼包啊哈哈哈哈哈哈！”

夏灼灼的脸很红，她答完这个问题就试图转移注意力。

温时雾凑近过去，装作不知道般挤眉弄眼:“跟谁跟谁？傅总？”

“被狗啃的！”夏灼灼狡辩。

傅屿霁在旁边淡定自若地喝着茶，还十分配合地回应:“嗯，狗啃的。”

夏灼灼当时就朝他瞪过去。她立刻转移大家的注意力，揪住温时雾的耳朵："温时雾你再问，我就把你跟余神那点儿事全抖出来！"

温时雾假装吃痛："哎别揪耳朵，别揪别揪，我俩可没啥事你别诬蔑我。"

夏灼灼哼笑："有你抽真心话的时候，到时候我看你还幸灾乐祸不？"

温时雾俏皮地吐了吐舌头。反正还没轮到她，她就先吃着瓜。

偏偏命运的齿轮还就是转不到温时雾和余峥的头上，倒是夏灼灼一个劲儿倒霉。到她不是喝酒就是真心话。

真心话："谈过几次恋爱？"

夏灼灼："没谈过。"

史珂："说真话。"

夏灼灼："我真没谈过！"

史珂："没谈过恋爱你接吻？"

夏灼灼："都说了被狗啃的。"

史珂："那你单身？"

夏灼灼："……也不算吧。"

大家逐渐听不懂夏灼灼讲话，所幸接下来轮到傅屿霁抽真心话卡。

真心话："上次接吻是什么时候？"

傅屿霁："昨晚。"

真心话："谈过几次恋爱？"

傅屿霁端起茶杯，用余光瞥夏灼灼，慢悠悠地抿了口茶："没谈过。"

史珂："你俩玩我是吧？！"

傅屿霁："真没谈过。"

史珂："……"

他气得差点儿将白眼翻上天，脑子里盘了八百种逻辑想要反驳这两个人。

哪料下一秒，就见傅屿霁从口袋里摸出一枚钻戒，慢条斯理地戴到左手无名指上，口吻淡淡："我们是直接闪婚的。"

众人全部震惊。

"傅总主动爆料！我就说他跟夏灼灼不一般！本以为只是恋爱关系，却没想到他们结婚了！"

"我的天，这么劲爆？"

"那颗钻戒也太闪了！"

"我就知道伏夏组合是真的！"

夏灼灼都没想到，傅屿霁居然会突然拿出婚戒，官宣他俩已婚的事情。

反应过来后，她真觉得傅屿霁好离谱，他随身带着婚戒也离谱，不经过她同意就公开这件事更离谱！

夏灼灼一怒之下倒了杯青梅酒，完全忘记姜燃说酒很难喝的事情，就仰头一口将整杯酒都给闷掉。

之后表情就变得十分怪异。

"我去……"夏灼灼缓了好半晌，"这酒它是真的很难喝啊！"

草率了，冲动了，她还不如把这杯酒闷进傅屿霁嘴里。

她没好气地瞥了他一眼，想着反正都公开了，便干脆公然威胁道："你今天晚上别想上床睡了，不，这周都别想了！"

"哈哈哈哈哈可明天就是周一。"

"看来灼姐跟傅总之间，果然是灼姐的地位更高一点儿。"

"我宣布，真夫妻就是最甜的！"

游戏继续。夏灼灼终于摆脱霉运，手捧花不再落在她手里，以至于她甚至开始觉得，之前是不是史珂在跟她对着干。

这次，音乐在余峥那里停下。

他眉尾轻挑，看着手里的花。

夏灼灼简直快要跳起来欢呼："好啊！终于轮到你们俩了！掷！"

她将骰子扔到余峥面前。

余峥漫不经心地轻笑了声，似乎并不太在意轮到自己接受惩罚。骰子被他随意地抛掷而起，再落地时，转到了数字6。

夏灼灼顿时就失望了："我还等着你们谁抽个大冒险呢，怎么是喝酒啊？"

余峥倒宁愿是大冒险。他倒了杯青梅酒，正要喝，温时雾却将他拦住："你酒量真的可以吗？"

余峥用指腹轻轻摩挲着酒杯，垂首朝温时雾望过去，笑："那不然温老师陪我大冒险？"

史珂说过，不想喝酒就去抽真心话和大冒险的混合卡池。真心话卡都被抽得差不多了，剩下的更高概率是大冒险。

温时雾："……"

她内心有些犹豫。虽然想着大冒险有可能挺过分的，大概率是要在镜头前贴贴，但……但之前又不是没贴贴过。

好像也不是不行。

主要是她真的很担心余峥喝醉。

但温时雾正要开口，余峥就轻敲了下她额头："笨蛋，哪舍得让你牺牲自己。"

温时雾的眼睫跟着一颤。刚回神，便见余峥拿起满酒的酒杯，毫不犹豫地仰头喝尽。

众人观察着他脸上的表情。

许是大家都预警过这酒很难喝，余峥做好了心理准备，因此不像姜燃和夏灼灼那般挤眉弄眼。

他只是张扬地挑了下眉："确实难喝，但酒这玩意儿，还有好喝的吗？"

众人："……"

确实，这位爷平时也滴酒不沾，他做出此等评价并不稀奇。

温时雾朝余峥那边歪了歪身子，小声问道："余峥，你还好吗？"

余峥敛下眼眸来睨着温时雾，像是被气笑了："我在你心里酒量有这么差？才一杯？不至于。"

但命运并没有偏向余峥。一杯的确不至于，可偏偏接下来好几轮击鼓传花，手捧花都停在了余峥的手里。

音乐是由导演组操控的，于是夏灼灼大胆戳穿道："屎壳郎，你故意的吧哈哈哈。"

史珂也没有要遮掩的意思："对啊，怎样？谁让他扔花扔得慢。"

倒是余峥的运气也让史珂难受。他不管掷多少次骰子，就是转不到真心话和大冒险的数字，回回都是喝酒。

史珂他好恨哪！他可给温时雾和余峥准备了好多真心话大冒险，结果骰子就是摇不到！

于是，短短几分钟的时间里，余峥连灌了三杯高度数的青梅酒。

姜燃估测他的酒量也就到这里了。

不过青梅酒上劲儿没那么快，他眼神看起来尚且清明，只是耳根有些发红。余峥漫不经心地把玩着酒杯的慵懒模样，像是微醺，还没到会耍酒疯的地步。

温时雾又揪他衣角："余峥。"

他偏头，躬身朝温时雾凑得很近，几乎压着她鼻尖的距离，暧昧至极。青梅香的酒味也随着他灼热的呼吸，抚过温时雾脸颊上的小绒毛。

她有些痒，伸手轻轻摸了下脸颊。

只觉得余峥凑近过来的状态，已经跟往常录节目的时候很不一样了。

往常有镜头时他就算再想靠近她，也不会光明正大离这么近，也会保留一些分寸感，不像现在，好像再近一寸就会将吻落下来。

温时雾小声问："你是不是喝醉了呀？要不然之后我们就抽卡池吧？"

余峥笑得慵懒性感，呼吸比没喝酒时要灼烫很多。被青梅酒润过的喉，也变得更有磁性，他低语道："都听雾雾的。"

直播间观众已经化身为土拨鼠。

"听到了吗？他说都听雾雾的！"

"救命！喝醉的余神这么大胆吗？他们俩这距离近得都快要亲上去了！"

"余峥：摊牌了，不装了。"

"还是好甜！不过余神酒量不行的传闻是真的啊！"

姜燃有些头疼地揉着太阳穴。他看余峥这样儿，就知道喝多了。

思及此，姜燃便仰头喝了杯茶，还用余光瞥见温时雾在给余峥倒茶，让他缓缓连喝三杯后上头的酒劲儿。

余峥现在倒还的确清醒。

他半掀着眼皮，闲闲地看着仍在击鼓传花的现场，只是胃里有些烧，看来这酒度数是不低。

这时耳边传来尖叫与欢呼。

夏灼灼兴奋地跳起来："太好啦！终于轮到你了小朝夕！快掷骰子！你可别也再掷个 5 或者 6 让余神替你喝酒了啊，他看起来好像快不行了哈哈哈！"

"哎哎哎。"季晏川纠正她，"对男人可不能说不行，我们余神行着呢。"

姜燃挑眉："你知道？"

季晏川沉默半晌后，抬脚就往姜燃身上踹，现场哄闹得要命。

余峥掀起眼睫看向温时雾，见她腿上放着手捧花，掌心上放着那枚骰子。

"扔。"他抬抬下颌，"扔到 5 或者 6，我代你跟姜燃交杯酒，他替你喝。"

姜燃："我不干！"

史珂："不行！我不同意！这违背规则！你不喝的话你们就抽卡！要不然让你家温老师跟别人交杯酒去！"

"呦，节目组现在都这么明目张胆了吗？史珂都说了你家温老师。是一点儿也没打算藏啊。"

"只争朝夕甚至都不狡辩了呢。"

"但讲道理，我也想看大冒险呀！史珂准备的大冒险我肯定爱看！"

余峥笑得漫不经心。他朝后一靠，肆意地跷起腿："那不行，我怎么能让我家温老师跟别人喝交杯酒啊？"

温时雾抬手轻轻揉捏了下耳垂，随后收回来，双手合十捧着骰子，像是祈祷许愿一般往天上一扔。

骰子再落下来时，在桌面上转了好几个圈，最终点数 3 朝上。

"大冒险！大冒险！大冒险！"现场的起哄声顿时就响了起来。

温时雾倒是难得开心。她笑弯了眼眸抬脸看着余峥："大冒险就大冒险嘛，总比喝酒好。"

余峥敛眸低笑，又忍不住在心里默默说了句"笨蛋"，还心疼起他喝酒了。

"可算是有人抽到大冒险了。"史珂立刻拿来一小沓卡片，"不然我都差点儿以为我白准备了，来吧，抽吧，温老师。"

所有人都好奇地看过去，毕竟温时雾是今天第一个要抽大冒险卡池的人。

而她本人小声嘟囔着念咒语："简单一点儿，简单一点儿，简单一点儿……"

她随机抽出一张卡，然后翻过面，大家就不约而同地齐声念出上面写着的大冒险规则："用嘴巴咬着扑克牌，做三个仰卧起坐，指定现场的一位异性帮自己按腿。仰卧起坐起身时，按腿的异性嘉宾俯身咬到扑克牌的另一边，则算挑战成功。"

"我就知道节目组不会让我失望！"

"还指定什么异性嘉宾啊？余峥直接上！"

"开启一波预测！时雾肯定没法将扑克牌送到余峥那儿，然后他们就不小心亲上了！"

直播间观众已经开始发疯。

夏灼灼嗑瓜子嗑得更兴奋了："好刺激好喜欢。做仰卧起坐本就容易呼吸不稳吧，要是没咬住扑克牌不是得亲上？"

“那不关我事。”史珂得意地昂头，“反正挑战过程中，双方都不能用手碰扑克牌，掉了就想别的办法捡起来。”

温时雾也是一副如临大敌的模样，甚至都忘了反驳史珂那番话。

余峥漫不经心地挑唇看她：“温老师，选个陪你大冒险的男嘉宾吧？”

他眉尾略扬，这般口吻简直跟威胁无异，像是在说：敢选别人试试看呢？

温时雾不情不愿地起身，小声嘟囔道：“那、那就来嘛……”

总归她自己也宁愿做大冒险游戏，都不舍得让余峥再喝酒了的。

工作人员很快就将软垫送了过来。

史珂提醒：“必须咬上才算一个，没碰上不算哈，但如果扑克牌掉了可不能怪我。”

温时雾拿着扑克牌坐到软垫上。

她试着噘起嘴，将扑克牌咬住，没两秒就伸手将扑克牌拿下来，有些惊喜：“好像还可以欸？”

如果她能咬住扑克牌，余峥俯身也能咬到，应该就没什么关系。

温时雾忽然就来了斗志，她仰面躺下：“来！”

需要配合的余峥从酒桌前起身，他抬手解开黑色衬衣纽扣，散着酒气和燥热感，单膝跪在软垫尾端，轻轻握住她的脚踝。

“要做三个哈，你们准备好了就开始。”史珂露出了微笑。

余峥笑：“来吧。”酒意已经染上了他的眼尾，熏得有些泛红。他本就是浓颜，今晚这般模样显得眉眼轮廓更深，意态更添欲气。

温时雾有些紧张。她很努力地平复着自己的呼吸，之后又调整了咬在嘴里的扑克，才将双手枕到脑后去，抱住头。

摄像师也已经准备就位。

镜头聚焦。

只见温时雾像是在做心理建设般闭了闭眼睛，再次睁眼时，她纤细的腰折起，咬着扑克牌做第一个仰卧起坐。

余峥尽职尽责地帮她压着腿，扑克牌朝他的唇递过来，两人视线猝不及防相撞。

刚将扑克牌送到余峥那边的温时雾，连忙就想咬回扑克牌重新躺回去。

结果温时雾人往后撤了，扑克牌却没有跟她走，于是便从余峥的唇上滑了下来，掉在了温时雾的腿上。

她愣住，跟余峥面面相觑。

林星柚幸灾乐祸：“咦？扑克牌掉了欸！还不能用手捡，如果没办法弄回去，剩下两个是不是就要真亲啦！”

“哈哈哈哈，林星柚简直就是世界上的另一个我，因为我也是这么想的。”

“她在恋综里演我吧？好羡慕，她可以这么近距离嗑只争朝夕的糖！”

“嘻嘻，开始期待只争朝夕接下来要怎么办了，要不然别挣扎了，还是亲吧。”

直播间弹幕里飘满了坏笑。

史珂连忙提醒：“不准用手啊！你们自己想别的办法把扑克牌弄起来。”

温时雾的表情有几分窘，抬眸看向余峥，眨眨眼睛：“怎么办啊？”

余峥的视线落在温时雾唇上。

酒劲儿上头的微醺感，让他目光变得有几分迷离。余峥那双桃花眼本就勾人，平时随便一笑便让人觉得，是好一对深情款款的含情目，此刻喝醉的他更不知收敛，看起来就像是意图吻上。

温时雾有些紧张地收着手指，只见余峥果然松开了她的脚踝，忽然躬身。她慌忙向后一躲，生怕余峥真要冲动地在镜头前亲她。

但余峥并未朝她凑近，而是弯腰靠近掉在温时雾腿上的那张扑克牌，仍然尽量克制着不碰到她，然后唇瓣一抿，将那张扑克牌捡了起来。

温时雾一怔，就见余峥抬抬下颌：“躺下。”

由于唇瓣之间抿着扑克牌的缘故，他的话讲得并不清晰，但也能让人听出是要温时雾躺下的意思。

温时雾很乖地听了话。

下一秒便见抿着扑克牌的余峥躬身。这次是朝她凑近着，将那张被他用唇捡起的扑克牌，轻轻放在了温时雾的唇上。

霎时间，温时雾的心跳陡然加速。她眼睫一颤，抬眸看着忽然闯入视线的余峥，只觉得唇瓣上一瞬滑凉，扑克牌重新回到她唇上。

余峥并没有逗留太久，他重新握住温时雾的脚腕，笑得散漫：“继续。”

“天啊！这个男人他太会了！他是怎么做到不亲比亲还甜的！”

“自己叼起来扑克牌送过去，余峥谈恋爱居然是这种画风？”

"怎么这么甜呢？我就要被甜晕过去了！"

温时雾的心脏也怦怦乱跳。她只觉得她的感官里，还余留着余峥刚才凑过来时灼烫的呼吸。而此刻，他温热的掌心，还扣握在她的脚踝上。

温时雾按不住心跳，只能很努力地屏着呼吸，咬住扑克牌再起身。

第二个仰卧起坐很顺利，扑克牌也被余峥咬住。

可哪料，做第三个仰卧起坐的时候，温时雾正准备起身递上扑克牌，那张扑克牌却在两人唇瓣距离仅剩一毫米之时忽然掉落，以至于温时雾反应不及，两人的唇就这样猝不及防地贴上！

那个瞬间，唇瓣柔软的触感猝不及防地覆上来。

温时雾诧异地睁圆了眼眸，只觉得有一股酥麻了四肢百骸的电流，由唇蔓延到了全身，自她的每根神经里蹿过。

余峥也并未料想到此情此景。

他明显有些怔，原本就缱绻着微醺醉意的眼皮，缓缓撩起来看向温时雾时，不由更添几分蛊惑人心的欲气。

现场所有人都惊呆了，直播间更是如放鞭炮一般炸掉了。

"亲上了！他们真的亲上了！"

"还好我飞快地截图了！不管放大多少倍我都确定是亲上了！"

"比昨晚拍照不小心碰到时还要真！"

这画面好甜！你们有没有注意到余神的耳朵红得都快要滴血了！"

#只争朝夕 接吻#

#扑克之吻#

#绯闻恋人名场面#

相关词条再次飞速地霸占了热搜。

动态图片里，咬着扑克牌做仰卧起坐的温时雾，照旧隔着一张牌朝余峥贴近，却不料温时雾因为紧张嘴巴张大了一些，这扑克牌忽然从口中掉落，以至于两人的唇瓣相贴在一起。

温时雾没想到会发生这种事，她原以为剩下的仰卧起坐能完美完成的，却不料扑克牌忽然掉了！

余峥唇瓣的触感太过于清晰。

呼吸交换间，她甚至闻到了他唇齿间的青梅酒香。

青梅酒虽然不好喝，但闻起来却飘着清甜的梅子香味，令人瞬间上头。

温时雾也从脸颊红到了耳根。她慌忙松开原本抱在后脑的手，向后撑住软垫，压着腰推开：“对、对不起！”

好像也不该说对不起，毕竟他们已经是男女朋友关系。

但此情此景在镜头的拍摄下，众人的注视下，她一时间似乎也不知道该说别的什么。

而余峥的喉结轻轻滑动了下。

他眼睫微敛，被酒熏醉的眼尾泛着性感的湿红。他神色直白地看着温时雾，即便因醉意而显得有些神色不清醒，但却让人觉出几分再汹涌不过的深情意。

温时雾只觉得耳根烫得厉害。她避开余峥的视线，既难自持，又不知道该怎么跟直播间里的观众解释。

哪料，下一秒，她的后腰便扣上一道炙热的体温。余峥调整了个姿势，由单膝跪改为肆意坐着，随后忽然伸手将她捞回来，筋骨清晰的手掌从她后腰滑握至侧腰，抱着她便将她压到了自己的大腿上。

然后在众目睽睽之下，凑近温时雾垂落的脑袋，在她下面，向上啄吻了下她的唇。

温时雾心尖一颤。她惊诧地抬眸看向余峥，还没反应过来他这主动的回吻是什么意思，便觉余峥垂首朝她凑近过来。

额头暧昧相贴，耳鬓厮磨。

“雾雾，我的梨涡妹妹。”

余峥经青梅酒润过的声线格外性感，被耳麦收录得字字清晰，“怎么办？你对我的吸引力，我总是无法抵抗。”

“天啊！我还能说什么才能表达我此刻的震惊！但我好像一句话也说不出来！”

“我的舅舅我的姥，我的馒头我的袄，我的大脑变大枣！我没看错吧？刚才余神主动回吻雾雾了！”

“梨涡妹妹！他喊她梨涡妹妹啊！”

整个直播间都震惊了，连同着微博也热闹非凡。

#梨涡妹妹#的词条热度暴增，以至于来晚一步的人想登入微博看看消息，却发现整个软件都被卡瘫痪了。

被猜测了许久的答案，在这一刻光明正大地被余峥亲口爆料了出来。

“梨涡妹妹”这个贯穿了余峥的星途，曾经作为歌名而红遍了大江南北的称呼，忽然间有了更具象的表达。

虽然大多数人早就已经料到了，但在被正式官宣出来之时，依然声势浩大。

很多人祝福，因为有人曾在那首歌里感受到过余峥的遗憾，温暖与救赎演变成明知不可为而为之的暗恋，最后换取顶峰相见。

虽然不知余峥的过往，但从那首歌探究出来的一星半点儿蛛丝马迹里，梨涡妹妹曾经给予的温暖与光，似乎的确是让余峥骄傲耀眼的资本。

而今——

是圆满。

是得偿所愿。

温时雾不敢想象微博上现在是什么样，直播间弹幕里又会说什么。

她知道余峥是打算官宣的，却没想到是在此情此景之下，借着游戏中唇瓣相贴的意外，和微醺给予的冲动将事实说出来。

现场嘉宾除了震惊也说不出任何话来。他们只觉得余峥看温时雾的眼神绝不清白，却实在不清楚他们到底谈上没，或者说，余峥追上了没。

而今一宣就宣了个大的，就连史珂都快要昏厥过去了……

嘉宾承认恋情，就意味着他们随时可以决定离开《绯闻恋人》这档综艺的拍摄。

不过余峥现在的确未必清醒。

他还抵着温时雾的额头，呼吸灼烫，像小狗哄主人似的，时不时就仰起脸蛋啄吻下她，或是唇，或是下巴，或是顺着他垂首的姿势将吻落在她颈上。

温时雾都不知道该怎么办了，她试探着扯他衣角："余峥。"

"嗯。"他依旧给予她回应。

温时雾伸手摸摸他的耳朵，感觉到他肌肤滚烫："你是不是喝醉啦？"

余峥没有立刻回答。好半晌后，他懒洋洋地抬起头，笑得慵懒散漫："好像有点儿。"

温时雾不知道该怎样对待一个醉鬼，她求助似的抬眸看向姜燃。

姜燃立马举手投降："别看我啊！我也没辙！"

倒是不耍酒疯，就是好像变得格外黏人，余峥揽着温时雾，将下巴枕在她颈窝里，轻轻蹭着："雾雾。"

"啊？"温时雾唇瓣微张。

余峥慵懒地笑："再亲一个好不好？"

谁都料想不到，在舞台上称王称霸、耀眼至极的踫王，当红歌手余峥，醉酒后竟会抱着一姑娘撒娇黏人索吻。

温时雾都搞不定他了。

她肯定没办法纵容余峥在镜头前时不时就啄她一下，但又舍不得拒绝。

于是她便伸手捧住余峥的脸，像教训小孩儿似的，煞有其事："余峥，你听话点儿。"

余峥笑得散漫："好。"

他的睫毛纤长浓密，在那张浓颜系的脸上，显得又漂亮又乖巧。他就任由她托着他的脸。

林星柚都忍不住嘀咕："天呀，余神喝醉了是这样子的吗……"

"正常。"姜燃已经见怪不怪了，"他之前喝醉的时候扯着我的脸非要我笑。我心想这人有毛病吧，看我笑干吗，他说他喜欢我笑，喜欢我笑起来有梨涡的样子。"

他伸手强行将自己的嘴角扯起来："你看我哪里像有梨涡了？"

夏灼灼持续嗑瓜子："那得是暗恋了很久了，到底什么时候开始的啊？"

她看向姜燃，疯狂八卦。

在场的除了两位当事人之外，怕是只有姜燃知道得最多。现如今他们已经自己承认了，自然也没什么好再瞒的了。

姜燃耸肩："我只知道，他刚跟我一起在国外秘密培养时，心里就已经有仰慕的姑娘了，至于什么时候开始的，那我就不太清楚了。"

"我就说余神出道肯定是为了雾雾！毕竟他们两个少年时就有羁绊啊！"

"越来越好奇他们怎么认识的了。"

"我感觉他们之间好像还有久别重逢、破镜重圆之类的故事。毕竟温时雾最开始只是追星，她好像并不认识余峥。"

"可十年前那个颁奖典礼的视频，又分明是他们已经认识了。这中间到底发生了什么！"

"肯定是分开了吧，再后来温时雾没认出余峥？不过现在又相认了？"

"可余神的颜值那么出众，如果是幼年相识，这样一张脸怎么能说忘就忘了呢？"

大家猜测无数，但没人能有个定论，就只能通过碎片化的线索，将故事拼凑，尽可能地复原。但这其中好像少了些重要的线束，以至于故事还不算流畅。

击鼓传花的游戏也不必继续了。

季晏川早就在今天早晨，将他跟许可柠的事情说了个痛快。

傅屿霁也亲口官宣了他跟夏灼灼已婚，甚至刚才，夏氏集团还转发了相关微博，认证了夏灼灼的大小姐身份。

什么十八线明星对傅总死缠烂打，两人分明是郎才女貌，门当户对。

若真要说有谁死缠烂打……

似乎也是傅屿霁更像盯妻狂魔，而夏灼灼未必对他有什么兴趣。

现在，最后一对CP也官宣了恋情，并由余峥亲口解开“梨涡妹妹”之谜。

史珂甚至都没什么真心话好诈了。真夫妻和真情侣之间做大冒险也没什么意思。

他甚至想抹泪：“完咯,《绯闻恋人》第三季怕不是就要这样收官咯……真的是史上结束得最快、最草率的一季。”

这才录制了三期，就已经完成了全部的录制任务。

夏灼灼爽快极了：“反正我是不陪你玩了，要不是成天有人叭叭我抱傅屿霁的大腿，对他死缠烂打，我才不会来这个节目的。”

傅屿霁慢条斯理地转着左手无名指上的婚戒：“都听傅太太的。”

这副模样也是明显不想再遮掩。

史珂都不再需要听温时雾和余峥的答案了，他们两个本就是顶流，上这档恋综纯属是被舆论逼的，委屈至极，更是不需要继续参加来赚什么流量。

不过他俩现在似乎也没空理他。

醉酒的余峥的确像只黏人的大狗，要么枕温时雾的肩，要么蹭她颈窝，要么把脸放她手心，要么就坐在她怀里。

眼里根本就没有史珂这个人。

录制结束，工作人员们火速收工撤退。

嘉宾们也极有眼力见儿地不在此逗留，各回各的民宿。

酒馆里很快就空了，中途也就只有夏灼灼折返回来过一次，帮还待在酒馆的俩人关上了门，还把“请勿打扰”的牌子挂在门外。

余峥和温时雾不知道什么时候上了沙发。

余峥身姿慵懒地坐在沙发里，两条长腿肆意向外一伸，将温时雾扣在怀里。他那筋骨清晰的长指握住她披散的长发，搭在她背上，有一下没一下地揉。

而温时雾完全没有任何自主权地趴卧在他怀里，时不时就被余峥吻住了唇瓣，又被他抱起来放在大腿上，压着吻。

这醉后的吻，比往常还要疯狂。温时雾浑身都被亲软了。

她已经被余峥压在了沙发上，陷进云朵般的沙发垫里。感受到他炙热的体温，和掺着青梅酒的低喘气息。

“余峥。”温时雾唇瓣很红，水渍泛滥，一双清澈的鹿眸也被亲得湿漉漉的。

余峥闭着眼，他缱绻地轻蹭着她的鼻尖，感受到温时雾身上的味道，清晰地缠在自己的呼吸里。

“嗯。”他低声回应。

温时雾很不自在地咬了咬唇：“我、我感觉到你在耍流氓了……”

余峥蹭她鼻尖的动作一停。他睁开眼睛，盯着温时雾看了半晌，然后弯起唇瓣肆意散漫地笑了声，还是只应道：“嗯。”

温时雾感觉脸颊烧得很厉害。

余峥没有起身，嗓音依旧低哑性感：“那你要不要理理流氓？”

温时雾不知道该躲还是怎样。

总归她身后已经是沙发，退无可退，而余峥则半跪着压在她的身上，将她牢牢地圈禁在这一方之地里。

他磨人得要命：“嗯？”

修长的手指滑进她的指缝里，开始诱哄似的，纠缠不休：“雾雾。”

余峥牵着她的手引过去：“要不要，理理它？”

温时雾的脸烧烫得更加厉害，手腕上是余峥掌心炙热的温度，他的呼吸还轻轻洒在她的脸颊上。

她只觉得大脑有些发蒙，反应不及，手就被余峥牵引过去。

但眼见着就要碰到时，温时雾忽然慌张地将手缩回来，推开余峥，睁圆了眼眸看着他：“你、你下流！”

说罢，她下了沙发就跑。

余峥顺势抬眼，便见温时雾那像兔子似的背影，狼狈着向酒馆外逃窜。

他没拦，只懒洋洋地换了个姿势，慢悠悠地起身，理了理有些凌乱的衣领。

果然见温时雾很快又跑回来。她脸颊依然很红，不自在地咬着唇，试探性地看他："余峥。"

余峥撩了撩眼皮回望她，听温时雾声若蚊蚋般问道："你醉得很厉害吗？你还能不能自己走啊？"

余峥盯了她半晌，随后散漫地挑唇笑笑："笨蛋。"

分明都跑了，又还是不放心他，跑了回来。

他都那么引诱她了，还能至于醉得离谱到连路都走不了？

这笨蛋怎么这么好骗？

温时雾没好气地看着余峥，既担心他喝得太醉，又很怕他真要流氓。

余峥单手撑着沙发站起身来。领口凌乱，更显性感，桃花眼尾的醉红有些湿，吻过她的唇也比往常更加殷红，水光潋滟。

余峥是醉，不过还留有三分清醒。

头虽晕，却也并未丧失所有理智。

只不过酒精壮人胆，趁醉撒娇。

他离开沙发后走得尚且平稳，脚步定在温时雾面前，他躬身，轻轻弹了下她的额，又笑着重复了一遍："温小笨蛋。"

回到民宿后。

温时雾还趴在床上想这件事。她捞过抱枕揣在怀里，捧着手机，跟樱桃探讨着关于人类构造的问题。

樱桃："你居然这么纯情啊？我看你成天在微博上大喊老公，我还以为你早就已经身经百战了！"

温时雾："……"

往事不必再提，说大话谁还不会啊！

樱桃："那你摸到没？大不大？

"算了，你还是别告诉我了，我不感兴趣。

"毕竟八卦姐妹男朋友这些实在不怎么合适。

"相比这个我更好奇余峥啊！你知道吗？他俩今天官宣了！不仅官宣，还在综艺直播里明目张胆地亲！我敢打包票，他们肯定不止做了这些！"

温时雾的耳朵又烧红了，她只是来跟姐妹取经，也不知道话题怎么就绕到了这件事情上。

温时雾当时就很用力地戳着屏幕反驳："没有！他们很纯情的！"

樱桃："你怎么知道？

"我又没说你男朋友。

"说起来你定位地址怎么也在川阳镇？我好奇很久了，总感觉温时雾在哪儿赶通告，你微博定位地址就会切去哪里……

"你该不会私下里还是温时雾的铁粉吧？！"

温时雾立马退出了微博，生怕樱桃再深想一些就会拆穿真相。

她这小马甲可不能被曝光，不然让人知道她做过的这些事，也太羞耻了。

幸好樱桃没往那处想。

不过微博定位地址的确暴露了太多私人行程信息，以后她得再注意些。

温时雾懊恼地将脸埋进枕头里，不敢再想这些乱七八糟的事，甚至也不敢再想什么人类的构造问题……

她干脆翻身坐起来，冲进浴室洗澡。

《绯闻恋人》宣布收官。

洛萱和许可柠的事情听闻已经在法院备案，那天早晨将她们带走后，公安机关便将其二人连夜押送回北城录口供。

史珂帮着留意打听，说是认罪的那位面粉师傅不肯翻供。

不过就算他没有翻供打算，洛萱自认的那段录音也是极有力的证据。

温时雾和余峥回北城的这天，机场空前热闹。

应援横幅从出发口拉进大厅，人山人海几乎将到达口给堵住。

因为俩人恰好都在北城有新的通告，所以坐了同一趟航班回来。

刚下飞机，还没进大厅，他们就听见了粉丝几乎要将机场棚顶掀翻般的声音——

"只争朝夕组合好甜啊！"

温时雾戴着口罩，鸭舌帽也盖住上半张小脸，露出的一双眼睛清澈漂亮，天生的仙子睫像蝶翼般轻轻扑闪。

原本她是想跟余峥分开走的。

至少，早晨出发前是这样商量的。

但余峥坐在沙发上，肆意妄为地伸着两条长腿，握着温时雾的手腕就将她拉着，迫使她跌进自己怀里。

他用一双长腿将她圈住，而温时雾趴在他的胸膛上想起身。他将手掌扣在她后背上，漫不经心地玩着她的头发：“怎么？都已经官宣了，女朋友还不想跟我待一起吗？”

口吻嚣张至极。

温时雾拗不过他，同时私心也不想跟余峥分开。毕竟他们两个工作都很忙，她很快就又要进组拍戏了。她很想跟余峥在一起多待会儿。

而余峥此刻紧紧握住她的手，在无数粉丝的注目礼中，沿通道而过。

温时雾掌心发汗，她抬眼偷偷地看了看余峥。

余峥像是察觉到她想跑似的，反倒将她的手握得更紧：“看我做什么？我今天好像也没比平时更帅？”

温时雾：“……”

她沉默着移开视线，不说话。

粉丝在她身边忍不住喊：“温时雾！余峥看你的眼神好甜！”

温时雾耳根发烫发红。

余峥连口罩和帽子都没戴，就这样明目张胆地牵着她从机场出来。

听见粉丝的话，他张扬地抬起下颌，肆意笑笑，然后将手指滑进她的指缝，换作十指交握的姿势：“是因为她太甜。”

余峥牵着温时雾的手，大步流星地往停车场的方向走。粉丝们也陪了一路。

温时雾忍不住摘下口罩：“谢谢大家的喜欢，不过不要再跟啦，公共场合人流量太大容易发生踩踏事件，机场的保安也会很辛苦，大家要注意安全，早些回家呀。”

她笑出浅浅的小梨涡。

有一道粉丝的声音在人群中格外明显：“梨涡妹妹好温柔！”

这称呼喊得温时雾都不好意思了。

她抬眸看了看余峥，视线恰好撞进他的桃花眼里，对上他肆意散漫的笑。他偏头看过去：“梨涡妹妹也是你喊的？这是我的梨涡妹妹。”

宣示主权的口吻张扬得要命，粉丝们笑作一团。

不过虽然粉丝应援应得声势浩大，但他们是有秩序的，保证绝不会挤到温时雾和余峥，也尽量不给其他人带来麻烦。

因而保安也就是在旁看着，并没有赶人。

有粉丝隔着警戒线将礼物塞给温时雾，温时雾慌忙推拒回去不想收。

粉丝笑：“女鹅别怕！这不是什么贵重东西，是照着余神打板的棉花娃娃！就是你综艺上答题那个夕拾朝花做的！余神工作忙陪不了你的时候，你可以抱着他睡觉呀！”

旁边好多人都在起哄。

温时雾神情茫然，她低眸看了眼怀里的棉花娃娃，才发现眼熟得要命，是她前不久才打板出来的新款，身上还穿着她设计的娃衣。

但温时雾还没稀罕多久，怀里的棉花娃娃却忽然被余峥伸手拎着后衣领抢走："收下了，但这玩意儿归我了。"

"她都没陪我睡过觉。"他挑眉，将娃娃揣进怀里，俨然一副要将它没收的架势，"我不同意。"

温时雾被他说得有些臊，她伸手扯他衣角："余峥，你乱讲什么呢！"

她推着余峥慌忙往前，很快就红着脸消失在众人视线里，身后是粉丝们的笑声。

而余峥一直牵着温时雾的手，未曾松。

林意羡早就在停车场等人了。

她倚着车身在外透气，把玩着手里的车钥匙，远远就看见那道优越的颀长身影，牵着她家的宝贝艺人过来。

温时雾神情很不自然，也不知道刚才在机场里发生了什么事。

林意羡意味深长地打量着两人，视线在十指相扣的手上停留片刻，什么都没说，只扬了下眉："先上车吧。"

余峥点头："辛苦羡姐。"

林意羡愣了几秒还没反应过来，好半晌才消化掉被余峥喊姐的事。

温时雾这丫头真行啊，能让这么跩的一个人，跟着她一起管自己叫姐。

林意羡都感觉自己有些吃不消。

她坐上副驾驶，司机将车启动，她回头看俩人："你们去哪儿？"

"我接下来的通告是什么呀？"温时雾身体前倾，扒住林意羡的座椅。

林意羡都不需查，就倒背如流："明天下午一点有个你代言的奶茶的商务拍摄。后天有个需要你出席的品牌活动。大后天去见你下部剧的导演和制片人，可能会让化妆师来给你定妆，之后就要围读剧本，差不多下周就该进组拍戏了。"

温时雾越听眼睫越垂，她小声嘟囔道："这么忙啊……"

"忙？"林意羡诧异地挑眉，"这比起你之前的行程最多也就只能算还好，至少这些行程基本上都是待在北城的吧？”

照她以前闲不住的活泼性子，早中晚跑三个不同城市都是常有的事。

例如早晨拍商务，中午坐飞机去别的城市参加一个下午的品牌活动，晚上自己又偷溜走听余峥的演唱会。

那时候她可从来没说过忙，还乐在其中。

那时温时雾大半夜听完演唱会回来，都要跟她疯狂叭叭余峥今天有多帅多帅，然后开始通宵修自己拍回来的那些图。

温时雾轻哼一声：“是吗？我怎么感觉我以前的通告还挺空的……”

现在都没时间跟余峥谈恋爱了！

林意羡冷嗤着直接拆穿：“那是因为你现在巴不得跟你老公腻在一起吧！”

温时雾作势就要捂她嘴。

什么老公？那都是追星时不懂事瞎喊的，现在还能这样随便瞎喊吗？

温时雾往余峥怀里歪倒：“我不管，反正今天没通告，那我要跟男朋友在一起。”

“随便你。”林意羡懒得管，毕竟温时雾之前追星追得疯的时候，她就一点儿也管不动，“所以送你们去哪儿？”

温时雾抬眸看向余峥。

余峥正漫不经心地把玩着那只棉花娃娃，掀起眼皮对上温时雾的视线。他手上的动作停了下，看着她，思量片刻，投降：“去我那儿吧。”

温时雾微怔。

林意羡也诧异地看向余峥，不由得开始想这俩人现如今发展到了什么地步。

温时雾想起昨晚在酒馆里没做完的事，想起那种令人怦然的灼烫感，心跳忽然加速……

去他家！

他说要去他家！

他不会……

温时雾忍不住地胡思乱想。

哪料余峥抬手轻轻敲着她的额头，又那样喊她：“乱想什么呢，温小笨蛋？”

“啊？”温时雾唇瓣微张。

余峥姿态慵懒地向后倚了倚：“没想对你做什么，只不过我那儿随时备着新鲜果蔬，自己在家做饭方便些。”

温时雾自己不会做饭，她那儿的冰箱里什么都没有，平时吃食基本都是林意羡安排人管的。

“晚上送你回去。”余峥说。

温时雾很乖地眨了下眼睛：“其实，也没必要非得送我回去……”

她声音很小，像自言自语。

哪料余峥忽然躬身压下：“什么？”

温时雾心中瞬间警铃大作。

她没有回答，在心里暗自祈祷着余峥没有听见自己刚才说的那句话，却见余峥又直回身，倚着靠背，抬起下颌望着车顶，笑得喉结滚动：“行。那不送了。”

第十七章

♪

甜蜜留宿

司机问了余峥家的地址。

余峥这些年一直攒着钱没买房，租的公寓在北城三环的高档住宅区。

他原本只想租个更简单些的公寓。毕竟四处跑通告，也未必常在北城。

但沈确说明星隐私太过重要，普通住宅区的安保措施跟不上，到时候会给他带来更多麻烦。

再加之他这些年始终对分成的事情很不好意思，觉得委屈了余峥，便贴了钱替他选在这里，租的大平层。

温时雾下车，眨眼望着这处绿化极好的小区："好像离我家不算远。"

开车至多二十分钟就能到了。

余峥眉尾轻挑："嗯。"

他将口罩的绳挂上耳朵，随后便躬身凑近温时雾，她紧张得呼吸一屏。

抬眼回望余峥时，睫毛轻颤。

许是察觉到温时雾的小紧张，余峥笑了下。他伸手，微凉的指尖在她脸颊上蹭过，弯起指节钩住她的口罩帮她挂上耳朵："把口罩戴上。"

口罩覆脸，温时雾只露出一双眼睛。她眨着那双清澈的鹿眸，十分警惕地左顾右盼："会有狗仔吗？"

"会。"余峥的手往下探，十分自然熟稔地握住她的手腕，另一只手还抱着粉丝送的棉花娃娃，就带着她往小区里走。

温时雾不由得更紧张了。她担忧地观察着身边，口罩下那张小嘴碎碎念着："那戴口罩能有用吗？戴口罩也会被认出来吧？上热搜怎么办？"

余峥被她谨小慎微的样子惹笑了，他忽然抬手，将温时雾压在冰冷的银色墙面上，强势地将她圈在一方之地里。

温时雾近距离闻到他身上的味道，清新得令人上头的乌木佛手柑香，带着丝丝侵略感，封住她的呼吸。

“还怕上热搜？”他问。

温时雾眨着眼睛看他，不答。

余峥抬手钩掉左边的口罩绳，口罩散散地落在他脸颊旁，低眉敛目地看着她时，显得那双桃花眼更加深情勾人。

他伸手也帮温时雾将口罩摘掉。他们已经进了电梯，就没必要再戴着。

“我们刚才在机场已经够明目张胆了，想必这会儿热搜上全是关于我们的话题。”余峥敛眸低笑，“让你戴口罩，是附近一定有狗仔，我怕你脸皮薄，女朋友。”

温时雾脸颊发烫。她抬眼看着近在咫尺的余峥，只觉得在这电梯的环境里格外暧昧。

“叮——”这时电梯的声音忽然响起。

温时雾还以为有人要上电梯，慌忙重新戴上口罩，从余峥的手臂下钻出来，惹得余峥也转眸看向电梯门。

但电梯外没有人。这种高档住宅的上行电梯很少有人从中间上，下电梯时倒是会遇到。

电梯门开，是他摁的楼层到了。

但温时雾还没意识到。她很心虚地低着头，伸手扯扯口罩，生怕被即将要进电梯的人认出来。

直到余峥牵住她的手，将她从电梯里拉出来。温时雾这才明白哪有什么人要上电梯，根本就是她自己太紧张才疑神疑鬼。

温时雾懊恼地轻咬着唇瓣，跟着余峥下了电梯，又见他在门锁前操作了一番，将她的手牵引过去：“录个指纹。

“这是我临时租的房子，以后会重新买一套自己的，但至少短时间内还不会搬。”

余峥帮她将指纹录上，很认真地看着她的眼睛：“下次想来不用跟我打招呼，你自己就能指纹解锁，随时都能过来。”

一番话，口吻认真，像是真的将温时雾当作这里的女主人，他在将家业交付予她。

温时雾稀里糊涂就录完了指纹，听余峥声线性感地哄道：“试试。”

她将录了指纹的大拇指放在门锁上。

“嘀”的一声响动，锁开了。

余峥笑着将温时雾推进玄关，地灯亮起。

余峥有夜盲症，所以玄关处有感应的地灯。只要有人推门而入，地上那盏地灯就会亮起来，给余峥些光亮让他开灯。

随后他便弯腰打开鞋柜，从里面拿出一双恰好是温时雾尺码的粉色拖鞋让她换上。

温时雾不由得疑惑道：“欸？你家里为什么会有女孩子的拖鞋呀？”

但是看起来很新，没人穿过。

余峥弯腰盯着她的眼睛，目光坚定：“我期待你会来。”

温时雾不由得心跳怦然。她轻咬唇瓣，却也压不住唇角上翘的弧度，弯腰藏着笑意将拖鞋换上。

余峥换完拖鞋后便走进客厅了，他熟稔地在岛台那里先烧上一壶热水，然后便走进厨房看冰箱里有些什么吃的。

除了赶通告时别人会给准备三餐，其他时间若是自己在家，他通常都更习惯自己做饭。

新鲜果蔬是工作室助理备好的，他们清楚余峥的行程，也知道他一旦回北城的家，就有在家里做饭的习惯。像是知道他今天会回来，一早便送了些果蔬过来，放进他的冰箱里冷藏好。

温时雾也换好了拖鞋。

是她的应援色，樱粉，绒绒的触感很是舒服，每走一步都像是踩在云朵里。

温时雾走进客厅，打量着余峥这幢公寓的装潢。

独层独户的大平层，客厅最大的落地窗外，是北城繁华至极车水马龙的夜景。

公寓的装修是极简风格。几乎没什么多余的装饰，客厅里除了必要的大件家具外，就是余峥的黑钻钢琴。

桌面上甚至都没摆放几样东西。

但电视机旁摆着的唱片机，以及书柜里的各种专辑，和余峥荣获的所有奖杯，仍然彰显了这幢房子主人的身份。

温时雾朝着那个书柜就扑了过去：“哇！《梨涡妹妹》的限量版黑胶亲签专辑！还是编码 000 号的欸！”

在厨房里翻冰箱的余峥被温时雾的声音吸引，他将刚拿出来的一只鸡放在厨台上，朝她走过去，挑眉："喜欢？"

温时雾小鸡啄米似的点头："我当时发动了全家帮忙都没抢到，还是后来从别人手里高价收来一张，编号普通。"

当时这款黑胶专辑只发行了520份。全球范围内，仅有520份。

编码520的那张至今都被主人挂在某鱼，虽然开着拍卖竞价，却只是打算炫耀，不管竞拍到多高的价格都不愿意卖。

这样的专辑余峥的书柜里有好几张，大多应该都是极昼音乐当年送给他收藏用的打样，没有所谓的编码。

不过温时雾注意到的这张是有编码的。

她看见了000，应该不在统一发售的行列。

另外还有一张也是有编码的，不过只露出了开头的1，看不见后面的数字。

温时雾眼睛亮亮地盯着那些专辑。

隔着一层玻璃，她视线移过去，发现这简直就是追星女孩梦寐以求的书架。

常规的、限量的、节日限定的专辑……

她看着既觉眼熟，因为自己也有收藏，同时也眼馋，因为她根本搞不来这么多张。

余峥的视线落在她侧脸上，看见温时雾那双清澈的小鹿眸发亮，他笑着将书柜打开，指腹搭在她刚才盯着看的那张编号为000的限量黑胶专辑上。

正准备拿出来时，他却又忽然想到了什么似的。

他抬手，筋骨清晰的手指又落在旁边那张专辑上，也就是温时雾看到有编码，但没看清楚编码具体是几的那张。

余峥将它抽出来："喜欢就送你。"

"真的吗？"温时雾惊喜地抬眸看他，便见余峥姿态散漫地单手抄着兜，另一只手微微一抬，将专辑朝她递送过去。

温时雾才不跟他客气。

反正余峥这里有好多张同款专辑，送她一张对他而言也没什么大不了。

她伸手接过来，好奇地去看刚才没看清的编号："130？我的生日。"

温时雾的生日是1月30日。

是冬天。

她诞生在大雪纷飞的晨时，不过她出生没多久后雪就停了，变成难见的冬日里的艳阳高照。

余峥懒懒地应了一声："嗯。"

他费了好大劲才从别人手里弄来的。

温时雾有些高兴："我当时最想收的就是编码130这张，托好多人帮我打听，就是问不到这张专辑被哪个幸运儿买走了，没想到居然在你手里。"

她看见上面有余峥的签名，就是当时限量发售的黑胶亲签版。

温时雾雀跃得小心脏都要跟着飞起来，实在没想到，兜兜转转，在这里捧得专辑归。

余峥笑得慵懒又无奈："笨。"

哪里有什么幸运儿，又哪里算什么宿命和缘分，编码000那张是发行公司特意送给他的，其他的都是没有编码的样片。

只有这张编码130的专辑是他特意收回的。

原想直接跟发行公司走后门，但因为这次限量的数量太少，发行公司觉得不合适，所以当时才特意给他弄了个编码000。

没人知道他想要那张专辑不是为了收藏，也不是想要个编码更特别的000。

只是因为，1月30日是梨涡妹妹的生日。

但余峥没跟温时雾解释。

他姿态慵懒地抵着身后的沙发，长腿朝前伸着，窗外是北城夜色，头顶是暖黄色的灯，将他深邃的桃花眼染得柔和。

余峥微抬下颌看着温时雾的背影，看她很珍惜地抚摸着那张唱片，还爱不释手地用指尖描了描他的签名。

随后她又抬头重新去看书架，指着那一个个奖杯："这是第十四届华语金曲奖时颁的，那年的最佳单曲是《梨涡妹妹》，你刚出道的时候。

"这个是IMC国际音乐协会颁发的全球畅销专辑榜冠军。

"还有这个！这个我也记得！第九届世界流行音乐大奖，你第一次获封年度歌神。

"至于这个嘛……"温时雾转眸，"好像是我们今年一起参加星光盛典时你亲自领回来的，我相机里还有照片。"

余峥弯唇，笑着回应："嗯。"

“好厉害呀。”温时雾对他获得过的荣誉如数家珍，“你出道四年，比我出道十七年拿到的奖杯还多。”

虽然她知道自己也很厉害，并不比余峥差。

但她还是用倾慕的目光看着他，眼睛很亮，像是他真的比她厉害很多一样。

余峥伸手将她捞过来，揽进自己怀里，垂首蹭她鼻尖：“你自己在客厅玩会儿，我去做饭？做板栗鸡汤怎么样？”

“我帮你吧。”她搂住余峥的脖子，有些狡黠地凑近在他唇上啄了下。

余峥的乌瞳明显变得很深，他声音变得很哑：“再亲一下，今晚就不喝鸡汤，改吃你。”

温时雾又忽然想起昨天晚上。

她脸颊灼烫，慌忙跟余峥保持距离，生怕又感受到那不合时宜的招呼。

余峥笑得有点儿坏，眼角眉梢都是恃宠而骄似的张扬。

他扣着温时雾的腰，重新将她摁回自己怀里，像是为了回应刚才那个啄吻，用齿尖轻咬了下她的唇珠：“我自己去弄就好，你就在这儿等着吃。”

“那多不好意思。”温时雾摇头。

余峥的视线缓缓下移，落到她压着的胯间位置：“比现在更不好意思？”

“流氓！”温时雾又推开他。

余峥依旧是笑，他懒洋洋地看向温时雾：“我去炖鸡汤，还想吃什么？”

“都可以。”温时雾随手拿了本书出来，结果发现是英文原版的*Jazz Theory*，爵士乐理论，基本上看不太懂。

但还是硬着头皮，装作自己很忙的样子。

余峥轻笑着抵着沙发直身站起，没戳穿她，转身便进了厨房。

棉花娃娃被他留在沙发上。

温时雾装了片刻，便将那本看得眼晕的全英文理论书放回书架里。

她转身，看见沙发上的棉花娃娃，随手捞起来揣在怀里抱着，再扭头就看见余峥系上了围裙。

还挺有模有样的。

许是察觉到了温时雾的目光。

余峥偏头，抬起下颌朝岛台示意："先吃点儿水果，想喝热水自己倒，饮料和牛奶在冰箱，我检查过，是无麸质的。"

温时雾娇俏地朝他凑近，眨眨眼："你怎么跟养女儿一样呀？"

"可不？"余峥垂首蹭她鼻尖，"你这国民女儿要是在我手里受了什么委屈，我得接受多少位粉丝的声讨？"

温时雾笑着转身从冰箱里拿牛奶。

是她熟悉的牌子。

无麸质牛奶总共就那么几样。

她剥下吸管来插进牛奶盒里，嘬着牛奶往余峥身边凑："我帮帮你吧。"

"你会？"他懒洋洋地用余光睨她。

温时雾很诚实地摇了摇头，还松口，将吸管转了个方向，递到余峥嘴边。

余峥失笑："我就知道。"

他躬身喝了一口牛奶，然后便将吸管转回去："拿着你的牛奶去客厅玩，实在闲不住就打开电视找点儿节目看，厨房里油烟大，等我半小时就好。"

温时雾心想她留在厨房的确只能添乱。

于是她便又抱着棉花娃娃，拿着牛奶转身回客厅。但她也并不怎么想看电视，就干脆坐在沙发上玩那个娃娃。

这也是她平时自己在家的消遣方式，对着一只娃娃就能玩一天。现在没有材料和针线做不了衣服，那就摆弄摆弄它的头发，换个发型。

厨房里很快就飘来令人垂涎欲滴的香气。

温时雾正在打理棉花娃娃的刘海，就忽觉身后压过来一道乌木佛手柑香。

解开围裙的余峥，单手撑着沙发的椅背，朝温时雾俯身压过来："在玩什么？"

"扎小辫儿。"温时雾心情雀跃。

她从自己头上摘下一只可爱发卡，别在了这只棉花娃娃的锡纸烫发型上。

原本是只造型跩酷的娃娃，被温时雾扎了一个小辫，又别上可爱发卡之后，莫名多了几分反差的萌感。

余峥笑得散漫："等会儿再扎，吃饭。"

温时雾拿着棉花娃娃起身，并没有将它留在沙发上，而是额外拉开一把餐桌椅，将娃娃放在椅子上陪同他们一起。

余峥挑眉，他目光落过去："有我陪你不够？还得要个破娃娃？"

"什么破娃娃？那是我亲自打的板！"温时雾不服，"以前我不认识你时，都是这些娃娃在家里陪我吃饭睡觉的。"

意识到说漏了嘴，她很快转移话题："好香！"

温时雾早就知道余峥厨艺很好了，在第一次录制《绯闻恋人》时，他起床做早餐，还特意给她捏了山药泥花的时候就知道了，后来又有他亲手做的饼干。

以前倒不知这位顶流踱王还有如此亲民的一面。

但想到他是谢礼，又觉得没什么稀奇。好像就是再亲近不过的竹马哥哥，后来变成了男朋友，给她下了一次厨。

余峥给温时雾单独盛出一碗板栗鸡汤，另外还有一荤两素，对于两个人的晚餐来说已经算是无比丰盛。

温时雾很喜欢余峥的手艺，他做的菜比家里阿姨做的还要更合她口味。

她心情愉悦地吃着晚餐，看着换了宽松的家居服，亲自下厨为自己洗手作羹汤，又陪着她在家里吃饭的顶流偶像，忽然有种做梦一样的不真实感。

"好神奇哦。"温时雾咬着筷子。

余峥懒洋洋地掀起眼皮看她，眉眼间的意态倒是一如既往，散漫不羁。

温时雾的唇角轻轻翘起："前不久还是我要跑去侧台偷拍才能见到的偶像，现在是陪我吃晚餐的男朋友啦。"

余峥直勾勾地看着温时雾笑。

他的桃花眼本就好看，浓颜系的深邃眉眼，里面那对乌色瞳仁聚焦时，便更易添几分让人挪不开视线的吸引力。

他看着她，视线拉丝，空气黏稠："能拥有今天，也是我的荣幸。"

温时雾捏着筷子的手停了下。

她耳根发烫，心里却像是灌了蜜，连带着这桌菜也变得更好吃了些。

吃完晚饭，余峥将剩菜收进冰箱里，正要洗碗，温时雾就蹦跳着黏了过来："我帮你。"

"不用。"余峥声音性感。

但温时雾这次很执着，不会做饭，洗碗这种小事她总归还是会的。

小时候她常常为今天到底谁洗碗这种事跟温时野打架。

她才不愿意帮哥哥洗碗，但对男朋友她还是双标的。

温时雾将手腕上的五彩绳摘下，当皮筋用着将头发简单绑了起来。

她转眸看着余峥。

他身量高，所幸这大平层挑高不低，才不至于让他站在这儿显得局促。

余峥躬着腰颈洗碗。白皙的掌背上青筋微浮，哪怕做的是这样平常的工作，筋骨清晰的手指也令人赏心悦目。

温时雾站在旁边帮他一起洗。

余峥驱不走她，便干脆将过了洗洁精的碗交给她，让她用温水来冲干净，还是坚持着不肯让她沾油。

不过两人吃饭要洗的餐具本就不多，锅是余峥在做完菜后就趁热刷好了。

他们洗过手，便百无聊赖地窝在落地窗前。

余峥姿态懒散地坐在落地懒人沙发上，将温时雾圈在怀里，而温时雾抱着那只棉花娃娃，赏着窗外的夜景。

吃饭前还是炫目的繁华夜景。这会儿空中起了些雾，高楼大厦上端的灯光已经没于那一片雾蒙蒙里。

温时雾不再瞧那夜景。她转眸看余峥，唇瓣恰好从他脸颊旁轻轻蹭过，惹得他乌瞳沉沉，伸手抬起她的脸蛋，便垂首在她的唇上啄了一下。

“余峥。”她调整了下姿势。

余峥的视线落在她的眼唇上，没有餍足似的，又不停地啄吻下去：“嗯。”

“好像时间已经有点儿晚了，我是不是该回家了？”温时雾用手指揪着娃娃的小辫。

余峥的手臂探到她身后，将她圈在自己怀里，轮廓锋利的眉眼线条依旧张扬，他半敛着眼皮看她，没露笑意，让人觉得他这张浓颜系的脸有些侵略感。

他不肯松手：“不想让你走。”

温时雾耳根都有些发软。

余峥修长白皙的手指扣握着她后颈，时不时便用指尖蹭触一下她耳根的软肉，灼热的呼吸从上面洒下来。

他乌瞳很沉，盯着她殷红的唇瓣，心中燥火难收——他又想亲她。

于是炽烈的吻便朝她落了下来。

窗外的雾覆过大片华灯，很快就使得夜幕黑沉一片。雨打窗棂的声音响起，盖过唇齿交缠间的几许水声。

他们仗着大雾四起，在落地窗前的懒人沙发上拥吻。

温时雾钩着余峥的脖子，几乎软绵地半挂在他身上，她心脏跳动得厉害，接吻的声音早就染红了她的耳。

直到腰际传来又冰又凉的触感。

余峥弯着手指挑开她上衣，指尖刚触到她侧腰上的软肉，手腕就被她给握住。

温时雾的呼吸有些急，她抬起湿漉漉的眼睫看着余峥，像是被欺负狠了，无助地看着他。

余峥也略掀眼眸，乌色瞳仁里的光定在她身上，深邃得诱人沦陷。他嗓音沙哑："不行？"

温时雾轻咬唇瓣，唇上还余留着被余峥嘬吮过的酥麻感。

她眼眸很清澈，饶是对接吻这件事已不再陌生，也还是纯得要命。

她摇头。余峥抵着她的额头笑。

温时雾咬住唇趴在他身上，红着脸颊不想再跟他对视："余峥。"

"嗯？"

"你好会。"

"是吗？"

"好熟练。"

余峥轻咬她的唇珠，笑得更肆意："再熟练你不是也知道？我只喜欢过你一个。"

温时雾被他哄得面红耳赤。

这是余峥对她最过分的一次了，却实在也算不得多过分。他很适可而止地收了手，将她圈在怀里摘掉绑了头发的五彩绳，重新戴回到她的手腕上。

"下雨了。"他眼睫很黑。

言外的暗示之意再明显不过。

温时雾有些支吾："那我……"

"住下？"余峥敛眸玩弄着她垂落的发，很柔顺，但许是刚解开五彩绳的缘故，披落下来时有些蓬松慵懒。

他声线低哑性感："有客房，我可以去收拾，或者，你更想睡我那儿。"

"住、住客房吧！"温时雾慌忙道。

她还没做好准备跟余峥做什么更过分的事情，况且今天留宿也太过突然。

"行。"余峥低笑，贴着她的胸腔，跟她的心跳一起共振，"那再抱会儿。"

说着他便又收紧手臂，似还想再亲。

温时雾没躲，由他绵密的吻落在她的脸颊和颈侧："你接下来什么行程呀？"

"在筹备下一场演唱会，接下来计划全球巡回。明天下午有个杂志封面拍摄，晚上的飞机去参加个品牌晚宴。后天一早的飞机回来，白天得回趟工作室办点儿事，晚上还约了一档音综的制片，在 Simens 见面。"

Simens，又名西蒙斯，是一间高级酒吧。

"你还要上音综？"温时雾有些诧异，她小声道，"这么忙呀……"

以前从没见过余峥上音综。

哪怕是他刚出道时，大家都知道上综艺更容易固粉赚流量，维持曝光度，但余峥基本都拒掉了，只说暂时不想靠综艺。

当然他现在也不需要靠综艺赚曝光度，他是要赚钱了。

余峥笑着轻吻她的发顶："不算忙，明天下午就没通告，我结束后去接你，一起吃个晚饭，我再去机场。"

"你行程赶得这么紧，趁下午的时间休息下多好。"温时雾转眸看他。

余峥扬眉："怎么，明天不想见到我？不想让我陪你吃晚饭？"

"才不是……"温时雾收回视线，垂下脑袋，"只是感觉你太辛苦了。"

她其实觉得余峥不用那么辛苦。

但是也说不出什么劝说的话，因为她自己也总兴致盎然地将通告排得很满。

林意羡想叫她休息时，她还总信誓旦旦地道："年轻时不奋斗什么时候奋斗！"

余峥轻嗤着刮她鼻子："我努力赚钱攒着娶媳妇儿也算辛苦？总不能给机会让别人抢了去，到时候我找谁说理？"

温时雾："……"

真是歪理，她又没多难娶，哪里需要余峥将行程排这么满？

以前有人算过余峥在圈内的价值，说他出道四年赚得盆满钵满，怕不是在国外都买上好几幢别墅了，还有人好奇，他的车库里现如今停了多少辆顶奢跑车。

不过这纯粹源于刻板印象，温时雾是没见到余峥有跑车。

他只有辆商务车。

虽然也蛮上档次的，在豪车之列，但远不如传闻中那般挥金如土的夸张。

余峥轻敲她额头："起来了，睡觉，你去睡主卧，那间房平时都有人帮着收拾，床单被套都是晾晒过的，新的，我去收拾间客房，明天送你去上班。"

林意羡说过她明天下午有商务。

温时雾正想开口说些什么，哪料怀里的棉花娃娃忽被没收："这个归我。"

"想要人陪着睡，就来喊我。"

余峥晃了晃手里的棉花娃娃，眼角眉梢张扬至极："找替身，不行。"

后来温时雾还是自己睡的主卧。

她还特意去隔壁客卧看了眼，也是个套间，挺大的，也被人收拾得干净整洁。只是平时似乎没有人来睡，余峥去抱了床被子。

温时雾没带任何东西，自然也没睡衣。

她通知助理明早过来给她送换洗衣服，今晚洗过澡后，就穿着余峥拿过来的一件他平时穿的宽松居家睡衣。

很随性的黑色圆领T恤，只一件，不用穿裤子，衣摆就松松垮垮地盖过臀，落在膝盖稍上的大腿位置。

衣服是洗过的，没有余峥身上的味道。

但是有清淡好闻的洗衣凝珠的香，温时雾也偶尔在他身上闻到过。

像薄荷，但是没有那么冷冽。

是自然清新的味道。

被子也是白日里艳阳高照时在外面被太阳晒过的，松软舒适。

温时雾躺在被窝里玩手机。

打开微博就看见她跟余峥的词条，挂在热搜上还没有掉下来。有机场的，也有在他公寓外被狗仔拍到的。

评论区都在调侃——

"哇，这么快就领回家了。"

"小情侣一起回家咯。"

温时雾："……"

她抬眸望着天花板，在想微博网友是在这里安了监控吗？

温时雾放下手机试图入眠。

她翻来覆去的，总能闻到令她熟悉的洗衣香，很像余峥身上的味道，就像是他躺在旁边搂着她入眠一样。

温时雾根本平复不了自己的心跳。她时不时就捞过手机看，但见余峥并没有给她发来新的消息。

也是，他们就隔着一堵墙，如果有事的话他肯定就敲门来找她了。

温时雾又翻了个身，仰面躺平，越来越清醒："也不知道他睡了没有……"

余峥自然是还没睡的。

他给自己将床收拾出来后，又给温时雾找了件衣服穿，然后便去浴室洗澡。

手上的温度与触感依旧清晰。哪怕花洒的流水从他掌心冲刷而过，也疏解不了半分欲念。

这个澡他实在洗得算是久了些。

他关掉花洒之后，还单手撑着瓷砖墙冷静了好半晌，后悔就这么将温时雾放回去，还假装绅士大方地给她让了床。

这小笨蛋现在恐怕早就已经睡得香了。

余峥没好气地抵着后牙轻笑了声，湿漉漉的眼睫显得更黑，性感得要命。

他伸手扯过浴巾擦水，却没留意到卧室门传来"咔嗒"一声。

实在没办法入睡的温时雾掀开被子下了床，踩着她的拖鞋，蹑手蹑脚地摸到余峥的客房门前，透过缝隙看到里面还有灯。

"没睡耶……"她小声嘟囔着。

于是便直接推开门进去，倒见房间里面没有人，只是灯亮着，床已经铺好，那只从她手里抢来的棉花娃娃放在枕头上。

温时雾眨眼："怎么没人？"

她左右探看了好几圈，没注意到隔间的浴室，悄无声息地靠近那张床，这才发现被子里面好像鼓鼓囊囊的。

噢，可能睡了。

温时雾想起余峥不喜欢黑，所以晚上睡觉都有留一盏灯的习惯，但她以为只是留个台灯，没想到整个房间灯都不关的。

她睡不着，谁也别想睡。

她忽然朝那鼓着的被窝就扑了过去，兴奋地凑近啄吻过去："余峥！"

"咔嗒——"这时，隔间的浴室门忽然打开。

余峥刚走出浴室，就看到如此一幕。他头发还湿着，用毛巾擦拭头发的动作忽然一顿，神情复杂地看着眼前的姑娘。

而温时雾也意识到了什么不对劲。

她扑过去时只抱到一片软绵，根本就不像余峥的身体那般又烫又硬。

温时雾正疑惑着要将被子掀开看，就听身后忽然传来一声意味不明的笑。

余峥扬唇："女朋友。"

温时雾的背脊忽然僵住，她连忙掀开被子，看见里面躺着的果然是一只玩偶，大号的夕拾朝花手作棉花娃娃！

再循声回头，便见余峥披着浴袍站在那儿，领口松垮着露出性感的锁骨，腰际的腰带很随意地系着，湿漉漉的额发微遮眉眼。

他将擦拭头发的毛巾拿下来，饶有兴致地翘唇看她："你在干吗？"

温时雾："！"

她当时就惊悸地睁圆了眼眸，腿一软，便跌坐在了余峥的床上。

温时雾脸蛋爆红："我……"

她有些心虚地攥紧了身后的床单，眼睫轻颤，抬眼看向余峥。视线落在他敞领露出的白皙胸膛时，耳根不由得更加发烫。

救命！她到底为什么要不睡觉跑过来！

而且还试图偷亲人家。关键是她亲到的也不是人，是娃娃！

还被人家当场抓包！

温时雾欲哭无泪地垂下眼睫，只觉得自己彻底没脸见人了。

"我走错房间了。"她开始狡辩，起身就要走，"我这就回去睡觉！"

但温时雾才刚刚站起身，步子还没来得及迈出去，她的腰就忽然间被扣住。

被揽进他怀抱的那个瞬间，她清晰地闻到了他身上清淡好闻的沐浴露香味，跟洗衣凝珠一样的风格。

不似白日里喷的乌木佛手柑香水那般成熟性感，倒平白无故生出几分夏天的清爽，让人忍不住朝他贴近过去。

温时雾低着头，不敢看他。

余峥垂首朝她望过来："害羞了？"

温时雾咬唇不语。

他倒是笑得胸腔发颤，贴着温时雾的身体时，震得她四肢百骸都跟着酥麻。

“偷亲我？”余峥得寸进尺地问。

温时雾抬手捏着发烫的耳朵，没好气地小声嘟囔：“知道你还问……”

余峥的心情明显格外愉悦。没有什么比放跑了的老婆又主动回来找他这件事，更能取悦他。

温时雾气得跺脚：“我就是睡不着嘛，想来看看你睡了没……我看见被窝里鼓鼓囊囊的，我以为是你在里面，睡觉没关灯，谁知道里面居然是一只娃娃！你为什么会有那么大的棉花娃娃？”

“托人买的。”余峥眉尾轻挑。他漫不经心地抬手敛着她的发，视线落下去，无意间看见她穿着自己的衣服，宽松的领口摇摇欲坠，刚遮过大腿根的衣摆，下面是明晃晃的两条长腿。

他视线一顿，又慢悠悠地移开：“不是你的杰作吗？照着我打板的棉花娃娃，我打听过，这么大号的就这一款，还限量，我托了好几层关系才把它搞过来。”

“搞过来干吗？”这是什么癖好。

余峥伸手揽着她坐回床上，把她压在自己的大腿上，挑眉：“收藏。”

见温时雾沉默，他悠悠启唇补充：“女朋友亲自照着我模样打板的娃娃，我不得弄个最大的过来收藏一下？夕拾朝花老师？”

温时雾：“……”

被当面点出马甲的她羞躁不已。

虽然温时雾知道，早在余峥生日会上，他就从樱桃透露的信息里知道，她就是夕拾朝花了，当时还想看她微博，不然也不会出现她把他拉黑上了热搜那一系列事情。

温时雾轻哼道：“那你喜欢的话，让我给你做一个不就好了嘛？干吗还要花高价从黄牛手里收……”

“那我还喜欢女朋友陪我睡觉。”余峥眼角眉梢挑着的笑有些坏，“你觉得，这事跟我女朋友说说，能有用吗？”

温时雾的脸颊又开始发烫。

她还贴着余峥的胸膛，感受到他灼热的体温，以及强劲有力的心跳声。

“嗯？”余峥声音性感，带着富有磁性的共鸣，“有用吗，女朋友？”

温时雾不由羞臊得更加厉害。

其实她原本就是来找余峥的，大概是听进去了微博网友的话，说他在她这里没有地位，说不定连床都捞不着睡。

所以她就鬼使神差地摸了过来。哪料发生这种乌龙……

乌龙之下，被人家抓包，邀请他回主卧一起睡的话更加说不出口了。

温时雾一时无言。

她抬眸看向余峥，倒是被他湿着头发的性感模样蛊惑到了，忍不住伸手轻轻拂过他湿得漆黑的眼睫。

余峥被她弄得睫毛轻轻颤了下，他轻“啧”一声：“干吗？”

视线又忍不住向下掠过穿着自己衣服的温时雾：“不肯让我回主卧睡觉，还特意跑过来亲我诱我，没把你家男朋友当成个正常男人是吧？”

“你不正常吗？”温时雾反驳道，“你不正常的话，它还会跟我打招呼？”

余峥轻声嗤笑：“知道我正常还半夜跑过来，不怕我对你做点儿什么？”

温时雾梨涡浅浅：“你要是会对我做点儿什么，就不会把主卧让给我。”

余峥睨她，无言，自己的心思都被她拿捏了个透。

都说爱得多的那个人会是输家，余峥只觉得自己早就输得一败涂地。他视线没办法再在温时雾身上停留。生怕看久了就又生旖旎心思，她似乎根本不知道自己笑出梨涡的样子有多钓。

余峥松开温时雾的腰。

他转身，将湿了的头发擦干后，挂起毛巾，弯腰掀开被子抓住那只棉花娃娃，将它往旁边摆了摆，留半张床给自己。然后坐下来仰头看她：“还不打算回去睡觉？”

温时雾的确还在犹豫。她总觉得就这样霸占了余峥的房间不太好，让他看起来好像可怜兮兮的。

于是她转身朝门的方向走，却是慢吞吞地一步三回头。余峥将腿抬起来搭到床上，正要扯过被子睡觉，就等温时雾回去后关掉卧室主灯。

他状若无意地开始玩手机。

余光睨过去时，还能看见衣摆下那两条腿，白皙光洁得有些灼眼，踩着拖鞋的脚，脚踝纤细性感，像是一只手就能捏过，环住，不太用力就能给她扯回来。

温时雾的步子又忽然停住。

余峥立刻将视线收回来，在手机屏上点点戳戳，假装什么都不知道。

温时雾唤他："余峥。"

"嗯。"余峥应声，没有抬眼。

温时雾实在是考虑了很久，最终还是抬起眼来，眸光清亮，甚是坚定："要不然，你还是回主卧睡吧？"

余峥蓦然抬起头来看着她，漆黑的乌瞳有些深，眼瞳明显是微微缩了下，大概是因为太过讶异，同时下颌线条也跟着紧绷了起来："什么？"

"就……我的意思是，"温时雾深吸了一口气："主卧的床也挺大的，应该完全睡得下两个人，要不然你……"

然而，她话音还未彻底落下。余峥便蓦然掀开被子下床，难得强势地将她揽进怀里。他脖颈微躬，乌瞳沉沉地盯着她，桃花眼里是不欲遮藏的直白。

"雾雾。"他眼神里是难得的侵略性，嗓音低哑，"这可是你说的。"

说罢，灼热的掌心便贴至温时雾后腰，揽住她的腿弯便将她抱了起来。

温时雾都没反应过来这一切是怎么发生的，就觉身体重心偏移，忽然腾空，紧接着便轻轻松松落进余峥的怀里。

他似乎根本没给她退步的机会。

手臂矫健有力，体温滚烫炙热，好闻的沐浴露香闯进她短促的呼吸里。

温时雾没有反抗，尽量不让自己表现出羞怯。

她用那双钓人而不自知的鹿眸看着他，卸了妆后的素颜脸蛋，依旧白皙漂亮。

她觉得，也没什么好拒绝的。只是同床共枕而已，又没说要做些别的什么。

她很爱余峥，想将他捧进心里很珍惜地放好的那种。

她也知道，好像是他爱她更多，所以总是把她当瓷娃娃般小心翼翼地捧着。

怕她拒绝，怕她不欢喜，怕她退却。

但温时雾从来没想退的。在面对余峥时，她早就想清楚了，一旦她决定进，就绝没有退的余地——她不会舍得再将他推回深渊。

于是温时雾搂住余峥的脖颈，突然稍抬身体，在他唇上啄吻了一下。

余峥的身体蓦然一震。他垂敛眼睫看着温时雾，定了两秒，转而便将她压在床上，席卷至唇齿深处的吻，暴烈如风般朝她落了下来。

“唔……”温时雾呼吸急促地抬起脸。

唇齿微张，任由余峥搅弄她的天地。

余峥躬着身跪在温时雾身上，筋骨清晰的手指抓握着她纤细的手腕，将她整个人拢在由顶灯盖落的阴影里。

抵着她的额，轻轻喘着。

“温时雾。”他喊着她的全名，声音哑得厉害。

余峥眼睫漆黑地盯着她看，轻抿着的唇拉成一条线，比他在舞台上时还要性感。

但事实证明，情况超出温时雾的预期，某些方面似乎的确失控过火了。

余峥压着温时雾亲了很久。

被亲得晕头转向的温时雾，抬起湿漉漉的眼睫看向余峥，眼神里尽是无助与无辜之色。

余峥的手还握在她的腰上。他躬着颈，抵住温时雾的额头，唇瓣不触，却更肆无忌惮地跟她交换着呼吸。

好半晌，他才稍抬眼睫，蹭着她的额头换了个姿势，用更正视的角度看着她的眼睛。

温时雾瞬间脸红耳热，不过余峥似乎比她更不好受。

他脖颈都绷着，隐约能看见几道青筋，掐住她腰的手也稍稍用劲儿，细枝末节处都彰显着让人喜欢的性张力。

大概是仗着今晚发生不了什么，温时雾蹭着枕头歪了下脑袋：“余峥。”

他掀了掀眼眸看她。

温时雾眼眸轻弯，笑似月牙，唇边梨涡浅浅：“我发现，粉丝们说得的确没错。”

她双手搂住余峥的脖颈。跟他同款的沐浴露香味，闯进他的呼吸里：“你好像，真的很性感。”

余峥的呼吸明显变重了一些。他眯眸看着她，手往上探，笑得意味不明：“温时雾，你真当我不敢？”

温时雾眨着的眼眸里，乖巧又狡黠。

明明就是故意的，却偏偏她眼瞳清澈干净，的确不曾有过相关经验，不染欲念。

只有那天生的仙子睫仍然浓密卷翘，就算不化妆也仍旧饱满的卧蚕，将那双漂亮的鹿眸勾得格外钓人。

“你就是不敢。”她很是笃定，甚至故意凑近余峥，蹭他鼻尖，还将吻落在他唇角，“你肯定不敢。”

余峥乌黑的瞳仁深得更像一汪井。

他垂首盯着温时雾，似想发狠，又是狠不起来的模样，半晌后忽然将探上去的手抽离，挑着唇扬起有点儿坏的笑意：“雾雾。”

他低眸，将唇瓣贴在她的耳朵上。有些濡湿温热的触感惹得温时雾偏过头，但唇瓣顺势下落在她颈上的时候，更惹得她浑身都战栗起来。

…………

温时雾很后悔，肠子都已经悔青了。

她不知道自己究竟出于何种勇气，胆敢如此挑衅一个血气方刚的男人。

直到余峥抽了手。

隔间浴室里响起些许水声，她偏头看见浴袍已经被扯乱的男人，正躬着身洗手，慢条斯理地将手指一根根洗过。

她还软着身躺在床上后悔。

衣服都不知道被他扔到了哪里去了，温时雾揪住被角，扯过来盖在身上，眼睫湿漉漉的，像是被欺负得狠了。

余峥再从浴室出来时拿着条毛巾。

毛巾用温热的水浸过。

他坐在床边，就要掀温时雾的被子，却被她倔强地死死抓住不肯松手。

余峥挑眉，笑意痞坏张扬：“怎么？刚才不是都看过了？”

“谁知道你这样子！”温时雾仍然抓着被子，明明刚才舒服过的是她，而余峥现在还难受着。

但他浑不在意，似是气得笑出声：“不是你先挑衅的？”

温时雾无言以对，干脆不说话。她攥紧了被子别过脸去。

余峥哄着：“听话，帮你清理一下，直接这样睡你也知道不舒服，或者我送你去浴室。”

温时雾不服，她试着要起身，但腿软着很快就跌了回去，甚至还有些发抖。

她根本没想到还会这样，也没人告诉过她还能这样！

于是温时雾伸手抢过余峥手里的毛巾，还能触到被热水浸过后的温度。

她仍不肯放开被子，也不肯让余峥帮，只倔强地道："那我也要自己来。"

"行。"余峥不勉强她。

但他笑得肆意又愉悦，一双桃花眼舒展开，唇角轻挑，眼睫依旧似鸦羽般黑，漫不经心地睨着她时格外性感。

温时雾被他盯得很不自在。

她干脆背过身去，懊恼地清理着，揉捏着腿缓了片刻，还是撑着起来跑进了浴室。

余峥看着她的背影直笑，压根没有半分要自我反思的意思。

等温时雾再从浴室里出来时，余峥已经十分自觉地上床了，他让出一边来留给温时雾，自顾自靠在另一边玩手机。

听见她出来，他懒洋洋地偏头看她："睡觉？"

"嗯。"温时雾应的声音很小。

余峥已经在床上了，要她掀开被子往床上爬，这种感觉十分奇怪。

于是她便抬手关掉了卧室的灯。

余峥视线瞬黑，他在黑暗的环境里很难视物，便抬身想要将台灯打开。

但温时雾却慌忙抓住他的手："余峥，这样黑着你会害怕吗？"

余峥轻嗤："我有这么脆弱？"

到底是谁成天在传他怕黑，他只是有夜盲症，讨厌夜间不能视物的感觉。

"那你等会儿再开。"温时雾说。

余峥微怔，随后愉悦地挑唇。

原来她问他怕不怕黑，是怕不给他留灯把他吓着——噢，关心他。

余峥没再要抬身将台灯打开，便听身旁窸窣，似乎被子另一端被人掀开，而他给温时雾留的那半边稍稍塌陷。紧接着呼吸里便闯入属于她身上的香。

温时雾摸着黑上了床。

不被余峥盯着看，她会感觉自在一些。

她还穿着余峥给她的那件衣服，躺进被窝里将被子往上一扯，蒙住头，手探出来在外面摸索，拍到了床头的那盏台灯。

橙黄的床头灯亮起。

余峥的视线逐渐恢复，扭头就见他家女朋友藏进被子里，羞得连脸都不肯露出来。

他笑了起来，弯腰，躬下脖颈，隔着被子蹭了蹭她。随后手臂越过温时雾，又将台灯关掉，重新失去了夜间视物的能力。

余峥放下手机，盖着被子躺下来。

温时雾也感觉到没光了，她将被子稍稍掀开些："你睡觉不用留一盏灯吗？"

他有睡觉留灯的习惯。

"不用。"余峥翻身，手臂揽在温时雾的腰上，稍一用力便将她轻松捞过来，"有雾雾就行。"

正常人开着灯会睡得不好。

温时雾平时没有开灯睡觉的习惯。这是她第一次离余峥这么近。

以前就算会亲吻，会拥抱，也不曾像今晚这般，被他很紧地抱在怀里，身前是他坚硬滚烫的胸膛。

她能清晰地听见里面强有劲，并且在不断地加速着的心跳，而这心跳也让她愈发有余峥真的很喜欢她的实感。

身上是他横过来的手臂，绕了半圈后，轻抵着她的背，似乎将她彻底环绕。

余峥将下颌压在她发顶。

送到她眼前的，是男人最性感却也足够脆弱的喉结。温时雾早就发现他喉结很大，就连笑起来时也会跟着滚动，性感勾人。

温时雾已经缓过来很多了。

这时候再回想刚才，她承认，余峥服务意识极强，是将她伺候得很舒服的。

只是她哭着让他停时他不肯停，惹得她又羞又爱又恨。

毕竟是第一次做这种事情，她不太适应，所以才闹得厉害。

但余峥像是能将她看得很透，就是不肯松手，由她哭，吮吻她的泪。

不过原本是余峥想要怎么样的，最后他好像什么都没有得到。

温时雾有点儿担心："余峥。"

"嗯。"他嗓音里有几分懒调，手指漫不经心地向上抚弄，随性不羁地玩着她的头发，也不知道是不是快睡着了。

温时雾在他怀里蹭了蹭，关心道："你难不难受呀？"

余峥缓缓睁开眼。他微抬下颌，抚弄她头发的手探回来，挑起温时雾的脸与她对视，眉挑得肆意："又想诱我？"

"没有。"温时雾眨眼，"我就是担心你，我听说，憋久了好像不太好……"

余峥看着她哼笑："那不然？你都已经把我拿捏了，知道我不敢。"

温时雾一时无言，她错开余峥挑起她脸的手，又将脑袋埋回他怀里，干脆利落："那下次吧。"

余峥："……"

他敛下眼睫睨她一眼，被她气笑："温时雾，你今晚就是来让我历劫的。"

偏偏温时雾又将他拿捏得很死，撒着娇往他怀里钻，声音里都带笑："毕竟我家男朋友绅士，奖励你一朵小红花。"

余峥："……"

翌日清晨，温时雾是被闹钟叫醒的。

虽然是陌生的床，但她昨晚睡得很好，睁眼便是从窗帘透进来的晨光，烘出暖融融的被太阳照耀过的味道。

她伸出手臂放肆地伸着懒腰。

扭头才发现，余峥早就已经起来了。

床边放着几个纸袋，她趴过去伸手扒拉了两下，看见里面放着几件衣服，大概是助理清早送过来的。

温时雾揉着睡眼起身。

她走进浴室洗漱，换好衣服后，素着颜便去了客厅，见没人，正疑惑着要回身，就听见另一间房里传来吉他声。

温时雾循声走过去。

她悄然推开琴房的门，透过门缝，便见一缕阳光落在余峥的发顶，而他坐在落地软垫上，抱着她送给他的那把黑色吉他，随性不羁地拨弹着一段陌生旋律。

歌曲已经来到高潮的段落，歌词伴着他慵懒性感的声音，进入她的耳朵——

"一签如堕烟海，二签枯木逢春，三签风禾尽起，四签凤凰出林。签运可解不可求，相逢才是上上签。"

温时雾一直都很喜欢余峥的歌声。他唱歌时，声带是充满松弛感的，眼角眉梢里是有骄傲与光的。

好像上帝天然眷顾，于他降生时亲吻过他的歌喉，又赐予他才华，才能令人这般为他沉迷。

余峥漫不经心地拨弹着吉他弦，沉浸其中，似乎没察觉到门被推开了。

他身旁还放着手机，屏幕亮着，似在与人通话。

直到余峥懒洋洋地抬手，摁住琴弦，使得吉他琴音止住，电话那边的人才出了声："余神厉害啊！这首歌经你这么一改，好像的确听起来后劲儿更大了。

"枯木旱久，一朝逢春逢霖。未来再好的签运也不抵当年相逢，如今重逢。

"那我倒是要恭喜一下余神，现在算是得偿所愿，抱得美人归咯？"

余峥笑意散漫。

阳光透过窗户落在他发顶，将他蓬松柔软的乌发照得发亮，连带露出的脖颈也白得反光，只是右耳上的黑色耳钉换成了红的，像一颗小小的红痣。

他说："那就这样改，过几天我空个行程出来，再去录音棚重新录一遍。"

电话那边出声："OK。"

而这时余峥不经意间偏头，视线落在被推开的门缝，这才注意到温时雾不知道已经在那里站了多久。

她没有彻底将门推开。

似乎原本是想进来的，但大概是听见他在唱歌，又犹豫着没来打扰他。

余峥挑眉："醒了？"

正跟余峥通话的音乐制作人正觉疑惑，差点儿就要出声问，这不都打电话聊改歌这么久了，怎么突然冷不丁问这一句。

但转念想起昨晚的热搜，余峥身旁的应该是温时雾。他立即道："那我不打扰你们了，你安排好档期后随时联系我。"

余峥"嗯"了声，挂断电话。他将吉他放到一边起身："怎么不喊我？在这儿站多久了？"

"我看你在弹吉他就没打扰你，刚才那首是新歌吗？"温时雾问。

余峥又"嗯"了声，他将手搭在她肩膀上，推着她往厨房里走："生日会那天说要唱给你听的那首，幸好没唱，因为我改了。"

也是刚想到的灵感。

这首歌名为《上上签》，原本的歌词只是在说，遇到她有多幸运，现在得到她又是怎样的得偿所愿。

但昨晚睡觉时忽生灵感，便改成了这般。

旁人羡慕他荣耀满身，光芒万丈，赞他才华，叹他流量。但他却宁愿这虚荣的一切尽数作罢，只愿把她当成唯一的吉签。

温时雾和余峥上午都没有工作。但余峥还要改歌，于是温时雾就坐在琴房陪他，欣赏他弹吉他的样子。

温时雾自己也懂乐理。

她主修小提琴，但钢琴也会，看得懂余峥谱曲，还跟他聊起自己的想法来。

不忙的日子十分难得，也不过就享受这一个上午的闲暇。

岁月静好。

用过午餐后，余峥便将温时雾送去摄影棚，她的通告时间是一点，比他早些。余峥先将她送过去再管自己的事，时间绰绰有余。

温时雾今天拍的是果茶代言。

她本就长得甜，跟果茶气质绝配，双马尾扎高，细蝴蝶结绑在发间，咬着吸管眨眼的时候在摄影棚迷倒一片。

化妆师笑："我一时间都分不清是果茶更甜，还是梨涡妹妹更甜了。"

"这代言海报挂出来果茶不得卖爆？光看着梨涡妹妹笑就知道果茶很甜了。生活这么苦，就只能靠这点儿小甜水撑着。"现场工作人员对温时雾赞不绝口。

品牌方还送了不少果茶过来，让大家尝尝口味，给点儿建议，顺便犒劳大家。

品牌方特意给温时雾送了杯西瓜味的冰镇果茶，纯天然，刚好解渴。

来送果茶的人笑道："我们品牌的果茶绝对无麸质，无糖精，纯天然，放心，而且余神还特意找人跟我们说过温老师过敏，我们都知道的。"

但凡看过节目的也都知道余峥跟什么似的把温时雾捧在心尖，总在担心她麸质过敏的事情。

之前温时雾都不特意提自己过敏，只是团队在准备饮食时自己注意，除此之外她能不吃都不吃，现如今大家都知道了，连品牌方来送饮品都选的鲜榨西瓜汁。

温时雾梨涡浅浅："谢谢，很甜。"

"梨涡妹妹比我们家果茶更甜。"品牌方代表笑道。

这时摄影师走过来："温老师，有几个镜头可能还需要您配合补拍一下。"

"好的没问题！"温时雾连忙起身。

她将西瓜汁交给阮恬，擦了下手，扭头便又全身心地投入了工作。

就算她现在名气大，甚至最近还被曝光亲爹是盛意，温时雾工作起来也从不含糊。跟她合作的人每次都夸赞她敬业，说没见过她耍大牌，也不挑三拣四，哪怕恐高都坚持上威亚，性格更是好得没话说，不管在哪个组都像小太阳一样，使得组里工作氛围极好。

各大导演都喜欢跟温时雾合作，品牌代言也往她身上砸。

虽说有盛意这层关系罩着，会有人说闲话，觉得温时雾资源好全凭她爸，但大家心里都门儿清，跟温时雾一起工作就是愉快，她业务能力就是强，戏好，镜头感好，人品也好。

后面温时雾忽然想到一个鬼主意。

她不知道从哪里拿来一副心形墨镜，乌漆麻黑的镜片，粉色镜框，有些滑稽夸张的心形眼镜遮住她的大半张小脸。

温时雾坐在桌子前，双手捧脸，将果茶插着吸管放在面前，傲娇甜酷的模样让品牌方拍手称赞。

"这个想法好绝啊。"

"哈哈哈别人戴这种墨镜都不是很好看，怎么梨涡妹妹戴起来就那么甜？"

"她这小表情我可真的爱死。"

"我突然想到，可以用这张照片作为原型找画师画个雾雾的 Q 版形象，印在果茶包装上，或者作为周边小卡赠送。"

"好主意，我太喜欢这组造型了，反差很大，但又莫名觉得很贴。"

温时雾也是没戴过这么可爱的墨镜。她越拍表情越傲娇，有些臭屁的小模样跟这副粉色的心形墨镜气质极符。

直到摄影棚外隐约传来几道声音。

"我天！是余神……"

"余神怎么忽然到这里来了？"

"是来接温老师的吧！小情侣在我面前公然秀恩爱！"

“我好像看见温老师过来的时候，就是余神送的。”

“哦哟！这不是接送老婆上下班吗？”

果然工作人员们便见余峥抬手摘掉口罩挂绳，黑色口罩沿着他下颌线散散地松下来：“雾雾还在里面？”

他问得明目张胆，称呼亲昵又光明正大。

阮恬看见他，招手：“余神！”

然后悄悄朝摄影幕布前示意，就见闪光灯频闪，温时雾还戴着那副搞怪墨镜，拍着这最后一组造型图。

余峥迈着长腿走进去。

阮恬低声问：“余神来接雾雾下班的吗？她快结束了，这是最后一组。”

“嗯。”余峥颔首。

他抬手招来一位男性工作人员，躬身低语道：“我买了些水果，在外面，辛苦拿进来给大家分一下吧。”

工作人员点着头立马招呼人出去。

而戴着墨镜的温时雾，恰好注意到外面的余峥，她趁着拍摄间隙抬手挥挥。

余峥没来得及卸妆。

他今天拍的是时尚杂志，造型师还特意给他染了雾霾蓝灰色的头发。

港风的三七侧背，额头半遮。

被精致打理过的发型更显得他脸部轮廓流畅锋利，浓颜系眉眼很深，唇红齿白，像是特意来勾人的妖精。

看见温时雾脸上戴着的墨镜。他扯着唇角轻笑了下，无奈又纵容，像是不知道她怎么这般造型，又边头疼边由着她去了。

余峥抬抬下颌：“这主意她想的？”

“是啊。”品牌方连连点头称赞，“温老师真是好有想法啊，这造型又特别又可爱，我都没想到她这么能豁得出去。”

毕竟温时雾是甜妹形象。平时都要么活泼似太阳，要么就温温柔柔的，哪跟这搞怪模样搭边。

倒是余峥扯着唇角，看着她：“倒是她能想出来的鬼主意。”

毕竟夕拾朝花做的搞怪娃娃也不少，她还十分热衷于给娃娃配墨镜。

除此之外，昨晚改娃时不是还给它别了个发卡？

酷男爆改甜宝。

只是旁人不知晓她这么古灵精怪。

拍摄终于结束了。

虽然温时雾上班比余峥早，但她的代言宣传要拍好几组，除了照片还有视频，而余峥的封面杂志拍几张照片就行，所以反倒是他下班下得早了些，提前来接她。

摄影师也分到了余峥送来的果切，在酷暑天里刚好解渴。

“余峥！”温时雾蹦跳着过去。她将余峥推到角落，便直接扑进他的怀里，巨大打光板挡住了众人视线。

只听一阵起哄声。

温时雾是不会在大庭广众下亲他的，她只是抱住余峥的腰：“你今天好帅。”

一如既往，不吝夸奖。

余峥轻“啧”了一声：“平时不帅？”

“平时也帅。”温时雾笑道，“不过这造型师有眼光，所以今天格外帅。”

她就说余峥这副好皮囊应该弄点儿花里胡哨的，什么白毛蓝毛粉毛都适合他。

他皮肤白，染什么颜色的头发都不怕显黑。他自己又本就是浓颜系，哪怕染一头粉毛都不影响他的酷男形象。

余峥对她的夸赞很受用，他挑眉：“拍完了？可以收工了？”

“嗯。”温时雾点了点头。

余峥将手掌搭在她的后颈上，像捏小猫似的，边捏边往前推：“跟他们打个招呼走，陪我吃个晚饭，我七点的飞机。”

“七点？”温时雾想看时间，这才想起来她手机还在阮恬那里。

但她直觉现在已经不早了，平时拍商务连化妆带拍摄，一般都要三个小时起，现在怎么都已经四五点钟了。

温时雾蹙眉：“时间这么赶你还过来接我下班吃饭，你这样会很累的呀，明明明天晚上就回北城又可以见了……”

“没事。”余峥笑，“陪女朋友最重要。”

这里离机场不算非常远，半小时左右就能到，五点半出发就来得及。

他们有四十多分钟的时间，时间不够他们挑三拣四。于是温时雾匆匆和大家打了招呼，跟阮恬要回手机后就跟余峥走了。

余峥提前就在这附近看好了一家无麸质餐厅，订了位置，将人领过去。

菜也都是在路上点好的，人到了之后直接能吃上饭。

温时雾单手托腮：“其他明星谈恋爱也这么忙吗？感觉都很难在同一个城市的。”

“不是温老师更忙？”余峥掀眸，“多少导演抢着要，要不是不能轧戏，我们温老师恨不得一天拍十部。”

温时雾：“……”

“好吧。”她沉默片刻，“我承认。”

她的确特别享受演戏的过程，能用不一样的方式看世界，感受百态人生。

哥哥以前也说过的，现实人生有时候不尽如人意。他拍电影的过程，也是在创作他想描绘的新世界。

温时雾抬手轻甩她右边的马尾：“我就是这么敬业，谈了恋爱也不会变的。”

虽然很想时时跟余峥相处，但她也清醒地知道，只有先爱自己才值得被爱，无论走到人生的哪个阶段，都要先让自己闪闪发光。

而余峥喜欢她，也一定是喜欢她优秀又积极的样子，所以她不能停止步伐。

晚餐时间过得很快。中途有好几个电话打进来，大概都是余峥工作室的人催着他去机场。

不过余峥心里有数，因为下午拍摄的时尚杂志跟晚宴的品牌方也有干系，那边清楚他下午有通告，所以本就跟他说了晚点儿到也没关系。

毕竟飞机不等人，订机票也是往时间宽裕了订的。

若是到点了还没拍完，余峥肯定不能走，到时候又要改签机票，所以机票订在七点。

也是余峥自己镜头感强，做造型也没有多费事，提前结束工作，才得了点儿来陪温时雾吃一餐晚饭的时间。

五点半，余峥不得不走了。他安排了一辆车送温时雾回家，另外一辆车送他去机场。

余峥伸手摸摸温时雾的头：“我明天会早点儿回来，有空就来找你。”

“好呀。”温时雾笑得很甜。

不过她心里清楚，就算余峥回北城，他们两个也未必有时间见面。

就像明天，余峥白天要回工作室，而她下午有场品牌活动要参加。

虽然她晚上没通告了，但余峥晚上却有约在身。

不过温时雾并没有说什么。她不想让余峥行程这么忙了却还总是惦记着她，她本来也不是多需要人陪的人，况且就算不见面也还能视频嘛。

温时雾朝余峥挥手，将他送上车，目送他离开，然后自己才上了车。

司机扭头问她："温老师，去哪儿？"

温时雾刚报完自己家的地址，手机铃声却忽然响了起来。

电话是北城警局打过来的："您好，是温时雾女士吗？这里是北城警局，不知道你是否方便抽空过来一趟？洛萱咬定了你过敏的事与她无关，说你知道内情，肯定会为她作证，她吵着要见你。"

温时雾轻轻皱起眉头，她有些奇怪："我知道内情？还有什么内情吗？所有证据都已经提交过了呢。"

"这我们也不清楚。要不然你还是抽空过来一趟吧？我们也再做些更详细的笔录，也方便法院那边做出判决。"

温时雾对洛萱抱有警惕。她没立刻答应，只说："我问一下我的行程，如果有空过去的话我再联系你。"

"行。"警察挂了电话。

温时雾查了刚才打电话来的号码，的确是北城警局的座机号不假，又给林意羡打了声招呼说起这件事。

林意羡："不用管，洛萱的事让警察处理去，轮得到你做什么笔录啊？要你说的话真能影响法院判决，都不用打电话来请你过去了。"

温时雾觉得有些道理，她不打算再主动联系警局。

但北城警局很快又打来电话："抱歉，温时雾女士，又打扰你了。洛萱精神状况实在有些不太正常，她一定要你来一趟，还让我们给你带一句话，她说，如果你听懂这句话的意思，就一定会来为她洗脱冤屈的。"

"什么话？"温时雾不太想理。

警察说："她说，她觉得她现在就像一部电视剧……那电视剧叫什么来着？好像是你演的，哦对，《春鲤赋》，她说她现在就像《春鲤赋》里的小乞丐一样。"

闻言，温时雾蓦然怔住。她抓紧手机，忽然想起洛萱那天被押上警车后跟她说的那番话。

警察："喂？温女士，你在听吗？我其实听不太懂她什么意思，你知道吗？"

温时雾抿住唇瓣，《春鲤赋》里的小乞丐……

谢礼!

她真的知道!

她知道多少?

温时雾呼吸变得有些短促，她连忙跟司机说了声转向去警局，然后便跟警察道:“辛苦您稍等一下，我现在就过去。”

第十八章

♪

揭露过往

北城警局，洛萱和许可柠被暂时拘留在这里。

温时雾赶到时，天色已晚，当夜值班的警官在等她：“温女士。”

“洛萱在哪儿？”温时雾开门见山。

警官说了句请跟我来，便将温时雾引到看守所，让她在会见区的椅子上稍等片刻，自己去跟看守所的管理员打招呼叫人。

看守所环境简单。

这是温时雾第一次来这种地方。

她坐在冰冷的椅子上，好奇地环视着周围环境。这已经是北城最大的看守所了，但仍旧装潢简陋，四面白墙，到处都是横平竖直的金刚防护门，像是织着无数张大网。

洛萱很快就被领出来了。温时雾转眸望去，她整个人看起来都变得憔悴了很多。

瘦了，眼睛里的光也暗了，唇无血色，哪里还有半分风光大明星的模样。

但温时雾刚拍过商务，因为赶时间跟余峥吃饭，她只换回了平日里的常服，没有卸妆，却是精致娇俏光彩照人的模样。

洛萱盯着她，眼神不善。

若说平时她还会在人面前伪装，但此刻她的眼神里尽是阴狠毒辣，像是随时要咬她一口的毒蛇，令人背脊发凉。

“你们只能聊五分钟。”警官说。

洛萱舔了舔唇：“知道了。”

警官跟温时雾点了下头，关上防护门后便转身离开，到外面去守着。

洛萱盯着温时雾在她对面坐下，她扬唇得意地一笑：“温时雾，我就知道你会明白我的意思，你明白，就一定会来找我。”

“你都知道些什么？”温时雾看着她。

洛萱的目光很是蜇人，让人浑身不适，但温时雾的眼神依旧温柔平和，像清凌凌的水，反倒显得更加坚定，让人触及了便产生一种无法逃避的沉浸感。

洛萱笑得阴森，忽然像猛兽般向前倾趴，凑近温时雾：“我什么都知道。”

温时雾依旧看着她，放在桌下的一双手缓缓交叠相握，尽力平复着自己的呼吸。

“我知道余峥根本就不是天之骄子，他的出身贫穷肮脏！他妈因为他没有好下场，舅舅还是个赌徒！”

“他不脏！”温时雾难得大声。

她眼眸清澈地看着洛萱，双手紧攥，十分坚定：“出身永远定义不了任何人，他舅舅不是好人也跟余峥没有关系！他原本就该是天之骄子，就算以前经历过什么，也不能改变他此时此刻骄傲耀眼的事实。”

“是吗？”洛萱冷笑，“温时雾，别太天真了！你当真觉得别人也会这样想吗？”

“余峥的家庭关系足够摧毁任何一个公众人物，这些过去也足以让他终身被粉丝声讨。

“毕竟他在圈里的人设，一直都是国外音乐名校毕业的才子，骄傲耀眼的顶流。

“你说……如果我把这些都曝光出去，再让粉丝们看看，所谓天之骄子家庭背景居然是假的，年幼时甚至还在剧组里摸爬滚打，穿着破烂灰头土脸，演过乞丐，他真的还能立住人设，在娱乐圈混下去吗？”

“他不是。”温时雾看着她，“他不是你说的那样，那些也根本不是他的错！”

“你跟我犟没有用。”洛萱笑了，“你自己心里也清楚，这些事情一旦被曝光出去，对余峥绝不会有任何好处。”

温时雾早就看清，洛萱此番喊她来一定是有目的的：“所以，你想怎样？”

“你帮我离开这个鬼地方，发声明澄清我根本没有害过你。”洛萱起身，她双手撑着桌子，凑近温时雾盯着她看，“我就会帮你永远藏住这个秘密。”

“不可能。”温时雾毫不犹豫，她早就料到了洛萱是想拿这件事情威胁她，“你现在被监管，手机也被没收，根本就没机会曝光。”

“那你以为这些事是我自己知道的吗？”洛萱笑话她的天真，“当然是有人告诉我的，那个人比我更想拉余峥下神坛呢。”

温时雾微怔：“谁？”

她在脑海里迅速过了一遍余峥的关系网，立刻定位：“谢冬凛？”

余峥的亲舅舅。

洛萱只笑不答：“只要你肯帮我，我帮你解决谢冬凛。其实挺好办的，他只是最近欠了不少钱，想逼余峥帮他还钱。

“只不过，他在找余峥时遇见了我，而我刚巧也有些麻烦需要解决。替我顶罪的那个人就是谢冬凛安排的。

“作为交换，我替他们还了些钱。”

温时雾没想到事情竟然是这样。

十五年前便是谢冬凛将余峥送去剧组，她常常能看见他来剧组找余峥，每次来都是要钱，没钱就打。

十五年后依然是谢冬凛，不甘外甥成为顶流，而他自己连欠款都还不上，便想用这种办法将他逼上绝路。

分明是有血缘关系的亲人，到底多么铁石心肠才能做到如此地步？

“这个交易，做吗？”洛萱看着她笑，好像觉得拿捏住了她，志在必得。

温时雾也答得干脆利落：“不做。”

洛萱的笑容几乎瞬间僵在脸上。

温时雾站起身：“如果只是帮谢冬凛还钱就能解决这些麻烦，那我也能。但我清楚，以谢冬凛这个人的品性，用钱解决问题，永远都只会是无底洞。

“洛萱，你以为我爱惨了余峥，便能用这件事情将我轻松拿捏。

“我承认，我是担心他了，所以我今天晚上才会来见你这一面。

“但我并不认为，余峥的名誉需要用违背法律与道德、颠倒是非黑白的方式去维护。

“你做过的错事不值得被饶恕，用任何事情来交换，都不值得被饶恕。

“你这着棋，走错了。”

话音落下，温时雾转身便准备离开。

洛萱明显变了脸，没想到居然拿捏不了她了，于是尖叫出声：“温时雾！”

温时雾停住脚步。

外面的警官也注意到里面的动静，见洛萱发疯，不由得吼道：“小点儿声！”

但洛萱并未理会警官的呵斥。

她心里清楚，这是她最后一着棋了，翻不了盘，她的人生就彻底完蛋了。

“温时雾，在进来之前，我就已经把所有东西整理好交给谢冬凛了！

“我教了他该如何使用媒体曝光余峥，给了他很多家媒体的联系方式。

“我们约好明晚八点在西蒙斯见见面，如果他见不到我，他就会把这些东西全都捅给媒体，逼余峥出来帮他还钱！”

温时雾又转身看向洛萱。

洛萱笑得猖狂：“你知道的，对于一个被追债讨命的赌徒来说，如果这笔钱还不上，他绝对宁愿拉着所有人去死！”

温时雾知道，她太清楚谢冬凛是个怎样的人，也知道洛萱说得没错。

但温时雾更知道，余峥不会愿意用这样的方式来遮盖自己的过去。

“那又如何？”温时雾丝毫没有被动摇，“这个世界自有分辨是非黑白的能力。哪怕余峥曾经的确有过不好的经历，那也只是明珠蒙尘。

“蒙尘的明珠仍然是明珠，表面那层灰总有被拂掉的那天。彼时明珠将会耀眼夺目，绝不因曾经沾过灰而减少半分光彩。

“我不希望余峥的过去被人议论，因为我心疼他，也替他珍惜他现在拥有的一切。

“但如果一定要有这么一天，我会陪着他一起。我不耻于他的过去，可我看不起你。”

洛萱震惊地看着温时雾，似乎根本没想到她会说出这样一番话。

她原本觉得，捏住余峥可耻的过去，就一定能让温时雾被她摆布。

可温时雾竟说，她不耻于他的过去？

那样的过去……

温时雾转身看向警官：“警察先生，您听到了，她试图贿赂我为她做假证，而我并没有答应。她教唆许可柠更换我的饼干意图害我过敏是真，找人更换面粉让我过敏性休克为实，还请您如实转告法庭，尽快宣判。”

“温时雾！你……”洛萱气结。

“还有。”温时雾歪了下脑袋，“她刚才说有个叫谢冬凛的人有过不良记录，西蒙斯似乎还有不正当交易，就辛苦警察先生也核实一下吧，谢谢。”

警察点头：“我会调今晚的监控取证，明天就安排同事去查。”

洛萱瞬间变了脸色，她知道，她这下彻底完了，再也没有翻盘的余地了。

她抓住栏杆：“温时雾！余峥一定会被你今晚的铁石心肠害死！到时候你一定会后悔的！”

但温时雾没有再听洛萱说什么。她走得坚定，步伐顺畅轻盈，腰杆也挺得笔直，没有半分犹豫和迟疑。

洛萱被警官重新押了回去，直到门关上时，她还紧紧盯着温时雾离开的背影，似乎尽是不甘。

她不甘自己预判错了温时雾的选择，也根本想不通，温时雾既然那么爱余峥，为什么就不愿意为他付出点儿什么。

最后洛萱甚至将这件事归结为温时雾自私，又或者，她根本没那么爱他。

温时雾离开看守所后便深吸一口气。

里面的环境实在太过压抑，让人感觉呼吸都不通畅，况且洛萱说的那些事情又实在没办法让人心情变好，所以刚才温时雾的胸一直有点儿闷。

现在重新站在天空下。

夜幕低垂，夏夜的晚风轻轻拂过脸颊，吹来旁边的国槐香，让人感觉平和了不少。

温时雾抬眸望天。

她在心里说服着自己要开心点儿，然后很努力地调整心情似的扬起一抹笑，劝说自己也许事情并没有很糟糕。

可能已经没办法阻止事情被曝光。

但余峥过去的经历也是他的勋章，成就了他如今的荣耀。如果没有曾经，说不定现在的余峥都不会是这样。

他们可以一起面对。

这样想，温时雾的心情好了很多。

她拿出手机看了眼时间：“也不知道他现在落地没有……”

这会儿还没到八点，余峥的飞机应该是八点刚过落地，这会儿他应该还不能使用手机。

但温时雾还是给他发了条微信："落地之后记得跟我讲呀，一路平安。"

说罢她便打开打车小程序，准备叫辆车送自己回家。之前余峥安排给她的司机，将她送到警局后就先回去了。

温时雾怕自己要在这里耽误太久，不好意思麻烦那位司机师傅，跟他说了到时候自己再打个车回家。

这个地段车不太好叫，温时雾一边用手机叫着车，一边往外面的主干路走着，终于有司机接了单。

但这时忽然有辆面包车开过。

"吱——"急刹车的声音格外刺耳。

温时雾疑惑地转眸望了过去，然而还没等她看清什么，口鼻便忽然间被人捂住。

她睁圆了眼眸："唔！"

温时雾没想到竟然会有人绑她。

她连忙一边挣扎，一边摁着手机屏幕，手机屏幕恰好停留在微信界面，她试图随便拨个电话出去求救。结果手机被一个穿着黑色衣服的男人抢了去。

温时雾不停地挣扎着，想要发出声音，至少警局就在附近。

黑衣男人催道："快点儿把她弄车上去，拖久了别被抓到了。"

他说着把温时雾的手机关掉，扔进了附近的垃圾桶，免得被人定位。

旁边几个人帮着忙就把温时雾塞进了车里。临昏迷前，温时雾看见了那个黑衣男人压在帽子下面的眼睛。

这双眼睛她再熟悉不过，只是比十五年前多了几分沧桑。

谢冬凛！

飞机降落在青城停机坪。

余峥本想趁着飞行的这段时间小憩，但不知道为什么，他总觉得胸闷发慌，几次闭眼都心神不宁地皱起眉头来。

这场品牌晚宴也邀请了姜燃。姜燃见余峥低首揉着鼻梁骨，拎起外套扭头看他："怎么？没睡好？"

"没睡。"余峥声音很低。

姜燃大惊小怪道：“嚯！你可真行！下午收工早本来能休息会儿，你又偏要去找你家梨涡妹妹吃晚饭，这会儿你也不睡，明天还订的一早回北城的飞机，晚上还得见资方，约在西蒙斯你还能滴酒不沾？就非得熬死你自己是吧？”

“睡不着。”余峥松手。

即便飞机已经落地，那种心慌的感觉也仍旧未散：“感觉心脏不太舒服。”

姜燃神情复杂地睨过去，觉察到事情的严重性：“不会是因为你最近休息太少了吧？要不然我过去说声，你还是回酒店休息。

“我跟你说多少回了，你流量和成绩都已经这么拔尖了，就根本没必要这么拼，钱是赚不完的，身体才是革命的本钱！”

飞机终于彻底停稳。

余峥懒得听姜燃唠叨，他抬手揉了下耳朵，边起身边将手机的飞行模式关掉。

网络加载片刻。

许多消息便弹了出来。

余峥略过大多数消息，划到上端便点开置顶，看见温时雾发来的那几条。

雾雾：“嘿嘿，起飞了吧？

“今天也是好爱你的一天喔！

“路上记得睡会儿。

“落地之后记得跟我讲呀，一路平安。

“爱你哟。”

余峥敛着眼睫，扬唇轻轻笑了声。

前脚还在数落余峥不顾身体，担心他会不会猝死的姜燃，后脚见他笑得如此开心，当时就无语住了。他探过头：“梨涡妹妹？”

余峥不着痕迹地躲开他，并没打算让他窥视他们的聊天，随后低眸回复温时雾的消息：“刚落地，有点儿想你。”

被扔进垃圾桶里的手机亮起屏幕，而发消息的人并未得到回复。

空姐走进头等舱，请各位乘客下机，余峥拎着外套站起身来走出去，路上还频繁低头看手机，却没见温时雾回他消息。

余峥不由得挑了下眉。

这个点……

在洗澡？总不能是已经睡了。

温时雾向来回他消息很快，今天却隔了好几分钟都没有搭理他。

余峥不由得轻“啧”一声，不怎么高兴。于是他便干脆给温时雾打了个电话，结果也好半天没人接。

蛊王：“在忙？

“想你了。

“听不见你声音不行。

“空了记得回我。”

姜燃看他一路都在玩手机，就算不知道俩人在聊什么，也感觉被喂了一嘴狗粮。

“不是。”他不理解，“你们刚开始谈恋爱的小情侣都是这样腻歪的？”

余峥慢悠悠地抬起下颌，他斜睨了姜燃一眼，不予回复，仍时时低头关注手机。

工作人员将两人接上车，送他们去举办品牌晚宴的酒店。

造型师也早就准备着了，趁着在路上的工夫赶紧给俩人做造型。

姜燃絮叨了一路让余峥趁机睡会儿，但余峥总惦记着温时雾没回他消息的事，根本就全无睡意。

蛊王：“还没忙完？

“啧。

“异地见不着，两眼泪汪汪。”

但没人理他。

阴暗潮湿的陋巷，外面空调机响着，不时有水滴落的声音，空气里弥漫着很重的烟酒味。

温时雾被带到这里后就醒了。

谢冬凛只是想让她短暂昏迷，免得尖叫反抗给他带来麻烦。

温时雾睁开眼后。入目便是陈旧破烂的简陋装潢。摇摇欲坠的吊灯光线微弱，狭窄的客厅里只有沙发和茶几，烟头和酒瓶散落满地，甚至还有些其他奇怪又陌生的味道，温时雾说不上来具体是什么东西，总之感觉很不好。

她手脚被绑住坐在椅子上不断地挣扎着，被胶带封住的嘴中“呜嘤”出声，隐约听到隔壁卧室里传来谈话声。分不清具体有几个人，但有一个男人的声音格外粗犷。

“绑了这美女真能有用？”

“有！绝对能有！钊哥，我那外甥是大明星，虽然我还不上您钱，但他有钱还您啊！娱乐新闻我还是关注的，外面那个是他最近谈的女朋友，我认识，他俩小时候就特别要好。不信等她醒了你问她，她肯定能愿意替余峥帮我还钱。就算她不愿意，也能当成个筹码逼余峥露面不是？他们都是明星，有钱得很，到时候还不是随您摆布。”

“最好是这样。”那个被叫钊哥的恶狠狠地威胁，“再还不上钱，我一定拿你是问！”

谢冬凛连连点头：“是是是。”

洛萱说的果然不假……

这时卧室里又传来脚步声，谢冬凛出来看她：“钊哥！她醒了钊哥！”

那个男人走了出来。

温时雾气急了地抬眸看去。她鹿眸清澈，眼眶有些微红，湿漉漉的像是有眼泪在打着转，却又并未落下来。

钊哥弯腰凑近去看她，伸手捏住她的脸左右转了两下。

温时雾气得睁圆眼眸，她抬脚想踢人，但小腿被绑在椅子上，朝前一扯便被麻绳给勒住，痛得她眼泪瞬间沁出来，脚腕上也多了道红痕。

谢冬凛连忙过来将钊哥拉住。他看了温时雾一眼，明显很怂。

谢冬凛看着像是受钊哥逼迫，走投无路，甚至还怕事情败露，生怕惹出更多麻烦来。

钊哥松开手：“你来问。”

“好好好。”谢冬凛连忙点头。

温时雾始终警惕地看着两人。

谢冬凛走过来，他伸手，温时雾连忙别开脸要躲，她皮肤实在太嫩，扭头时，都能看见脖颈上被绳子磨得有些红了。

“祖宗，你别怕祖宗。”谢冬凛好声好气地哄着她，“我没想伤害你，我帮你把胶带撕了，行不？”

温时雾充满怀疑地看着他。她对谢冬凛没办法产生任何信任，但知他们总得跟她聊聊还钱的事，或者让她帮忙联系余峥，总归要她开口说话。

于是温时雾没再躲。

谢冬凛弯腰揭开胶带，生怕弄疼她，很小心地帮她撕了下来。

刚能用嘴喘气，温时雾便直接大声呼喊道：“救命！有人绑架了！

救——”

谢冬凛慌忙伸手捂住她的嘴：“祖宗，别喊，我发誓我不会伤害你，我们就只是谈谈钱的事，我拿钱放人，你掏钱消灾。这巷子里可都是穷乞丐，全是耗着命讨生活的人，要是把他们招过来，看你有钱又漂亮，你讨不到好果子吃。”

温时雾用牙咬他，疼得谢冬凛连忙将手抽回，又生怕她继续喊，随时准备捂嘴。

但温时雾没有再喊了。她觉得谢冬凛说的这番话有道理，且见他的确不敢伤害自己，乖一点儿留在这儿，想别的办法，也许还能对自己好些。

“你们到底想干什么？”温时雾问，“我明天还有公开的行程，如果我的经纪人和粉丝见不到我，他们会报警的。”

谢冬凛连连点头：“知道知道。雾雾，我也不想为难你，你认识我对不？我是余峥的舅舅，你小时候我们见过。”

温时雾看着他，沉默不语。

谢冬凛百般讨好似的哄着温时雾：“舅舅就是最近……遇到点儿麻烦，需要用钱，只要你帮我把这点儿钱还上，我立马放你走。”

“你要多少？”温时雾问他。

谢冬凛没有说话，他试探性地看了眼钊哥，然后朝温时雾伸出一根手指。

温时雾皱眉：“一百万？”

但谢冬凛摇了摇头，讨好似的笑着。

温时雾一愣：“一千万？”

谢冬凛沉默了片刻，又看向钊哥，只见钊哥意有所指般揉了揉自己的脖子，于是谢冬凛又摇头。

温时雾大惊失色：“你要一个亿？你做了什么欠这么多？”

谢冬凛这才满意地笑着点头：“这点儿钱对你们来说应该不多吧？”

“我没有。”温时雾别过脸去。

“啪——”玻璃爆裂声蓦然响起。

钊哥是个脾气暴的，他蓦然将手里的酒瓶摔到地上，玻璃碴子和酒水瞬间溅开。

温时雾吓得尖叫出声。

她连忙扭过头躲闪开来，酒水溅到了身上，玻璃碴子砸到地面跳动了一下，还在她脚背上划破一个口子。

钊哥怒目盯着温时雾："你真当我吃素的是吧！瞧不出来你那点儿心思！等着让你爸帮你报警？"

"钊哥，别冲动，钊哥。"谢冬凛忙劝，"就算她没钱，我外甥那儿还有啊，你只要让她给我外甥打个电话，他肯定给！"

他知道温时雾对余峥有多重要，根本无法拿金钱衡量，所以可以肆无忌惮地狮子大开口。

钊哥看向温时雾。

温时雾："我没有他联系方式，我没背过他手机号，手机被你们扔了。"

谢冬凛也联系不到余峥。他如果能联系得到余峥，便也不至于兜这么大一个圈子找到温时雾。

温时雾："但我有别的办法。"

两人齐刷刷看向她。

温时雾背在身后的双手，还在试着磨绳子，半天没什么用处："我在西蒙斯有认识的朋友，你们可以把我送去那儿，我让朋友拿钱过来给你们。西蒙斯是你们的地盘，总不会怕我跑了或者有人报警吧？"

刚才离开警局时，她跟警官提过西蒙斯有不正当交易。警官说了明天上班后会让同事去查，如果幸运的话，一定会有人出警。

只要去那里，她就有得救的机会。

钊哥的表情果然松动了不少："你真能叫你朋友拿出钱来？"

"能。"温时雾答得斩钉截铁。

其实她在西蒙斯根本就谁都不认识，那是个高端酒吧，她很少去，只有偶尔跟羡姐去见人的时候坐过一会儿。

就算警局明天没有出警，她也有可能会遇见认识她的圈内人。

而且余峥提过，他要见一个音综制片人，应该就是约在那里。

温时雾眼眶微红，似乎示弱："我朋友是做投资的，她那里钱多，一定可以给够的。"

钊哥警惕地看着她。不知道为何，他总有种不祥的预感。

谢冬凛也劝道："钊哥，就信她吧，反正西蒙斯那里也都是你的人，要是明天见不到钱再把她卖了也不迟，在西蒙斯好卖啊，都是自己人，不怕报警。"

"行，那就再信你一次。"钊哥松了口。

青城，格丽酒店，珠光鬓影的晚宴厅内觥筹交错。

这是一场珠宝慈善晚宴，受邀来宾都是各界名流，以及有足够咖位和分量的明星。姜燃完全是沾余峥的光来的。

两人本就是晚到。

许多来宾见他们来了，都热情地举着酒杯过来打招呼，意图相识。

余峥穿着一身挺括的黑色西装，内搭白衬衣，扣子都有好好地系上。

单看这气质倒让人觉得矜贵卓然。

但他姿态慵懒，寒暄间，眉眼里有几分不耐烦，头上顶着的蓝灰发色也跩得可以，这让不识趣的人逐渐少了点儿。

余峥碰杯碰得敷衍，哪怕很厉害的资方来敬他酒，他也只是随便小抿一口就算回过。

平时他倒是也不会这样。

但是今天……

说不上来，他就是心里烦得要命。

姜燃也极难得穿了西装，收敛起吊儿郎当的气质，人模狗样的："怎么回事？我可走到哪儿都听别人在议论余神好跩，你这死出能不能收收？"

余峥没说话，他拿出手机，又低头看了看微信，还是没见温时雾回他消息，都过去快两个小时了。

"吵架了？"姜燃问。

余峥将屏幕摁灭，忽然很想抽烟："没，我都联系不上她。"

温时雾很少有这么久都不回他消息的时候，而且她是个很喜欢分享的人，平日里哪怕很小的事都会发微博。

直到现在。

她微博里还有无数日常流水。

"出门打工啦！

"收工耶！

"今天太阳公公好毒辣。

"哎呀，太阳公公是不是听见我骂他啦？雨下得好突然……"

很多粉丝都说她是小话痨，但从另一种层面来说，这也是她热爱生活的表现，再小的事对她来说也很重要。

他们的微信聊天里更不乏"到家啦""安全回家"等的"小汇报"，但今天她什么内容都没有发给他。

余峥已经心慌一整晚了，他烦躁地轻“啧”道：“带烟没有？”

姜燃茫然地摸出一盒烟，余峥伸手便拿了过来，正准备走，又想起什么似的，回身将手抄进他兜里掏出打火机，卷着这两样东西便转身大步离开酒店。

夜色如水，苏城比北城还热。

余峥倚着酒店外墙点了根烟，直接给温时雾打了电话，还是没人接。

电话和微信电话都没人接。

余峥心里更烦，他深吸了一口烟，干脆疏通关系要了林意羡的电话。

林意羡这会儿敷着面膜正准备睡了，看见陌生号码，她一如既往地接起，还不知对面是谁：“您好，哪位？”

“羡姐。”余峥声音很低。

林意羡摁着面膜的手顿了下，很快就辨识出他的声音：“余峥？”

余峥直截了当地问：“你能联系上雾雾吗？她一直没回过我微信消息，电话打了很多遍也不接。”

“吵架了？”林意羡跟姜燃一个反应。

余峥摁灭了烟头，垂着首：“没有，就是联系不上她，不太放心。”

林意羡还以为多大的事：“那家伙不看手机是常有的事，说不定这会儿都已经睡了，要么就是在做棉花娃娃，她每次做娃娃的时候都能八百年不看手机。”

所以温时雾是有不看手机的时候，是吗？

林意羡问：“是有什么不对劲吗？她没回消息就让我们余神担心成这样啊？”

余峥说不上来。他今晚一直觉得胸闷烦躁，直觉上是哪里出了问题，加之始终联系不到温时雾，便不免将两件事情联系到了一起。

“没事。”余峥抿了下唇，“或者，羡姐方不方便安排个人去雾雾家里看一下，看看她平安到家了没有。”

林意羡不理解但尊重：“行吧，我让阮恬过去看看，她今天下午陪雾雾拍的商务。”

“辛苦。”余峥挂断了电话。

林意羡无奈地叹气，正准备联系阮恬，却不料阮恬的电话恰好打进来。

她语气很急，人好像在跑：“羡姐，有人帮忙报案，说雾雾失踪了。”

“什么？”林意羡蓦然坐起身。她脸色瞬变，慌忙抬手将面膜揭掉，下床踩着拖鞋边问边去找衣服，“怎么还真出事了？什么情况？你在哪儿？”

阮恬在往北城警局赶。

帮忙报案的是一个出租车司机。他接了温时雾的单子，但到达目的地后发现空无一人，司机给她打电话没人接，还特意下车找了一圈。

因为单子上可以显示乘客定位。可她明明就在这儿，却看不见人。

司机不免觉得事情诡异，见附近恰好是北城警局，就去报了个案。司机还联系了打车平台官方那边，让平台给出乘客的真实号码。

警察一查手机号码，所有人瞬间警惕起来了。

号主是温时雾，她刚才的确来过北城警局。

一来二去，警察在垃圾桶里找到了温时雾被扔掉并已经关机的手机。

警察立刻联系了温时雾的家里人，温盛意连忙给在北城的林意羡打电话，但她电话占线，便转而联系了阮恬。

阮恬将电话打过来时，林意羡跟余峥的电话刚挂，接通后，将整件事绕了个明白。

林意羡忙往北城警局赶。

温家也乱了套，但这个点已经没有能起飞的航班，便干脆连夜开车去北城。

林意羡在路上跟余峥通了信，问他是通过什么感觉到温时雾出了事，有没有能给警察提供的线索。

余峥只是预感不好，冥冥之中他仿佛跟温时雾有心电感应。

他不知道怎么会出这种事，明明已经找了最信得过的司机好好送她回家。

但此刻，他的脑海里却出现了一个名字——

谢冬凛。

余峥挂断电话后便匆忙要走，姜燃握住他手臂：“你要去哪儿？刚那会儿你没在，好多人都问你干吗去了。”

“帮我跟主办方说一声，我得走。”余峥声线很紧，眉眼间是掩不住的躁意。

他低头用手机订车。没有航班，他也只能连夜坐车回北城。

姜燃眉头皱起：“什么大事？你这才刚来，况且咱俩今晚本就迟——”

“雾雾失踪了。”余峥订到了车，“有人帮忙报了警，我得立刻回北城。”

姜燃瞬间变脸：“什么？！”

他没想到竟然是这种大事，那别说翘了晚宴了，简直大闹天宫都不为过。

姜燃当机立断道：“我去跟主办方那边说一声，我跟你一起回北城。”

余峥没拒绝。他现在没心思理会迟到早退合不合适，只满心都是温时雾有没有事。

如果真是谢冬凛……

他会对雾雾做什么？

要钱？如果只是要钱他可以给。

但谢冬凛混的圈子乱得毫无底线，若是将雾雾牵扯进去又会怎样？

曾经，他母亲就是因为遇见了不该认识的人，在一个酒吧里被毁了一生，最后受不住压力选择离开人世。

那年他还没出生，护不了母亲。

那雾雾呢？

现在他已长大，连雾雾都护不了吗？

余峥攥紧手机，心脏发颤，回北城的路上像是大脑断了弦。

他试图联系多年未曾管过的谢冬凛，却不知他何时早已换了号码。

许是换了的新号码曾经打进来过，但他辨识出谢冬凛的声音后，就拉进了黑名单。但那也是太多年前的事。

自他出道后，他的私人信息都被保护得很好，谢冬凛根本就找不到他，所以才做出如此偏激的举动。

余峥抵着额头弯下了腰。他合着眸，下颌线发颤，眼尾发红。

姜燃大气都不敢出，也不知道该怎么安慰余峥，只从他透露的一星半点儿里，猜到绑架温时雾的人是他的亲舅舅。

北城，晨光熹微。

温时雾早就被转移去西蒙斯了。

谢冬凛说他侄子聪明，一晚上没联系到温时雾搞不好会报警。万一他猜到事情与自己有关，肯定会让警察来这儿查。

这是他家，余峥小时候也住在这儿。

他能想到的唯一跟谢冬凛有关的地方就是这里，警察的确来查过了，他们很谨慎，没留下任何蛛丝马迹。

温时雾是被绚烂的灯光晃醒的。

她昨晚不敢睡，一直撑着不断打架的眼皮，但疲惫的感觉让她心脏难受，她自己都不知道自己是什么时候迷迷糊糊睡了过去。

再睁眼时，她发现自己还在昨晚被送到的 Simens 地下的一个包厢。

频闪的炫彩灯光透过她的眼皮。钊哥开门见山地问："你朋友在哪儿？叫什么名字？我让我哥们儿去找他过来。"

温时雾被绑着的手脚已经酸了，原本只是被磨红的脖颈，现在被蹭掉了薄薄的一层皮，虽然伤口不深，但也就是这样才最痛。

温时雾缓了好半晌，忍着痛，红着眼睛出声道："他只是每天都会来酒吧谈生意，现在白天又没营业，要晚上才来。"

"耍我是吧？"钊哥盯着她，"跟我故意拖时间，指望着有人能来救你？"

还是谢冬凛慌忙拦住："钊哥，别冲动，她说的话也不假，一般人都不知道西蒙斯有地下赌场，这种大明星能认识的朋友，的确都得是在楼上待着。"

钊哥凶神恶煞地瞪着她，一忍再忍。

谢冬凛提议："要不……我们先问问，她那朋友是谁？您派人去酒吧那边打听打听，是不是真有这么一号人物。"

"是谁？"钊哥又看向温时雾。

温时雾沉默了好久，小脑瓜飞速转，给出一个名字："Eric。"

超级常见的总裁英文名。

钊哥挥手派人："去问。"

他又说："要是没有这号人，谢冬凛，今天就是你最后一天期限！你最好别帮着这妮子唬我！"

"是是是。"谢冬凛连连点头，"一定能还上，一定能把钱还您，实在不行的话，我还有其他后招呢……"

他掌握了很多关于余峥的过去的资料。

洛萱说过，能派上用场。

北城警局。

余峥是早晨五点多赶到的。

青城距离北城行驶车程是七个小时，司机紧赶慢赶，路上都不敢休息，这才以最快的速度把两人送过来。

安宜市在更南边。

温盛意和叶桑宁到的时候，已经是上午了，温时野在北疆拍戏，没法开车赶，航班是中午到北城。

林意羡和阮恬在这儿守了一整夜。

谁都没睡。

根据余峥提供的消息，警察去搜过了谢冬凛的家，没找到任何线索。

“还有什么别的线索吗？或者她最近得罪了什么人？”警察问。

众人面面相觑，摇头。

姜燃：“就那么一个洛萱，已经被关了，不就在你们局子下面的看守所里？”

“她们昨晚倒的确见过面。”警察说，“临走的时候，温女士跟我提过你说的那个谢冬凛，还有一个地方，西蒙斯。”

“西蒙斯？”余峥微怔。

警察点头，分享线索：“嗯，好像是洛萱提的，说那个谢冬凛在西蒙斯欠了钱，那里有地下赌场生意，提醒我们去查。”

余峥乌瞳微微凝起。

他想起之前跟温时雾汇报行程时，有提过他今晚要约音综制片人见面，而且他当时还随口说过，也是约在西蒙斯。

他蓦然抬起头来，忽然产生一种强烈的预感：“去西蒙斯！”

西蒙斯地下层。

钊哥点了盘炸鸡，又叫人送了些啤酒，坐在沙发上大口吃喝了起来。

谢冬凛站在旁边，心中惶惶。

他忐忑不安地等着钊哥派出去的人问温时雾朋友的消息，指望有人帮他将钱还上，让他免于欠债的惩罚。

温时雾从被绑到现在没吃过东西。炸鸡的香味弥漫在包厢里，她肚子饿得难受，抬眸看向钊哥手里拿着的炸鸡，眼睫轻轻地颤了一下。

她缩在沙发角落，委屈极了。

被绑在身后的双手，仍然悄然试着互相磨，想着说不定就有磨断了绳子的时候。

她本就皮肤很嫩。薄薄地磨掉一层皮的感觉痛得她眼睛发红，肚子还空着，她甚至不知道，如果她没办法得救，还会发生什么事。

温时雾越想越委屈。晶莹剔透的泪珠在澄澈的鹿眸里打转，包厢里还响起她肚子叫的声音。

钊哥抬头："饿了？"

温时雾轻咬唇瓣，眼睫湿成一簇一簇，看起来像只惊慌失措的小鹿。

她不说话。但就算饿，她也不可能接受钊哥的投喂。

于是温时雾便别过脸去，她躺在沙发上枕着抱枕，闭上眼睛谁也不想理会。

钊哥将没啃完的半个鸡腿扔进垃圾桶，用茶几边缘撬开酒瓶盖子："嗤！小妮子还挺倔，那你就饿着！"

丢进垃圾桶都不给她吃。

温时雾仍然不理，她就闭目假寐，佯装气定神闲，好似料定了这里有朋友能拿来钱救她，没表现出丝毫紧张慌乱。

但也正是这样，钊哥和谢冬凛对她放松了警惕，丝毫没怀疑过她是否对他们说了什么假话。

直到被派去的人回来。温时雾听见了开门声与脚步声。她眼睫微颤，心脏不由得被攥紧，稍微侧了下身露出一只耳朵仔细听。

不过进来那人俯身趴在钊哥耳边，声音很小："钊哥，问过了，酒吧那边的人都说没听过有哪个常客叫 Eric。"

温时雾听不见他们说话的声音。

就连谢冬凛都想凑过去听，却也没得来什么消息，只得站在旁边。

钊哥的脸色几乎瞬间就变了，他凶神恶煞地抬头："你确定没问错？"

"确定。"那人点了点头。

钊哥突然笑出了声："好啊……"

"啪！"酒瓶爆裂的声音蓦然响了起来。

温时雾吓得颤了下，她预感不祥地睁开眼睛，果然见钊哥朝她走了过来，蓦然伸手掐住她的脖子："你敢骗我！"

"唔！"温时雾的脸瞬间涨得通红。窒息感直冲大脑，血液和呼吸的不畅，让她感觉整个人都有些发昏。

谢冬凛也脸色煞白："什么？骗——"

"钊哥！不好了钊哥！"这时又有人闯进包厢，"外面来了好多警察！"

钊哥蓦然松手："你说什么？！"

"咳咳咳！"重新获得空气的温时雾趴在沙发上猛烈地咳嗽着。

警察……

温时雾眼睛很湿，她转眸，看向门的方向，果然听见外面有密集的脚步声。

“举起手来！抱头！统统蹲下！”

“搜！一个房间都不要放过！”

外面的走廊混乱一片。

温时雾连忙试着要坐起身来，正要出声喊救命，谢冬凛却忽然发疯似的冲过来，捡起一片酒瓶碎片就架在她脖子上。

“别叫！”他威胁，“敢叫我要你好看！”

温时雾几乎瞬间噤声。她忍着眼泪不敢动，只觉得冰凉的尖锐物，抵住本就被麻绳勒痛了的脖子。

“雾雾，我的好雾雾，舅舅那么相信你，还劝着钊哥别动你，你就拿这个来报答舅舅是吗？”

谢冬凛的神情已经变了。

也许是危机的刺激，他精神状况变得有些癫狂，五官狰狞了起来，本就凹陷得吓人的眼睛，此刻如死鱼一般紧紧盯着温时雾。

被绑架的恐惧已经积攒了太久。

撑到这最后一刻，温时雾终于忍不住了。

她身体颤抖，晶莹剔透的泪珠从眼眶里落下来，无声的哭泣沾湿了睫毛，却又因为脖颈上架着一片锋利的玻璃，而要强忍着抽噎，生怕动了就会被划破脖颈。

钊哥已经立刻从包厢密门逃了，但谢冬凛逃不了。

就算他可以跟着一起从密门逃跑，但还不上欠赌场的债，他也早晚会被他们找到。

他欠的实在太多了……

他只能将最后的希望寄托在温时雾身上。

谢冬凛的手不停地颤：“雾雾，你把钱给我好不好？有多少就先给我多少，哪怕就一两百万也行。

“你的命比这点儿钞票值钱对吧？为了守着这点儿钱，要了命不值得。”

温时雾终于忍不住抽噎了一下。

脖颈上的筋微动，从玻璃碎片上擦过，肌肤上瞬间出现一道浅浅的血痕。

她忍着哭腔：“警察已经来了，谢冬凛，你放开我，你现在自首还能判得轻点儿。”

“温时雾！”谢冬凛的精神状况更加癫狂，“你不要敬酒不吃吃罚酒！我给了你那么多次机会，帮你劝钊哥，对你一再忍让！你不能这样对我！”

“你爱余峥对吧？

“你知道吗？我这里有好多好多，你们明星特别害怕的那种爆料。

“你是从北城警局出来的，你见过洛萱了，你一定知道我什么意思。

“她教我设了定时邮件，今晚七点之前如果我拿不到钱，这些爆料邮件就会发到各大媒体的邮箱，曝光余峥的丑闻！将他那些过去统统曝光！

“这小子是白眼狼！他狼心狗肺！他连他亲舅舅都不管！赚了那么多钱，却眼睁睁地看着他亲舅舅欠了那么多钱也不帮忙还！

“他会被嘲讽的。到时候全网都会指责他！

“我会让他这辈子都跟我一样翻不了身！”

“砰——”一道踹门的声音蓦然响起。

温时雾闭着眼睛，她别开脸躲着谢冬凛架在她脖子上的那片碎玻璃，根本不敢看也不敢想，生怕下一秒就鲜血翻涌。

不过，玻璃片没有划破她的脖颈。

温时雾只觉得耳边刮过一道拳风，拳拳到肉的殴打声紧跟着响起。

温时雾慌忙睁开眼。

只见余峥攥住谢冬凛的衣领，直接一拳朝他的脸上打了过去。

一连串的动作太过猝不及防。

谢冬凛躲闪不及，他被迫松开温时雾，被捶倒在地。

“雾雾！”温时野跟着冲进来。看见妹妹被绳子绑着，他步子都乱了，慌张无状地跑过来给她松绑。

温时雾眼泪决堤：“哥……”

温时野伸手将她搂进怀里，轻轻揉着她的后脑：“没事了，哥哥在，没事了。”

温盛意和叶桑宁也很快赶到，看见温时雾真的在这儿，人还活着，他们吊着的那口气终于松懈下来稍许。

耳边是谢冬凛癫狂的怒骂声：“余峥！你居然敢打你亲舅舅！我要曝光你！”

余峥唇瓣紧抿，冷眼凝视。整夜未睡的眼眸里布满了猩红的血丝，怒火已经几乎摧毁他的理智。

听见谢冬凛还在打所谓的亲情牌，他攥紧衣领将人提起来："谢冬凛，你打我逼我曝光我都可以，但你千不该万不该动雾雾——我打的就是你！"

姜燃赶紧冲过去制止："余峥。"

余峥没有理他，仍要上手去打谢冬凛。

"别打了！余峥！"姜燃去抓他手腕，"再打下去就要闹出人命来了！"

温时雾慌忙从哥哥怀里出来，她用哭腔叫他："余峥。"

"余峥，别再打了……"她叫了很多遍，但余峥就像听不见，直到他又攥起拳，在落下去之际。

温时雾忽然闭着眼睛大喊："谢礼！"

余峥的拳头蓦然悬在空中。那一拳没再打下去，他攥着拳，隐约能在静得出奇的环境里听见咔咔作响的骨节声。

他缓缓地扭过头来，眼神有些发怔。他看向温时雾，睫毛轻轻颤了下，好像忽然间就多了几分无措，连带看着她的目光里都掺了几分慌。

下一秒，温时雾抛弃哥哥朝余峥扑了过去，她钻进他怀里，双手搂住他脖颈，终于号啕大哭出来："呜呜呜阿礼哥哥……"

"没事了。"余峥只是用下颌去蹭她的肩，嗓音哑得快要让人辨识不出他的声音，"雾雾别哭，是阿礼哥哥来晚了。"

警察将谢冬凛铐了起来。

因为怕温时雾会出事，所以警队也带了随行的医生。

"带走。"警察环视包厢，"把西蒙斯参与地下赌钱的全都带回去盘问！"

警队迅速行动了起来。

昨晚陪温时雾探视洛萱的警官，沉默地看了温时雾几眼，还是没说话。照理是要将她带回警局做个笔录的，但看小姑娘吓得不轻，等会儿吧，让她缓缓也无妨。

于是警队就先都退了出去。

温时雾趴在余峥怀里抽噎，还对他十分不满意："你为什么不抱住我？"

"手上脏。"余峥声音很低。

温时雾委屈地瘪嘴，从他怀里探出脑袋来："你刚才打人的时候怎么不嫌脏？！"

她都快要吓死了，她生怕余峥把谢冬凛给打死了。

谢冬凛是死不足惜，但余峥将他打死就是防卫过当，这会将余峥给毁掉的。

余峥沉默着没有说话。

温时雾抓过余峥的手：“给我看看打痛了没有？”

“没有。”余峥心里有数。

他学过散打，也懂控制力道。

余峥捧起温时雾的脸蛋，手到现在都还在发颤：“他们对你做什么了？逼你吃什么东西没有？哪里有受伤？”

温时雾摇头。她哽咽着吸了吸鼻子：“他们就一直把我绑着，我什么都没吃，他们也没碰过我。”

余峥的喉结滚了滚。

听见温时雾说他们没给她喂乱七八糟的东西，也没碰过她，他那颗悬着的心才算是终于放下了一些。

林意羡看着温时雾身上的红痕，只看一眼都心疼：“我的天哪小祖宗，他们也真够狠的，你皮肤那么嫩，我平时连碰都不敢碰你一下，瞧让这绳子磨的……”

虽然温时雾说他们没碰过她，但绳子绑过的地方还是有很多伤痕，以及她的脚和脖子，都有被玻璃碴伤害的痕迹。

温时野说什么都要先带她去医院，警局的笔录只能晚些再做。

媒体的消息向来很快，听说西蒙斯这家大酒吧被查了，因为出现一起绑架案，以及被人举报有赌场生意。

温时雾做了全身体检，幸好只有些皮外伤。有被麻绳磨破的，也有玻璃碴子划的，伤口不深，尚未感染。

护士给她的伤口上了药。

温时雾忍着疼，眼眸湿漉漉的，但还是笑道：“看来我还挺幸运的嘛，这点儿小伤再晚来一些就该要愈合了。”

可其他人却一点儿也笑不出来。

幸运？

若真是幸运，就不会遭遇绑架。

可若说不幸？

倒又幸好她没什么大事。

不过这一夜终究给大家都吓破了胆，同时他们又感谢着那位倔强的司机。

林意羡更是知道温时雾有多怕疼，她就是表面笑嘻嘻，心里泪流八千尺:“到底怎么回事？绑你那人是谁啊？冲什么来的？”

“没谁……”温时雾小声嘟囔。

她像是不愿意再多提昨晚的事情，伸手摸了摸脖颈上贴着的绷带，就那里被酒瓶碎片划伤得深了些。

眼神悄然瞥向旁边的余峥。

他揍谢冬凛揍得指关节上有些擦伤，护士正在帮他包扎。

林意羡有些着急:“你认识他？温时雾，都这样了你不会还打算包庇犯罪分子吧？”

“我……”温时雾百口莫辩。

但她有些急了:“我才不会包庇罪犯呢！他绑架我他好过分他该死！我只是……”

“只是什么？”

“只是……”

“你倒是说啊！”

“……”

温时雾不说话，恰好温时野出去买了粥回来，她伸手捧过就开始小口啜。

林意羡被她气得快要冒烟。

直到余峥低声道:“是我舅舅。”

霎时间，整个房间里都变得很静，林意羡震惊地睁大了眼睛看着余峥，只觉得大脑一时间都有些转不过弯:“舅……舅舅？”

“嗯。”余峥眼睫很低，“亲生的，舅舅。”

林意羡转眸跟阮恬对视，便见她的反应同自己一样震惊，像是死机。

那个男人看着非常邋遢。

只是没想到那样的人竟然会是余峥的亲舅舅？

温时雾咂巴了下嘴，她掀起眼眸，悄无声息地观察着周围人的反应。

姜燃在路上时就知道了。

温时雾爸爸妈妈也早就知道余峥的舅舅。

最震惊的就数林意羡和阮恬，另外还有个温时野，他每睨余峥一眼，表情里都带着几分幽怨和不爽。

余峥站起身。他仍穿着昨天参加晚宴的衣服，沾了血的西装外套已经脱掉，白衬衣上仍有零星血迹，手上缠着刚绕好的绷带。

他明明该是矜贵桀骜的。

但此时此刻，他却垂敛着眼睫，擦掉血雾的长睫浓密地覆下来，拳也攥着，喉结滚了又滚："对不起。"

温时雾捧着粥的手指收了收，她喝不下去了，饥饿感也统统没有了，只心疼地抬起脸来看着余峥。

林意羡更是没想到余峥会这么郑重地道歉。刚才追问情况，她也没别的意思，就只是因为担心她家宝贝。

倒是叶桑宁开口："好孩子，我们都知道这不是你的错。"

温时雾忙点头，她将那碗粥塞回温时野手里，揪住余峥的衣角："余峥，这不是你的错，是他太坏了。"

余峥耷拉着眼皮看她，扯着唇角，笑得勉强，抬手揉了揉她的脑袋，嗓音依旧很低："笨蛋。"

如果不是因为他，谢冬凛根本就不会想到绑架她。

这笨蛋，被他卖了还帮他数钱。

他哪里看不出来，刚才温时雾不想回答林意羡的问题，只不过是想护着他。

"我才不笨呢。"温时雾不服地轻哼，"我说的是实话！我看你揍他我可爽了！有这样的男朋友我安全感满满！"

温时野无语地睨过去。

他想说点儿什么，却被温盛意拉住，他扭头，就见亲爹警告似的盯着他，摇了摇头。

温时野愣是把话憋了回去。他也知道余峥无辜，不必牵连，罪魁祸首只是那个谢冬凛。但看见妹妹被伤成这样，身为亲哥他怎么都气不过。不能责备余峥，他也恨不得把谢冬凛拎过来揍几拳出气。

而现在谢冬凛还被铐走了，揍也揍不着，温时野心里那口闷气就只能憋着。

"笃笃笃。"这时，警官敲响了房门。

众人扭头看过去，便见警官走进来："谢冬凛已经被我同事带回局子里了，他还供出来一个叫钊哥的，那个钊哥逃跑的路上也被逮捕了。温女士，还有其他人吗？"

温时雾摇头："就他们两个，不过钊哥好像只是受雇于西蒙斯，专门找谢冬凛这种欠钱不还的人催债，他们西蒙斯地下像是还有什么违法的生意。”

“已经一并把人都带走了，会继续查，这帮人我们抓了好久，万万没想到就藏在这市中心最火的大酒吧底下，还真是顶风作案！”

说起来警官还要感谢温时雾。如果不是因为她，这拉扯了数年的旧案还翻不出来。

警官：“不过可能还需要您配合我们，回警局做个更详细的笔录。”

温时雾点点头：“没问题。”

余峥立刻道：“我陪她一起。”

警官也的确很需要余峥，毕竟谢冬凛是他亲舅舅，也许会有更多线索。

两人跟着警官走了，白日里狼狈地从酒吧出来，进了医院，离开医院后又上了警车。

温时雾和余峥刚离开没多久，阮恬就贴耳跟林意羡汇报道：“羡姐，上热搜了，总榜靠前，舆论导向不怎么好。”

西蒙斯是北城最大的酒吧。

群众只知它晚上营业。

但温时雾和余峥却是白天从里面出来，而且带伤的带伤，沾血的沾血。

媒体更是一早就曝光了西蒙斯被查到有不干净的生意，涉案者无数，现在又拍到温时雾和余峥被带上警车。

舆论风向自然不好，网友都往糟糕的方向去猜。

“不会是余神打人了吧？”

“雾雾怎么了？怎么身上那么多伤？看着好心疼啊！”

“上警车能有什么好事？说不定是余峥欺负了温时雾呢？你看脖子上那指痕，啧，温时雾真惨。”

“真能臆测，这么会编笔给你，当编剧去吧，省得影视公司老翻拍小说了。”

大家的猜测五花八门，说什么的都有。

林意羡跟温盛意他们打了声招呼，说去警局找警方帮忙处理一下。

只要警方的通报一出，就能停止大家的猜测。但林意羡没想到，风雨欲来，一则新的词条 # 谢罪 # 上了热搜。

温时雾做完笔录已经天黑了。

她肚子好饿，还是在警局里边配合工作边简单吃了些东西下去。

警官有些抱歉："今天受了惊吓还让你留在警局做笔录耽误这么久。"

"应该的。"温时雾梨涡浅绽，"你们冒那么大风险将我救出来，是我该谢谢几位警官先生才对，你们的工作才伟大呢。"

警官笑了笑，忽然就明白了为什么温时雾人气高，无论男女老少都是她的受众。

这样乐观又懂礼貌的好姑娘也不娇气，很拎得清。

警官扣上笔盖："放心，这件事我们会查到底，林经纪刚才所提的官方通报，我们找领导审批一下就发。你是受害者，余先生是见义勇为，法医验过谢冬凛的伤，也在正当防卫的范围内，想必网友能分清是非黑白。"

温时雾站起身来，她微微鞠躬："那就辛苦您。"

林意羡也连忙道谢道："谢谢谢谢，只要能有个官方通报就没问题了。"

余峥也起身颔首："谢谢。"

警官正准备将几人送出警局，但就在这时，穿着一身黑衣的姜燃，却戴着墨镜口罩和棒球帽风风火火地冲进来。

姜燃冲得太猛，差点儿没刹住，还是冲过头后折返回来的："余峥！"

几人茫然地朝他看过去。

姜燃喘得有些厉害，他是打车过来的，下车后费劲从外面的人群里挤进来，跑得很急："先别出去，要不然这警局有后门没？我们先从后门离开再说。"

余峥已经换过干净衣服了，他抬抬下颌："怎么了？"

姜燃看了温时雾一眼，有些沉默。

对上姜燃欲言又止的视线，温时雾注意到外面的天色，忽然想起谢冬凛和洛萱都威胁过她的那番话……

晚上七点！

温时雾的心蓦然"咯噔"了一下，她看向林意羡："现在几点了？"

林意羡忙得手机早就已经没电了，之前公关部电话轰炸，还有很多广告方和影视投资方都来问，她挨个儿解释。

阮恬也接了好几个商务电话，手机还剩下最后一点儿电："八点。"

温时雾的睫毛轻轻颤了下。

她只感觉心脏被缓缓攥紧，已经预料到发生了什么，她没说话，却忽然握住了余峥的手，抓握得很紧。

余峥笑：“怎么了？”

温时雾抬起脸蛋看着他，鹿眸微凝，好像盛满了爱意，想全都捧到他面前。

余峥扯起的笑意滞了滞。

他挑眉，正要拿手机。但温时雾却握住他的手腕，指尖顺着他的手腕滑下去，溜进他指缝里，十指相扣地牵住他的手：“余峥，别看。”

还不让他看？

阮恬连忙借着最后一点儿电，打开微博热搜，林意羡也凑近过来。

看到热搜内容，两个人的表情都有些不自然，并不约而同地将目光投向了余峥。

余峥意识到事情跟他有关，他甚至已经几乎猜到了是什么事。

余峥换了只手牵温时雾，即便她想保护他不让他看，他也还是拿出手机打开微博。

还没打开热搜列表，仅仅只是点了下端的“发现”，他就看见最上端的热搜栏，挂着一个久违的，于他而言熟悉又陌生的名字——谢罪。

余峥的眼睫微微下敛。点开词条后，无数充满恶意的爆料以及他日日夜夜想要从人生里剜掉的那些记忆和过往，被一则则曝光出来。

“头条！顶流的童年过往！在穷巷子里走出来的内娱歌星！”

“打假天之骄子人设！生母离世，生父不详，舅舅欠下千万巨债却拒绝偿还？”

“光鲜亮丽的当红歌手原来小时候这么邋遢！余峥童年剧照流出，竟曾在温时雾的剧组扮演乞丐！”

“改头换面打造歌星人设？面具被撕！不是余峥！是谢罪！”

爆料的证据很是翔实，除了余峥出演乞丐、扮演死尸的那些打扮得狼狈的剧照流出外，甚至还有他家里的照片。

满地烟酒和没收拾的外卖，沾满油渍的沙发，破烂的窗帘，摇摇欲坠的吊灯，和发霉开裂的墙皮。

又或是他日常的生活照。

寒风凛冽的冬日里，只穿着件薄衫的小余峥。依稀还是能看出那张脸生得极好，只是更具美人相，不似现在这般彻底长开。

他坐在陋巷里。

嘴角还有伤，但眼睛很乌黑，没有一滴眼泪，手里攥着被撕碎的五块钱纸币，脚边还撒落了几颗，大概是争执时从口袋里掉出来的糖。

若不仔细辨认，乍一看还真很难认出图片里的小男孩，就是如今骄傲耀眼的余峥。

除了点掉了右耳耳垂那颗朱砂痣外。

余峥生得很像母亲谢知秋。

年幼没长开时，少年五官有些浓艳，又肤白唇红，让人觉得雌雄莫辨。

况且他的生活照又那般狼狈。

衣着单薄，常年挂彩，剧组造型也灰头土脸的，即便细看那张小脸还是会被惊艳，但也实在叫人难以将落难逃荒的乞丐形象与如今耀眼夺目的余峥联想在一处。

评论区尽是震惊之词。

“你告诉我这是余峥？”

“营销号造谣别太离谱吧！我们余神小时候怎么会是这个样子！”

“他不是海归音乐才子人设吗……”

“我刚去查了谢冬凛的案底，还真有这么一个人，因为欠债被告过好几次了。余峥那么有钱不帮家人还钱？”

“倒是一不小心揭开了余峥跟温时雾幼年相识的谜底，原来他俩十五年前就合作过。”

“这还是重点吗？”

“看到照片我突然就悟了，感觉余峥能被抓上警车也很正常。”

“不可能！这肯定是假的！”

“就算是真的又怎样啊？余神家里人不好跟他有什么关系？他的出身又不是他能决定的！事实证明他就是有才啊，你能说他假唱过吗？或者学历造假？原创抄袭？”

“看到余神童年是这样我都快心疼死了……到底是什么样的家人才会给他起谢罪这种名字！”

“那他舅舅欠钱怎么解释？”

“我相信余峥！这里面肯定有内情！”

…………

微博广场争论不休。

许多人认为明星就该是完美的，至少永远只能展示完美的那一面，一旦有什么不如意的方面被曝光出来就是塌房。当然也有更多理智的粉丝觉得可以接受余峥的全部。

他们喜欢他的高颜值，更喜欢他的才华；喜欢他的原创与歌喉，喜欢这个隐忍六年秘密练习，一朝出道即为巅峰的，也会谈恋爱会生病会受伤会有不如意的活生生的人。

但余峥的流量终究太高了，流量高就意味着争议多。

媒体曝光出来的余峥的童年太过令人震惊，尤其是他幼年时的狼狈，与现在的骄傲形成的强烈反差，着实冲击感太强，任是谁一时间都难以消化。

就连姜燃看到时都震惊了很久。姜燃第一反应是给沈确打电话，通知他这件事，让他赶紧联系公关部辟谣。

毕竟余峥是沈确签下来的。他是最了解余峥过往的人，一定知道这些媒体哪些话是在造谣。

但沈确只是沉默了好久，然后说了句："网上说的那些，都是真的。"

姜燃用了五分钟消化这件事，然后便立刻赶来警局，果然看见媒体围堵在外面，等着问余峥。

他肯定不能让余峥就这么出去，于是跟外面维护秩序、驱赶媒体的警官打了声招呼，便匆忙冲进来找他。

所有人都担心地看着余峥。但他却挑眉，轻嗤一声："你们都什么表情？"

没有人说话。

余峥眼角眉梢间很是散漫，神情懒懒的，让人觉察不出情绪："觉得我很可怜？"

众人连连摇头。

温时雾抬起眼眸看着他，她唇瓣微张，似乎想要说点儿什么来安慰他。

但余峥却忽然抬步。

还没松开他的手的温时雾，慌忙将他拽住："余峥，你要去哪儿？"

"外面不是有很多媒体在找我吗？"余峥眉尾轻抬，神情散漫平和。

姜燃也连忙阻拦："你不能出去！外面那些媒体明显就是想恶意采访，图个流量，他们来者不善，你又何必应付？"

"就是因为来者不善才要应付。"余峥眼睫很黑，他转眸看向温时雾，"曾经，我也有一段时间觉得，谢罪的那十四年是余峥洗不掉的污点。

“他生父不详，生母也离他而去，唯一的亲人——舅舅，却是他人生里最大的累赘。

“他卑微、弱小、不起眼，甚至连站在在乎的人身边的资格都没有。

“所以他要成为余峥，只有成为余峥后，才配得上让她多看他一眼。”

温时雾只觉得心里有些酸，她轻轻摇头：“不是这样的……”

余峥笑得有几分肆意：“但是后来，有人告诉我，她说余峥很好，谢罪也很好。哪怕是最耀眼的太阳，想要观星时，也要先自愿降落下来，让日夜轮转，星星升空，此后才能有机会抬头仰望他。”

温时雾神情微怔。

这是……她曾经跟他说过的话。

余峥眉眼间的意态十分潇洒，无所谓地耸肩：“所以，没什么不能面对的。

“我用了十年走到顶峰，如果哪天想要下来，也只能是我主动从上面走下来，而不是因为我没有勇气面对过去，就这样被几句舆论一脚踹下来。”

“如若不然，”余峥看向温时雾，眼窝很深，“我才真的配不上她。”

姜燃也瞬间被他这番话说得开悟。他深思着点了点头：“对，逃避永远不是最好的解决办法。既然我们根本没有错，那还不如站出来面对它！”

温时雾的眼神也十分坚定。她看向余峥时，眸光仍然很亮，充满仰慕与崇拜，她从未在任何一刻，因为他的悲惨过往而怜惜过他。

怜惜这个词不属于余峥。

他就是骄傲耀眼的，璀璨夺目的。

她欣赏他源于慕强，而不是同情。

“我陪你。”温时雾牵紧余峥的手，她梨涡浅绽，“阿礼哥哥就是很好很棒！”

警官也连忙出声：“我跟着一起吧，虽然领导还没把官方通报批下来，不能发公文，但口头跟媒体解释一下今天的事件还是可以的，也许能平息一些负面舆论。”

第十九章

♪

节节高升

北城警局外，嘈杂一片。

媒体互相挤着想拍到点儿什么，好几个警官都在外面拦着，想将人赶走。

还有媒体直接开着现场直播，直播间里数百万人等着最新消息。

那位记者拿着话筒："现在，我们来到了北城警局，据说余峥和温时雾就是被警车带到这里，可能还在里面接受审问。大家可以看到，有警察在门口拦着，不允许我们进去，因此暂时还没有看到余峥和温时雾露面。不过前不久姜燃赶到，大概是进去给余峥通风报信的。"

"大家怎么能堵在这里？这算妨碍公务了吧？"

"我巴不得媒体曝光点儿什么呢！赶紧给余峥澄清！"

"警方又不是不发官方通报，堵在门口妨碍公务是为了这个吗？还不是无良媒体打着旗号想挖谢罪的料！"

"我是来看雾雾的，她身上的伤怎么回事啊？我听说是西蒙斯那里有起绑架案？绑的是雾雾吗？好担心呜呜呜……"

直播间弹幕里各说各话，看热闹的、关心温时雾的、八卦余峥和社会新闻的什么都有。

这时人群里忽然传来嘈杂的声音，伴着更夸张的骚动："余神来了！"

开直播的记者连忙扭头，摄影师也立刻举起设备扫过去，镜头虚焦片刻后终于重新变得清晰。

只见人群中有道颀长优越的身影，浓颜系的眉眼轮廓深邃，乌瞳在黑夜里更亮。

余峥早已不似白天在酒吧门口被拍到时那般狼狈，染血的衣服已经换掉，他换了身慵懒随性却不掩锋芒的休闲装。

哪怕场面再混乱，还是能让大家一眼就注意到这个人。

他像是天生就吸睛的。就连镜头都得他青睐，随意一调整，就直接聚焦在了他的身上。

记者们簇拥着递来话筒，七嘴八舌地提出让人不知从哪个答起的问题。

“余先生，你有什么要解释的？”

“网上的爆料是否属实？”

“请问你今天被带进警局，是跟西蒙斯的犯罪案件相关，还是参与了打架斗殴？”

“网上说你的真名是谢罪，余峥只是你的伪装，天之骄子人设是假，请问你有什么要跟粉丝说的吗？”

“温时雾脖子上的伤痕是你所为吗？”

听到这些提问，温时雾真的很想跟他们吵架。

但她知道她不擅长骂人，这时候开口大概只会浇灭这一行人的气势。

于是她只转眸看着余峥，用着那种毫不遮掩的仰慕的眼神，告诉所有人，她并不在意网上的那些爆料，她依然坚定不移地爱着他。

而余峥神情沉静。他早就不再是年幼时被舅舅打了就只会缩在角落里偷偷舔舐伤口的小雀；而是得尽了偏爱，见过太阳，成为过星星，前路风光，早已展翅的鹰。

面对提问，余峥抬眸，略微偏头，注意到正在开直播的那个镜头。他唇瓣微启，嗓音依旧性感，却是第一次用这种方式做自我介绍：“大家好，我是谢罪，余峥是我的艺名。”

现场几乎瞬间哗然一片，但事实永远不能被改变。

余峥唇角轻扯：“我母亲叫谢知秋，曾是一名歌手，在出道前夜被经纪公司的人侮辱，因性子刚烈坚持报案，不肯向坏人低头，遭遇封杀雪藏。

“被封杀期间她将我生下，没过多久选择离开这个伤害了她的世界。因我生父不明，所以警察将我交给舅舅谢冬凛抚养。

“而我舅舅谢冬凛，多年来靠向我母亲伸手要钱为生，并将我母亲的死推在我头上。他认为是我的出生刺激她抑郁症发作，害他不仅没有了生活来源，还被迫要带着一个拖油瓶，从而希望我能认清自己的位置，让我余生都背着这个罪过。所以为我起名，谢罪。”

这是姜燃第一次听余峥讲起他的童年。他内心震惊，愤怒，不敢相信这世界上竟然还有如此肮脏的一面，更没想到受害者能被定性为恶人，而加害者可能至今都在逍遥法外。

谢冬凛居然忍心将九岁的孩子扔到剧组做群演，只是为了让他赚钱给自己花，而自己却吃喝玩乐，酗酒成瘾，沾染恶习。

没钱了便来剧组找余峥要，给不够就殴打他，年幼的余峥没有跟成年男性抗衡的能力，这才造成常年挂彩的模样，甚至到冬天都攒不下钱为自己买一件厚些的外套。

他就是在这样的境遇里遇到温时雾。

也难怪梨涡妹妹如太阳般的笑靥，能让他惦念这么多年。

所有人都安静地听着余峥讲自己的过去。

从争执到沉默；从看热闹到眼眶发涩。

现场许多人听到余峥的过往，都心疼得落下泪来，就连媒体都有些不忍心再提出问题为难余峥。

而陪同他们出来的警官，也道："当年的确有这个案子，谢知秋女士曾经报过警，也有她跳楼自杀的案件调查。

"至于这次将他们两位请到警局，是因为温老师被谢冬凛绑架，你们看到的她身上的伤，都是这起绑架案弄出来的，而余老师是在救她时进行正当防卫，才让媒体拍下浑身是血的一幕，并非网传猜测的那样，官方通报晚些会由北城警局发出。"

舆论风向蓦然得以扭转。

"什么？真是绑架案！"

"谢冬凛这个坏人！以前欺负余峥！现在欺负时雾！"

"活该余峥不帮他还钱！他一个成年男性自己好吃懒做没有收入来源，指望卖外甥过活，余峥凭什么理他！"

"谢冬凛居然为了要钱绑架雾雾，还道德绑架余神，让余神替自己还钱，哪有这样的舅舅啊？"

"好心疼余神……万万没想到他童年是这样子的，那得是付出了什么才能走到今天这一步？"

余峥自诉过去，并不是为了博取任何人的同情，只是不得已要面对它。

他依旧落拓不羁，流畅刚毅的下颌微微扬起，睫毛很密，瞳色漆黑，成熟又性感的骄狂模样彰显着他此刻的锋芒。

早已从谢罪蜕变成余峥的锋芒。

他在告诉所有人——

他，余峥，不需要任何同情。

请一如既往地仰视他。

余峥桀骜张扬地看着镜头："7 月 20 日，来听我的演唱会，我会交上一份新的答卷。如若你们来，可以继续叫我余峥，也可以当我姓谢，但我不叫谢罪，叫谢礼。"

余峥工作室立刻配合发出公告——

余峥出道四年，首次全球巡回演唱会，始发站，安宜，正式官宣！

这是生养温时雾的城市，也是余峥出道演唱会的举办城市。

从哪里出发，就回到哪里。

温时雾始终倾慕般地仰视着余峥，听见他第一次亲口向别人纠正，他不是谢罪，是谢礼，她差点儿就笑着要哭出来。

余峥收回视线，眼角眉梢的锋芒略掩，他低眉敛目，长睫微垂，看向温时雾时明显多了几分温柔。

指腹从她眼角噙着的泪拂过，他挑唇轻笑："我们回家。"

温时雾没有犹豫地点了点头，下一秒，余峥便牵紧她的手，如私奔般穿越茫茫的人海，迎着夏天的晚风向前跑。

向前跑，勇于面对过去。但永不回头，因为——

余峥的前路，只有风光。

余峥的全球巡回演唱会空前火爆。

首站安宜开票之时，说它一秒售罄都很保守，简直是即开即没。

温时雾号召全家人帮她抢票。

这天 18 时 58 分，家人们便在群里报到集合，连林星柚夏灼灼林意羡她们，都没能逃脱温时雾摁着她们帮忙抢票的魔爪。

所有人都盯着抢票界面。

温时雾紧张得心脏怦怦直跳。

倒是余峥肆意散漫，他向外敞着腿，将温时雾扣在怀里："有什么好抢的？我让人留一张最前排中间的票给你。"

说话间，他扣着她的腰，指节微微弯曲，漫不经心地挠着。

"别烦。"温时雾拍开他的手，她完全专注在抢票这件事上，哪怕正主就在眼前，她此刻都没有多余的工夫看一眼。

她奶凶地警告道："时间马上到了！要是抢不到票我等下就跟你

生气！”

余峥：“……”

他眉尾一挑，自觉将手松开。

时间跳转到 18 时 59 分。

温时雾只觉得心跳愈发加速，她看着电脑上开着的倒计时软件。还将她的筋膜枪拿来，开启物理外挂。让筋膜枪超高速地敲她手指，而她手指随着筋膜枪狂摁手机屏幕。

余峥神情复杂地睨着温时雾欲言又止，最终还是选择不予置评。

十秒后听见她快要穿破天花板的尖叫：“啊啊啊！筋膜枪不愧是古希腊掌管抢票的神！我抢到了啊！”

甜橙香忽然扑了满怀。

方才说要跟他生气的姑娘，欢天喜地地扑进他怀里，亲昵热情地搂住他的脖颈，用力在他唇瓣上啄了一下。

“余峥！我好棒！”温时雾眼睛很亮，“我真的抢到你的演唱会门票了！”

“嗯。”余峥的眼瞳情深晦暗。他略微用手臂提起温时雾的腰，将她捞到怀里，眼睫垂敛着看她时，似如拉丝般的视线黏稠地缠进她心里，“抢这破票占了你这么长时间，那接下来的时间，是不是归我了？”

“嗯？”温时雾茫然地掀起眼帘望去，唇瓣便忽然被余峥的唇下落覆住。

背脊像是过电，温时雾的睫毛轻轻颤了下，余峥就着势便将她压进柔软的沙发里。

她搂着他的脖颈自然躺倒。

视线触碰，目光交缠。

余峥再低首吻上她的唇瓣，呼吸错落。

唇齿交合的那一刻，周围的一切似乎都被屏去，只剩下荷尔蒙的气息，绵延侵袭，惹得彼此的心跳都悸动失控。

他真的很会亲，温时雾早就对他有此评价。

他的手指滑入她的指缝，扣握着她的手摁至头顶，绵长的吻里有呼吸的间隙，换气的节奏像是将她抛至云端，又放下来，飘到一半还没落实，就又被捧了上去。

温时雾总会被他亲得晕晕乎乎。

余峥掌握着所有节奏，所以她的呼吸比他急，每次见温时雾换气没跟上时，他就抵着她的唇哑笑出声。

不过这次，他对别的事情更感兴趣。

他扣握着她的手，将她牵引到自己腰际，撩着衣摆将他的上衣推上去：“摸吗？”

“什么？”温时雾还没反应过来。

余峥将她的手放在自己腰上，声音里是吻过劲后的性感：“腹肌，摸吗？”

温时雾的脸颊瞬间通红。

但她没躲，只是在指尖触碰到他侧腰线时，被他的体温烫得一颤：“能吗？”

她还挺想摸的。

余峥压着她的唇笑：“嗯。”

“练了很久。”他用她的手，将自己的衣摆彻底撩开，“早就等着你来摸了。”

温时雾轻轻舔了下唇瓣。她将手探进去，指尖试探着抚触，没两下就摸到了余峥腹肌的轮廓。

她听见他呼吸渐沉。

“好硬。”温时雾笑着栽进他怀里，但手还放在他的腹肌上，“喜欢。”

“那帮帮我。”余峥吻她的侧脸。

温时雾忽然整个人僵住，她睁圆了眼眸不知所措地看着余峥。而他纠缠不休的吻绵绵地落下来，落在她敏感的耳朵，趁着她浑身战栗忘了拒绝，将她的手引了过去：“好不好，雾雾？”

“不……”

“雾雾，疼疼我。”

“……”

然后便是余峥呼吸渐沉的喟叹，末了，余峥餍足地笑吻她：“谢谢雾雾。”

温时雾觉得荒唐极了。她洗手时，还在绞尽脑汁地想，事情是怎么从抢票发展到刚才那样。

余峥这人简直就是天生的蛊王，太过容易将人迷惑！

现在的余峥明显神清气爽，他整个人都像抖擞开了似的，饶有兴致地懒着身半卧在沙发里翻看温时雾的剧本。

而温时雾洗完手后便拿出手机。她微信已经被轰炸了。因为太多人都在帮她抢票，无论抢没抢到，总得来给她汇报一下战果。

不过，简言之，抢票成功这种事情归根结底还是要靠古希腊掌管抢票的神——筋膜枪。

还真就只有温时雾自己抢到了票，其他人都宣布失败。

夏灼灼："这么难抢啊？我让夏家傅家全公司的人都帮着抢！居然都没有一个抢到的！"

温时野："啧，别提了，我在剧组已经听见很多妹妹在哭了。"

林星柚："我愧疚的心情终于淡了点儿，原来大家都没抢到啊。"

林意羡："温时雾人呢？她自己抢到了没有？怎么开票之后就直接没影了？"

季晏川："忙吧。"

温时野："？"

除温时野之外的人欲言又止：哦——

可能确实忙。

"忙"完了的温时雾逐个儿回复大家消息，后来干脆发朋友圈统一通知，说她靠筋膜枪顺利抢到了一张票。

微博上也热闹得要命。

温时雾爬上夕拾朝花这个小号，看见了微博广场在讨论余峥的演唱会热度，还看见有人在说不知道余峥工作室买没买水军。

还有很多人笃定余峥一定不会像之前那样站在高山之巅。

可余峥的粉丝是一如既往地热闹。

"呜呜呜！我没有抢到！"

"我好恨……我还以为这次的演唱会门票能好抢些！"

"我现在好羡慕那些抢到票的人。"

"夕夕呢？好久没见夕夕了，我记得夕夕是安宜人，她抢票了没有啊？"

"夕夕已经很久没上微博了欸，我都担心她是不是跟网上说的那样，真的脱粉余神了……"

"才没有！"温时雾立刻在粉丝群里回了消息，"我这辈子都不会脱粉的！"

樱桃："夕夕！你终于出现了！你抢到票没有啊？我居然抢到了！"

夕拾朝花："抢到了！全靠筋膜枪！"

樱桃："那玩意儿还能用来抢票？"

夕拾朝花："别没大没小，胆敢不敬我们古希腊掌管抢票的神。"

樱桃："那我们这次是不是终于可以见面了？"

"见面吗？"温时雾单手托腮。

她望着天花板思考片刻，又转眸看了眼窝在沙发上翻他剧本的余峥，随后便将自己的票面截了图，只打码了票号，堂而皇之地将座位号亮出来，把这张抢到的票发到微博，在群嘲之中毅然决然地表示了支持。

夕拾朝花 V："7 月 20 日，安宜见呀！余峥的前路，永远风光。"

因为温时雾遭遇绑架事件，所以她的进组时间比原先计划的晚了些。导演组和制片方都很善解人意，知道她也是无妄之灾，没有怪罪。

不过温时雾还是满心歉疚。

进组第一天，她便给所有人都带了小礼物，此后便十分努力地追赶进度，白腻如雪的肩在太阳下被晒伤了也不吭声。

毕竟，7 月 20 日她还得请假。

为了早就约好的余峥全球巡回演唱会的始发站——她无论如何都要去。

这段时间里温时雾和余峥都各自忙得不可开交。

幸好片场就在北城，但温时雾常有大夜戏，从白日拍到转钟。

余峥忙他的全球巡回演唱会，和刚成立不久的工作室，偶尔出差去其他城市参加些品牌活动，和一档新的音综。

他也经常来探温时雾的班。

他坐在旁边欣赏温时雾跟前辈飙戏，等她收工后，便送她回剧组给她在片场附近订的酒店里休息，偶尔留宿。

但见温时雾每天都累得软绵绵。他总也不舍得对她做什么，还得心疼地给她往晒伤的肌肤上抹芦荟胶。

时序就这样进入盛夏。

北城槐花盛开，花瓣飘落时像是七月落雪，安宜的荷花却是接天莲叶无穷碧，在市政公园的池塘里铺满一片。

温时雾提前赶了进度，撒着娇跟导演请 7 月 20 日的假。

导演无奈而纵容："早料到了，余峥的演唱会你能不去？那才真是太阳打西边出来！"

"导演同意啦？"温时雾梨涡浅绽。

戴着墨镜的导演抬抬下颌。

温时雾当场就雀跃地跳了起来，把导演从头到脚夸了个遍。

不过那天还是出了些变故。

剧组租的绿幕棚即将到期，可摄影那边却意外丢失了几段素材，有场非要温时雾补拍不可的戏，过时不候。

温时雾只得白天又来了趟剧组。

火速拍完这场戏后，才准备重新买最近一趟航班的票，坐飞机赶往安宜。

倒是她刚从片场跑出去，就猝不及防栽进一个喷了香水的怀抱。

温时雾茫然地抬眸。

夏灼灼宠溺地伸手将她拢过："走，就知道你赶不上飞机，姐给你申请了私人飞机航线，俩小时后起飞，送你去安宜！"

前不久她的千金马甲被扒，谁都没想到——

她跟傅屿霁简直就是门当户对，强强联合，早就已经商业联姻。

之前狗仔拍到的花边新闻，也就是被嘲的那些料，其实都是已婚的实锤。

自那以后夏灼灼就彻底放飞自我，她退出了娱乐圈，还跑去学直升机驾驶。

不过现在驾驶证还没拿下来，就指挥着私人飞机送她俩去安宜听演唱会。

这还是夏灼灼第一次听演唱会。她纯属好奇，就高价弄了张票来，前几天就跟温时雾吵嚷着说要跟她一起，见识见识余峥演唱会的大场面。

安宜人山人海，盛况空前。

安宜文体早就知道这位顶流格外青睐在这座城市开办演唱会，尝过四年前拉动经济的甜头，也有了维持秩序的经验。

只是这次又格外不同。

余峥首次官宣全球巡回演唱会，安宜作为始发站，将会全网直播，温时雾所乘的飞机尚未彻底降落，在低空看见城市全貌时，就已经看见安宜布满了独属于余峥的克莱因蓝。

"牛啊。"夏灼灼竖起大拇指，"顶流的阵仗果然是不一样……"

温时雾俏皮地眨眼："但他们不懂，我家阿峥的演唱会才不要克莱因蓝，他其实更喜欢橙黄色，像太阳一样的橙黄色。"

飞机终于降落在停机坪。

夏灼灼让管家帮她俩将行李送去酒店，司机则直接送他们去体育馆。

温时雾说：“先去趟那家花店。”

夏灼灼跟温时野一个反应：“哪家？”

“那家。”温时雾转眸无奈地看过去，“那家花店的名字，就叫那家花店。”

夏灼灼比了个“OK”，心里一边默默无语着花店的奇葩名字，一边跟前面的司机打了招呼。

温时雾很早就订了花。她上次来听余峥的演唱会，订的是喷了克莱因蓝漆的明黄色海芋。

但这次订的却是十五朵向日葵，中间簇拥着一束克莱因蓝色的吸色剑兰。

剑兰。

见花如面，节节高升。

她祝愿余峥永远耀眼，永不败落。

而她，永远与他同行。

只可惜前往安宜体育馆的路格外拥堵。

温时雾原本算着，取完花再去现场应当来得及，她还预留了半小时的堵车时间。

但显然她低估了这场演唱会的盛况。这一路上堵得要命，尤其是安宜文体还在体育馆外，弄了一块超大投影屏，实时直播内场情况。

很多商场和酒吧也跟着凑热闹，设立了余峥专场，组织粉丝们来一起看演唱会的直播，简直到处都是克莱因蓝色的海洋。

温时雾单手杵腮，她有些失落地看着窗外，浅浅地叹了一口气：“八成是要迟到了……”

余峥今天新歌首发。那首为她而写的《上上签》，就是他所说的要给粉丝交上的新答卷。

而他今天将以这首歌作为开场，她却听不到了。

温时雾眼睫微垂，拿出手机看时间，便看见余峥问她到哪儿了。

她拍了张窗外堵车的照片，又见樱桃疯狂戳着她的微博私信：“到哪儿了？到哪儿了？我到了！我在第六排！但我看你贴的一排十五号上没人啊！演唱会马上就要开始了啊！”

温时雾又幽幽地叹了口气。

但这时，夏灼灼却握住了她的手腕，潇洒地扬起下巴：“走，姐带你换机车！势必得赶上这场演唱会的开场！”

机车在安宜公路上疾驰。

温时雾敢说，这是她最疯狂的一次，迎风时她甚至还能闻到吹进她呼吸里的向日葵香。

她单手抱着夏灼灼的腰，另一只手捧着花，有朵向日葵的花瓣被风给吹折了，但簇拥在中央的剑兰却依然挺立。

进入场馆的那个瞬间，漫天的克莱因蓝灯海几乎将人吞没。

温时雾急喘着跑进来，抬眸便见舞台似若星光漫天。

灯束下，一道慵懒颀长的身影，抱着她送他的那把黑色吉他，身姿不羁地坐在高脚凳上，指节清晰的手指摁住琴弦。

立麦放在眼前。

温时雾没来得及看手机。

她不知道演唱会已经开始了多久，只平复着呼吸跟舞台上的人四目相对。

而余峥忽然挑起眉眼。

他遥遥望着极远处进来的一道身影，终于在粉丝们的尖叫声里，低首躬颈，唇贴麦克风，性感的嗓音萦绕全场：“往后余生，只争朝夕，顶峰相见。大家好，我是余峥。”

尖叫声几乎要掀翻体育馆的棚顶。

温时雾的呼吸还没彻底平缓，但她舒了口气：“还好赶上了。”

“快去找座位吧。”夏灼灼小声道，“我在第十四排，咱俩演唱会结束见——”

“算了。”她又想起些什么，“不见也行，毕竟你得跟你男朋友走。”

温时雾有些嗔怪地看了夏灼灼一眼。

她抱着花，包装纸在尖叫的声浪里窸窸窣窣的，猫着腰往前找位置时，有认出她的粉丝惊呼出声：“雾雾！”

温时雾连忙用手指抵住唇，而台上的余峥看见抱着花鬼鬼祟祟溜进场馆里的温时雾，他张扬地挑起唇：“我的新歌，《上上签》，送给我的梨涡妹妹。”

温时雾的背脊忽然一僵。她眼睫轻颤，抬眸看向余峥，听着满场的尖叫声终于在位置上坐下来。

现场直播的弹幕里也跟着发疯。

“天啊！是梨涡妹妹！”

“他说送给他的梨涡妹妹！”

“救命！好甜！刚才开场那么久余峥都不吭声，他是在等温时雾吧！”

“写给老婆的歌当然要等老婆来了才能唱啊！他又没要唱给我们听！”

熟悉的吉他律动响了起来。舞台灯光洒落余峥满身，映得他肌肤很白，如玉竹般的手指在琴弦上拨弹着，充满了恣意畅快，自由加身。

那是温时雾在他家曾意外听过的旋律。

他的新歌，《上上签》。

她是这首歌修改后的第一个听众。

“一签如堕烟海，二签枯木逢春，三签风禾尽起，四签凤凰出林。签运可解不可求，相逢才是上上签。”

余峥的歌声慵懒性感。

被上帝吻过的嗓子天生便自带优势，他肆意地抬着下颌，侧背的发型露出光洁饱满的额头，显得眉眼更加深邃。

满场挥舞着克莱因蓝色的荧光棒。

温时雾望着舞台上的人，笑容明媚，向日葵放在怀里，而她手里的那支应援棒，依旧是全场唯一如日光般的橙黄。

叫人忍不住地看过去。

陆续有很多粉丝在现场认出她，因为她这次大大方方，没戴口罩。

樱桃的手机也不停有信息进来。

微博粉丝群里都在戳她：“见到夕夕没有啊？夕夕到底长什么样子哟？咋没动静？你俩是面基后就没空搭理我们了嘛！”

樱桃正专心听演唱会呢。

但手机实在振动得她有些受不了了，就连微信上都有好多人在问。

于是樱桃拿出手机低头回复：“本来想开场前找夕夕的，但一排十五号没人啊，你们等下，我再看一眼哈。”

回完消息。

樱桃便直身探头看向第一排。克莱因蓝色的灯海里，有一束唯一的橙黄色荧光，在蓝色海洋里格外亮眼。

樱桃几乎瞬间就注意到那里，定睛就发现是温时雾。

她眼瞳一缩，正准备激动地尖叫，却忽然发觉好像有什么事情不太对。

演唱会场馆里是分单双号的。

单号在左半区，而温时雾恰好也在左半区。

她坐的那个位置好像……

樱桃感觉有些恍惚，因为她自己就是九号，跟同排的十五号之间只隔了两个位置。

于是。

她以自己的座位号为参照，竖直着找到一排九号的位置，再往左数。

十一……十三……十五！

樱桃的眼瞳蓦然缩了一下。

她只觉得大脑死机，下一秒就嘴在前面跑脑子在后面追："夕夕！"

恰好是《上上签》的间奏。

来自第六排的这道声音格外尖锐。温时雾下意识回眸，恰好看见第六排那道不可置信地站起身来的身影。

樱桃的嘴惊愕地张大！

温时雾巧笑倩兮，梨涡浅绽，俏皮地歪歪头，摇着荧光棒跟樱桃打了下招呼。

樱桃大脑里的弦彻底断了。她甚至都不知道，《上上签》这首歌是什么时候唱完的，主旋律已经变成 *You light up my life* 的时候，樱桃才缓缓回过神来，僵硬地掏出手机，努力找回灵魂，目光呆滞地点开微博粉丝群开始打字。

樱桃："你们猜……我刚才看见了谁……你们绝对这辈子都想不到！温时雾居然就是夕夕！"

众人："？"

#夕拾朝花 温时雾#

相关词条几乎瞬间爆上热搜，因为不只樱桃发现了这件事，还有不少来了现场的粉丝，格外注意了夕拾朝花晒出来的座位号，一排十五座那个位置。

视频爆料里本该坐着余峥大粉，那位因棉花娃娃而出名的手作娘的位置，温时雾抱着一捧向日葵，举着橙黄色荧光棒为余峥应援。

"夕拾朝花就是温时雾？温时雾居然是夕拾朝花！余峥那个大粉？"

“我就说余峥上次生日会的时候，领口为什么别着夕拾朝花的棉花娃娃！而且还是我从来没见过的迷你款！”

“这是什么玄幻事件？”

“那上次还有人爆料，说夕拾朝花脱粉余峥还把他拉黑了……”

“拉黑啥啊！这分明是小情侣的情趣罢了！肯定是余神发现她马甲了！所以她羞愤之下才把他给拉黑的啊！”

好神奇的双向奔赴。

曾经，她是隐藏明星身份，悄悄为他设计棉花娃娃的忠实粉丝，却不知晓他走到顶峰，只为与她相见。

而今，所有谜底揭开。

面对太多的非议与质疑，又是她干脆利落地披上这个藏了很久的粉丝马甲，大大方方地买票发微博，为他应援。

舞台上，星光璀璨。

灯束下那道不羁的身影，抱着吉他弹唱时，彰显着极致张扬的性感。

余峥的姿态慵懒松弛。

他不需要看弦，只不羁地抬着眉眼，一首又一首不间断地唱过去，似若丝线牵拉般的眸光始终落在观众席的第一排，左侧单号区，第十五号的位置。

演唱会长达两个小时，余峥没请任何朋友来帮忙助唱。

饶是再好的嗓子，这一场唱下来，也逐渐有点儿哑。

终于，吉他弦音停了。

余峥筋骨清晰的手指摁住琴弦，将吉他放至一边后，接过助理递来的撕掉标签的矿泉水，仰头一口气喝尽。

观众席是愈演愈烈的尖叫声。

余峥润过嗓，磨砂般性感的嗓音听起来比刚才清冽许多。他起身，走到台左侧的黑钻钢琴前，坐下。

唇瓣贴近麦克风：“最后一首歌。”

观众席的克莱因蓝色海洋，像是涌起了巨大的海浪般，随荧光棒翻涌起来。

粉丝们都在喊——

“《梨涡妹妹》！”

大概是听见粉丝们喊歌名的声音，余峥扬唇低笑了下，光打在侧脸上，衬得他鼻梁更加立体，纤长浓密的黑睫随笑轻颤。

“曾经，有位姑娘，她在星光盛典舞台上，与我遥遥相约，说要顶峰相见。

“后来，为了兑现与她的这场约定，我才有勇气花费这十年的时间，走到这里，让你们看到今天的余峥。”

舞台下是一浪高过一浪的尖叫声。

繁星般的光斑在全场流转，融入布满克莱因蓝的夜色，加冕在余峥的发顶，也落进温时雾明亮的眉眼里。

她一眨不眨地望着舞台上的余峥。

余峥也率性慵懒地偏头回望过来：“这场顶峰之约，我做到了。”

观众席有道尖叫声在这氛围里显得格外突兀：“只争朝夕好甜！”

温时雾一听就是樱桃在大喊，她差点儿就要酝酿出来的眼泪，在听见这道声音时，忽然笑着沁了出来。

余峥与温时雾对视：“《梨涡妹妹》。”

也不知是在唤她，还是说歌名而已。但总之，他的目光在她身上停留很久，直到手指摁下钢琴键：“这首歌，为你而作，也，永远只为唱给你听。”

台下欢呼声更烈。

流动的钢琴音缓缓响起。

是再熟悉不过的前奏，像冬日里大雪纷飞的夜，雪花落在静谧的暗巷后，融成了雪水，云雾散开，夜归晴朗，银河斗转，漫天繁星流动在他的肩膀上。

“黑夜走过陋巷，我抬头看见太阳，
“至暗时刻的光，把空寂眼神照亮，
“少年也曾彷徨，看不见归途希望，
“她却赠予信仰，祝愿他耀眼张扬。”
……

现场难得变得很安静。

粉丝们轻轻晃着手里的荧光棒，簇拥着第一排那抹唯一的橙黄色，安静地欣赏着余峥再唱这首《梨涡妹妹》。

曾经，大家只觉得这首歌里充满了故事感，却读不懂其中的故事。

原以为被奉为天之骄子的余峥，从婴孩时期就注定了会骄傲耀眼。

却不承想，原来少年也曾彷徨，只是幸运地遇到了属于他的那盏光，因着这份信仰，才变得耀眼张扬。

观众席忽然传来些许骚动，有关注到微博的粉丝，悄悄戳着身旁的友人：“快看微博！”

有不少粉丝疑惑地拿出手机，只见有两则新出现的词条，高位悬挂在热搜总榜上——

#余峥 微博小号被扒#

#十年暗恋#

粉丝们连忙点进词条。

一位曾扒出无数明星微博小号的内娱博主，在余峥演唱会上，《梨涡妹妹》这首歌旋律响起的瞬间，发布一则新的微博。

“终于找到了某顶流的恋爱小号！没想到这位私下竟是恋爱脑，记录了不少喜欢人家姑娘的暗戳戳小心思，太好嗑了！”

听着余峥在舞台上唱《梨涡妹妹》，大家纷纷爬进他的微博小号。

是十分不惹人注意的风景头像。

雪山之巅，阳光普照。

粉丝数是没有的，账号的唯一关注，就是温时雾。

他的内容如下——

2014年5月31日 晴

确哥终于肯签下我了。

他说，接下来可能要送我去国外学习音乐。我私心有些不太想去，因为，出去之后就再也见不到你。

2015年1月30日 雪转晴

纽约的冬天很冷。

今天下了大雪，但哪怕下雪，也依然是晴天，像你。

生日快乐。

2016 年 3 月 9 日 小雨

听说你今天来纽约了。

我特别想去看看你，现场人很多，你看见我了吗?

2017 年 5 月 3 日 多云

忽然发现国外有很多无麸质餐厅，他们做的菜式很好看，不全是那些无聊的玉米红薯紫薯山药。

我决定跟他们学学，以后有机会做给你吃。

2017 年 9 月 13 日 阴

今天学会了捏山药泥花。

原来，山药泥真的会变成花。

2018 年 6 月 21 日 晴

今天我十八岁了。

是不是可以靠近你了?

2019 年 1 月 30 日 晴

今晚点了根仙女棒，姜燃还嫌弃我。

祝你生日快乐。

2020 年 6 月 21 日 晴

往后余生，只争朝夕，顶峰相见。

2021 年 7 月 4 日 很晴很晴

今天，听见有人形容今晚夜色晴朗。

原来是真的。

那或许冬天的夜晚真有太阳。

2022 年 1 月 30 日 晴

今天故意买了一趟飞安宜的机票。

果然能在安宜机场遇见你。

不过你应该没看见我，因为我偷偷去的。

中午就坐飞机回来，不然确哥要骂我。
生日快乐。

2022 年 10 月 6 日 很阴
你不许拍吻戏。

2023 年 6 月 21 日 暴雨
笨蛋。
我看见你来听我的演唱会了。
怎么成我粉丝了？

2023 年 6 月 21 日 更大的暴雨
真没认出我？

2023 年 6 月 21 日 还没停的暴雨
…………

2023 年 6 月 22 日 暴雨停了
看见了你的机场照。
五彩绳很好看。
端午安康。

2024 年 1 月 30 日 晴
生日快乐。
就快可以了，等我。

第二十章

♪

顶峰相见

像日记本一般的小号记录了余峥从少年时至今的暗恋心思。

自十年前的 5 月 31 日始，至十年合约结束后的 5 月 31 日终。

粉丝们想，若是一个站在悬崖边的少年，忽然被那样阳光的姑娘拉了一把，从此不堕入深渊，反而因为她成了顶好的人。

这场如光一般的救赎应当也有着如沐春光般的欢喜。

曲终了。

余峥摁在钢琴键上的绵长尾音，仍然随着延音踏板回荡在体育馆内。

爆鸣般的尖叫与掌声几欲掀翻棚顶。

粉丝们似乎比此前更加激动，两位当事人倒是不清楚发生了什么。

夏灼灼却是看微博看得一把鼻涕一把眼泪，哭得狼狈，哭得哽咽："呜呜呜呜……这该死的爱情！"

余峥的演唱会结束。网络直播当晚就破亿的点击率，突破了内娱直播演唱会的播放纪录。

新歌《上上签》上线后，当晚就直接蹿上线上音乐平台的新歌榜首。

余峥不仅没有被拉下神坛，反而火得更加轰轰烈烈，全新原创单曲又一次封神。

他沐着光从钢琴前起身。

掌心贴在左肩，微躬身致以谢礼，随后骄肆地抬眉看向第一排的温时雾，桃花眼里牵动起再张扬不过的笑意。

灯熄，散场。

余峥先下场回了后台。

粉丝们还意犹未尽地久久不散，甚至很多人连眼泪都还没止住。

温时雾抱着她给余峥准备的花起身，听见身后的脚步："夕夕！"

樱桃在散场后连忙挤到前排来，正式跟温时雾打过招呼：“我是真没想到……你居然就是夕夕！”

温时雾笑得有些不好意思。她也挺歉疚的：“抱歉，一直瞒着你们，被扒掉马甲的话还挺丢脸的……”

樱桃笑得开怀。

确实，这要不是温时雾亲自扒掉自己的这个小马甲，谁能想到夕拾朝花居然会是她啊！

樱桃也终于明白，为什么这位夕拾朝花能从余峥那里给她弄来她想要的 to 签。

“好啦，不耽误你时间啦。”樱桃看着她手里的花，“你还要去找余神吧？祝你们百年好合早生贵子哦！”

温时雾脸颊微红，她下意识很有礼貌地说了声“谢谢”，转念又觉得不太对劲。

早生贵子……她谢什么谢！

但说出口的话已经来不及收回，温时雾只能匆匆道别后去了后台。

哪料在过道里忽然又被人喊住：“温时雾。”

温时雾茫然地循声转眸望去，便见安全通道的吸烟区，有道身影浸在云雾缭绕里。沈确摁灭了手里的烟，挥散烟雾，笑着朝温时雾走了过去。

“或许我也应该叫你一声……”他笑得很是温和，“梨涡妹妹？”

温时雾驻足，她有些不好意思地笑笑：“您好，您应该是……余峥的经纪人，沈确老师？”

她听姜燃和余峥都提起过，也见过他的照片。

毕竟是极昼音乐的经纪总监，又捧红了一个余峥，因此在内娱地位挺高，很少有人会不知道他。

沈确有些诧异地挑眉：“那看来他还没告诉你，我已经不是他的经纪人了。”

“啊？”温时雾有些蒙。

没听说余峥跟极昼音乐解约，但他若还在极昼音乐，断不可能换别的经纪人带他。

沈确怎么肯？

公司又怎么可能放心？

于是温时雾轻抿了下唇瓣：“您找我，是有什么事情吗？”

她原本还以为是来阻止他们恋爱的，想跟她说会影响余峥之类的云云，劝她慎重些，别影响他的前途。

但沈确说他已经不是余峥的经纪人了，那看来不是。

沈确笑笑："倒没什么特别的事。"

笑过之后，他目光略定，神情忽然变得认真："就是想亲自祝福一下你们。

"余峥这十年过得很不容易，我愧对他，但幸好终得圆满，我真心希望你能永远陪他走下去，对他好点儿，再好一点儿。"

"谢谢。"温时雾笑，"我会的。"

她抱着怀里的那捧向日葵，正要抬步去找余峥，却又忽然停下："沈确老师。"

沈确回头看她。

温时雾抬眸，清澈的眼睛很亮："我能问问，您当年为什么会签下余峥吗？"

沈确明显愣怔了一下。

温时雾鹿眸轻眨，看他时那样真诚："大家都说是您眼光好。"

沈确笑着反问："那你觉得呢？"

温时雾歪着头思索片刻，轻轻摇头："虽然我很希望他百事顺意，星途坦荡，但我知道，他没有那样好的运气。"

沈确"嗯"了一声："是他找的我。"

温时雾屏住了呼吸倾听，便见沈确躬着颈，不知是歉疚，还是自嘲地淡笑。

他手又抄进口袋里，摸出一根烟，低首拢着手将烟点燃。随后才在吞云吐雾间抬起头来，眯眸看着温时雾："他说，只要我肯签下他，他愿意做极昼音乐十年的艺人。"

四个字轻飘飘地落进温时雾耳中，却比铅还沉重："九一分成。"

温时雾震惊地睁圆了眼眸，她不可置信地看着沈确，大脑有一瞬死机。

九一分成……

这种分成比例是什么概念，想必娱乐圈的每一个人都清楚。

温时雾只觉得头皮和背脊都发凉，她忽然间有些不敢想象，余峥这十年来过的究竟是怎样的日子。

十年，九一分成。

所以，他直到今年才肯来找她。

因为在此之前，他还背着如此沉重的合约，沉重到他觉得尚且不算顶峰相见。

沈确观察着温时雾的表情，与他料想的一样。

他用两根手指捏着烟，从唇间取下，偏过头："所以，其实我愧对于他，现在他解脱了，应该还挺恨我的。替我跟他说声抱歉。"

可温时雾却轻轻摇头："不会，您是他的贵人。"

沈确微怔，他有些诧异地扭头看回温时雾。

但见温时雾眼神真诚，那双漂亮的鹿眸澄净得发亮："您不是慈善家，没道理无成本签下一个没有名气也没有钱的小谢礼。是您给了他新的名字，新的身份，新的未来，才成就了今天的他。不该是您说抱歉。"

沈确定定地看着温时雾。

好半晌，他才忽然笑出了声来。怪不得余峥会喜欢她。

沈确拍拍她的肩膀："想必你还没关注新的热搜，记得看一眼微博。"

温时雾茫然地眨了眨眼睛。

她不明所以地单手抱花，拿出手机，还真看见微博上多了两个热搜。

#余峥 微博小号被扒#

#十年暗恋#

那个瞬间，温时雾只觉得心跳好像漏了一拍。

她眼睫垂敛，心弦拨动，平复了很久的呼吸，才有勇气点进那个词条。

余峥的小号已经被挂在最显眼的位置。

一串不明所以的乱码昵称和雪山之巅被阳光普照的头像。

十年如一日的记录，他将自己的信仰与思念灌注在这些无人关注的文字里。

纽约的蓝天晴日，华人街端午节时叫卖的五彩绳，冬夜里点一根仙女棒和他学会的山药泥花……

温时雾从未想过，她七岁时拉过一把的少年，将他们短暂相处的点滴，尽数奉为这十五年来最值得铭记的珍宝。

她甚至从来都不知道原来她八年前去纽约参加活动时，余峥也被挤在那纷纷扰扰的人群中央。

更何况，他早就在他的演唱会上看见过她了。

那时她并未认出他是谢礼，可他从始至终都知道她是温时雾。

温时雾鼻腔发酸，眼眶微红，她翻看着余峥的微博小号，眼泪滴落在手机屏上，晕得她看到的字愈发模糊。

直到划动至最新微博，她看见呼应了沈确方才与她说的那件关于十年合约的事的微博。

> 2024 年 5 月 31 日 晴
>
> 十年期满。
>
> 我决定，去见她。

那一刹那——

温时雾的眼泪彻底决堤，像是断了线的珠子般的眼泪，并非呼啸而来的暴雨，而是因这字字戳心的爱意，让漫长的余生都变得潮湿。

沈确不知道什么时候已经离开了，后台的走廊已没有人。

温时雾站在灯下，怀里的向日葵都被她的眼泪晕湿，打蔫了几片小花瓣。

直到手机振动。

在休息室等了很久的余峥，迟迟没见温时雾过来，他肆意懒散地窝在沙发上，敞着领，将手机贴在耳边，挑唇笑问：“我家梨涡妹妹怎么丢了？还不过来啊？让我好等。”

温时雾噤着声，没有说话。

她垂眼看着怀里的向日葵，湿成一簇簇的睫毛，在卧蚕处落下小片阴影，还时不时有新的眼泪珠子落下来。

听对面迟迟没有声音，余峥唇角笑意微凝，他大抵是还没看微博，收笑蹙眉，低声唤：“雾雾？”

温时雾很努力地屏住呼吸，但还是没忍住，哽了一下。

紧接着她就听见电话那边有窸窣着从沙发上坐起的声音：“哭了？”

余峥随手抓起外套就准备出门找人。

他演出服还没换下，只是领口被他扯得稀烂，或许是在舞台上唱了很久太热，回休息室后他就放肆着胡乱扯开，却没想到还有要再出门的时候。

余峥的呼吸很急：“在哪儿？”

话音落下，他推开门。

还没等到温时雾的回答，他抬眸便见捧着向日葵的姑娘站在走廊里。

余峥正欲抬步走过去，却没想到是温时雾先朝他小跑过来，直接跳起来搂住他的脖颈，迫使他弯腰低头，随后便踮起脚尖，哽咽着吻上！

余峥只觉得唇瓣忽然一软，怀抱里瞬间溢满了温时雾身上的甜橙味儿，和她手上的向日葵香。

温时雾吻得毫无章法，像是生出来的青涩嫩芽刚破了土，尚未开花，便迫不及待地试图引诱蝴蝶的亲吻。

虽然已经跟余峥亲过很多次，但她着实不算有经验。

在此之前，回回都是余峥主动，她只需要乖巧地张嘴做配合的那一方。

偏偏温时雾攻势还挺猛。

余峥微怔，都没办法反客为主。

他轻轻提起温时雾的腰，反身将她带回休息室里，锁上门。

刚将温时雾打横抱起放上沙发，她就伸手扯住他凌乱的衣领，抬身凑近又啄吻了下他的唇瓣。

见余峥没有要反抗的意思，温时雾凑近又要亲。

倒是余峥伸手捧住了她的脸，暂且阻止了她这一连串强吻的架势。

他注意到她眼眶红得厉害，鼻尖也红，纤长卷翘的睫毛被眼泪晕成好几簇。

余峥不知道她为什么哭，只是见她哭了，就心脏跟着发酸，心疼地用指腹拂掉她眼尾的泪珠。

说实话，余峥被今晚的温时雾吓到了，他差点儿就要觉得这是什么告别吻，才能至于让她边哭边亲得猛烈。

但温时雾什么都没说，她只是轻声抽噎。似乎还很不满意他捧住她的脸，阻止她亲过去，于是又压着余峥将他扑倒，混着泪珠的吻再次落在他的唇上。

余峥干脆不再反抗了。

他原本也不欲反抗关于温时雾的任何，只是有些见不得她掉眼泪。

于是，他便只是搂住她的腰，由她压着自己的唇，在换气的间隙，哑声调笑道："原来我们梨涡妹妹这么野？"

余峥的唇瓣很红，潋滟着被亲过润过后的水渍。

温时雾已经没再哭了，但眼睛还是红得厉害，像刚才欺负人的不是她，反而是她自己被余峥给欺负过头了似的。

她瓮声瓮气的:“我本来就没有很乖。”

余峥扯着唇嗤了一声，明显不信。

哪料下一秒便觉得腰间一松，他低首就见温时雾扯开了他的腰带。

余峥的背脊蓦然僵住。

一道电流很猝然地贯穿他全身脉络。

余峥还没反应过来，就见自己腰际裤子跟着皮带敞开，温时雾要将手探过去。

他立刻抬手扼住她的手腕，稍一用力，扯得她跌进自己怀里。她温软的掌心撑在他胸膛上，由着他的心跳撞击她的手掌。

“温时雾。”他盯着她的眼睛，桃花眸里的黑瞳有些愕然，“你来真的？”

温时雾用那双红得要命，乖巧无辜，又清凌凌的眼回望他，似乎不太理解他为什么会觉得她不是真的，然后轻轻点了一下头。

她都不知道她这种纯洁的眼神有多钓。

余峥的掌心扣住她的后腰，蓦然反身将她压回自己身下，攻势更强也更有技巧性的吻，如暴雪压枝般朝她落下来。

风雨欲来，吻落在颈间、眉眼，绵延向下。

温时雾亲昵地搂住余峥的脖颈，她没有任何反抗，甚至主动回吻。

在他埋在她颈间，嘬吮她的肌肤时，她也抱着他的头，指尖向下轻拂，极为磨人又意味不明地揉捏他的耳垂。

那曾经长过朱砂痣的地方。

余峥感觉自己快疯了，却又不可避免地心慌。

他喉结滚动，扣住她掌心，手指滑入她的指缝间:“今天怎么这么主动？”

余峥的嗓音很哑。

他今晚本就一直在用嗓子，更遑论染上情欲后的性感调子，像是钢琴的低音区，又沉，又醇得沁进人心深处。

温时雾轻闭双眸。

他不吻了，她便主动凑近。

很缠绵地，一下又一下啄吻着余峥的唇瓣，偶尔蹭过他的鼻尖，又或是睫毛在他脸颊上拂过："因为，很爱很爱你。"

她嗓音也很绵，甜得人连骨头都软了。

余峥呼吸渐沉地再次压吻上去。

外面依旧是浓烈至极的喧闹，来听演唱会的粉丝们久未散场，整个安宜市里，还到处遍布着克莱因蓝色的海洋。

夜里是难见的晴天。

是的，夜晚也可以用晴来形容。

月亮高挂枝头，万里无云，只有晚风拂过池塘时，才偶尔惹得莲叶簌簌作响。

没人知道休息室里是怎样的旖旎。

也没有人知道，余峥和温时雾是什么时候偷偷从体育馆里溜走的。

但豪华住宅区的顶层大平层里，无人能视的落地窗前，两道人影叠缠在柔软的懒人沙发上，又被温时雾闹着转回卧房。

余峥的心脏直到现在都还在颤。他轻捧着温时雾的脸，下颌紧绷，喉结滚动，唤她名字的时候声线都抖。

他似乎很不确信他是不是真的摘到太阳了。

直到温时雾的手探下去，余峥只觉得大脑里好像有烟花炸开。

"余峥，我爱你。"她好认真地看着他，"好爱，以后也会好爱好爱。"

她主动吻他："我们向前走吧。"

永不回头，也永远不会转头离开，他们要一起向前走。

安宜市的夜，水波荡漾，晚风在池塘表面吹起一片拂动了荷花的涟漪。

心脏同频，灵魂共振。

温时雾只觉得湿吻落在她耳际，他听见余峥嗓音低哑着说了一声"好"。

后来的整个夜晚她看见星与灯摇曳，月与影重叠。

卧室里的枯木抽叶生芽，生长得炽烈。

第二天，温时雾和余峥同回北城的娱乐八卦，便洋洋洒洒地铺满了微博。

余峥忙完巡回演唱会的第一站，新歌《上上签》也已经上线，接下来他会有一段短暂休息的时间。

但温时雾还要立刻赶回北城拍戏，她这部戏才刚进组，怕是要入初冬才能杀青。

媒体拍下的机场照片里，余峥怀里抱着温时雾送他的花，十五朵向日葵簇拥着克莱因蓝的吸色剑兰，穿着低调慵懒，虽戴着黑色口罩，但露出的眉眼却一如既往地骄傲张扬。

他牵紧了温时雾的手。

无论在安宜市机场，还是北城机场，无论哪家媒体拍到的只争朝夕合影，都不曾见过余峥将她的手松开。

“哇哦，小情侣好甜呀。”

“十五朵向日葵，围着中间的一朵剑兰花。余峥好幸福呀。”

“终于明白温时雾来听余峥的演唱会，为什么拿的是橙黄色荧光棒，而不是他的应援色克莱因蓝，因为她是他的光！”

温时雾去年拍的古装电视剧《冬来枝白》开播，口碑极好，在卷得要死的暑期档，凭借出众的剧情和演技大爆特爆。

温时雾穿着素白色战国袍，红绳束发。

雪夜淋白了她的青丝。她提着一盏灯，独自一人，一阶阶地走上城楼，坦然地面对死亡。

特写镜头拍到她的那双眼，漂亮，清澈，坚定，噙着泪却坚忍着不肯落下来。

这超绝的破碎感名场面，一度在这个夏季，成了很多观众心里的白月光。

《冬来枝白》完美收官，直到结局，口碑也仍呈上升趋势。

许多观众都说这部剧后劲儿太大，虐得心肝脾肺都疼，却又忍不住二刷三刷，刷的同时还喊话只争朝夕能不能出来撒个糖，让大家换口味尝点儿甜的。

但温时雾和余峥是没空的。

他们一个还在组里拍戏，一个三天两头往外地飞，过段时间还得在国外继续办他的演唱会。

只有闲下来，余峥才会挤出时间来回北城陪温时雾。

想到她在剧里为别的男人自刎，余峥在她收工后，将她压在片场里的楼梯间，扯到没有工作人员注意的安全通道。他咬住她的发带，将她的头发拆开，唇瓣碾在她敏感的耳际，执着地问：“他长得好看，还是我长得好看？”

温时雾被弄得浑身都软了。

她都没力气咬住唇，边哼唧出声，边气急败坏地与他反驳：“他是敌国太子！他害我亡了国！我为了护佑我国百姓平安才于城楼上自刎！我又没跟那个男演员在剧里谈恋爱！”

余峥醋意大发地轻哼，他没好气地咬她唇珠：“那也有感情戏，只是立场对立才没谈上。他看你的眼神占有欲很强，他想亲你。”

温时雾：“……”

她在心里尖叫。

那是演戏！是演戏！她甚至都从来没拍过吻戏！

总之余峥不听她辩解。他单手抱着她，将她压在墙上，堵住温时雾喋喋不休的小嘴，缠人碾磨间，他还留了个给她换气的间隙。

他另一只手的食指抵住她的唇，浓密纤长的眼睫敛下，桃花眼盯着她勾人：“小点儿声叫，雾雾，如果你不想让楼道里的声控灯忽明忽暗的话。”

温时雾欲哭无泪地仰头，由着余峥将吻落在她颈上……

初冬，枝丫染了霜白，温时雾的新剧《逆时间》迎来杀青。

剧组终于等到北城的初雪，在外景里拍摄了这部剧的最后一场戏。

时空颠倒，梦醒时分。

在这最后一场戏里，温时雾扮演的角色睁开眼睛，回到第一集的开头。

梦醒后，她看到的依然是剧中父母的遗照，他们的骨灰盒被她紧紧抱在怀里。

她原以为，她在父母离世后幸运地让时间倒带，回到还能承欢膝下的过去，还来得及孝顺他们的曾经。

这段时间里她不再只专注工作，而是与父母度过了一段温馨幸福的时光，弥补了还没来得及孝顺他们，就黑发送白头的遗憾。

可是没有想到，梦终究还是有醒来的那一天。

哪里有逆时间？不过只是大梦一场。

雪淋了温时雾满身。她抱着骨灰盒，跪坐在雪地里恸哭，梦里与父母相处的幸福点滴，和现实中曾发生的那些争吵与忽视在回忆里重现。

但世间没有后悔药，时间也无法逆转，剧里的她还是永远地失去了父母。

温时雾的情绪感染力极强，从哭得撕心裂肺，到逐渐遗憾无声。

剧组的许多工作人员都红了眼睛，被她这场哭戏带动得想起自己父母，觉得或许是时候抽空回去探望探望了。

导演也在监视器前抹泪。

余峥有幸看到了温时雾在杀青戏里的演技爆发，他乌瞳定定地看着她，看她哭成这样，心脏也不由得被紧紧揪起。

直到导演喊："卡！"

"杀青！"欢呼声响彻片场。

负责气氛的剧务拿出彩带，兴奋地朝天空喷发，同北城的初雪一起落下来。

温时雾哭得太专注，哪怕导演喊了杀青，她都一时半会儿没缓过劲儿来，坐在雪地里红着眼睛哽咽。

后劲儿太大，就算眼泪不再继续往外流，温时雾的眼睛也泪盈盈的，睫毛湿成一簇一簇的，时不时就忍不住抽噎一声。

头顶传来一道意味不明的笑，温时雾抬起眼眸。

便见余峥慵懒不羁地站在那儿，他将掌心搭在她的发顶上，随后蹲下来，跟哄小孩儿似的抬抬下颌："还哭呢？"

温时雾又忽然抽噎一下。

她抽噎的样子实在有趣，眼睛又湿又清澈，无辜并狼狈。余峥没忍住低眸笑出声来，肩膀都在颤。

温时雾没好气地看他："你笑什么？"

然后又哽一下。

余峥情难自禁地笑得更张扬了。

温时雾恼羞成怒："有什么好……好笑的！我这是……敬……敬业！余峥！你不准再……笑了！"

她气急败坏，像小猫儿似的抬手就要抓人。

但这时，肩膀却忽然被温暖地裹住，呼吸里沁进熟悉的乌木佛手柑香。

余峥轻敲她额头："哭成这样，不知道的还以为是我死了，真是个笨蛋。"

温时雾决定要整整两个小时不理他，结果没过几分钟，工作人员就热情地走过来："温老师，来吃杀青蛋糕呀！余神今早特意带过来的！听说是他亲手做的，无麸质的呢！"

温时雾当即就抬步小跑过去，她捧起一小块蛋糕，看到上面用果酱画的画，有着明显的不熟练的手工痕迹。

耳郭忽然扑来热气："甜吗？"温时雾背脊一酥，当时便惊诧地转眸望去，沾了奶油的唇角，不经意间蹭过余峥的衣领，在他黑色高领羊绒衫上留了一抹白。

他把外套披在她身上了。

而他自己却不再多加一件，就这般装可怜似的在她眼前晃。

温时雾瞬间就没脾气了，她十分见不得余峥穿得单薄，忙单手捧着蛋糕，腾出另一只手扯掉身上的外套塞给他，然后连连点头："嗯嗯，甜。"

余峥笑得漫不经心。

他不太怕冷，不过是为了装可怜。

但温时雾将外套还给他，他便收着，随后俯身凑近，声线性感低哑如弦："是吗？那我也尝尝。"

话音落下。

他的掌心便贴住温时雾的后腰，低首凑近，微凉的唇贴在她的唇角，舌尖轻卷，又滑到她唇珠上轻轻咬了下。

甜奶油的味道在唇齿间弥漫。

温时雾耳根发红，她慌忙抵着余峥的胸膛将他推开，捧着蛋糕转身就要走，却见周围许多人都发现了他们俩在这里光明正大地亲亲。

"哦呦呦呦——"大家起哄的声音响起，惹得温时雾脸更红，方才沉浸在杀青剧情里的情绪也转念散尽，她都忘了自己是什么时候彻底从戏里走出来的了。

也许就是因为余峥在身边，无论她入戏有多深，都总有他接着，他永远能将她给带出来。

今年北城的冬天比往年暖。

但终归是北城，冬日里依旧常见大雪纷飞，皑皑白雪落满紫禁城，红白一片。

1月28日，除夕夜。

温时雾和余峥都受邀上了春晚，虽不同台，却也借着机会一起过了除夕。

这春晚温时雾年年都上，余峥却是头一回。

往年央视也曾几次邀请，但都被他礼貌婉拒，只因还没到时候见她。

当晚，“余峥红色西装”的相关词条便上了热搜。

照片是星光漫天的舞台，余峥穿着设计感极强的红色西装外套，领口是繁复的钻闪，尾摆渐变至黑，以黑衬衣做内搭，造型分外亮眼。

这是他第一次以红色造型公开亮相。

看到热搜的温时雾闻风而来，她近距离欣赏着将外套敞开敛到两侧去的余峥，将他的胳膊扒拉开，以至于红色西装尾摆重新落回来，挂在余峥的宽肩上。

温时雾巧笑倩兮地看着他：“余峥。”

余峥挑挑眉，似乎不太喜欢这件衣服。他不喜欢这种外放的红。

不过温时雾好像还挺喜欢。她踮起脚尖，朝他凑近：“新年快乐。”

演播厅里响起主持人们带头倒计时的声音，烟花在晴朗的夜空里炸开，洋洋洒洒地落下漂亮至极的流火。

前几日下的雪已经融了。

整个北城，热闹得声势浩大。许多在后台穿梭往来的艺人，都在派发红包，沾一份迎接新年的喜气。

余峥看着她，扯了扯她头上的红色锦鲤发带，笑得张扬：“新年快乐。”

“还有——”他忽然躬身凑近，“提前 24 个小时说，生日快乐。”

这次不用再在微博小号里暗戳戳，也不会有人比他更早了。

温时雾的生日自然还是余峥陪着过的。作为温家团宠，她难得生日不回家，春晚后就直接跟男朋友“私奔”。

余峥亲自给她做了蛋糕，但温时雾又自己额外多订了一个，让商家送到余峥家里来。她现在总习惯往余峥这儿跑。他这里厨具齐全，还总有人给他送新鲜果蔬，温时雾方便蹭饭。

蛋糕送上门时，是余峥去拿的。他还穿着做蛋糕时的围裙，懒懒地抬起眉眼：“我们寿星怎么还自己订蛋糕？”

温时雾趴在沙发上弄棉花娃娃。

余峥昨晚的红色西装造型给了她新的灵感，她立刻就想照着那个样子，趁热打铁地打板出一个新款来。

她抬起眼眸：“是你的蛋糕呀。”

余峥微怔。

温时雾笑容很甜，梨涡浅绽：“我不是以前答应过你吗？我的生日就是你的生日，所以，我们的生日当然要一起过呀。”

余峥眼瞳微深地看着温时雾。

她坐起身来，将做了一半的棉花娃娃放到旁边，随后便倾身抽开包装蛋糕盒的蝴蝶结，将一并买的蜡烛拿出来。

她正要把蜡烛插在蛋糕上，手腕却忽然被炙热的手掌扣住。

余峥抬手扯掉身上的围裙，将温时雾压在沙发上，攫住她的唇，侵略性极强的吻猝然落了下来。

“唔……”温时雾眼睫轻颤，还软着手劲儿往旁边够，惦记着，“蛋、蛋糕……”

余峥声线沉哑，他压在温时雾身上，像只匍匐的兽，深邃沉沉的乌瞳里是不想遮掩的直白欲望……

余峥给温时雾准备的生日烟花，在窗外的夜空中盛放，也在温时雾的脑袋里绽放。

恰如那一段歌词里：“可我们明明说好的，说好等雪融，等烟花，等太阳升起，等三分春色……”

北城的雪除夕夜前就已经融化。

她的二十三岁生日，余峥为她准备了一场再盛大不过的烟花。

待到三分春色时，温时雾的新剧《七日春信》开播，再次成为现象级爆款。

余峥的《上上签》，也让他在前不久第二次拿下 IMC 国际音乐协会颁发的全球畅销专辑榜冠军，和最新一届的华语金曲奖。

双喜临门。

定于五月中旬的 2025 年星光盛典，同时给温时雾和余峥发来邀请函。

约温时雾出门喝咖啡时，夏灼灼饶有兴致地单手托腮：“你们这对小情侣真是，事业爱情双丰收哦。”

“那有些人表面对傅总嫌弃得要命，却三天两头被拍到在别墅落地窗前亲吻，又算怎么回事？”温时雾笑盈盈地回击。

夏灼灼：“……”

她颇为不自在地撇唇，别过脸。

行吧，她承认傅屿霁这个人是还行，最近还是挺讨得她欢心的——

这老公，还算凑合。

接下来的这段时间各大品牌的高定礼服，成堆地往温时雾面前递，期待她的青睐。

温时雾往年的成绩和数据就很好，今年更是爆款频出，口碑依然上升。

那部待播的《逆时间》前段时间发了预告片，演技爆发到令多少影评人赞叹，大有要将她的咖位往视后方向抬的架势。

她今年很有拿下“星光 Queen（皇后）”的希望。

再加之她与余峥恋爱，许多高奢品牌方都希望温时雾今年星光盛典上能穿自家衣服，最好拉着余峥这位越来越火的顶流一块，所以还递来不少情侣装。

但温时雾不喜欢做恋爱营销，她觉得她自己很好，余峥也很好。他们不需要捆绑，他们只需各自努力，顶峰相见，作为独立的个体闪闪发光。

所以温时雾婉拒了情侣装的想法，在几套礼服里挑了最衬她心意的。

转眼便是五月中旬。

每年的星光盛典都受万众瞩目。

北城五月里犹如花瀑般的粉色蝟实，花枝低垂，犹如春日里的花雨，大朵大朵地将奢华鲜亮的红毯包围。

颂天娱乐提前透露了温时雾的红毯造型。

红毯直播一开，粉丝们就热情地涌进来期待自家女鹅登场。

不过温时雾的位置比较靠后。

通常情况下，流量高咖位大的明星，都会在比较偏后的位置出场。

她百无聊赖地坐在车里托着腮，听见外面尖叫喧闹，却没办法欣赏走过红毯的帅哥美女，最多只能对镜自怜。

或者偷偷给余峥发着微信消息问他红毯第几个上。

余峥也坐在自己的车里等着，他跷着长腿，姿态散漫，胸口难得别着的一枚钻石胸针，不用阳光照射就璀璨耀眼。

看到温时雾发来消息，余峥漫不经心地笑，低头敲字：“不告诉你。”

温时雾颇觉扫兴地撇了下嘴，用指尖轻点脸颊，小声嘟囔：“不告诉就不告诉。”

等会儿进了内场她不要理他了。

想着，温时雾摁灭手机。

这时阮恬过来敲窗：“雾雾，稍微准备一下，很快就到你啦，手机先给我吧，等你进了内场之后我再还给你。”

女明星怎么可能揣着手机走红毯。

温时雾将手机给她。

随行造型师连忙检查了她的妆容，在细微处补了妆，又给她锁骨和肩膀上抹了些珠光碎闪：“可以了。”

直播镜头甩至红毯入口。

车门被推开——

温时雾踩着高跟鞋走上红毯。

银色丝线串联着水钻的轻盈翅膀，随腰身扑闪起流动的弧度，雾紫色渐变裙身流光溢彩，她像俏皮的蝴蝶精灵跌落人间，又在这北城的夜幕里坠入花海。

她选的是一条雾紫色的抹胸晚礼裙，薄如蝉翼的轻纱裙摆朦胧仙气，与点缀的星钻沿着裙身垂坠而下。

高跟凉鞋踩在红毯上，她稍一旋身，后背似精灵翅膀般的超大蝴蝶结便轻轻扑扇起来，在镁光灯下闪着光。

“温时雾好美！”

“雾雾今天简直仙女下凡！戴上这个超大蝴蝶结，我都怕她突然间飞走！”

“不是我说，余峥这小子可太享福了！”

“又是嫉妒余峥的一天。”

直播间十分默契地刷起了满屏的“嫉妒”。

而温时雾也走到签名板前，接过主持人递来的笔，背身签名。

主持人将话筒递给温时雾：“时雾今天裙子很美嘛，人也很美。”

温时雾向来不会在这些方面谦虚。她从不吝啬夸奖别人，也大方地接受着别人对自己的夸奖。她笑得很甜：“谢谢呀，你也很美。”

主持人实在有被她绽着小梨涡的笑靥甜到，她被迷倒似的捂住胸口：“但听小道消息说，时雾好像拒绝了跟余峥穿情侣装？”

“嗯……”温时雾歪头，“是我拒绝的。”

主持人：“我能问问为什么吗？看不到情侣装，大家都觉得好遗憾呢。”

温时雾有些讶然：“不会吧？难道你们想看余峥穿粉色、橙色、蓝紫色？”

“哈哈哈哈本来没想的，但时雾这么一说我突然就期待了。”

“上次余峥穿红色西装就很帅啊。”

“我说真的，浓颜系帅哥偶尔穿点儿这种颜色还真挺帅。”

“不过确实……很难想象余峥穿得这么粉嫩，也不太能想象雾宝穿性感小黑裙哈哈哈！”

主持人也被温时雾逗笑了。她佯装思索脑补了下余峥穿着同色系雾紫色西装的样子，好像的确有些难以想象余峥为爱变成花蝴蝶。

“下次可以试试，想必粉丝们还都挺期待的。”主持人换了个别的话题。聊及温时雾最近的热播剧《七日春信》，以及待播剧《逆时间》，打了一波小广告后便将温时雾请向内场。

温时雾拎起垂坠着铺满红毯的裙摆，正要抬步往前走，便听身后掀起尖叫。

甚至还有粉丝在场外喊：“雾雾！别走！回头！你快回头！”

温时雾疑惑地转眸望去，只见红毯入口处，踩上一双黑色的漆皮正装鞋。余峥穿着笔挺的深色西装，搭配简约却一如既往领口松散的白色衬衣，气质矜贵而散漫地沿着红毯走了过来。

温时雾算是明白粉丝为什么喊她了。

她扭身，驻足，梨涡浅浅地笑望走上红毯的男人，还悄悄抬手跟他打了个招呼。

总归她现在并不是主角，不管做什么小动作都不会有人在意。

哪料余峥骄肆地抬起眉尾。他扬着唇角，桃花眼里笑意甚浓。看见温时雾在红毯尽头朝他打招呼，他肆无忌惮地朝着她抬了下手。

而余峥抬手的瞬间，西装外套的袖口处钻光微闪，现场摄影师立刻捕捉细节。

只见被拒绝穿情侣装的余峥，虽一如既往穿了最保守的深色西装，但袖口却配以一枚淡紫色贝母纽扣。

镜头聚焦在他领前，便看见他胸口还别着的一枚夸张至极的紫钻蝴蝶胸针。

“我天！女朋友不跟他穿情侣装，他自己硬凑！”

“这男人太会了！他一早就知道时雾今天什么造型了吧？”

“毕竟颂天娱乐有发造型透图啊！”

“可是余峥工作室今早发的图里可没有这枚紫色贝母袖扣和蝴蝶胸针！”

“他真的好爱温时雾！”

温时雾也注意到他西装上的小细节。她笑得有几分无奈，想着不能在红毯上逗留太久，拎起裙摆便准备去内场等他。

哪料这时，刚在签名板上写完签名的余峥，接过主持人的话筒后，就懒洋洋地偏头看向她的背影："前面那位蝴蝶公主——"

温时雾背脊一僵，讶然地扭头。

就对上余峥牵动起眼角眉梢的笑意："别走啊，等等我。"

准备采访的主持人也被甜到了。她注意到余峥还故意将自己的签名写在了温时雾旁边，于是大胆调侃道："余神好黏温老师啊。"

"是有点儿。"余峥没打算否认，"毕竟好不容易才把人追到手的。"

主持人："所以，余神今天这套妆造，是故意为了搭配温老师的吧？"

余峥懒散地偏头看向温时雾，似笑非笑道："嗯，黑色西装百搭。她的造型我是今早看了微博才知道的，胸针和袖扣是临时搭的。毕竟有些人不愿意跟我穿情侣装，我就只好自己费点儿心思了。"

温时雾："……"

这个人真是的！

主持人也不好意思再绊住迫不及待去找女朋友的余峥，于是她很快将人放行。

温时雾站在红毯尽头，心跳怦然地看着骄傲耀眼的余峥朝自己走过来。

他定在她面前，做了粉丝们都很想做的事情，那就是揪了揪她身后的蝴蝶翅膀。

温时雾抬眸："你干吗？"

余峥扯着唇角，笑得有点儿坏："怕蝴蝶公主飞走了。"

温时雾明艳骄矜地抬起下巴："那你要把蝴蝶公主的翅膀折断吗？"

"舍不得。"余峥牵起她的手，"所以，就只好牵紧了。"

颁奖典礼现场。

如海底般梦幻的舞台，灯光剔透，荧光璀璨，闪耀的繁星点亮了无尽的深蓝。

温时雾和余峥的座位被安排在一起。

女明星的裙摆不易落座。

温时雾去换了内场礼服，是同色系的雾紫色鱼尾裙，胸口是立体捏褶花朵，裙摆的碎钻光泽像是人鱼姬色。

现在就像蝴蝶仙子变成了人鱼公主。

温时雾娇俏着在余峥身旁落座时，便见他摘掉了那枚蝴蝶胸针，漫不经心地放在手里把玩着，像是不怎么想再戴。

见温时雾回来，他眉眼微抬。

看见她内场造型仍然是雾紫色，他有些讶异地挑眉："不像你风格。"

很少有女明星内外场穿同色系。

余峥不知道温时雾的内场造型。他以为她会换身别的颜色，那他这枚紫色系的胸针便与她不配了。

"是啊。"温时雾眼眸弯弯，她倾身朝余峥凑近，"但是你的风格……"

余峥重新将紫色胸针别回去，抬眼便对上温时雾那双明亮的眼眸。因为舞台灯光吃妆，所以她今天眼妆画得格外亮。在灯下盈盈看着他时，眼皮和肩颈锁骨上的珠光都跟着闪。

余峥不解："我什么风格？"

"虽然我不跟你穿情侣装，但你肯定会找同色系配饰的风格。"温时雾巧笑倩兮地看着他，笑得明媚。

余峥微怔，随后敛眸低笑出声。

原来是猜到了，猜到他会关注她的造型图透，搭配同色系的袖扣和胸针，所以内场造型也仍然是同色系，免得换掉后他又配不上了。

余峥笑着评价："笨蛋。"

温时雾娇俏地轻哼："谁让我宠你。"

"你俩行了啊。"一道声音响起，回到内场的姜燃无语地在余峥身边坐下，"内场直播镜头都对着你们拍八百年了，搁这儿狂秀恩爱，你俩也不害臊。"

"哈哈哈别害臊！我们观众喜欢看！"

"刚才时雾去换内场礼服的时候，我明显看到余神都摘胸针了，但现在整个人跟开花了一样。"

"不是，他俩这么默契的吗？！衣服很相配啊。"

"雾宝这样真的很好看！她太适合粉色、紫色这些颜色了！"

"好期待今晚的颁奖典礼！雾宝连续两部爆款剧，还有一部待爆，是不是能有希望拿下星光 Queen 了啊！"

"余峥今年也比以前活跃得多！新专辑也爆！音综也爆！我赌他是今年的星光 King（国王）！"

粉丝们抱有极大的期待。

今年星光盛典的 Queen 和 King 将会花落谁家，前几日就已经讨论得沸沸扬扬。

温时雾也有些紧张，她希望余峥能拿下今年的星光 King，因为他这一年来获取的成绩，完全值得。

而余峥的目光却落在她身上。在片场里欣赏到的温时雾每一场演技爆发，都深刻地烙在他的脑海里，他觉得，这样优秀的姑娘早该有此荣耀。

颁奖典礼早已开始，奖项一个个地揭晓过去，终于在尾声时迎来了今天的重头戏。

“接下来，揭晓 2025 年星光 Queen 和星光 King 的获得者！”

绚烂的灯光漫洒在舞台。直播镜头也旋即切到投影大屏，光影流转，星光盛典的 logo 映在屏幕上。

“星光 KING！”

温时雾不由紧张地屏住了呼吸，下一秒便在投影幕里看到冲击感极强的神颜。

在万众期待中余峥抱着黑色吉他，光照侧脸，在全球巡回演唱会始发站安宜首唱《上上签》的神级现场便被投影在屏幕上！

“枯木十四载，一朝逢春！走过迷惘，他从未放弃，再临坎坷，他毕露锋芒！《梨涡妹妹》是他眼中的璀璨星河，《上上签》是风起后的沉淀与绽放！在歌坛的博弈场上，他用流量和实力杀出重围，突破流言与枷锁，问鼎巅峰之路，窥见明亮天光！

“星光 KING——

“余峥！”

“啊啊啊！”温时雾激动地攥起手。她兴奋雀跃地转眸望向余峥，正想要说恭喜，手却忽然被他握住。

温时雾茫然地眨眨眼睛，这才发觉余峥掌心里有好多汗，他微抬下颌向台上示意，只见屏幕光影再度流转。

“星光 QUEEN！”

温时雾这才反应过来，奖项还没颁完，甚至接下来这个可能与她有关。

果然，身着素色战国袍，掌着灯，淋着雪，走上城楼准备为国为民自刎的破碎感影视名场面，便现在了大屏上。

“童星出道至今十八载，她不骄不躁，明媚向阳！国民度、口碑、实力三重认可，她步履不停，温暖坦荡！她是演艺圈里的一轮小太阳，照亮璞玉的来路，并以优秀的演技散发着属于自己的炽烈的光！

“星光QUEEN——

“温时雾！”

颁奖典礼现场响起热烈的掌声与尖叫。闪耀的聚光灯肆意晃动，最终留有两束光，各自聚焦在余峥和温时雾身上。

主持人：“恭喜余峥、温时雾问鼎2025年星光King和Queen！请登台领取属于你们的星光荣耀！”

温时雾有些蒙然地看着舞台。好半晌，她才回过神来转眸看向余峥，似是不敢相信他们竟一起拿奖了。

倒是余峥率先起身。他极有绅士风度地微躬身，向温时雾递去一只手让她搭上来：“走吧。”

星光落进余峥深邃的桃花眼里。

他一眨不眨地看着她，眼角眉梢是牵动的笑意，唇瓣开合时，他性感的嗓音落进所有人的耳朵里：“My queen.”

颁奖典礼现场尖叫声满天飞。

有不少受邀而来的粉丝和站姐，大喊着他们两个人的名字。

温时雾将手搭在余峥的掌心，起身。

灯光追随着两人的身影，将他们送上领奖台。

鲜花落于怀，奖杯捧在掌上，掌声与尖叫声将他们簇拥。

闪耀的灯光落在他们的眉眼上，涌动了他们不自觉相对的目光。

工作人员立即将立麦送了上来。

余峥躬身凑近麦克风，不用开口，台下的粉丝便尖叫着喊出了他的台词。

但他还是将唇瓣贴于麦，嗓音性感得一如既往，却难得比平时少了半句话：“往后余生，只争朝夕。大家好，我是余峥。”

温时雾眼波流转。

像是心有灵犀，他们的默契好像从来不用言说，就能一拍即合。

她踩着高跟鞋走向自己的立麦，微微弯腰：“迷雾散去，朝夕尽显。大家好，我是温时雾。”

伴随着他们眸光的对视，绚烂的光影流动在他们彼此触及着对方灵魂深处的回望里。

两道极搭的声线，同轨不同音地回荡在整个星光盛典的颁奖典礼舞台上。

“我们约好的，顶峰相见。”

（正文完）

番外一

♪

圆梦视后

温时雾和余峥同台领奖轰动了内娱。

十年之约，顶峰相见。

他们于不同的领域各自努力，终于在这一天双双获得了圆满。

粉丝感动得哭得稀里哗啦。

“我承认，听见他俩颁奖词的那一刻我哭了！谁懂那种顶峰相见的宿命感啊！”

温时雾的眼睛也很明亮。她爱不释手地捧着余峥的奖杯，用手指轻轻描摹着上面镂刻着的他的名字。

“King……”温时雾拿着奖杯扑进余峥怀里，抬眸直勾勾地看着他，“好棒！你做到了！”

余峥拿到星光 King，比她自己拿到等了许多年的星光 Queen 的荣耀还开心。他将温时雾搂在怀里，他低眸轻吻她的发：“嗯，All thanks to my queen.”

一切归功于我的女王。

春去夏来，又见槐花开。

但温时雾的热度却始终不减，拿下大奖后，她仍未懈怠，马不停蹄地进组拍戏，爆款剧依旧接踵而来。

在千呼万唤始出来中，温时雾去年拍的那部《逆时间》终于开播。

这是一部特殊题材的亲情向电视剧。

至少在播到大结局之前，观众都以为是个超现实题材，女主有倒转时空的能力，却没料到回到过去的设定只是大梦一场。

大家看着温时雾所饰演的这位女儿，甚至有些梦回多年前《冬港》

里的小朝夕。

温时雾演技极好，抛开她最擅长的古装甜妹领域，亲情剧也是她的统治圈。

观众们被她惹得又哭又笑，也被她的情绪感染，轻松被代入剧情里。

直到大结局播出的那一天。温时雾的演技彻底得到爆发，微博文娱版面成了《逆时间》的主场。

#逆时间 大结局#

#居然是梦#

#温时雾哭戏感染力太强了#

#温时雾 演技#

"天啊！看了三十六集没想到居然是做梦！结局主角抱着骨灰盒哭那段哭死我了！"

"妈呀……我就说，总感觉前面有好几段剧情逻辑上好像有些奇怪，原来都是铺垫，是梦就能说得通了！"

"看到温时雾哭，我都忍不住跟她一起哭了，哭得我心肝脾肺都疼。"

"我天，本来以为她只是流量派，没想到实力居然这么强的吗？"

"有种吾家有女初长成的感觉欸……"

《逆时间》可谓是大爆特爆。因为题材极好，不仅得到观众的青睐，电视台也力捧。

再加之饰演温时雾父母的演员也都是圈中前辈，是实力和口碑兼具的老戏骨，强大阵容也将这部剧推上了新的高峰。

结局一出超级反转，后劲儿极大。

微博一连讨论了很多天，惹得好些没看过这部剧的路人都垂直入坑，好奇着想看看这到底是个什么神剧。

林意羡满意地看着《逆时间》的数据，饶有兴致地偏头瞅向温时雾："紫藤奖组委会那边透露，这次有戏哦。"

温时雾还从未拿过视后这类大奖。

因为她以前演的古装剧偏多，这种题材很难受到组委会的青睐，所以她哪怕演技再好，都始终没封后。

但这次不同，这次题材和演技双在线。

《逆时间》这部剧甚至连传统意义上的男主角都没有，完完全全是温时雾的主场。

不过温时雾笑得轻松："尽人事听天命，是我的，总会给我啦。"

别太有执念，也不必强求。

林意羡做不到温时雾这么好心态。

温时雾属于"凡事发生必有利于我"的乐天派，但林意羡向来事业心强，盼极了自家艺人能拿下视后。

总归是到了颁奖的那天。

紫藤奖早已宣布各大奖项的提名，温时雾的确在最佳女主角之列。

不过竞争很激烈。

有一位获提名的女演员，已经拿下了好几个视后，是很有实绩的实力派；还有一位也是陪跑了很多年，年年都被感叹可惜，同样对紫藤奖充满了渴望。

反倒温时雾是最佛系的。

这次红毯，她选了条春日花园氛围感的礼服，如婚纱般的蓬蓬纱裙上，饰有层次感的粉橙色系手工立体花，像是花苞初绽。

她朝着镜头眨眼微笑时，甜美灵动，浪漫得像是把整个花园都藏进了裙摆。

温时雾脚步轻快，像是没什么压力。

余峥作为颁奖嘉宾受邀参加红毯仪式，他牵着温时雾柔若无骨的手，放在指间轻轻揉捏："这么自信？"

他都紧张得从早晨心慌到现在。

温时雾不解地转眸："嗯？自信什么？"

余峥："最佳女主角。"

温时雾很乖巧地眨着眼睛："没有呀，我只是觉得没关系，就算这次拿不到，不是还有下次？我的未来还有很长呢！"

她笑得明媚，乐观向阳，从未染上半分功利心，依旧纯粹。

最佳女主角的奖项宣布得比较靠后。

主持人拿到手卡，即将宣布本届紫藤奖最佳女主角花落谁家时——

余峥握住了温时雾的手。

温时雾这才发现，余峥的掌心沁了好多汗，好像比她这位当事人还紧张。

直到主持人抽出信封里的卡片："问鼎本届紫藤奖最佳女主角的是——"

灯光在颁奖典礼现场璀璨闪烁。一道聚光灯，忽然落在温时雾身上，伴随主持人的声音："恭喜，温时雾！"

余峥紧握着温时雾的手忽然松开，像是提了很久的一口气也跟着松懈，他偏头看向温时雾："恭喜。"

温时雾巧笑倩兮地迎着光，拎起裙摆，正要走上属于她的领奖台，却见身侧的余峥一同起身。

主持人："有请余峥，为温时雾颁发属于她的最佳女主角奖杯！"

温时雾有些讶异地转眸看他。

她歪头："怪不得这么紧张，原来是有人怕一不小心给别人颁了奖。"

"是啊。"余峥唇瓣轻扬。

但他其实跟组委会说过，他只为温时雾颁奖，如果最佳女主角落不到她身上，另外那位最佳女主角的奖自有旁人颁。

不过余峥没与温时雾提。

因为在他心里，他就是期望她拿奖的。

余峥牵起温时雾的手，笑得肆意："请吧，我的视后。"

番外二

雪山求婚

温时雾斩获紫藤奖视后，更加繁忙。

偏偏余峥这段时间倒是不忙了。前段时间他刚二巡回来，正处于在国外待久了，太久没看见过女朋友的黏人阶段。

温时雾在青城拍戏。

他回国那天便拎包搬进她住的酒店，日夜独守空房，幽怨无比。

哪怕去片场看温时雾，也见她完全沉浸在入戏的状态里，只有偶尔休息时才会看他一眼。

余峥每天在片场就像个怨夫。就连工作人员路过他的时候，都明显感觉到好像飘着一缕“冤魂”。

“笑死，余神好幽怨啊。”

“我好几次路过他的时候，都听见他在哼《梨涡妹妹》里那句，她的小梨涡，终究不只属于他……”

“我真的笑死，不过说起来，余神吟唱也好好听，啧，那低音性感的嘞。”

“雾宝她怎么舍得！”

温时雾也没有很舍得。

只是她只要进了组就会很专注，入戏后肯定也不会走神，有时戏与戏之间要连贯，休息时她也不敢去找余峥。

毕竟她看他一眼就要沦陷，跟他亲亲抱抱多了，就很容易回不到戏里。

所以温时雾只能晚上回了酒店哄。

她撒着娇啄吻余峥：“不是故意的嘛，我只是敬业，你开演唱会的时候，肯定也不能满心满眼都是我对吧？”

余峥睨她：“我不能吗？”

温时雾停顿两秒，沉默。

余峥没好气地将她捞进怀里：“只要你在现场，我哪回不是看着你唱？”

他“雾管严”的形象已经深入人心。

粉丝最近在说笑，说什么“识时雾者为余峥”，还有“别与时（世）雾（无）争了，争不过”。

总之就是调侃余峥满眼都是温时雾。

温时雾很难反驳。她只能继续撒着娇哄，眨着眼：“我答应你，杀青后陪你出去旅个游，好不好？”

余峥眉眼间稍许动容。

目的达成。

他挑眉看向温时雾：“真的？”

“嗯嗯。”温时雾小鸡啄米似的点头。

余峥捧着她的脸，唇瓣便朝她压下来，声线逐渐沉哑：“那今晚先给我点儿甜头。”

温时雾杀青时已是深秋。

青城天气转凉，却尚未冷到刺骨，偏他们旅行的地方定在了更冷的川藏。

这是余峥提前规划好的。

当然，温时雾自己也对川藏风光充满兴趣，还不嫌冷似的非要冬天去。

她喜欢玩雪。

大西北地区冬季的绝美风光，可并非其他地方、其他季节能及。

温时雾连续高强度工作了很久，林意羡也该给她放个假，不过这次又确实比以前更好说话。

雪山之行就这样顺利提上日程。

温时雾和余峥落地后选择自驾，从藏区到川西，一路看过神圣的宗教宫宇，蓝色的湖水与冰川。

傍晚的日照金山点亮他们的眉眼，大雪纷飞的旷野淋白了他们的发。

最后一日的行程是登雪山，这也是温时雾最期待的一项旅游计划。

但因为这里海拔高，容易缺氧，所以他们适应了好几天，才做好准备前往雪峰。

出发时天气还算晴朗，温时雾表现得十分兴奋积极，晨起时却见余峥眉眼凝重，似是紧张。

她好奇地凑近过去："怎么啦？身体不舒服吗？是不是缺氧啦？如果不舒服的话，要不然我们就别去了。"

余峥眉眼微动。尤其是在听到温时雾说不去的时候，他立刻抓住她的手："没不舒服，得去。"

温时雾茫然地眨眨眼睛，总感觉这个男人十分不对劲！

好像有什么秘密瞒着她似的。

不过温时雾很快就忘了余峥的不对劲，因为爬雪山爬得欢，余峥表现如常，除了经常看手机外并没有哪里再惹人怀疑。

直到即将登顶之时，温时雾忽然发觉，不该出现在这个时节的鲜花，为最后登顶的百米之程铺出花道。

她这才意识到，这场雪山之行原来另有秘密安排。

温时雾有些讶异地转眸看向余峥，终于明白他为何晨起时便眉眼凝重，这一路还总时不时地去看手机。

她忍不住"扑哧"笑出声来。

余峥的紧张情绪变得更加明显，他喉结轻滚着："怎么了？"

"没什么。"温时雾巧笑倩兮。

原来是要求婚。

她主动朝余峥伸出了手："那走吧。"

余峥眉眼微抬，细致地观察着温时雾的情绪变化，见她似乎并没有什么排斥情绪，反倒笑盈盈地在鲜花间望着他。

他牵住温时雾的手，同她并肩走完登顶的最后一段路。

温时雾这才发现，原来大家早就已经在雪山之巅等待他们了。

近五千米的海拔，群山为证。

难得超好说话放了她的假的林意羡、坐着私人飞机赶来的夏灼灼、姜燃、林星柚、季晏川……甚至连温时野都站在那儿。

大家都为他们做见证。

山本无忧，因雪白头。

以雪山之名，定山盟之约。

洁白神圣的雪山之巅上，余峥再次为温时雾唱了一首《梨涡妹妹》。

随后，他郑重其事地单膝跪地，樱粉色的钻戒在阳光下折射出再璀璨不过的光芒："雾雾，你愿意嫁给我吗？"

温时雾从未想过余峥会在雪山上向她求婚。

她垂眸望着愈发骄傲耀眼、肆意张扬的男人，心中涟漪万分。她并没有太多犹豫地向他伸出手，让他为自己戴上钻戒："我愿意。"

此刻。

他站在雪山之巅，高于世间的一切，却唯独低于他的爱人。

番外三

♪

春色莺时

温时雾和余峥的婚礼空前盛大。

赴顶峰之约，于雪山求娶。风声道贺，万物皆宾。

温时雾穿着圣洁的婚纱，手捧十五朵花尖被染成克莱因蓝的明黄色海芋花，向背对着她的余峥走去。

肩膀被轻拍的那一刻，余峥转过身来回望她，明媚的阳光被雪山折射得晃了他的眼。恍神间，他觉得，自己好像真的拥抱了太阳。

隔年，他们的女儿降生。

逢春，三月莺时，余峥为女取名为余莺时。

曾经彷徨的少年谢礼，等雪融，等烟花，终于在风光极盛时，等到了他的春色和太阳。

小莺时自幼便被保护得很好。

温时雾和余峥从不让她在公开场合露面，粉丝们也不知晓她的大名。只因她生于农历三月十六，所以给她起了个可爱的小名——小石榴。

女儿多随爸，小石榴也长得跟余峥更像一些，但偏偏继承了温时雾左右各一的那两颗超甜小梨涡，又随了她的眼睛，明媚而清亮。

她从小就是可爱的戏精宝宝，读幼儿园时又展现出了极高的音律天赋。

那天是幼儿园老师给小朋友们开了音乐课程，回家后，余莺时就抱着余峥的腿，撒着娇将爸爸拉到他最宝贝的那架黑钻钢琴前面，缠着他教。

余峥耐着性子教她钢琴指法。

小莺时坐在钢琴凳上，两条距地面很远的小短腿欢快地晃着。

她轻歪脑袋，将软白的小手放在黑白琴键间，很认真地弹出好听的声音。天赋异禀的小家伙钢琴基础学得很快，她没几天就不满足于这样简单的弹奏。

于是余莺时又缠住了余峥。

她抬起脸蛋，眨巴着漂亮的眼睛，看着仍然在内娱歌坛人气鼎盛的明星爸爸，奶声奶气道:“爸爸，我想学超级超级厉害的那种曲子，那首你每次开演唱会都会唱的曲子。”

“嗯？”余峥眉尾轻抬。

余莺时笑弯起眼眸，笑出那两颗跟温时雾如出一辙的小梨涡，用两只食指的指尖，可爱地轻戳着:“《梨涡妹妹》。”

余峥被女儿惹得低声轻笑了下。他坐在琴凳上，伸手将小姑娘揽过来，躬身刮了下她的鼻子:“不教。”

“为什么？”余莺时茫然地看着他。

余峥抬手轻捏她的脸蛋:“那首歌，是只给你妈妈唱的。”

小莺时倒也不生气，她在这方面很好地继承了温时雾，情绪稳定，明媚向阳。

所以她软软地朝余峥趴过来，双手捧着脸蛋，眼睛很亮:“那等我学会了之后，就可以陪爸爸一起唱给妈妈听了呀。”

“爸爸。”余莺时偷笑，“我发现啦。”

“什么？”余峥眼皮轻敛。

余莺时嬉皮笑脸:“你真的好爱好爱妈妈。”

后来余峥还是教小莺时弹了《梨涡妹妹》。

她刚开始接触钢琴，弹不了特别复杂的指法，所以余峥先教她唱，又把最简单的右手指法和简化后的左手和弦教给她弹。

那年幼儿园的元旦晚会，余莺时在班上弹唱了这首《梨涡妹妹》。

全班同学都为她响起热烈的掌声。

有小姑娘像小尾巴似的跟在她身后:“莺莺！莺莺！我听说，你爸爸是超级超级厉害的大明星，会开演唱会的那种，是不是真的呀？”

小莺时吓得连忙捂住女同学梨梨的嘴。

她眼眸睁得圆圆，左顾右盼，见附近没有旁人，才将梨梨松开，手指抵在唇上:“嘘！你怎么会知道这件事情哒？”

“我妈妈是他粉丝！”梨梨兴奋地跳起来，“她那天接我放学的时候看见你爸爸来接你了，虽然你爸爸戴着帽子和口罩，但我妈妈说这件事绝对不可能有错！因为你爸爸怎么样她都能认出来！”

余莺时有些小骄傲地挺了挺腰板，她忍不住笑意：“那倒是啦，我爸爸天下第一帅！”

不过，妈妈也是天下第一美的哦。

梨梨好奇极了：“你爸爸是谁呀？很红很红吗？”

“嗯嗯。”余莺时点头，她将指尖抵在唇边，回忆道，“其实我也不知道他到底有多红啦，不过我听大家都管他叫……歌坛蛊王余峥！”

梨梨若有所思地点头：“哦哦，王余峥……”

等等，王余峥？！

梨梨总觉得好像有哪里不对劲，她猛然抬头看向余莺时：“天哪！莺时你取错名啦！你怎么可以不跟你爸爸一起姓王呀？！”

余莺时：“？”

那天梨梨耳边魔音环绕。余莺时追着她，脸颊鼓得像小气球，又急又气地反复教她断句，奶凶奶凶的：“歌坛蛊王！余峥！我爸爸不叫王余峥！他叫——余峥！”

番外四

冬夜太阳

温时雾婚后的状态始终非常好，都说爱人如养花，余峥对这句话的诠释，所有粉丝都有目共睹。

又一年星光盛典的红毯生图新鲜出炉。

温时雾如同花神降临，穿着一袭少女感爆棚的粉色花朵礼服现身会场。她清澈灵动的眼眸，和甜美的梨涡笑靥，让人见了便忍不住沦陷在这身浪漫的粉色海洋。

签到板前，余峥弯腰帮她整理裙摆。

温时雾拿着一根点燃的仙女棒，照亮她明媚的笑眼，哪怕已经诞有一女，却也如同她曾获“国民女儿”称号时，那般轻盈活泼漂亮。

婚后多年，他们年年履约，顶峰相见。

只是有一点不同——

曾经许诺说每年 1 月 30 日要订两个蛋糕，邀请余峥跟自己一起过生日的温时雾，早就已经将这项任务甩手了。

不是她忘记了自己的承诺，而是余峥的动作总是比她更快一些。

1 月 29 日的北城下了一场雪。

腊月隆冬，枯木衔玉。

明天就是温时雾的生日，她会入口的蛋糕，余峥从不假手于人——除了余莺时。

他提前很久就备好了无麸质食材，逐渐长大的小莺时也开始趴在一旁，主动要将樱粉色的奶油裱成花，点缀在给妈妈准备的蛋糕上。

小姑娘坐在岛台餐桌旁的吧台椅上，抓着裱花袋，长睫轻垂，很认真地在上面做出小花的模样，甚至看着还有几分轻车熟路。

余峥讶异地轻挑眉尾：“这么厉害？”

“那是。”余莺时骄傲地抬起脸蛋，笑得梨涡浅浅。

余峥睨着自家闺女，总觉得有几分不同寻常：“跟谁学的？”

小孩子天生是不会撒谎的，小莺时果然眼神躲闪，心虚地咬了下唇瓣，躲开爸爸的视线，低下头，假装在认真地裱花：“我天赋异禀。”

其实哪里有什么天赋异禀？她根本已经不是第一次裱花了。爸爸不知道，昨天妈妈也有拉着她去手工自制蛋糕店，让师傅教她们做蛋糕。

那天的余莺时还什么都不会。母女俩对着雪白的蛋糕坯，都不知该从何下手。

温时雾托着腮，轻眨眼睫思索了很久，忽然灵光一现，拿起装了黄色奶油的裱花袋递给余莺时：“有啦！宝贝！”

“咦？”余莺时歪着脑袋看她。

温时雾有些雀跃，眼睛很亮：“我突然想到，我们可以在蛋糕上画星星和太阳。”

余莺时也跟着兴奋起来，她在幼儿园里学过该怎么画星星和太阳：“哇！妈妈好棒！我们刚好有两个蛋糕！一个画星星！一个画太阳！”

“才不是。”温时雾巧笑倩兮，“是要把星星和太阳画在同一个蛋糕上。”

这下轮到余莺时茫然地眨动眼睫。

她轻咬指尖：“可是，老师教我们说，太阳白天升起，晚上才会有星星，所以太阳和星星好像是不会见面的呢……”

温时雾弯唇轻笑：“那妈妈告诉你个秘密好不好？”

余莺时好奇又乖巧地朝她凑近。

温时雾将蛋糕抹在她的鼻尖：“只要你想，其实，夜晚也可以有太阳。”

小莺时并不明白妈妈的意思。

但温时雾和余峥拥有了四个生日蛋糕。

只有家里的“双面小间谍”在1月30日之前就知道了这个秘密。

看着裱花工艺青涩生疏的那两个蛋糕，跟他准备的那两块摆在一起，余峥笑得有几分无奈：“不是说好了我来准备？”

“毕竟是我答应你的事，所以不想每年都是你在做嘛。”温时雾脸蛋轻抬，巧笑嫣然。

她踮起脚，搂住余峥的脖颈，轻轻啄吻他的唇瓣：“生日快乐呀，谢礼先生。”

今天不是余峥的生日。但年幼的温时雾曾经跟小谢礼承诺过，以后，她的每一个生日都会为他多准备一个蛋糕，他们一起过。

余峥抬手扣住温时雾的腰，眼睫下敛着看她时，那双桃花眼显得分外情深。

他躬身回吻，吻了许久都不舍得放：“生日快乐，温老师。”

他有注意到，温时雾为他准备的那块蛋糕，星星和太阳不会因为白天夜晚的区别而被分开，它们被裱在同一个坯上，互相对望。

四个蛋糕自然是吃不完的。

温时雾从不办那种跟粉丝一起庆祝的生日活动，向来都是跟余峥私下过。

不过这次蛋糕实在太多，她便从四个蛋糕上各切下一小块来享用，将剩余的放进冰箱里冷藏，准备明日带去剧组跟工作人员和探班粉丝们分享。

但余峥却出于私心，将温时雾给他做的星星太阳同坯的蛋糕取了出来自己私藏。

餐厅露台的晚风有些凉，余峥顺便取了件大衣来给温时雾披上。

烟花盛大，是余峥年年都会为妻子准备的生日惊喜。但在他心里，却永远比不上多年前冬夜里温时雾为他点燃的那根仙女棒。

温时雾靠在余峥怀里，抬眸看着璀璨的烟花。

冬日里尚未抽枝发芽的枯树在明月下映成一道寂寥的黑影，但烟火升空的瞬间，点亮了根根枯枝，在树影后璀璨绽放，枯树竟也由此在漆黑的夜里开出了最艳丽的花。

小莺时被服务员领到一旁去玩了，她不知得了什么令她欢喜的玩物，时不时在两人身后传来轻快愉悦的笑声。

“我明白啦！妈妈！我明白啦！”玩得正尽兴的余莺时忽然朝两人跑了过来。

温时雾转眸朝雀跃跑过来的小姑娘望去：“明白什么啦？”

余莺时仰脸，望着比太阳还明媚，却盛放在夜晚的一朵朵烟花。

她手里拿着两根刚刚被点燃的仙女棒，将其中一根递给妈妈：“我明白妈妈那天跟我说的话是什么意思啦！”

“爸爸。”余莺时脆生生地喊着余峥。

余峥转过身来，倚着露台边缘，垂眸望着矮他很多截的小姑娘。

却见余莺时和温时雾各执一根仙女棒，闪烁着像太阳般的金色光芒。而余莺时手里的那一根，被她踮起脚尖，努力地高高举到他的眼前。

“爸爸。”余莺时抬起脸蛋看着余峥，“你猜，这个是什么？”

当然不会只是仙女棒，温时雾很早以前就告诉过他——

一根仙女棒可以燃烧 9 秒，释放出 180 亿个火焰，比银河系的星星还多。但她从来不觉得仙女棒的火焰只像星星。

余峥神思一震，蓦然想到温时雾今天为他准备的生日蛋糕，星星和太阳的对望。

他转眸看着同样手持仙女棒的温时雾，金色的光芒映亮了她清澈的眸，亦如很多年前的那个冬夜，软糯的小姑娘举着仙女棒降临他的世界。

余莺时还以为爸爸不会知道这个答案呢。

她轻晃着手里的花火，充满期待地看着他，笑意吟吟，梨涡浅浅，好像迫不及待想跟他说妈妈曾告诉她的那个秘密。

但余峥似乎并没有给女儿留这个机会。

这次，他伸手接过了温时雾手里的那根仙女棒，敛眸轻笑。

余峥注视着温时雾的眼睛：“雾雾，你看。”

温时雾抬眸，对上余峥那双很深很黑却被映亮的眼瞳。

他笑意轻松地将仙女棒举起来，比在枯树的树影前，与那些璀璨绽放的烟火一同装点着冬日寒风里孤寂的树枝：“枯树会生花。”

余峥又扭回头来低眸看回温时雾。

他将仙女棒举得高过了树影，温柔轻笑，回应着女儿的问题，也回应着温时雾年幼时曾与他说过的那句话：“冬天的夜晚，也真的有太阳。”

图书在版编目（CIP）数据
雾色妄想 ： 全 2 册 / 一剪月著 . -- 南京 ： 江苏凤凰文艺出版社， 2025. 9. -- ISBN 978-7-5594-9754-3
Ⅰ. I247.5
中国国家版本馆 CIP 数据核字第 2025BJ2135 号

雾色妄想：全 2 册

一剪月 著

责任编辑　项雷达
特约编辑　马思瑶　徐晨晓　史文莉
装帧设计　沐　沐
责任印制　杨　丹
出版发行　江苏凤凰文艺出版社
　　　　　南京市中央路 165 号，邮编：210009
网　　址　http://www.jswenyi.com
印　　刷　天津旭丰源印刷有限公司
开　　本　880 毫米 × 1230 毫米　1/32
印　　张　20
字　　数　667 千字
版　　次　2025 年 9 月第 1 版
印　　次　2025 年 9 月第 1 次印刷
书　　号　ISBN 978-7-5594-9754-3
定　　价　69.80 元（全 2 册）